»Ausgangspunkt war ein Gegensatz in der mittelalterlichen Weltdeutung, die sich teils auf den Wortlaut der Bibel, teils auf zeitgenössische Erfahrungen berief. Das lateinische Mittelalter hielt Hebräisch für die Ursprache Adams, Israel für das Urvolk der Menschheit und empfand den Verlust der paradiesischen Einheit von Sprache und Volk als Strafe Gottes für den freventlichen Turmbau von Babel. Gleichwohl zählte man genau 72 Weltsprachen und Weltvölker, sah also in ihrer geschichtlichen Entfaltung eine gottgewollte zahlensymbolische Ordnung. Bei allem Drängen nach Glaubenseinheit ließ die Kirche die Vielfalt der Nationalsprachen und Dialekte als Bedingung überschaubaren Zusammenlebens auf Erden unangetastet und erwartete sogar im Jenseits keine Wiedervereinigung des Auseinanderwachsens.«

ARNO BORST

DER TURMBAU VON BABEL

Geschichte der Meinungen über Ursprung
und Vielfalt der Sprachen und Völker

Band II
Ausbau
Teil 2

dtv

Deutscher Taschenbuch Verlag

Unveränderter Nachdruck der 1957 bis 1963 erschienenen Originalausgabe

November 1995
Deutscher Taschenbuch Verlag GmbH & Co. KG,
München
Lizenzausgabe mit freundlicher Genehmigung
des Anton Hiersemann Verlags, Stuttgart
Umschlaggestaltung: Dieter Brumshagen
unter Verwendung eines Gemäldes von Pieter Brueghel d. Ä.
(© Archiv für Kunst und Geschichte, Berlin)
Satz: Ensslin & Laiblin, Reutlingen
Druck und Bindung: C. H. Beck'sche Buchdruckerei,
Nördlingen
Printed in Germany · ISBN 3-423-59028-9

INHALT

III. AUSBAU

(FORTSETZUNG)

7. Weltordnung und Heilsgeschichte im 12. Jahrhundert

Geistliches und Weltliches, Okzident und Orient, Kirche und Nationen, Kleriker und Laien, Latein und Volkssprachen, romanisches und germanisches Denken, Dialektik und Historik: seit der Umwälzung des späten 11. Jahrhunderts lagen diese und andere Bereiche nicht mehr nebeneinander oder auseinander. Sie wurden zu Gegensätzen, an denen die Folgezeit schwer zu tragen hatte und die sie hoch und immer höher durch Synthesen zu übergreifen suchte. Die Mannigfaltigkeit ließ sich nur noch schwer zur Harmonie ordnen, die Einheit war kein Erbe mehr, sondern eine Aufgabe, die mißlingen konnte und oft mißlungen ist. Darum wurden Eintracht und Vielfalt nun erst recht zu abendländischen Lebensfragen, deren Lösung über das Schicksal der kommenden Jahrhunderte mit entschied.

Besonders das 12. Jahrhundert bietet sich der Forschung dar als ein Säkulum der Vielgestalt und Vielschichtigkeit, in dem die Entscheidungen und Unterscheidungen des ausgehenden 11. Jahrhunderts vielstimmig nachhallten[1]). Die Kirche festigte und separierte sich im Jahrhundert der Theologen, Kanonisten und Häretiker; die Völker und Nationalitäten trennten sich im Zeitalter des erwachenden Nationalgefühls; neben die geistliche Literatur trat eine ritterliche Laienkultur, neben das Latein die schriftfähige Volkssprache der Dichter[2]). Aber zugleich erlebte das Latein eine neue Hochblüte, nicht mehr als Idiom einer ethnischen, der romanischen Gruppe, sondern als ausdrucksvolle Sprache der Dichter und Humanisten und als Werkzeug der internationalen scholastischen Wissenschaft und ihrer Hochschulen; der Handel zwischen den aufblühenden Städten kümmerte sich so wenig um Grenzen wie der Ritterstand, der den Adel Europas zu einem neuen Ideal verband und die Absonderung und gegenseitige Feindseligkeit der Volkssprachen zunächst verhinderte. Die Ritter repräsentierten auf den Kreuzzügen das Abendland als geschlossene Einheit und erweiterten zum ersten Mal seine Grenzen und sein Blickfeld bis nach Asien[3]). Auf dieser Grundlage christlichen Gemeinschaftsgefühls und

---

[1]) Paul LEHMANN, Die Vielgestalt des zwölften Jahrhunderts, in: HZ 178 (1954) 225–250, hier S. 229; Geoffrey BARRACLOUGH, Geschichte in einer sich wandelnden Welt, Göttingen 1957, S. 92 ff., 97 f. (Vielgestalt); Johannes SPÖRL, Wandel des Welt- und Geschichtsbildes im 12. Jahrhundert? Zur Kennzeichnung der hochmittelalterlichen Historiographie, in: Unser Geschichtsbild, hg. Karl RÜDINGER, Bd. 2, München 1955, S. 99–114, hier S. 109 (11. Jahrhundert).

[2]) BLOCH, Société Bd. 2, S. 231 ff. (Nationalitäten); Otto BRUNNER, Inneres Gefüge des Abendlandes, in: Historia Mundi, Bd. 6, Bern 1958, S. 319–385, hier S. 375 f.; GRUNDMANN, Litteratus 57 ff. (Volkssprachen).

[3]) LEHMANN (o. Anm. 1) S. 229 ff.; GRUNDMANN, Litteratus 52 ff.; Christine MOHRMANN, Le latin médiéval, in: Cahiers de civilisation médiévale 1 (1958) 265–294,

ritterlichen Standesbewußtseins erwuchs auch im Innern Europas der Gedanke von der Gleichberechtigung aller Staaten[4]). So zwang man die sich vertiefenden Gegensätze sogleich wieder zusammen und überwölbte sie durch einen hochfliegenden Entwurf; die geistigen Führer des Jahrhunderts stellten in die Mitte der Zeit den Menschen, wie er immer ist, in seinem Verhältnis zu Gott, in seinem Bezug zur Welt, im Umgang mit seinesgleichen; die Sprache knüpfte, nicht als historisch besonderer Dialekt, sondern als überzeitliche Fähigkeit des Menschen, das Band zu Gott und Umwelt. Nicht die Spannweite der Erfahrungen, wohl aber die Suche nach dem Bild des Menschen gibt dem Jahrhundert seinen universalen Zug, der bis ins kleinste Detail dringt und zwischen dem Spiritualismus der Kirche und dem Eigenwillen der Völker, zwischen romanischer Dialektik und deutscher Historik die Brücke bildet.

Freilich wurden die älteren Programme auch von neuen Erlebnissen überlagert. Mit den Kreuzzügen öffnete sich ein ferner Weltteil; und diese Kriege wurden nicht von Herrschern einzelner Staaten, sondern von der Masse frommer Ritter aus allen Ländern getragen[5]). Sie brachten die abendländischen Nationen in feindliche, aber achtungsvolle Berührung mit der islamischen Kultur; man lernte, daß das Abendland nicht die ganze Welt, und sah zugleich, daß es faktisch keine Einheit war. Der nationalen und sprachlichen Differenzen Europas wurden sich erst die Kreuzfahrer recht bewußt; an ihnen entzündeten sich Streitereien. Aber die gemeinsame Idee führte zusammen; die Kreuzritter, die aus entlegensten Ländern und verschiedensten Sprachgebieten herbeieilten, fühlten sich als Brüder in Christus. Die Deutschen Frutolf von Michelsberg und Otto von Freising, die die Zänkereien nicht verschwiegen, priesen das Kreuzheer, *ex diversis nationibus et linguis in unum corpus adunati*[6]). Noch emphatischer sprach nach 1101 der Franzose Fulcher von Chartres (1059– nach 1127) über die Einheit christlichen Rittertums, das *Iberi* und *Scoti*, ja sogar *Graeci* und *Armeni* zusammenführte; die geteilten Sprachen – Fulcher zählte 19 Namen auf – trennen nicht mehr, sie können in der Gottes- und Nächstenliebe gemeinsam werden; der Glaube verbindet die, denen die beiderseitige Herkunft unbekannt ist. Geistliche Gemeinschaft sollte das Getrennte nicht

---

hier S. 272 (Latein); GANSHOF, Relations 114 ff. (Hochschulen), 97 ff. (Handel), 96 f. (Rittertum).

[4]) Gerd TELLENBACH, Vom Zusammenleben der abendländischen Völker im Mittelalter, in: Festschrift für Gerhard Ritter zu seinem 60. Geburtstag, Tübingen 1950, S. 1–60, hier S. 20 ff., 41 ff.; DERS. (o. S. 567 Anm. 58a) S. 27 ff.; BARRACLOUGH, Geschichte 120 ff.

[5]) Carl ERDMANN, Die Entstehung des Kreuzzugsgedankens (Forschungen zur Kirchen- und Geistesgeschichte 6), Stuttgart 1935, S. 250 ff., 261 ff.

[6]) Frutolf, Chronicon universale a. 1095, MGH SS Bd. 6, S. 213; Otto, Chronica VII, 2 und 5, MGH SSRG Bd. 45, S. 311, 315. Dazu WALLACH, Gemeinschaftsbewußtsein 24 ff.; KIRN, Nationalgefühl 43, 47 ff.

ignorieren, sondern fruchtbar machen. Damit schienen sich alle biblischen Vorgänge und Verheißungen nicht nur allegorisch, sondern leibhaftig zu verwirklichen; die Exegese der Kreuzfahrer wurde zur konkreten Gegenwartsdeutung des Gottesvolkes. Solche Gemeinsamkeit der Christen gegenüber den Mohammedanern erwuchs, wie Fulcher berichtet, im Heiligen Land, aber sie dehnte sich rasch auch auf die orientalischen Nachbarn aus; die Abendländer wurden manchmal schnell zu Orientalen und lernten deren Sprache[7]). Der Kreuzzugshistoriker Erzbischof Wilhelm von Tyrus (ca. 1130– nach 1184) ist mit seinen griechischen, arabischen, vielleicht auch hebräischen und persischen Kenntnissen und Neigungen ein Beispiel unter vielen[8]).

So wuchs das Welt- und Menschenbild über den christlichen Rahmen hinaus, ohne daß sich die Christenheit des Abendlandes ganz geeint hatte; in Palästina prallten die Widersprüche hart aufeinander. Deutsche Pilger wehrten sich um 1160/70 gegen die französische Anmaßung, die die Kreuzzugs-Verdienste anderer Nationen herabsetzte, und bewunderten in Jerusalem doch den Mittelpunkt der Erde und die Kirchen und Kapellen von 22 Nationen „und Sprachen"[9]). Mit eigenen Augen sah man die Stätten des Neuen und des Alten Bundes; weniger die Kreuzfahrer als die Daheimgebliebenen schweiften in die heilige Vergangenheit zurück. Bald nach 1121 berichtete Albert von Aachen nach dem Hörensagen von Jaffa, dem Haupthafen der Kreuzheere, und er schrieb ihn *Japhet*[10]). Der französische Mönch Robert, der das Heilige Land vielleicht nie sah, wußte kurz zuvor, daß Melchisedech nach Meinung der Juden ein Sohn Noahs, also wohl Sem sei, eine Ansicht, die schon Hieronymus referiert hatte und die jetzt Nahrung und Glauben fand[11]). Um 1120 kannte der

---

7) Historia Hierosolymitana, hg. Heinrich HAGENMEYER, Heidelberg 1913: I, 13,4 f. S. 202 f. (Völker); III, 37,5 S. 748 (Sprachen). Ähnlich Gesta Francorum Iherusalem expugnantium c. 4, RHC Bd. 3, S. 493. Dazu Paul ALPHANDÉRY, Les citations bibliques chez les historiens de la première croisade, in: Revue de l'histoire des religions 99 (1929) 139–157, hier S. 141 ff. (Exegese); Adolf WAAS, Geschichte der Kreuzzüge, Bd. 2, Freiburg i. Br. 1956, S. 208 ff. (Vermischung).

8) Historia rerum transmarinarum I, 2, RHC Bd. 1,1 S. 13; V, 11 S. 212; XIV, 22 S. 639 u. ö.; dazu MANITIUS, Literatur Bd. 3, S. 437; August C. KREY, William of Tyre, The Making of an Historian in the Middle Ages, in: Speculum 16 (1941) 149–166, hier S. 150.

9) Johannes Wirziburgensis, Epistola, hg. Titus TOBLER, Descriptiones terrae sanctae, Leipzig 1874: c. 13 S. 154 ff. (Anmaßung; dazu KIRN, Nationalgefühl 48, 63); c. 11 S. 146 (Erdmitte); c. 27 S. 189 f. (Kirchen; dazu MANITIUS, Literatur Bd. 3, S. 621).

10) Historia X, 9, RHC Bd. 4, S. 635. Dazu WATTENBACH-HOLTZMANN, Geschichtsquellen 640 f.

11) Historia Iherosolimitana c. 25, RHC Bd. 3, S. 881. Vgl. Hieronymus, Epistola 73,5 ff., CSEL Bd. 55, S. 18 ff.; dazu BOCHART, Phaleg 77 f. DEMPF, Imperium 239 ist ungenau: Hieronymus referiert lediglich die Meinung der Juden, nimmt sie nicht an.

Franzose Gilo, wieder nur aus zweiter Hand, das ägyptische Babylon und unterschied es vom „chaldäischen" Babel; letzteres sei von Semiramis neu errichtet worden, nachdem Nimrod seine Fundamente gelegt, den Turm zum Himmel gebaut und die Einheit der Sprache darüber verdorben hatte[12]). So fand man Einheit und Zwietracht der Gegenwart in der Genesis wieder; ja das Abendland selbst rückte an die Peripherie einer verwirrend bunten Welt, in der nicht die Tradition, nur das Menschliche alle verband.

Etwas von dieser Toleranz hatte auf dem zweiten, stilleren Weg über Spanien längst ins Abendland gefunden. Der spanische, zum Christentum konvertierte Jude Petrus Alfonsi vermittelte sie um 1110 in der ersten abendländischen Novellensammlung, die er „ins Lateinische übersetzt" haben will; mehrfach gab er noch an, wie biblische Gestalten in der *lingua Arabica* heißen. Nun konnten die Kleriker lesen, wie freundlich ein islamischer Spanier auf dem Pilgerzug nach Mekka in Ägypten aufgenommen wurde, obwohl man ihm den Ausländer dort sofort ansah. Jetzt konnten sich die Herrscher belehren lassen, daß ein König über mehrere Nationen milde und ausgleichend regieren müsse, wenn er nicht die Invasion der Barbaren heraufbeschwören wolle. Das Bild entbehrte geschichtlicher Tiefe; die *fluctuatio* alles Irdischen, aber auch die islamische Auffassung vom Adel hinderte daran. Nicht im vornehmen Ahnenregister liegt wahrer Adel, sondern in der aufsteigenden Entwicklung des Geschlechts, in dem der Sohn mehr als der Vater leistet und ist[13]).

Diesem aufsteigenden, vorurteilsfreien Adel gehört auch der Held des „Cantar de mio Cid" an, des ältesten spanischen Heldenliedes, das um 1140 entstand und uns zeigt, wie die zahlreichen Dialekte Spaniens sich langsam dem Kastilischen unterordneten. Die Vielfalt im Innern wird ergänzt durch die Duldsamkeit nach außen. Der Cid ist zwar ein treuer Christ und wackerer Streiter gegen die Mauren. Die Kämpfe sind blutig, die Gegensätze hart: Während die Mohammedaner in der Schlacht ihren Mohammed anrufen, bestürmen die Christen Sankt Jakobus um Beistand. Aber der Cid verfährt mit den Gegnern ritterlich und beschimpft sie nie; mit dem König von Marokko, „wo die Moscheen stehen", spricht er im Kampfgetümmel ohne Dolmetscher und maßvoll; er hat maurische Freunde. Nur seine feigen Feinde aus altem christlichen Blutadel schmähen die maurischen Verräter und erweisen sich selbst eben darum als *traydores*; ein *moro latinado*, ein Maure, der Kastilisch versteht, entdeckt einen Teil ihrer ruchlosen Anschläge. *Moros e cristianos* bedeutet

---

12) Historia de via Hierosolymitana III, 305 ff., RHC Bd. 5, S. 758 f.; dazu MANITIUS, Literatur Bd. 3, S. 670.

13) Die Disciplina Clericalis des Petrus Alfonsi, hg. Alfons HILKA–Werner SÖDERHJELM (Sammlung mittellateinischer Texte 1), Heidelberg 1911: Prolog S. 1 (Lateinisch), 2 f. (Arabisch); Exemplum 15 S. 22 (Spanier in Ägypten); ex. 25 S. 38 (König und Barbaren); ex. 27 S. 42 f. (fluctuatio); ex. 3 S. 9 (Adel).

„alle Welt"; der Dichter übernimmt viele Worte, selbst den Namen „Cid", aus dem Arabischen und läßt auch die heiligen drei Könige aus Arabien kommen. Das blieb allerdings die einzige Erinnerung an Vergangenes; die ritterliche Auseinandersetzung der zwei Religionen, die hier keinen Kreuzzugs-Fanatismus aufkommen ließ, war sonst ganz gegenwärtig und ebenso geschichtslos wie das Nationalgefühl, das die spanischen *moros e cristianos* zueinander führte[14]). Zur selben Zeit, um 1140, begannen die Übersetzer von Toledo die Schätze arabischer Weisheit und des Aristoteles den Lateinern zu verdolmetschen, Schriften, die nicht vom Gang der Weltgeschichte oder den Vorfahren, sondern vom Wesen des Menschen und vom Bau der Natur handelten.

Eine der spanischen ähnliche flache Universalität kennzeichnet auch die Anfänge der provenzalischen Trobador-Lyrik, mit der das Rittertum in die Weltliteratur eintrat. Der erste uns bekannte Trobador, der lebenslustige Graf Wilhelm IX. von Poitou (1071–1127), freute sich an der vielstimmigen Natur, am Frühling und am Gesang der Vögel,

. . . e li aucel
chanton chascus en lor lati,

jeder in seinem „Latein". Das ist bei den Trobadors nicht wie im spanischen Epos das vertraute Romanisch. Bisweilen ist es wirklich Latein; Wilhelm beherrscht es und betet *et en romans et en lati.* Aber meist meint es eine unverständliche, jedoch freundliche Sprache; fremde, reizende Damen sprechen zu Wilhelm „in ihrem Latein", und doch versteht man sich, nach dem Rezept Ovids, ohne Worte. Der Graf liebte die über sprachliche Trennung hinweg verbindende Vielfalt, wieder ohne geschichtliche Tiefe; schließlich stammen wir alle *del gran linh n' Adam*[15]). Der Geste zum Trotz blieben die Hemmnisse; der erste Kreuzzug offenbarte kraß die Unterschiede zwischen Nord- und Südfranzosen und ihren Sprachen. Es war Sache des Menschen, sie zu überwinden; darum

[14]) Cantar de mio Cid, hg. Ramón MENÉNDEZ PIDAL, Obras completas, Bd. 5, 3. Aufl., Madrid 1956: v. 731 S. 1053 (Schlachtruf); v. 616 ff. S. 1049 (Ritterlichkeit); v. 2499 S. 1120 (Moscheen); v. 2408 ff. S. 1117 (Maurenkönig); v. 2636 S. 1125 (maurische Freunde); v. 2523 S. 1121 (Verräter); v. 2667 S. 1126 (latinado); v. 145 S. 913; v. 1242 S. 946; v. 2729 S. 1128 (moros e cristianos); v. 336 S. 1037 (drei Könige). Zur sprachlichen Entwicklung Richard KONETZKE, Geschichte des spanischen und portugiesischen Volkes, Leipzig 1939, S. 100 f.; zum „Kreuzzug" und Nationalgefühl Walther KIENAST, Zur Geschichte des Cid, in: DA 3 (1939) 57–114, hier S. 97 f., 103 f.

[15]) Les chansons de Guillaume IX duc d'Aquitaine, hg. Alfred JEANROY (Les classiques français du moyen âge), Paris 1913; Nr. 10 S. 24 ff. (Vögel); Nr. 11 S. 28 (Romanisch, Latein); Nr. 5 S. 9 (Damen); Nr. 8 S. 21 (Adam). Das Latein der Vögel auch bei Cercamon (ca. 1137–52), Nr. I, 3, hg. Alfred JEANROY, Les poésies de Cercamon (Les classiques français du moyen âge), Paris 1922, S. 1; auch in dem Roman Jaufre v. 1243, hg. Hermann BREUER, Jaufre, Ein altprovenzalischer Abenteuerroman des 13. Jahrhunderts (Gesellschaft für romanische Literatur 46), Göttingen 1925, S. 43. Dazu Hans-Georg KOLL, Die französischen Wörter ‚langue' und ‚langage' im Mittelalter (Kölner Romanistische Arbeiten NF 10), Genf-Paris 1958, S. 76 ff., 87, 171.

schätzte die frühe provenzalische Epik die Sprachenkenntnis hoch. Das Alexanderlied Alberichs von Besançon gibt in den ersten Jahren des Jahrhunderts Alexander dem Großen Lehrer für Griechisch, Lateinisch, Hebräisch und sogar Armenisch bei[16]). Doch Alexander war ein fernes, unerreichtes Vorbild; die Dichter suchten seinesgleichen selbst im Orient nicht. Im Krieg gegen die Franken braucht auch der Perserkönig einen Dolmetscher, der Persisch spricht, *cortes dogroman, que enten so lati*. Der Dolmetsch ist klug und höfisch; Vielsprachigkeit steht hoch im Kurs. Nicht das Latein ist Bildungsideal dieser Ritter; sie bezeichnen mit *lati* das Persische, das ein Kleriker barbarisch nennen würde[17]). Die Trobadors sangen ihre Lieder nicht lateinisch, sondern in einer Kunstsprache jenseits der Dialekte; bald beherrschte man sie überall in Europa[18]). Es schien, als sollte daraus eine übernationale Gemeinschaft höfischer Ritter erwachsen. Aber Spanier und Provenzalen traten rasch in den Hintergrund; ihre wie alle Wege des Jahrhunderts führten nach Frankreich.

*

Das aus den Kreuzzügen erstarkt hervorgehende Rittertum war ebenso international und zugleich vorwiegend nordfranzösisch wie die neuen Hochschulen und ihre theologische Wissenschaft. Der Tendenz zum Allgemeinen trat indes die zum Besonderen zur Seite; das französische Nationalbewußtsein setzte sich scharf gegen die Deutschen und gegen die Engländer ab, mit denen man seit 1097 ständig im Kampfe lag[19]). Die Sprachverschiedenheit spielte dabei kaum eine Rolle; doch konnte auf dem ersten Kreuzzug der Lothringer Herzog Gottfried von Bouillon nur darum die Zwistigkeiten zwischen französischen und deutschen Kreuzrittern schlichten, weil er beide Sprachen von Geburt an *(per innatam sibi . . . peritiam)* kannte[20]). Das war Zufall, Fügung vielleicht, aber kein Aufruf zu Sprachstudien und persönlicher Bemühung. Die Franzosen betrachteten sich selbst als Gottes auserwähltes Volk, als Führer und Beschützer der ganzen Christenheit, und so vereinten sie Allgemeines und

---

[16]) Alexanderfragment v. 88 ff., hg. Carl APPEL, Provenzalische Chrestomathie, 6. Aufl., Leipzig 1930, S. 14. Zu A. George CARY, The Medieval Alexander, Cambridge 1956, S. 27, 108 ff.

[17]) Chanson d'Antioche v. 4, APPEL (o. Anm. 16) S. 33.

[18]) Alfred JEANROY, La poésie lyrique des Troubadours, Bd. 1, Toulouse-Paris 1934, S. 45 ff.

[19]) Herbert MEYER, Die Oriflamme und das französische Nationalgefühl, in: Nachrichten von der Gesellschaft d. Wiss. zu Göttingen, Philol.-Hist. Kl., Jg. 1930, II,1, Berlin 1930, S. 95–135, hier S. 128 ff.; HUIZINGA, Nationalbewußtsein 147 ff.; Laetitia BOEHM, Gedanken zum Frankreich-Bewußtsein im frühen 12. Jahrhundert, in: HJb 74 (1955) 681–687, hier S. 685 ff.

[20]) Frutolf, Chronicon universale a. 1099, MGH SS Bd. 6, S. 218; dazu BLOCH, Société Bd. 2, S. 238 f.

Besonderes. Um aber von hier aus die Einheit in der Vielfalt des Abendlandes neu zu erfassen und auch Sprachen und Völker als Teile eines größeren Ganzen zu sehen, fehlte den Franzosen des frühen 12. Jahrhunderts eine Voraussetzung: ein universales Geschichtsdenken, das die Entfaltung aus dem Ursprung erklärte.

Denn Frankreich brachte zunächst keine großen Weltchroniken hervor, sondern entwickelte die lokale und die dynastische Historiographie; man wollte ganz in der Gegenwart, ganz für sie leben. Selbst ein Kreuzzugsgedicht des Franzosen Fulko, wohl aus dem ersten Drittel des Jahrhunderts, machte im Grunde nur für die Franzosen Propaganda, in deren Taten das alte Troja wiedererstanden sei. Zwar meldete Fulko gewissenhaft, daß am Kreuzzug auch andere Nationen beteiligt waren; aber der Hauptruhm gebührte den *Franci*, die die stolze Trojaner-Tradition besser wahrten als alle die anderen, deren Städte von flüchtigen Trojanern in Europa, vor allem in Italien begründet worden waren[21]). Auch die knappe und etwas ärmliche Weltchronik des Kanonikers Petrus von St. Martin in Tours enthielt nach 1138 die aus Fredegar entnommene Trojanerherkunft der Franzosen und begnügte sich für die älteste Zeit mit den spärlichen Angaben von Isidors Kurzchronik, daß von Arphaxad die Chaldäer, von Sale die Samaritaner und Inder, von Heber die Hebräer abstammten, als ob kein anderes, moderneres Volk biblischen Ursprung hätte. Zu Phaleg bemerkte Petrus lakonisch: *Sub quo divisio linguarum, et turris edificatur.* Das Pfingstfest, die Stiftung der Weltkirche, wurde nicht erwähnt; vollends seit dem 10. Jahrhundert richtete sich das Augenmerk der Erzählung nur noch auf Frankreich, besonders auf Tours selbst[22]). Wenn so die Weltgeschichten schrieben, war von den Chansons nichts anderes zu erwarten. Ein Volkslied berichtete um 1130 von der Krönung Ludwigs des Frommen und hatte den zeitgenössischen Herrscher Ludwig VI. mit im Auge, wenn es sich stolz und beschränkt brüstete: „Als Gott die 99 Reiche machte, das beste gab er da der *dolce France*“[23]). Nimrods Frevel und die Zahl 72 hatten hier ihr Recht verloren.

Des Königs Ruhm war auch das Thema des Abtes Suger von Saint-Denis (1081–1151), als er vor 1145 das Leben seines Freundes Ludwig VI. beschrieb. Frankreich ist *terrarum domina*; es herrscht nach Naturgesetz über die Engländer

[21]) Historia gestorum viae nostri temporis Jerosolymitanae I, 11 f., RHC Bd. 5, S. 697 (Franzosen und Troja); I, 59 ff. S. 698 (andere Nationen); III, 207 ff. S. 715 (Trojanerstädte; dazu Manitius, Literatur Bd. 3, S. 667).

[22]) Chronicon, Handschrift London, British Museum, Cod. Cotton Vespasian D XIII, f. 2v–3r (Babel), 23v (fehlt Pfingsten). (Mikrofilm benutzt.) Zu Quellen und Tendenz Brincken, Weltchronistik 202 f.

[23]) Le couronnement de Louis v. 12 f., hg. Ernest Langlois (Les classiques français du moyen âge), Paris 1920, S. 1. Dazu Jean Frappier, Rapports des chansons de geste et de l'histoire, in: Zeitschrift für romanische Philologie 73 (1957) 1–19, hier S. 15 (Hinweis von Doz. Dr. Harald Weinrich-Münster).

und über die Deutschen, die man als Barbaren betrachtet und wie Sarazenen niedermachen sollte; kaum einer von diesen ungeschlachten Gesellen kann Französisch und ist *gallicano coturno exercitatus*. Die Gegenwart heischt alle Aufmerksamkeit; die Zurückweisung der Deutschen 1124 ist eine französische Ruhmestat, die von alters her nicht ihresgleichen findet. Auch die Vergangenheit beweist die gegenwärtige Minderwertigkeit der Fremden, der Normannen, die von den wilden, ungezügelten Dänen stammen und keinen Frieden kennen, und der Auvergner, die sich mit Lukan hochnäsig auf ihre alte Verwandtschaft mit den Lateinern berufen; ganz zu schweigen von Flandern, der barbarischen Landschaft. Wenn Suger schildert, wie die königlichen Franzosen befestigte Berggipfel erstürmen, dann kommen ihm wohl alte Bilder in den Sinn, aber nicht der babylonische Turm, sondern die homerische Gigantomachie: *gigantea audacia celum tendere videntur*[24]). Ein wenig welthistorische Besinnung hätte Suger gezeigt, daß auch die barbarischen Feinde und Nachbarn des Königs ebenso wie er an Recht und Unrecht gleich beteiligt sind. Aber die französischen Dichter und Historiker der ersten Jahrhunderthälfte dachten noch immer nur an die Glorie Frankreichs wie Ademar von Chabannes und der Autor des Rolandsliedes; nicht sie begründeten Frankreichs abendländischen Ruhm.

Man muß schon bei den Theologen und Philosophen Frankreichs anklopfen, die damals das Denken aller europäischen Völker nachhaltig bestimmten. Am Anfang dieses „Mouvement théologique" stand der Jünger Anselms von Canterbury, Anselm von Laon (ca. 1050–1117), mit seiner Schule; hier wurde durch rationale Distinktionen die irdische Welt neu gedeutet und die Scholastik exegetisch vorbereitet. Welche Bibelkommentare dem Meister, welche seinen Schülern angehören, ist schwer zu scheiden; ihr Geist war stets erkennbar der nämliche. Der vielleicht von Anselm selbst herrührende Apokalypsenkommentar, weniger auf die Patristik als auf die karolingische Theologie zurückgreifend, sprach wie Haimos Werk von den 72 Idiomen, deren jedes viele *populi* umspanne; jedes dieser „Völker" umfasse mehrere „Stämme", *nationes*. So gliederte sich die Welt harmonisch und rational; die französischen *nationes*, die Lehensfürstentümer, hatten noch ihr Eigenrecht gegenüber dem königlichen Anspruch, die lateinische Vielvölkersprache überstrahlte noch die Idiome der Völker. Die präsentische Form deutet an, daß Anselm an die gegenwärtige Wirklichkeit der 72 Sprachen glaubte, freilich ohne sich um ihre Ge-

---

[24]) Vie de Louis VI le Gros, hg. Henri WAQUET (Les classiques de l'histoire de France au moyen âge 11), Paris 1929: c. 28 S. 222 (domina, deutsche Barbaren, Sarazenen); c. 1 S. 10 (Engländer); c. 10 S. 56 (gallicano); c. 28 S. 230 (Ruhmestat); c. 16 S. 100 (Normannen); c. 29 S. 232 (Auvergner); c. 30 S. 246 (Flandern); c. 29 S. 234 (Giganten). Dazu KIRN, Nationalgefühl 80 ff.; Werner KAEGI, Chronica mundi, Grundformen der Geschichtschreibung seit dem Mittelalter (Christ heute III, 6), Einsiedeln 1954, S. 24 ff.; SPÖRL (o. Anm. 1) S. 103 ff.

schichte zu bemühen, auch nicht um ihr Ende, das zu beachten einem Apokalypsenkommentar wohl angestanden hätte[25]).

In der „Glossa interlinearis" mußte man sich kurz fassen; hier brachte Anselm oder einer seiner Schüler die Lehre von der hebräischen Ursprache unter und verwies auf die Legende, daß der Riese Nimrod den Turm von Babel errichtet habe. Aber dieser Turm wurde, wie seit Isidor und Hraban üblich, allegorisch auf den Stolz der Welt und den Hochmut der Ketzer bezogen; Allegorie und Legende überwucherten das historische Faktum und alle Aktualisierungen der Kirchenreformer und Kreuzzugshistoriker. Die Völkertafel wurde zurückhaltend ausgedeutet; zu den seit Josephus und Hieronymus geläufigen Gleichungen trat nur die des Remigius von Auxerre neu hinzu; aber die Skythen Magogs, *qui et Massagetae*, und die Galater und *Gallograeci* Gomers waren keine Völker, die einem Zeitgenossen wirklich hätten begegnen können[26]). Man präparierte das Vergangene antiquarisch und trennte es vom Aktuellen. Im Johanneskommentar der „Glossa ordinaria" variierte Anselm die augustinische Definition der drei Hauptsprachen kaum merklich, aber entscheidend: *Latina propter Romanos tunc pene omnibus gentibus imperantes*. Es fehlte nur das Wörtchen *iam* vor *tunc*, und doch war damit den Römern und ihren deutschen Nachfahren im Kaisertum der zeitlose Vorrang entzogen; das Verbum *eminebant* schärfte noch einmal ein, daß die drei Sprachen früher, zu Jesu Zeit, von Belang waren; „heute" sind sie es nicht mehr[27]).

Denn alle Sprachen sind theologisch fast indifferent geworden. Der Psalmenteil der Glosse, den Anselm wohl unter Mithilfe seines Bruders Radulf (gest. 1131) abfaßte, ignorierte sie, wo immer es anging. In Psalm 18,4 bedeuten die *loquelae* nur *publicae suasiones*, die *sermones* nur *communes narrationes*, also das Gerede, nicht die Sprache. Augustins Gedanke, der Heilige Geist habe diejenigen alle Sprachen reden lassen, die alle Völker zu einem Corpus zusammenführen sollten, wird zwar beigefügt, aber sofort neutralisiert; „jetzt" sei Christus diese eine Zusammenfassung. Die *varietas* der Kirche im 44. Psalm bezieht sich wie bei Bruno von Würzburg nur auf die Tugenden der Apostel und Heiligen, nicht auf die Vielfalt der Sprachen. Die Erläuterung zum 104. Psalm verschweigt die Berechnung des Jüngeren Arnobius. Das *barbarus* in Psalm 113,1 meint lediglich die Rede, die den Schöpfer nicht preist[28]). Die Römerbrief-

---

[25]) Enarrationes in Apocalypsim 5, MPL Bd. 162, Sp. 1521. Dazu Kamlah, Apokalypse 28 ff.

[26]) Glossa interlinearis in Genesim 10–11, in: Biblia sacra cum Glossa, Antwerpen 1634, S. 177, 182.

[27]) Glossa ordinaria in Joannem 19, 19, MPL Bd. 114, Sp. 421. Zur Verfasserfrage Stegmüller, Repertorium Bd. 2, S. 356 Nr. 2583.

[28]) Glossa ordinaria in psalmos 18,4, MPL Bd. 113, Sp. 870 (Gerede); 44, 10 Sp. 910 (varietas); 104,8 Sp. 1019 (Arnobius); 113,1 Sp. 1035 (Barbar).

glosse bezeichnet nur die *exleges* als *barbari*, diejenigen, die nicht Hebräer, Griechen oder Lateiner seien; nicht die Sprache, sondern das Gesetz gibt dabei den Maßstab[29]). Bei 1 Kor. 14 ließ sich die Erörterung der Sprache nicht länger umgehen, aber Anselm zog sich aus der Schlinge. Es gebe viele Sprachen und sie hätten ihre eigenen Wortbedeutungen, damit sie verstanden würden; doch Fremde könnten sie nicht ohne Dolmetscher verstehen. Warum also haben sie *proprias significationes vocum, ut intelligantur*, wenn sie trotzdem nicht allgemein verständlich sind? Das interessierte den Theologen sichtlich nicht. Das Reden in Zungen war einst nur ein Zeichen für die Ungläubigen; sie sind inzwischen gläubig und brauchen keine Erbauung und weitere Verständigung mehr[30]). War damit das Pfingstwunder in eine ferne Vergangenheit verwiesen, was blieb dann von Babel?

Der Genesisteil der „Glossa ordinaria" ist wahrscheinlich von dem späteren Londoner Bischof und Freund Bernhards von Clairvaux, Gilbertus Universalis von Auxerre (gest. 1134), komponiert; er schied schärfer als der Lehrer zwischen Völkern und Sprachen. Die 72 Noachiden, in der jetzt allgemein eingebürgerten Unterteilung 15 Japhetiten, 30 Hamiten und 27 Semiten, wurden anders als bei den italienischen Kirchenreformern typologisch auf die 72 Jünger bezogen; in der Aufgliederung der Völker, bei deren Identifizierung er Hieronymus folgte, sah der Glossator keine Sündenschuld, wohl aber in dem hochmütigen, von Nimrod angestifteten Turmbau. Nimrod symbolisierte sogar wie bei Victorin von Pettau den Teufel, der Turm wie bei Isidor den Stolz der Welt und die Lehren der Ketzer. In der Sprachenteilung wollte – nach Alkuin – Gott nichts Neues schaffen, nur das Bestehende verändern; er griff wegen der *mundi superbia* ein und trennte die Menschen *secundum linguas suas*. Diese Sprachen waren klare Früchte der Sünde; daß es 72 gewesen wären, unterdrückte der Kommentator. Hingegen legte er einigen Wert auf die Geographia sacra. Noah habe die Erde geteilt; *Sem, ut aestimant, Asiam, Cham Africam, Japheth Europam sortitus est*. Die Formeln der „Joca monachorum" waren damit literaturfähig geworden; Europa war eine Gründung des frommen Noah, Geographie und Heilsordnung deckten sich[31]). Nur die Sprachenvielfalt blieb draußen. Gilbert trug im Jesajateil der Glosse kein Bedenken, mit Hieronymus das Hebräische als die End- und Himmelssprache zu proklamieren, die wir in unserem Erdenleben noch nicht begreifen können[32]). In der Tat beherrschte

[29]) Glossa ordinaria in epistolam ad Romanos 1, 14, MPL Bd. 114, Sp. 471.

[30]) Glossa ordinaria in epistolam I ad Corinthios 14, 10–21, MPL Bd. 114, Sp. 544.

[31]) Glossa ordinaria in Genesim 10–11, MPL Bd. 113, Sp. 113 ff. Zur Verfasserfrage Beryl Smalley, Gilbertus Universalis, Bishop of London (1128–34) and the Problem of the Glossa ordinaria, in: RTAM 7 (1935) 235–262, hier S. 257.

[32]) Glossa ordinaria in Isaiam 19, 18, MPL Bd. 113, Sp. 1261; nach Hieronymus, In Isaiam commentarii VII, 19, MPL Bd. 24, Sp. 264 f. (in anderen Drucken Sp. 256 f.).

damals kaum ein Abendländer das Hebräische, und so konnte es leicht in den Rang einer überirdischen, eschatologischen Sprache einrücken. Jedes andere Idiom galt offenbar als Abfall vom Ideal; nicht einmal das Latein wurde glorifiziert, obgleich es eben damals durch die Frühscholastik eine neue, von Einflüssen der Volkssprachen weithin gereinigte Form erhielt[33]). Die Sprachtheorie Anselms von Canterbury trug die ersten Früchte: Die Sprachen sind unzuverlässig und machbar; dem Glauben helfen sie so wenig wie der Ordnung des Daseins.

Ähnlich dachte wohl der Magister Albericus, der den Glossentext zur Apostelgeschichte schrieb. Als es galt, das Pfingstwunder zu erläutern, stellte er sich gleichmütig zwischen die Alternativen, die noch Beda so sehr erregt hatten: *Linguis omnibus loquebantur, vel sua, id est Hebraea, lingua loquentes ab omnibus ita intelligebantur, ac si propriis singulorum loquerentur.* So deutlich war in lateinischer Sprache noch nie die Möglichkeit des Hörwunders in den Vordergrund geschoben worden; das Sprachwunder wurde zum *ac si*, zum Als Ob, und der Primat des fernen Hebräisch erhielt doppelten Akzent. Was wurde dann aus dem Gedanken vom Gottesvolk aller Zungen, den der Glossator so betonte, was wurde aus dem Vergleich Babel-Pfingsten, was aus der Parallele zwischen 72 Sprachen und 72 Jüngern? Alberich nahm Anselms Lehre von 72 Sprachen trotzdem auf, aber mit vorsichtigem *dicuntur esse* und mit sorgfältiger Beweisführung, nicht etwa von der Völkertafel aus, sondern von der Zahl der 72 Jünger Christi her; es müsse 72 Sprachen gegeben haben, *ut numerus praedicatorum concordaret numero linguarum,* also wegen der typologischen Symmetrie, nicht aus exegetisch-historischen Gründen[34]). Alberichs Apokalypsenteil der Glosse wiederholte nur komprimiert die Stelle aus Anselms Apokalypsenkommentar und hatte nichts weiter zu bemerken[35]). Die Schule von Laon hat durch ihre Glossen die ganze folgende mittelalterliche Bibelexegese befruchtet und belastet. Zeugnisse der Auflehnung werden uns in Fülle begegnen, denn schon die Zeitgenossen spürten, wie sehr die Schule das Ereignis von Babel und damit den Angelpunkt der universalen Heilsgeschichte in den Hintergrund drängte.

In Frankreich fand sie zunächst kaum Widersacher. Nicht allzuweit von ihrer Haltung entfernte sich am Jahrhundertbeginn der Auftraggeber der Wandmalereien in der Kirche Saint-Savin-sur-Gartempe (Vienne). Die Turmbau-

---

Fast wörtlich dasselbe bei dem Benediktiner Hervaeus von Bourg-Dieu (ca. 1080–1150), Commentarius in Isaiam III, 18, MPL Bd. 181, Sp. 197 f.

[33]) Artur Michael Landgraf, Dogmengeschichte der Frühscholastik, Bd. 1, 1, Regensburg 1952, S. 20 ff.

[34]) Glossa ordinaria in Acta Apostolorum 2,4 ff., MPL Bd. 114, Sp. 430 f. Zur Verfasserfrage Stegmüller, Repertorium Bd. 2, S. 356 Nr. 2584.

[35]) Glossa ordinaria in Apocalypsim 5,9, MPL Bd. 114, Sp. 720.

Darstellung im Langhaus widersprach formal und ikonographisch allen byzantinischen Mustern, auch den englischen Babelbildern des frühen und den italienischen des späten 11. Jahrhunderts. Der Turm steht in der Mitte; rechts arbeiten die Menschen eifrig weiter, links schreitet die hohe Gestalt Gottes davon, während die Leute ihm nachblicken. Hier ist also, vielleicht zum ersten und einzigen Mal, der retardierende Moment von Gen. 11,6 dargestellt: Gott hat das Werk der Menschen herniedersteigend besichtigt und kehrt zum Himmel zurück; von dort wird er zum zweiten Male mit seinen Engeln niederfahren in Macht und Herrlichkeit. Aber diese zweite Niederfahrt sieht man nicht; noch ist nichts geschehen, es scheint, als ließe Gott seiner spotten[36]). So wird der Babelturm zum Sinnbild des menschlichen Interims, aber nicht zum Symbol irdischer Vielfalt und göttlicher Vorsehung. Auch der Gegenpol zu Babel versank. Um 1130 verherrlichte das Tympanon an der Abteikirche von Vézelay die Ausgießung des Heiligen Geistes an Pfingsten; Christus selbst teilt ihn den Aposteln mit. Doch ringsum in den Randfeldern stehen nicht die Völker der Welt als Gottesvolk aller Sprachen, sondern ungeheuerliche Fabelwesen[37]). Besser als durch die beiden Kunstdenkmäler läßt sich das abwehrende französische Verhalten zur Sprachen- und Völkerwelt kaum charakterisieren.

Als der Abt von Cluny, Petrus Venerabilis (1092/94–1156), 1143 von seiner Spanienreise zurückkam, wurde er erschreckt inne, daß die Lateiner, besonders die *moderni*, keine fremden Sprachen mehr lernten. Zwar konnte Petrus selber auch kein Arabisch und nannte die Araber samt allen Mohammedanern Barbaren, ihr Idiom barbarisch; aber er veranlaßte doch wenigstens Übersetzungen aus der islamischen Literatur. Er mußte die Übertragung eigens entschuldigen mit dem Hinweis auf das aus dem Hebräischen und Griechischen übersetzte Alte und Neue Testament; seine Zeitgenossen, so beklagte er sich, beherrschten nur ihre Muttersprache nach Art der Juden, die damals in Jerusalem die verschiedenen Sprachen der Apostel mißtrauisch und unverständig anhörten[38]). Die Zeit stand nicht mehr in der Nachfolge der Apostel; sie bemühte sich nicht um die Sprachengabe, nicht um Vergangenheit und Umwelt. Unsere Kenntnisse vom Altertum seien, meinte Petrus, dank früherer Bemühungen gut; die

---

[36]) EHRENSTEIN, Bild 126 Abb. 5.

[37]) Stephan SEELIGER, Das Pfingstbild mit Christus, 6.–13. Jahrhundert, in: Das Münster 9 (1956) 146–152, hier S. 152 (Hinweis von Dr. Mohammed RASSEM-München).

[38]) Epistola II, 46, MPL Bd. 189, Sp. 269 (Barbaren); Contra sectam Saracenorum, Prologus 15 f. Sp. 671 f. (Übersetzung). Dazu James KRITZECK, Peter the Venerable and the Toledan Collection, in: Petrus Venerabilis 1156–1956, Studies and Texts Commemorating the Eighth Centenary of His Death, hg. Giles CONSTABLE – James KRITZECK (Studia Anselmiana 40), Rom 1956, S. 176–201, hier S. 178; Johann FÜCK, Die arabischen Studien in Europa bis in den Anfang des 20. Jahrhunderts, Leipzig 1955, S. 3 ff.

alten Autoren hätten sich ihren Stoff von fernsten Nationen und aus fremden Sprachen besorgt, die Ägypter hätten Griechisch, die Griechen Lateinisch, die Lateiner Griechisch, Hebräisch und manche andere Sprache gelernt und vieles in ihre Idiome übersetzt. Aber über den späteren Fortgang in der Kirche Gottes und in den Reichen der Christenheit wisse man so gut wie nichts, denn die heutigen Koryphäen des Lateinischen befaßten sich nicht mit dem, was ihrem Lande fremd sei, nicht einmal mit dem, was zwei Schritte abseits geschehe[39]).

In der Tat beschäftigte die Franzosen trotz Petrus' Warnung weit mehr als Umwelt und Vorzeit die Einrichtung ihrer gedanklichen Gegenwart, und hier liegen ihre dauernden Leistungen. Der Universalienstreit, die Auseinandersetzungen um die Anfänge der Scholastik und Kanonistik, das Streben der neuen Mönchsorden nach Vergeistlichung des Irdischen sind nur Teilaspekte dieses intensiven Bemühens um ein zeitloses System. Es wurde mit exegetischen Mitteln errichtet, ließ aber die philologische Bibelexegese zurücktreten. Der unermüdlichste Mahner der Zeit, Bernhard von Clairvaux (1091–1153), betätigte sich nicht in der Bibelauslegung und der Philologia sacra; seine Predigten über das Hohe Lied haben mit dem Text des Bibelbuches nur einen äußerlichen Konnex. Freilich lebte er gefühlsmäßig ganz in der lateinischen Bibel, so souverän, daß ihm der Biograph das bedenkliche Lob spendete, er sei nicht sowohl der Diener als der Herr der Bibel; sie folge ihm, wohin er sie führe[40]). Im Mittelpunkt stand ihm überall der mystisch-spirituelle Sinn der Heiligen Schrift; das wörtliche Verständnis vor allem des Alten Testamentes wollte er gern den Juden überlassen und christlich, das heißt typologisch und allegorisch, interpretieren[41]). Dabei deutete er auch den Turm von Babel neu, nicht wie Isidor und die italienischen Reformer als Gegenbild zur Einheit der Kirche; denn Bernhards Hauptgegner waren die Frühscholastiker, nicht die Häretiker. Babel ist also Sinnbild des unersättlichen, selbstherrlichen Wissens, das die Menschen heute suchen; sie häufen nach wie vor – wie in Babel, das zum unhistorischen Urbild typischen Verhaltens wurde – den Berg des Wissens auf. Nichts finden sie zu gering, um ihn höher aufzutürmen. „Indem sie Babel bauen, glauben sie zur Gottähnlichkeit zu gelangen"[42]). Erst im 20. Jahrhun-

---

[39]) De miraculis, Prologus, MPL Bd. 189, Sp. 907 ff.; dazu LECLERCQ (o. S. 484 Anm. 2a) S. 149 f.

[40]) Gaufrid von Auxerre, Vita prima III, 3,7, MPL Bd. 185, Sp. 307; dazu Joseph LORTZ, in: Bernhard von Clairvaux, Mönch und Mystiker, Internationaler Bernhardkongreß Mainz 1953, Wiesbaden 1955, S. XX.

[41]) Epistola 106,2, MPL Bd. 182, Sp. 242. Zu B.s Bibeldeutung Maurice DUMONTIER, Saint Bernard et la Bible (Bibliothèque de spiritualité médiévale), Paris 1953, S. 173 f.

[42]) Sermo in ascensione Domini IV, 5, MPL Bd. 183, Sp. 311.

dert sollte Bernhards an einen augustinischen Gedanken anknüpfende Auslegung wieder ganz modern werden; das vernunfts- und wissenschaftsgläubige 12. Jahrhundert folgte ihm hierin nicht.

Er war selbst nicht ganz konsequent, denn Pfingsten interpretierte er nicht als das Gegenbild der Scholastik, als mystische Eingießung des Heiligen Geistes, der *charitas Dei*, in eine mönchisch-asketische Gemeinschaft; erst sein Schüler, der Zisterzienserabt Guerricus von Igny sehnte sich nach der feurigen Beredsamkeit der Apostel und holte das Versäumnis nach[43]). Wie für Guerricus ist auch für den gewaltigen honigfließenden Prediger Bernhard diese Eingießung des Geistes ein gegenwärtiges, nicht kontinuierliches, Pfingsten aber ein vergangenes, überholtes Ereignis. Die Jünger hätten die Kenntnis aller Sprachen erhalten, aber niemand solle sich beschweren, daß uns dieses Geschenk des Heiligen Geistes nicht mehr zuteil werde; denn der Geist werde (1 Kor. 12,7) jedem nach seinem Nutzen gegeben. Das hieß also wie bei Bruno dem Karthäuser, daß Sprachenkenntnis zu nichts mehr taugte. Petrus Venerabilis hätte es mit Kummer und Sorge vernommen: Bernhard distanzierte sich und seine Zeit von den Aposteln, deren Nachfolge er predigte. Zwar seien die Jünger polyglott geworden, damit sie die Heiden bekehren könnten; das war aber nun wie bei Bruno von Asti nicht mehr die dringlichste Aufgabe. „Es mag sein, daß die Sprachen wegen der vielfältigen Gedanken geteilt sind, aber ihre Vielfalt soll im einen Licht der Wahrheit und in der einen Glut der Liebe wie Feuer sein"[44]). Doch das betraf nur den Innenraum der abendländischen Kirche; daß auch in ihm die Sprachenvielfalt auf Babel zurückgehe, mochte Bernhard, wie man sieht, nicht sagen. Die irdische Welt draußen wartete auf geistliche Ordnung; aber *orbis* bedeutete bei Bernhard meist nur die abendländischen Völker. Die übrige Erde würdigte er kaum. Die Kirche Gottes dehnt sich über die ganze Erde und alle Nationen aus, das war für den Abt auch ohne missionarische Bemühung eine bereits realisierte Wirklichkeit; der *praesens Oriens* ist nicht etwa das Heilige Land der Kreuzfahrer, sondern Christus selber[45]).

Dennoch blieb der Erdenrest. Alles Irdische sei vermischt und zwiespältig; nur wo die Einheit sei, herrsche Vollendung, alle anderen Zahlen bezeichneten die *divisio*; die Kirche aber, die sich aus allen Völkern zusammensetze und über

---

[43]) Sermo II in festo Pentecostes, MPL Bd. 185, Sp. 160 ff. Zur Verfasserfrage Jean LECLERCQ OSB, La collection des sermons de Guerric d'Igny, in: RTAM 24 (1957) 15–26.

[44]) Sermo in festo Pentecostes I, 2 und 6, MPL Bd. 183, Sp. 323 ff.

[45]) De laude novae militiae c. 1, MPL Bd. 182, Sp. 921. Zum Orbis- und Heidenbegriff Pierre DÉRUMEAUX, Saint Bernard et les infidèles, in: Mélanges Saint Bernard, XXIVe congrès de l'Association Bourguignonne des sociétés savantes, Dijon 1954, S. 68–79, hier S. 71 f.

den ganzen Erdkreis hin ausgebreitet sei, dürfe nur eine sein[46]). War sie es? Freilich, die Deutschen verstanden Bernhards Kreuzzugspredigt im Speyerer Dom und anderswo, auch wenn er französisch oder lateinisch predigte; sie hörten kaum auf den Dolmetscher[47]). Aber diese pfingstliche Ekstase war nicht die ganze Wirklichkeit; Bernhard mußte den Laienbrüdern seines Ordens wohl oder übel in romanischer Sprache predigen, weil sie sonst nichts verstanden und sich nicht besserten. Ärgerlich vermerkte er die Dialektgrenzen innerhalb Frankreichs: *diversis provinciis et dissimilibus linguis ad invicem distamus*[48]). Bernhards inbrünstige Gottsuche wollte sich immer wieder von den häßlichen Realitäten lösen oder sie mit in den Höhenflug reißen, aber sie widerstrebten, und dann lag es dem Heiligen fern, die Vielfalt religiös zu sanktionieren. Zudem kümmerte er sich wenig um die Laien, gar nicht um Fremdsprachen; er konnte wahrscheinlich kein Griechisch. Bernhard war ein Meister lateinischer Sprache wie wenige, aber er wollte von ihren immanenten Problemen nichts wissen; aller Humanismus, jeder Ausgleich zwischen Kultur und Glauben rief seinen erbitterten Widerstand hervor[49]).

Eben auf diesen Ausgleich hatte es Bernhards größter Gegner abgesehen, Peter Abälard (1079–1142). Daß Bernhard die Sprache, ihre innere Logik und die Vielzahl ihrer Bedeutungen nicht geduldig geprüft habe, warf Abälard ihm noch kurz vor seinem Tode vor[50]). Bei Abälard selbst kamen die Fragen der Sprache allerdings in die kundigsten Hände, denn sein ganzes Denken ging von der Sprachlogik aus. Sie regte seine Lösung des Universalienproblems an, die nur im Denken und in den Dingen, nicht in der Sprache die universale Gültigkeit der Begriffe anerkannte. Schon in einem seiner frühesten Werke, der „Logica" von etwa 1113/23, löste Abälard die Sprachenvielfalt aus diesem Problemkreis heraus. Die Wörter mögen im Griechischen und Lateinischen verschieden lauten, ihre Bedeutung *(intellectus)* ist doch dieselbe für den, der beider Sprachen mächtig ist. Nicht die *diversitas linguarum* spaltet die Begriffe, sondern nur eine *diversitas fundamentorum* die Wörter. Dinge und Bedeutungen behalten ihre Identität; nur die *voces et litterae* differieren nach Klang, Schreib-

---

[46]) De consideratione II, 8, 15, MPL Bd. 182, Sp. 752.

[47]) Gaufrid von Auxerre, Vita prima III, 3, 7, MPL Bd. 185, Sp. 307; dazu Elphège VACANDARD, Vie de Saint Bernard, abbé de Clairvaux, 4. Aufl., 2 Bände, Paris 1920, hier Bd. 2, S. 295.

[48]) Epistola 67, 1, MPL Bd. 182, Sp. 175; dazu VACANDARD (o. Anm. 47) Bd. 1, S. 461.

[49]) Yves CONGAR, Die Ekklesiologie des Hl. Bernhard, in: Bernhard (o. Anm. 40) S. 76–119, hier S. 89 f. (Laien); Jean MARILIER, Les premières années, Les études à Châtillon, in: Bernard de Clairvaux, hg. Commission d'histoire de l'ordre de Cîteaux, Paris 1953, S. 17–27, hier S. 23 f. (Sprachkenntnisse, vgl. ebenda S. 457, 538).

[50]) Ein neuaufgefundenes Bruchstück der Apologia Abaelards, hg. Paul RUF – Martin GRABMANN (Sitzungsberichte der Bayer. Akad. d. Wiss., Philos.-Hist. Abt., Jg. 1930, Nr. 5), München 1930, S. 15, 17.

weise und Aufgabe *(officium significandi)*. Da Dinge und Bedeutungen überall gleich sind, gehören sie – nach Boethius – zur Natur und nicht, wie die Laute und Buchstaben, zur menschlichen Setzung, *hominum positio*[51]). Damit ist schon die Dreiteilung Wort – Bedeutung – Sache ausgebildet, die die ganze Hochscholastik beherrschen wird. Sie hat ihre theologische Konsequenz. Wer die Sprache samt ihren Verschiedenheiten so psychologisch und nominalistisch betrachtete, konnte nicht glauben, daß sie mit den Dingen zugleich von Gott geschaffen sei, und so heißt es um 1124: *Quid enim aliud est nativitas sermonum sive nominum quam hominum institutio?*[52]).

Noch in seiner „Dialectica" kam Abälard immer wieder darauf zurück: Das Wort steckt in der bezeichneten Sache nicht von Natur aus, lediglich der Mensch stellt als *prima causa* den Zusammenhang her; er kann durch seine Namengebung nicht das Geringste an den natürlichen Eigenschaften der Dinge ändern, das ist allein Gott vorbehalten. *Vocum enim impositionem summus artifex nobis commisit, rerum autem naturam propriae suae dispositioni reservavit.* Die alte Unterscheidung der Grammatiker zwischen Wort und Sache wurde hier theologisch relevant; aus den Namen der Geschöpfe läßt sich nichts von Gottes Eigenschaften erschließen, die Sprache ist Sache des Menschen und führt nicht über ihn hinaus. Die Bezeichnung der Dinge ist freilich zugleich ein stolzes Privileg des Menschen und gehört zur Menschenwürde. Darum wählt Abälard als Beispiel für die *vocum impositio* das Wort *homo* und seinen eigenen Namen *Abaelardus*; das Exempel für Naturlaute ist das Hundegebell. Auch späterhin kann eine Benennung nie natürlich werden, sie wird dann höchstens der Gewohnheit unterworfen. Der vernünftige Mensch ist denn auch stets souveräner Herr über seine Sprache, nie umgekehrt; die Eigentümlichkeiten des Lateinischen besagen nichts über Gründe und Grenzen der menschlichen Vernunft, sie basieren wieder nur auf der *inventio linguae nostrae*, die wie alle Wissenschaft der Verbesserung und Steigerung fähig ist[53]).

Es gibt also eine Geschichte der Sprache. Abälard, der mit den Mönchen von Saint-Denis Streit bekam, weil er eine Beda-Stelle höher wertete als die alte Tradition vom Klostergründer Dionysius Areopagita, Abälard scheute sich auch in der Sprachenfrage nicht vor historischer Kritik. Die erste Sprache

---

[51]) Logica Ingredientibus, hg. Bernhard Geyer, Peter Abälards philosophische Schriften (Beiträge zur Geschichte der Philosophie und Theologie des Mittelalters 21, 3), Münster 1927, S. 323 f.

[52]) Glossulae super Porphyrium, Geyer (o. Anm. 51) Heft 4, Münster 1933, S. 522.

[53]) Dialectica, hg. L. M. de Rijk (Wijsgerige Teksten en Studies 1), Assen 1956: I, 3, 3 S. 125 (prima causa); I, 2, 2, S. 66 (Namengebung und Eigenschaften); V, 1 S. 576 (Mensch und Gott); I, 3, 1 S. 111 (homo), 114 (Abaelardus, Hundegebell); I, 2, 3 S. 99 (Gewohnheit); I, 3, 3 S. 132 (inventio); V, 1 S. 535 (Steigerung). Theologia christiana IV, MPL Bd. 178, Sp. 1285 (Name der Geschöpfe und Gottes Eigenschaften).

könne nicht von Gott gegeben, sondern müsse durch Adam erfunden worden sein, nicht in einem inspirierten oder genialen, jedenfalls geschichtslosen Augenblick, sondern mühsam und schrittweise. Adam müsse mehrere Jahre im Paradies zugebracht haben; die gewöhnliche Annahme der Zeit sprach von einigen Stunden. *Non enim breve temporis spatium, ut caetera ommittamus, ad unius linguae inventionem sufficere poterat.* Adam ersinnt und erprobt im Paradies eine Sprache – über dem reizenden Genrebild vergesse man nicht, daß dies alles andere als „traditionnel de doctrine" war[54]). Es war eine Revolution im Geiste Anselms von Canterbury; es war die Revolution, auf der die Scholastik mit beruht.

Daß die Sprache heute und immer das Werk des Menschen allein war, entwertete sie nicht, sondern hob ihren Rang. Der Turmbau von Babel stand dieser Deutung im Weg; Abälard tat ihn nach 1123 kurz ab. An Gen. 11,7 interessierte ihn nur der Plural, der auf die drei Personen der Dreifaltigkeit zu beziehen sei. Derselbe Vers handelte von Gottes Willen, die Sprachen zu verwirren; *linguas* heißt es bei Abälard mit Gen. 10, 20 und 31, im Gegensatz zu *linguam* in Gen. 11,7. Schon das christliche Altertum hatte bemerkt, daß die Bibel unhistorisch verfuhr, wenn sie in Gen. 10 von mehreren Sprachen und danach in Gen. 11 von der Teilung der einen Sprache in mehrere berichtete. Aber seit Augustin und Isidor glaubte man einmütig, vor einer biblischen Redefigur, der Vorwegnahme, zu stehen; in Wahrheit sei die Sprachentrennung erst in Gen. 11,7 eingetreten. Abälard revoltierte; die Bibel bestand nicht aus rhetorischen Figuren, sie war keine Sprachlehre, sondern Geschichte und Realität. Man mußte sie beim Wort nehmen. Das hieß aber: Es gab schon vor Babel mehrere Sprachen; Gott hat sie nicht geschaffen, nur verwirrt. Auch diese revolutionäre Folgerung ist nur logisch; wenn die Sprache auf Vereinbarung und menschlicher Willkür beruht, brauchte sie nicht im Stadium des Anfangs verharren; sie wurde verbessert und verzweigte sich dabei, ohne daß Gott hätte eingreifen müssen. Durch die Differenzierung der Sprachen wurde ihr Zweck zunächst nicht beeinträchtigt, denn, Abälard wiederholte es, der Mensch erfand die Sprache *ad manifestandos intellectus suos*[55]). Bernhard sagte, „wegen der vielfältigen Gedanken" seien die Sprachen geteilt; aber für Abälard waren die *intellectus* überall dieselben und nicht der Anlaß der Sprachverschiedenheit, sondern nur der Ausgangspunkt für immer mehr verfeinerte sprachlogische Gliederung.

Babel war also keine grundlegende Epoche; es hat allenfalls gestört, nicht aufgebaut und begründet. Es brachte irrationale Elemente ins Spiel, jene äußer-

---

[54]) Expositio in Hexaëmeron VI, MPL Bd. 178, Sp. 781; dazu irrig Spicq, Exégèse 119 (Zitat).

[55]) Theologia I, 13, MPL Bd. 178, Sp. 999 (Dreifaltigkeit; auch in Theologia christiana I, 3 Sp. 1128, hier linguas); II, 10 Sp. 1064 (Sprache). Zu Augustin und Isidor s. u. Anm. 96.

lichen Unterschiede, die Abälard ebenso wie Bernhard zu mißachten wünschte; weil sie sich nicht auflösten, haßte er sie. Obwohl er selbst Bretone war, widerten ihn seine Mönche in St. Gildas in Rhuys in der Bretagne an, denn das Kloster lag jenseits der heimischen Dialektgrenze: *terra quidem barbara et terrae lingua mihi incognita erat*[56]). Auch anderswo machte er seinem Zorn über die *Britones* mit Isidors Etymologie Luft; nicht alle, aber die meisten seien *quasi brutones*, häßlich, dumm und unvernünftig[57]). Abälard vergaß hier im Ärger die historische Kritik und den Vereinbarungs-Charakter der Sprache, aber er befehdete die Mannigfaltigkeit nur dort, wo sie der Vernunft zuwiderlief. In einem Brief an Bernhard von Clairvaux verteidigte er die Vielfalt in der Liturgie und gelegentliche Neuerungen, die den Glauben nicht verletzten. Dabei nahm er eine ganze Tradition wieder auf, die von Gregor dem Großen bis zu Goscelin reichte: *Qui ergo omnium linguarum generibus praedicari voluit, ipse diversis officiorum modis venerari decrevit.*

Der Mensch tut also Gottesdienst und stellt zugleich die Rationalität der Sprache und seine Herrschaft über sie wieder her, wenn er Sprachen lernt, freilich nicht die Volkssprachen, denen der Gelehrte Abälard ferner stand als der Prediger Bernhard; selbst Abälards Liebeslieder für Heloise waren lateinisch. Abälard meinte die Kenntnis der Bibelsprachen, die er als Exeget brauchte. Er mutete den armen Nonnen des von Heloise geleiteten Paraklet-Klosters zu, sie sollten die drei Kreuzessprachen Hebräisch, Griechisch und Latein lernen[58]). Dadurch sollten sie sich, so gut sie eben könnten, dem Pfingstwunder annähern, bei dem alle Sprachen erklangen und nicht nur ein Hörwunder die Sinne betrog; allerdings, was damals die Gnade des Heiligen Geistes den Aposteln schenkte, das müßten die Nachahmer des apostolischen Lebens durch eigenen Fleiß erringen – ein Aspekt der „Vita apostolica", der mit der neuen Rangstufe des Wissens zusammenhing, freilich bis heute wenig Beachtung und schon damals wenig Befolgung fand[59]). Petrus Venerabilis, der hierin ähnlich wie Abälard und anders als Bernhard dachte, sollte bald Abälard in seinem Kloster gütig aufnehmen und Heloise respektvoll das Zeugnis ausstellen, daß sie nicht nur Griechisch, sondern sogar Hebräisch könne. Abälard, der Gleiches von ihr rühmte, stand ihr wohl nicht nach[60]). Um so begeisterter

[56]) Epistola consolatoria, hg. Joseph Thomas Muckle CSB, Abelard's Letter of Consolation to a Friend (Historia Calamitatum), in: Mediaeval Studies 12 (1950) 163–213, hier S. 203.

[57]) Dialectica (o. Anm. 53) I, 3, 3 S. 128; V, 2 S. 583; nach Isidor, Etymologiae IX, 2, 102.

[58]) Epistola 10, MPL Bd. 178, Sp. 340 (an Bernhard); ep. 9 Sp. 333 ff. (drei Sprachen). Lateinische Liebeslieder: Grundmann, Litteratus 53.

[59]) Sermo XVIII in die Pentecostes, MPL Bd. 178, Sp. 510 ff.

[60]) Petrus Venerabilis, Epistola IV, 21, MPL Bd. 189, Sp. 349; Abälard, ep. 9, MPL Bd. 178, Sp. 331, 333; dazu Etienne Gilson, Heloise und Abälard, zugleich ein

besang er in seinen Hymnen für Heloisens Nonnen vom Parakleten das Pfingstwunder der Sprachen. Der Heilige Geist erfüllte die Herzen der Apostel mit allen Sprachen; wie einst die Sprachenspaltung die Stolzen zerstreute, so sammelte an Pfingsten Demut die Getrennten.

Laudari linguis omnibus
et praedicari debuit
in cunctis mundi partibus
qui has, qui cuncta condidit[61]).

Hier gipfelt Abälards Sprachdenken: Was Menschen geschaffen hatten, was zunächst unter Adams Kindern einträchtig fortentwickelt wurde, was der Hochmut von Babel verwirrte, das klärte und sammelte Gott. An Pfingsten wurde der goldene Zustand der Urzeit nicht nur wieder hergestellt, sondern weit überboten; das Fest des Parakleten war der höchste, auch durch den Fleiß der Neueren nicht mehr ganz zu erreichende Gipfelpunkt der Sprachgeschichte. Den Zeitgenossen hinterließ er die Mahnung, die Rationalität und Klarheit der Sprache zu hüten und, wo es ihr nicht widerspricht, das Verschiedenartige gelten zu lassen. Das Wächteramt des Menschen ist hoch, aber kein Anlaß zum Hochmut; der Mensch ist Herr der Sprache nur, solange er sich selbst im Zaum hält. Die Sprache ist eine Forderung an den Menschen und wird, wenn er sie versäumt, zur Strafe Gottes. Es ist kaum übertrieben, wenn man den vielgelästerten Abälard nicht nur den tiefsten und einflußreichsten Sprachphilosophen, sondern auch den bedeutendsten Sprachtheologen seiner Zeit nennt; und selbst sein Entwurf der Sprachgeschichte blieb bis zu Dante unübertroffen. Er hat bald auch seine Feinde überzeugt.

Sogar der trockenste unter Abälards begabten Pariser Hörern, Petrus Lombardus (gest. ca. 1160), erklärte 1150/52 nachdrücklich, daß nicht Gott oder ein Engel, sondern der Mensch den Dingen die Namen gegeben habe. Freilich machte Lombardus dabei Adam zum gottbegnadeten Universalgenie: *horum omnium Deus illi et scientiam tribuit*. Die Auserwählung, die schon den Stammvater adelte, war allein geistlich: Deut. 32,8 sprach, wie Gregor der Große bemerkt hatte, nur von den für den Himmel Ausersehenen, nicht von den Völkern; die 72 Jünger bedeuteten wiederum nicht die Nationen der Erde, sondern nur die Priester[62]). Wenn der Lombarde Gottes Einwirken so betonte und von den menschlichen Gemeinschaften so wenig hielt, konnte er auch den Turmbau

---

Beitrag zum Problem von Mittelalter und Humanismus, Freiburg i. Br. 1955, S. 143 Anm. 12. Zu A.s Sprachkenntnissen Jeffrey Garrett SIKES, Peter Abailard, Cambridge 1932, S. 28 ff.

[61]) Sequentiae 55, In festo Pentecostes, Ad Laudes, MPL Bd. 178, Sp. 1799 f.

[62]) Libri IV sententiarum, hg. Patres collegii S. Bonaventurae, 2 Bände, 2. Aufl., Quaracchi 1916: II, 23, 3 Bd. 1, S. 417 f. (Adam); II, 9, 7 S. 350 (Deut.); IV, 24, 11 Bd. 2, S. 901 (Jünger).

links liegen lassen: Die Sprache derer, die den Turm bauten, sei damals verwirrt worden – etwa gar nicht die aller Menschen? Jedenfalls hielt Gott alles fest in der Hand; auch der *varietas* konnte Petrus nur etwas abgewinnen, wenn es sich um die vielen Tugenden der einen Kirche Gottes handelte. In dieser Kirche sprechen seit Pfingsten die Apostel alle Sprachen; barbarisch ist wie in der „Glossa ordinaria" die Sprache, die Gott nicht lobt[63]). Anders als der Glosse und wie Abälard schienen dem Gelehrten nur die drei Hauptsprachen zum rechten Gotteslob befähigt: Barbarisch sei, so schrieb er 1142/44, jede Sprache außer Hebräisch, Griechisch und Latein. Trotzdem sollen in der Kirche Unterschiede der Sprachen nicht gelten, da Christus alles ist; darum verwendet die Kirche auch alle Idiome. Noch einmal meint man Abälard zu hören, wenn Petrus sich freut, daß das Pfingstfest die Gemeinschaft der Christgläubigen aus allen Sprachen und Völkern gefestigt habe, *quia per linguas consocietas humani generis constat*[64]). Aus Abälards Geistkirche ist dabei die gegenwärtige, fast staatlich verfaßte Kirche geworden, die die Völker und Nationen beinahe ersetzt; und an die Stelle der menschlichen Herrschaft über die Sprache ist Gottes Vorsehung getreten. Aber Bernhards Mißachtung der Sprachenwelt war nun auch den Theologen nicht mehr möglich.

Sprachwissenschaft und Theologie begegneten sich. Obwohl nichts davon überliefert ist, kann man sich ohne Abälards Vorgang und Einfluß schwer erklären, daß um diese Zeit die Grammatik aufblühte und der Theologie durch die Definition des Nomen und der Zeitfunktion wertvolle Hilfsdienste in dogmatischen Fragen leistete[65]). Auch der rätselhafte Petrus Heliae muß von Abälards Gedanken gezehrt haben. Der wahrscheinlich in Poitiers, nach 1140 in Paris lehrende Grammatiker meinte um die Mitte des Jahrhunderts in seinem Priscian-Kommentar, es müsse mehrere Grammatiken geben; man kenne bereits solche für das Griechische, Lateinische, Hebräische und Chaldäische, doch sei jede Sprache, auch die *lingua Gallica*, der grammatischen, also systematischen Darstellung und Rationalisierung fähig. Schon Aelfric hatte die lateinische Grammatik auf die angelsächsische übertragen wollen, noch in der Überzeugung, daß die Grammatik in allen Idiomen dieselbe sei. Petrus Heliae ging, vielleicht durch Abälard ermutigt, weiter als Abälard selbst: auch in den verachteten Vulgärdialekten ließ sich die menschliche Ratio aufspüren und

---

[63]) Commentarium in psalmos 54, MPL Bd. 191, Sp. 510 (Turmbau); 44 Sp. 444 (varietas); 18 Sp. 208 (Pfingsten); 113 Sp. 1019 (barbarisch).

[64]) Collectanea in epistolam ad Romanos 1, MPL Bd. 191, Sp. 1321 (barbarisch); in epistolam ad Colossenses 3, MPL Bd. 192, Sp. 283 (keine Unterschiede); in epistolam ad Ephesios 4 Sp. 197 (consocietas).

[65]) Marie-Dominique Chenu OP, Grammaire et théologie aux XIIe et XIIIe siècles, in: AHDL 10 (1936) 5–28; ders., La théologie au douzième siècle (Etudes de philosophie médiévale 45), Paris 1957, S. 90–107.

kultivieren. Petrus hat den alten Priscian durch viele modernisierende Zusätze ergänzt und auf die Gegenwart angewandt, sich dabei auch über französische Ortsnamen ausgelassen. Wieder also wurde Geschichte in Vernunft verwandelt: Jede Sprache, nicht nur eine der „heiligen“ oder Bildungssprachen, ist rational gebaut, weil die Sprache selbst, heute wie immer, eine Erfindung der Ratio ist: *Vocem enim format artifex in diversa linguarum genera secundum artem grammaticam*[66]). Man wüßte gern, wer mit diesem *artifex* gemeint ist. Wäre es – nach Abälards Sprachgebrauch – Gott, dann hätte er sich bei der Sprachschöpfung vor oder in Babel an die den Menschen einsichtigen Regeln der Grammatik gehalten; ist es der Mensch – und das liegt nach Abälards Vorbild näher –, dann handelt auch er nicht nach Willkür, und auch die Sprachverschiedenheit ist dann ein Werk des vernünftigen Menschen, nicht von Gottes Strafe. Petrus Heliae hält die Gegenposition zu Petrus Lombardus, und auch bei ihr verschwindet Babel. Es kommt dem Grammatiker auf die Macht des *artifex* nicht an; wer es auch sei, er steht unter dem Gesetz, das der Mensch versteht; die Sprache ist ein rationales Gebilde, selbst als wildgewachsener Dialekt.

Für Petrus Heliae ist sie nicht völlig dem Intellekt unterworfen, er räumt auch dem Affekt und dem Willen einen Platz ein, wenn er sagt, die Sprache sei erfunden, damit die Menschen einander ihre Absichten *(voluntas)* mitteilten. Auch dies war noch ein rationaler Zweck. Glossen seiner Schüler, wohl aus dem Kreis des in Frankreich lehrenden und auch von Abälard beeinflußten Engländers Radulf von Beauvais, ordneten die Sprache nicht mehr der Tat, sondern ganz der Theorie unter und ersetzten nach Abälards Muster das Wort *voluntas* durch *intellectus*. Folgerichtig zerlegten sie die Sprache wie Abälard in drei theoretisch getrennte Teile: Die *res* ist Grundlage des *sermo*, der *intellectus* erkennt die *res*, die *vox* stellt den Intellekt nach außen hin dar; „weil es viele *intellectus* gibt, mußte es auch *voces* von vielerlei Art geben“[67]). Stärker als bei Abälard ist die Bedeutung zum Wort gezogen und vom Ding distanziert; auch die Bedeutungen sind vielfältig, aber darum nicht weniger treffend. Nur verlor man dabei unmerklich den Ansatz des Petrus Heliae aus dem Auge; man demonstrierte die Theorie ohne ein Beispiel aus einer lebendigen Sprache. Sie sollte für alle Idiome gelten; deren Verschiedenheit und die Eigenart der Volkssprachen, auf die es Petrus Heliae angelegt hatte, wurden unterdrückt. Man fühlt sich an das französische 18. Jahrhundert erinnert, das künstliche

---

[66]) Summa Prisciani, THUROT, Notices 126 f., 204. Dazu ebenda S. 18 ff., 508; MANITIUS, Literatur Bd. 3, S. 184 ff.; ROBINS, Grammatical Theory 76 f. Zu der von Martin GRABMANN vorbereiteten Monographie über P. H. kam es nicht.

[67]) Richard William HUNT, Studies on Priscian in the Twelfth Century, in: Mediaeval and Renaissance Studies 1 (1949) 194–231; 2 (1950) 1–56, hier S. 10, 32 f.

Sprachen erfand, weil es zu jeder Sprache den Schlüssel, eben die Ratio, in der Hand zu haben glaubte.

Wie im 18. konnte sich auch im 12. Jahrhundert der französische Rationalismus auf die immergleiche, in ihren Gesetzen durchschaubare Natur berufen. Dies tat nun sogar im Hauptkloster von Bernhards Orden, in Cîteaux, ein anonymes „Opusculum". Es postulierte: *Natura nos peperit, educavit, instituit,* und führte dann mit Hilfe von Jer. 1,6 den erstaunlichen Nachweis: *Primam omnium vocalium A natura constituit, quoniam illa vox infantium vagientium sola est*[68]). Der Mönch entwickelte einen Gedanken Isidors weiter: Der Sevillaner hatte nur gesagt, daß der Säuglinge wegen, die diesen Laut zuerst lernten, alle Alphabete mit A begönnen. Unser Mönch machte daraus ein universalhistorisches Ereignis, obschon (oder weil) er die reiche Lautskala eines schreienden Säuglings wohl nur vom Hörensagen kannte. Ob er die Ontogenese oder die Phylogenese meinte, ist nicht zu ersehen; sprach Adam auch wie ein Säugling? Jedoch das Wesentliche ist klar gesagt: Nicht Willkür, sondern Gesetz bildet Sprache; Gottes Wunder ist dabei nicht vonnöten. Das wäre vor Abälards Zeiten keinem Mönch aus der Feder geflossen.

War die Sprache kein Abbild des Kosmos, so waren es die Zahlen auch nicht. Der Engländer Robert von Melun (gest. 1167), einer von Abälards Schülern und einer der begabtesten Systematiker der Zeit, stellte einmal 72 Quaestiones zur Debatte und teilte ein andermal eine Abhandlung über Gottes Macht, Weisheit und Güte in 73 Kapitel [69]). Nicht mehr das Wunderwerk des Schöpfers, sondern die umfassende Systematik des Philosophen spiegelte sich nun in der Zahl. Gottes Taten blieben innerlich: Der Heilige Geist erfüllte an Pfingsten die Apostel *sua vi caritatis ardore*, nicht mit neuen Sprachen[70]). Das Irdische ist nicht gottlos, aber in seinen sichtbaren Ordnungen eigenständig.

Nicht alle vergaßen, daß diese irdischen Ordnungen geschichtlich sind; gerade die Naturpoeten der Schule von Chartres stilisierten die natürliche Weltordnung zwar auf antike Manier, aber in der Art christlicher Heilsgeschichte. Bernhard Silvestris von Tours, den man zu Unrecht einen heidnischen Humanisten genannt hat, führt zwischen 1145 und 1153 in seinem Gedicht vom Weltall die junge Welt als ein Kind vor, das wimmernd in der Wiege liegt und noch nicht sprechen kann; kein antiker Gott, auch keine *natura* lehrt sie die Sprache, man muß sie selber lernen. Als frühester Kulturheros tritt

---

[68]) Opusculum de accentibus, THUROT, Notices 25, 135. Zu Isidor s. o. S. 449.

[69]) Martin GRABMANN, Die Geschichte der scholastischen Methode, 2 Bände, Neudruck Darmstadt 1956, hier Bd. 2, S. 327, 335.

[70]) Sententiae I, 5, 2, hg. Raymond Maria MARTIN OP – R. M. GALLET OP, Oeuvres de Robert de Melun, Bd. 3 (Spicilegium sacrum Lovaniense 25), Louvain 1952, S. 168.

nicht der pythagoreische Erfinder der Sprache auf, sondern der erste Gesetzgeber und griechische König Phoroneus; einer der nächsten ist Deukalion, der der Flut entrann. Moses und Noah sind nicht genannt, aber vorausgesetzt, selbst wenn dem Dichter die antiken Gestalten wichtiger waren „als die christliche Heilsgeschichte und ihre Präfiguration im Alten Testament"; seine Darstellung steht nicht „im völligen Gegensatz zur Genesis". Nimrods Gestalt wird nicht beschworen, aber wer dächte nicht an ihn, wenn die *magna virago* Semiramis in Babylon ihr *coctile opus* errichtet und so für Bernhards Erdbeschreibung einen Markstein setzt[71])?

Schlägt man Bernhards Aeneis-Kommentar auf, so begegnet Babylon unter dem Gleichnis der *confusio*, wo Verwirrung und Willkür herrschen. Wiederum wird bei Erwähnung der Giganten und ihrer homerischen *gigantomachia* wie mit Vorsatz nicht des Turmbaus gedacht. Die Absichten des Kommentators beschränken sich nicht auf die beiden klassischen Sprachen, *in omni genere linguae* kann der Geist sich schulen; das Hebräische fließt Bernhard, dem spätere Tradition die Kenntnis aller Sprachen zutraute, fast von selbst mit ein. Seine allegorische Erklärung der ersten sechs Aeneis-Bücher kopiert überdies genau die Aetates-Lehre der christlichen Weltchronistik: der erste Gesang der Aeneis gleicht der ersten *aetas, scilicet infantia*; sie dauert, bis der Mensch auf natürliche Weise sprechen lernt. Der zweite Gesang, in dem Aeneas Dido seine trojanischen Schicksale erzählt, verkörpert die *pueritia*, das heißt Anfang und Möglichkeit des Sprechens dank der *voluntas*, die nach Offenlegung verlangt. Und wie bei Augustin, Isidor und Beda das Mannesalter der Welt nach der Völkerteilung beginnt, so erzählt der dritte Gesang der Aeneis von den Irrfahrten des Aeneas[72]). Der Mensch, die Welt und die Sprache haben also ihre Geschichte, kein immergleiches Wesen; diese Geschichte mag sich konsequent, beinahe zwangsläufig entwickeln, sie ist wie die Weltordnung selber dem Menschen in die Hand gelegt; sie ist, was er daraus macht. Und hierin unterschied sich der „heidnische" Humanismus Bernhards nicht vom christlichen Humanismus.

Dessen größter Vertreter war der Engländer Johann von Salisbury (ca. 1115–1180), ein Schüler Abälards, Roberts von Melun, des Petrus Heliae und der Lehrer von Chartres. Er zog in der Tat die Quintessenz aus ihrer aller

---

[71]) De mundi universitate, hg. Carl Sigmund BARACH – Johann WROBEL (Bibliotheca philosophorum mediae aetatis 1), Innsbruck 1876: I, 1, 39 S. 8 (infantia mundi); I, 3, 39 f. S. 16 (Phoroneus, Deukalion); I, 3, 235 f. S. 22 (Semiramis). Dazu einseitig CURTIUS, Literatur 118 ff. (hier S. 119 das erste Zitat); ähnlich Walther KRANZ, Kosmos (Archiv für Begriffsgeschichte Bd. 2), Bonn 1957, S. 144 ff. (hier das zweite Zitat).

[72]) Commentum super sex libros Eneidos Virgilii, hg. Wilhelm RIEDEL, Greifswald 1924, S. 12 (confusio), 80 (gigantomachia), 38 (in omni genere), 29 (Hebräisch), 14 f. (Aetates). Zu B.s angeblicher Sprachenkenntnis ebenda S. VI.

Lehren. Er sagte 1160, der Mensch habe Vernunft und Redegabe erhalten von der *natura clementissima parens omnium*. Nach seiner Ansicht war wohl nur die Fähigkeit Naturgeschenk, denn er meinte, die Namen der Dinge müßten irgendwie mit der Natur der Dinge verbunden *(obnoxia)* sein, aber sie seien dennoch willkürliche Erfindung des Menschen. Man sieht schon daraus, daß Johann kein platter Rationalist war; er suchte nicht nach festen Gesetzen der Sprachentwicklung und hielt die Faktoren der Sprache, Natur und Mensch, Ding und Wort, im Gleichgewicht. Wie Abälard und Bernhard Silvestris wertete er Wissen und Lernen höher als den Naturstand. Die erste Sprache, die die Natur, *ut aiunt*, den frühesten Menschen schenkte, sei wohl das Hebräische gewesen; doch spöttisch fragte Johann seine Gegner, die *Cornificiani*, warum sie, die doch die Schulung der Beredsamkeit verachteten, nicht von selbst diese Natursprache beherrschten, *quae ceteris naturalior est*, und warum sie nicht ohne weitere Bemühung alle Sprachen sprächen? Johann erteilte ihnen die Antwort gleich selbst mit dem aristotelischen Argument des Boethius, an das soeben Abälard erinnert hatte: *(Natura eloquii), quae ad placitum fere est, naturaliter sciri non potest, quia nec naturalis est; non est enim eadem apud omnes.* Also ist auch das moderne Hebräisch so wenig wie andere Idiome die Natursprache, sondern menschliche Einrichtung, nicht der Geschichte, sondern dem Wesen nach.

Dann bildete auch das Ereignis von Babel keine einschneidende Epoche; durch die babylonische *impietas*, die nicht durch *virtus*, sondern durch *vires* den Himmel zu erreichen suchte, sei die Einheit des Sprechens zerstört worden. Hätte man demnach vor Babel schon in verschiedenen Sprachen geredet, sich aber noch verstanden? Das wäre die inzwischen längst als Häresie verschriene Ansicht des Filastrius von Brescia, daß in Babel nur die Einheit des Verständnisses und der Verständigung, nicht die der Sprachen zerbrochen sei. Abälards Schatten taucht auf; erst recht, wenn der Engländer nun die Sprachenvielfalt nicht verurteilt, sondern theologisch rechtfertigt als notwendige und schöne *varietas. Consonant enim voces, sed dispares; ipsaque disparilitas . . . est apta concentui et quodammodo gratior quam si identitatem pareret similitudo. Habent itaque linguae ydiomata sua et singuli suum loquendi modum*[73]). Das Gesetz vom Kontrast als Faktor der Lautentwicklung, wie es moderne Phonetiker vertreten, ist also schon bei Johann sehr viel umfassender formuliert; zwar handelte er nur von den Dialekten einer Sprache, aber von der Gesamtheit der Sprachen konnte er kaum anders denken. Er sagt nicht, wem der Zusammenklang des Ungleichen gefällig klingt, Gott oder dem Menschen, aber jedenfalls ist die Sprachenvielfalt für Johann keine Sündenstrafe. Sie ist sogar – und das geht über Abälard

---

[73]) Metalogicon, hg. Clemens Charles Julian Webb, Oxford 1929: I, 1 S. 5 (Name und Natur); I, 8 S. 23 (Hebräisch, Babel); I, 9 S. 26 (natura eloquii); I, 4 S. 14 f. (Lob der Verschiedenheit).

hinaus – ein ästhetisches Phänomen; selbst barbarische Dialekte und Sprachfehler der einzelnen sind schön. Wir werden noch in der sprachenfreudigen europäischen Neuzeit nur wenige Zeugnisse gleicher Tendenz, keines gleichen Ranges finden. Zwar war das Latein das Lebenselement dieses Humanisten, der nicht einmal Griechisch konnte; aber er schätzte auch die natürliche Mannigfaltigkeit der Sprachen wie Petrus Heliae. Man konnte auf die Humanistenmanier Gott und Natur ineinssetzen, und dann war die natürliche Vielfalt der unmittelbare Wille Gottes. Johann, der mehr ein Zweifler als ein Systematiker war, hat das, vielleicht absichtlich, offengelassen[74]).

Immerhin hat er in dieser Richtung den Turmbau von Babel ingeniös neugedeutet. 1159 schrieb er, Nimrod sei der erste Tyrann gewesen; er habe die freien Menschen in die Knechtschaft gezwungen. Das erinnerte an Gregor VII., richtete sich vielleicht auch gegen den gleichen Feind, den deutschen Kaiser. Aber Johann fuhr fort: Die Menschheit baute den babylonischen Turm, weil sie mehr auf sich als auf Gott vertraute, und verlor darüber die Einheit der Sprachen *(linguarum ... unitatem)*. Hier ist nun kein Zweifel mehr möglich; der schon bei Abälard aufgetauchte Plural „Sprachen" besagt, daß die Menschheit vor Babel bereits verschiedene Sprachen benutzte, die aber noch allen verständlich waren. Das schlimmste Übel war demnach nicht die Sprachverschiedenheit, sondern die zusätzliche *linguarum divisio*; sie raubte den Ruchlosen in Babel die Möglichkeit des Austausches und führte zwangsläufig zur *secessio populorum*. Von hier aus durfte Johann die Auslegung Bernhards von Clairvaux aufnehmen: In ganz ähnlicher Weise wie die Turmbauer bekämpften die Philosophen Gott mit ihren Systemen und verlören dabei den Boden der einen Wahrheit unter den Füßen. Doch damit meinte Johann die antiken Philosophen, Epikur und die Stoa, nicht die Scholastiker seiner Zeit; er war Abälard wohl gewogen[75]). Nicht die Vielfalt bekümmerte ihn, nur die Trennung, der hochmütige Eigensinn, nicht das natürliche Wachstum des Geistes. Als Johann 1161 in einem Brief auf die Sprachenverwirrung anspielte, bezog er sie auf mächtige Männer, die sich wider Gottes Ratschluß stemmen und von Gott zermalmt werden; der Psalmvers 54, 10 gab dem bedrängten Adressaten Trost: Gott wird den Seinen helfen[76]). Johann dachte nicht entfernt an die konkrete Sprachenverschiedenheit, die in den angezogenen Bibelstellen und den meisten

[74]) Hans LIEBESCHÜTZ, Mediaeval Humanism in the Life and Writings of John of Salisbury, London 1950, S. 63 ff. (Latein); SPÖRL, Grundformen 74 f. (Zweifler).

[75]) Policraticus, hg. Clemens Charles Julian WEBB, 2 Bände, Oxford 1909: I, 4 Bd. 1, S. 27; VIII, 20 Bd. 2, S. 373 (Nimrod); VII, 2 S. 94 (divisio und secessio, Philosophen).

[76]) The Letters of John of Salisbury, hg. William James MILLOR SJ – Harold Edgeworth BUTLER (Nelson's Medieval Texts), London 1955, S. 240 f. Nr. 133. Die Herausgeber verweisen irrig statt auf Ps. 54 auf Gen. 11.

ihrer Kommentare gemeint war; die moralische Auslegung war der willkommene Ausweg, um von der Sprachenwelt das Odium der Sünde fernzuhalten.

Johann behandelte 1164 in seiner „Historia pontificalis" auch die Sprachenprobleme seiner Gegenwart nüchtern und nicht ohne Wärme, ja mit lächelnder Überlegenheit. Der Papst sprach in Reims 1148, so erzählte Johann, wegen der anwesenden Laien Französisch; eine noble Geste, denn Eugen III. war gebürtiger Italiener. Wer nicht Französisch kann, wird von den Franzosen für einen Barbaren gehalten – Suger von Saint-Denis und sein Eifer waren Johann auch sonst verdächtig; er fand Ausländer sympathisch, auch wenn sie schwach im Französischen waren. Gebe sich jeder mit dem Seinigen zufrieden. König Konrad III. liebte den Grafen von Flandern, weil er Deutsch konnte und mit dem König auch gern Deutsch sprach; Johann trug es ihm nicht nach. Wenigstens im Alltag traten die Volkssprachen dank ihrer natürlichen Würde neben das Latein. Aber reichte das Lateinische wirklich höher hinauf? Der Theologe in Johann äußerte sich anläßlich des Streites um Gilbert de la Porrée bedrückt, unsere Sprache treffe nur für irdische und gebrechliche Dinge zu; theologische und metaphysische Aussagen gingen über ihren Horizont und würden von ihr verfälscht, „denn die Worte *(sermones)* sind eingeführt worden, um das zu bezeichnen, was im Denken *(mens)* enthalten ist"; *in anima*, sagte Aristoteles, Abälards Schüler Johann erläuterte: *id est intellectu*[77]). Die Sprache, auch und besonders die lateinische, ist Geschöpf und Werkzeug des denkenden Menschen; ihr theologisches Ungenügen ist in der Begrenztheit der menschlichen Natur begründet, nicht in der Sünde von Babel. Schon darum konnte Johann die Sprachenverschiedenheit nicht für jenes von den Babelbauern verschuldete *grave discidium* halten, über das zur gleichen Zeit in schönen Versen Hugo von Ribémont klagte[78]).

In Johanns Denken war vielmehr „etwas Neues am Werke, eine Säkularisation sozusagen oder eine Wendung zum Naturalismus, zur stärkeren Beachtung und Wertung der geschöpflichen Faktoren des Geschehens"; die Heilslehre verlor bei ihm an Gewicht, nicht nur im Politischen[79]). Damit büßte auch die Heilsgeschichte, überhaupt die Geschichte ihren Rang als Erzieherin des

[77]) Historia Pontificalis, hg. Marjorie CHIBNALL (Nelson's Medieval Texts), London 1956: c. 10 S. 23 (Papst); c. 24 S. 55 (Barbaren, schwach im Französischen); c. 24 S. 56; c. 25 S. 58 (Konrad und Dietrich von Flandern); c. 13 S. 36 f. (Gilbert).

[78]) Opusculum in Pentateuchum v. 109 ff., hg. Johann HUEMER, Hugonis Ambianensis sive Ribemontensis opuscula, Wien 1880, S. 4 f. Zu H. MANITIUS, Literatur Bd. 3, S. 814 ff.

[79]) SPÖRL, Grundformen 95 (Zitat); Wilhelm BERGES, Die Fürstenspiegel des hohen und späten Mittelalters (Schriften der MGH 2), Neudruck Stuttgart 1952, S. 43 (Heilslehre). Wolfram von den STEINEN, Natur und Geist im zwölften Jahrhundert, in: Die Welt als Geschichte 14 (1954) 71–90 behandelt Johann, ein Paradebeispiel für seine These, nur nebenbei.

Menschengeschlechts ein. Im Gegenteil, die historische Erklärung konnte mit ihren Kausalketten verschleiern, worum es eigentlich ging, die ständige Bemühung des Menschen in den Grenzen der natürlichen Vernunft. Die Absage an die historische Tradition und die Hinwendung zu einer abstrakten Geschichtlichkeit war im Frankreich der ersten Jahrhunderthälfte allgemein; wenn sie so reiche Frucht trug wie bei den Theologen und Philosophen der Frühscholastik, war sie nicht zu teuer erkauft.

*

Die dauernde Norm war auch die Richtschnur der kirchlichen Rechtswissenschaft, der Kanonistik, die von Italienern begründet wurde. Der geschichtliche Wandel und die Vielgestalt der Sprachen und Völker mußten aus der Rechtskodifikation möglichst ausgeschlossen bleiben; wahres Recht konnte nur dauerndes Recht sein, und die Mannigfaltigkeit der Fälle mußte dem Gesetzgeber mehr Kummer als Freude bereiten. Freilich hatten in den juristischen Normen selbst der historische Wandel und die Vielfalt der Bedürfnisse ihre Spuren deutlich hinterlassen; um sie zu beseitigen, schien Abälards „Sic et Non"-Methode geeignet. Der Bologneser Kamaldulensermönch Gratian (gest. vor 1179) faßte um 1140 die sich widersprechenden juristischen Aussagen der kirchlichen Rechtssammlungen in dieser Absicht harmonisierend zusammen. Was auf die aufgesplitterte Wirklichkeit der Völker und Sprachen hinwies, wurde ausgeschieden; Gratians Definition des *ius gentium* vermied den justinianischen Hinweis auf die geteilten Staaten. Das Naturrecht begann mit der Schöpfung der Erde und galt seither unverändert und für alle. Das Gewohnheitsrecht hingegen hatte nach Gratian einen historischen Anfang, das beginnende Zusammenleben der Menschen; Kain wurde, wie schon bei Eugenius Vulgaris, zum ersten Städtebauer. Schon hier ist die negative Wertung spürbar. Nach der Sintflut erneuerte sich das Gewohnheitsrecht *a tempore Nemroth* oder vielmehr, es veränderte sich, denn Nimrod begann andere zu unterdrücken; er setzte als *oppressor hominum* den Anfang der Herrschaft, die eigentlich dem göttlichen Recht und den guten Sitten zuwiderlief; die irregeleitete Gemeinschaft baute ihrem Tyrannen den Turm von Babel. Die Andeutung Gregors VII. wurde ausgemünzt, nicht um wie bei Johann von Salisbury die Sprachverwirrung, sondern um die verschiedene Autorität der Rechtsnormen zu erklären. Naturrecht und Gewohnheitsrecht wurden zwar historisch geschieden, aber nicht eigentlich der Turm von Babel war der Grenzstein; die Trennung hatte schon früher begonnen.

In der Frage der rechtlichen Gleichheit der Menschen verfuhr man ganz ähnlich und machte die Geschichte zum Sündenbock. Theoretisch rezipierte man den stoischen Gedanken von der natürlichen Gleichheit aller Menschen und stellte sich damit auf den Sockel dessen, was sein soll. In der Praxis blieb es doch bei der aristotelischen Lehre von der Ungleichheit der Menschen, und der Sündenfall diente auch hier als Brücke zwischen Theorie und Praxis. Wer das Natürliche, Ursprüngliche, Gleiche so in die Wolken hob, konnte der kreatürlichen Vielfalt keine immanente Ordnung zugestehen. Gratian verwendete aus Pseudo-Isidor wohl noch einmal die 72 Jünger Christi als Vorbild des Priestertums, aber die 72 Völker und Sprachen blieben beiseite. Nicht einmal die „heiligen" drei Sprachen fanden einen Platz. Griechisch und Latein wurden einmal als weltliche Literatursprachen erwähnt; rein akademisch war die aus Hieronymus entlehnte Weisung, man solle die Zuverlässigkeit der alten (nicht der heiligen) Bücher am hebräischen, die der neuen am griechischen Text nachprüfen. Wer tat das noch? Über die rechtliche Stellung der verschiedenen Sprachen verlautete nichts, obgleich Justinians Gesetzgebung daran hätte erinnern können. Selbst die lateinische Liturgiesprache wurde nicht kirchenrechtlich festgelegt [80]).

Der Vorrang des Lateinischen verstand sich in Italien anscheinend noch immer von selbst. Dort zögerte man weit länger als in Frankreich, den Unterschied der Volkssprache vom geschriebenen Latein zugegeben; noch immer wie im 10. Jahrhundert beteuerte man, *nostra vulgaris lingua* sei der *Latinitas* eng benachbart [81]). Noch zu Ende des 12. Jahrhunderts war Italiens Nationalstolz lateinisch. Der größte unter den Dekretisten, Huguccio (gest. 1210), stellte nach 1188, wiederum an eine Aussage des heiligen Hieronymus anknüpfend, den apodiktischen Satz auf, lateinische Exemplare eines Textes seien den griechischen und diese den etwaigen hebräischen vorzuziehen, weil ein Text, je öfter er übersetzt sei, desto mehr Autorität besitze. Das Prinzip Augustins und Bedas, man habe sich möglichst an den ältesten Text zu halten, wurde trotz Gratians Mahnung glatt umgedreht, nicht nur der Bibel-Vulgata zuliebe. Der Jurist sah die Sache anders als der Exeget und Philologe; er hob das Latein der Gegenwart auf den Schild, weil es die geltende Rechtssprache war, und erlag dabei der Neigung aller Systematiker, eine historische Phase zum Maßstab des immer Gültigen zu nehmen. Huguccio, der auch eine „Summa" der Gram-

---

[80]) Decretum Gratiani, hg. Emil Friedberg, Corpus iuris canonici, Bd. 1, Neudruck Graz 1955: I, 1, 9 S. 3 (ius gentium, nach Isidor, Etymologiae V, 6); I, 6, 3 S. 11 (Nimrod; zu beiden Stellen Robert Warrand und Alexander James Carlyle, A History of Mediaeval Political Theory in the West, Bd. 2, Neudruck Edinburgh-London 1950, S. 114 f.); I, 21 S. 67 (Jünger); I, 37, 11 S. 139 (Griechisch und Latein); I, 9, 6 S. 17 (Hebräisch und Griechisch). Zur Rechtsgleichheit der Menschen Wilfried Schaumann, Die Gleichheit der Staaten, Ein Beitrag zu den Grundprinzipien des Völkerrechts, Wien 1957, S. 19 ff.

[81]) Gunzo, Epistola ad Augienses c. 4, MGH Quellen zur Geistesgeschichte des Mittelalters Bd. 2, S. 27.

matik verfaßt hat, suchte den überzeitlichen und übervölkischen Charakter des Lateinischen noch durch eine gewagte pseudohistorische Konstruktion zu stützen: Dem römischen Recht seien alle unterworfen, die dem Römischen Reiche angehörten, auch Franzosen, Engländer und andere *ultramontani*. Nun wäre es Huguccio schwergefallen, die Grenzen dieses Römischen Reiches anzugeben; also bot er eine sprachliche Begründung: Alle, die die lateinische Sprache gebrauchten, seien *Romani* genannt, auch die lateinische Sprache heiße „romanisch"; das römische Recht verpflichte also alle *Latini*. Hier ist einfach die katholische Kirche mit ihrer Kirchensprache als Römisches Reich gesetzt. Isidor mochte Huguccios Zeuge dafür sein, daß das Latein auch „romanisch" heiße, aber wohlweislich verschwieg Huguccio, daß nach Isidors Meinung die Epoche des „romanischen" Latein in dem Augenblick aufhörte, da dank der Ausbreitung des Römischen Reiches Barbarismen und Soloecismen in die Sprache eindrangen. Huguccio mußte unter „romanischem" Latein nahezu das Gegenteil dessen verstehen, was Isidor damit meinte, nämlich das den romanischen Volkssprachen nahe Latein. Eine solche „enharmonische Verwechslung" war nur in Italien noch möglich; was das Wort *ultramontani* schon andeutet, bestätigt sich. Huguccio dachte vom Papsthof in Rom her; die systematische Ordnung der Welt war mit dem italienischen Latein zu vollenden[82]).

Wir können hier abbrechen; von der Kanonistik war kein Verständnis für den geschichtlichen Wandel und für völkische und sprachliche Differenzierungen zu erwarten, vielleicht gerade weil in ihrem System anfangs noch viele unbewußte historische und nationale Voraussetzungen enthalten waren. Die Höhe der französischen Frühscholastik wurde von der frühen Kanonistik nicht erreicht; die Italiener, die in der vorigen Epoche den Franzosen die Stichworte zugerufen hatten, fügten sich nun ein in die Reihe der romanischen Geister, denen die rationale Ordnung gegenwärtiger Systeme mehr bedeutete als das geschichtliche Verständnis mannigfacher Begebenheiten.

Am Nordrand der Romania, an der französisch-deutschen Sprachgrenze, suchte man gleichfalls vergeblich sich zu dem hohen Schwung des französischen Denkens zu erheben und die Geschichte hinter sich zu lassen. Hier war die Welt, nicht nur sprachlich, ungeordnet, und wer ihr den Spiegel der Ratio

---

[82]) BISCHOFF, Bildung 27 (Übersetzungen); Sergio MOCHI ONORY, Fonti canonistiche dell' idea moderna dello stato (Pubblicazioni dell' Università Cattolica del Sacro Cuore, NS 38), Mailand 1951, S. 174 (Latein). Dazu allgemein Walter ULLMANN, On the Use of the Term „Romani" in the Sources of the Earlier Middle Ages, in: Studia Patristica, Bd. 2 (Texte und Untersuchungen zur Geschichte der altchristlichen Literatur 64), Berlin 1957, S. 155–163. Zu H.s Grammatik Martin GRABMANN, Die geschichtliche Entwicklung der mittelalterlichen Sprachphilosophie und Sprachlogik, Ein Überblick, in: Mittelalterliches Geistesleben, Bd. 3, München 1956, S. 243–253, hier S. 245.

vorhielt, schrieb eine Satire auf seine Zeit. Der geistliche Magister Nivardus von Gent tat es um 1150; er konnte im Gewesenen keine Norm, auch keinen Halt im Allgemeinen finden. Der flandrische Autor liebte Frankreich als das Land der feinen Sitte; die vornehmen Tiere in seinem Epos „Ysengrimus" sind französischer Herkunft und reden Französisch. Doch es ist keine Weltsprache. Selbst die herkömmliche Universalsprache verfällt; Äbte können kein Latein mehr, Mönche, die es lernen und sprechen müßten, palavern doch lieber deutsch; die Pfarrersköchin verballhornt die liturgischen Formeln im Hausgebrauch. Die Eigenheiten der Dialekte sind schwer erträglich, besonders beim Bayern, der mit der Gurgel spricht. Auch die Nationen haben einander nichts zu sagen. Engländer und Inder haben nichts gemeinsam. International ist nur der Betrüger; der gerissene Fuchs beherrscht Ungarisch, Chaldäisch, Lateinisch und „Türkisch", was hier Griechisch bedeutet. Der Sprachenflitter betört nur die Tölpel, er eint nicht mehr die Getrennten, wie er sollte. Geschichtliche Kontinuität ist kein Trost; Nivardus höhnt über den dekadenten Adelsdünkel und über lange Ahnentafeln. Auch die apokalyptische Zukunft ist schon Gegenwart: die Schweineherde der Nonnen stürmt heran wie die endzeitlichen Gog und Magog. Die zu ihrem Ende eilende korrupte Welt ist in sich zerfallen; sie braucht zum Symbol nicht den Babelturm, mit dem später Brueghel alles Verkehrte auf einen Nenner bringen wird[83]). Nur das geheime Gegenbild ist durch alle Ironie hindurch sichtbar, die verbindende Ratio. Zur Tat wurde sie nicht.

Die zerfallende und gespaltene Welt zu reinigen und zu einigen, versuchte nun aber der niederrheinische Stifter des Prämonstratenser-Ordens, der heilige Norbert von Xanten (ca. 1080–1134), mit seiner Predigt zu apostolischer Armut und Einfalt. Doch auch ihm half der Appell an die Ratio wenig. Ob er Fremdsprachen lernte, wissen wir nicht; wirksamer war das Wunder. Norberts wohl französische Biographen berichteten um 1155, Norbert habe den Franzosen gepredigt, ohne ihre Sprache zu beherrschen; er habe fest daran geglaubt, daß der Heilige Geist an Pfingsten 120 verschiedene Sprachen gelehrt habe – der auf Act. 1,15 gestützte Gedanke Pacians lebte noch – und daß also auch er jetzt seinen Hörern romanischer Zunge das barbarische Deutsch oder das schwierige Latein begreiflich machen könne. Das charismatische Wunder sprengt alle Grenzen der verwirrten Welt; doch dasselbe vermag die satanische Versuchung: Der Teufel habe Norbert durch den Mund eines Mädchens erst auf französisch, dann auf deutsch verführen wollen[84]). So sind denn die

---

[83]) Ysengrimus, hg. Ernst Voigt, Halle 1884: III, 947 S. 178 (Abt); V, 549 ff. S. 290 (Mönche); II, 97 ff. S. 79 f. (Köchin); VI, 382 S. 355 (Bayer); I, 595 S. 40 (Engländer-Inder); III, 382 S. 143; III, 720 S. 166; IV, 1034 S. 257 (Fuchs); III, 544 ff. S. 154 f. (Adel; dazu Hauck, Geblütsheiligkeit 229); VII, 140 S. 373 (Schweine).

[84]) Vita posterior Norberti archiepiscopi Magdeburgensis c. 5, MGH SS Bd. 12, S. 674 (Predigt); Vita prior c. 10 S. 680 (Teufel).

Sprachen wie alles Irdische nur Werkzeuge Gottes oder des Satans; sie haben keine eigene Würde. Die Vielfalt muß sich auflösen in die durchgehenden Ordnungen Gottes oder der Vernunft; sie fügt sich hier nicht in das edle Bild vom Menschen.

*

Ist aber die Norm des Immergleichen nur der philosophischen oder der juristischen Methode zugänglich, muß, wer sie nicht übt, an der Ordnung des Hiesigen verzweifeln? Kann eine Kritik der historischen Vernunft nicht ebensogut oder besser die dauernden Gesetze des Geschehens bloßlegen? Das ist die Frage, die im 12. Jahrhundert vor allem Deutsche und ihnen nahestehende Denker bewegte. Von ihr getrieben, griffen im deutschen Umkreis die Theologen auf, wovon die Welthistoriker zu Beginn des Jahrhunderts abgelassen hatten; zum Teil von französischen Theologen angeregt, suchten sie die Gegenwart und den Menschen von der gesamten Heilsgeschichte her zu begreifen. Man hat etwas voreilig vom „deutschen Symbolismus" gesprochen[85]). Bei wenigstens zwei Vertretern dieser Sehweise, Hugo von St. Victor und Honorius von Autun, ist die deutsche, flandrische, englische oder französische Herkunft ungewiß, und das ist ein Symptom dafür, daß dieser Symbolismus ebenso wie der „französische" Rationalismus nicht aus nationalen Wurzeln erwuchs. Aber die Deutschen waren es, die diese Neuwertung der Geschichtlichkeit voll ins Spiel brachten, neben dem Menschenbild der Frühscholastik durchsetzten und um die Jahrhundertmitte an die Laien ihrer Sprache, bald aber auch an die Gelehrten Europas weitergaben.

Der Initiator dieses Symbolismus war der Benediktinerabt Rupert von Deutz (ca. 1070–1129), ein scharfer Gegner Anselms von Laon und seiner Schule, wie sich leicht begreift. Denn er bezog mit Hilfe der typologischen Exegese die Weltgeschichte von der Schöpfung an energisch in das aktuelle Denken ein, um aus dem Gesamtverlauf auf die Zukunft und auf die Struktur des Ganzen schließen zu können; die Gegenwart war nicht die Quintessenz, nur ein Ausschnitt der Heilsgeschichte. Die Symbolisten suchten wie die romanischen Rationalisten nicht den besonderen Fall, sondern die allgemeine Formel, das Immergleiche, nur mit gleichsam vertikaler Methode, im Schnitt durch alle Schichten der Geschichte. In Fragen der Sprachen und Völker verfuhr Rupert nicht so revolutionär wie anderswo, aber auch hier, besonders in seinem von den Zeitgenossen bewunderten Genesiskommentar, hob er das Typische und Bleibende stark hervor. Die Sprache Adams war das Hebräische, und zwar das heutige Hebräisch, *quae et hactenus dicitur*. Rupert meisterte diese

---

[85]) Dempf, Imperium 229 ff.

Sprache so wenig wie die griechische; um so ehrfurchtgebietender stand sie vor ihm. In ihr gab der Vater aller Menschen – nicht Gott selbst – den Dingen nach Prüfung ihrer Eigenart die rechten Namen; *ex qualitatibus diversis diversa formavit vocabula*, so wie etwa das Schwein nach seinem Schmutz, *porcus* nach *spurcus*, heißt oder *cavallus* nach *cavando*. Also kann auch der Lateiner noch wie Adam die Dinge richtig benennen; die Kraft der Sprache ist ungebrochen, die Namen zeigen das Wesen der Dinge, heute wie je. Die Einheit der Sprache schien Rupert ganz natürlich und mit der Teilung der Völker verträglich, ohne daß von Sünde und Sprachverwirrung die Rede sein müßte. Er führte die Erdteile auf Noahs weise Vorplanung zurück – hierin mit seinem Gegner Anselm von Laon durchaus einig – und ließ die *gentes* sich aus den Noachiden abzweigen, bevor der Turm von Babel sich erhob. Wie die Einheit der Sprache, so war auch die Vielfalt der Völker ein historisches Gesetz. In der Völkertafel wurde gleichfalls das Dauernde hervorgekehrt: Kusch, nach Chams Sohn, sei „noch heute" der jüdische Name Äthiopiens; Hieronymus gab Informationen über die Semiten. Doch dort, wo man von geschichtlichen Veränderungen hätte sprechen müssen, brach Rupert ab. Er leitete die Lateiner und Griechen von Japhet her, aber auf die altmodische Art: neben Galatern und Skythen fanden nur Griechen, Italer und Spanier, keine nordalpinen Völker Raum. Die griechische Sprache wurde wegen der Weisheit der Hellenen, die lateinische wegen der Macht der Römer gepriesen. Aber wenn das Heutige nicht zugleich uralt war, fiel es aus: An Stelle näherer Erläuterungen über die abendländischen Völker steht vielsagend der Satz: *Singulas gentes ... prosequi longum est*.

Die Sprachen aber sind alt und doch gewandelt; das ist Sünde. Sie wurden von Gott allein zur Strafe für den perversen Wahn des Turmbaus verändert; zuvor hatte die wachsende Menschheit sich noch verständigen können. Nun aber sollten die Perlen des mosaischen Gesetzes nicht vor die Säue geworfen werden; die Sprachenverwirrung diente der Quarantäne. Erst an Pfingsten eröffneten sich Gottes Geheimnisse wieder allen; die Kirche errichtet nun den wahren Himmels-Turm, der den Menschen zu Gott emporführt[86]). Rupert billigte also wie Gilbertus Universalis nur die Differenzierung der Völker als nötig und natürlich, nicht die der Sprachen. Er trennte scharf zwischen Volk und Sprache, vielleicht weil ihm die natürliche Tatsache „Volk" zur Mannigfaltigkeit vorbestimmt schien, während das geistige und geistliche Phänomen „Sprache" nur aus der Einheit aller Denker seine Kraft bezog. Jedenfalls ließ er, der symbolische Entsprechungen sonst liebte, die Parallele zwischen

---

[86]) In Genesim II, 33, MPL Bd. 167, Sp. 281 (Hebräisch); IV, 39–42 Sp. 363–366 (Sprachen und Völker). Zu R. s Exegese KAMLAH, Apokalypse 86 ff.; zur Hochschätzung des Genesiskommentars Reinhardsbrunner Briefsammlung Nr. 34, MGH Epistolae selectae Bd. 5, S. 33.

72 Sprachen und 72 Jüngern Christi geflissentlich außer Betracht. Nur die durch Christi Kreuz geheiligten drei Sprachen, *linguae sacrae*, nahm er 1117 in seinen Apokalypsenkommentar auf; als gelehrte Sprachen hatten sie größere Dauer, und sie verhießen das gute Ende[87]). Von daher erhielt die Sprachverwirrung, *plaga quidem grandis*, wenigstens einen partiellen, aber nur allegorischen Wert; sie hat Heiden, Juden und Häretiker über die Erde hin verstreut und sie am Bau ihres Turmes gegen die Wahrheit gehindert. Der Menge freilich ist der Sinn dieses Geschehens dunkel geblieben; es zielt nur auf die Vereinigung der Gläubigen, auf die Kirche hin[88]). Wieder ist die Geschichte nur Läuterung der Guten, nicht Fortschritt für alle.

An Pfingsten wurde die Kirche der Gläubigen Wirklichkeit, und da redete man in allen Sprachen, nicht nur Hebräisch, wie Rupert mit einem Seitenhieb gegen *nonnulli* betonte. Wer anders konnte gemeint sein als Magister Albericus aus der Schule von Laon? An Pfingsten stellte sich dem Babelturm die *turris corporis Christi*, *quod est ecclesia* entgegen, und aus allen Sprachen strömten die auserwählten Kinder Israels herbei[89]). Dies besagte für Rupert auch Deut. 32,8: Gott teilte die Menschheit in *linguas dissonas* und in Völker, aber er setzte nicht wie ein Geograph die Grenzen des Menschengeschlechts nach der Zahl der Juden fest, sondern ließ als Herr der Geschichte die Menschheit so lange bestehen, bis die Zahl der Auserwählten erreicht sei, *numerus electorum*, *qui omnes secundum fidem sunt filii Israel*[90]). Nicht in der Vergangenheit, sondern in der Endzeit liegt die volle Erfüllung, aber sie ist längst vorbereitet in Gottes heilsgeschichtlichem Plan, der im Grunde von Anfang an nur die ideale Kirche, die Gemeinschaft der Gläubigen betrifft. Sie ist das durchgehende Thema der Heilsgeschichte; ihre ursprüngliche und universale Wirkung wird vorübergehend durch die Entfaltung nicht der Völker, aber der Sprachen gehemmt. Die Einheit von Ursprung und Ende, nicht die Vielfalt des sich erstreckenden Verlaufs, nicht Natur und Gegenwart sind Idealbild und Maßstab.

In dem gleichen Geist ließ um 1120/30 Bischof Siegward von Minden (gest. 1140), Berater Lothars von Supplinburg, seine Grabkirche in dem niedersächsischen Dorf Idensen ausschmücken. Es waren wohl drei Benediktiner des Klosters Helmarshausen, die diesen ältesten uns erhaltenen typologischen Bilderzyklus schufen. Vor dem in der Apsis thronenden Weltenrichter Christus entrollen sich in den Gewölben des Langhauses die Hauptstadien der Heils- und Kirchengeschichte; dem Verderben für die Vielen ist die Erwählung der

---

[87]) Commentaria in Apocalypsim IV, 7, MPL Bd. 169, Sp. 965; ähnlich Commentaria in Joannem XIII Sp. 786 f.

[88]) De glorificatione trinitatis et processu sancti Spiritus IV, 20, MPL Bd. 169, Sp. 93 f.

[89]) De divinis officiis X, 17, MPL Bd. 170, Sp. 280 f.

[90]) In Deuteronomium II, 7, MPL Bd. 167, Sp. 966.

Wenigen gegenübergestellt. Auf die Sintflut, der nur die Arche Noah entrinnt, antwortet die christliche Taufe, die Petrus mit den Jüngern vollzieht; dem gottfernen Turmbau von Babel entspricht das beseligende Pfingstwunder; die Bestrafung von Sodom und Gomorrha wird in der Scheidung der Guten und Bösen beim Jüngsten Gericht vollendet und aufgehoben. Das Babelbild ist schwer zerstört; doch man kann noch erkennen, daß Gott aus einem Flammenkranz, vielleicht mit seiner Hand, die Turmbauer schreckt. Sie blicken starr zu der Naturerscheinung hin, während sie noch an dem einfachen Ziegelturm herumhantieren; der eine hat noch die Kelle in der Hand, die Mienen sind gespannt zwischen Trotz und Furcht. In der rechten oberen Ecke bemerkt man drei aufgestörte Gesichter, darunter ein bärtiges, vielleicht die Noachiden, die einander nicht mehr verstehen. Das gegenüberliegende Pfingstbild hingegen zeigt die zwölf Apostel, still beieinanderstehend und Sicherheit ausstrahlend; die Hand Gottes sendet ihnen aus einem Flammenkranz Lichtstrahlen zu. Die Bilder haben ottonische und byzantinische Anregungen aufgenommen, fügen sich jedoch ganz in den „deutschen Symbolismus" ein. Zwischen Sünde und Gnade, Betriebsamkeit und Frieden, Tod und Leben führt die Hand des Herrn seine Getreuen durch die Geschichte zu dem seligen Ende, dem der Bischof hier entgegenschlafen wollte. Seine eigene Gegenwart und seine menschlichen Taten ließ der Prälat nicht festhalten[90a]).

Anders – man möchte fast sagen: französischer – sind die Gewichte verteilt bei Hugo von St. Victor (ca. 1097–1141), der ebensogut ein sächsischer Grafensohn wie ein Kind Lothringens oder Flanderns sein kann[91]). Jedenfalls kam er weiter in der Welt herum als die meisten Literaten seiner Zeit, und das gab ihm Reife der Erfahrung und Fülle des Verständnisses. Sein Blickpunkt war nicht die Gemeinde der Gläubigen, sondern der Mensch und die Natur. Von Jugend auf interessierte ihn darum die Sprache. „Ich war nämlich von selbst darauf gekommen, daß in die Natur der Dinge derjenige nicht eindringen kann, der über die Namen der Dinge sich im Unklaren befindet"[92]). Hugos tolerante Art ließ ihn alles, Natur und Namen, ohne scharfe Distinktionen in jener Überfülle

---

[90a]) Eberhard G. Neumann – Ernst Schwartz, Idensen, Eine romanische Kirche und ihre Fresken in Niedersachsen, Idensen 1954, S. 14 ff. und Abb. 22 f.; Ruth Ehmke, Der Freskenzyklus in Idensen (Schriften des Niedersächsischen Heimatbundes NF 34), Bremen 1958, S. 59 ff., 68 ff., 99 f. und Abb. 21–25.

[91]) Jerome Taylor, The Origin and Early Life of Hugh of St. Victor: An Evaluation of the Tradition (Texts and Studies in the History of Mediaeval Education 5), Notre Dame 1957, S. 67 ff. (Sachse); Roger Baron, Notes biographiques sur Hugues de Saint-Victor, in: Revue d'histoire ecclésiastique 51 (1956) 920–934 (Ypern). Dazu meine Bemerkungen in: HZ 185 (1958) 683.

[92]) Eruditio didascalica VI, 3, MPL Bd. 176, Sp. 800; dazu Grabmann, Methode Bd. 2, S. 231 ff. Die Ausgabe von C. H. Buttimer, Washington 1939 ist unzugänglich. Hugos Diktum lehnt sich an Isidor, Etymologiae I, 7, 1 an; s. o. S. 449.

lebendiger Vielfalt sehen, die er an der Kirche bewunderte: Nach Psalm 44 ist die Kirche mit der *varietas* der Tugenden schön geschmückt, aber auch ihre Grundlage, die Heilige Schrift, *in suo sermone pulchra varietate contexitur*; hier breitet die Sprache ihre *diversitas concors* aus.

Noch dachte Hugo dabei nicht an die Vielzahl der Volkssprachen; aber da er so viel Freiheit für natürliche Entfaltung ließ, konnte er den Ursprung der Sprache nur beim Menschen suchen. Nicht Gott oder ein Engel, sondern der erste Mensch erfand die Sprache *ex insita sibi ratione*, allerdings nicht nach und nach, wie Abälard meinte, sondern *simul et semel*. Der menschlichen *ratio* haftet etwas Wunderbares, Göttliches an; sie erhebt sich über die Geschichte, aber auch über die Dinge: Rupert hatte gemeint, die Sprache sei von den *qualitates* der zu benennenden Dinge ausgegangen; bei Hugo ist die *ratio* des Namengebers der Angelpunkt[93]). Die menschlichere, zugleich humanistischere Einstellung Hugos lugt allenthalben hervor. Das Hebräische, das Hugo ebensowenig wie das Griechische verstand, war auch für ihn die älteste Sprache, *omnium linguarum ac litterarum mater*. Schon hier wurde das literarische Moment betont. Es gab auch den Ausschlag für die Unterscheidung zwischen Hebräisch und Syrisch-Chaldäisch: Daniel 1,4 bemerkte, daß die hebräischen Knaben Chaldäisch erst lernen mußten. Die historische Frage des Ambrosiaster tauchte nicht auf. Mehr literarisch als historisch wurden auch die drei *linguae sacratiores* gewertet; Hebräisch, Griechisch und Latein ragen nicht nur als Kreuzessprachen hervor, sondern auch *in litterarum eruditione*. Und hier, in Sachen der Bildung, wird die Geschichte zugelassen: Man muß unterscheiden zwischen dem alten Latein Vergils und dem Latein unserer Zeit, der *aetas nostra*. Schon dadurch wird aber der Komparativ *sacratiores* eher ein Diminutiv[94]). Was eine Sprache taugt, bestimmt der literarische Rang ihrer Autoren. Die Heiligkeit etwa des Griechischen hätte durch die Erzählung des Aristeas von der wunderbaren Übersetzung der LXX gestützt werden können, aber Hugo bezweifelte wie Remigius von Auxerre die Stichhaltigkeit der Legende[95]).

Doch bildete der Literat die Tradition nur behutsam weiter; allen exzentrischen Neuerungen war er abhold. Er nahm, wie Augustin und Isidor vor ihm, Gen. 10–11 als Paradebeispiel für die exegetische Regel des Donatisten Tychonius, daß in der Bibel manche Ereignisse vorweg berichtet werden, die erst später eintraten. In Gen. 10 werden die Noachiden schon als verschieden-

---

[93]) De sacramentis fidei christianae II, Prologus, MPL Bd. 176, Sp. 363 f. (varietas; dazu GRABMANN, Methode Bd. 2, S. 257 f.); I, 6, 12 f. Sp. 270 f. (Spracherfindung).

[94]) De grammatica, hg. Jean LECLERCQ OSB, Le ‚De Grammatica' de Hugues de Saint-Victor, in: AHDL 14 (1945) 263–322, hier S. 269 f. (heilige Sprachen), 292 f., 305 (Geschichte des Latein; dazu Roger BARON, Science et sagesse chez Hugues de Saint-Victor, Paris 1957, S. 64 ff.).

[95]) De scripturis et scriptoribus sacris c. 9, MPL Bd. 175, Sp. 17.

sprachig vorgestellt, obgleich die Teilung der Sprachen erst später, in Gen. 11, Wirklichkeit wird[96]). Die Redefigur der Vorwegnahme (Prolepsis) lag dem Literaten näher als die Annahme von Filastrius, Abälard und Johann von Salisbury, daß die biblische Reihenfolge der historischen Abfolge entspreche. Freilich beurteilte Hugo die Sprachenteilung wesentlich milder als Rupert. Der Turmbau, von dem riesigen Feueranbeter Nimrod aus Herrschsucht erzwungen, sei nur *aliquid gloriosum in memoriam posteritatis* gewesen, nicht eigentlich ein Affront gegen Gott. Alles Folgende, Nimrods Kämpfe gegen Assur und dessen Nachfahren Ninus, Ninus' Sieg über den Erfinder der schwarzen Kunst Cham-Zoroaster, waren irdische, politische Ereignisse, kein Gottesgericht. In allen wirkte Gottes Kraft, nicht nur in der kleinen Schar der Gotteskinder. So durften auch die Sprachen ihren Platz neben den Völkern einnehmen. Als erster Exeget des Jahrhunderts erzählte Hugo an der zuständigen Stelle, nämlich im Genesiskommentar, daß die Söhne Noahs 72 Patriarchen waren, in etwas abweichender Zählung 14 Kinder Japhets, 27 Semiten und 31 Hamiten. Dabei war unter den Hamiten wohl Nimrod mitgerechnet; bei den Semiten blieb die herkömmliche Summe, die Kainan einschloß, gewahrt; die Zahl der Japhetiten wurde anscheinend an der Vulgata nachgeprüft, die den Elisa der LXX nicht bot und so eine Korrektur an den sonst augustinischen Zahlen erlaubte. Damit war auch Augustins Ratio überflüssig geworden; die Zahl stimmte. Von diesen 72 Ahnherren stammten 72 Völker und Sprachen ab, und da die Sprachen mitgenannt waren, lag Hugo nichts daran, ob die Namen der Völkertafel *sive filii sive populi* meinten; Völkerstifter waren es jedenfalls. Allerdings hätten die Noachiden außer ihnen noch andere, in Gen. 10 nicht genannte Kinder gehabt: Die Zahl 72 ergibt sich also nicht aus dem Zufall der Geburten, sondern aus einer gewollten Auslese des Genesis-Verfassers, aus literarischen, nicht aus historischen Motiven[97]).

Katastrophen und Brüche kommen in diesem Bild nicht vor; die Menschheit ist eins. Die Vorliebe Hugos für das Natürliche, Menschliche, Literarische paart sich mit der pastosen Flächigkeit des Symbolismus. Die Geschichte drängt nicht auf das Ende hin, sie ist im vollendeten Gleichgewicht, auch sprachlich. Zu Jes. 19,18 heißt es in einem jener klaren, dezidierten Sätze, denen Hugo seinen Exegetenruhm verdankt[98]): *Hebraea loquuntur*

---

[96]) Eruditio didascalica V, 4, MPL Bd. 176, Sp. 792. Über Gen. 10–11 steht noch nichts bei Tychonius, Liber de septem regulis VI, MPL Bd. 18, Sp. 53 ff., wohl aber bei Augustin, De doctrina christiana III, 36, 55, MPL Bd. 34, Sp. 87 und Isidor, Sententiae I, 19, 16, MPL Bd. 83, Sp. 585. Dazu Baron (o. Anm. 94) S. 109.

[97]) Adnotationes elucidatoriae in Genesim 10–11, MPL Bd. 175, Sp. 48 ff.

[98]) Wilhelm Schneider, Geschichte und Geschichtsphilosophie bei Hugo von St. Victor, Diss. phil. Münster 1933, S. 97 (Menschheitsidee); Dempf, Imperium 247 (Gleichgewicht der Geschichte); Smalley, Study 83 ff.; Spicq, Exégèse 120 ff.; Baron (o. Anm. 94) S. 97 ff. (Exegese).

angeli[99]). Das war noch eschatologisch gemeint; aber man durfte Hugo doch auch beim Wort nehmen, und dann war es eine Theorie, die seit Hieronymus niemand außerhalb Irlands so prägnant zu äußern wagte und die an die etwas späteren Thesen der Kabbala erinnert. Sprechen dann nicht auch alle Seligen im Himmel Hebräisch? So hätte sich der Kreis von Adam bis zum Ende voll geschlossen. Die Geschichte wurde zur überschaubaren Tabelle, wie sie Hugo um 1130 schulbuchmäßig dargestellt hat. Dieses Schema zählte nun wenigstens einige Völkerväter auf: Zu den Semiten rechneten die Elamiten, als Kinder Arphaxads die Chaldäer, als Nachfahren Luds die Lyder, die Syrer als Söhne Arams und die Armenier als Enkel des Aramiden Hul. Aber schon bei den Hamiten werden die Gleichungen seltener; Äthiopier, Ägypter, Libyer und Sabäer sind noch genannt. Für die Japhetiten fehlen alle Angaben; statt dessen sind wie schon bei „Fredegar" die Franken und ihres Namens *Torqui* wegen die Türken von den Trojanern hergeleitet. Die Kontinuität der Völker darf nicht allzu unmittelbar von der Genesis bis zur Gegenwart reichen; nicht die großen Gemeinschaften verkörpern den Sinn des Geschehens. Es liegt auf dieser Linie, ist aber gewiß nur ein Mißverständnis der Abschreiber, wenn nun sogar die Sprachenteilung auf die Hamiten beschränkt bleibt und die semitischen Gotteskinder und die Japhetiten nicht mehr berührt: *Filii Cham XXXI, qui in LXXII linguas dispersi sunt*[100]). Eine solche Einschränkung universaler Ereignisse war Hugo sonst fremd, auch wenn er sie gern auf den Einzelmenschen und auf die Literatur reduzierte. Vielleicht stand ihm deshalb der feine Pinselstrich nicht zu Gebote, der das historische Detail plastisch macht.

Er fehlte erst recht dem unermüdlichen Popularisator der neuen Theologie, Honorius von Autun (ca. 1090–1156), der wahrscheinlich nicht aus Autun, sondern aus England oder eher aus Südostdeutschland stammte und in Regensburg lebte. Er führte die weltfreudige und doch fromme Linie des Symbolismus ohne Hugos Humanismus weiter. Honorius traute der menschlichen Einsicht nicht. Adams sprachschöpferische Kraft wurde nicht erwähnt; Adam war überhaupt nicht lange im Paradies[101]); anderswo heißt es, nur sieben

---

[99]) Miscellanea III, 34, MPL Bd. 177, Sp. 655. Zur Echtheitsfrage Roger Baron, Etude sur l'authenticité de l'oeuvre de Hugues de Saint-Victor, in: Scriptorium 10 (1956) 181–220, hier S. 217 ff.

[100]) Liber de tribus maximis circumstantiis gestorum, Handschrift Leipzig, Universitätsbibliothek, Cod. 350, f. 95v–131v (Photokopie eingesehen). Zuweisung und Datierung gegen den Zweifel von Georg Waitz, MGH SS Bd. 24, S. 88 nach Manitius, Literatur Bd. 3, S. 118; William M. Green, Hugo of St Victor, De tribus maximis circumstantiis gestorum, in: Speculum 18 (1943) 484–493, hier S. 486; Brincken, Weltchronistik 199 f.

[101]) Hexaëmeron c.5, MPL Bd. 172, Sp. 265. Zu H. s Herkunft Eva Matthews Sanford, Honorius, Presbyter and Scholasticus, in: Speculum 23 (1948) 397–425, hier S. 397 ff.; Brincken, Weltchronistik 214 f.

Stunden. Adam kann also nicht, wie Abälard meinte, die Sprache allein und allmählich erfunden haben; außerdem sprach im paradiesischen Zustand auch das Kleinkind *absolute*. Das hieß, daß nicht der Mensch die Sprache rational komponierte. Populärwissenschaftler und einfache Leute nahmen hier wie später noch oft lieber Gottes unmittelbaren, wunderbaren Eingriff an als die Freiheit des Menschen. Gott selbst spricht zwar nicht in Worten, sondern mit den Engeln nur *interna inspiratione*, mit den Menschen durch Vermittlung der Engel; trotzdem ist die Sprache das alleinige Werk Gottes. Der menschgewordene Gottessohn hätte, wenn er nur gewollt hätte, in der Wiege schon vollendet sprechen können.

Der Turm von Babel war dann auch hier keine Wendemarke der Weltgeschichte, nur ein attraktives Fossil. Von Giganten unter Führung des ersten Weltkönigs Nimrod wurde er 64 Stadien hoch gebaut und sollte dem Götzendienst geweiht sein, den später Ninus seinem Vater Belus dort einrichtete. Zugleich war der Turm wie bei Gregor VII. ein Symbol widerchristlicher Tyrannei, aber aus einer längstvergangenen Epoche. Im Museum der Künste nahm er sich neben dem Tempel Salomons und der Arche Noah als Musterbeispiel der mechanischen Kunst ganz manierlich aus; welche Folgen für spätere Epochen der Bau außerdem hatte, wurde nicht erzählt. Da Gott alles lenkte, mußte auch alles geordnet sein; wie bei Hrabanus Maurus vertraten die heiligen drei Könige die drei Erdteile Europa, Asien, Afrika. Engel stehen über jedem Volke, jeder Stadt und jeder Seele; Anselm von Canterbury zum Trotz lebte die Lehre von den Völkerengeln weiter. Getragen wurde sie von dem Glauben an eine einheitliche göttliche Ordnung der Vielfalt, an eine Harmonie der *diversae voces* in einem Gesang[102]). So spielte Honorius denn auch liebevoll mit der Zahl 72. Er berechnete, daß in der Messe 23 Kreuzzeichen vorgeschrieben sind; sie entsprechen, meinte er, den 10 Geboten des Alten Testaments, die im Neuen wiederholt und durch den Glauben an die Dreifaltigkeit ergänzt sind. Derselben Dreifaltigkeit wegen macht der Priester die 23 Kreuzzeichen mit drei Fingern; das sind 69. Drei weitere Kreuzzeichen mit der Hostie kommen hinzu, „und das bedeutet, daß die 72 Sprachen, die durch den Hochmut zerstreut wurden, durch Christi Demut wieder vereinigt worden sind"[103]). Oder, wie Honorius um 1135 in seiner ungedruckten Weltchronik

---

[102]) Elucidarium, hg. Yves Lefèvre, L'Elucidarium et les Lucidaires (Bibliothèque des écoles françaises d'Athènes et de Rome 180), Paris 1954: I, 90 S. 377 (Adam im Paradies); I, 76 S. 374 (Kleinkind); I, 14 S. 363 (Gottes Sprache); I, 131 S. 385 (Christus und die Sprache); II, 75 S. 433 (Babel); I, 135 S. 385 f. (Erdteile); II, 88 S. 438 (Völkerengel); III, 80 S. 463 f. (diversae voces). De animae exsilio et patria c. 10, MPL Bd. 172, Sp. 1245 (mechanische Kunst).

[103]) Gemma animae I, 57, MPL Bd. 172, Sp. 560; dazu Hopper, Symbolism 115. Zum Charakter des Werkes Manitius, Literatur Bd. 3, S. 373 f.

schreibt, die 72 Bücher der Bibel und die 72 Jünger Christi sind das Heilmittel für die 72 Nachkommen Noahs, die als 72 Riesen unter dem Götzendiener Nimrod den Turm des Hochmuts mit den Steinen böser Werke und dem Mörtel schlechten Willens bauten und in die 72 Sprachen und Völker der Welt zerteilt wurden, wie ja auch – das ist die einzige neue Gleichung – der menschliche Leib 72 Körperteile hat.

Wenn alles sich auf alles bezieht, hebt sich auch der geschichtliche Abstand völlig auf und das Ephemere hat Anteil am Ewigen. In der Völkertafel sind nicht nur *Gomer a quo Galli*, der griechische Javan und die makedonischen Kittim zu finden, sondern nach dem Beispiel des Nemnius auch die *Scythe et Gothi vel Gete*, *Nortmanni et Baioarii*, *Longobardi*, *Saxones*, *Wascones* des biblischen Magog. Randglossen des Werkes gingen so weit, von den Medern des Madai auch *Armeni et Franci* herzuleiten; nebenbei wurde Zarathustra mit Kusch personengleich und der Vater Nimrods, Großvater Assurs und Urgroßvater des Ninus. Die historischen Zeiten wurden vermengt, die Stammbäume kontaminiert. Das war keine moderne Völkertafel – Slaven, Engländer, Italiener und Deutsche fehlten –, aber eine modernisierte. Freilich fanden sich daneben auch die 1000 *patriae* des Arnobius ein; über dem Durcheinander der Einzelheiten sollte die schöne Ordnung des Ganzen sichtbar bleiben[104]). Sie wird schon in einem der frühesten Werke des Honorius, vor 1123, durch leichtfertige Glättung exegetischer und historischer Probleme vorgetäuscht. Nach Gen. 10, 11 wird Assur zu den Hamiten geschlagen und zum Sohn des 30 Ellen langen Riesen Nimrod ernannt; Nimrod wäre also der Ahnherr der Assyrer, obgleich Gen. 10, 22 Assur ausdrücklich einen Sohn Sems nennt. Die Randglosse in der Weltchronik strickte die Genealogie dann weiter.

Alles wurde vereinfacht. Den drei Noachiden entsprechen nicht nur die 72 Sprachen und die drei Erdteile, sondern auch die Stände, wie es die „Joca monachorum" und die Angelsächsische Genesis vorbereitet hatten und wie es in Deutschland bis ins 16. Jahrhundert dem Honorius immer wieder nachgeschrieben werden sollte. Honorius hatte zwar an anderer Stelle zuvor behauptet, Bauern kämen leichter in den Himmel als Kaufleute und Ritter, aber nun verteilte er seine Gunst neu: Von Sem kommen die Freien, von Japhet die *milites*, von Cham die Sklaven. Diese Lehre, an germanische Vorbilder anknüpfend, sollte die aristokratische Struktur der deutschen Reichskirche rechtfertigen, in der nur freiständische Personen zu höheren Ämtern aufstiegen[105]).

---

[104]) Summa totius de omnimoda historia, Handschrift Wien, Nationalbibliothek, Cod. lat. 382, f. 2r–5v (Original benutzt). Dazu Brincken, Weltchronistik 216 ff.

[105]) De imagine mundi III, MPL Bd. 172, Sp. 166. Zur Datierung Manitius, Literatur Bd. 3, S. 371; zur Nachwirkung von H.s Ständelehre Bolte-Polivka (o. S. 199 Anm. 30) Bd. 3, Leipzig 1918, S. 312 ff. Über Bauern, Kaufleute, Ritter zuvor Eluci-

Gegen die Romanen und ihre Gleichheitstendenzen wandte sich auch eine andere Genealogie des Honorius, die sich noch deutlicher auf die Gegenwart bezog: Von Sem stammt das Priestertum, denn Sem ist mit Melchisedech identisch, wie die Kreuzfahrer zu berichten wußten; von Japhet kommt das Kaisertum der Römer; die Hamiten sind das beiden unterworfene Volk *vel Judaicus populus*. Zu den Hamiten gehören auch hier der verfluchte Tyrann und Turmbauer Nimrod und sein Nachfahre, der Assyrer Ninus, der erste Weltmonarch. Die orientalischen Weltreiche, überhaupt Semiten und Hamiten wurden kaum beachtet; man braucht nur die Parallelen so durchzuziehen, wie es Honorius sonst liebte, dann werden die Juden zu afrikanischen oder assyrischen Sklaven und das Priestertum ist eine Erfindung semitischer Freier. Nicht darauf war es abgesehen; die ganze Aufstellung ging von dem Wunsch aus, das römische Kaisertum von den übrigen Imperien abzutrennen und als japhetitisch zu sanktionieren[106]). Dieser Vorläufer des Alexander von Roes kann kein Franzose gewesen sein. Er heiligte das Welttheater, indem er ein Geflecht symbolischer Beziehungen um alles Geschehen schlang. Gott, der immer derselbe ist, ordnet alles und beschwichtigt auch die Bosheit von Babel; das Individuelle und Historische verschwimmt.

Die Heiligung des Weltgeschehens und der Natur war insgeheim auch das Anliegen der rheinischen Seherin Hildegard von Bingen (1098–1179) aus dem Benediktinerorden. Die beiden Bereiche ihres Wirkens, Beobachtung der physischen Natur und visionäre Schau der Heilsgeschichte, sind nicht nur durch ein von antiken Kosmologen übernommenes allegorisches Weltbild verbunden, sondern auch durch den symbolistischen Gedanken vom immergleichen Zusammenhang der „Historia perennis" mit der natürlichen Schöpfung. Der Abfall von Gott ist zwar die Voraussetzung für die Veränderlichkeit der Welt; aber die Vielfalt des Irdischen widerte Hildegard nicht an, weil in ihr Gott erst recht wirkt[107]). Der Vergleich des Völkerapostels (1 Kor. 15,41) und Lamperts

---

darium (o. Anm. 102) II, 54 ff. S. 427 ff. Über die Tendenz dieser Ständelehre trefflich Aloys SCHULTE, Der Adel und die deutsche Kirche im Mittelalter, Studien zur Sozial-, Rechts- und Kirchengeschichte, 3. Aufl., Darmstadt 1958, S. 228. Unergiebig Wilhelm SCHWER, Stand und Ständeordnung im Weltbild des Mittelalters, Die geistes- und gesellschaftsgeschichtlichen Grundlagen der berufsständischen Idee (Görres-Gesellschaft, Veröffentlichung der Sektion für Wirtschafts- und Sozialwissenschaft 7), 2. Aufl., Paderborn 1952, S. 36.

[106]) Summa Gloria c. 6 f., MGH Libelli de lite Bd. 3, S. 67; dazu Michael HACKELSPERGER, Bibel und mittelalterlicher Reichsgedanke, Studien und Beiträge zum Gebrauch der Bibel im Streit zwischen Kaisertum und Papsttum zur Zeit der Salier, Diss. phil. München 1934, S. 43 ff.; SANFORD (o. Anm. 101) S. 418; Werner GOEZ, Translatio Imperii, Ein Beitrag zur Geschichte des Geschichtsdenkens und der politischen Theorien im Mittelalter und in der frühen Neuzeit, Tübingen 1958, S. 141.

[107]) Hans LIEBESCHÜTZ, Das allegorische Weltbild der heiligen Hildegard von Bingen (Studien der Bibliothek Warburg 16), Leipzig-Berlin 1930, S. 1 u. ö. (allego-

von Hersfeld klang an, wenn Hildegard die verschiedenen Stände der Kirche mit den unterschiedlich leuchtenden Sternen verglich; gestufte Mannigfaltigkeit ist gut. Sie kann aber entarten zur pathologischen Wucherung der *diversi mores multiplicium rituum*, und sie muß bekämpft werden[108]).

Eingebettet in diesen Rahmen ist Hildegards Geschichtsbild. Am Anfang stand die Einheit der Fülle. Adam war „kundig in jeder kreatürlichen Kraft und in jeder Kunstfertigkeit", ein Universalgenie wie bei Petrus Lombardus; er kannte nicht nur alle Arten von Musik, er hatte auch eine engelgleiche, wohltönende Stimme[109]). Er beherrschte auch die unhörbare, spirituelle Engelsprache; und „alle Sprachen, die später durch die Menschen erfunden wurden", waren seinem prophetischen Geiste geläufig. Göttliche Macht und menschliche Freiheit verbanden sich in dieser Prophetie Adams, aber die Menschen erfanden später dennoch frei ihre Sprachen. Adam selbst vermochte dank seiner Weisheit den Tieren ihre Namen in drei Stunden zu geben; Abälards These wurde ohne Namensnennung zurückgewiesen[110]). Adam war von Gott inspiriert, die späteren Menschen nicht mehr; Hildegard hatte, wohl ohne es zu wissen, den großen Gedanken des Remigius von Auxerre gefunden, daß die Sprachgeschichte bald nach dem Ursprung aus dem göttlichen in das menschliche Stadium trat.

Allzuweit von Abälard und Johann von Salisbury war sie damit nicht. Denn der Turm von Babel schied auch nach ihrer Ansicht die Epochen nicht scharf. Babel galt als „Land der Verwirrung", Hildegard setzte nach der Sintflut Unfrieden, Krieg und Mord an; aber die Zeit zwischen Noah und Abraham, die *pueritia* in Bedas Aetates-Schema, wurde als *quasi candidum* gerühmt, Babel war kein epochaler Schandfleck. Nach der Sintflut entwickelten sich Weisheit und Tugendkraft der Menschen besser als vorher[111]) – etwa auch dank der Ausbildung der Sprachen? Die Völker und Stämme sind vielfältig verschieden, sie

---

risches Weltbild); Bertha WIDMER, Heilsordnung und Zeitgeschehen in der Mystik Hildegards von Bingen (Basler Beiträge zur Geschichtswissenschaft 52), Basel-Stuttgart 1955, S. 82 ff., 108 ff., 116 ff. (Veränderlichkeit).

[108]) Scivias II, 5, MPL Bd. 197, Sp. 477 (Sterne); II, 7 Sp. 561 (ritus). Zu H.s Ständelehre SCHULTE (o. Anm. 105) S. 226 ff.; Michael SEIDLMAYER, Das Mittelalter, Umrisse und Ergebnisse des Zeitalters, Unser Erbe, Regensburg 1948, S. 26 f.

[109]) Causae et curae, hg. Paul KAISER, Leipzig 1903, S. 45 (kundig), 148 (Stimme; die Verbesserung *carmen* statt *carnem* ist vorgeschlagen von Heinrich SCHIPPERGES, Hildegard von Bingen, Heilkunde, Das Buch von dem Grund und Wesen und der Heilung der Krankheiten, Salzburg 1957, S. 224).

[110]) Solutiones quaestionum XXXVIII, 14, MPL Bd. 197, Sp. 1045 (Engelsprache); 4 Sp. 1041 (alle Sprachen); Epistola 47 Sp. 220 (nochmals die Engelsprache), 222 (drei Stunden).

[111]) Liber divinorum operum I, 1, 15, MPL Bd. 197, Sp. 749 (Babel); II, 5, 8 Sp. 908 f. (Unfrieden); III, 7, 8 Sp. 967 (quasi candidum). Causae et curae (o. Anm. 109) S. 49 (Weisheit und Tugendkraft).

haben alle ihre Schutzengel und werden eines Tages auch ein Ende finden; aber das wird eine natürliche Entwicklung wie das Verdorren einer Pflanze, keine spezielle Sündenstrafe sein. Auch den Zerfall des Imperiums in Einzelstaaten hat Hildegard vielleicht nicht begrüßt, aber vorausgesehen und darin keine Sündenschuld gefunden[112]).

Als überzeitliches Symbol und Urbild kommt der Turm von Babel nirgends vor, nur sein Gegenbild, das wir aus Rupert von Deutz kennen: der Turm der Kirche, den das Pfingstwunder erbaut, leuchtend, von einfachstem Bau und mit Zinnen gekrönt, wie ihn die Miniatur darstellt. Der Heilige Geist durchdrang den Geist der Apostel so, daß sie mit Leib und Seele *diversis linguis* sprachen, weil in ihnen nun der Geist den Körper beherrschte. Die Sprachengabe war also in Wahrheit eine innere Erleuchtung, die sich bei asketischen, gesammelten Menschen in äußere Wirkung umsetzte; sie traf den ganzen Menschen, nicht bloß seinen Verstand. Solche Gnade will errungen sein, sie ist nicht mitteilbar; auch an Pfingsten hatte sie zum Ziel, „daß in ihren Stimmen der ganze Erdkreis erschüttert werden sollte", nicht eigentlich, daß die Erde für Christus gewonnen werden sollte[113]).

Warum spricht der Heilige Geist nicht unmittelbar? Gott spricht nicht, sein Wort ist die Schöpfung. Dennoch läßt sich – ein Gedanke von Anselmscher und Abälardscher Kühnheit – die Dreifaltigkeit im Gleichnis des Wortes *(verbum)* fassen: der Vater als Klang *(sonus)*, den man hört, der Sohn als Bedeutung *(virtus)*, die man versteht, der Geist als Hauch *(flatus)*, der erfüllt. Diese „Sprache" Gottes geht aber weit über menschliche Begriffe und irdische Rede hinaus. Auch diese ist noch ein Ruhmestitel des Menschen, der *rationalis creatura*, während die Natur nur *strepitus sonituum* kennt; richtig verwendet, ist die gegenwärtige Sprache die *tuba vocis rationalis*, die Trompete, durch die Gott die Wunder seiner Werke verkündet. Aber als Menschensprache ist sie nur eine armselige Annäherung an Dinge, die sich mit keines Menschen Rede ausdrücken lassen und um derentwillen Hildegard eine eigene *lingua ignota*, eine Geheimsprache, erfand. Denn Sprache ist – wie bei Abälard – eine Forderung an den Menschen, der seine *rationalitas* voll einsetzen muß, um nicht bei der bloßen *loquela sermonum*, bei unverbindlichen Redensarten zu bleiben[114]). So

---

[112]) Scivias I, 4, MPL Bd. 197, Sp. 423 (vielfältig verschieden); III, 13 Sp. 731 (Schutzengel); III, 5 Sp. 619 (Ende). Liber divinorum operum III, 10, 25 Sp. 1026 f. (Imperium; dazu HUIZINGA, Nationalbewußtsein 141 f.; Josef ADAMEK, Vom römischen Endreich der mittelalterlichen Bibelerklärung, Diss. phil. München 1938, S. 96 f.).

[113]) Scivias III, 9, MPL Bd. 197, Sp. 675 ff. (Turm der Kirche; die farbengetreue Miniatur bei Maura BÖCKELER OSB, Hildegard von Bingen, Wisse die Wege, Salzburg 1954, S. 75 Tafel 30); III, 7 Sp. 646 (Pfingsten; ähnlich Liber divinorum operum III, 7, 14 Sp. 976).

[114]) Liber divinorum operum I, 1, 2, MPL Bd. 197, Sp. 743; I, 4, 105 Sp. 890 (Gottes Wort). Scivias II, 2 Sp. 451 (Trinität; ähnlich Epistola 14 Sp. 170); II, 1 Sp. 442,

bewegt sich alles Diesseitige auf schmalem Grate zwischen Gut und Böse und ist unbestimmt und ambivalent. Die Geschichte hat noch nichts vorweg festgelegt; was aus der Welt, was aus der Sprache wird, liegt am Menschen allein.

Wir stellen Hildegard ohne Bedenken neben Abälard; ihre Nonnen haben sie nur halb begriffen. Sie meinten, das Einfache und Unvermischte müsse in der Geschichte konkrete Gestalt annehmen und so unmittelbar aus Gottes Hand kommen können. Darauf beruht die sensationelle, in einem halbfertigen Konzept des Hildegard-Kreises verborgene Meinung, die erst um 1500 beim „Oberrheinischen Revolutionär" und dann um 1800 bei Fichte wieder auftauchen wird: *Adam et Eva Teutonica lingua loquebantur, que in diversa non dividitur ut Romana*[115]). Die deutschen Dialekte sind vergessen, die Unterschiede der romanischen Teilsprachen als pathologische *diversitates* überbetont; das Deutsche ist die beste aller Sprachen und schon deshalb die Ursprache. Niemand, auch kein Ire, auch kein Kanonist, hatte bisher im lateinischen Abendland eine andere, gar die eigene Sprache dem Hebräischen vorzuziehen gewagt. Die Autorin nannte das Hebräische nicht einmal beim Namen, und ob das Deutsche sich bis zur Stunde rein erhalten haben könne, fragte sie nicht. Hildegard selbst würde eine so drastische Anwendung ihrer Prinzipien vielleicht nicht gebilligt haben, sie liebte die Kurzschlüsse nicht. Aber auch bei ihr flossen Geschichte und Natur ineinander, und das Mannigfaltige wurde nur als Variationsbreite der Gattung, nicht als individuelles und geschichtliches So-sein miteingerechnet.

Konnte aber der Fromme den harmonischen, wenn auch gestörten Grundplan der Welt und des Menschen so einfach ablesen, wie die Symbolisten und im Grund auch die französischen Rationalisten glaubten? Ließen sich Synthese und Analyse positiver Fakten überhaupt theologisch verwerten? Spiritualistisch und skeptisch gab sich der mit Rupert von Deutz befreundete bayrische Augustiner-Chorherr Gerhoch von Reichersberg (1093–1169). Die ganze hiesige und jetzige Welt ist Babel[116]); die babylonische Verwirrung ist „unsere Mutter". Die römischen Kurialen, die *desides negligentesque rectores* und die Falschredner und Ketzer unserer Tage, die Frühscholastiker, bringen heutigentags auch die Kirche so in Verwirrung, daß sie fast schon selbst dem teuflischen Babelturm ähnlich sieht, nicht mehr dem Turm Christi, von dem Rupert sprach. Von der Welt nach der Sintflut meinte Gerhoch im Anschluß an Arnobius

---

448 (Begriffe und Rede); III, 5 Sp. 618 (rationalis, strepitus). Liber divinorum operum I, 4, 100 Sp. 885 (tuba; ähnlich Epistola 17 Sp. 217); I, 4, 14 Sp. 813 (rationalitas). Causae et curae (o. Anm. 109) S. 75 (loquela sermonum).

[115]) Fragment IV, 22, hg. Heinrich SCHIPPERGES, Ein unveröffentlichtes Hildegardfragment (Codex Berolin. Lat. Qu. 674), in: Sudhoffs Archiv für Geschichte der Medizin und der Naturwissenschaften 40 (1956) 41–77, hier S. 71.

[116]) De investigatione Antichristi I, 74, MGH Libelli de lite Bd. 3, S. 395.

zwar: *Divisus est mundus in centum patrias et in mille generationes*; aber ob hundert, ob tausend Vaterländer, er fand hier keine Ordnung und nur Trägheit. Alle sollten wie an Pfingsten eins sein im Glauben, dann werde sich auch der Wunsch des Psalmverses erfüllen und die Kirche werde *circumamicta linguarum varietate* erstrahlen[117]). Gerhoch war des Griechischen nicht mächtig, aber er erwärmte sich für griechische Gedanken und zog Helfer zu Rate, die diese Sprache verstanden; sein Blick ging über die Grenzen der abendländischen Kirche hinaus. Es war ihm also bitter ernst mit der Vielfalt der Sprachen in der einen Kirche. Trotzdem ging es im Kern um die Einheit der Gesinnung, nicht der Zungen, um einen Wunsch, nicht um die Gegenwart, um eine ideale, erst noch zu schaffende Welt frommer Geistlicher, nicht um die derzeitige Welt, die Gerhoch verachtete, und nicht um ihre Geschichte, die er nur bis zum frommen Abraham zurück verfolgte und vom Antichrist bedroht sah[118]). Auch Gerhoch forderte wie Hildegard vom Menschen, nicht von den Umständen die Erneuerung, die dann auch für Sprachen und Völker segensreich sein würde.

Die Symbolisten sahen wie die Rationalisten über die Einzelheiten des historischen Alltags großzügig hinweg; war das sinnvoll? Müßte man die verworrene Welt nicht so, wie sie ist, erkennen, anerkennen und doch theologisch deuten? Könnte nicht inmitten der Niederbrüche von Papsttum und Kaisertum die Besinnung auf die Historie und auf die Arbeit der Sigebert und Frutolf leisten, was den großen Entwürfen von der Geschichtlichkeit des Menschen mißlang? Vielleicht besagt es nicht viel, daß 1135 abseits des Gesprächs der Symbolisten zwischen Rhein und Donau ein Schüler Frutolfs, der Stiftsgeistliche Heimo von Bamberg (gest. 1139), ein chronologisches Schema der Weltgeschichte entwarf und aus dem „Chronicon Wirziburgense“ Turmbau und Sprachentrennung eintrug. Zu Phalegs Zeit seien die 72 Sprachen geteilt worden. Neben den Chaldäern Arphaxads ließ der Bamberger nur die *antiqui Samarite* des Sale stehen und tilgte die verwirrenden Inder der Vorlage[119]). Viel

---

[117]) Commentarius in psalmos 64, MGH Libelli de lite Bd. 3, S. 444 (unsere Mutter), 439, 452, 457, 460 (Kuriale); 54, MPL Bd. 193, Sp. 1661 f. (Scholastiker); 104, MPL Bd. 194, Sp. 635 (Weltteilung); 18, MPL Bd. 193, Sp. 903 (Pfingsten); 44 Sp. 1571 (varietas). Zu den Quellen Damianus van den Eynde OFM, L'oeuvre littéraire de Géroch de Reichersberg (Spicilegium Pontificii Athenaei Antoniani 11), Rom 1957, S. 298 ff.

[118]) Peter Classen, Das Konzil von Konstantinopel 1166 und die Lateiner, in: Byzantinische Zeitschrift 48 (1955) 339–368, hier S. 349 ff. (Berater); Erich Meuthen, Kirchenreform und Geschichtstheologie bei Gerhoh von Reichersberg, Diss. phil. (Masch.-Schr.) Köln 1954, S. 199 ff. (Geschichtsdeutung).

[119]) Chronographia seu de decursu temporum, Handschrift München, Staatsbibliothek, Cod. lat. 2, f. 20v (Mikrofilm eingesehen). Dazu Manitius, Literatur Bd. 3, S. 361 ff.; Brincken, Weltchronistik 175 ff.

mehr als ein Versuch, die Traditionen nach Frutolfs Art klärend zusammenzustellen, war das nicht; aber es war ein neuer Anfang.

Um so bemerkenswerter ist es, daß im gleichen Jahr 1135, während des Papstschismas, der Prämonstratenser Bischof Anselm von Havelberg (gest. 1158) nicht bei Gerhochs Forderungen stehenblieb, sondern wirklich in den Orient reiste und Diskussionen mit Vertretern der griechisch-orthodoxen Kirche führte. Und seine Gedanken darüber, um 1150 niedergeschrieben, stellen sich den tiefsten und freiesten der Epoche zur Seite. Anselm wird wohl von der Ordenstradition gewußt haben, daß Norbert, sein Freund und der Gründer seines Ordens, auf das charismatische Sprachenwunder baute; auch die symbolistischen Geschichtslehren werden ihm nicht unbekannt geblieben sein, denn er versuchte selbst, die Kirchengeschichte in den sieben Siegeln der Apokalypse wiederzuerkennen. Aber er abstrahierte nicht von der historischen Vielfalt. Der spätere Verbindungsmann Barbarossas zu Byzanz begriff nicht nur die Geschichte und seine Gegenwart heilsgeschichtlich, sondern er bezog auch – ähnlich wie Abälard, den er oft zitierte, ohne ihn zu nennen – die konstante Veränderlichkeit des Irdischen in Gottes Heilsplan ein; sie ermöglichte erst den Fortschritt, aber sie ließ sich nicht wie bei Hildegard als Stufe überwinden[120]). Es müsse, sagte Anselm, verschiedene Gaben in der Kirche geben, wie schon die Austeilung der Sprachen an Pfingsten erweise. Auch Griechen, Armenier und Syrer gehörten in diese *varietas* der Kirche mit hinein. Die Kirche sei – wieder ertönt der 44. Psalm – geschmückt mit der Buntheit der *religiones et actiones*; sie sei eins, obwohl sie aus vielen Völkern bestehe, *servatis tamen quibusdam differentiis naturalibus*[121]). Was war damit gemeint, wenn nicht die von Regino von Prüm schon aufgezählten Eigenheiten, auch die der Sprachen? Erst diese doppelte Anerkennung nicht nur der Geschichtlichkeit und des historischen Ablaufs im ganzen, sondern auch der *varietas* im einzelnen und in der Gegenwart konnte das im Grunde statische Geschichtsbild des Symbolismus auflockern und den Rationalismus überwinden.

Aber Anselm von Havelberg erprobte seine Gedanken nicht an einer historischen Darstellung, und die denkenden unter den Historikern mußten verzagen vor dem Berg unzusammenhängender Kleinigkeiten, der die Weltge-

---

[120]) Kamlah, Apokalypse 64 ff. (Siegel); Wilhelm Berges, Anselm von Havelberg in der Geistesgeschichte des 12. Jahrhunderts, in: Jahrbuch für die Geschichte Mittel- und Ostdeutschlands 5 (1956) 39–57, hier S. 56 f. (Abälard); Spörl, Grundformen 24 ff. (Veränderlichkeit); Johannes Beumer SJ, Der theoretische Beitrag der Frühscholastik zu dem Problem des Dogmenfortschrittes, in: Zeitschrift für katholische Theologie 74 (1952) 205–226, hier S. 214, 221 f. (Fortschritt).

[121]) Liber de unitate fidei et multiformitate vivendi c. 2, MPL Bd. 188, Sp. 1144 (Sprachengabe); c. 11 Sp. 1156 (Griechen usw.); c. 13 Sp. 1160 (varietas); c. 6 Sp. 1148 (natürliche Unterschiede).

schichte einst und jetzt ausmachte. Konnte diese Weltgeschichte wirklich den ruhenden Punkt bieten, um den sich alle Zeitgenossen bemühten? Mußte nicht gerade der Historiker alles relativieren und jegliche Ordnung verneinen? War aus der Historie mehr zu lernen als die Einsicht in die *mutabilitas* der irdischen Dinge und die Sehnsucht nach der himmlischen oder wenigstens der mönchischen Eintracht? Diese Frage steht über der großen Weltchronik des noch nicht dreißigjährigen Zisterziensers und Bischofs Otto von Freising (ca. 1114–1158). Geduldig und zurückhaltend stellte er 1143 zuerst die Fakten vor sich hin; zumeist aus Frutolf sammelte er fast alle geläufigen Traditionen über Sprachen und Völker. Kaum einen originellen Gedanken fügte er hinzu, manches Bedeutsame ließ er mit Vorbedacht weg. Die eine Ursprache wird erwähnt, aber nicht mit Namen. Die drei Söhne Noahs, der böse Cham und die frommen Brüder Sem und Japhet, werden genannt, ihre Erdteile nicht. Die Stammtafel der Völker gab Otto nur für Japhet, streng nach Josephus, ohne Seitenblicke zur „Glossa ordinaria" oder gar zu Honorius von Autun: Gomer waren die Galater, Magog die Skythen – sonst nichts. Isidor war ein halbes Jahrtausend früher moderner gewesen. Otto scheute sichtlich die unmittelbare Verbindung von Bibel und Gegenwart, die durchgehenden Linien und die bildkräftigen Sagen. Der Turmbauherr Nimrod, der verruchte Hamit, erschien hier nicht als der Riese, der er seit der Septuaginta war; die Jüdische Sibylle kam nur im Zitat aus Josephus kurz zu Worte, nicht mit ihren Legenden vom Turmbau und von den Weltreichen. Der Turmbau hatte keine epochalen Folgen; Semiramis baute aus den Steinen des Turmes Babel wieder auf, sie vertrieb ihren Stiefsohn aus dem Orient, und in Trier errichtete Trebeta einen gewaltigen Palast, der noch heute zu sehen sei. Aber vom biblischen Ahnennachweis Trebetas, den die „Gesta Treverorum" so bereitwillig ausgebreitet hatten, sagte Otto kein Wort. Nur dem sagenhaften Priesterkönig Johannes traute er Abkunft von den Magiern, den drei Königen zu; doch woher stammten diese? Otto leitete auch die Franken und ihren Namen lieber von dem Trojaner *Franco* als von biblischen Patriarchen her; aber vielleicht besagte wie im „Liber historiae Francorum" der Name nur auf griechisch „wild" oder auf fränkisch „edel"? Otto hielt Babylon für das Sinnbild der verwirrten und verworrenen Welt, aber nicht der biblische Nimrod galt ihm als erster Weltherrscher; erst mit Ninus, dem blutigen Herrscher des ersten Weltreichs, dem Gemahl der Semiramis und Sieger über den Magier Zoroaster begann die *humanae miseriae hystoria*. Nach Ninus datierte Otto spätere Ereignisse, nach den *regna* gliederte er seine Darstellung; sie meinte er, wenn er von der *mutatio rerum* sprach. Die Wandelbarkeit der Dinge ist vorwiegend politischer Natur, sie wird an Namen demonstriert, die man aus der antiken Historiographie kannte; das Religiöse und Geistige entzieht sich weithin der Historie, deren Helden nicht die biblischen Schurken noch auch die Heiligen sind. Nicht Christi Geburt, sondern die Herrschaft des Augustus eröffnet einen neuen historischen Abschnitt[122]).

Religion und Geist stehen in festeren Ordnungen. Was Augustin und Bernhard von Clairvaux geglaubt hatten, daß nämlich die Philosophie der babylonischen Sprachverwirrung gleiche, das hat Otto stillschweigend fallen lassen; zu nahe stand er selbst der neuen Wissenschaft[123]). Auch in allem Religiösen sah er die Ordnung und fand dann mit den Worten des 44. Psalms die *varietas* preiswürdig und mit der *mutabilitas* nicht vergleichbar. Die 72 Sprachen fehlten ebensowenig wie ihre Parallele, die 72 Jünger Christi; die letzteren wurden sogar im Widerspruch zur Vorlage eingesetzt, denn Eusebius-Rufin nannte nur 70 Jünger. Nur bei Deut. 32,8 gab Otto der eschatologischen Deutung Gregors des Großen den Vorzug: der Vers meint die künftigen Auserwählten, deren Zahl niemand kennt. Aber in der Gegenwart ist die Ordnung des Geistigen festgefügt und sichtbar. Otto kannte Augustins Erläuterung der drei *linguae principales*, und vielleicht hat er aus ihr seine Dreiteilung der Bereiche *potentia*, *sapientia* und *religio* mit abgeleitet. Sie war ihm noch nicht genug. Das Hebräische ragt hervor nicht nur als die Sprache der Frommen, sondern auch durch seine *antiquitas*, das Griechische nicht nur als Sprache der Weisen, sondern auch durch *eloquii lepor*, das Lateinische endlich, dem Griechischen nahe verwandt, nicht nur als Sprache der Mächtigen, sondern *propter potentiam et item prudentiam*. Die drei Sprachen sind nicht allein religiös, sondern auch geistig bedeutsam, und vollends im Lateinischen vereinen sich die bisher nur parallel verlaufenden Geschichten der Macht und des Geistes und Glaubens – vielleicht in der Macht des alten Reiches und dem Geist der jungen Scholastik?

Denn Reich und Kirche sind für Otto fast vorgregorianisch, Deutschland und Frankreich fast karolingisch miteinander verbunden; der Bischof, Zisterzienser und Onkel Barbarossas, der Schüler Abälards, Gilberts de la Porrée und Hugos von St. Victor suchte zu vereinen, was ihn geprägt hatte. Es klingt fast wie eine vorwegnehmende Absage an Hildegards Nonnen, wenn Otto, der Französisch verstand, schreibt, die *Franci*, die in den gallischen Gegenden wohnten, hätten sich ihre Sprache von den Römern entliehen, die anderen, die diesseits des Rheines blieben, hätten die deutsche Sprache angenommen; *quae*

---

[122]) Chronica sive historia de duabus civitatibus I, 4, MGH SSRG Bd. 45, S. 41 f. (Ursprache, Völkertafel, Nimrod, Turmbau; dazu unergiebig Karl Holzhey, Babylonisches bei Otto von Freising, in: Wissenschaftliche Festgabe zum zwölfhundertjährigen Jubiläum des heiligen Korbinian, hg. Joseph Schlecht, München 1924, S. 279–284, hier S. 280); I, 8 S. 47 (Trebeta); VII, 33 S. 366 f. (Priesterkönig); I, 25 S. 56 f. (Franken; dazu Grau, Herkunft 32 f.); I, 5 S. 43 (Ninus); III, Prologus S. 132 f. (Augustus).

[123]) Joseph Schmidlin, Die geschichtsphilosophische und kirchenpolitische Weltanschauung Ottos von Freising, Freiburg i. Br. 1906, S. 90.

autem lingua eis ante naturalis fuerit, ignoratur. Wenn auch die Ottonen eine andere Sprache als die Karolinger redeten, das Reich blieb doch gemeinsam, und der Prioritätsstreit zwischen Deutsch und Französisch war müßig; das Lateinische übertraf sie beide. Die deutsche Sprache zu hören, ist für die östlichen Feinde des Reiches schrecklich[124]), war aber für Otto kein Hochgenuß; auch seine Muttersprache klang im Vergleich mit dem Lateinischen barbarisch. Noch tiefer standen die östlichen Völker, etwa die Ungarn, die von Skythien ins Land der Hunnen und Avaren kamen; sie wurden zwar nicht an den biblischen Magog gekettet, aber ihre Sprache und Sitte war, auch nachdem sie Christen geworden sind, barbarisch und bäurisch.

Am Lateinischen hing die Einheit von Macht, Geist und Glauben; dennoch himmelte Otto es nicht im Stil der Kanonisten an. Er bemühte sich, von Isidor geleitet, ein wenig um das Griechische und gab zu, daß es reicher sei als das Latein, dessen Eleganz er schätzte. Hier empfand er nur *varietas*, nicht *mutabilitas*, verläßliche Vielfalt des geschmeidigen Geistes, nicht Launen und Niederbrüche der brutalen Gewalt[125]). Die Heilsgeschichte und die mit ihr nahezu identifizierte Geistesgeschichte schied sich hierin von der politischen Historie. Ob Otto an Augustins Diktum dachte, daß die Sprachen sich langsamer wandeln als die Völker? Jedenfalls bezog er, ganz anders als Rupert von Deutz, die Geschichte der Sprachen, nicht die der Völker und Reiche, in das Dauernde, dem Getriebe der Civitas terrena Entrückte mit ein. Nur die Güter der Religion und der Bildung überstanden die Translationen der Macht; nur in ihnen lebte Tradition und Vielfalt. Mit dem „Weltimperialismus der Staufer" und der „staufischen Reichsmetaphysik" hat Otto von Freising wenig zu tun; viel wichtiger ist seine Entdeckung, daß nur ausgewählte Teile des historischen Verlaufs einen sinnvollen Gesamtzusammenhang haben, nämlich die geistlichen und geistigen Errungenschaften in ihrer Traditionskette. Und damit gipfelt auch seine Geschichtsschreibung in einer Forderung an den Menschen, sich in diese goldene Kette einzufügen[126]).

*

[124]) Chronica VII, 35, MGH SSRG Bd. 45, S. 371 (varietas); I, 4 S. 42 (72 Sprachen); III, 10 S. 145 (72 Jünger); VII, 31 f. S. 448, 450 f. (Deut.); I, 27 S. 62 (3 Sprachen; dazu Kaegi, Chronica 17); VII, 35 S. 372 (potentia, sapientia, religio); IV, 32 S. 225 (Französisch und Deutsch); VI, 17 S. 277 (Karolinger und Ottonen); VII, 21 S. 342 (östliche Feinde).

[125]) Gesta Friderici I. imperatoris II, 46, MGH SSRG Bd. 46, S. 153 (barbarische Muttersprache); I, 32 S. 49 f. (Ungarn; dazu Maschke, Nationalbewußtsein 9 f.; Zatschek, Volksbewußtsein 44; Kirn, Nationalgefühl 26); II, 41 S. 150 (Bemühung um Griechisch); I, 55 S. 79 (Griechisch-Latein); II, 13 S. 116 (Eleganz).

[126]) Finke, Weltimperialismus 14 ff.; Huizinga, Nationalbewußtsein 140 (Weltimperialismus); Spörl, Grundformen 32 ff. (Reichsmetaphysik). Ausgewogen Paolo Brezzi, Ottone di Frisinga, in: BIME 54 (1939) 129–328, u. a. S. 307; zur Chronik

Die Geschichte ist also nicht ganz inhaltsleer und trostlos. Aber hatte man, zumal als Laie, nicht in der Gegenwart des eigenen Volkes einen stärkeren Halt und eine dringlichere Aufgabe? Kaiser Friedrich Barbarossa (ca. 1125–1190) war nationalbewußter als sein Oheim. Er konnte Latein besser verstehen als sprechen und bemühte sich auch nicht darum, sondern redete fast immer deutsch, wobei er blendende Beredsamkeit entfaltet haben soll; Fremden gegenüber verwendete er stets Dolmetscher[127]). Das Selbstbewußtsein des Herrschers bedurfte keiner universalhistorischen Krücke; es war genug, daß man im staufischen Kreis auf vornehme Abkunft Wert legte und das Kaisergeschlecht genealogisch mit den Karolingern verknüpfte[128]). Keine staufische Trojanersage umgab zunächst den Kaiser,

qui potenter sustinens sarcinam mundanam
relevat in pristinum gradum rem Romanam.

Dies „Römisch" rief noch keine gelehrte Fabel hervor. Friedrichs Mailänder Gegner freilich glichen, so meinte der Archipoeta 1162/3, den Riesen von Babel, diese *gens Lombardorum*, die

... turres erigit more Giganteo
volens altis turribus obviare Deo.

Das turmbewehrte Mailand ist trotzig und frech wie Troja[129]). Was Otto von Freising noch fern lag, das begann hier, von der Diffamierung der Gegner her; der Kaiser wurde mit den Requisiten der Heils- und Weltgeschichte ausgestattet. Zumindest im Auftrag Gottes, aber auch aus eigenem Recht erschien er als Einiger des Verworrenen; die Grenze zwischen Zeitlosem und Gegenwärtigem wurde undeutlich. So meinte es wohl auch jener anonyme Engländer, der 1160/63 das schismatische Rom unter *Rolandus* mit Babel verglich, *id est confusio linguarum*[130]). Papst Alexander III. ist der neue Nimrod, Barbarossa der Ordner der Welt. Ein anderer Engländer führte in einem angeblichen Brief Barbarossas an Sultan Saladin schon 12 ferne Länder und mehr als 20 abendländische Völker – in Wirklichkeit meist Stämme – auf, die ihm unterworfen seien, darunter Äthiopier, Perser, Araber, Russen und „Franken", also Hami-

---

LANDSBERG, Weltchroniken 71 ff.; BRINCKEN, Weltchronistik 220 ff.; Hans Martin KLINKENBERG, Der Sinn der Chronik Ottos von Freising, in: Kallen-Festschrift (o. S. 511 Anm. 83) S. 63–76; GOEZ, Translatio 111 ff.

127) Rahewin, Gesta Friderici I. imperatoris IV, 3, MGH SSRG Bd. 46, S. 236; IV, 86 S. 344. Dazu SCHULTHEISS, Nationalgefühl 234; Karl HAMPE, Herrschergestalten des deutschen Mittelalters, 6. Aufl., Heidelberg 1955, S. 150.

128) SCHRAMM (o. S. 571 Anm. 75) Textband S. 153; FOLZ (o. S. 574 Anm. 82) S. 201.

129) Salve mundi domine, hg. Heinrich WATENPHUL – Heinrich KREFELD, Die Gedichte des Archipoeta, Heidelberg 1958, S. 69 Nr. IX, 8–12. Dazu Walter STACH, Salve mundi domine, Kommentierende Betrachtungen zum Kaiserhymnus des Archipoeta (Berichte über die Verhandlungen der Sächs. Akad. d. Wiss., Philol.-Hist. Kl., Jg. 91, Nr. 3), Leipzig 1939, S. 81, 83.

130) De fine schismatis vaticinium, MGH Libelli de lite Bd. 3, S. 569 f.

ten, Semiten und Japhetiten[131]). Und endlich stellte es, in die Endzeit projiziert, das großartige Tegernseer Spiel vom Antichrist so dar, als wären die Gegner des Reiches, Byzantiner und Franzosen, die Wegbereiter des Antichrist, der gleich dem Hamiten Nimrod Verwirrung aussät:

Ecce venit homo perdicionis
magne muros consummans Babylonis.

Der deutsche Kaiser, in dessen Auftrag das Spiel gedichtet und bei dessen Krönung es vielleicht aufgeführt wurde, machte allen babylonischen Wirrwarr zunichte[132]).

Der staufische Anspruch, der Welt ihren Sinn zu geben, wurde keineswegs allgemein akzeptiert, weder bei den Geistlichen noch bei den Laien. Auch die Laien, Adlige, Ritter und Stadtbürger, griffen das Thema von der rechten Weltordnung auf und formten es in ihrer volkssprachlichen Literatur, freilich auf ihre eigene Weise, die kaum je dem staufischen Gedankenkreis, oft dem Symbolismus nahekommt. Das Geschichtsverständnis der Laien fand schon in der Wiener Genesis und im Annolied Belehrung; jetzt bauten es geistliche Dichter, zumeist in Süddeutschland, in weiteren Bibel- und Geschichtsdichtungen aus. Dabei paßten sie es allerdings ihrem engeren Erfahrungsbereich an, ohne seine Beschränkung zu spüren.

Die Vorauer Genesis, um 1130/40 als Werk mehrerer geistlicher Verfasser im Donautal entstanden, vielleicht schon mit den Werken Ruperts von Deutz vertraut, schrieb den babylonischen Turmbau 72 hoffährtigen Fürsten zu. Eines Nachts kam Gott über sie und veränderte ihre Sprache, so daß keiner mehr den andern verstand. Zornig gingen sie auseinander, aber die Sprache blieb geteilt in 72 Idiome; *inoh stat dev werlt so.* Klang dies ans Annolied an, so war die Spitze gegen die Fürsten neu, auch wenn sie nicht insgeheim den Streit der Staufer und Welfen treffen sollte. Denn das ständische Selbstbewußtsein war aufgewacht und nahm den Gedanken der Wiener Genesis und des Honorius von Autun auf: Von den Noachiden stammen heute noch die *edele, di hant daz hantgemahele*, also das Wahrzeichen des edelfreien Geschlechts; schwerlich waren dabei die hochmütigen Fürsten mitgemeint. Sorgsam davon getrennt standen die Gemeinfreien, *frige luote, di tragent sich mit guote*; den Abschaum bildeten Chams unfreie Nachkommen, *dinestman* und *chnechte*, also die Ministerialen,

---

131) Gesta Henrici II et Ricardi I a. 1188, MGH SS Bd. 27, S. 111; dazu Kirn, Nationalgefühl 64; Hans Eberhard Mayer, Der Brief Kaiser Friedrichs I. an Saladin vom Jahre 1188, in: DA 14 (1958) 488–494, hier S. 491.

132) Ludus de Antichristo, hg. Karl Langosch, Geistliche Spiele, Lateinische Dramen des Mittelalters, Darmstadt 1957: I, 2 S. 198 ff. (Byzantiner); I, 1 S. 196 ff. (Franzosen; dazu Kirn, Nationalgefühl 50 f.); II, 8 S. 234 (Babylon). Dazu Karl Hauck, Zur Genealogie und Gestalt des staufischen Ludus de Antichristo, in: Germanisch-Romanische Monatsschrift 33 (1951/2) 11–26 (Auftrag, Aufführung).

deren sozialer Aufstieg freilich durch solche Diffamierung nicht zu bremsen war. Seit der Zeit von Babel und bis ans Ende der Welt ist diese Ständeordnung stabil: *Dev zale nimmer zerget, di wile so dev werlt stet.* Aber die Fürstenschuld der Sprachentrennung und die Gottesordnung der Ständeteilung sind klar voneinander geschieden; die Begebenheit von Babel berührte den Normalmenschen nicht. Für ihn hatte Adam die Tiere richtig benannt, wie es eine Miniatur, wohl in den Formen der „Alkuin-Bibel", darstellte[133]).

Das „Speculum ecclesiae", eine bayrisch-österreichische Predigtsammlung der Zeit nach etwa 1135, meinte das nämliche, wenn sie den Turmbau von Babel nach dem Vorbild des Honorius von Autun den Giganten zuschrieb. Die Predigten wiederholten auch den Topos von 72 Sprachen, schärften aber vor allem ein, daß an Pfingsten jeder Apostel *daz gewizzin allir zungin* erhielt; von der Teilung der Sprachen redete man lieber nicht allzu detailliert[134]). Sie war für die bäuerlichen Hörer unter der Kanzel kein aktuelles Problem; sie lebten in einem unversehrten Sprachraum.

Die Millstätter Genesis kannte in der Jahrhundertmitte trotz aller Vorliebe für die Zahl 70 wieder 72 Sprachen; sie folgte weithin der Wiener Genesis und machte Cham wieder zum Vater der unfreien *schalchen.* Das war aber schon die einzige Folge von Babel, die die Gegenwart noch betraf. Das Gedicht wußte zu melden, daß die Turmbauer Giganten waren; das hatte Honorius von Autun schon behauptet, der Dichter wußte mehr. Die Riesen bauten zuerst eine *stein want*, danach wohl den Turm; und das sah man auch im Bilde. Mit Zinnen versehen, umgibt die Mauer einen recht kleinen Turm, kleiner als die riesigen Bauarbeiter mit ihren Geräten. Einer von den vieren blickt nach oben, aber Gott ist nicht zu sehen. Man hat die Zeichnungen mit den „mittelbyzantinischen" Oktateuchen verglichen; die Turmbau-Darstellung hat ebenso wenig von ihnen wie die Abbildung der Tier-Benennung: Hier steht Gott mit erhobener Rechten Adam gegenüber und sendet ihm die Tiere zu; der Mensch ist wie in der „Alkuin-Bibel" der eigentliche Namengeber, von ihm stammt die Sprache, *von siner chrefte aller dirre geschefte.* In Babel geschah nichts Ähnliches; der Turm wurde vom Sturm überfallen. Daß sich von ihm unsere geteilten Sprachen herleiten, wird nicht mitgeteilt; nur die Sprache der Riesen zerfiel in deren 72. Von der Völkergenealogie verlautet gar nichts[135]). Man befreite sich von der

---

[133]) Vorauer Genesis, hg. Joseph Diemer, Deutsche Gedichte des XI. und XII. Jahrhunderts, Wien 1849, S. 15 (Babel), 11 f. (Adam). Dazu Weigand, Languages 245 (72 Sprachen); Joseph Balon, L'Handgemal à l'épreuve du droit, in: ZRG GA 73 (1956) 141–224, hier S. 215 (hantgemahele).

[134]) Speculum ecclesiae Nr. 29, hg. Gert Melbourn (Lunder Germanistische Forschungen 12), Lund-Kopenhagen 1944, S. 71, 74.

[135]) Genesis und Exodus nach der Milstätter Handschrift, hg. Joseph Diemer, Bd. 1, Wien 1862, S. 101, 105, 115 (Vorliebe für 70), 32 f. (Babel), 11 (Adam). Zu den

Last der längst vergangenen Geschichte, indem man sie zu Sagen verdünnte; was blieb, war eine wohlgegliederte, schöne Welt und die ritterlich-bürgerliche „Bereitschaft zu einem hohen, vollblütigen Leben in dieser Welt“[136]).

Wenn man ernsthaft in die Geschichte zurückgriff, dann nicht, um sich menschlicher Schande bewußt zu werden, sondern um das Hochgefühl der Gegenwart zu stärken. Dabei raffte man vor allem die Traditionen von der Völkerherkunft zusammen, um sie dem Stammesstolz dienstbar zu machen. Bescheidung und Verantwortung für das Ganze finden wir noch am ehesten im staufischen Südwesten. Die Chronik des elsässischen Klosters Ebersheimmünster bei Schlettstadt kam um 1160 auf die Anfänge der Stadt Trier zu sprechen; doch die Mönche kleideten die Lokalgeschichte in ein weites Gewand. Noah stand am Beginn und verteilte die Erde; den kurz nach der Sintflut geborenen Sohn *Jonitus* sandte er als Herrscher zu Indern und Brahmanen; die Hamiten, Kusch und seine Brüder, und die Japhetiten, Gomer samt Geschwistern, ließen sich in Sinear nieder; die Semiten, Arphaxad und seine Verwandten, besiedelten Chaldäa und Mesopotamien. Die Welt war wohlgeleitet, auch die Bildung blühte: Der Kuschit Nimrod, größer als alle andern, erlernte bei Jonitus das ganze Quadrivium, Astronomie, Geometrie, Musik und Arithmetik. Der gelehrte Nimrod wurde Herr in Sinear; da begann er die babylonische *gygantomachia*, die die Chronik kurz abmacht, aber dem homerischen Titanenkampf schon durch dies eine Wort vergleicht. Auch nach der Sprachenteilung blieb Nimrod in Babel; seine beiden Söhne sind Assur, der Gründer des assyrischen Großreiches, und Ninus, der Semiramis „aus dem Stamme Japhet“ heiratete. (Von ihrer japhetitischen Abkunft hatte vor der Ebersheimer Chronik niemand gewußt.) Ihr Kind ist *Trebeta*, und sein griechisch-hebräischer Name besagt schon, daß er „aus drei Häusern“ stammt. Trebeta ist kein rassereiner Japhetit, und dennoch ist er fromm und flieht vor dem blutschänderischen Ansinnen seiner Mutter Semiramis mit seinen Getreuen nach Europa. Seine Begleiter sind nicht eines Stammes, sondern aus vielen Sprachen zusammengekommen. Erst im Exil, in Trier, befiehlt Trebeta seinen Untertanen, künftig nur noch deutsch zu sprechen. Deutsch kam also wohl als eine Sprache unter vielen vom Babelturm; Trebeta mußte sie aus anderen Idiomen noch bereichern und ergänzen. Dann weihte er die neue Sprache dem Gott der Beredsamkeit, *Theutates*, der mit Merkur identisch ist. So entstand, noch unter heidnischen Auspizien, die *Theutonica locutio*, und so entstand Trier,

Bildern Kurt WEITZMANN, Illustrations in Roll and Codex, A Study of the Origin and Method of Text Illustration (Studies in Manuscript Illumination 2), Princeton 1947, S. 139 f.; MENHARDT (o. S. 284 Anm. 74) S. 296, 303, 329 ff. (byzantinische Oktateuche als Vorlage).

[136]) SEIDLMAYER, Weltbild 44.

bald von der rasenden Semiramis und von den bei Ez. 38,6 genannten Scharen Gomers und Togarmas bedrängt, aber durch Trebeta geschickt und listig verteidigt. Keuschheit und Frömmigkeit triumphierten[137]). Die „Gesta Treverorum“ hatten Trebeta zum Gomeriden gemacht und damit auch Ninus unter die Japhetiten eingereiht; war Ninus aber, wie man seit Honorius von Autun allgemein glaubte, ein Nachfahre Nimrods, so mußte Trebeta auch hamitisches Blut in sich tragen. Dann gab es auch bei den schwarzen Hamiten Gelehrte und sogar Fromme. Rassendünkel war ebenso töricht wie Sprachenstolz; das Deutsche verdankte seine Rolle dem Dekret eines halb hamitischen Herrschers, nicht seinem autochthonen Altertum, nicht seinen inneren Vorzügen; Hildegards Nonnen irrten sich. An der germanisch-romanischen Sprachgrenze konnte man sich nicht auf die Lobpreisung nur einer Sprache oder gar nur eines Dialekts einlassen.

Dem Stammesprestige war diese Vergangenheit zu ruhmlos und zu vage. Die staufischen Schwaben versuchten es recht bescheiden mit der etymologischen Behauptung, sie kämen aus *Swevia*, und beriefen sich nicht nur, wozu sie historisch berechtigt waren, auf die Sueven, sondern auch auf Schweden. Die langobardische Herkunftssage verlockte dazu, vielleicht auch die Andeutung im Annolied, die Schwaben seien *ubir meri* gekommen[138]). Germanische Ahnen standen nicht sehr hoch im Ansehen, aber man konnte sich eben darum auch ungestört ihrer erfreuen.

Skrupelloser war man in Bayern-Österreich, mit germanischen Vorfahren gab man sich nicht zufrieden. Unter den Babenbergern schrieb um 1140 ein Benediktiner des ostmärkischen Klosters Göttweig die Vita des Klostergründers Altmann von Passau und zog dazu alle Register. Wie das Annolied wußte, stammten die Bayern aus Armenien, die Sachsen vom Heere Alexanders des Großen. Die Bayern verdrängten die Ureinwohner ihrer neuen Heimat und gaben ihr den Namen ihres Führers *Bawarus*. Wer aber einwandte, daß Bayern lateinisch *Noricum* hieß, der bekam zur Antwort, daß *post multos dies* der Sohn des Herkules, *Norix* mit Namen, das Land erobert habe[139]).

Die bayrische Welfenpartei gebärdete sich weniger herkulisch; sie sah anfangs nicht auf den einen Stamm, sondern auf das Reich und das Kaisertum.

---

[137]) Chronicon Ebersheimense, hg. Hermann BLOCH, Zur Überlieferung und Entstehungsgeschichte des Chronicon Ebersheimense, in: NA 34 (1909) 125–173, hier S. 159 ff. (Noah, Trebeta), 152 (Theutates).

[138]) De origine gentis Swevorum c. 1, MGH SSRG Bd. 60, S. 155. Dazu Karl MÜLLENHOFF, Von der Herkunft der Schwaben, in: ZDA 17 (1874) 57–71, hier S. 63 ff. (Datierung). Zur wirklichen Frühgeschichte Karl WELLER, Geschichte des schwäbischen Stammes bis zum Untergang der Staufer, München-Berlin 1944, S. 1 ff.

[139]) Vita Altmanni episcopi Pataviensis c. 28, MGH SS Bd. 12, S. 237 (Bayern; dazu GRAU, Herkunft 21 f.); c. 1 S. 229 (Sachsen).

Die Kaiserchronik, nach 1147, wahrscheinlich erst nach 1160 von einem Regensburger Geistlichen gedichtet, holte sich aus dem Annolied zwar wieder die Herkunftssage der Bayern, die aus Armenien stammten, *dâ Nôê ûz der arke gie*; aber sie bedachte auch die Sachsen, die Alexanders des Großen Nachfahren sind, *der ze Babilonje sîn ende genam*, die Franken, die aus *Trôje der alten* kamen, und die Schwaben, die seit Caesars Zeiten im Lande saßen. Die wichtigsten deutschen Stämme waren vorchristlicher Herkunft. Wie ihre Sprache und ihre Dialekte entstanden, berührte der Chronist nicht. Wenn er von den *Windiske zungen* sprach, die zur *christenhaite* bekehrt wurden, meinte er die wendischen Völker; Sprache und Volk waren identisch. Wichtiger war dem Dichter das Band zwischen Reich und Glauben und die fromme Herrschertugend, die er bei den Bayern zu finden meinte; über der Forderung an die Gegenwart verblaßten die Ergebnisse der Vergangenheit[140]).

Erst längere Zeit nachdem die Welfen 1156 zu einer fast königgleichen Stellung aufgestiegen waren, suchten sie ihren Ruhm durch vornehme Genealogien zu fördern. Wie es auch immer mit der wirklichen, vielleicht fränkischen Herkunft der Welfen bestellt sein mag, sie wurde nun als Trumpf ausgespielt, ohne Rücksicht auf die deutschen Stammesbrüder. Ein Geistlicher im Dienste des Herzogs Welf VI. schrieb um 1170, durch Hugo von St. Victor angeregt, vom trojanischen, fränkischen Ursprung des Geschlechts: *Francio* und *Turchus* waren die Stammväter des Hauses, dessen Namen man nicht minder adlig zu deuten wußte: „Welf" ist eine Übersetzung in die *lingua naturalis*, die Verdeutschung des römischen Senatorennamens *Catilina*[141]). So wurden nebenbei Welfs italienische Besitzrechte gestützt: Catilina, der Verschwörer, hatte Anhang in Etrurien gefunden, das heißt in Tuscien, dessen Markgraf Welf VI. war. Man verlegte sich also auf eine einseitig antike Urgeschichte ohne historische Tiefe; auch der Stolz auf die deutsche Sprache gab sich nicht mit der Frage ab, ob in der römischen Kaiserzeit bereits „Catilina" durch „Welf" hätte übersetzt werden können.

Wesentlich bajuwarischer bearbeitete nach 1164 der Mönch Heinrich im Kloster Tegernsee die bayerische Urgeschichte; ihm lag weniger an der Herr-

---

[140]) Kaiserchronik v. 289 ff., 317 ff., 325 ff., 345 ff., MGH Deutsche Chroniken Bd. 1, 1 S. 85 ff. (Bayern, Sachsen, Franken, Schwaben); v. 16172 S. 373 (Wenden). Dazu LANDSBERG, Weltchroniken 80 ff.; Ernst Friedrich OHLY, Sage und Legende in der Kaiserchronik, Untersuchungen über Quellen und Aufbau der Dichtung (Forschungen zur deutschen Sprache und Dichtung 10), Münster 1940, S. 42 ff. Datierung nach Edmund Ernst STENGEL, Die Entstehung der Kaiserchronik und der Aufgang der staufischen Zeit, in: DA 14 (1958) 395–417, hier S. 413 ff.

[141]) Historia Welforum c. 1 f., hg. Erich KÖNIG (Schwäbische Chroniken der Stauferzeit 1), Stuttgart-Berlin 1938, S. 2, 6; dazu Josef FLECKENSTEIN, Über die Herkunft der Welfen und ihre Anfänge in Süddeutschland, in: Studien und Vorarbeiten zur Geschichte des großfränkischen und frühdeutschen Adels, hg. Gerd TELLENBACH

schergenealogie als am Bayernstamm. Annolied und Altmanns-Vita boten die Requisiten: Die *Norici* stammten von *Norex*, dem Sohn des Herkules, und seien aus dem Orient eingewandert; von ihnen hätten die übrigen deutschen Stämme die *Teutonica lingua* gelernt. Beweis dafür seien neue Pilgerberichte aus der Gegend von Armenien oder Indien; dort treffe man heute noch den bayerischen Dialekt *(bawarizantes)*. Zum ersten Mal suchte hier ein deutscher Stamm seinen Dialekt zur Ursprache der Deutschen zu erheben; dabei wurden wie im Annolied die Bayern geographisch und linguistisch in die Nähe des Babelturmes gerückt, aber genealogisch suchten sie lieber die antike als die biblische Anknüpfung[142]).

Weltläufiger, aber auch ungenealogischer dichtete wohl um 1170 der Pfaffe Konrad in Regensburg für Heinrich den Löwen, Welfs VI. Neffen, das deutsche Rolandslied; aus der *franczischen zungen* übertrug er es ins Lateinische und dann *in tûtische zungin*, aber ohne jeden Sprach-Chauvinismus. Konrad achtete wenig auf sprachgetreue Wiedergabe: Die Christen des Rolandsliedes haben ein französisches, die heidnischen Sarazenen sogar ein lateinisches Feldgeschrei; der Sarazenenherrscher kann Karls des Großen Brief ohne Dolmetscher lesen, *wande er wole gelêret was*; konnte er Latein? Weniger international ist Konrads Beurteilung der Völkerwelt. Karls des Großen Völker sind nun vorwiegend *die in dûtisker erde*; unterworfen sind dem Kaiser freilich auch die Griechen, die schwarzen Ungarn, Russen, Böhmen, Polen, Britannier, Schotten, Irländer, Normannen, Apulier. Gegenüber dem altfranzösischen Rolandslied ist der Schwerpunkt des Karlsreiches nach Osten gerückt, sein Zentrum ist Deutschland. Die Kenntnis Außereuropas ist fast ganz geschwunden; die Sarazenen kommen aus Fabelländern, für die fast allgemein gilt, was der Dichter von einem sagt: *daz liut ist uns fremede*. Nur Karthago, Äthiopien und Persien sind noch feste Begriffe. Babel ist nicht mehr vonnöten, auch wenn dem Perserkönig 42 Unterkönige gegeben werden. Die rechte Symbolzahl gebührt den Christen: in einem Treffen fallen ihrer 71 Mann. Und hier ist auch die bayerische Note: Während im französischen Rolandslied die Armenier noch unter den Heiden standen, sind in der deutschen Fassung die Bayern die einzigen, deren Herkunft angegeben wird – von den getreuen Armeniern, wie in der Altmanns-Vita und in der Kaiserchronik[143]). Die Schichtung der Sprachen, die

(Forschungen zur oberrheinischen Landesgeschichte 4), Freiburg i. Br. 1957, S. 71–136, hier S. 105 f.

[142]) Passio sancti Quirini martyris, hg. Georg LEIDINGER, Bernardus Noricus, Untersuchungen zu den Geschichtsquellen von Kremsmünster und Tegernsee (Sitzungsberichte der Bayer. Akad. d. Wiss., Philos.-Hist. Kl., Jg. 1917, Nr. 4), München 1917, S. 21; vgl. S. 16 ff.

[143]) Das Rolandslied des Pfaffen Konrad, hg. Friedrich MAURER (Deutsche Literatur in Entwicklungsreihen), Leipzig 1940: v. 9081 S. 313 (franczisch); v. 9033 S. 311

Teilung der Völker verwies nicht auf ein allen gemeinsames Ereignis der Vergangenheit; der Adel des bayerischen Stammes und seiner Sprache ließ sich leichter aus der Antike oder aus der Gegenwart als aus der Bibel begründen.

Die Folge war, daß man den Turm von Babel nicht brauchte und den tieferen Sinn der biblischen Erzählung nicht begriff. Hatte schon Honorius von Autun den babylonischen Turm als Architekturdenkmal bewundert, so gaben die Städtegründungen Heinrichs des Löwen und der Mauernbau der Städte auch den Illustratoren in Bayern neue Anregung. Die Bilder zur Millstätter Genesis mögen aus der Zeit Heinrichs des Löwen und aus Regensburg stammen: hier ist Gott nicht zugegen, nur das Geschlecht der Riesen, das eifrig an der großen Mauer und dem kleinen Turme werkt. Als man um 1180 in Mittelbayern den Wiederaufbau des salomonischen Tempels von Jerusalem darstellte, unterschied sich das Bild kaum vom babylonischen Turmbau: ein Turm mit Baugerüsten und hantierenden Arbeitern, die diesmal freilich in Ritterrüstungen steckten[144]). Nicht nur in Bayern überwog das technische Interesse an Babel, auch im städtereichen staufischen Elsaß. Im „Hortus deliciarum", den die Äbtissin Herrad von Landsberg zwischen 1159 und 1175 bebildern ließ, bemerkt man beim Bau des einfachen, einem Bergfried ähnlichen Turmes die Arbeiter, die verschiedenen Maurer- und Steinhauerwerkzeuge und sogar eine Mörtelgrube, obwohl Gen. 11,3 ausdrücklich betont, man habe in Babel Ziegel anstelle von Hausteinen und Erdpech anstelle von Kalkmörtel benutzt. Die unzweifelhafte Verwandtschaft der Illustration mit östlichen Bilderbibeln hinderte doch nicht an der Aktualisierung. Nur eine lateinische Beschreibung am Rand, vielleicht aus Honorius von Autun entnommen, erzählt uns, daß 72 Riesen gegen Gott einen Turm bauen wollten und gezwungen worden seien, verschiedene Sprachen zu reden; sie hätten sich in alle Welt verstreut[145]). Riesen aus ferner Urzeit, derengleichen man im christlichen Europa nirgends mehr fand, waren die babylonischen Sünder; sie hatten ihren Lohn davon. Was

(tûtisch); v. 8164 ff. S. 286 (Feldgeschrei); v. 2113 f. S. 108 (Karls Brief); v. 1770 ff. S. 98; v. 5210 f. S. 200; v. 6831 ff. S. 247 f.; v. 7779 ff. S. 275 ff. (Karls Völker); v. 2668 S. 124 (Fremde); v. 8040 ff. S. 283 (heidnische Völker); v. 6337 f. S. 233 (Karthago usw.); v. 7166 S. 257 (42 Unterkönige); v. 4536 S. 180 (71 Mann); v. 7791 S. 275 (Bayern).

[144]) Georg Swarzenski, Die Salzburger Malerei von den ersten Anfängen bis zur Blütezeit des romanischen Stils (Denkmäler der süddeutschen Malerei des frühen Mittelalters 2), Tafelband, Leipzig 1908, Abb. 131, aus der Gumpertsbibel, Erlangen, Universitätsbibliothek, Cod. 121.

[145]) Hortus deliciarum, hg. Joseph Walter, Straßburg-Paris 1952, Tafelband Tafel VIII b; Textband S. 66 f. Zu den Vorbildern Christian Moritz Engelhardt, Herrad von Landsperg . . . und ihr Werk Hortus deliciarum, Stuttgart-Tübingen 1818, S. XI; Rosalie B. Green, The Adam and Eve Cycle in the Hortus Deliciarum, in: Late Classical and Mediaeval Studies in Honor of Albert Mathias Friend, Jr., hg. Kurt Weitzmann, Princeton 1955, S. 340–347, hier S. 347.

kümmerte das die Betrachter dieser Bilder? Sie suchten Anschauung, nicht Einsicht.

Sie konnten die Giganten der fabelhaften Geographie einordnen, die der mittelhochdeutsche Lucidarius, aus Honorius schöpfend und um 1190 in Braunschweig im Auftrag Heinrichs des Löwen zusammengestellt, in Umlauf brachte; da hatten alle Fabelwesen ihre wohlverwahrte Stelle. Sünde und Strafe wurden dabei verwischt, im Zentrum der Welt hatte stets schon Ordnung geherrscht. Der erste König nach der Sintflut war weder Nimrod noch Ninus, sondern der fromme Sem, der Ahnherr der Freien; von Japhet kamen die Ritter, von Cham die Knechte. Die drei Erdteile fielen den drei Noachiden zu. In ihnen wuchsen die Städte empor, eine neben der anderen, da *Babilonia, die zinberte ein gigant, der hiez Nemroth*, dort *Jerusalem, die zinberte Sem, Noes sun.* Was unterschied sie eigentlich noch voneinander und von Heinrichs des Löwen Gründungen, von München, Braunschweig, Lüneburg, Lübeck, Schwerin? Die Erde in ihren Völkern, Stämmen und Städten war ringsum wohlbestellt[146]).

Ähnlich sah man in dieser volkstümlichen, für Ritter und Städter bestimmten Literatur überall die geordnete Welt. Und dabei spielte die Zahl 72 ihre große Rolle, vor allem in den sogenannten „Spielmannsepen", die sich diese Symbolik gern in allen möglichen Zusammenhängen, vor allem von Stadt und Herrschaft, aneigneten[147]). In der an ältere Bibeldichtungen anknüpfenden „Jüngeren Judith" eines niederösterreichischen Geistlichen war die Mauer von Ekbatana 70 Klafter hoch[148]). Der „Alexander" des Pfaffen Lamprecht, um 1150 am Rhein, wohl in einer der großen Bischofsstädte, geschrieben, wußte von 72 Steinwurfmaschinen bei der Belagerung von Tyrus. Höchst bezeichnend ist, daß der Dichter entgegen der Vorlage Alberich von Besançon seinem Helden, Alexander dem Großen, wirkliche Universalität nicht gönnte: In Lamprechts Lied konnte Alexander nur noch die klassischen Sprachen Griechisch

146) Lucidarius, hg. Felix HEIDLAUF (Deutsche Texte des Mittelalters 28), Berlin 1915, S. 8 ff. (Noachiden), 14 (Städte). Dazu Günther GLOGNER, Der mittelhochdeutsche Lucidarius, eine mittelalterliche Summa (Forschungen zur deutschen Sprache und Dichtung 8), Münster 1937, S. 71 ff.; zur Geographie auch Hans NAUMANN, Deutsche Kultur im Zeitalter des Rittertums (Handbuch der Kulturgeschichte I, 3), Potsdam 1938, S. 28 ff., 34 ff. Zu den Stadtgründungen Heinrichs des Löwen Hans PLANITZ, Die deutsche Stadt im Mittelalter, Von der Römerzeit bis zu den Zunftkämpfen, Graz-Köln 1954, S. 139 ff.

147) Im folgenden verwerte und ergänze ich die Zusammenstellungen von Hans Ferdinand MASSMANN, Eraclius, Deutsches und französisches Gedicht des 12. Jahrhunderts (BDNL 6), Quedlinburg-Leipzig 1842, S. 482; DERS., Der kaiser und der kunige buoch oder die sogenannte Kaiserchronik (BDNL 4), Bd. 3, Quedlinburg-Leipzig 1854, S. 403 f.; Wilhelm KNOPF, Zur Geschichte der typischen Zahlen in der deutschen Literatur des Mittelalters, Diss. phil. Leipzig 1902, S. 86 ff. (das Muster einer oberflächlichen Arbeit).

148) DIEMER (o. Anm. 133) S. 129.

und Latein, nicht mehr Armenisch und erst recht nicht mehr das heilige Hebräisch, das der Geistliche dem Heiden wohl nicht überantworten mochte. Nicht Alexanders Talente, sondern die ewigen Ordnungen sind maßgebend, und daran hatte auch Darius seinen Anteil; 32 Könige und 70 000 Helden waren ihm ergeben[149]). Während der „Salman und Morolf“ um 1190 nur 16 Unterkönige und 36 Herzöge des Helden kannte[150]), traten in dem bald nach 1156 von einem Rheinfranken in Bayern gedichteten „König Rother“ wiederholt 72 Unterkönige auf. Zwar wurden sie meist dem christlichen Titelhelden zugestanden, doch auch dem babylonischen König *Ymelôt*: die christliche und die heidnische Welt waren gleich stark. Byzantiner und übrige Heidenkönige mußten sich mit 30 Satelliten begnügen. Die normannischbyzantinischen Kämpfe spiegeln sich hier ebenso wie der Kreuzzugseifer der welfischen Ritterschaft und der Symbolismus der Geistlichen; die Symbolzahl gab allem universale Weite[151]).

Hier schließt sich jene Gruppe von Dichtungen an, deren Datierung ins ausgehende 12. Jahrhundert und deren Lokalisierung ins Rheinland angezweifelt werden, die aber recht gut in die Reihe passen. Im „Münchener Oswald“ kennt der Pilger *Warmunt*, der nichtlügende, *zwei unde sibenzic lant*, also die ganze Welt; dem König dienen wie im „König Rother“ 72 weltliche Herren; mit Oswald fahren 72 Schiffe aus; für sein Heer von 72 000 Helden läßt er ebensoviele Goldkreuze anfertigen und bei einer Massenbekehrung 72 Heiden taufen[152]). Der weniger wundersüchtige, vielleicht von einem Geistlichen geglättete „Wiener Oswald“ schwächt diese Beziehungen ab, aber noch immer tritt ein Kenner, nun der 72 Zungen, auf, sein Name ist jetzt *Tragemunt*; die 72 Schiffe bleiben auch hier, und eine Burg ist mit 72 Schlössern verschlos-

---

[149]) Lamprechts Alexander, hg. Karl KINZEL (Germanistische Handbibliothek 6), Halle 1884: v. 969 f. S. 118 (Tyrus); v. 171 ff. S. 38 f. (Alexander; dazu Alwin SCHULTZ, Das höfische Leben zur Zeit der Minnesinger, Bd. 1, Leipzig 1879, S. 120 f.); v. 1440 ff. S. 164 ff. (Darius). Dazu CARY, Alexander 27 ff., 108, 171 f., 201 f.

[150]) Salman und Morolf, hg. Friedrich VOGT, Halle 1880: Str. 23 S. 5; Str. 38 S. 8; Str. 106 S. 22.

[151]) König Rother, hg. Theodor FRINGS – Joachim KUHNT (Rheinische Beiträge und Hülfsbücher zur germanischen Philologie und Volkskunde 3), Bonn-Leipzig 1922: v. 7 S. 1; v. 136 S. 5; v. 644 S. 22; v. 2556 S. 97 (Unterkönige Rothers); v. 2588 S. 98; v. 2643 S. 100; v. 3763 S. 136 (Unterkönige Ymelôts); v. 1581 S. 60; v. 3811 S. 137; v. 3980 S. 143; v. 4080 S. 147 (30 Satelliten). Dazu Walter Johannes SCHRÖDER, König Rother, Gestalt und Struktur, in: DVLG 29 (1955) 301–322, hier S. 304 f., 318 ff.

[152]) Der Münchener Oswald, hg. Georg BAESECKE (Germanistische Abhandlungen 28), Breslau 1907: v. 196 S. 12 (Warmunt); v. 9 ff. S. 4; v. 91 ff. S. 7; v. 945 ff. S. 46 (72 Unterführer); v. 1154 S. 55; v. 1428 S. 68 (72 Schiffe); v. 1508 S. 71 (Helden); v. 1459 S. 69 (Goldkreuze); v. 3124 S. 145 (Heiden). Die gängige Datierung, etwa von Elard Hugo MEYER, Über das Alter des Orendel und Oswalt, in: ZDA 12 (1865) 387–395, hier S. 390 f., wird kritisiert von BOOR, Literatur Bd. 1, S. 267 ff.

sen[153]). Die Reihe setzt sich fort, ein wahrer Zahlenrausch ergreift die Poeten. Im „Orendel", der wohl aus Trier stammt, läßt Herodes den Heiligen Rock 72 Meilen weit transportieren; die 72 Reiche, die Tragemunt kennt, sind das vermittelnde Zwischenglied zwischen dem Münchener und dem Wiener Oswald; auch die 72 Schiffe kehren wieder. Aus dem „König Rother" erkennt man die Schar der babylonischen 72 Unterkönige; neu ist die (im „Chronicon Salernitanum" nur beinahe erreichte) Zahl von 72 Götzenbildern, die sich auf die Rom-Tradition stützt; hinzu kommt das Alter des 72jährigen Fischers *Ise*; auch ein Herzog dient seinem König 72 Jahre [154]).

Mit 72 Unterkönigen rund um Babel, *iuxta turrim Babel*, umgab die Sage seit spätestens 1177 den fernen Priesterkönig Johannes, von dem man seit 1141 immer wieder hörte. Zugrunde lagen wohl Nachrichten über das christliche äthiopische Reich und über einen mongolischen Seldschukenbesieger, also weder eine reine Phantasie im Stil der Nimrodsage, noch eine „politische Utopie", sondern verwandelte Wirklichkeiten der Völkerwelt, die man rechtlich und symbolisch zu ordnen suchte[155]). Die Erzählung ist weitergewandert und nahm bald auch eine mohammedanische Berechnung auf, daß nämlich nur 11 von diesen 72 Unterkönigen Christen seien[156]). Hier war also stets mit der Zahl 72 das Weltganze, direkt oder symbolisch, gemeint. Nicht immer beschränkte man sich auf den christlichen Bereich; manche Autoren spürten, daß das Abendland nicht die Welt repräsentiert, und gönnten auch dem Heiden Alexander, dem König von Babylon und erst recht dem Priesterkönig Johannes universale Herrschaft. Dennoch war die Zahl nach wie vor theologisch rele-

[153]) Der Wiener Oswald, hg. Georg BAESECKE (Germanische Bibliothek III, 2), Heidelberg 1912: v. 49 S. 3 (Tragemunt); v. 569 S. 22; v. 791 S. 30 (Schiffe); v. 1081 S. 41 (Schlösser).

[154]) Orendel, hg. Hans STEINGER (Altdeutsche Textbibliothek 36), Halle 1935: v. 84 S. 4 (Herodes); v. 112 S. 5; v. 2426 S. 105 (Tragemunt); v. 237 S. 11; v. 411 S. 18; v. 684 S. 30; v. 897 S. 39; v. 1463 S. 63; v. 2170 S. 94 (72 Schiffe); v. 406 S. 18; v. 2561 S. 111; v. 3267 S. 142; v. 3347 S. 146; v. 3403 S. 148; v. 3797 S. 165 (72 Unterkönige); v. 3331 S. 145 (72 Götzen); v. 566 S. 25; v. 632 S. 28 (Ise); v. 3583 S. 155 (Herzog).

[155]) Friedrich ZARNCKE, Der Priester Johannes I (Abhandlungen der Kgl. Sächs. Gesellsch. d. Wiss., Phil.-Hist. Kl., Bd. 7, Nr. 8), Leipzig 1879, S. 885, 900, 910, 949, 959; II (Abhandlungen Bd. 7, Nr. 1), Leipzig 1876, S. 135, 150, 179. Dazu Charles Edward NOWELL, The Historical Prester John, in: Speculum 28 (1953) 435–445 (historischer Kern); KAMPERS, Alexander 106 f. (Nimrodsage); Leonardo OLSCHKI, Der Brief des Presbyters Johannes, in: HZ 144 (1931) 1–14 (politische Utopie; dagegen mit Recht HENNIG, Terrae incognitae Bd. 2, S. 445 ff.); Ernst REIBSTEIN, Völkerrecht, Eine Geschichte seiner Ideen in Lehre und Praxis (Orbis academicus I, 5), Bd. 1, Freiburg-München 1958, S. 213 ff. (rechtliche Bedeutung).

[156]) Sabine BARING-GOULD, Curious Myths of the Middle Ages, London 1901, S. 32 ff. (Wanderungen der Sage); Alberich von Trois-Fontaines, Chronica a. 1165, MGH SS Bd. 23, S. 849; Fortunatus, hg. Karl SIMROCK, Deutsche Volksbücher, Bd. 3, Frankfurt/Main 1846, S. 141 (11 Christen; s. o. S. 349 Anm. 69).

vant: Um die Jahrhundertmitte wußte man im Paderborner Kloster Abdinghof von einem Kelch mit 72 Edelsteinen, von einem Kronleuchter mit 72 Kerzen zur Erinnerung an Christi 72 Jünger[157]). Daß es 72 Sprachen gab, wurde durch die Predigten immer wieder ins Gedächtnis gerufen; zwei Predigtsammlungen des ausgehenden 12. Jahrhunderts, die eine wohl aus Sachsen, die andere aus dem Bodenseeraum, erwähnten, daß der Heilige Geist an Pfingsten den Aposteln alle 72 Sprachen geschenkt und dadurch die Schuld von Nimrods Frevel getilgt habe[158]). In der Symbolzahl und im Wunder erwies sich die Ordnung des Daseins; hier berührten sich der Ring der Gottesstadt und das Erdenrund.

Heinrich von Veldeke (ca. 1140/50 – vor 1210) muß diese Entsprechungen recht gut gekannt haben, als er am Niederrhein um 1170 den heiligen Patron seiner Heimat, den aus Armenien stammenden Bischof Servatius, besang. Die Berührung von Himmel und Erde war freilich auch ein historisches Ereignis; sie war in Christus Realität geworden, und jeder neuerliche Brückenschlag verwies auf Christus zurück, hier sogar genealogisch. Die Legende machte seit dem 10. Jahrhundert Servatius zum Urenkel von Jesu Tante[159]); das war einer der ganz seltenen Versuche, Jesu Ahnentafel, die „Wurzel Jesse“, durch einen Stammbaum Christi zu ergänzen. Veldeke griff das Motiv wohlgefällig auf. Aber der Gottesmann Servatius wurde durch eine Ahnentafel nicht voll legitimiert, erst durch das Wunder, das ihn aus dem Kreis der Zeit heraushebt in die ewige Gegenwart Gottes. Veldeke berichtet: Als Servatius nach Tongern kam, schickte ihm Gott den Heiligen Geist, so daß seine griechische Predigt allen verständlich wurde, den Deutschen, Welschen, Lateinern, Friesen und sogar den Hebräern, genau wie an Pfingsten. Da hörte man zwar nicht, wie spätere Zusätze wollen, 72 Zungen in dem Bistum, doch in Tongern selbst gab es genau 72 Gemeinden[160]). Im kleinsten Kreis vollzog sich das Größte; selbst dem Lokalpatriotismus stand die Universalzahl zu Gebote. Sie gruppierte, wie hier überall, nur Personenverbände und Flächen, sie bezeichnete keine

---

[157]) Vita Meinwerci episcopi Patherbrunnensis c. 211, MGH SSRG Bd. 59, S. 124.

[158]) Leipziger Sammlung Nr. 45, hg. Anton Emanuel SCHÖNBACH, Altdeutsche Predigten, Bd. 1, Graz 1886, S. 100 f.; Predigten des Priesters Konrad Nr. 49, ebenda Bd. 3, Graz 1891, S. 112.

[159]) Heriger von Lobbes, Gesta episcoporum Tungrensium et Leodiensium c. 20, MGH SS Bd. 7, S. 172; Sigebert von Gembloux, Chronica a. 399, MGH SS Bd. 6, S. 304. Dazu LEVISON (o. S. 599 Anm. 44) S. 49 ff.; Serv. M. LEJEUNE OSB, De Legendarische Stamboom van Sint Servaas in de Middeleeuwsche Kunst en Literatuur (Publications de la Société historique et archéologique dans le Limbourg 77), Maastricht 1941, S. 11 ff.

[160]) Sente Servas, hg. Theodor FRINGS – Gabriele SCHIEB, Die epischen Werke des Henric van Veldeken, Bd. 1, Halle 1956: v. 199 ff. S. 6 ff. (Herkunft; dazu LEJEUNE [o. Anm. 159] S. 17 f.); v. 641 ff. S. 20 f. (Predigt); v. 859 ff. S. 26 (72 Gemeinden).

historischen Schichten mehr. Die Geschichte selbst wurde flächenhaft ausgebreitet; Veldekes „Eneit" schildert keine antike Historie, sondern zeitlose menschliche Schicksale. Zwar wird der Trojaner Aeneas nach Italien geführt, und seine Nachkommen bis auf Caesar und Augustus sind erwähnt; doch daß die Staufer als Kaiser und Trojaner mit in die Linie gehörten, verschwieg Heinrich, und nur ein späterer Interpolator brachte Barbarossa und das Mainzer Hoffest von 1184 in das Epos[161]). Die gegliederte Vielfalt der Gegenwart war ein Schmuck und rief nicht nach historischer Erklärung; beim Mainzer Hoffest, wo Veldeke glanzvoll vor den Staufern auftrat, freute man sich zu Pfingsten 1184, daß Menschen vieler Gegenden „und Sprachen" gastlich zusammenkamen; und es ist gewiß kein Zufall, daß bald danach ein Chronist behauptete, bei diesem Hoffest seien „mehr als siebzig" Reichsfürsten zugegen gewesen[162]). Mailand und Mainz: Die staufischen Prätentionen knüpften, sehr viel vorsichtiger und toleranter als zwanzig Jahre zuvor, nicht mehr beim babylonischen Strafgericht, sondern beim pfingstlichen Hochfest an.

Fast fühlt man sich an die heidnische Toleranz der Hunnen, an die christliche der Ungarn erinnert, die im festlichen Sprachengewirr das Zeichen souveräner Macht sah. Eben damals fanden heidnische Gedanken und hunnischer Stoff, freilich merklich gewandelt, den Weg in die mittelhochdeutsche Literatur. Der österreichische Dichter, der wohl um 1200/05 aus älteren Stoffen das Nibelungenlied komponierte, übernahm nicht die scharfe Trennung des Rolandsliedes in Heiden und Christen; in Etzels hunnischem Hofstaat befand sich *kristenlîcher orden unt ouch der heiden ê*. Ebenso hob der Dichter die historisch gut bezeugte Vielsprachigkeit von Attilas Hof hervor:

Von vil maniger sprâche sah man ûf den wegen
vor Etzelen rîten manigen küenen degen,
von kristen und von heiden vil manige wîte schar.

Diese höfische Welt, deren Frauen sich gern in exotische Stoffe aus Arabien, Libyen und Marokko kleiden – der Handel mit dem Orient blühte –, kennt keine Sprachhindernisse. Ohne Dolmetscher unterhält sich der Hunne Etzel mit seiner burgundischen Braut Kriemhild. Aber wieder wie so oft in diesem Jahrhundert ist die Gesellschaft, die man meint, ganz gegenwärtig. Genealogische Ableitungen kommen im Nibelungenlied nicht vor; der Beiname Hagens von Tronje wird nicht wie im Waltahriuslied als trojanisch gedeutet. Man ist

[161]) Eneide, hg. Otto BEHAGHEL, Heilbronn 1882: v. 3642 ff. S. 148 ff.; v. 13321 ff. S. 533 ff. (Aeneas und Nachkommen); v. 13221 ff. S. 529 f. (Barbarossa); dazu Theodor FRINGS – Gabriele SCHIEB, Drei Veldekestudien (Abhandlungen der Dt. Akad. d. Wiss. zu Berlin, Philos.-Hist. Kl., Jg. 1947, Nr. 6), Berlin 1949, S. 23 ff., 75 ff.

[162]) Otto von St. Blasien, Chronica c. 26, MGH SSRG Bd. 47, S. 37 (Sprachen); Annales Marbacenses a. 1184, MGH SSRG Bd. 9, S. 54 (Fürsten).

von arde hôh erborn, das ist Ahnentafel genug[163]). Inmitten germanischer Sagenmotive wird der Ritterstand, eben aus Ministerialen zusammenwachsend, in seiner Traditionslosigkeit und seiner Internationalität deutlich sichtbar.

In den Kreis des Rittertums und seiner höfischen Dichtung trat nach 1190 die Theologie ein; der schwäbische Ministeriale Hartmann von Aue (gest. 1210/20) bezeichnet diese Bereicherung. Sie war keine Erweiterung, nicht sprachlich – der Abt im „Gregorius" versteht vom Griechischen nicht das Geringste[164]); allenfalls die Magd, nicht die ritterliche Dame kann *vil wol Wälhisch lesen* –, noch auch räumlich – bei den *Riuzen*, den Russen, ist schon fremdeste Ferne –, noch auch historisch – die Ahnenreihen sind kurz und erreichen nie die Antike, geschweige denn die Bibel. Aber das Wissen von der Sprache und ihrem Wesen vertieft sich bei Hartmann, dem Meister der *kristallînen wortelîn*. Nicht als ob sie dem Kunstwollen und dem Geschmack des Dichters preisgegeben wäre; sie fordert den ganzen Menschen. *Munt* und *herze* trennen und verbinden sich wie *vox* und *intellectus*. *Ich rede als ich erkennen kan*. Auch *tumbe rede*, *valsche rede* und *lügemære* drücken getreulich den Charakter des Sprechenden aus. Der Ritter, der für seinen Hochmut Buße tut, muß *namelôs* werden, weil er sein besseres Ich, seinen *rehten namen*, sucht[165]). Wiederum wie bei den freiesten Denkern des Jahrhunderts ist die Sprache eine Forderung an den Menschen, keine ästhetische, sondern eine ethische. Sie ist in den Kreis des Menschen gebannt, aber bisweilen spricht aus einem Menschen unmittelbar der Heilige Geist[166]). Die Emanationsfolge von Gott bis zur Sprache ist lückenlos, sobald der Mensch sie erkennt; die Sprache, vollends ein Dialekt, ist ein Vehikel und kein Fetisch.

Der thüringische Minnesänger Heinrich von Morungen (ca. 1150–1222) kannte nicht nur Kraft und Grenzen der sprachlichen Aussage; er war um 1200 gewiß auf Kreuzfahrt in Palästina, wahrscheinlich sogar in Vorderindien bei den Thomas-Christen und wußte von der Sprachenvielfalt. Vielleicht verlor darum bei ihm das Wort die volle Kraft der Realität, so wie bei den späten provenzalischen Trobadors. Zwar liegt das Wort der Geliebten dem

---

[163]) Das Nibelungenlied, hg. Helmut DE BOOR (Deutsche Klassiker des Mittelalters 3), 14. Aufl., Wiesbaden 1957: Str. 1335 S. 215 (Christen und Heiden); Str. 1338 S. 215 f. (Vielsprachigkeit); Str. 362 ff. S. 67 (Stoffe); Str. 1358 S. 218 (Etzel und Kriemhild; dazu SCHULTHEISS, Nationalgefühl 262 f.); Str. 5 S. 4 (Herkunft).

[164]) Gregorius v. 1630, hg. Hermann PAUL – Albert LEITZMANN (Altdeutsche Textbibliothek 2), 8. Aufl., Tübingen 1953, S. 43.

[165]) Iwein, hg. Georg Friedrich BENECKE – Karl LACHMANN, 5. Aufl., Berlin-Leipzig 1926: v. 6456 f. S. 202 (Magd); v. 7583 f. S. 238 (Russen); v. 194 f. S. 7 (Mund und Herz); v. 2859 S. 90 (ich rede); v. 7680 S. 241 (tumbe rede); v. 2511 S. 79 (valsche rede); v. 3658 S. 115 (lügemære); v. 5465 S. 171; v. 5500 S. 173 (Name).

[166]) Der arme Heinrich v. 855 ff., hg. Hermann PAUL – Ludwig WOLFF (Altdeutsche Textbibliothek 3), 10. Aufl., Tübingen 1953, S. 22 f.

Herzen des Liebenden ganz nahe; aber auch ein Sittich und ein Star können die Vokabel *minne* nachplappern. Gar im unsagbaren Leid drängt sich ein Zwiespalt zwischen *denken* und *sprechen*; der Liebende verstummt[167]). Hartmann von Aue mochte noch an die göttliche Wurzel der Sprache glauben; mit der Kenntnis wuchs die Skepsis. Und wenn man alle Sprachen spräche, und wenn man die Liebe hätte, könnte man nicht auch dann noch ein tönendes Erz und leeres Klingeln einer Schelle sein?

Etwas ähnliches wie diese Frage mag einen Ritter oder Kaufmann bewogen haben, aus dem Kreuzzug oder der Handelsfahrt eine armenische Liste mitzubringen, wie man sie außerhalb Spaniens und Irlands im Abendland noch nie gesehen hatte: eine Liste der 72 Weltsprachen. Ihre handschriftliche Verbreitung zeigt, daß sie in Deutschland besonderen Anklang fand; ihre Namen bezeugen, daß sie erst nach der mittelarmenischen Lautverschiebung des 12. Jahrhunderts zustande kam. Aus der Bibel und den Bibelerklärern, besonders aus Hippolyt, sind zahlreiche Namen entnommen; andere sind antikes Bildungsgut. Ein paar westeuropäische Ländernamen, *Brittania*, *Aquitania*, *Hyspania*, Schottland, die Gascogne und, als einziger deutscher Stamm, die Sachsen, lassen vermuten, daß die Armenier durch die französischen Kreuzheere des ersten und zweiten Kreuzzugs unterrichtet worden waren; der Rest ist armenischer Herkunft und bezeichnet auch den armenisch-kaukasisch-mesopotamischen Umkreis, allerdings mit weitem Ausblick nach Afrika, dem Fernen Osten und Innerasien. Für Armenien war eine solche Tafel im Zeitalter Wardans des Großen nicht ungewöhnlich; im Abendland wurde die Liste, die zumeist Ländernamen enthielt und sich doch als *Descriptio LXXII linguarum* ausgab, verdächtig oft kopiert. Wer verstand armenische Namen wie *Mariz* oder *Ellemazic*, hinter denen sich Meder und Elamiten verbargen, Namen, die noch im 19. Jahrhundert ein berühmter Indogermanist für baren Unsinn hielt und die erst neulich ihr Geheimnis zum Teil preisgaben? Wir können heute noch nicht sagen, wo *Zelec*, *Apahamuth*, *Epeperich*, *Nurbachia* lagen; das 12. Jahrhundert wußte davon bestimmt nicht mehr als wir[168]). Wer hätte glauben können, daß gerade diese Sprachen an Pfingsten, an Etzels Hof oder beim Mainzer Fest erklangen? Man suchte nicht zu begreifen, welches diese 72 Sprachen waren; es genügte, daß man sie zählen konnte. Man durfte nicht die Bibel als Beweismittel heranziehen; eine Erfurter Handschrift der Zeit beteuert: *Compertum est a phisicis linguas hominum esse LXXII*[169]). In früheren Jahrhun-

---

[167]) Her Heinrich von Morungen, hg. Carl von KRAUS, Des Minnesangs Frühling, 30. Aufl., Leipzig 1950: Nr. 126, 3 f. S. 163 (Wort der Geliebten); Nr. 127, 23 f. S. 166 (Sittich, Star); Nr. 132, 8 ff. S. 172 (denken, sprechen); Nr. 135, 31 ff. S. 178 (Verstummen). Zu H.s Reisen HENNIG, Terrae incognitae Bd. 2, S. 465 ff.

[168]) Edition und Erläuterung unten Anhang III, S. 939 ff.

[169]) Handschrift Erfurt, Amploniana, Oktav 8, f. 126 r, zitiert nach SUCHIER, Joca 74.

derten hatte man auf die Theologen, nicht auf die Geographen verwiesen; aber auch spätere *phisici* versuchten gar nicht erst, die Liste nach europäischen Gesichtspunkten neu zu redigieren. Scheute man sich im Stillen, der Tradition allzu genau nachzuspüren? War sie am Ende nicht von der Gegenwart her gerechtfertigt? War die Welt und vollends ihre Geschichte gar nicht so harmonisch geordnet? Mußte man Harmonie und Wahrheit in unverständlichen Sprachen suchen?

Lauter offene Fragen, am Ende wie am Beginn des Jahrhunderts. Die Theologen des Symbolismus hatten sie an die Historiker, diese an die Dichter weitergereicht. Vielfalt und Einklang, Gegenwart und Geschichte waren oft kombiniert worden, aber so, daß jetzige Ordnung und Forderung die Quintessenz bildeten. Warnende Stimmen hatten sich schon früh erhoben, ob Symbolisten und Rationalisten nicht allzu optimistisch urteilten; spätestens nach der Katastrophe von 1198 mußten auch die Dichter zustimmen. So flächig die Geschichte rund um die eigene Zeit gelegt wurde, wenigstens die Breite des Bildes blieb im ganzen ungeschmälert, auch wenn manche die gesamte Historie auf sich selber zulaufen sahen. Die meisten Denker und Dichter waren frei genug, die moderne Welt, als Raum, nicht als Geschichte, vom Ganzen aus zu sehen und dem Menschenbild nichts von seiner Fülle zu nehmen. Aber da man die historische Komponente nicht wie in Frankreich vernachlässigen wollte, wurde dieses deutsche Bild vom Menschen zerklüftet und problematisch. Wieder standen die Deutschen mit ihren ungelösten Fragen allein.

*

Die großen Staatengründer der Zeit, die Normannen, hatten im 11. Jahrhundert ihre Herrschaft über Unteritalien und England aufgerichtet; nun begannen sie ihre Staaten zu organisieren mit der „eingeborenen Begabung, Tatsachen zu meistern, Menschen zu beherrschen, Verhältnisse kühl zu ordnen; ... rational bis in die Knochen, völlig voraussetzungslos, ... in einer souveränen Weise tolerant, ... ganz und gar von dieser Welt, einer Legitimation außer der eignen Macht nicht bedürftig“[170]).

Den Normannen konnte der ferne Ursprung nicht imponieren; sie pflegten keine Herkunftsmythen. Der Italiener Amatus von Monte Cassino (ca. 1030–1101) suchte zwischen 1072 und 1085 das riesige Feld normannischer Taten von England über Spanien und Italien bis Byzanz zu überblicken und auf einen Ursprung zurückzuführen; die Langobardengeschichte des Paulus Diaconus wies ihm den Weg. *Laquel gent premerement habiterent en une ysulle qui se*

---

[170]) FREYER, Weltgeschichte 433 f.

clamoit ,Nora' . . . ,Man' est à dire, en langue thodesche, ,home'. Amatus kannte die französische, aber verfehlte die von Paulus Diaconus genannte skandinavische Heimat der „Nordmänner", als wüßte er nichts von ihrer nordgermanischen Herkunft. Auch galten ihm germanische Sprachen schlicht als „Deutsch"; und wo liegt die Insel Nora? Schwerlich dachte Amatus dabei an Norwegen. Aber gerade Amatus' Hilflosigkeit ist bezeichnend: Niemand wußte recht, woher die Normannen kamen und welche Sprache ihnen einst zugehörte; sie hatten keine urzeitlichen Helden und brauchten keine: Gott selbst gab ihnen Süditalien; sie kamen dorthin „nicht wie Feinde, sondern wie Engel"[171]). Sie zertraten die geschichtlich gewachsene Vielfalt, sobald sie ihren politischen Bau störte; ansonsten mochte sie weiterwuchern. Sie selbst fühlten sich davon nicht betroffen.

Sie waren zu Vorkämpfern des Christentums geworden, im Kampf gegen die sizilischen Muslime und auf dem Kreuzzug; aber biblische Bilder und Probleme bestimmten ihre Gedanken nicht. Ungerührt und fast behaglich erzählte nach 1112 der einzige normannische Kreuzzugshistoriker, Radulf von Caen (ca. 1080– nach 1130), wie sich auf dem ersten Kreuzzug vor Antiochia die abendländischen Nationen zankten und ohrfeigten. Neu hinzukommende Scharen stellten sich auf die Seite jener, deren Sprache sie verstanden; Provenzalen und Südfranzosen hielten zusammen gegen die Nordfranzosen und die Normannen Apuliens und der Normandie. Die Schlägerei war also ein Gefecht der Langue d'oc gegen die Langue d'oïl, ein romanischer Bruderzwist. „Briten, Schwaben, Ungarn, Russen und dergleichen schützte der barbarische Klang ihrer Sprache". Die Prügelszene könnte einen drastischen Kommentar zu Gen. 11,7 abgeben, aber Radulf dachte nicht wie andere Kreuzzugshistoriker an Genesis und Apokalypse, nicht an die heilsgeschichtliche, kirchliche Mission der Kreuzfahrer und noch weniger an Babel und Pfingsten. Die Friedfertigen waren ihm nicht fromme Semiten, sondern törichte Barbaren. Ein jeder sehe selber zu, wie er seine Sprache durchsetze[172]).

Das war nach dem Zeugnis des Italieners Wilhelm von Apulien (vor 1111) auch das Bestreben der Normannen in Unteritalien:

Moribus et lingua, quoscumque venire videbant,
Informant propria, gens efficiatur ut una.

Ein denkwürdiger Satz: die erste Spur bewußter Sprachenpolitik und des

---

[171]) Storia de' Normanni I, 1, FSTI Bd. 76, S. 9 f. (Herkunft); III, 38 S. 151 (Süditalien); I, 20, S. 26 (Engel). Dazu MANITIUS, Literatur Bd. 3, S. 452 f.; Wilhelm SMIDT, Die Historia Normannorum von Amatus, in: Studi Gregoriani, Bd. 3, Rom 1948, S. 173–231, hier S. 216 ff., 226 ff.

[172]) Gesta Tancredi c. 99, RHC Bd. 3, S. 676; dazu KIRN, Nationalgefühl 49. Zu R.s Gedankenwelt Laetitia BOEHM, Die „Gesta Tancredi" des Radulf von Caen, in: HJb 75 (1956) 47–72, hier S. 66 f.

Sprachenkampfes, die uns begegnet. Bis dahin hatte niemand Eroberten zugemutet, ihre Sprache aufzugeben. Auch hierin sind die Normannen erste Vorboten der Neuzeit[173]). Aber der Versuch, das Französische einzuführen, scheiterte, obgleich noch zu Ende des 12. Jahrhunderts die normannische Hofkultur Süditaliens im wesentlichen französisch geprägt war. Die Verwaltungssprache war indes Griechisch, von den vertriebenen Byzantinern her; die durch die Normannen geförderte Kirche sprach Lateinisch; aus der früheren mohammedanischen Okkupation war das Arabische haften geblieben. Die Normannen dachten nicht an Augustins Drei-Sprachen-Lehre, aber ihre Könige führten die Akten bisweilen dreisprachig, griechisch, lateinisch, arabisch. Auch die Anregungen für ihre Kunsttätigkeit nahmen sie von überall her, aus Byzanz, vom Islam, aus dem lateinischen Abendland. Petrus von Eboli konnte angesichts dieses Konglomerats noch 1196 an den Satz des Apuleius von den dreisprachigen Siziliern erinnern und stellte im Bild Griechen, Sarazenen und Lateiner als drei Gruppen nebeneinander dar[174]).

Während die Normannen außenpolitisch das Prinzip staatlicher Vielfalt gegenüber dem Einheitsreich verteidigten, wuchs in Süditalien unter Roger II. das Gemenge der Sprachen und Nationen zu einem Mosaik zusammen[175]). Nun muß man sich über Herkunft und Sinn der unüberwindlichen Sprachenverschiedenheit Gedanken gemacht und sie in die Struktur des Gemeinwesens eingepaßt haben. Dafür zeugen die drei berühmten Turmbau-Bilder des normannischen Sizilien. Das früheste ist das von byzantinischen Mustern angeregte, aber sehr eigenständig entworfene Mosaik im Schiff der königlichen Pfalzkapelle in Palermo, das wohl um 1160 unter König Wilhelm I., vielleicht noch nach Plänen aus der Zeit Rogers II., angebracht wurde. Man sieht wie auf den deutschen Bildern der Zeit die Bauleute in mannigfaltiger, aber geordneter Tätigkeit an dem ebenmäßigen Bau; paarweise arbeiten sie im ruhigen Gleichtakt miteinander. Neben dem Turm stehen die Kinder Noahs, die eine Inschrift als Bauherren des Turmes ausweist; keiner ist ausgenommen, auch Heber nicht. Voran stehen wohl die drei Söhne Noahs, mit verschiedener Haar- und Barttracht, aber gleicher Gesichtsfarbe. Daß sie auseinandergehen müssen, macht das Gruppenbild nicht deutlich; nur die Inschrift nennt sie *confusi lingua*. Die Ruhe des Mosaiks ist weit entfernt von der des Caedmon-Manuskripts; Gott ist nicht zu sehen, jeder dramatische Akzent fehlt. Sehr viel anders hätte man auch den Bau der Pfalzkapelle selbst nicht dargestellt, und

---

[173]) Gesta Roberti Wiscardi I, 167 f., MGH SS Bd. 9, S. 244; dazu Ferdinand Chalandon, Histoire de la domination normande en Italie et en Sicile, Bd. 2, Paris 1907, S. 711 f.

[174]) Liber ad honorem Augusti v. 56, FSTI Bd. 39, S. 9 (Text); Tafelband, Rom 1905, Tafel 7 (Bild). Zu Apuleius s. o. S. 181 Anm. 80.

[175]) Otto Vehse, Nordische Staatengründer, Hamburg 1943, S. 171 f., 174.

einträchtiger als die Noachiden standen auch Ebolis Sizilianer nicht beisammen[176]).

Dasselbe Thema findet sich in der 1183 unter Wilhelm II. fertiggestellten Kathedrale von Monreale gleich zweimal, an einem Kapitell des Kreuzgangs und auf einem Mosaik im Dom. Beide Male sind wieder nur die eifrigen Arbeiten mit Äxten und Steinen an dem fast fertigen Turm festgehalten. Von Gottes Eingreifen und der Verwirrung ist keine Spur zu bemerken. Aber hier stehen die Noachiden nicht mehr still neben den Arbeitern; diese werken fieberhaft. Die Bibelstelle ist genauer wiedergegeben und überdies in der Inschrift des Mosaiks fast wörtlich zitiert. Aber noch immer wirkt die Turmbau-Abbildung fast wie eine Selbstdarstellung der Dombauleute; die grausigen Augenblicke der Verwirrung nach Art der „mittelbyzantinischen" Oktateuche im Bild einzufangen, hatte man keine Veranlassung[177]). Als schwere Sündenstrafe kann man im normannischen Sizilien die Vielfalt der Zungen nicht empfunden haben, vor allem nachdem die Herrscher sich damit abgefunden hatten, daß die Vielsprachigkeit die staatliche Einheit nicht behelligte und den kulturellen Austausch nur förderte. In den Kirchen ließ man sich an die historischen Wurzeln dieses Zustandes erinnern, ohne ihn allzu tragisch zu nehmen; draußen sorgte man dafür, daß die Vielfalt sich ordnete, und kam dann auch ohne biblische Urgeschichte und ohne Einheit der Ahnentafel in der Gegenwart zurecht. Die geistreichen Theorien der Franzosen und die tiefschürfenden Fragen der Deutschen suchten die Realitäten zu erklären; die Normannen verstanden mit ihnen zu leben, wenigstens in Süditalien. Ihre Untertanen machten es ihnen nicht allzu schwer.

Im anglonormannischen Westeuropa dagegen, vor allem in England, konnten die Normannen die Fläche nicht leerfegen, die sie betraten; stärker als im Süden mußten sie auf die lokalen Traditionen Rücksicht nehmen, und wenn sich auch die französische Sprache der Normannen scheinbar leicht durchsetzte, viel leichter als in Italien, so stand man in Britannien doch vor einer Reihe alter und festgefügter Völkertraditionen, die sich schwer durchbrechen und nicht ignorieren ließ. Das Gewirr der Völker, der Briten, Pikten, Schotten, Angelsachsen und Dänen, über das sich die normannische Herrenschicht setzte, klärte sich nicht, weil den Normannen die Kraft zur geistigen Zusam-

---

[176]) Pietro Toesca, La Cappella Palatina di Palermo, I mosaici, Mailand 1956, Tafel XXXVI. Datierung und Deutung nach Ernst Kitzinger, The Mosaics of the Cappella Palatina in Palermo, An Essay on the Choice and Arrangement of Subjects, in: The Art Bulletin 31 (1949) 269–292, hier 269 ff.; Otto Demus, The Mosaics of Norman Sicily, London 1950, S. 45 ff.

[177]) Carl D. Sheppard, Jr., Iconography of the Cloister of Monreale, in: The Art Bulletin 31 (1949) 159–169, hier auch Tafel 7 (Kapitell); Demus (o. Anm. 176) S. 122, 169, 248, 254, 259, hier auch Tafel 102 (Mosaik).

menfassung der Überlieferungen abging; sie sorgten, wie Wilhelm von Jumièges zeigt, zuerst für sich selber, aber damit gaben sie hier das Zeichen zu einem Wettlauf um die vornehmsten Ahnen. Zur Besinnung auf die Geschichte und Ordnung der Welt, zur Theorie Anselms von Canterbury erhob sich niemand. Wer hier mit den Realitäten zu leben versuchte, anstatt sie zu durchdenken, der blieb im Labyrinth der Historie gefangen, und dies widerfuhr fast allen.

Die Angelsachsen besaßen seit Jahrhunderten ihre biblische Ahnengalerie, wenn sie auch Verbesserungen nötig hatte; eben jetzt, 1129, gab ihr der northumbrische Mönch Simeon von Durham (ca. 1060–1130) nach dem Vorbild des „Florenz" von Worcester den letzten Schliff. Er setzte an Stelle des Noachiden Seth den „richtigen" Noahsohn Sem an die Spitze der *Beaduing*, *Wala*, *Hatra* und *Geta*; die blonden Götter wurden zu frommen Semiten, und was Gildas nur angedeutet, die Angelsächsische Genesis nur umschrieben hatte, war seither offenkundig. Bis ins 20. Jahrhundert sollten sich die Engländer als Kinder Israels fühlen[178]).

Dem besten Historiker der Zeit, dem Mönch Wilhelm von Malmesbury (ca. 1080– ca. 1143) behagte diese Einseitigkeit nicht. Zwar klagte er seit 1120, daß die Angelsachsen hinter die Normannen zurückgesetzt würden, aber da er von beiden Völkern abstammte, suchte er den Ausgleich. Er fand ihn nicht in der Bibel, sondern in der germanischen Herkunft der Hauptbeteiligten; dann blieben freilich die Briten, Pikten und Schotten unberücksichtigt. Wie die letzten normannischen Eroberer, so waren schon die Angelsachsen, die unter Hengist und Horsa die Insel betraten, Germanen, Nachkömmlinge des uralten *Woden, de quo omnium pene barbararum gentium regium genus lineam trahit*. Von Wodan, den Spätere irrig zum Gott erklärt hatten, stammten nämlich die Herrscher aller angelsächsischen Reiche; Wodan wurde immer wieder erwähnt, beinahe als Bürge der insularen Einheit. Für die Könige von Wessex lag nun freilich seit der Angelsächsischen Chronik und Asser eine bis Adam zurückreichende Genealogie vor. Wilhelm sicherte sich ab: auch Lukas habe die Ahnenreihe Jesu bis auf Adam erforscht. Dann gab er das angelsächsische Gegenstück wieder und türmte ohne korrigierenden Ehrgeiz die Varianten gewissenhaft aufeinander. *Finnus*, *Getius* und *Sceaf* erschienen als Ahnherren Wodans; „nach Jordanes" sei Sceaf aus Skandinavien gekommen; man war noch immer auf germanischem Gelände und blieb es bis zu *Hadra*, *Gwala* und *Bedwegius*. Der Vater des Bedwegius aber, fuhr Wilhelm in plötzlichem Unmut fort, habe *Strephius* geheißen und sei angeblich *(ut dicitur)* ein in der Arche geborener Sohn Noahs gewesen. Simeons Konjektur, die aus Strephius Sem

[178]) Historia regum Anglorum a. 848, RBSS Bd. 75, 2 S. 69, 98 f.; dazu Hackenberg, Stammtafeln 38 ff.

gemacht hätte, war zu gewagt; die weitere Reihe bis Adam zurück wurde gestrichen. Man spürt Wilhelms Widerstreben, sich auf biblischen Boden zu begeben; wer hatte je von einem Noachiden Strephius gehört? Doch auch die antiken Genealogien fanden nicht seinen Beifall; das Gerede vom König Artus waren nur *Britonum nugae*, und die Franken stammten nicht aus Troja, sondern von Faramund. Sie sind Germanen wie die Angelsachsen; darum ist die *naturalis lingua Francorum* dem Anglischen nahe verwandt. Die fränkische, ja die französische Muttersprache ist also, was Otto von Freising nicht wahrhaben wollte, das „Deutsche". So fand sich bei Wilhelm beinahe eine germanische Ökumene zusammen[179]). In ihr durfte sich keine Sprache absondern; wie Wilhelm seine Mönche, die nur Angelsächsisch verstanden, Latein lehrte, so mißbilligte er es auch, daß Wilhelm der Eroberer einem höchst unbedeutenden Mönch sein Ohr lieh, nur weil dieser Normannisch sprach[180]). In Wilhelms literarischem Werk begegneten sich angelsächsisches genealogisches Denken und normannische Toleranz; für diesen Ausgleich, zu dem Wilhelms kirchliche Gesinnung viel beitrug, wurde jedoch nicht die Weltgeschichte der Sprachen und Völker, nicht einmal die der Inselvölker beschworen.

Die Normannen selber tendierten naturgemäß mehr nach ihrer letzten, französischen Heimat als nach ihrer früheren, germanischen und suchten die Brücke über den Ärmelkanal zu festigen. Der normannische Priestersohn und Benediktiner Ordericus Vitalis (1075– ca. 1142) sprach zwar Französisch schon nicht mehr als Muttersprache und mußte es sich erst im Kloster in der Normandie wieder aneignen, *linguam, quam non noveram*. Aber seither drängte er zur Zweisprachigkeit und hob befriedigt hervor, daß Wilhelm der Eroberer die *Anglica locutio* lernte, um die Klagen der Bevölkerung ohne Dolmetscher zu verstehen. Darüber stand für Ordericus mehr als für Wilhelm von Malmesbury die Kirche; als er einen Satz *Anglica lingua* mitteilte, schrieb er die Übersetzung mit überlegenem *nos Latini* daneben. Französisch, englisch, kirchlich, damit ist der Gesichtskreis des Mönches umschrieben. Seine um 1123 angefangene Normannen- und Kirchengeschichte begann mit Christus; in den zuletzt verfaßten einleitenden Partien versicherte er um 1136/7, daß der Heilige Geist verschiedene, ja alle Sprachen zugeteilt habe, damit die Apostel alle Völker lehren könnten; Christus habe 72 Jünger in alle Welt gesandt. Die drei Kreuzessprachen wurden nicht für heilig erachtet, aber die magischen Kräfte der Bibel-

---

[179]) De gestis regum Anglorum II, 227, RBSS Bd. 90, 1 S. 278 (Angelsachsen und Normannen; dazu Kirn, Nationalgefühl 19 f.); I, 5 S. 9; I, 16 S. 19; I, 44 S. 44 f.; I, 74 S. 76; I, 97 S. 96; I, 98 S. 98 (Wodan); II, 116 S. 120 f. (Ahnentafel von Wessex; dazu Hackenberg, Stammtafeln 43 ff.); I, 8 S. 11 (Artus); I, 68 S. 70 (Franken und Angelsachsen).

[180]) Gesta pontificum Anglorum IV, 143, RBSS Bd. 52, S. 285 (Wilhelm der Eroberer). Latein und Angelsächsisch: Manitius, Literatur Bd. 3, S. 466.

sprache wie bei Johann von Bayeux gewürdigt: der Teufel ließ sich in Medien vom Apostel Thomas auf hebräisch beschwören. Das alles klang recht fromm[181]).

Doch aus seiner kirchlich universalen Haltung die Folgerung für die Gegenwart der Sprachen und Völker zu ziehen, die Verwandtschaft aller Menschen, die übervölkische Aufgabe der Kirche in seinen Tagen auszudeuten, das lag dem Verfechter des sizilisch-englisch-französischen Staatensystems fern, und zwar nicht nur, weil er bloß berichten wollte, was er gesehen habe, und nicht, was sich in Alexandria, Griechenland und Rom zutrage. Nicht einmal auf den britischen Inseln konnte er die der Zweisprachigkeit entsprechende genealogische Eintracht herstellen. Die Ahnenreihe der angelsächsischen Könige, also zuletzt Eduards des Bekenners, führte er wie Simeon von Durham auf Noah zurück; Sem und diesmal noch zusätzlich Arphaxad, Bruder des *Beadwig*, wurden vor die germanische Staffel der *Wala*, *Hatra*, *Geata* und *Woden* gesetzt, nach welchem letzteren die Engländer den Donnerstag *Wodenis dies* nennen. Ordericus teilte die Skrupel Wilhelms von Malmesbury nicht; seine angelsächsische Ahnentafel griff über das Heidnisch-Germanische mit voller Absicht zum semitischen Gottesvolk zurück. Denn er spürte kein Verlangen, die Normannen in die angelsächsische Blutbahn einmünden zu lassen.

Die normannische Herkunft war antikisch. Das wilde Geschlecht der Skythen habe die Trojaner hervorgebracht; von diesen kämen die Franken. Aber ein anderer Trojanersprößling namens *Dan* sei der Stammvater der Dänen und Normannen geworden. Wilhelm von Malmesbury war überboten; die Normannen standen ebenbürtig neben den Franken, den Franzosen, ihre Urgeschichte wies nach dem Kontinent, nicht nach Skandinavien. Dudo von St. Quentin, der Dänen und Normannen zu Trojanern gemacht hatte, und Wilhelm von Jumièges, der über die Goten bis zum biblischen Magog weiterging, wurden von Ordericus verwertet; nur den kleinen Schritt von den Skythen zu Magog, den doch seit Josephus niemand bedenklich fand, tat Ordericus nicht. Vielleicht hätte sich sonst die Schlacht bei Hastings als Erfüllung von Gen. 9,27 und Ez. 38,2 ff. entpuppt – die angelsächsischen Semiten erliegen den japhetitischen, „sich ausbreitenden" Normannen, die den Gog und Magog gleich das Gottesvolk bedrohen? Das durfte niemand argwöhnen. Auch wenn Ordericus nicht an solche Konsequenzen dachte, er scheute sich, Angelsachsen und

---

181) Historiae ecclesiasticae libri XIII, hg. Auguste Le Prevost (Société de l'histoire de France 6), 5 Bände, Paris 1838–55: IV, 7 Bd. 2, S. 215 (Wilhelm der Eroberer); VI a. 1115 Bd. 3, S. 127 (nos Latini); II, 3 Bd. 1, S. 240 f. (Sprachengabe); II, 1 S. 194 f.; I, 21 S. 93 (alle Völker); II, 12 und 14 S. 345, 348 (72 Jünger); I, 18 S. 80 (drei Kreuzessprachen); II, 8 S. 308 (Thomas).

Normannen einander historisch allzu nahe zu rücken. Die Vergangenheit schien ihm in keiner festen Relation zur Gegenwart zu stehen; sein Interesse war mehr zeitgeschichtlich-politisch als heilsgeschichtlich-universal. Besonders verräterisch ist sein Gebrauch der Zahl 72. Seit Aldhelm und Honorius glaubte man zu wissen, daß die Bibel 72 Bücher hat; Ordericus verschwieg das, fand aber heraus, daß Beda 72 Bücher geschrieben habe, eine Zahl, die nur zutrifft, wenn man Bedas Bibliographie in viel mehr Nummern aufgliedert, als es Beda selbst tat. Nur der Angelsachse wurde von Ordericus dieser respektvollen Behandlung gewürdigt; hier fand er die Tradition, der er folgen wollte[182]). Trotzdem war Bedas Kirchengeschichte nicht die Bibel des Ordericus; sonst hätte er sich wie Beda auch um die anderen Sprachen und Völker der Insel, um Briten, Schotten und Pikten gekümmert.

Das versuchte, mehr nach dem Buchstaben Bedas als in seinem Geist, der Lincolner Erzdiakon Heinrich von Huntingdon (ca. 1080–1155) in seiner Englischen Geschichte seit 1129. Heinrich, der sich als Angelsachse fühlte, war von nationalen Vorurteilen frei, suchte allen Völkern der Insel gerecht zu werden und fand die Herrschaft der Römer, der Pikten und Schotten kurz, die der Sachsen und Normannen erträglich; nur den Dänen, *Daci*, nahm er ihre rücksichtslosen Raubzüge übel. Aber er sah in der Geschichte Englands keine überzeitliche Idee, nur *plagae*: Eroberungen, Streit und Niederbrüche. Alles Irdische war vergänglich und nichtig; Gott schickte nur immer wieder seine Strafgerichte. Daß etwa die Pikten einst England verwüsten durften, war ein solches Strafgericht für die anderen; daß die Pikten inzwischen ausgestorben sind, war ein zweites für sie selber. Nicht einmal ihre Sprache überlebte. Als Heinrich die fünf Inselsprachen Bedas aufzählte, wunderte er sich höchlich, die Sprache der Pikten sei verschwunden, *quam unam inter ceteras Deus ab exordio linguarum instituit*. Heinrich hätte gern allen Idiomen göttlichen Ursprung zugestanden und Babel nicht für ein Strafgericht gehalten; aber nicht einmal Gott sorgte für die Kontinuität seiner Werke.

Und nun erst die Völker mit ihrem Ehrgeiz! Ihre Herkunft war auf keinen gemeinsamen Nenner zu bringen, schon gar nicht auf den biblischen. Die Briten hatten zuerst Britannien betreten, das erfuhr man aus der „Historia Brittonum". Ihr Anführer *Britto* war ein Nachkomme des Trojaner-Stammvaters *Dardanus*; die biblischen Zutaten der Vorlage blieben weg. Die nächsten waren

[182]) Historia ecclesiastica VII, 3 Bd. 3, S. 161 (Ahnentafeln; dazu Hackenberg, Stammtafeln 50 ff.); IX a. 1096 S. 474; V, 9 Bd. 2, S. 339 (Skythen, Trojaner, Normannen); V, 24 S. 351 (Bedas Schriften; vgl. Bedas Bibliographie, Historia ecclesiastica [o. S. 481 Anm. 128] V, 24 [!] S. 357 ff.). Zu O.s Haltung Spörl, Grundformen 56, 64 f.; Brincken, Weltchronistik 204; anders Hans Wolter SJ, Ordericus Vitalis, Ein Beitrag zur kluniazensischen Geschichtsschreibung (Veröffentlichungen des Instituts für Europäische Geschichte Mainz 7), Wiesbaden 1955, S. 131.

die Pikten; sie kamen, wie Beda schrieb, aus Skythien. Sie mit dem skythischen Magog zu verbinden, fiel Heinrich nicht ein. Dann reisten die *Scotti* an; daß sie von vornehmen Skythen abstammten, nahm Heinrich seiner Vorlage wieder nicht ab. Immerhin, sie kamen über Spanien nach Irland; ein Teil von ihnen blieb dort sitzen und behielt die gleiche Sprache: die *Navarri*. Das ist vielleicht der erste der bis ins 20. Jahrhundert andauernden Versuche, die rätselhafte Herkunft der baskischen Sprache zu ermitteln; aber gerade die Verbindungslinie in die weitere Vergangenheit wurde nicht gezogen. So auch bei den Angelsachsen Hengists und Horsas. Sie gingen aus von Wodan und dessen Vorfahr, dem heidnischen Gottessohn *Jeta* (dem *Geta* der „Historia Brittonum"). Doch wer war Jetas Vater, und was konnte er für einen Christen sein? Heinrich machte nicht am Ärmelkanal halt und tat auch den französischen Gegnern alle Ehre an; „wie die meisten Völker Europas" hätten sie die Trojaner zu Urahnen. Sie wären also Verwandte der Briten. Doch konnte Heinrich wahrheitsgemäß die Herrscherreihe von Antenor bis zu König Ludwig VI. nur mit zwei tiefen Einschnitten, bei den Karolingern und den Kapetingern, wiedergeben; genau besehen waren die Merowinger die letzten Trojaner. Auch die Geschichte des Kaisertums ließ sich historisch ordnen; in einem Brief an König Heinrich I. begann der Erzdiakon zwischen 1131 und 1135 mit Phaleg, dem Sohn Hebers und Gründer des jüdischen Reiches, und endete bei Lothar von Supplinburg; aber hier waren die historischen und genealogischen Zäsuren noch viel zahlreicher. Nirgends, wohin man blickt, reicht die geschichtliche Kontinuität der Gegenwart bis in biblische Zeiten zurück; Wodan, die Skythen und Aeneas waren nicht miteinander verwandt. Auch die derzeitige Welt ist chaotisch und kein Abbild von Gottes Ordnung; nicht einmal der Turm von Babel kann ihr als Urbild vorgehalten werden. Heinrichs Bilanz war die Weltverachtung; sie war pessimistisch, aber selbstlos[183]).

In den englischen Wirren nach 1135 ging alle Ordnung verloren; jeder mußte für sein eigenes Fortkommen sorgen. Der Erfolg gab auch der dreisten Lüge recht; der spätere Bischof Galfred von Monmouth (ca. 1100–1155) machte sich die Situation zunutze, um nun endlich den Briten zu dem lange vorenthaltenen, seit einem halben Jahrtausend bereitliegenden Lorbeerkranz zu verhelfen. Der Bretone begann 1136/38 die britische Urgeschichte mit Aeneas, seinem italienischen Sohn *Ascanius* und dessen bei Vergil nur nebenbei genanntem Sohn

---

[183]) Historia Anglicana V, Prologus, RBSS Bd. 72, S. 137 f. (Fremdherrschaften); I, 8 S. 12 f. (Piktensprache); I, 9 S. 13 (Britto, Piktenherkunft); I, 10 f. S. 14 f. (Scotti); II, 1 S. 39 (Angelsachsen); VII, 38 S. 248 f. (Franzosen). Epistola 1 S. XIX f. (Kaisertum). Zu H.s Weltbild MANITIUS, Literatur Bd. 3, S. 483 f.; Hans LAMPRECHT, Untersuchungen über einige englische Chronisten des zwölften und des beginnenden dreizehnten Jahrhunderts, Diss. phil. Breslau 1937, S. 5 ff.

Brutus. Das wußte man seit der „Historia Brittonum" schon; aber über Brutus' weitere Schicksale hatte Galfred, angeblich aus einem sehr alten Buch *Britannici sermonis*, aufregende Details zu berichten. Auf langen Irrfahrten, bei denen er in Gallien Tours gründete, kam Brutus nach Britannien, dem er den Namen gab. Die drei Söhne dieses „ersten Königs der *Britones*" teilten die Inseln auf, als wären sie Noachiden; aber Galfred hütete sich, mitzuteilen, daß Nemnius ihre Ahnenreihe weiter zurück bis zu dem bösen Cham verfolgt hatte. Er beteuerte vielmehr, daß die Aufteilung Britanniens lange vor den Zeiten Sauls und Davids stattgefunden habe, und suchte damit die biblische Chronologie zu überrunden. Denn der Kleriker behielt die Bibel scharf im Auge. Brutus fand auf der Insel einen 12 Ellen langen Giganten vor und bekämpfte ihn mit seinen Leuten. Der Name dieses Vorzeitriesen, nachlässig hingeworfen, verschlägt dem Leser den Atem: *Goemagog*. Galfred erzählte, daß die Pikten, Schotten und Iren erst lange nach Caesars Zeiten in Britannien landeten; sie kamen aus *Sithia*, aus Skythien, nach Schottland. Skythien aber war Magogs Revier. Ezechiel 39,6 prophezeit, daß der Herr ein Feuer senden wird über Magog und über die, die auf den Inseln wohnen und sich in Sicherheit wiegen. Galfred sagte vom skythischen Magog und von Ezechiel kein Wort, aber wer glaubt ihm die gespielte Arglosigkeit? Die nichtbritischen Völker der Insel stammten von den Gog und Magog her. Mochten sie die älteren Ahnen vorweisen und mit einem Vortrupp Britannien früher besetzt haben, die Briten hatten die edleren Vorfahren und kamen im Dienste Gottes.

Brutus und die Seinen waren nicht nur Trojaner und Verwandte der Römer, sie sprachen auch Trojanisch, eine Art Griechisch; diese Sprache wurde *postmodum* Britannisch genannt. Damit war die Verwandtschaft des Britischen und seiner Zweige, des Kymrischen und des Bretonischen, mit dem Griechischen trotz aller *commutatio linguarum* gesichert. Dieser Gedanke begeisterte bis tief in die Neuzeit hinein britische Sprachforscher; er war egoistisch. Der nächste Schritt weiter, zum Griechenvater Javan zurück, hätte den ganzen Effekt zunichte gemacht, denn Magog und Javan waren Brüder. Und Galfred wollte keine Verbrüderung, es sei denn mit den Normannen. Ordericus Vitalis suchte die Normannen soeben tatsächlich in Skythien; aber mit Magog wollte Galfred sie nicht liieren. Ordericus' Absicht, die Normannen gleichberechtigt neben die Franzosen zu stellen, ließ sich anders besser verwirklichen: durch die von Wilhelm von Malmesbury verachteten *Britonum nugae*, durch König Artus. Das war kein Ahne, aber ein Vorbild, wie es die Kapetinger in Karl dem Großen besaßen. Nun konnten es die Britannier mit allen anderen aufnehmen, vor allem mit den Franzosen, nicht als Verwandte, sondern als Sieger: Brutus hatte Tours gegründet, Artus hatte in der Bretagne, Bedas Britenheimat, seine Heldentaten verrichtet; er hatte Gallien erobert, aber auch Sachsen, Pikten und Schotten, Iren und Isländer besiegt[184]). Die normannischen Könige brauchten nur in eine alte Tradition einzutreten.

Als 1154 der erste Anjou-Plantagenet den englischen Thron bestieg und die Zeit der Wirren beendete, erhielten diese Sagen ihre ganze Aktualität, nicht für den Herrscher selbst, aber für die Literaten, die seiner neuen Gegenwart eine neue Vergangenheit hinzufügen wollten. König Heinrich II., von Mutters Seite her Normanne, mit der Enkelin des ersten Trobadors, Eleonore von Poitou, vermählt, sprach nur lateinisch und französisch, nicht englisch oder britisch; dennoch rühmte man 1183, er beherrsche alle Sprachen vom Atlantik bis zum Jordan[185]). Nicht die Wirklichkeit, sondern das Idealbild vom sprachengewandten Großherrscher diktierte diese Aussage; aber wenigstens Westeuropa von der Gascogne bis Irland begann sich in der Tat Heinrichs Herrschaft zu fügen, und das waren mehrere Sprachbereiche. An seinem Hof schrieb nach 1167 die Anglonormannin Marie de France, sie habe ihre Novellenstoffe Übersetzungen entnommen, aus dem Griechischen ins Lateinische, aus dem Englischen ins Französische[186]), aus dem Lateinischen ins Französische; auch bretonische und normannische Namen teilte sie mit[187]). Alle diese Sprachen sammelten sich in Heinrichs II. Herrschaftskreis, dessen Zentrum die Normandie war.

Artus war wiedererstanden, und der Domherr von Bayeux, Robert Wace (ca. 1100–1183), sandte denn auch 1155 der Königin Eleonore seinen Brutusroman, der Galfreds Sagen französisch versifizierte und die alten Briten als feine normannische Ritter schilderte; die von Galfred angebahnte Verbrüderung schritt rasch voran. Brutus, der Urahn, kam aus Troja; seine Gegner auf der Insel

---

[184]) The Historia regum Britanniae, hg. Acton Griscom, London 1929: I, 3 S. 223 f. (Aeneas, Brutus); I, 1 S. 219 (erster König); II, 1 S. 253 ff. (vor der Zeit Sauls); I, 16 S. 250 (Goemagog; dazu Feuerherd [o. S. 475 Anm. 111] S. 31 ff.); IV, 17 S. 326 f. (Pikten usw.); IV, 1 S. 306 (Verwandtschaft Briten-Römer); I, 16 S. 249 (Trojanisch-Britannisch); III, 20 S. 301 (commutatio). Zu G.s Tendenzen Heusler, Urgeschichte 8 f.; Hans Matter, Englische Gründungssagen von Geoffrey of Monmouth bis zur Renaissance (Anglistische Forschungen 58), Heidelberg 1922, S. 4 ff., 50 ff., 72 ff., 115 ff., 448 ff.; Gordon Hall Gerould, King Arthur and Politics, in: Speculum 2 (1927) 33–51, hier S. 45 ff.; William Albert Nitze, Geoffrey of Monmouth's King Arthur, ebenda S. 317–321; John Strong Perry Tatlock, The Legendary History of Britain, Geoffrey of Monmouth's Historia regum Britanniae and Its Early Vernacular Versions, Berkeley – Los Angeles 1950, S. 53 ff., 116 ff., 305 ff., 396 ff., 422 ff.

[185]) Walter Map, De nugis curialium V, 6, hg. Montague Rhodes James (Anecdota Oxoniensia 14), Oxford 1914, S. 237. Datierung nach Ferdinand Seibt, Über den Plan der Schrift „De nugis curialium" des Magisters Walter Map, in: AKG 37 (1955) 183–203, hier S. 191 ff.

[186]) Die Fabeln der Marie de France, hg. Karl Warnke (Bibliotheca Normannica 6), Halle 1898: Prolog 20 S. 4; Epilog 12 ff. S. 327.

[187]) Die Lais der Marie de France, hg. Karl Warnke (Bibliotheca Normannica 3), 3. Aufl., Halle 1925: Prolog 30 S. 4 (Latein-Französisch); IV, 3 f. S. 75 (Bretonisch, Normannisch).

waren die ungefügen Riesen unter *Goemagog*. Aber Wace ließ die verschiedenen Sprachen durchaus ebenbürtig nebeneinander stehen. Als die Sachsen unter Hengist und Horsa ankamen, klang ihre Sprache den Briten fremd; König Wortigern verstand den Gruß nicht, den ihm Hengists hübsches Töchterlein Rowena entbot. Doch ein Priester begriff als erster der Bretonen die Sachsensprache und war ein guter Dolmetscher: Wortigern nahm Rowena zur Frau. Seither wird, was in der *langage breton* geschrieben ist, leicht *en englois* übersetzt. Dennoch bleiben die Sprachen der Sachsen und der Briten getrennt; die Sachsen, die am Britenhofe spionieren wollen, müssen „manche Sprachen" verstehen, vor allem Trojanisch-Bretonisch; schon die Römer hatten es sich aneignen müssen, um auf der Insel Anhänger zu finden. Die Römer waren auch Trojaner; aber nicht die Sprache, nur die Folge der Geschlechter verbindet die Edlen[188]). Nach Troja weisen außer dem sächsischen alle Geschlechter, und die letzten Eroberer runden den Kreis. Die Normannen sind Urverwandte nicht der Sachsen, sondern der Briten; auch ihre Ahnen kamen aus Troja, freilich nicht aus dem römischen Zweig, sondern aus dem fränkischen: wie die Franken zogen ihre Vorväter ins Land der *Daci*, an die mäotischen Sümpfe, an die Donau, nach Dänemark, wo sie von ihrem Führer *Danaus* den Namen „Dänen" erhielten. So hatten schon Dudo von St. Quentin und Ordericus Vitalis die Reiseroute gezeichnet. Die Normannen, „Nordmänner" geheißen, mußten in den Anfängen ihrer Ausdehnung noch durch sprachenkundige Vermittler mit den Franzosen verhandeln; doch bereits in der Schlacht bei Hastings verstehen sie die Rufe der Angelsachsen nicht mehr; der germanische Zusammenhang ist abgebrochen. Nun herrschen die Normannen mit ihrer neuen, französischen Sprache, in der Wace schreibt. Er verherrlicht indes kein Idiom; zu gut weiß er, wie rasch sich *par muement de langages* die Orts- und Ländernamen geändert haben und daß von den alten Reichen, von Babylons und Trojas Glanz, nur noch die schwache Erinnerung lebt[189]). Wace war darüber nicht so traurig wie Heinrich von Huntingdon; der Lebende hat recht.

---

188) Le roman de Brut, hg. Ivor ARNOLD (SATF), 2 Bde., Paris 1938-40: v. 118 ff. S. 11 f. (Brutus); v. 1063 ff. S. 60 ff. (Goemagog; dazu MATTER, Gründungssagen 108 f.); v. 6708 ff. S. 356 f. (Sachsensprache; zur Stelle Robert A. CALDWELL, Wace's „Roman de Brut" and the Variant Version of Geoffrey of Monmouth's „Historia regum Britanniae", in: Speculum 31 [1956] 675–682, hier S. 679); v. 6947 ff. S. 339 (Wortigern und Rowena. Werner und Maja SCHWARTZKOPFF, Sagen und Geschichten aus dem alten Frankreich und England, München 1925, S. 226 übersetzen *si ert bons latimiers* falsch „wußte wohl Latein"; *latimier* heißt stets „Dolmetscher"); v. 3343 ff. S. 180 (Bretonisch-Englisch); v. 14739 f. S. 772 (Sachsen, Briten); v. 8969 ff. S. 471 f. (manche Sprachen); v. 1189 S. 67 (Trojanisch); v. 4943 ff. S. 265 (Römer). Dazu TATLOCK (o. Anm. 184) S. 463 ff.; KOLL, Langue 70 f., 82 ff., 95.

189) Roman de Rou, hg. Hugo ANDRESEN, 2 Bände, Heilbronn 1877: v. 157 ff. Bd. 1, S. 16 f. (Normannen-Herkunft); v. 95 ff. S. 14 (Normannen-Name); v. 476 ff. S. 55 (Normannen in Frankreich); v. 8087 ff. Bd. 2, S. 350 f.; v. 8256 S. 357 (Hastings);

Aber bedurften die Absichten der Lebenden nicht doch einer historischen Legitimation? Ließ sich mit Trojaner- und Artussage die französische Eroberungspolitik des Königs rechtfertigen? Mußte er sich nicht über den Franzosen anstatt ihnen zur Seite oder gegenüber aufstellen? Man hatte doch in England die ältesten Ahnen zur Hand. Der Schüler Bernhards von Clairvaux, der nordenglische und halb schon schottische Zisterzienserabt Aelred von Rievaux (ca. 1110–1167), präsentierte sie erneut. Kurz nach Heinrichs II. Regierungsantritt rief er die angelsächsischen Genealogien und die Bibel zu Hilfe und brachte in der Ahnentafel des Königs nebst anderen Germanen-Göttern *Woden* und *Geta* unter; an der Spitze stand wie in der Angelsächsischen Chronik Adam, das Bindeglied zwischen Bibel und Heidentum hieß wie bei Simeon von Durham und Ordericus Vitalis *Beadwig qui fuit (filius) Sem*. Sem aber ist wie bei Honorius von Autun identisch mit dem Priesterkönig Melchisedech[190]). Die Anjou-Plantagenets sind also Priesterkönige des Gottesvolkes; damit konnte kein Kapetinger konkurrieren.

Auch der Londoner Archidiakon Radulf von Diceto (ca. 1120–1202), der Galfred von Monmouth und Heinrich von Huntingdon kannte, ließ ihre kurzen Stammbäume beiseite und griff nach Aelreds biblisch-germanischer Ahnentafel der Anjous. Freilich fand er daneben auch die Parallele zwischen Artus und Heinrich II. bedeutsam, die die angiovinischen Ansprüche in Frankreich unterbaute. Den von Heinrich II. unterworfenen Schottenkönig Wilhelm IV. den Löwen ließ er zwar auf die irische Weise über *Richaith Scot*, Gomer und Japhet gleichfalls von Noah abstammen; immerhin war er als Japhetit nicht der hebräischen Ursprache teilhaftig, die nach Dicetos Meinung im Hause Heber verblieb[191]). Wahrer englischer Adel war semitisch.

Von den Trojanern war keine Rede mehr, denn auch die Franzosen waren Trojaner. Am lautesten wetterten die den Franzosen am nächsten wohnenden Anglonormannen diesseits des Kanals. Der Mönch Stephan von Rouen, der dem englischen König nahestand, stichelte um 1170 von Anselms Kloster Bec aus, die Franzosen seien wohl Trojaner, aber wenn sie sich mit ihrem Adel großtun wollten, entgegne der Normanne, die *Franci* seien wie Schwächlinge feige von Troja geflohen; die Normannen aber kämen aus *Dacia*, aus Dänemark,

---

v. 77 f. Bd. 1, S. 13 (Änderung der Sprachen); v. 24 f. S. 11 (Babylon, Troja). Dazu Koll, Langue 70 f., 95.

[190]) Genealogia regum Anglorum, MPL Bd. 195, Sp. 716 f.; dazu Hackenberg, Stammtafeln 58 ff.

[191]) Ymagines historiarum a. 1154, RBSS Bd. 68, 1 S. 299 (Ahnentafeln Heinrichs II.; dazu Hackenberg, Stammtafeln 63 ff.); a. 1185, RBSS Bd. 68,2 S. 35 (Ahnentafel Wilhelms des Löwen). Abbreviationes chronicorum, RBSS Bd. 68,1 S. 35 (Ursprache). Zu Artus Matter, Gründungssagen 448 ff. – Die Ahnentafel Heinrichs II. steht ebenso bei Roger von Hoveden, Chronica a. 886, RBSS Bd. 51,1 S. 34; dazu Matter, Gründungssagen 65 f.

und seien tapfer und stark. Auch vom britischen Sagenadel, der ebenfalls von Troja ausging, wollte Stephan nichts wissen. König Artus schickt von den Antipoden aus, wo er sich aufhält, an Heinrich II. einen Brief, der die Auslieferung des Britenlandes fordert. Grollend schreibt der Sagenheld, daß ihm an Macht auch jener erste Assyrerkönig (gemeint ist Ninus) nicht gleichkomme, der zuerst mit seinem Schwert Menschen unterwarf. Vierzehn außereuropäische Völker dienen Artus und werden ihm zu Hilfe eilen, wenn Heinrich nicht gehorcht, auch Babylons Scharen werden erscheinen;

Linguarum mater properat Babylonica virtus,
nescit quid sibimet barbarus ille (Heinrich II.) *sonet.*

Man ist also in Babel heute noch aller Sprachen mächtig – eine Reminiszenz an irische Sagen –; aber was der Barbar Heinrich redet, das ist gar keine Sprache und daher auch den Babyloniern unverständlich[192]). Mit dieser Prahlerei enthüllt König Artus seinen eigenen babylonischen Hochmut – ein kraftloser Greis. Der Starke ist am mächtigsten allein.

Aber ganz ohne Historie? Um 1170 fand Benedikt von Saint-More in seiner Heinrich II. gewidmeten Normannengeschichte eine andere Lösung. Das erlauchte Haus der Normannen war älter als Trojaner, Franken und Briten; Hauptzeuge war eben der *Goemagog* der Brutus- und Artussage, um den alle anderen Literaten einen großen Bogen machten. Benedikt begann mit der Dreiteilung der Erde, die zu Noahs Zeit und in Noahs Namen durch die weisesten Männer gültig geregelt worden sei; er hätte allerdings kein Land nennen können, das den Normannen dabei zugewiesen wurde. Das erste Land des japhetitischen Europa war immerhin wie bei Isidor Skythien, und wenigstens geographisch wurden daneben die Goten und die Dänen gestellt. Doch genealogisch folgte Benedikt nicht dem Sevillaner, sondern Galfreds Sagengespinst. Denn Japhets Sohn hieß nicht Gomer, nicht Magog, sondern *Goemagoz*; er kam als Wanderer nach *Goce*, das heißt Skandinavien, und wurde dort erst Stammvater der Goten, später der Dänen und Normannen. Benedikt hatte selbst zuvor einen ausgedehnten Troja-Roman geschrieben und benutzte für sein Werk Dudo und Wilhelm von Jumièges; er wollte das trojanische Glied der normannischen Ahnentafel nicht missen: Der Stammvater der Dänen, die man auch Normannen heiße, sei Antenor; darum seien die Dänen, die „Daker", auch Trojaner. Die germanischen Beziehungen müssen wie bei Wace zurückstehen. Als ein sächsischer Fürst den Normannenherzog dänisch anspricht, wundert sich dieser, wo der Sachse die ihm ungewohnte Sprache gelernt habe. Benedikt wußte noch, daß die Normannen ihren Namen einer germanischen

---

[192]) Draco normannicus I, 493 ff., RBSS Bd. 82,2 S. 610 f. (Franci); II, 893 ff. S. 693 f. (Normannen); II, 969 ff. S. 697 ff. (Artus). Dazu Manitius, Literatur Bd. 3, S. 690 ff.

Sprache verdankten; trotzdem suchte er ihre Wiege in weiterer Ferne[193]). Allen gefallen ist schwer: Wie waren denn nun Antenor und Goemagoz, Franzosen und Normannen miteinander verwandt? Benedikt schwieg darüber ebenso wie über die Identität des Japhetiten Goemagoz mit dem von Brutus in Britannien besiegten Riesen Goemagog. Hätte der Gotenvater auch Britannien, das spätere Land seiner normannischen Nachkommen, als erster in Besitz genommen?

Diese Hypothese war doch gar zu luftig. Als der angelsächsische Leutpriester Lawman (Layamon) wohl zwischen 1189 und 1199 den Roman Waces in englische Verse übertrug, kehrte er wieder zu den älteren Genealogien der Artus-Sage zurück. Nur standen ihm Religion und Vaterland näher als dem ritterlichen Wace, und so stellte er gleich in den Anfangsversen die Frage, woher die Engländer gekommen seien nach der Sintflut, die doch nur Noah, Sem, Cham und Japhet überlebten. Aber er kam nicht dazu, die semitische Stammtafel der Angelsachsen vorzuführen; die Brutus-Sage schlug ihn in Bann, und sie begann erst mit Troja. Der Riese *Geomagog* stand wieder auf der Schattenseite. Bald sprach man auf der Insel Trojanisch und nannte es Brutisch. Erst als die *Engliscemen*, zu denen Lawman sich stolz zählte, die Briten überfielen, wandelte sich die Sprache[194]). Woher diese Sprache, woher die Angelsachsen selbst kamen, wie sie mit den Briten verwandt sind, wie mit den anderen Völkern Britanniens, diese Fragen blieben unbeantwortet.

Die Iren waren sich ihrer Sache sicherer, auch nachdem sie sich 1171 unter Heinrichs II. Herrschaft beugen mußten. Heinrichs II. Hofkaplan, der walisisch-normannische Giraldus de Barri (Cambrensis, 1147–1223), begründete die Eroberung damit, daß schon König Artus, der Vorläufer der englischen Könige, über Irland regiert habe. Aber die Iren waren älter als Artus. Giraldus begann Irlands Geschichte, 1188 dem Eroberer zugeeignet, bei den Heroen, die wir aus dem „Leabhar Gabála Erenn" kennen; und der Waliser fühlte sich den Iren viel zu nahe verwandt, als daß er ihren Stolz nicht teilte. Auf Irland habe eine *Caesara neptis Noe* vergeblich vor der Sintflut Schutz gesucht. Caesars erstaunliche Wandlungen setzten sich fort: nun ist er gar zu Noahs Enkelin geworden. Irlands nächste Bewohner stammten von einem uns seit der „Historia Brittonum" vertrauten Ahnherrn, der nun freilich auch bibelfest geworden war: *Bartholanus*, *Sere filius*, *de stirpe Japhet*. Partholomus hatte obendrein den

---

[193]) Chronique des ducs de Normandie, hg. Carin FAHLIN (Bibliotheca Ekmaniana 56), Bd. 1, Uppsala 1951: v. 209 ff. S. 7 ff. (Erdteilung); v. 369 ff. S. 12 (Goemagoz); v. 645 ff. S. 19 f. (Dänen und Trojaner); v. 12715 ff. S. 368 f. (Sachse spricht dänisch); v. 665 ff. S. 20 (Normannen-Name). Dazu KOLL, Langue 70, 92.

[194]) Brut, hg. Frederick MADDEN, Bd. 1, London 1847: v. 11 ff. S. 1 f. (Noah); v. 69 ff. S. 4 ff. (Troja); v. 1806 S. 77 (Geomagog); v. 1970 ff. S. 83 f. (Engliscemen). Dazu MATTER, Gründungssagen 109 ff.; TATLOCK (o. Anm. 184) S. 483 ff.

Weg von den exotischen Chinesen, den *Seres*, gefunden, und die Chinesen waren auch Japhetiten. Später kamen die Skythen, deren Name ja schon an die Schotten erinnerte; weltweit und uralt ist die Geschichte des iroschottischen Volkes. Dann tauchte *Gaidelus* auf, Sohn des *Phenius*, der nach der Sprachenverwirrung an Nimrods Turm Meister in verschiedenen Sprachen war und aus allen Sprachen das Gälische zusammensetzte. Im Buch von Leinster war Gaedel noch der Sohn von Partholon und Scota gewesen; nun, nach Partholons Erhebung in den Japhetitenrang, gibt der ägyptische Pharao die Tochter *Scotia* dem gelehrten Gaidelus zur Gattin. Von ihr haben die Schotten den Namen, die nach Sprache und Sitte mit den Iren nächstverwandt sind[195]).

Auch die Waliser sind Kelten, und ihre kymrische Sprache, ein Zweig der britischen, steht der irisch-gälischen nahe; aber hier bog Giraldus ab. Sein eigener Ahnenpaß ist trojanisch. Drei Völker kamen aus Troja, die Römer unter Aeneas, die *Franci* unter Antenor, und die *Britones* unter Brutus. Und trotz aller französisch-normannischen Sympathien sind die Ränge klar verteilt: Nur die Briten haben die Wörter ihrer Anfangssprache und deren Eigenheiten bis heute behalten. Der Leser hat nicht den Eindruck, daß das Britische mit dem Fluch von Babel belastet oder wie das Piktische vergänglich ist: vielleicht werde das Walisische (Kymrische) noch am Jüngsten Tag lebendig sein. Die walisischen Worte stimmten – das war Galfreds Gedanke – fast alle mit dem Griechischen oder Lateinischen überein. Bei den Briten ist die antike Tradition am besten aufgehoben[196]). Die Normannen, also auch das Königshaus, sind Trojaner *sicut et nostrates*; die Allianz zwischen Briten und Normannen festigte sich, aber nur politisch-genealogisch, nicht sprachlich. Giraldus duldete keinen Vorrang einer fremden Sprache und beklagte sich bitter über die Bischöfe, die den Walisern die Beichte nur durch Dolmetscher abnehmen konnten[197]). Sprachlich steht dem Britischen nur das Latein im Range gleich; Giraldus spottete über Geistliche, die lateinische Worte *Gallice* oder *Anglice* erklären wollten[198]). Einem frommen Einsiedler schenkte Gott die Kenntnis des Lateinischen, freilich ohne Deklinations- und Casuslehre, so daß der Eremit stets in Infinitiven radebrechte. Und Gottes Wunder erlaubte es auch, daß Giraldus verstanden wurde, als er 1186 seinen Walisern das Kreuz predigte, obgleich er „nur" französisch und lateinisch redete, so wie der heilige Bernhard den Deutschen

[195]) Topographia Hibernica III, 1 ff., RBSS Bd. 21,5 S. 139 ff.; III, 7 S. 147; dazu Matter, Gründungssagen 461 ff., 499 ff.

[196]) Descriptio Kambiae I, 15, RBSS Bd. 21,6 S. 193 f. (Troja, Britensprache; II, 10 S. 227 (Walisisch). Zu G.s Nationalstolz Kirn, Nationalgefühl 92 ff.

[197]) De iure et statu Menevenis ecclesiae c. 6, RBSS Bd. 21,3 S. 320 (Normannen; dazu Kirn, Nationalgefühl 98); c. 4 S. 245 (Bischöfe; dazu Kirn, Nationalgefühl 97).

[198]) Gemma ecclesiastica II, 35 f., RBSS Bd. 21,2 S. 342 ff.

auch auf französisch verständlich war[199]). Giraldus schwankte in seinen Urteilen über Waliser, Iren, Angelsachsen und Normannen; er war doch noch mehr Kleriker als Kymre. Aber vom Turm zu Babel hielt er so wenig wie irgendein anderer seiner Landsleute; die 72 Sprachen blieben ungenutzt.

Die bedeutendsten Theologen englischer Herkunft, Johann von Salisbury, Andreas von St. Victor, wirkten in Frankreich; in ihre Heimat brachten sie wenig vom französischen Ehrgeiz, die Welt rational zu ordnen. Auch die deutschen Bestrebungen der Symbolisten und Historiker fanden jenseits des Kanals keinen Widerhall. Dort fahndete man nach den eigenen Urahnen, wobei Herrscher- und Völkergenealogien rasch ineinanderflossen. Nur weil die angelsächsischen und irischen Ahnentafeln mit Adam begannen, zog man auch die Bibel in den Wirbel; aber niemand wagte zu wiederholen, daß die Trojaner Hamiten seien. So hieß die Losung für Normannen und Briten meist: Brutus und die Trojaner und nicht weiter. Aber die angebotenen Möglichkeiten waren zahlreich und verlockend; sie schienen eine genealogische Vereinigung der auf den britischen Inseln streitenden Nationalitäten zu versprechen. So rief man Antike, Christentum, Keltentum und Germanentum an, um die Nationen und Sprachen des anglonormannischen Reiches miteinander zu verknüpfen und seinen Ruhm gegenüber den Rivalen zu steigern. Aber trotz aller Anstrengungen mißlang diese Umdeutung der Vergangenheit zu politischen Zwecken; eine einheitliche Herkunft fand man nicht, weil fast alle Autoren viel zu nahe an den gegenwärtigen Realitäten kleben blieben. In den einander widersprechenden, vielfältigen Ansätzen spiegelt sich deshalb recht genau die geistige Situation Englands; Heinrichs II. Reich war noch keine Einheit und gab noch keine Freiheit.

Noch weniger konnten die übrigen Völker Nordwesteuropas den Franzosen und den Deutschen das Wasser reichen. Schottland, das sich unter David I. dem anglonormannischen Einfluß öffnete, sich aber politisch von England abzusondern suchte, brachte nicht mehr Weitblick auf als die Anglonormannen, Briten und Iren und schob wie sie die eigene Urgeschichte und Sprache in den Vordergrund. So nahm die Schottische Chronik, bis 1135 geführt, das Gespinst der mittelirischen Sagenstammbäume auf. Nun hieß es wieder, daß eine Griechin namens *Cesar* Irland vor der Sintflut besuchte, daß der Ahnherr *Fenius* zehn Jahre nach der Zerstörung des babylonischen Turms aus den 72 Sprachen die gälische, das heißt die iroschottische, komponiert habe; diese 73. Sprache enthielt alle anderen in sich und wurde zur Summe und zum Muster für alle Idiome[200]). Hier hatte man nun auch auf lateinisch den Anschluß an die bibli-

---

[199]) De rebus a se gestis III, 2, RBSS Bd. 21,1 S. 90 f. (Einsiedler; dazu Paul Kirn, Das Bild des Menschen in der Geschichtsschreibung von Polybios bis Ranke, Göttingen 1955, S. 202 ff.); II, 18 S. 76 (Kreuzpredigt).

[200]) Chronicum Scotorum, RBSS Bd. 46, S. 2 ff.

sche Urgeschichte gefunden und konnte beruhigt mit *Parthalon* die iroschottische Ahnenreihe fortsetzen, ohne sich zu fragen, was diese Mythen über den Gang der Weltgeschichte, über Wesen und Aufgabe des Menschen und über die Nachbarn aussagten.

Wie Adam die Tiere benennt, war in Schottland ein beliebtes Titelblatt für Bestiarien; aber das betraf die Naturkunde, nicht die Geschichte[200a]). Den Turm von Babel hingegen ließ man getrost links liegen. Als ihn der schottische Prämonstratenserabt Adam von Dryburgh (ca. 1150–1212) allegorisch zu erläutern hatte, sah er darin wie Isidor und Hraban nur das Symbol für den Stolz dieser Welt, die ihren Ruhm zum Gipfel treiben möchte[201]). Der strenge Anwalt kontemplativer Einsamkeit verachtete die Welt nicht ganz; er pries Gott für die Vielfalt der *voces*. Winde, Donner und Wogen, Vögel und Tiere, auch Musikinstrumente tönen dissonant und doch harmonisch; und die Worte der menschlichen Sprache, wie angenehm und süß sind sie, wie lehrreich und segensreich, ein wahres Gotteslob! Fehlt nur die Vielfalt der Sprachen[202]). Im Nationalitätenkampf auf den britischen Inseln fanden auch die Schottenmönche kaum mehr die Ruhe zum souveränen Überblick.

Zurückhaltender war man auf Island; dem Streit der Sprachen und Nationen sah man nur von ferne zu. Von fern her, nicht nur aus Norwegen, wollten die Isländer aber doch stammen. Sie bezeichneten als ihre Ahnherren die *Tyrkir*, Türken, die zuerst in Thrakien saßen, dann nach Skandinavien und endlich nach Island kamen. So steht es bei dem ersten nordischen Geschichtsschreiber, dem Priester Ari Thorgilsson (ca. 1067–1148), der um 1134 auch seine eigene Ahnentafel mit dem Türkenkönig *Yngve* begann. In der uns allein erhalten gebliebenen Neufassung seines Werkes will er alle anderen Stammtafeln und Königslisten gestrichen haben; wer die „Türken" sind, ist dadurch nicht deutlicher geworden. Man hat an die Trojaner erinnert, mit denen seit „Fredegar" die Türken so oft verbunden wurden; auch der thrakische Tiras der Bibel kann mitgespielt haben[203]). Jedenfalls glaubte man nun auch im Lande der Edden, Alter und Adel seien nur durch möglichst weit hergeholte Stammväter zu behaupten. Doch Bibel und Antike brauchte man dazu nicht, wenigstens nicht

---

200a) Louis Réau, Iconographie de l'art chrétien, bisher 3 Bände, Paris 1955–57, hier Bd. 2,1, S. 81.

201) Pseudo-Hrabanus, Allegoriae in sacram scripturam, MPL Bd. 112, Sp. 1070. Zur Verfasserschaft Spicq, Exégèse 39.

202) De triplici genere contemplationis I, 10, MPL Bd. 198, Sp. 801 f. Zu A.s Geistesart François Petit, La spiritualité des Prémontrés aux XIIe et XIIIe siècles (Etudes de théologie et d'histoire de la spiritualité 10), Paris 1947, S. 167 ff.

203) Islendingabók, hg. Wolfgang Golther (Altnordische Saga-Bibliothek 1), 2. Aufl., Halle 1923, S. 25. Dazu Heusler, Urgeschichte 13, 38 f., 82 („Türken"); Vries, Literatur Bd. 2, S. 17 ff. (Entstehungsgeschichte).

ostentativ; man mochte nicht an der großen Heerstraße der Traditionen bauen. Alles Feinste bleibt privat.

Ähnlich zögernd verhielten sich die Dänen. Rings um die Nordsee hatte man ihnen längst antike und biblische Vorfahren aufdrängen wollen; sie wehrten sich. Der vornehme Neffe des Erzbischofs Eskil von Lund, Svend Aageson, ließ sich um 1185/90 wohl von Waldemars des Großen Erfolgen zur ersten Geschichte Dänemarks anregen. Sie war unmodern und stellte die alte heroische Mannentreue als Gegenwartsideal hin, und sie begann schlicht mit König *Skiold*, der um 300 n. Chr. lebte, im „Beowulf" schon als *Scyld* vorkam und ein waschechter Däne war[204]). Dabei waren fast alle literarisch tätigen Dänen in Frankreich lateinisch und französisch gebildet worden – Eskil starb in Clairvaux, die dänischen Grammatiker werden wir in Paris noch lange vorfinden –; aber sie hielten an ihrer Heimat und ihren Heldensagen zähe fest[205]).

Noch der Sekretär des Erzbischofs Absalon von Lund, Saxo Grammaticus (ca. 1150 – nach 1216), wollte die heldische Vergangenheit seines Vaterlandes aufzeichnen, nicht seine Dankesschuld an die fremden Anreger abtragen. Er äußerte sich nach 1202 kritisch über Dudos Ableitung der Dänen von den *Danai*; er behielt nur die Namen des Brüderpaares *Dan* und *Angul* bei, die die Zusammengehörigkeit von Dänen und Angelsachsen sinnfällig machten. Ihr Vater hieß *Humblus*, und so hieß auch Dans Sohn; *Scioldus* war nun Dans Enkel. Diese Heroen kamen nicht von auswärts; die Trojaner, der jüdische Stamm Dan und die Japhetiten wurden nicht herangezogen. Nur von ferne geisterten wie bei Adam von Bremen durch Saxos Buch urtümliche Riesen, die nach der Sintflut Hünengräber bauten; doch nicht einmal dazu wurde der Gigant Nimrod samt dem Turm von Babel bemüht.

Analog stellte sich Saxo zu fremden Sprachen; die Muttersprache hatte unbedingt den Vortritt. Er freute sich, daß die Leibwache in Konstantinopel aus *Danicae vocis homines* bestand, er begrüßte es, daß die Sprachen der Schweden und Norweger verwandt sind, und verachtete die Slaven, die kein Dänisch können. Einziger Gesprächspartner war das Latein, die gelehrte Sprache, in die Saxo dänische Wörter und dänische Sagen übertrug; aber selbst sie veranlaßte ihn zu dem Seufzer: Hätte das Schicksal unserem Lande die lateinische Sprache (als Muttersprache) geschenkt, so würden die Taten der dänischen Vorzeit in unzähligen Büchern besungen! Die Dänen lernten zwar fremde Sprachen; einer ihrer Stallmeister konnte Deutsch. Aber alles Fremde, vor allem das

---

[204]) Gesta regum Daniae, SSRD Bd. 1, S. 44. Dazu Vries, Literatur Bd. 2, S. 189f.; P. M. Mitchell, A History of Danish Literature, Kopenhagen 1957, S. 28.

[205]) Arnold von Lübeck, Chronica Slavorum III, 5, MGH SSRG Bd. 14, S. 77; dazu Paul Lehmann, Skandinaviens Anteil an der lateinischen Literatur und Wissenschaft des Mittelalters I (Sitzungsberichte der Bayer. Akad. d. Wiss., Philos.-Hist. Kl., Jg. 1936, Nr. 2), München 1936, S. 11, 23 ff.

Deutsche, zählte wenig; von Rainald von Dassel wurde kolportiert, er habe lateinisch, deutsch und französisch durcheinander geredet, aber die Dänen doch nicht überzeugt. Und dennoch hatte es Saxos Werk dauernd mit Russen, Slaven, Byzantinern, Deutschen zu tun; aber er schätzte sie nicht[206]).

Auch die Norweger, denen um 1180/90 vielleicht ein englischer Geistlicher ihre erste Geschichte schrieb, begnügten sich mit dem König *Nor*, der ihrem Land den Namen gab, und spannten ihm keine biblische oder antike Ahnenreihe vor[207]). In Schweden, das eben erst christlich wurde, meldete sich neben den heidnischen Heldensängern niemand schriftlich zu Wort. Bei der späten Aneignung biblischer und antiker Genealogien macht sich noch im Negativen der Sog heidnischer Stammbäume bemerkbar; der ganze nordeuropäische Bereich, von den Normannen bis zu den Norwegern, ist davon betroffen. Die Hochschätzung der Theologie und mehr noch der Historie hat zu einzelnen Zugeständnissen an die Bibel geführt; doch zu einem unbefangenen Überblick war niemand fähig. Das Uralte wurde geachtet, weil und solange es das Eigene war; wer es, wie die Normannen, aufgab, behielt nichts mehr in den Händen. Erst hier erweist es sich, daß auch die Suche nach dem überzeitlichen Menschenbild bei Franzosen und Deutschen eine lange und breite historische Tradition voraussetzte, die gesteigert und überwunden werden konnte. Wo die Traditionen sich nicht gefestigt und aneinander abgeschliffen hatten, sah man nur die Ahnenreihe des eigenen Volkes und kümmerte sich selten um die eigene Sprache und ihre Geschichte, es sei denn im Sprachenstreit. Erst im ruhigen Gespräch und beim unparteiischen Vergleich erkennt der traditionsbewußte Mensch sich selbst, seine Geschichte und seine Sprache.

*

In Osteuropa lagen die Dinge anders. Von außen her sah der Block slavischer Sprachen und Völker besorgniserregend uniform aus. Der Sachse Helmold von Bosau (ca. 1125–nach 1177) gewahrte nach 1171 mit Schrecken, daß der Umkreis der einen slavischen Sprache fast unübersehbar weit geworden

---

[206]) Gesta Danorum, hg. Jörgen Olrik – Hans Raeder, Bd. 1, Kopenhagen 1931: I, 1, 1 S. 10 (Humblus usw,; dazu Paul Herrmann, Die Heldensagen des Saxo Grammaticus, Leipzig 1922, S. 58 ff.); Praefatio III S. 9 (Riesen); XII, 7, 1 S. 338 (Leibwache); Praefatio II, 6 S. 7 (Schweden, Norweger); XIV, 30, 2 S. 449 f. (Slaven); II, 6, 12 S. 51; VII, 8, 2 S. 199; IX, 4, 10 S. 253; IX, 4, 27 S. 259 (Übersetzung dänischer Wörter ins Lateinische); VIII, 1, 1 S. 214 (dänische Sagen); IV, 5 S. 100 (Seufzer über das Latein); XIV, 54, 18 S. 508 (Stallmeister); XIV, 28, 18 S. 443 (Rainald). Zu S.s Werk Vries, Literatur Bd. 2, S. 190 ff.; Lehmann (o. Anm. 205) S. 26 ff.; Mitchell, Literature 17 ff.

[207]) Historia Norwegiae, hg. Gustav Storm, Monumenta historica Norvegiae, Christiania 1880, S. 73.

war, und gab dazu die beste Illustration, indem er zwar die Dialekte von Holstein, Dithmarschen und Stormarn unterschied, aber das Ungarische in bewußter Abänderung der Nachricht Adams von Bremen zur slavischen Sprache rechnete und von ihr im Singular schrieb. Nicht allzuviele beherrschten so wie Graf Adolf II. von Holstein neben Latein und Deutsch auch die *Slavica lingua* oder konnten, wie ein deutscher Priester des 11. Jahrhunderts, in slavischer Sprache predigen. Zwielichtig, dem Verrat und der Spionage nahe war noch die Rolle des Dolmetschers, der die slavische Sprache verdeutschte. Der gegenseitige Haß brach sich Bahn in dem an Ex. 5,21 angelehnten Ruf eines friesischen Priesters, der Geruch der Friesen sei den Slaven Gestank[208]). Daß auch die Deutschen die Slaven nicht riechen konnten, zeigte der schwäbische Mönch Ortlieb von Zwiefalten (gest. 1163), der nach 1135 schlechtweg von der böhmischen *linguae barbaries* sprach, ohne sich von 1 Kor. 14,11 zur Vorsicht mahnen zu lassen[209]).

An dieser Gegnerschaft zum Westen Europas begann sich das Selbst-, Geschichts- und Sprachbewußtsein der Slaven auszubilden. Es berief sich zuerst nur auf die Gegenwart und auf die Teilhabe der eigenen Nation am Gottesvolk und suchte dann in der Geschichte des Alten Testaments die Ebenbürtigkeit der eigenen Sprache und schließlich des eigenen Volkes zu finden, ohne politische oder dynastische Tendenzen. Man schrieb nicht Herrschergenealogien, sondern Völker-Ahnentafeln; und auch dabei vermied man ängstlich jede heidnische, egoistische Nuance. Man wollte gleich, nicht überlegen sein, solange man von draußen scheel betrachtet wurde. Die betonte Christlichkeit der Neubekehrten fand bisweilen im Babelturm und in den 72 Sprachen Hinweise auf das eigene Schicksal.

Bei den Polen war allerdings der Rekurs auf die Bibel zu Anfang wenig beliebt. Sie bedurften noch keiner Apologien, solange sie sich frei entfalteten. Unter dem tatendurstigen Regiment Boleslavs III. konnte es auch kaum zur Adoption eines biblischen Ältervaters kommen; zu stark beanspruchte die Gegenwart alle Gemüter. Sie regte die historische Literatur an; aber der erste Geschichtsschreiber Polens, der „Gallus anonymus", verherrlichte Boleslav in den Jahren 1114/17, ohne an eine biblische Vorgeschichte zu denken. Nur mit einer Geographie Polens setzte das Werk ein. Sarmaten und Geten, Hunnen und Ungarn wurden verkoppelt, aber nicht durch den biblischen Stammbaum; sie waren Fremde. Nur idealtypisch verglich der Autor die

---

[208]) Slavenchronik I, 1, MGH SSRG Bd. 32, S. 5 (Umkreis, Ungarn); I, 47 S. 92 (Holstein usw.); I, 49 S. 98 (Graf Adolf); I, 84 S. 164 (deutscher Priester); I, 25 S. 50 (Dolmetscher); I, 64 S. 121 (Friesen). Dazu MASCHKE, Nationalbewußtsein 10 ff.

[209]) Chronicon Zwifaltense c. 19, MGH SS Bd. 10, S. 84; dazu MASCHKE, Nationalbewußtsein 12; HUGELMANN, Stämme 308.

Polenherzöge mit dem Samen Abrahams, in dem nach Gen. 12,3 und 28,14 alle Völker der Erde gesegnet sind. So wenig wie auf die uralte Herkunft war man auf die eigene Sprache erpicht: Als Barbaren galten die Heiden, nicht die Anderssprachigen; darum dürfe man auch im Westen die Polen nicht Barbaren nennen. *Causa Dei* und *causa Polonie* verbanden sich; so konstituierte sich Polen als Teil des Gottesvolkes[210]).

Auch in der Wirklichkeit benahmen sich die Polen gern noch großzügig. Der deutsche Missionar Otto von Bamberg (ca. 1060–1139) konnte zwar so gut „Barbarisch", nämlich Polnisch, daß man ihn nicht für einen Deutschen hätte halten sollen[211]). Aber wenn er auch Polnisch lernte, das gleich diesem westslavische Wendisch (Sorbisch) verstand er nicht; darum gab ihm, als er 1124 kam, Boleslav Dolmetscher mit, *ne quid incommoditatis per linguae ignorantiam in gente externa pateretur*[212]). Die Gastfreundschaft wie die Sprachkenntnis der Polen zeigte sich hier in ähnlichem Licht wie die Geste Stephans des Heiligen – nicht lange mehr.

Anders, um einige Stufen weiter fortgeschritten, war die tschechische Situation. Unter tatenlosen Herrschern, bedrängt von deutscher oder polnischer Macht, fanden die Tschechen in dem Domherrn Cosmas von Prag (1045–1125) kurz vor seinem Tod ihren ersten Historiker. Er begann ohne Umschweife beim Turm von Babel. Als der unerlaubte, verbrecherische Bau gescheitert war, lebten auf der Welt ungefähr *(fere)* 72 Menschen. Jeder von ihnen erhielt *divina ultione* eine eigene Sprache; sie wurden weit über die Erde zerstreut. Unter diesen Idiomen war auch das Tschechische. Mit wachem Interesse bemerkte Cosmas die Verschiedenheit der Sprachen und machte sie zum Ausgangspunkt seiner Volksgeschichte; nicht der Stammbaum eines Herrschers, nicht der Name eines Noachiden, sondern die tschechische Sprache stand am Anfang. Erst danach trat der Stammvater *Boemus* auf; er wies den mit ihm Umherirrenden das schöne Land Böhmen an, das seither seinen Namen trägt. Aber noch immer waren es einzelne, in ungewisser Zahl und Ordnung, die sich anspruchslos und unschuldig dort niederließen, Nachfahren jener Einzelmenschen, die ein jeder *vagus et profugus*, nicht nach Noahs Erdteilung, sondern planlos und ziellos in die Welt gewandert waren. Sie traten nicht in Stämmen,

---

210) Anonymi Galli chronica, Prooemium, MPH NS Bd. 2, S. 6 ff. (Geographie), 8 (Sarmaten usw.); I, 30 S. 57 (Abrahams Same); III, Epistola S. 121; III, 1 S. 127 ff. (Barbaren). Zur Datierung Pierre DAVID, Les sources de l'histoire de Pologne à l'époque des Piasts (963–1386), Paris 1934, S. 35 ff.

211) Vita I, 2, hg. Adolf HOFMEISTER, Die Prüfeninger Vita des Bischofs Otto von Bamberg (Denkmäler der Pommerschen Geschichte 1), Greifswald 1924, S. 4.

212) Herbord von Michelsberg, Dialogus de vita Ottonis III, 32, MGH SSRG Bd. 33, S. 146 (Ottos polnische Kenntnisse); II, 9 S. 59 (polnische Dolmetscher; dazu GRENTRUP, Muttersprache 213 f.).

nicht in Völkern auf – wie Augustin so lebhaft behauptet hatte –, sondern als *viri*, gewiß mit Weib und Kind, aber zunächst nicht als Familien oder Sippen. Cosmas wich von aller Tradition ab, um der Gegenwart eine Lehre zu geben: Am Anfang waren alle Menschen gleich, keiner durch sein Volk, seine Familie, seine Sprache, das ihm von Noah zugewiesene Land bevorzugt und geschützt. Dies ist der Naturzustand, nicht die Stufenordnung der Reiche oder Stände.

Die Tschechen waren also in Babel schon dabei, so gut wie andere. Wer diese anderen waren, sagte Cosmas unverblümt. Die Deutschen „verachten die Slaven und ihre Sprache" mit der *innata Teutonicis superbia*; nur wenige Deutsche bemühen sich um Kenntnis der slavischen Sprache. Zwar hat natürlich jeder, „er sei woher er wolle, nicht nur sein Volk lieber als ein fremdes, sondern würde auch, wenn er könnte, auswärtige Flüsse in sein Vaterland leiten". Aber die tschechischen Herzöge verstehen Deutsch, ihre Berater erst recht[213]). Der faktisch Unterlegene ist also der geistig Überlegene. „Das damalige tschechische Volksbewußtsein hat sich wesentlich mit im Zeichen der sprachlichen Abwehr gegen das Deutschtum entwickelt"[214]), aber nicht so, daß es grundsätzlich die deutsche Sprache abgelehnt hätte. Nur darum konnte die Bibel, wie schon einmal im christlichen Orient, den Minderheiten eine gefährliche Waffe bieten; nur darum begann Cosmas nicht mit einem böhmischen Stammbaum, sondern mit dem universalen Ereignis von Babel: Die anderen sind nicht adliger und nicht älter als wir, ihre Sprache ist wie die unsrige eine Strafe, kein Anlaß zum Hochmut. Der Stolz auf die tschechische Muttersprache und sogar Ansätze zum Sprachenkampf mögen sich dahinter verbergen, aber sie sind, wie überall vor dem ausgehenden 13. Jahrhundert, sorgsam getarnt. Man durfte das Eigene pflegen, aber nicht auf Kosten des Ganzen und der Nachbarn.

Die Pfingstliturgie tat dazu das Ihre. Der in die Meßbücher der Prager Erzdiözese aufgenommene Hymnus des 12. Jahrhunderts spricht von den *munera linguarum*, die die Apostel erhielten, um alle *nationes* zu lehren[215]). Welche Konsequenz man hier aus solchen überall verbreiteten Hymnen zog, erzählten die Prager Kanoniker, die viel später das Werk des Cosmas fortsetzten. Das Volk habe das „Herr erbarme dich unser" auf tschechisch gesungen: *Hospodin pomiluy ny*[216]). Gregor VII. hatte den Böhmen noch den sprachlichen Zugang zur Bibel

---

[213]) Chronica Boemorum I, 1, MGH SSRG NS Bd. 2, S. 4 f. (Babel); I, 2 S. 6 f. (Boemus); I, 40 S. 73 (Verachtung des Slavischen; dazu MASCHKE, Nationalbewußtsein 13 f.); I, 23 S. 44; I, 31 S. 56 (Deutsche können Slavisch); II, 23 S. 116 (auswärtige Flüsse; Übersetzung nach MASCHKE, Nationalbewußtsein 14); I, 34 S. 61; II, 18 S. 110; II, 29 S. 123 (Tschechen sprechen Deutsch).

[214]) PETRI, Sprache 187.

[215]) In Pentecoste Str. 2 f., AH Bd. 53, S. 124.

[216]) Continuatio Cosmae canonicorum Pragensium a. 1249, MGH SS Bd. 9, S. 169; a. 1279 S. 196.

erschweren wollen; auch gegen ihn richtete sich die Tendenz der tschechischen Urgeschichte. Die Universalmächte durften das Recht der Minderheiten nicht vergessen.

Jedes Land konnte sich als einen christlichen Kosmos im kleinen fühlen. Wir kennen die weitausholende Gebärde Stephans des Heiligen von Ungarn; in ihrer Richtung lag es wohl, wenn die Ungarn des 12. Jahrhunderts dem Reichsbischof Otto von Freising erzählten, sie hätten ihr Land in „mehr als 70" Komitate eingeteilt. Otto hat sich keine Gedanken darüber gemacht, für ihn waren die Ungarn *moribus et lingua barbari et feroces*; auch die modernen Verfassungshistoriker gehen der Frage aus dem Weg, woher diese Anschauung kommt und ob sie den Tatsachen entsprach[217]). Es liegt nahe, an die 72 *comites* der „Lex Alamannorum" zu denken; daß man sich auch der 72 Sprachen und Völker erinnerte und Ungarn wenigstens theoretisch als eine geordnete Welt einrichten wollte, ist nicht von der Hand zu weisen.

Nun mußten sich die Ungarn gegen Übergriffe des byzantinischen und des deutschen Reiches zur Wehr setzen und wurden sich dabei ihrer Selbständigkeit bewußt. Wahrscheinlich zwischen 1172 und 1196 schrieb ein anonymer „Notarius Belae", Notar unter König Bela III., die erste Geschichte Ungarns, wohl auf älteren, verlorenen Quellen aufbauend. Sie mußte nachweisen, daß die Ungarn keine Fremdlinge im Abendland waren. Im Westen war die Gleichung Ungarn-Hunnen-Skythen längst geläufig; dabei hatte man es aber meist bewenden lassen und die lästigen Eindringlinge in die eurasiatische Steppe verwiesen. Aber daß die Skythen Kinder des Japhetiten Magog seien, hatte schon Josephus gesagt. Es gab also keinen „wissenschaftlich" näherliegenden Schluß als den, den der Notar zog: der japhetitische Magog war der erste König der Skythen und der Ahnherr Attilas, der Hunnen und der Ungarn[218]). So wurde die hunnisch-magyarische Kontinuität und zugleich das biblische Alter der Ungarn nachgewiesen, und sie durften sich zu Japhets Kindern, also zu den Europäern rechnen. Wieder sollte die Bibel nur die Gleichberechtigung, nicht die Vormacht des eigenen Volkes bezeugen. So dachten Völker, die eben erst in einen älteren Kulturzusammenhang eingetreten waren und sich darin noch unsicher fühlten. Der Stolz der Arrivierten schaute seltener nach dem Turm von Babel, nach der Völkertafel und dem Pfingstwunder aus.

*

[217]) Gesta Friderici I. imperatoris I, 32, MGH SSRG Bd. 46, S. 50. Keine Erklärung bieten Heinrich Marczali, Ungarische Verfassungsgeschichte, Tübingen 1910, S. 10; Hóman (o. S. 581 Anm. 96) S. 208 ff.; Heinrich Mitteis, Der Staat des hohen Mittelalters, 4. Aufl., Weimar 1953, S. 398 f.

[218]) De gestis Hungarorum c. 1, SSRH Bd. 1, S. 35 f. Zu Datierung und Quellen Carlile Aylmer Macartney, The Medieval Hungarian Historians, A Critical and Analytical Guide, Cambridge 1953, S. 35, 63, 67.

Wir wenden uns zu diesen älteren abendländischen Völkern der Romania zurück, zu Italienern, Spaniern und Franzosen der zweiten Jahrhunderthälfte, um zu hören, ob auch bei ihnen Theologie und Geschichte sich trafen wie bei den Deutschen oder wenigstens wie bei Nord- und Osteuropäern. Die besten unter den Romanen hatten nicht nach der Vergangenheit und fortdauernden Ordnung der Welt gefragt, nicht nach der historischen Legitimation ihrer Herrscher oder Völker in der jetzigen Zeit, sondern nach dem Menschen in seiner zeitlosen Geschichtlichkeit und Gegenwart vor Gott. Sie hatten allen abendländischen Völkern ihre Anregungen weitergegeben; diese hatten sich, hier mehr, dort weniger, allenthalben in historische Probleme verwandelt, bei den Deutschen wie bei den Normannen und Slaven. Dabei hatte sich die französische Klarheit rasch aufgelöst, sobald die Menge historischer Fakten mit berücksichtigt werden sollte; dann gab es keine klaren, nur noch problematische oder einseitige Lösungen. Nun kam die Frage zurück an die Romanen, ob die Historie überhaupt zu ordnen sei und ob die Gegenwart selbst nicht auch Historie, Volks- oder Welt- oder Heilsgeschichte sei.

In Italien, wo die Vielzahl der Städte das Selbstgefühl prägte und das Nationalgefühl hinderte[219]), setzte sich nun tatsächlich neben den lateinischen Tendenzen des Lokalpatriotismus, der Kirchenreform und des rationalen Kirchenrechts die möglichst universale Betrachtung der Geschichte durch, auch dort, wo es um das Selbstverständnis ging. Nicht wenig dürfte dazu die Anwesenheit der Staufer in Italien beigetragen haben, mehr vielleicht noch die Wiederbelebung der antiken Romidee. Man mußte sich fast schlagartig mit zwei mächtigen historischen Potenzen auseinandersetzen, mit zielbewußten Energien, die aufs Ganze gingen, nicht nur auf die Ratio. Und wenn die staufischen Kaiser sich auf die Macht des alten kaiserlichen Rom beriefen, wurde die Vergangenheit selbst wieder lebendig; wer darauf antworten wollte, mußte es universalhistorisch tun.

Die Stadt Rom empörte sich 1143 gegen den Papst und gab sich einen „Heiligen Senat", eine Bezeichnung, die klassisches Altertum und mittelalterliche Ideen miteinander verband. Wie um ihr zu begegnen, malte man in der römischen Basilika zum Heiligen Kreuz unter Papst Lucius II. um 1144 eine Ahnenreihe des Gottesvolkes von Adam über Sem zu Heber[220]). Aber die antike Vergangenheit war mächtiger; Lucius II. starb an den Wunden, die er im Kampf um das Kapitol, den Sitz des Senates, davongetragen hatte. Um 1155, während die Stadt noch dem Papst und dem Kaiser trotzte, trug man in Rom die „Beschreibung der Goldenen Stadt" aus früheren Einzeltexten zusammen,

---

[219]) Goetz, Italien Bd. 1, S. 80 ff., 86 ff.

[220]) Wilpert (o. S. 435 Anm. 85) Bd. 1, S. 345 ff.; Bd. 4, Tafel 247. Zum Kampf zwischen Senat und Lucius II. Luigi Salvatorelli, Geschichte Italiens, Berlin 1942, S. 189.

um die Gloriole der Metropole zu feiern. Auf dem Kapitol, so hieß es, standen Statuen von allen Reichen der Welt, Zeichen für Roms universale Macht. Daß es nicht – wie der Chronist von Salerno gemeint hatte – 70, sondern 72 Statuen waren, drängte sich allerdings hier noch nicht wie im deutschen „Orendel" in die Sage ein. Aber das klassische Rom suchte sich nun doch biblische Vorfahren, und zwar schon aus Trotz andere als das päpstliche Rom. Es heißt in der Beschreibung, fast so, als sollte Aeneas' Reise von Troja nach Italien geschildert werden, Noah habe nach der babylonischen Verwirrung mit seinen Söhnen ein Floß bestiegen, sei nach Italien gekommen und dort gestorben. Hier sei vom Janiculus aus die ewige Stadt begründet worden durch den Noahsohn *Janus* und den gleichnamigen Japhetsohn *Janus*. Der römische Gott des Eingangs und Anfangs wurde zum Noachiden; der Japhetit Janus ist vielleicht Javan. Bei der Gründung mitbeteiligt war ein Einheimischer, *Camese*; Macrobius hatte ihn einmal mit Janus zusammen genannt. Aber das Biblische dominierte, auch wenn sich die Erzählung auf die Autorität eines *Hescodius* stützte, den es wahrscheinlich nie gab. Die Mystifikation sollte den Glanz Roms erhöhen, da der Erzvater Noah selber sich zu ihren Hügeln flüchtete, und der Noahsohn Janus, der vielleicht auch dem Jonitus der „Schatzhöhle" mit sein Dasein verdankt, war zweifellos adliger und römischer als der Japhetite Tubal, den das Jubiläenbuch und Hieronymus anboten und den die Italiener mit den Spaniern teilen mußten.

Nicht nu' Noah suchte in Italien Frieden. Bald kam Nimrod-Saturn, von seinem Sohn Jupiter entmannt und verjagt, und herrschte mit Janus zusammen in Rom, als wäre die Sprachverwirrung nie gewesen. Später kamen die trojanischen Flüchtlinge; wie die Statuen auf dem Kapitol sammelten sich biblische und antike Heroen zu einem neuen Pantheon. Die Verquickung der antiken und der biblischen Genealogie war längst vorbereitet. Nach Hippolyt von Rom waren die Römer Javans Kinder; das erste Fredegar-Buch tat die Trojaner hinzu, Nemnius verleibte Saturn und Jupiter der Ahnengalerie ein, führte sie aber auf Cham, nicht auf Japhet zurück. Natürlich schwieg der Römer von der diffamierenden hamitischen Herkunft, obgleich sie durchschimmerte, wenn Saturn mit dem Hamiten Nimrod identisch war. Auch diese Gleichung lag seit langem bereit, allerdings nur im Osten. Als hamitischer Gigant trat Kronos-Saturn schon bei Johannes von Nikiu auf; Georgios Kedrenos wußte dann, daß die Assyrer Nimrod mit dem Sternbild des Orion und des Kronos ineinssetzten. Nun trafen sich auf römischem Boden die Motive und die Götter und Helden aus aller Welt; lange vor Augustus war Rom schon das Haupt der Erde gewesen[221]). Man weiß, wie scharf Barbarossa im gleichen Jahr 1155 auf derglei-

[221]) Graphia aureae urbis Romae c. 29, FSTI Bd. 90, S. 87 (Statuen; dazu ungenau Arturo GRAF, Roma nella memoria e nelle immaginazioni del medio evo, Bd. 1,

chen Rühmens mit den römischen *pristina tempora* reagierte: Das war einmal und ist nicht mehr[222]). Die Ausdehnung solcher Legenden konnte er doch nicht hindern. Für den Augenblick war freilich eine so unmittelbare Anknüpfung der Gegenwart an die biblische Urgeschichte ungewöhnlich und allenfalls den Iren geläufig.

Das Papstschisma unterbrach wohl die weitere Rückbesinnung; über ein antiquarisches Interesse kam man zunächst kaum mehr hinaus. Der Freund Alexanders III., Erzbischof Romuald von Salerno (nach 1100–1181) erwähnte 1178 in seiner Weltchronik den Turm von Babel – in seiner Kathedrale war er ja abgebildet – und zitierte getreulich nach Beda den Jüngeren Arnobius mit seinen 1000 Vaterländern und 72 Sprachen; aber auch daß das Lateinische sich unterteile in lukanische, bruttische, samnitische und andere Dialekte, schrieb der Prälat folgsam ab, ohne die Dialektgrenzen seines Jahrhunderts anzugeben. Die Erregung des Schismas, der Kämpfe Barbarossas klang erst in späteren Teilen dieser Chronik nach; nicht einmal die Zersplitterung Italiens fiel dem Chronisten beim Turmbau ein. Von Janus, Saturn und den römischen Trojanern suchte er keinen Weg zurück zur biblischen Völkertafel[223]). Tradition und Gegenwart blieben noch geschieden.

Das war auf der Gegenseite anders. Der kaiserliche Kaplan und Notar Gottfried von Viterbo (ca. 1120– nach 1190), dessen italienische oder deutsche Herkunft nicht zweifelsfrei geklärt werden kann und der Kaiser Heinrich VI. erzog, stellte dem jungen Fürsten 1183 in seinem „Königsspiegel" auch die Völkerteilung und den Turm von Babel vor Augen und machte die Erzählung durch sagenhafte Einschübe schmackhaft, die bisweilen den irischen ähneln. Nimrod habe auf diesem Turm in den Himmel steigen wollen, darum habe Gott die Sprache verwirrt. Der wilde Nimrod sei der erste König gewesen, denn zu Beginn habe es keine Könige gegeben. Nimrods Turm fiel; Nimrods Nachfahren, Agarener, Jebusäer, Pherezäer und Philister, erlagen den Juden. So strafte Gott den Übermut, aber er vernichtete das edle Blut nicht ganz; aus Nimrods Haus erwuchsen Saturn, Jupiter, die Trojaner, die Deutschen und ihre Kaiser, auch Heinrich VI. Die von Gregor VII. vorweggenommene, von

---

Turin 1882, S. 198, 205; Friedrich von BEZOLD, Das Fortleben der antiken Götter im mittelalterlichen Humanismus, Bonn-Leipzig 1922, S. 62 f.; Fedor SCHNEIDER, Rom und Romgedanke im Mittelalter, Die geistigen Grundlagen der Renaissance, München 1926, S. 165); c. 1 ff. S. 77 ff. (Noah usw.; dazu SCHRAMM, Renovatio Bd. 2, S. 53 ff.). Zu Nimrod-Saturn vgl. Kedrenos (o. S. 306 Anm. 49) S. 27 f. und PREISENDANZ (o. S. 392 Anm. 98) Sp. 625.

[222]) Otto von Freising, Gesta Friderici I. imperatoris II, 29 f., MGH SSRG Bd. 46, S. 135 ff.; dazu SCHRAMM, Renovatio Bd. 2, S. 107; Eugenio DUPRÉ THESEIDER, L'idea imperiale di Roma nella tradizione del medioevo (Documenti di storia e di pensiero politico 17), Mailand 1942, S. 142 ff.; GOEZ, Translatio 124 f.

[223]) Chronicon, RISS NE Bd. 7, 1 S. 8 f. (Babel), 15 (Janus usw.).

Gratian ausgesprochene Warnung vor königlichem Übermut war hier ein Wink mit dem Zaunpfahl; vom ersten Weltmonarchen und von römischen Göttern abzustammen, war dennoch eine schmeichelhafte Ehre. Was der spätere Kaiser auch tun würde, die Weltgeschichte handelte mit. Die historischen Fakten wurden hochaktuell.

Spätere, weniger pädagogisch als enzyklopädisch gemeinte Randglossen setzten Nachträge über die 72 Noachiden, Völker und Sprachen ein; die Erdverteilung und – nach Honorius – die Ständeschichtung wurden erläutert, die Sippen der Noachiden, 27 Semiten, 23 Japhetiten und 22 Hamiten, wieder aus Arnobius entlehnt, der noachidische Astronom *Janitus* und der Zauberer Zarathustra-Cham eingefügt[224]). Gottfried selbst drückte sich um 1190 in seinem „Pantheon" auch konkreter aus. Die eine hebräische Ursprache kam vor; Nimrods Bauplan sollte – bei jüdischen und islamischen Exegeten fanden wir denselben Zug – dem Riesen erlauben, Gott im Himmel zu erschießen, falls eine neue Sintflut käme; da teilte Gott die 72 Sprachen und die drei Erdteile. Die Völkertafel wurde teils nach Josephus gegeben, also nicht modernisiert; doch bei der Länderbeschreibung setzte sich der Kaplan über die Traditionen hinweg. Zu den Semiten rechnete er die Völker Nimrods, der hier ausdrücklich als Semit bezeichnet wurde, ferner Assyrer, Meder, Perser und Babylon, also lauter Weltreiche. Die Hamiten mußten sich mit Kanaan, den Jebusäern, Numidien und Karthago begnügen. Japhets Anteil umfaßt noch einmal Assur, dann *Roma*, *Graecia* – das Verhältnis der Staufer zu Byzanz war damals ziemlich entspannt –, *Troja*, die Wiege der Römer, und *Francia*, wohl nur das merowingische Franken. Die Sprößlinge folgen eigens: *gens Teutona*, *Gallia*; auch *Italia* und Ungarn, *Pannonia*, wurden einbezogen. Es ist nicht ersichtlich, wie sich Gottfried die genealogischen Zusammenhänge dachte, wie etwa Troja sich in den Japhetitenstammbaum fügte. Er hatte im „Königsspiegel" noch unbekümmert Heinrich VI. zum hamitischen Trojanerenkel gemacht; nun aber waren die Weltherrscher und Trojaner Semiten, Semit war auch Nimrods Urenkel und Ninus' Sohn Trebeta, der Gründer Triers[225]). So kam auch der Staufer ins Gottesvolk. Vielleicht zeichnet sich hierin eine Entwicklung in Gottfrieds Denken, eine positivere Wertung irdischer Größe, eine engere Verklammerung von Macht und Glauben ab. Jedenfalls sammelte er Sprachen, Völker und Mythen, wo sie sich boten; er erläuterte seinen eigenen Namen und Ortsnamen auf deutsch und lateinisch und gab bekannt, daß Gesandte der

---

[224]) Speculum regum I, 1 ff., MGH SS Bd. 22, S. 30 ff. (Babel, Nimrod); II, 1 S. 62 ff. (Deutsche). Dazu LANDSBERG, Weltchroniken 85 ff.; GRAU, Herkunft 33 f. Über die Nachträge Ernst SCHULZ, Die Entstehungsgeschichte der Werke Gottfrieds von Viterbo, in: NA 46 (1926) 86–131, hier S. 89.

[225]) Pantheon III, PISTORIUS-STRUVE, Scriptores Bd. 2, S. 64 ff.; teilweise auch in MGH SS Bd. 22, S. 138. Dazu GOEZ, Translatio 126 ff.

Griechen, babylonische Sarazenen, Perser und Armenier ihn mit ihren Büchern unterstützt hätten[226]). Das Gewebe aus Sage und Geographie war ziemlich kunterbunt und paßte schlecht zur Bibel, aber recht gut in die Gegenwart; die ganze Weltgeschichte war ihr Wurzelboden.

Die Italiener konnten sich in dem Ringen zwischen Kaiser, Papst, Normannen und Städten nicht auf ein solides Nationalbewußtsein zurückziehen; ihre lokalpatriotischen Eskapaden waren fahrig und vom schlechten Gewissen gehemmt. Man spürte, daß es um große universale Zusammenhänge ging, wußte sie aber nur durch Sagenkompilationen einzukreisen. Sollte sich hinter ihnen nicht doch noch mehr, ein ewiges Gesetz der Geschichte verbergen? Mußte man sich nicht gerade im Spannungsfeld der Mächte den höchsten Standpunkt verschaffen, um das Ganze zu überblicken und alles zu begreifen? Der christliche Humanismus mochte es nahelegen, dafür das Bild des reinen Menschen zu beschwören, Adams, wie ihn ein Fresko in der umbrischen Abtei San Pietro in Valle bei Ferentillo zu Ende des Jahrhunderts zeigt. Gott ist nirgends zu sehen; inmitten der Tiere steht der nackte Mann, ein Herr und König der Natur, *sanctus* und *prudens*, und auch wenn er gerade dem Schwein seinen Namen gibt, sollen, wie die Inschrift sagt, *iure Dei* diese Namen bleiben in Ewigkeit[226a]). Doch Adam war der Historie enthoben; die paradiesische Urzeit besagte nichts über die irdische Gegenwart und Zukunft. Aber es gab einen Zugang zur Weltgeschichte nach Adam, der sie für Gegenwart und Zukunft blitzartig erhellen und für den Menschen die stetige Richtschnur abgeben konnte. Ihn fand der bedeutendste Italiener des Jahrhunderts, der kalabresische Ordensstifter Joachim von Fiore (ca. 1130–1202). Unter seinen Händen fügten sich die Geschichten des Alten Bundes zu Teilen eines größeren „Ricorso"; sie sollten zusammen mit dem Neuen Testament den dritten und letzten, zukünftigen Teil des Weltlaufes bestimmen helfen. Die Daten der Bibel wurden dabei chronologisch-historisch aufgefaßt, aber nicht als einmalige, aus sich selbst verständliche, für sich selbst sprechende Ereignisse.

Der Turm von Babel etwa galt als Metapher für den Stolz der vom Teufel besessenen Menschen; daß Nimrod sein Anstifter und der Begründer des Götzendienstes gewesen sei, war schon zu viel Historizität; nur mit Vorbehalten, *sicut dicitur*, *fertur*, sprach Joachim davon. Auch die Völkerteilung wurde vordergründig und flimmernd; Joachim teilte die Menschen zwar nach scheinbar geographischen Grenzen in *Israelite*, *Egiptii* und *Babylonii* ein, meinte aber

---

[226]) Memoria seculorum, MGH SS Bd. 22, S. 105. Zu seinen sprachlichen Erläuterungen MANITIUS, Literatur Bd. 3, S. 393.

[226a]) Heidi HEIMANN – Rudolf Alexander SCHRÖDER, Die Bibel in der Kunst, Das Alte Testament, Miniaturen, Gemälde, Zeichnungen, Skulpturen, Köln 1956, Tafel 12 und S. 200; RÉAU, Iconographie Bd. 2, 1, S. 81.

damit die zum Himmel, zur Welt und zur Hölle Bestimmten. Sem, das ist keine Rasse, sondern die Synagoge, die bis zur Zeit Petri im rechten Glauben verharrte; dann ging gemäß Gen. 9,27 die Herrschaft an Japhet über. Aber Japhet, das war nicht Europa, sondern die Kirche; bis zur Ankunft des Antichrist sei Japhet *sola domina gentium et princeps omnium provinciarum*. Und das lag nicht an einer Genealogie oder Weltreichsfolge, sondern an Petri römischem Primat. Diese Kirche wurde ebenso spiritualisiert. An Pfingsten sei ihr das bis heute wirkende *donum sapientie* verliehen worden; nicht die Sprachengabe machte das Pfingstwunder aus. Die Vielfalt der Sprachen und Völker wurde irrelevant für den, der die *hystorie* des Alten Bundes nur *secundum spiritalem intellectum* verstehen wollte[227]). Die geistliche Deutung selbst war nicht neu; fast alle erwähnten Auslegungen sind uns schon oft begegnet. Revolutionär war nur ihre Anwendung: sie wurden nicht zu symbolischen Zeichen des Jenseits, sondern zu realen Vor-Zeichen einer ersehnten irdischen Welt.

Der Zeichen waren viele; immer wieder setzte Joachim an. Sollten nicht auch Sprachen und Völker solche Zeichen sein können? Aber Joachims Apokalypsenkommentar vermied beharrlich jede nähere Erläuterung der zahlreichen Stellen, an denen sich in der Geheimen Offenbarung Ausdrücke wie *gentes*, *populi*, *nationes*, *tribus*, *linguae* häufen. Die Analyse lohnte sich nicht; die buchstäbliche Auslegung träfe nur Vergängliches und Irdisches. Babylon, das oft genannte, bedeutete zwar „Verwirrung", aber warum und seit wann, erfuhr man nicht. Deut. 32,8 verwies auf 12 Kirchengemeinden, Psalm 44,10 auf die Vielfalt der Tugenden, der Pfingstbericht auf die feurige Rede im Eifer für Gott, nicht auf die Sprachen. Die Kirche, um die sich alles dreht, ist allerdings kein Symbol, sondern greifbare, umgrenzte Realität. Sie ist lateinisch; für ein hebräisches Wort weiß Joachim keine vertrauenswürdige Übersetzung *in lingua nostra*; die kommenden Pseudopropheten werden die Sprache der Christen, also wohl Latein sprechen. Draußen stehen die Feinde der *Romana ecclesia, hoc est tota Latinitas*; Bestien sind Griechen, Goten, Wandalen, Langobarden, Sarazenen, Türken, Äthiopier und Berber. Hier plötzlich zeigt sich also das Konkrete, Historische – und eben hier spürt man Joachims Beschränktheit. In dem so konkret eingezäunten Bereich aber erhebt er sich sofort in die höchste Symbolik und überhöht sie; auch die Zahl 72, die nicht das All, sondern die Erwählung charakterisiert, verliert ihre Würde: Moses hat 72 Älteste berufen, Christus 72 Jünger, im kommenden Zeitalter des Geistes werden es 144 Auserwählte sein[228]). Was Joachim schaut, ist ein diesseitiges

[227]) Concordia Veteris ac Novi Testamenti, Venedig 1519: V, 79 f. 109 ra (Babel); V, 58 f. 89v (Völkerteilung); V, 92 f. 121r (Japhet); III, 18 f. 36va (Pfingsten); Praefatio f. IVvb (hystorie).

[228]) Expositio in Apocalypsim, Venedig 1527: II, 5 f. 112ra u. o. (gentes usw.); VI, 21 f. 217ra (buchstäbliche Auslegung); VI, 17 f. 195va (Babylon); I, 1 f. 28ra

Jenseits, in dem die natürlichen Ordnungen aufgehoben sind; wird es in ihm überhaupt noch Sprache und noch Abstammung geben?

Kurz vor dem Tod fand Joachim die radikalsten Formeln; sie verwendeten Wort- und Zahlensymbolik hintergründig, so daß das Sichtbare, das auf das Unsichtbare hindeutet, sich fast in Nichts auflöst. Die Sprache dient dazu, das Verhältnis von Gottvater zum Erlöser zu klären, wie bei Anselm von Canterbury, bei Abälard und Hildegard; aber sie verwandelt sich dabei selbst in Schall und Rauch. Der Vater ist die *sapientia*, die in der Wahrheit gründet und in ihrem Herzen das *verbum*, das stille Wort, erschafft; es inkarniert sich in der *vox*. Christi Menschwerdung gleicht dem gesprochenen Wort, aber das ist nicht der Logos, nicht eine Äußerung Gottes, sondern seine Veräußerlichung. Wie Joachims Trinitätslehre eine die drei göttlichen Personen übergreifende Substanz leugnet, so trennt seine Sprachlehre die Wahrheit von den Aussagen, so seine Geschichtslehre das Symbol von den Fakten. Geistlich wie die Worte soll man auch die Zahlen deuten, aber auch sie verlieren ihre herkömmlichen Gehalte. Die 70 Bibelübersetzer, die 72 Jünger Christi und die Zahl der Ahnen Christi nach Lukas verweisen auf nichts, sie sind kein Zeichen. Nur die 42 Namen in der Genealogie des Matthäus geben den Schlüssel zur Weltgeschichte und zu ihrem Ablauf in dreimal 42 Generationen. Die Ahnentafel Christi deutet auch die große Wanderung des Geistes, der im Osten geboren, jetzt in der lateinischen Klerikerkirche wohnt und dereinst in den Osten, zu den Mönchen, zurückkehren wird; dann wird alle Scheidung zwischen Griechen und Lateinern aufgehoben sein. Aber auch hier bleibt der übergreifende Zusammenhang aus: die Ägypter, das heißt die Juden, und die Sarazenen sind auch dann noch ausgeschlossen. Erst am Ende der Welt wird allen die Fülle des Heiligen Geistes zuteil, die die Apostel an Pfingsten kosteten; es wird nicht die Fülle der Sprachen und Völker sein[229]). Sie wurden irreal, wenn der reine Geist seine Geschichte entrollte: Der Buchstabe tötet, die Zeit vernichtet sich selbst.

In seiner Gegenwart konnte sich Joachim mit den streitenden Kräften der Zeit ziemlich leicht verständigen, weil er über sie hinausstrebte. Mag sein Anliegen auch „die eigentliche Aufgabe des Theologen und Geistesmannes, nämlich die Erklärung und Deutung der Heiligen Schrift" gewesen sein, er hat diese Deutung doch in großartig einseitiger Weise seinem, nicht dem biblischen Ziel dienstbar gemacht und die Fülle exegetischer Methoden stark beschnit-

(Deut.); VI, 21 f. 216ra (Ps. 44); V, 16 f. 190ra (Pfingsten), 191rb (hebräisches Wort); IV, 13 f. 167va (Pseudopropheten); III, 11 f. 142vb (Latinitas); IV, 13 f. 163rb (Griechen, Goten usw.); III, 9 f. 134va (Türken usw.); VI, 21 f. 220rb (Zahl der Auserwählten).

[229]) Tractatus super quatuor evangelia, FSTI Bd. 67, S. 60 f. (sapientia, verbum, vox), 176 (Bibelübersetzer), 135 (Jünger), 12 ff. (Ahnen Christi), 32 f., 97 f. (Geistwanderung), 99 (Ägypter), 262 (Sarazenen), 114, 230 (Pfingsten).

ten. Er übertrug die eschatologischen Kategorien auf die hiesige, vielfältige Welt und erhöhte dadurch zwar deren Würde, aber zugleich eliminierte er ihre Mannigfaltigkeit; Historie, Natur und Mensch schieden als bestimmende Faktoren aus[230]). Die Geistkirche der Joachiten war nicht mehr das Gottesvolk aus allen Zungen; die Rechen-Exempel Joachims überboten den „deutschen Symbolismus" wie den französischen Rationalismus: die Heilsgeschichte ordnete die Welt und überwand den Menschen. Weltordnung und Heilsgeschichte fielen zusammen; sie wurden identisch und zunichte. Das war die entschiedenste Antwort auf die Frage des Jahrhunderts.

Vielleicht mußte man auf dem vielfach umgepflügten Boden Italiens wirklich an die Weltgeschichte appellieren, um das eigene Leben zu ordnen, und zugleich die Weltgeschichte negieren, um einen durchgängigen Sinn des Ganzen zu finden. Auf der Iberischen Halbinsel war zwar die geschehende Geschichte nicht weniger komplex, aber die Gegenwart und ihr Geschichtsbild wurden weniger von der Vergangenheit und der Frage nach dem Sinn des Ganzen bedrängt. Man lebte in jungen, sich konsolidierenden Staaten, die keines biblischen Urbildes und keines universalen Trostes bedurften. In Portugal begann eine bis 1207 geführte Chronik mit dem Alten Testament, fühlte sich aber nicht bemüßigt, die portugiesische Geschichte genealogisch mit ihm zu verknüpfen oder das weltgeschichtliche Panorama vorzuführen[231]). Die Zeit, in der König Sancho I. auf portugiesisch zu dichten begann, war zu voll von Werdendem, um das Alte zu pflegen.

In Spanien blieb es gleichfalls still; die Front gegen den Islam verhärtete sich, vom übrigen Abendland hörte man wenig. Um 1160 entstand in Kastilien wohl eine Weltchronik, die Crónica Nájarense, angeregt von der Regierung Alfons' VII., der sich als Oberherr der iberischen Reiche Kaiser nannte. Aber der Mönchs-Chronist schloß mit dem Tode von Alfons' Vorgänger, er wollte keine Zeitgeschichte schreiben. Diese Trennung von Gegenwart und Vergangenheit, Besonderem und Allgemeinem milderte sich stufenweise: León und Kastilien stehen im Mittelpunkt des letzten Teils der Chronik, Spanien ist das Thema für die westgotische Epoche, universal ist die Antike dargestellt.

---

[230]) Herbert GRUNDMANN, Neue Forschungen über Joachim von Fiore (Münstersche Forschungen 1), Marburg 1950, S. 51–64 (Verhältnis zu den Mächten der Zeit); Karl August FINK, Joachim von Fiore und die Krise des mittelalterlichen Geschichtsdenkens, in: STADELMANN, Geschichtsdenker 95–110, hier S. 100 f. (die eigentliche Aufgabe); SPICQ, Exégèse 103, 136 f. (methodische Einseitigkeit); LÖWITH, Heilsgeschehen 146; Hanno HELBLING, Saeculum humanum, Ansätze zu einem Versuch über spätmittelalterliches Geschichtsdenken (Istituto italiano per gli studi storici 11), Neapel 1958, S. 15 ff. (Verweltlichung); DEMPF, Imperium 282 f. (Natur und Mensch).

[231]) Chronicon Lamecense, hg. Alexandre HERCULANO, Portugaliae Monumenta Historica, Bd. 1, Lissabon 1856, S. 19.

Die Universalgeschichte der Urzeiten und der Gegenwart war unmodern[232]). Der Bibelauslegung fehlte aus dem gleichen Grund der aktuelle Anreiz; der einzige Exeget der Zeit, Martin von León, ging in die Schule der Franzosen, ohne viel mitzubringen. Spanien lag nicht mehr wie in der ersten Jahrhunderthälfte, im Zeitalter des „Cid", an der Hauptstraße des Gedankenaustauschs.

Auch den Provenzalen ging der weite Blick ihrer ersten Trobadors verloren; sie drängten und stießen sich in der Enge ihrer Adelsanarchie. Jaufre Rudel war als Kreuzfahrer noch im Heiligen Lande, aber er besang vor 1147 empfindsam *en plana lengua romana* die Schöne, die auch bei Juden und Sarazenen nicht ihresgleichen findet; schon war das Einheimische das Beste, auch wenn es sich dem Fremden noch zum Vergleich stellte[233]). Bald verachtete der bürgerliche und gezierte Neuerer Peire von Auvergne (ca. 1150–80) die *motz maribotz e bastartz*, Worte, die weder christlich noch jüdisch noch mohammedanisch, weder provenzalisch noch italienisch sind[234]). Die Reinheit der Sprache wurde wichtiger als ihr Reichtum, die Kunst bedeutsamer als das Leben. So verlor die Sprache ihre Kraft und Wahrheit; der gefühlsinnige Bernard von Ventadorn (ca. 1150–nach 1170) verschmähte *la bela razo*, die schöne Rede und den edlen Namen, wenn er nur der verschwiegenen Fakten sicher war[235]). Der räumliche Horizont verengte sich. Gaucelm Faidit (ca. 1185– ca. 1220) blickte verächtlich herab auf die Sarazenen, Türken, Heiden *(payans)* und Perser; die ungezähmten Vögel sangen ihm nicht mehr „in ihrem Latein", sondern nur noch „in ihrer Sprache". Das Feine war nicht allgemein[236]). Der kriegerische Bertran von Born (ca. 1140– vor 1215) hielt die Deutschen für einen fernen Stamm wie Apulier und „Sachsen"; an Sarazenen ließ er sich nur durch eine Gestalt mit rauher Stimme und schwarzem Aussehen erinnern[237]). Der weitgereiste Peire Vidal (ca. 1175– ca. 1210) schmähte dann schon die deutsche Sprache als dem Hundegebell ähnlich, von den perfiden Sarazenen ganz zu schweigen[238]). Am

---

232) Sánchez-Alonso, Historia Bd. 1, S. 125; Brincken, Weltchronistik 208 ff.

233) Les chansons de Jaufré Rudel II, 18 f. und 31, hg. Alfred Jeanroy (Les classiques français du moyen âge), 2. Aufl., Paris 1924, S. 4 f.; dazu Koll, Langue 168.

234) Peire d'Alvernha, Liriche XII, 77, hg. Alberto Del Monte (Collezione di filologia romanza 1), Turin 1955, S. 126.

235) Bernart von Ventadorn VI, 60, hg. Carl Appel, Halle 1915, S. 35.

236) Appel (o. Anm. 16) S. 121 Nr. 82 (Sarazenen usw.); Erhard Lommatzsch, Provenzalisches Liederbuch, Berlin 1917, S. 153 Nr. 76 (*lengatge* statt *lati*; dasselbe bei Arnaut von Mareuil, ebenda S. 107 Nr. 56).

237) Bertran von Born, hg. Albert Stimming (Romanische Bibliothek 8), 2. Aufl., Halle 1913: VIII, 75 S. 74 (Deutsche); XIX, 24 S. 102 (Apulier, Sachsen); XXXVI, 9 S. 133 (Sarazenen).

238) Les poésies de Peire Vidal, hg. Joseph Anglade (Les classiques français du moyen âge), 2. Aufl., Paris 1923: XXXVII, 12 S. 116 (Deutsche); XXIV, 53 S. 79 (Sarazenen).

Ende, nach dem Albigenserkrieg, bekannte Peire Cardenal (ca. 1210– ca. 1230) traurig, daß niemand sein *lati* verstehe, er aber beherrsche nicht Friesisch und Bretonisch, Flämisch und Angiovinisch, die Dialekte Frankreichs und seines nördlichen Vorfelds[239]). Die Kunstsprache der Trobadors wurde selbst zum barbarischen Dialekt; die feine Welt sprach französisch.

*

Der größte Meister des zeitgenössischen Französisch, Christian von Troyes (vor 1150– vor 1190), streifte alles Provinzielle, auch seines heimischen Dialekts, mehr und mehr ab. Wie er die Artussage der politischen Tendenzen entkleidete und ins Reich der reinen Phantasie erhob, wie er die Völker überall und nirgends ansiedelte, so verwandelte er auch die Sprachen, ihre Vielfalt und Geschichte in Poesie. Nur in der Ferne, wo der griechische und der deutsche Fürst sich streiten, ist Sprache unverständlich und bedarf des Dolmetschers für Deutsch und Griechisch; gerne zieht der Sohn des Griechenkaisers an den Artushof, weil das Zentrum der Wissenschaft und der Ritterschaft, die von den alten Griechen erfunden wurden, inzwischen über Rom nach Frankreich gewandert ist – und hier versteht man den ritterlichen Byzantiner ohne Interpreten[240]). Auch sonst ist die Sprache überall und immer dienstbar; galant verschenkt der Dichter die Geschichte aller Sprachen und Völker an eine Dame, derengleichen in keiner Kultur noch Sprache *(loi ni langage)* erstand, seit Gott aus Adams Rippe Eva schuf. Hier singen auch die Vögel wieder „in ihrem Latein"[241]); *latin* bedeutet überhaupt die Sprache[242]). Um die Jahrhundertmitte berichtete ein Lied von Karls des Großen Reise nach Jerusalem, der Kaiser habe dort ein Kloster erbaut, bei dem Menschen der verschiedensten Sprachen zusammenkämen; darum heiße es *la Latine* [242a]). Daß in der Tat das Latein die

[239]) Appel (o. Anm. 16) S. 116 Nr. 78; dazu Karl Vossler, Peire Cardinal, Ein Satiriker aus dem Zeitalter der Albigenserkriege (Sitzungsberichte der Bayer. Akad. d. Wiss., Philos.-Hist. Kl., Jg. 1916, Nr. 6), München 1916, S. 33.

[240]) Cligés, hg. Wendelin Foerster, Christian von Troyes, Sämtliche erhaltene Werke, Bd. 1, Halle 1884: v. 3959 ff. S. 160 f. (Dolmetscher; dazu Koll, Langue 86); v. 30 ff. S. 2 (Translation der Ritterschaft und Wissenschaft; dazu Curtius, Literatur 388 f.; Erich Köhler, Ideal und Wirklichkeit in der höfischen Epik, Studien zur Form der frühen Artus- und Graldichtung [Beihefte zur Zeitschrift für romanische Philologie 97], Tübingen 1956, S. 39 ff.). Zu Ch.s Eigenart Jean Frappier, Chrétien de Troyes, L'homme et l'oeuvre (Connaissance des lettres 50), Paris 1957, S. 210 ff.

[241]) Li contes del Graal, hg. Alfons Hilka, Chr. v. Tr., Werke Bd. 5, Halle 1932: v. 8177 ff. S. 366 (Dame; dazu Koll, Langue 141); v. 71 S. 4 (Vögel).

[242]) Yvain v. 1786, hg. Wendelin Foerster, Chr. v. Tr., Werke Bd. 2, Halle 1887, S. 72.

[242a]) Karls des Großen Reise nach Jerusalem und Constantinopel v. 208 ff., hg. Eduard Koschwitz – Gustav Thurau (Altfranzösische Bibliothek 2), 5. Aufl.,

Klammer der abendländischen und der romanischen Einheit war, kam dem Dichter nicht zu Bewußtsein; er meinte die vielsprachige Welt.

Gewiß half dem romanischen Dichter die Nähe der Volkssprache zum Latein über manche Probleme hinweg; vermutlich verstanden sich im 12. Jahrhundert Italiener, Spanier, Provenzalen und Franzosen noch gegenseitig[243]). Aber nur in Nordfrankreich beruhigte sich der ritterliche Dichter nicht mit der Wirklichkeit, sondern stellte seine Forderung; nur hier begegnet uns im 12. Jahrhundert das Ideal des polyglotten Ritters. Zu Ende des Jahrhunderts kündete eine Chanson de geste von einer erstaunlichen Frau (sie heißt auch *Mirabel*), die vierzehn *latins* sprach, darunter Griechisch, Armenisch und Arabisch[244]). Eine andere Chanson de geste der gleichen Zeit gibt uns einen Katalog der Sprachen, die Wilhelm von Orange konnte, wenn er sein *latin* wechseln wollte:

Salamoneis parlat, tieis e barbarin,
Grezeis, alemandeis, aleis, hermin,
E les langages que li bers ont ainz apris.

Man hat Mühe, zu folgen: Salomonisch ist wohl Hebräisch; Deutsch und Berberisch sodann, Griechisch, noch einmal Deutsch, vielleicht Alanisch, Armenisch. Die Aufzählung lehrt, daß der Dichter selbst nicht sehr viel von Fremdsprachen wußte. Aber Sprachenkenntnis gehört zum Habitus des Helden; wenn ein Heide mit einem Christen redet, wird eigens erwähnt, daß er *en sun latin* spricht, und Franzosen konferieren miteinander, als ob sich das nicht von selbst verstünde, *en sun romanz*[245]). Leicht wird, auch in anderen Liedern der Zeit, die Brücke herüber und hinüber geschlagen. Sarazenische Boten an europäischen Höfen verstehen *meint latin*, viele Sprachen[245a]); christliche Gefangene unterrichten vornehme Heiden im Französischen. Nicht nur die Ritter, auch kluge Kaufleute wissen sich in zahlreichen Idiomen auszudrücken. Der babylonische Turm allerdings, *tor d'antiquité*, ist nur noch Gefängnis für un-

---

Leipzig 1923, S. 13; dazu Theodor Heinermann, Zeit und Sinn der Karlsreise, in: Zeitschrift für romanische Philologie 56 (1936) 497–562, hier S. 533 ff.; Koll, Langue 140 f.

[243]) Urban Tigner Holmes, Jr., Daily Living in the Twelfth Century, Madison 1952, S. 220 f.

[244]) Aiol v. 5420 ff., hg. Jacques Normand – Gaston Raynaud (SATF), Paris 1877, S. 158; dazu Léon Gautier, La chevalerie, Paris 1896, S. 148.

[245]) La chanson de Guillaume, hg. Duncan MacMillan (SATF), 2 Bde., Paris 1949 bis 1950: v. 2169 ff. Bd. 1, S. 88 (Sprachenkatalog; dazu der Kommentar Bd. 2, S. 182); v. 3248 S. 127 (latin); v. 622 S. 29; v. 1331 S. 58; v. 1421 S. 61; v. 1568 S. 66; v. 1591 S. 67 (romanz). Zur Datierung Bd. 2, S. 126.

[245a]) Das anglonormannische Lied vom wackern Ritter Horn, Handschrift C, v. 2940, hg. Rudolf Brede – Edmund Stengel (Ausgaben und Abhandlungen aus dem Gebiete der romanischen Philologie 8), Marburg 1883, S. 158; dazu Koll, Langue 85.

glückliche Damen, nicht mehr Monument der Vielfalt, in der man sich ritterlich und geschmeidig bewegt[245b]).

Es ist, als hätten die nordfranzösischen Dichter das Erbe der frühen Trobadors übernommen; auch die Chansons de geste hatten sich vom Typ des Rolandsliedes weit entfernt; sie richteten ihre Figuren nach der feinen Sitte, nicht nach Herkunft und Sprache. Aber noch immer wie bei den ersten Trobadors blieb die Universalität der Vorstellungen flächig; man zeichnete ein Bild des ewigen Ritters, nicht etwa der nordfranzösischen Adelsgesellschaft, und wie in allen Räumen, so lebte man in allen Zeiten zugleich.

War die Geschichte, nicht nur als Geschichtlichkeit, sondern als punktuelle Situation und als unumkehrbare Aufeinanderfolge der Traditionen, nicht doch ein Wesensmerkmal des Menschen, wie er immer ist? Das französische frühe 12. Jahrhundert hatte das bestritten; das späte zögerte mit der Antwort. Es ist nicht zu leugnen, daß jetzt die Geschichte stärker beachtet wurde. Den Anstoß dazu gab vielleicht die Wende von 1152, das Scheitern der zielbewußten, hochgeschraubten Pläne nach dem Tod Sugers und Bernhards von Clairvaux. Die Könige, von den Anglonormannen hart bedrängt, rangen still und zäh um das Nächstliegende; die Schriftsteller besannen sich auf die Wechselfälle der Geschichte und suchten sie aus den historischen Fakten zu begreifen; und da es im Kleinen des eigenen Umkreises so sauer wurde, erprobte man es im Großen. Nun erschienen auch in Frankreich Weltgeschichten, die den Namen verdienten. Der Benediktiner Richard von Cluny (ca. 1100– nach 1174) war wirklich ein weitblickender, für alle Länder der Erde interessierter Historiker, und sein Werk fand zahlreiche Abschreiber. Er erzählte in der zuerst seinem Abt Petrus Venerabilis gewidmeten, seit 1153 mehrfach neuredigierten Weltchronik von der hebräischen Ursprache, von dem riesigen Tyrannen Nimrod, der die Menschen überredete, ihr Glück bei sich selbst zu suchen, und sich in seiner Metropole Babel einen Palast, ein *habitaculum regni*, bauen wollte. (Der Louvre stand damals noch nicht.) Nimrod habe nebenher Astrologie und Geometrie erfunden, also die Hälfte des Quadriviums. (Hierin war die Ebersheimer Chronik zur selben Zeit großzügiger.) Das Bild eines mächtigen orientalischen Herrschers regte die Phantasie an; auch Pseudo-Philos Nachrichten über den Noachidenzwist unter Nimrod, *Jectan* und *Phenet* wurden, vielleicht zum ersten Mal seit Hrabanus Maurus, referiert. Richard ließ sich überhaupt vom exotischen Orient und seiner Geschichte anziehen; doch das war eine ferne Epoche und ein abgeschlossener Komplex. Zu universalhistorischer Synthese schwang sich Richard nicht auf. Die Zahl der 72 Sprachen fand er in

---

245b) Li romanz de Floire et Blancheflor, hg. Felicitas KRÜGER (Romanische Studien 45), Berlin 1938: v. 140 S. 8 (Französisch); v. 426 S. 21 (Kaufmann); v. 1812 ff. S. 79 ff. (Turm).

seiner Vorlage Frechulf, aber er wiederholte sie nicht; von der Sprachenteilung sagte er nichts, obgleich er die Not der Sprachenverschiedenheit zur Genüge kannte; Petrus Venerabilis hatte eindringlich auf sie hingewiesen. Wie sich die Völker verzweigten, blieb unerörtert; nur daß die Reiche der Assyrer und der Inder von Sem ausgingen, fand Aufnahme. Cham bedeutete nur allegorisch das schlaue Volk der Häretiker, die sich von Juden und Heiden sondern; Afrika war kein historischer Kontinent. Japhets Nachfahren wurden überhaupt nicht angegeben; lediglich der Ahnherr der Engländer, der Aeneide Brutus, wurde wie bei Galfred von Monmouth benannt. Richard sah also in den biblischen Geschehnissen nicht die Wurzel aller kommenden Geschichte, schon gar nicht der zeitgenössischen, deren Leiden und Widrigkeiten sich in seiner Chronik recht plastisch spiegeln. Immerhin wurde die Bibel nun breiter als bisher in die Darstellung einbezogen, wenn auch mehr aus archäologischem als aus gläubigem Interesse[246]).

Unter den lateinischen Dichtern Frankreichs fanden diese historistischen Töne manches Echo; sie ließen sich auf den Bildungshumanismus der Weltkleriker leicht abstimmen. Der Domherr Walter von Châtillon (ca. 1135–ca. 1200) schilderte 1178–82 den großen Alexander nahezu als den Vertreter Europas und seinen persischen Gegner Darius samt seiner Residenz Babylon als *Europae terror*. Wenn Gott, so träumte Walter, uns einen Frankenkönig wie Alexander gäbe, würde bald jedes Volk und jede Sprache Jesu Lob singen. Alexander und sein Heer reden nur eine Sprache; selbst der hebräische Hohepriester spricht zu ihm in unbekannter, barbarischer Zunge. Das Gegenbild dieser Einheit ist Babel. Die Perser rühmen sich, von Belus zu stammen, der den Götzendienst einführte, mehr noch, sie sind Nachkömmlinge der Giganten, die mit den Göttern Krieg führten, und verweisen (wie König Artus bei Stephan von Rouen) stolz auf Babel und seinen Turm, *cui dedit aeternum labii confusio nomen*. Darius läßt auf seinem Schild diesen Turm abbilden, den die Riesen unter Nimrods Führung gegen eine neue Sintflut errichteten;

... sermo prior omnibus unus
Scinditur in varias dictu mirabile linguas,

fügt Walter hinzu und wiederholt bei jeder Gelegenheit, daß die persische Sprache barbarisch und das persische Heer ein Gewimmel verschiedener Sprachen war. Auf der Seite der Perser stehen Ninus' Nachfahre und *Zoroas*, also Zarathustra, der diesmal als Ägypter, als Nachkomme Misraims, drapiert ist.

---

[246]) Chronicon, Handschrift Paris, Bibliothèque Nationale, Cod. lat. 4934, f. 4r–5v (Babel), 14r–v (Brutus). (Mikrofilm benutzt.) Dazu Ingeborg SCHNACK, Richard von Cluny, seine Chronik und sein Kloster in den Anfängen der Kirchenspaltung von 1159 (Historische Studien 146), Berlin 1921, S. 42 ff. (Zeitnähe); BRINCKEN, Weltchronistik 205 ff. (Datierung, Komposition).

In ihnen besiegt Alexander den höllischen Spuk der Dämonen und der *gentes, tam cultu variae quam lingua et moribus*; Götzendienst und Sprachenvielfalt erliegen dem strahlenden Vorkämpfer Europas[247]). Bei Walter blickt viel deutlicher als bei Richard von Cluny ein aktuelles Wunschbild hinter den antikischen Kulissen hervor, aber die historische Gegenwart Walters war anders; der Kampf mußte in historisch-mythologischen Kostümen ausgefochten werden.

Noch während Walter dichtete, bestieg der von ihm ersehnte Frankenkönig den Thron; aber es stand ihm nicht im Sinn, Europa unter einer Sprache zu einen, er schuf Frankreich neu. Philipp II. Augustus (1165–1223) konnte kein Latein; er gab der französischen Amtssprache Raum und kämpfte ein Vierteljahrhundert lang gegen die englischen Könige, ohne sich von ihren politischen Genealogien beirren oder anstecken zu lassen. Er begnügte sich mit einer Ahnentafel bis zu den Karolingern, deren Staat er erneuern wollte[248]). Erst der Biograph des Königs, Rigord (gest. um 1209), gab um 1208 eine detaillierte Auskunft auf die dadurch hervorgerufene, „von vielen" zweifelnd gestellte Frage, wie die französischen Könige mit den Trojanern zusammenhingen. Priamus' Enkel *Francio* und *Turchus* waren die ersten Helden dieses Stammbaums. Von Turchus durften Goten, Wandalen und Normannen, von dem Trojaner Brutus die englischen Könige sich herschreiben – eine höchst faire Geste. Die Metropole Frankreichs erhielt ihren Namen nach König Priams Sohne Paris; aber erst der Franke *Pharamundus*, selbst aus Trojanerblut, gab der Stadt diesen Namen. Die trojanischen Herrscher kamen erst einige Generationen nach Priamus und Aeneas ins französische Land. Dort saßen schon seit längerem andere Trojanergruppen, die ihren Stamm gleichfalls nach Paris benannt hatten. Die Absicht ist deutlich: Die Könige – noch Philipp II. selber – brachten dem Volk die höhere, städtische Kultur, aber Volk und Herrscher waren, auch wenn sie spät zueinander fanden, eines Blutes[249]). Die Tendenz

---

[247]) Alexandreis, hg. Friedrich August Wilhelm Mueldener, Leipzig 1863: VI, 188 S. 132 (Europae terror); V, 510 ff. S. 122 (Frankenkönig); I, 526 S. 25 (Hoherpriester); II, 325 ff. S. 41 f. (Belus, Giganten, Babel; vgl. V, 438 S. 119); II, 498 ff. S. 48 (Schild des Darius); III, 122 S. 57; IV, 311 S. 89; VII, 215 f. S. 157 (Perser barbarisch); IV, 335 S. 90 (Perser vielsprachig); III, 91 S. 56 (Ninus); III, 141 S. 58 (Zoroas); II, 108 f. S. 33 (gentes; Muster ist Lukan, o. S. 164; Heinrich Christensen, Das Alexanderlied Walters von Châtillon, Halle 1905, S. 206 f. hat diese Stelle übersehen). Zu der Dichtung Cary, Alexander 63 ff., 191 ff.

[248]) Fritz Kern, Die Anfänge der französischen Ausdehnungspolitik bis zum Jahr 1308, Tübingen 1910, S. 14, 23 f.; Kienast (o. S. 558 Anm. 35) S. 128 ff.; Karl Ferdinand Werner, Die Legitimität der Kapetinger und die Entstehung des „Reditus regni Francorum ad stirpem Karoli", in: Die Welt als Geschichte 12 (1952) 203 bis 225, hier S. 217 ff.

[249]) Gesta Philippi II Augusti c. 37 f., hg. Henri François Delaborde, Oeuvres de Rigord et de Guillaume le Breton (Société de l'histoire de France 69), Bd. 1, Paris

richtete sich nach innen; Adam und Noah wurden nicht behelligt, andere Völker nicht hintangesetzt. Aber man pochte auf die Historie; Suger von Saint-Denis hatte es noch nicht getan.

Der adlige Kanoniker Guido von Bazoches (vor 1146–1203) war anspruchsvoller als sein König und führte seine Sippe ohne falsche Scham auf König Chlodwig zurück[250]). Aber damit war es auch genug. Als er nach der Teilnahme am dritten Kreuzzug 1190 eine Weltgeschichte schrieb, fand er die Brücke zum Alten Orient nicht, vielleicht nicht nur wegen seines beschränkten Ahnendünkels. Er erwähnte die Ursprache, die im Hause Heber verblieb; er streifte auch die drei Noachiden; *quos ad turrem confusionis superbia congregaverat erigendam, loquelis dividuntur et locis.* Aber schon die Geographie der Erde, die er in einem anderen Buch ausgiebig schilderte, schien ihm keine Spuren von Babel aufzuweisen. Nur für die Synagoge und die Kirche hatte der Turmbau weitreichende Folgen, weil Heber den *lingue sonus originarie* und den Kult des wahren Gottes durch die Zeiten rettete[251]). Hatte also Joachim von Fiore recht, daß die wahre Weltgeschichte Geistes- und Kirchengeschichte ist? Zumindest Babel gehörte in die Domäne der Theologen, nicht der Historiker; aber weit darüber hinaus entschied sich in der Theologie, was die Historie zur Erkenntnis von Mensch, Welt und Gott beitragen konnte.

Hugo von St. Victor hatte den Weg bereits gewiesen und zu seiner Zeit in Frankreich wenig Helfer gefunden; nun erstanden ihm Schüler auch hier. Ein Anonymus der Schule von St. Victor schrieb zwischen 1148 und 1152 wie Hugo von der hebräischen *omnium mater linguarum*, aber mit ganz neuem Tonfall. Ihre Kenntnis soll dazu dienen, auch den Juden den wahren Glauben zu vermitteln, der in allen Sprachen ein und derselbe ist und mit dessen Hilfe die weisen Architekten anstelle des verruchten Babelturms den rechten Turm zum Himmel bauen werden – wir stehen in der Zeit der jungen Gotik, die Metapher stammt von Rupert von Deutz. Die Kirche ist der wahre Himmels-Turm, denn dank Gottes Geschenk spricht sie in allen Sprachen aller Völker; so kann sie den Barbaren mit dem Griechen, den Lateiner mit dem Juden enger verbinden als Ochse und Esel sich begegnen. Erst die Kirche garantiert also die Menschenwürde, die Augustin durch die Sprachenverwirrung bedroht sah; der Mensch steht dem Fremden dann nicht mehr ferner als seinem Hund. *Nam ut bestias natura uniformis, ita homines lingua communis ad vitam simul ducendam conciliat.* Diese

---

1882, S. 54 ff.; auch in RHF Bd. 17, S. 16 ff. Dazu MATTER, Gründungssagen 92 ff. – Ähnlich auch Guillaume le Breton, Gesta Philippi Augusti c. 2, ebenda S. 169 ff.; Philippidos I, 55 ff., ebenda Bd. 2, Paris 1885, S. 9 ff.

[250]) Wilhelm WATTENBACH, Aus den Briefen des Guido von Bazoches, in: NA 16 (1891) 67–113, hier Epistola 16 S. 79 ff.; ep. 33 S. 99 f.

[251]) Chronographia, Handschrift Biblioteca Apostolica Vaticana, Cod. Regin. lat. 778, f. 2r (Mikrofilm eingesehen).

gemeinsame Natursprache, die den Seelen- und Völkerfrieden sichert, ist noch nicht vorhanden; sie wird einstweilen ersetzt durch Sprachenkenntnisse, die dem Theologen unentbehrlich sind. Denn das Hebräische, von dem der Autor einiges verstand, drückt die Geheimnisse des katholischen Glaubens vielfach genauer aus als das Lateinische oder Griechische[252]). Das hätten sich selbst Abälard und Petrus Venerabilis nicht träumen lassen. Der sprachliche Universalismus, der hier gefordert wurde, diente dem Selbstverständnis der immerwährenden Theologie; aber indem er die Juden hinzuzog, mußte er sich zugleich auf die Vorgeschichte und Geschichte des Gottesvolkes und der Sprachen berufen, und dann kamen Exegese und Geschichtstheologie in neue Bewegung.

Der hervorragendste Vertreter dieser Richtung, der Engländer Andreas von St. Victor (gest. 1175), ging entschlossen auf den victorinischen Bahnen voran. Er liebte die wörtliche, oft die rabbinische Auslegung und zählte etwa mit den Rabbinern und Bruno von Asti bei Deut. 32,8 nur *duodecim tribus totius terrae*; die Kinder Israel gaben also tatsächlich die Grenzen der Erdoberfläche an[253]). Das war die wörtliche Auslegung der Stelle, ohne jede typologische oder eschatologische Beimischung, und sie entsprach der jüdischen Exegese von Raschi und Raschbam, die zur gleichen Zeit in Nordfrankreich lehrten. Wieviel Andreas von ihnen gelernt hat, muß noch untersucht werden; jedenfalls war er seit Hieronymus der erste wirkliche Kenner des Hebräischen im christlichen Abendland. Natürlich war Hebräisch für ihn die Ursprache; aber er wahrte sich seine Selbständigkeit. Er zählte nicht 70, sondern 72 Völker, aber 73 Noachiden, die sich auf 14 Japhetiten, 28 Semiten und 31 Hamiten verteilten. Weder die rabbinische Bibel noch die Septuaginta noch die Vulgata ergeben diese Summen auf Anhieb; man muß die drei Noahsöhne weglassen, bei den Hamiten Nimrod und bei den Semiten die beiden Kainan der LXX zuzählen, um Andreas' Zahlen zu treffen. Recht eigenwillig ist auch die Deutung von Gen. 11, 2. *Cumque proficiscerentur de oriente* ..., sagt der Text; Andreas erwog, ob die Turmbauer aus Armenien, wo Noahs Arche gelandet war, also aus Norden nach Babel gekommen seien. Hielt er das ἀπὸ ἀνατολῶν der LXX für das „Anatolien" des byzantinischen Sprachgebrauchs? Denn Andreas befaßte sich eingehend mit der Geographie von Babel und Sinear und suchte sich die Größenverhältnisse des Raumes deutlich zu machen.

Auch die Personen und Ereignisse bekamen ihre dritte Dimension. Plastisch sieht der Leser Nimrod vor sich, „größer an Statur und stärker an Kraft als

---

252) Ysagoge in theologiam II, Prologus, hg. Artur Michael LANDGRAF, Ecrits théologiques de l'école d'Abélard (Spicilegium sacrum Lovaniense 14), Louvain 1934, S. 126 f.; dazu SPICQ, Exégèse 90 f.

253) In Ecclesiasten, Handschrift Biblioteca Apostolica Vaticana, Cod. lat. 1053, f. 96 ff., zitiert nach SMALLEY, Study 137 Anm. 1. Die Ausgabe von Fr. CALANDRA, Palermo 1948 ist nicht erreichbar.

die anderen und darum Riese genannt"; aus dem Sagengiganten der LXX wurde ein Mensch. Seine historische Stelle wurde wie bei Gratian genau bezeichnet. Nach der Sintflut waren die Menschen frei und keinem untertan; Nimrod begründete Herrschaft und Knechtschaft. Er kerkerte die Menschen ein, tyrannisierte sie und vertrieb Assur, Sems Sohn – Gen. 10,11 wurde nebenbei zurechtgerückt und der Irrtum des Honorius von Autun berichtigt. Warum Nimrod den Turm als Wahrzeichen der Stadt, *civitatis arx*, erbauen ließ, wollte Andreas nicht entscheiden: Nach einigen war es die Furcht vor der Sintflut, nach anderen Feier des Ruhms, nach dritten – und hier vermutet man Andreas selbst – zwang Nimrod die Guten, in böser Absicht den Turm zu errichten, damit er auf ihm herrschen könne. Aber die Zwingburg blieb unvollendet, denn die Sprachen und die Völker trennten sich.

Doch auch hier sprach Andreas als Historiker: Die 72 Völker bestanden *non post divisionem linguarum, sed ante.* Das erweise sich an den in Gen. 10,14 genannten Philistern und *Capturim*: *Non sunt nomina personarum, sed populorum, non enim in libro invenitur, quorum filii fuerunt.* Da Gen. 10 vor der Sprachverwirrung einige regelrechte Völker aufführt, die sich nicht aus einer einzigen Sippe herleiten lassen, muß die Entstehung der Völker dem babylonischen Ereignis vorhergegangen sein – ein scharfsinniges Argument, das Augustin, Isidor und die gesamte frühmittelalterliche Exegese in Mißkredit brachte. Andreas überlegte kritisch weiter. Gab es wirklich, wie Epiphanios und eben noch Cosmas von Prag glaubten, nur 72 Noachiden? Das war undenkbar, wenn die Völker schon vor Babel als größere Gruppen existierten. Dann hatte Hugo von St. Victor recht; man mußte annehmen, daß alle Noachiden sehr viel mehr Kinder hatten, als die Völkertafel angab, daß aber die nicht Erwähnten in den Familien ihrer Väter blieben. Nur die von Moses in Gen. 10 Zusammengestellten gründeten eigene, neue Völker, anscheinend wie im Fall der Philister nicht immer nur aus einer Sippe allein. Mit einem Mal gewann der biblische Bericht Fülle und historisches Leben[254]). Dem Leser wurde deutlich, daß die Weltgeschichte in Babel nicht mit einem Donnerschlag begann; was Abälard und Johann von Salisbury von den Sprachen vor Babel vermutet hatten, bestätigte sich an den Völkern. Die historische Interpretation der Bibel verstand alles, was da erzählt wurde, zuerst als Faktum, nicht als Gleichnis; dadurch wurde der Text lebendig, aber zugleich rückte er ganz in die Vergangenheit und konnte der Gegenwart keine handfesten Lehren mehr erteilen. Indem die philologisch-historische Methode exakt feststellt, wie es wirklich gewesen ist, überwindet sie den romantischen Symbolismus, zertrennt aber zunächst auch den Zusammenhang zwi-

---

[254]) In Genesim, Handschrift Oxford, Bodleian Library, Cod. Laud lat. 105, f. 97va–98ra (Mikrofim benutzt). Zu A.s Exegese SMALLEY, Study 120 ff. Miss SMALLEY war so freundlich, mich auf diese und andere Handschriften hinzuweisen.

schen Damals und Heute. Geschichte ist ein Präteritum, bei Richard von Cluny und bei Walter von Châtillon so gut wie bei Andreas von St. Victor.

Allgegenwärtig ist nur die Kirche Christi. In diesem Sinn interpretierte der Subprior Garnerius von St. Victor (gest. 1170), Andreas' Hausgenosse, das Pfingstwunder. Die Zungen bedeuteten den Heiligen Geist; er habe die Apostel zu beredten Verkündern des *verbum* gemacht[255]). Aber dieses „Wort" ist der Logos Christus, nicht die Sprache als Kommunikationsmittel. Und wenn der Bretone Adam von St. Victor (gest. 1192) der Verfasser der ihm zugeschriebenen herrlichen Hymnen ist, schließt sich seine Auffassung gut hier an; sie paßt in den Victoriner-Kreis. Der Heilige Geist restaurierte nicht irgendwann in ferner Vergangenheit durch das Sprachenwunder die zerstörte Einheit der Welt (das mag er auch getan haben, gehört aber nicht hierher), sondern er lädt uns ein, die Einheit durch sittliches Verhalten zu vollenden, durch unseren guten Willen. Präsentisch ist darum die berühmte Pfingstsequenz, die schönste seit Notker, gefaßt.

Corda replet, linguas ditat,
Ad concordes nos invitat
Cordis, linguae modulos.

Die *linguarum unitas* ist nicht ausgeschaltet, aber nur in der Einheit der Herzen, nur mit ihr zusammen wirksam. Der Heilige Geist, der die Sprache fördert und den Klang formt, lenkt zugleich das Herz zum Guten; darum sind es „neue Sprachen", nicht die alten und nicht die eine, die an Pfingsten erklingen. Dahinter erhebt sich das Mißvergnügen an der grammatischen Scheidung zwischen Sprache, Gedanken und Dingen, die Sehnsucht nach der Einheit von Wort und Leben – *voce vita non discordet* –, von Wort und Gedanke – *concordent linguis mentes*. Diese Eintracht erst, die *harmonia diversorum, vocum dissimilium*, überwindet die Konfusion der Welt; nicht der universalen Geschichts- und Sprachenkenntnis kann der große Wurf gelingen[256]).

Doch man mußte die Welt, die es zu überwinden galt, zuvor in ihrer Eigenart, ihrer gedanklichen und geschichtlichen Struktur überschauen; man konnte nicht mehr wie in der ersten Jahrhunderthälfte Dialektik und Historik, Philosophie und Theologie auseinanderreißen. Die Verschränkung von vorgängiger theoretischer und historischer Analyse mit mystischer Inbrunst, von wörtlicher Auslegung des Alten mit symbolischer des Neuen Testaments tritt am klarsten beim Schulhaupt von St. Victor zutage, bei Hugos Nachfolger Richard von

---

[255]) Gregorianum V, 15, MPL Bd. 193, Sp. 178.

[256]) Adam von St. Viktor, Sämtliche Sequenzen lateinisch und deutsch, hg. Franz Wellner, 2. Aufl., München 1955: Nr. 24 S. 154 ff. (Pfingstsequenz); Nr. 25 S. 162 (Lenkung des Herzens); Nr. 26 S. 168 (neue Sprachen); Nr. 22 S. 142 (vox, vita); Nr. 39 S. 246 (linguae, mentes); Nr. 3 S. 38 (harmonia); Nr. 29 S. 184 (voces dissimiles); Nr. 46 S. 288 (Konfusion).

St. Victor (gest. 1173). Präzise definierte der Schotte die Sprache: Es gibt Naturlaute *(voces)* wie das Brüllen der Rinder und das Blöken der Schafe; man versteht sie nicht. Zu den *voces* gehören auch artikulierte Laute *(sermones)*; sie unterscheiden sich von den tierischen dadurch, daß sie *secundum placitum* von Menschen geformt werden, daß sie nicht aus der Natur selbst quellen und uns darum verständlich sind. Wer die *sermones* verstehen will, braucht nur Mensch zu sein; das Menschliche ist ihm nicht fremd. Wer die *voces* begreifen wollte, müßte die Dinge selbst ganz kennen so wie die Engel und Adam, von denen aber die einen gar nicht, der andere erst danach selber Sprache erhielten. Natur und Erkenntnis liegen jenseits der Sprache; in ihr sind die Menschen unter sich. Der Heilige Geist kann allerdings *vox* und *sermo* zugleich vermitteln, wie es an Pfingsten geschah; diese Äußerungen einer „Natursprache" übertreffen das menschliche Sprechen und alle Sprachenkenntnisse bei weitem; alles Getrennte fließt dann ineinander[257]). Der Einwirkung Gottes verdankt es die Sprache der Menschen, daß sie in sich schlüssig ist. *Vox* und *verbum*, äußerer Laut und inneres Wort, wären streng zu scheiden; aber Richard darf die Identität von Gedanke und Sprache viel stärker als Joachim von Fiore unterstreichen, weil das Wort Fleisch geworden ist[258]). Der „deutsche Symbolismus" wird auch bei Richard verwandelt: Die natürlichen Tatsachen sind nicht konstante Zeichen jenseitiger Zusammenhänge, sie können aber augenblicks selbst zu theologischen Realitäten werden; darum sind sie so wichtig.

Richard sammelte um 1153/60 auch über die Geschichte der Sprachen und Völker Notizen; aber der Stoff war spröde. Die eine Ursprache war Hebräisch, bis die Noachiden den Turm zu Babel bauten; dann teilten sich Sprachen, Völker und Kontinente. Japhet erhielt Europa, doch die meisten Namen und Völker haben sich mittlerweile geändert. Assur, Saba, Kanaan und Tiras lassen sich zwar mit modernen Ländernamen kombinieren, aber die Inder heißen nach dem Fluß Indus, die Ägypter nach ihrem König, nicht nach Misraim; die Skythen erinnern nicht an Magog, die Perser nicht an Elam, die Makedonen nicht an Javan. Die lateinische Geschichte beginnt bei Janus, nicht bei den Kittim; es gibt mehr Großreiche, als Daniels Vision zählt[259]). Die Hand Gottes war der Völkergeschichte schwer anzumerken; darum ließ Richard zur selben Zeit in seiner Auslegung des Alten Testaments Genesis 10 weg. Die Namen

---

[257]) De missione Spiritus sancti, MPL Bd. 196, Sp. 1017 ff.

[258]) De trinitate VI, 12, MPL Bd. 196, Sp. 976 f.

[259]) Liber exceptionum priorum IV, 6, MPL Bd. 177, Sp. 217 (Ursprache, Babel, veränderte Namen); III, 1 ff. Sp. 209 ff. (Erdteile, Völkernamen); V, 20 Sp. 237 (Janus); V, 1 ff. Sp. 226 ff. (Großreiche; dazu GOEZ, Translatio 120 f., mit falschem Verfassernamen). Richards Autorschaft ist nachgewiesen von Jean CHATILLON, Le contenu, l'authenticité et la date du Liber exceptionum et des Sermones centum de Richard de Saint-Victor, in: RMAL 4 (1948) 23–53, 343–366, hier S. 44 ff.

reizten weder den philologischen Scharfsinn des Schotten noch seine Neigung, die von der Exegese gelieferten Bilder in unmittelbare, bildlose Thesen umzusetzen. Die Völker sind abgelöst und ersetzt vom Gottesvolk, und so muß man die drei Noachiden verstehen: Sem, das sind die Apostel und die Judenchristen, die kontemplativen Auserwählten; Japhet, das sind die aktiven Heidenchristen; Cham aber bedeutet wie bei Honorius von Autun die verworfenen und verknechteten Juden, die Ausgestoßenen[260]). In Richards Predigten bedeutet *Judaeus* und *Hebraeus* nicht den Juden, sondern den aktiven Christen[261]). In der Gemeinschaft des neuen Gottesvolkes verkehren sich alle irdischen Wertungen; das Geschiedene vereint sich, das Verwandte trennt sich, die Sprache spricht ihren Funktionen Hohn. Daß Richard die *varietas* in der Kirche auf die Tugenden, nicht auf die Sprachenvielfalt bezog, versteht sich[262]).

Nur als Teile von Gleichungen erscheinen die alten symbolistischen Traditionen wieder. Richard verglich wie Gratian die 72 Jünger mit dem Priesterstand; wie die 12 Apostel zu den 12 Stämmen Israels, so seien die 72 Jünger zu den 72 Sprachen und Völkern entsandt worden[263]). Aus Anselm von Laon kannte er die Angabe von 72 Sprachen, die sich in *populi* und *nationes* gliedern, und verleibte sie seinem Apokalypsenkommentar ein; nur machte er achtlos oder mit Absicht (beides wäre gleich bezeichnend) 70 daraus[264]). Dieselbe Angabe, nur mit der richtigen Zahl, notierte sich auch der unselbständige, ganz aus den Glossen schöpfende Domkanoniker Martin von León (gest. ca. 1203) für seinen Apokalypsenkommentar[265]). Das waren routinierte Zitate ohne innere Bedeutung; sie bezeugten die harmonische Ordnung, aber soweit sie nicht die Kirche betrafen, hatten sie wenig Gewicht; und wenn sie die Kirche betrafen, verwiesen sie auf Geheimnisse jenseits der Schulweisheit.

Das war das letzte Wort der Victoriner, daß die Historie nur eine Vorschule des Glaubens sein könne. Sie kamen zumeist nach Paris aus Ländern, in denen die Vergangenheit aktuelle Bedeutung besaß; so milderten sie die rationalistischen Tendenzen der Franzosen und betrachteten Geschichte und Religion zusammen. Wenigstens mit der Dialektik stand die Historik nun auf einer Stufe.

---

260) Allegoriae in Vetus Testamentum I, 17 f., MPL Bd. 175, Sp. 643 f. Zu Richards Autorschaft Smalley, Study 106; zu seiner Exegese Kamlah, Apokalypse 113 f.

261) Exiit edictum I, hg. Jean Chatillon – William-Joseph Tulloch, Richard de Saint-Victor, Sermons et opuscules spirituels inédits, Bd. 1 (Bibliothèque de spiritualité médiévale), Brügge 1951, S. 16 u. ö.

262) Adnotationes mysticae in psalmos 44, MPL Bd. 196, Sp. 324.

263) Allegoriae in Novum Testamentum IV, 11, MPL Bd. 175, Sp. 812 f.

264) In Apocalypsim II, 3 und 9, MPL Bd. 196, Sp. 758, 773. Zur Benutzung Anselms von Laon Kamlah, Apokalypse 41 f.

265) Expositio libri Apocalypsis V, 10, MPL Bd. 209, Sp. 332. Dazu Kamlah, Apokalypse 53 f.

Aber die zeitlosen wie die gegenwärtigen Probleme ließen sich damit nicht lösen; die Synthese glückte nicht. Der Zusammenhang zwischen Glauben und Geschichte war indes unleugbar; weil man ihn nicht zu ergründen vermochte, versuchte man ihn wenigstens zu lehren. Was von der Arbeit der Victoriner bleiben sollte, sammelte sich in dem einflußreichsten historischen Lehrbuch des Mittelalters, das man fast den Schlußstein des victorinischen Gebäudes nennen möchte, obgleich sein Autor nicht in St. Victor lebte, sondern nur dort starb. Das ist die zwischen 1169 und 1173 geschriebene „Historia scholastica" des Pariser Kanzlers Petrus Comestor (gest. 1179/80). Der „Magister historiarum" schien an manchen Stellen den „Sic et Non"-Versuch Abälards und Gratians auf den historischen Stoff anwenden zu wollen, konnte aber die Traditionen nicht eigentlich kritisch gegeneinanderstellen; es gab keine historische Methode, und die Finessen der Sprachtheorie blieben ohnehin beiseite. Denn Comestor hielt sich in Sprachen- und Völkerfragen gerne an die ältere victorinische, bisweilen auch an die rabbinische Exegese, vor allem aber an die noch nicht zerdachten Realitäten und an die vorscholastischen Autoritäten; er gestand damit ein, daß er die Arbeit der Symbolisten und Rationalisten, auch den Versöhnungsversuch der Victoriner nicht fortsetzen konnte. Wie die meisten Schulbücher hinkte auch dieses hinter der zeitgenössischen Forschung in beträchtlichem Abstand nach.

Die hebräische Ursprache war allerseits unbestritten; in ihr gab Adam den Tieren die Namen, vielleicht noch nicht den in Gen. 2,19 fehlenden Fischen, sondern nur den Land- und Luftbewohnern. Das hatte Beda schon notiert. Wie die erste Sprache entstand und sich gliederte, wie Gott und Mensch in ihr zusammenwirkten, sagte Comestor nicht. Die 72 Noachiden waren im 12. Jahrhundert auf sehr verschiedene Weise zusammengezählt worden, aber Comestor wußte von nichts. Er rechnete nach der durch Isidors Chronik und Alkuin geglätteten augustinischen Annahme, die soeben Andreas von St. Victor erschüttert hatte: Es waren 15 Japhetiten, 30 Hamiten, 27 Semiten. Auch der aus Isidor und Pseudo-Methodius vertraute Riese Nimrod spukte noch; fast ein Jahrtausend nach Hieronymus wagte Comestor nicht, dem Übersetzungsfehler der LXX den Garaus zu machen. Nimrods Lehrer war, wieder nach Pseudo-Methodius, der Noahsohn und Astronom *Jonithus*. Auch Pseudo-Philos Noachidenführer Nimrod, *Jectam* und *Suphene* fanden wie bei Hrabanus Maurus ihren Platz; Ninus und sein Gegner Zarathustra tauchten auf: Apokryphe Anekdoten verdeckten die offenen Probleme. Alkuin erklärte den Vorgang der Sprachenbildung, als hätte Abälard keine andere Lösung angeboten. Die 72 Sprachen fehlten; damit wurden auch alle Kontroversen über ihre Berechnung überflüssig. Die 72 Jünger Christi sind erst später erwähnt, die symbolischen Entsprechungen unterdrückt.

Es blieben einige strittige Fragen: Ob die Welt durch Noah nach den drei Erdteilen geteilt wurde oder nicht, entschied Petrus mit einem *expressius* bei der negativen Lösung, zumal er noch den vierten Sohn Noahs *Jonithus* vorzuweisen hatte. Ob der zehn Fuß hohe Riese Nimrod ein Hamit oder, wie Pseudo-Methodius wollte, ein Semit sei, konnte Petrus nicht bündig sagen, doch sein *vere* setzte er zur traditionellen hamitischen Alternative. Bei der Frage sodann, ob an Pfingsten in allen Sprachen oder nur hebräisch gesprochen wurde, neigte Comestors Schüler Petrus von Poitiers, der das Werk des Meisters abschloß, mit einem *quod verius est* zur ersteren, geläufigen Meinung. Man optierte also allemal für Augustin und Isidor.

Aktualität darf man auch in Comestors Völkertafel nicht suchen, sie ist ganz herkömmlich. Erstaunlich ist nur, daß er lediglich die Nachfahren Sems, also das Gottesvolk, aufzählt, *alias transeuntes*. Nur der Erfinder der Magie und Betreuer der sieben *artes liberales*, Zoroaster, wurde glattweg mit dem bösen Cham selber identifiziert, wie es schon Hugo von St. Victor vorgeschlagen hatte; damit vereinfachten sich alle Linien noch mehr, und man hatte den Schlagschatten zur Familie der Gotteskinder. Auch die Semiten blieben nicht alle fromm; die zehn Stämme Israels beteten das Goldene Kalb an und wurden darum zuerst von Gott, dann von Alexander dem Großen eingesperrt; sie waren also die Gog und Magog. Die Sarazenen, Ismaels und Agars Kinder, wurden von Gideon besiegt und vertrieben, wie Pseudo-Methodius lehrte. Alle große Urgeschichte, gute wie böse, ereignete sich also im Hause Sems, der, wie die Juden sagen, mit Melchisedech identisch sein soll. Damit erweist sich, daß nach Comestor die biblische Urgeschichte mit der Gegenwart nur über die Kirche zusammenhängt, nicht über die Geburtenfolge.

Der zweite große Träger historischer Kontinuität neben der Kirche ist das Imperium. Wie Richard von Cluny beobachtete Comestor die Weltreiche; er glaubte an ihre Vierzahl leichter als Richard von St. Victor und rückte sie der Kirche so nahe wie möglich, denn er baute sie in die biblische Völkertafel mit ein, wozu Honorius von Autun schon angesetzt hatte. Von Cham stammte das assyrische Reich, dessen Gründer Assur wie bei Honorius zum Hamiten wurde. Sem stiftete das medopersische und griechische, Japhet das römische Reich. Wieder schob Comestor den Semiten den Schwerpunkt zu; obgleich er wissen mußte, daß die seriöse Literatur die Griechen für Japhetiten hielt, folgte er den „Joca monachorum“ und „Gesta Treverorum“[266]). Die Zurücksetzung Ja-

---

[266]) Historia scholastica, Genesis c. 16, MPL Bd. 189, Sp. 1070 (Ursprache); c. 37 ff. Sp. 1087 ff. (Sprachen- und Völkerteilung); Evangelia c. 67 Sp. 1571 f. (72 Jünger); Actus c. 11 Sp. 1652 (Pfingsten); Esther c. 5 Sp. 1498 (zehn Stämme; dazu ANDERSON, Gog 58 ff.; Bernhard HELLER, Gog und Magog im jüdischen Schrifttum, in: Jewish Studies in Memory of George A. Kohut, hg. Salo Wittmayer BARON – Alexander

phets führte bald zu Korrekturen an Comestors Aufstellungen; doch wie mit der Einordnung der Weltreiche in die Völkertafel hat er auch mit allen anderen Ansichten über Völker und Sprachen Schule gemacht.

Comestor hat also in der Tat versucht, die Kluft zwischen Geistesgeschichte und Machtgeschichte zu schließen, und der letzteren mehr Bewegungsfreiheit gelassen als etwa Otto von Freising. Aber seine veralteten Autoritäten und seine positivistischen Methoden konnten den spekulativen wie den moralisch-praktischen Theologen der Zeit nicht genügen. Gerade wenn die Historie ein so erdnahes Fach war, hatte sie der moralisch-asketischen Tendenz, die nun in Paris herrschend wurde, wenig zu sagen; man konnte auf die historischen Fakten ebenso gut wie auf die rationalistischen Systeme verzichten, wenn es darum ging, sich durch rechtes Verhalten den Himmel zu verdienen. Selbst Comestors treuer Schüler und Nachfolger auf dem theologischen Lehrstuhl der Pariser Kathedralschule, Petrus von Poitiers (ca. 1130–1205), destillierte aus dem Buch des Lehrers einen Extrakt mit dem Titel „Compendium Historiae in genealogia Christi"; nur wie Christus von Adam herstammte, wurde hier graphisch dargeboten. Petrus nennt uns selbst sein Ausleseprinzip: *Generationi Sem tantum insistemus, nam de aliis duobus fuerunt gentiles.* So wären die christlichen Europäer keine Japhetiten? Das stand auf einem ganz anderen Blatt. Die Bibel gab keine bis heute nachwirkende Universalgeschichte; wirksam war allein Christus. Woher er stammte, das war im Grunde alles, was man in der Schule von der biblischen Geschichte wissen mußte[267]). Auch Comestors Gesinnungsgenosse Petrus Cantor (gest. 1197) distanzierte sich von vergangenen Fakten; er redete um 1190/92 ohne Nachdruck von der pfingstlichen Sprachengabe und erklärte, die Erörterung der *situs locorum, numeri annorum et temporum, genealogiae* in der Bibel sei völlig belanglos[268]).

Was aus der Welt wird, ist nächst Gottes Macht in die Hand des immergleichen Menschen gelegt; nicht seiner Erfahrung, nicht seinem Verstand, sondern seinem Willen ist die Ordnung der Dinge und Gedanken anvertraut;

Marx, New York 1935, S. 350–358, hier S. 354; Cary, Alexander 130 f.); Genesis c. 49 Sp. 1096 f. (Sarazenen; dazu Marbury B. Ogle, Petrus Comestor, Methodius and the Saracens, in: Speculum 21 [1946] 318–324); Genesis c. 46 Sp. 1094 (Melchisedech); Genesis c. 37 Sp. 1088 (Weltreiche). Spicq, Exégèse 133 meint, Comestors linguistische Ideen seien kurios; es sind genau die gängigen. Zu P. Saralyn R. Daly, Peter Comestor: Master of Histories, in: Speculum 32 (1957) 62–73 (hier über die Zusammenhänge mit St. Victor).

[267]) Philip Samuel Moore CSC, The Works of Peter of Poitiers, Master in Theology and Chancellor of Paris (1193–1205) (Publications in Mediaeval Studies 1), Notre Dame 1936, S. 97 ff.; dazu Smalley, Study 214.

[268]) Verbum abbreviatum c. 7, MPL Bd. 205, Sp. 38 (Pfingsten); c. 2 Sp. 27 f. (situs). Datierung nach Damianus van den Eynde OFM, Précisions chronologiques sur quelques ouvrages théologiques du XIIe siècle, in: Antonianum 26 (1951) 223 bis 246, hier S. 234 ff.

die vorhandene Unordnung ist nicht geschichtlich begründet und nicht unabwendbar dem Jammertal der Erde zugedacht. Es bleibt dem souveränen Menschen stets der Weg, den Bischof Stephan von Tournai (gest. 1203) an den neuen Orden seines Jahrhunderts bewunderte: Um der Sünde zu entgehen, kündigten sie der Natur, die die Zunge zum Reden gemacht hat, den Krieg an und hüteten sich vor den *articulatae voces*, die noch vor kurzem den Grammatikern als Bürgen der Menschenwürde gegolten hatten. Gott wird durch dieses Schweigen nicht verletzt; muß man nicht schweigen, um zu ihm zu finden? Es wundert uns nicht, daß Stephan die Frühscholastik als *confusionis officina* dicht neben den Babelturm stellte[269]).

Selbst wer der weltlichen Wissenschaft näher stand und sie nicht der Verwirrung zieh, zog doch das Schweigen vor. Als der flandrische Prämonstratenserabt Philipp von Harvengt (gest. 1182) ernsthaft über Sprechen und Schweigen meditierte, erkannte er zwar an, daß Gott den Menschen die Sprache geschenkt habe, damit sie einander verstünden; darum sprach Gott selbst auch mit vernehmlicher Stimme zu ihnen. Der Verständigung konnte allerdings nur eine einzige Sprache wirklich dienen; die zerfiel beim Turmbau, der aus Übermut, perversen Reden und Geschwätzigkeit hervorging. Die Menschen kannten im Gebrauch des Gottesgeschenkes kein Maß, deshalb verloren sie Einklang und Frieden. Der Babelturm ist für Philipp geradezu das Gegenbild des rechten Klosterlebens, wird also urbildlich, nicht geschichtlich verstanden; er ist eine Warnung, aber kein Präjudiz für die Gegenwart. Das Unglück sei damals geschehen, weil die Menschen nicht demütig schweigen konnten; Gott habe sie durch die Trennung der 72 Sprachen zum Schweigen gezwungen, nachdem sie sich zuvor auf natürliche Weise in 72 Völker geteilt hatten. Andreas von St. Victor erhielt recht, damit die Strafe deutlicher hervortrete. Was dem in Babel auferlegten Schweigezwang an Sündenschuld anhaftete, ist seit Pfingsten beseitigt[270]). Seither ist also die Sprachenteilung eine tote Vergangenheit, der Babelturm nur noch ein Schreckgespenst.

Läßt sich denn im Ernst die Sprachenverschiedenheit durch Schweigen überwinden? Wie ist dann Mission und biblische Lehre noch möglich? Philipp löste mit unnachahmlicher Eleganz alle Bedenken. Gott wollte zwar, daß die Menschen in verschiedenen und ungleichen Idiomen sprächen, damit sich die Nationen voneinander schieden oder sich miteinander verbündeten. (So dürften die Kapetinger mit den Staufern kein Bündnis schließen und müßten sich mit Heinrich II. von England vertragen?) Aber Gott wollte auch, *nisi fallor*,

---

[269]) Epistola 71, MPL Bd. 211, Sp. 363 (Orden); GRABMANN, Methode Bd. 2, S. 121 f. (Frühscholastik).

[270]) De silentio clericorum c. 2 f., MPL Bd. 203, Sp. 947 ff. (Sprache); c. 10 Sp. 962 (Babel). Zu Ph.s Geistesart PETIT (o. Anm. 202) S. 129 ff.

daß diejenigen Sprachen ein besonderes Privileg der Ehrfurcht und Liebe genössen, in denen die Heilige Schrift geschrieben sei. Den alten Vätern sei zu diesem Zweck das Hebräische und das Griechische (anscheinend von Gott selbst) übergeben worden; aber beide Sprachen seien zu uns nicht lebendig, sondern nur gerüchtweise gekommen, „denn sie kommen sozusagen von weit her. So geben wir ihnen den Abschied und wenden uns zu dem uns gegenwärtigen Latein"[271]). Als Quintessenz der Entwicklung ergab sich also lateinisches Schweigen. Nur für einen Mönch war das kein Widerspruch in der Beifügung. Abälard und Andreas von St. Victor hatten sich vergebens abgemüht, Latein genügte, um alles Wesentliche zu verstehen; der Rest war Schweigen.

Kein Wunder also, daß 1199 der normannische Grammatiker Alexander von Ville-Dieu nur noch nebenbei hebräische Personen- und Ortsnamen und hebräische und griechische Eigentümlichkeiten der Deklination erwähnte und im Grunde Latein für die einzig wahre Sprache hielt: „Barbarische" Wörter sind lediglich eine *vocis corruptio ... Latinae*[272]). Der Eigenwert barbarischer Sprachen, den Petrus Heliae noch so stark akzentuiert hatte, wurde geleugnet; vor den aufblühenden Volkssprachen verschloß man den Blick. Aber wenn die Theologen und Grammatiker schon die historische Frage nach den Wurzeln der Gegenwart nicht mehr stellten, konnten sie denn ernstlich wie Hrabanus Maurus glauben, die lateinische Kirche sei „heute" über die ganze Welt hin ausgedehnt?

So hat der wallonische Zisterzienser Alanus von Lille (ca. 1120–1202), der in seinem Predigt-Traktat nicht auf Fragen der Sprache einging, in der Tat das Pfingstwunder ausgelegt: In der Kirche herrschen heute alle Sprachen, sie hat die Erde erobert. *Ecclesia eleganter dicitur orbis terrarum, quia et per universum orbem dispersa et de diversis partibus mundi congregata*[273]). Dann verschwimmen freilich alle Unterscheidungen, wenn Gott alles unmittelbar leitet. Alanus pries 1182/3 den Schöpfer, der alles ordnet und dem Dichter die Worte, dem Stummen Sprache geben kann; nicht wie bei Bernhard Silvestris, nicht durch eigenes Mühen lernt das Kind sprechen, und zwischen Erkenntnis und Sprache steht kein Mißklang: *lingua ... mentis fidelis manus*[274]). Was Adam von St. Victor noch ersehnte, ist schon Wirklichkeit. *Verbum* und *vox*, innere Stimme und

---

[271]) Epistola 17, MPL Bd. 203, Sp. 154.

[272]) Das Doctrinale des A. de V., hg. Dietrich Reichling (Monumenta Germaniae Paedagogica 12), Berlin 1893: v. 30 ff. S. 8 (Deklination); v. 2371 S. 157 (barbarisch). Dazu Robins, Grammatical Theory 75 f.

[273]) Sermo I de Spiritu sancto, MPL Bd. 210, Sp. 222. Zum Predigt-Traktat Roth, Predigttheorie 36 ff.

[274]) Anticlaudianus, hg. Robert Bossuat (Textes philosophiques du moyen âge 1), Paris 1955: V, 302 S. 132 (Schöpfer); II, 409 S. 84 (Kind); II, 378 f. S. 84 (lingua). Dazu G. Raynaud de Lage, Alain de Lille, poète du XIIe siècle (Université de Montreal, Publications de l'Institut d'études médiévales 12), Montreal-Paris 1951, S. 77 ff.

gesprochener Laut, mögen sich unterscheiden wie auch Naturlaute und artikulierte Sprache; aber alle dienen demselben Ziel. Die Naturlaute ähneln den von der natürlichen Vernunft, etwa von heidnischen Philosophen, vorgebrachten Meinungen; die artikulierte Rede ist das Wort der Propheten oder Johannes des Täufers, nach Gottes *beneplacitum*[275]). Wir konstatieren die vollständige Wendung des französischen Denkens von Abälard zu Alanus, von der Sprachlogik zur Sprachmystik; am Wendepunkt stand die victorinische Neigung zur Historie. Wieder wie bei Joachim von Fiore sind mit Hilfe historischer Betrachtung geschichtliche und vernünftige Ordnung aufgehoben, das heißt bewahrt und überwunden; das neue Menschenbild enthält nun auch die Geschichte, aber der Mensch selbst muß hinaufgesteigert werden. Eine neue Stufe schien in der geistigen Entwicklung der Romania erreicht, die weit über alles Irdische hinausdrang. Blieb nur die Frage, ob sich von der freischwebenden Spiritualität die Wirklichkeit noch bewältigen ließ.

Die Bilanz des 12. Jahrhunderts ist trotz aller Buntheit der Erscheinungen für unser Problem ziemlich einfach. Die in diesem Zeitraum allenthalben versuchte rationale Deutung des Menschen und der Welt richtete sich, soweit sie international und von Franzosen inspiriert wurde, nicht zuerst auf so archaische Formen wie Völker und Sprachen, auch nicht so sehr auf den universalhistorischen Hergang. Sie konnte sich fast durchweg noch der überall blühenden, den Volksdialekten an Ausdruckskraft und Schmiegsamkeit weit überlegenen lateinischen Sprache bedienen, die zu Ende des Jahrhunderts so sehr gepriesen wurde[276]). Umgekehrt suchte die geschichtliche Besinnung, soweit sie national gebunden war, lediglich für das eigene Volk, bisweilen für die eigene Sprache eine Legitimation und fand sie eher in einheimischen oder antiken als in biblischen Stoffen; sie war wenig am Ganzen interessiert und lernte sich zunehmend besser die Volkssprache als Ausdrucksmittel gefügig zu machen; hie und da, in Süditalien, in Wales, in Böhmen, in Deutschland, flackerte bereits der kämpferische Stolz auf die Muttersprache auf. Zwischen beiden Bestrebungen stehen die anfangs vorwiegend deutschen Versuche, die ganze Welt heilsgeschichtlich zu begreifen; in ihnen lebte noch das Gros der frühmittelalterlichen Anschauungen fort. Eine Annäherung der rationalistischen Tendenzen an die historischen bahnte sich an, sobald man mit ganzer Konsequenz und ohne Rücksicht auf die hergebrachten Denkschemata den Menschen analysierte; dann fand man am Grunde seines Wesens auch die Geschichtlichkeit. Abälard, Johann von Salisbury, Hildegard von Bingen und Andreas von St. Victor bemühten sich, die babylonische Barriere zu durchbrechen und das fortdauernde

---

275) Sententiae c. 26, MPL Bd. 210, Sp. 243 f.

276) Joseph de Ghellinck SJ, L'essor de la littérature latine au XIIe siècle (Museum Lessianum, Section historique 5), Bd. 2, Brüssel-Paris 1946, S. 204 ff., 312 ff.

Wesen der Sprachen und Völker mit ihrer Geschichte, mit der Katastrophe von Babel in ein vernünftiges Verhältnis zu bringen. Der Mensch als geschichtliches, in seiner Geschichtlichkeit immer gleiches Wesen, mit seinen natürlichen und vernünftigen Fähigkeiten und dem von Gott gegebenen Schicksal erschien als Träger der Sprachen und Völker, auch der Kirche Gottes. Je mehr freilich in der zweiten Jahrhunderthälfte an die Stelle der Geschichtlichkeit das positive historische Faktum gesetzt wurde, desto fragwürdiger wurde es, ob wirklich der Mensch das Maß aller Dinge sei. Konnte die theoretische Erkenntnis seines Wesens die verworrene Wirklichkeit erklären und vor allem verändern? Ließ sich die geschehende Geschichte ins System fassen, konnte sich auf dieser Erde Macht mit Geist verbinden? Oder sollten Joachim und die asketischen Mönche recht behalten, daß das neue Säkulum die Epoche der reinen Geistkirche, der Mönche würde, die sich im ekstatischen Schweigen über Geschichte und System, ja über den Menschen erhoben?

8. Scholastik und Volksglaube im 13. Jahrhundert

Den Propheten gab die Geschichte nur zum Teil recht. Das Imperium zerfiel, wie es Hildegard von Bingen vorausgesagt hatte; aber die Kirche schlug in der Epoche zwischen dem Regierungsantritt Innocenz' III. und dem Tod der drei größten Hochscholastiker nicht den von Joachim von Fiore gewiesenen Kurs zur reinen Geistkirche ein. Die moralisch-asketische Tendenz selbst verwies sie zurück auf die Welt und ihre Realitäten, und die Umstände halfen nach. Der englisch-französische Krieg und die ihm folgende Ermattung, der staufisch-welfische Thronstreit in Deutschland, die Aktivität des jungen Papstes und der Elan der neuen Bettelorden ließen die Papstkirche als weltbeherrschende Macht hervortreten. Die Staaten Europas gewöhnten sich mehr oder minder daran, in einer Gemeinschaft Gleichberechtigter zu leben, deren historisch gewachsene Vielfalt von der erneuerten Kirche geistlich zusammengefaßt wurde; die nationalen Rivalitäten traten noch einmal zurück. Macht und Geist schienen sich zu begegnen, in einem Austausch über die Grenzen hinweg, der noch der nachträglichen Darstellung die durchgehende Gliederung nach Nationen verbietet; sein Medium war das nüchterne und klare Latein der Scholastiker und Kanonisten, eine Sprache ohne die emotionale Tiefe des 12. Jahrhunderts, aber verständig und verständlich. Ihrer bemächtigten sich die Mönche, die keineswegs schwiegen, sondern mehr denn je predigten und dozierten; mit ihrer Hilfe faßten sie die verwirrend vielgestaltigen Meinungen des 12. Jahrhunderts zusammen in abgeklärte enzyklopädische Werke. Ihr Ziel war die Weltdeutung, nicht mehr um das vielschichtige Wesen des Menschen zu erklären, sondern um die Welt auf Gott hinzuordnen. Die Geschichte und die Probleme der Sprachen und Völker erhielten ihre Stelle im System, aber sie gaben nicht den Grundton an. Die Laien aller Länder schienen sich in die internationale Front der Mönche einzureihen, vor allem, solange noch die ritterliche Schicht den Ton angab und auf ihre Art die Welt geistig zu ordnen strebte; sie klärte dabei auch Form und Gehalt der Volkssprachen, die vom Lateinischen Rationalität und Präzision erlernten und sich noch nicht abzuschließen wagten[1]).

Freilich war dieser hochragende, scheinbar so harmonische Bau auf schmaler Basis errichtet und bald von tiefen Rissen bedroht. Zwischen den Mönchen selbst, zwischen Dominikanern und Franziskanern taten sich die alten Spannungen zwischen Rationalismus und Historismus erneut auf. Gefährlicher noch für die gedankliche und die geschichtliche Erfassung des Hiesigen: Der Mongolensturm und die Asienmission stießen das alte geographische und ethnographische Weltbild um, und zugleich rief der mönchische und mystische Spiritualismus von neuem zur Flucht nach oben, hinaus aus der chaotischen Sphäre des Irdischen und Menschlichen, der Sprachen und Völker. Sie blieb dann anderen Schichten überlassen, den wundergläubigen Predigern, die daraus ihre Beispielfiguren zogen, den ritterlichen Laien, die sie in eine geordnete Scheinwelt voller Fiktionen übersetzten, den Bürgern, die sich fromm, derb oder ironisch in ihr einzurichten begannen.

Zunächst triumphierte allerdings die Ordnungsenergie des Papsttums, das über Kirchenreform und Kirchenrecht weit hinaus das Gewordene und das Werdende, Historik und Dialektik betreute und in allen Ländern Europas Helfer fand. Innocenz III. (1160/61–1216), in dessen Machtbereich und Gedankenkreis die Ecclesia universalis verwirklicht schien, verkündete schon durch seine Wortwahl die Absicht zu rationaler Ordnung von Welt und Geschichte, wenn er Ende 1199 oder Anfang 1200 nicht mehr von einer *confusio*, sondern von der *divisio* der Sprachen zu Babel redete: Gottes Eingreifen verwirrte das Irdische nicht, sondern fügte es neu und gab ihm seine immanente Harmonie zurück. Sie war gestört worden durch die Assyrer Belus und Ninus und durch Nimrod, von dem die verruchte weltliche Herrschaft ihren Ausgang nahm; er hatte den älteren frommen *sacerdos ecclesie* Noah verdrängt[2]). Es war,

---

[1]) Charles William PREVITÉ-ORTON, A History of Europe, From 1198 to 1378 (Methuen's History of Medieval and Modern Europe 3), 3. Aufl., London 1951, S. 1 ff., 18 ff., 34 f.

[2]) Regestum Innocentii III papae super negotio Romani imperii Nr. 18, hg. Friedrich KEMPF SJ (Miscellanea Historiae Pontificiae 21), Rom 1947, S. 49 f. Die Sieneser Fassung von Nr. 18, ebenda S. 410, enthält nichts über Babel und Nimrod. Zu I.s Gedanken Friedrich KEMPF SJ, Papsttum und Kaisertum bei Innocenz III., Die geistigen und rechtlichen Grundlagen seiner Thronstreitpolitik (Miscellanea Historiae Pontificiae 58), Rom 1954, S. 280 ff.

wie Innocenz noch als Kardinal geschrieben hatte, die menschliche *superbia*, die *turrem evertit et linguam confundit*; sie stiftet Verwirrung und stürzt ihren Turm gleich selber um[2a]). Aber Gottes Gegenzug verwirklicht sich nicht erst in dem langsamen, undurchsichtigen Ablauf der Geschichte, sondern sofort: er macht aus der *confusio* eine *divisio*, und seine Kirche, sein Stellvertreter auf Erden tut es ihm gleich.

Demgemäß empfand Innocenz die Sprachentrennung nicht als offene Wunde, wenn die Differenzen nicht die Einheit des Glaubens gefährdeten. Auf dem Laterankonzil verlor der Papst 1215 kein bedauerndes Wort darüber, daß in vielen Gegenden *permixti sunt populi diversarum linguarum*, die im Glauben eins, aber in Sprache und Ritus getrennt sind. Seit 1204 stand ja Byzanz unter lateinischer Herrschaft und päpstlicher Aufsicht. Nun sollte der Gottesdienst in der betreffenden Ortssprache gehalten werden; die Bischöfe mußten für sprachenkundige Priester sorgen[3]). Damit war wohl auch der griechisch-unierte Ritus gebilligt, in der Hauptsache zielte die Bestimmung auf die Predigtsprache. Die Sprachenverwirrung wurde beinahe durch einen päpstlichen Verwaltungsakt beseitigt; Innocenz versuchte nicht, sie gewaltsam in einer, der lateinischen Sprache aufzuheben, sondern nur, Getrenntes übersichtlich zu ordnen, so wie die Arbeit des Konzils in genau 70 Canones zusammengefaßt wurde.

Auch Gott greift in die Geschichte zuweilen akzentuierend ein. So beruht Italiens Vorrang vor sämtlichen Ländern auf einer *dispositio divina*; und wenn Deutsche die Reichsrechte in Spoleto wahren wollen, sind sie nach Jer. 5,15 den Assyrern ähnlich, ein robustes Volk aus der Ferne, „dessen Sprache ihr nicht versteht"; Gott prüft durch sie die Papsttreue der Spoletaner. Wo aber die Kirche Gottes in ihrer Macht nicht angetastet wird, ist ihr Geist nicht grau und einförmig; die Braut Christi strahlt nach dem 44. Psalm im Glanz verschiedener Farben, das heißt Riten; und diese Mannigfaltigkeit ist schön. *Consuetudinum quippe diversitas deformitatem in sancta ecclesia non inducit*[4]). Gregor I. behielt recht gegen Gregor VII. Die Welt war, im Geistlichen wenigstens, gut und bedurfte keiner Revolution. Die kurz vor 1200 entstandene Pfingstsequenz, die später Notkers Hymne im Römischen Meßbuch ersetzt hat, rief gefühlvoll den Heiligen Geist an als Vater der Armen, Geber der guten Ga-

---

[2a]) De miseria humane conditionis II, 32, hg. Michele Maccarrone (Thesaurus Mundi), Lugano 1955, S. 65.

[3]) Laterankonzil c. 9, Mansi, Concilia Bd. 22, S. 998; auch im Corpus iuris canonici, Liber Extra I, 31, 14, Friedberg (o. S. 644 Anm. 80) Bd. 2, S. 191 f. Dazu Grentrup, Muttersprache 301 f.; Helene Tillmann, Papst Innocenz III. (Bonner historische Forschungen 3), Bonn 1954, S. 218, 299 f.

[4]) Epistola I, 401, MPL Bd. 214, Sp. 377 (Italien); I, 56 Sp. 331 (Deutsche; dazu Kirn, Nationalgefühl 18); XII, 67, MPL Bd. 216, Sp. 73 f. (diversitas).

ben, Licht der Herzen. Von der sprachlichen Wiedervereinigung einer entzweiten Welt vernahm man nichts[5]).

Man weiß nicht genau, ob diese Sequenz von Innocenz selbst gedichtet wurde oder von seinem Freund, dem Pariser Professor und nachmaligen Kardinal-Erzbischof von Canterbury, Stephan Langton (ca. 1150–1228). Langton berührte in seinem vor 1206 verfaßten Genesiskommentar die Frage der Sprachen- und Völkervielfalt nicht, so sehr er sich um die Verlebendigung der Bibel bemühte und obwohl er sich zu diesem Zweck hebräische Kenntnisse aneignete[6]). Doch die Verfechter der kirchlichen Einheit mußten sich eines Tages fragen, ob nicht auch in der *varietas* des Irdischen jenseits der Kirchenmauern die wohlüberlegte Planung Gottes verborgen lag. Eine Glosse des walisischen Kanonisten Alanus Anglicus, der in Bologna lehrte, suchte um 1208 das Geschiedene zusammenzudenken: Unter der Ebene des *unum corpus ecclesiae* sollte die *divisio regnorum* walten, denn sie sei vom Papst gebilligt und *de iure gentium* – gemeint ist der Passus Hermogenians in den justinianischen Digesten[7]). Zumindest die staatliche Vielfalt ist also ursprünglich. Der antideutsche, gegen das Kaisertum gerichtete Affekt, der hinter dieser Äußerung stecken mag, förderte die Anerkennung staatlicher Sonderungen; solange der Papst über ihnen stand, war die Ordnung gesichert.

Schwerer als die Staaten ließen sich die Sprachen für eine klare Abgrenzung irdischer Bereiche verwenden; man war ihrer Eigenart nicht sicher. Immerhin bemühte sich zu Beginn des Säkulums Magister Eberhard von Béthune (gest. ca. 1212) mehr als Alexander von Ville-Dieu um Übersetzungsprobleme, auch wenn er selbst kein Griechisch konnte; ein ganzes Kapitel seiner Grammatik handelt von lateinischen Namen, die aus dem Griechischen stammen[8]). Auf diese Weise ließen sich die verschiedenen Idiome allmählich in ein allgemeines und doch lateinisches System einbeziehen, so wie die Ketzer, gegen die Eberhard einen Traktat schrieb, sich der kirchlichen Einheit würden fügen müssen. Aber das deskriptive Verfahren war mühselig und langwierig und gab für eine tiefere Deutung vorerst noch wenig her; wo war im Dickicht der Grammatik Gott zu finden? Die Theologen, vorab in Frankreich, brauchten nicht erst auf

---

[5]) Missale Romanum, Dominica Pentecostes, Veni sancte Spiritus, bei Dreves-Blume, Hymnendichtung Bd. 2, S. 160. Zur Verfasserfrage Jungmann (o. S. 519 Anm. 114) Bd. 1, S. 560 f.

[6]) In Genesim, Handschrift Oxford, Trinity College, Cod. 65, f. 33vb – 34ra (Mitteilung von Miss Beryl Smalley-Oxford); Datierung nach Georges Lacombe – Beryl Smalley, Studies on the Commentaries of Cardinal Stephen Langton, in: AHDL 5 (1930) 5–220, hier S. 163. Zur Charakteristik Smalley, Study 235 ff.

[7]) Zitiert nach Mochi Onory (o. S. 645 Anm. 82) S. 7 f., 192, 235, 268. Zur Vorlage s. o. S. 292 Anm. 1.

[8]) Graecismus c. 8, hg. Johann Wrobel (Corpus grammaticorum medii aevi 1), Breslau 1887, S. 26 ff. Dazu Manitius, Literatur Bd. 3, S. 748 ff.

Ergebnisse zu warten; sie wußten, daß die Sprachen ins theologische Gebiet hineinragten, und klassifizierten sie auf ihre Weise. So dozierte wohl vor 1218 der Pariser Benediktiner-Professor Johann Algrin von Abbéville (gest. 1237), später römischer Kardinal: Manche Sprachen vergingen wegen des Stolzes von Babel; das sind zugleich urbildlich die Reden derer, die murren und schmeicheln, die lügen und sich brüsten. Andere Sprachen öffneten den Propheten und Aposteln die Einsicht in göttliche Wunder. Andere erschienen an Pfingsten als feurige Zungen[9]). In den Augen des Mönches war der geschichtliche Weg von Babel über die Propheten bis Pfingsten ein Weg hinaus aus der Welt; aber eben so erwies sich Gottes Lenkung der Sprachen und der Geschichte.

Ihr suchten die Welthistorien nachzuspüren, die nun, unter Philipps II. beruhigender Herrschaft, sogar in Frankreich entstanden. Die Weltchronik des Kanonikers Nikolaus von Amiens (1174– nach 1203), um 1203 zusammengestellt, ist ein erstes Zeugnis dafür. Selbständige Nachrichten brachte sie nicht; die 72 Generationen der Noachiden und ihre Aufteilung der vier Weltreiche, der Noachide und Philosoph *Jonithus*, *studens in astronomia*, die Noachidenführer aus Pseudo-Philo und manches andere war Petrus Comestor entnommen; die Völkertafel wurde recht konservativ erläutert. Gomer sind nur die Galater, nicht die Franzosen; Magog ist mit dem Zungenschlag des Remigius von Auxerre der Stammvater der Massageten, „das heißt Skythen"; *Jobel*, also Tubal, vertritt die Iberer und Spanier, Aschkenaz wieder nur die *regni*, die mißverstandenen Rheginer des Josephus. Aber es läßt doch aufhorchen, daß ein Franzose noch eingehender als Richard von Cluny die Völkerwelt studierte, vor allem, daß Nikolaus seiner Chronik eine Tafel der *LXXII gentes* einverleibte. Sie ist zwar dem „Chronicon Alexandrinum" entlehnt, geht also auf die Sprachenliste Hippolyts zurück, wagt aber doch einige Modernisierungen: *Germani qui et Teuthonici*, *Itthei qui et Romani*, *Ligures qui nunc Lombardi*. Bei den *Galli* war ein erläuternder Zusatz des Franzosen wohl unnötig, wenn er nur dafür Hippolyts Anhängsel, daß dies die Kelten seien, ausstrich. Ob Nikolaus aber wußte, daß seine *Sarasani* die Sarazenen, seine *Bifforanni* die Leute vom Bosporus, seine *Messi* die Mysier sind? Die nichteuropäischen Namen waren niemandem mehr recht geläufig; immerhin fand nun auch ein Franzose in der Völkertafel ziemlich alle Völker Westeuropas von Spanien und Britannien bis Ungarn *(Pannonii)*. Derselbe Nikolaus von Amiens wandte in seinen theologischen Werken eine mathematisch-deduktive Methode an, um den Glauben rational, ohne Bibelzitate, zu erweisen[10]). Diese rationale Ordnung, nicht ganz

---

[9]) Commentarium in Cantica Canticorum c. 7, MPL Bd. 206, Sp. 448 f.

[10]) Chronicon, Handschrift Biblioteca Apostolica Vaticana, Cod. Regin. lat. 454, f. 4va–5va (Mikrofilm benutzt); Edition der Sprachenliste unten Anhang I, S. 932 ff.

so geometrisch, fand sich in der Geschichte, wenn nicht der Sprachen, dann doch der Völker wieder.

Der Prämonstratenser-Prior Robert von Auxerre (1156–1212) beklagte in seiner bis 1211 geführten Weltchronik bereits, daß seine Vorlagen viel Belangloses, Unstimmiges und Widersinniges enthielten. Er suchte das rational Wahrscheinliche begreiflich zu machen und kam zu dem überraschenden Schluß Frechulfs, daß man die Turmbauer von Babel eigentlich nicht verurteilen könne; sie seien *ineruditi et ideo inobedientes in calamitates incidentes ... et inde ad maiorem superbiam progressi*. Die psychologische Deutung, die Aufklärung mit Wohlverhalten gleichsetzt, belastet den listigen Anführer Nimrod mit fast aller Schuld; die Mitläufer – und das war die ganze Menschheit – wußten nicht, was sie taten. War so schon die Sprachverwirrung beinahe entschuldigt, so blieb an der Völkerteilung erst recht kein Makel mehr, denn Gott teilte nach Robert die hebräische Ursprache erst in 72 Sprachen, nachdem die 72 Familien schon längst bestanden hatten; die Völker wurden wie bei Andreas von St. Victor von der Babelsünde nicht betroffen. Unter den Semiten und Japhetiten hatten sich auch Gottesverächter, unter den Hamiten auch treue Gottesdiener befunden; aber dennoch lohnte Gott prozentual: Der stolze Zeitgenosse Philipp Augusts vertauschte die Generationszahlen der Noachiden, gewiß nicht aus purem Versehen, und zählte 30 Japhetiten, 27 Hamiten und 15 Semiten. Europa stand obenan, und hier Frankreich; denn Priamus, ein Nachfahre Antenors und der nach den mäotischen Sümpfen gewanderten Trojaner, war der erste Frankenkönig[11]). Hier, bei den Trojanern, pflegten die volkssprachlichen Geschichtswerke, etwa die Reimchronik des Philipp Mouskès, erst zu beginnen, und auch Robert stellte den Zusammenhang zwischen Antenor und Noah nicht her; aber er umgab die Besonderung der Völker und Sprachen doch mit einem allgemeinen Glorienschein gottgewollter und zeitloser Ordnung.

Die wahren Historiker sahen näher zu und schilderten die Fülle des Vergangenen, nicht die Parallelen zum Jetzigen. Die bis 1219 reichende Weltchronik eines Anonymus aus Laon sichtete und ordnete die Traditionen, aber auch sie gab sich nicht mit der Bibel zufrieden. Die Pseudo-Klementinen berichteten von der einen, durch Gott geschenkten hebräischen Ursprache, Pseudo-Methodius und Comestor erzählten von den 72 Generationen der Noachiden, von dem Astronomen *Jonithus* und den Anschlägen des Hamiten Nimrod, der kein Semit gewesen sei, von Cham, der im Alter *alterato nomine Zoroastres* hieß, die Zauberei erfand und von dem Götzenbildner Ninus be-

---

Zu N.s Theologie GRABMANN, Methode Bd. 2, S. 471 ff.; Palémon GLORIEUX, L'auteur de l',,Ars fidei catholicae", in: RTAM 23 (1956) 118–122.

[11]) Chronologia seriem temporum et historiam rerum in orbe gestarum continens, hg. Nicolaus CAMUZAEUS, Troyes 1608, f. 4v–10r.

siegt wurde. Die Zänkereien der Noachiden kannte man aus Pseudo-Philo, die Abfolge der Weltreiche von Comestor, die Höhe des Babelturms aus der Sibylle. Die Splitter der Überlieferung vereinten sich zum plastischen Bild einer wildbewegten Epoche. Um so einprägsamer ist nun erst der Kontrast zur zeitgenössischen Ordnung. Seiner sprachlichen Gegenwart widmete der Anonymus das lebhafteste Interesse und ließ kein Vorurteil und keinen Vorrang gelten. Von einer in Frankreich lebenden Einsiedlerin sagte das Volk, sie sei eine Schottin, da sie, wenn überhaupt, dann nur barbarisch grob rede. Der Chronist ließ sich nicht abschrecken und erfuhr von der Klausnerin selbst, daß sie aus England kam. Die barbarische Sprache, die der Autor also verstand, unterstrich nur die wundertätige Heiligkeit der Rekluse. Auch dem Deutschen Barbarossa war der Anonymus nicht gram, wenn er bei Verhandlungen mit Papst und Lombarden Dolmetscher benutzte. Alle Sprachen galten gleich, ebenso alle Stammbäume. Lächelnd erzählte der Autor von dem schlagfertigen Kanoniker, den der Erzbischof Heinrich von Reims, Philipp Augusts Onkel, wegen seiner niederen Herkunft schmähte; er erwiderte: „In der Arche Noah waren meine Vorfahren nicht weniger adlig und mächtig als deine". Vielleicht hatte der Witz noch eine besondere Spitze. Erzbischof und Kleriker hätten also nicht denselben Noachiden zum Ahnherrn? Der Mächtigste und Edelste unter den dreien war, nach Comestors Darstellung, Japhet. Der Erzbischof jedoch war ein Bruder König Ludwigs VII., also vom trojanischen Stamm. Sollte der Kleriker oder der Chronist so boshaft wie Nemnius die Trojaner zu Hamiten gestempelt und Rigords offiziöser Genealogie der Franzosen mißtraut haben? Jedenfalls hielten beide, der Kanoniker und sein Chronist, nichts vom trojanischen Hochmut, und so waren plötzlich Völkertafel und Babelturm auch in Frankreich aktuell geworden[12]).

Sogar eine bald weit verbreitete volkssprachliche Kompilation zur Weltgeschichte, für den Ritter Roger von Lille aus Comestors Werk übersetzt und durch einheimische Sagen bereichert, erzählte um 1220 im wallonischen Bereich von den heute noch gültigen Namen, die Adam den Tieren gab, von der Verteilung der Erde und dem Turmbau zu Babel. Freilich ging sie den Traditionen nicht auf den Grund; die „Historia Brittonum" lieferte ihr anschauliche Details von der Italienreise des Aeneas, von seinem Bruder *Friga*, dem ersten Franzosen, von Brutus, dem ersten römischen Konsul und Gründer Britanniens, und währenddessen versäumte es der Autor, die Trojaner an die Bibel

---

[12]) Chronicon universale anonymi Laudunensis, Handschrift Berlin, Deutsche Staatsbibliothek, Ms. Phill. 1880, f. 2r–3v (Babel), (Mikrofilm benutzt; Herr Dr. Helmut BOESE-Berlin verhalf mir freundlich dazu); dasselbe, hg. Alexander CARTELLIERI – Wolf STECHELE, Leipzig-Paris 1909: a. 1212 S. 68 f. (Schottin); a. 1169 S. 13; a. 1182 S. 31 (Barbarossa); a. 1175 S. 24 (Arche Noah).

anzuknüpfen[13]). So gern man die Stetigkeit der Weltgeschichte bewunderte, Babel stand in ihr wie ein erratischer Block und war von einem unheimlichen Fluidum umgeben. Der Franzose Berengar, vielleicht ein Benediktiner aus dem wallonischen Raum um Lüttich, schrieb zu Anfang des Jahrhunderts nach Honorius von Autun in französischen Versen zusammen, was man vom Antichrist wußte; und obgleich das Poem nach Berengars Angabe im fernen, fremden Polen entstand, war ihm Babel nicht die Stadt, wo die Sprachen entsprangen. Aus Babylon kommt der Antichrist,

En cele grant cité u Tors Babel esta,
Que fisent li gogant; dusques as nues bat.

Anfang und Ende der teuflischen Verwirrung berühren sich in Babel; zwischen den Giganten und dem Antichrist mochte man Gottes Weltgliederung nicht einordnen[14]).

Einfachere Geister erwärmten sich mehr an den zeit- und schwerelosen Wundern der Erde als an Problemen der kulturellen und genealogischen Kontinuität und der Sprachengeschichte. Die reizende Novelle von Aucassin und Nicolette erzählte um 1220 sehr ritterlich die abenteuerliche Geschichte eines französischen Grafensohnes und seiner blonden Geliebten, einer kriegsgefangenen Sarazenin *d'estrange terre*, die aus Karthago stammt und von einem „Sachsen" abgekauft ist. Wir hören nicht, wie Sarazenen zu blondem Haar kommen, in welcher Sprache sich die Liebenden unterhielten, wie sie sich mit den Bewohnern des Fabellandes *Torelore* verständigten, in welchem Idiom Nicolette von den Sarazenen erfuhr, daß sie die Tochter des Königs von Karthago sei[15]). Schönheit und Anmut blühten immerhin auch in Afrika, und polyglotte Bildung verstand sich vielleicht für Grafen- und Königskinder von selbst. Denn noch immer gehörte es zum französischen Ideal feiner ritterlicher Erziehung, gewandt in fremden Zungen zu parlieren[16]). In einer Chanson de geste dieser Zeit tritt ein Herzog von Nevers auf, der Französisch, Deutsch, Lombardisch, Spanisch, Poitevinisch und Normannisch spricht. Die Romanen

---

[13]) Histoire ancienne jusqu'à César, teilweise hg. Paul Meyer, Les premières compilations françaises d'histoire ancienne, in: Romania 14 (1885) 1–81, hier S. 38, 44, 47, 54. Dazu G. Raynaud de Lage, L'Historia Britonum source de l'Histoire ancienne jusqu'à César, in: RMAL 4 (1948) 275–278; Cary, Alexander 37.

[14]) Version de Berengier v. 15 f., hg. Emanuel Walberg, Deux versions inédites de la légende de l'Antéchrist en vers français du XIIIe siècle (Skrifter utgivna av Kungl. Humanistiska Vetenskapssamfundet i Lund 14), Lund 1928, S. 63. Dazu ebenda S. LIV f., LXX f.

[15]) Aucassin et Nicolette, hg. Mario Roques (Les classiques français du moyen âge), 2. Aufl., Paris 1929: 2, 29 ff. S. 1 (estrange terre); 28,9 ff. S. 29 f. (Torelore); 36,2 ff. S. 34 (Karthago).

[16]) Ernst Rust, Die Erziehung des Ritters in der altfranzösischen Epik, Diss. phil. Berlin 1888, S. 17 ff. mit Belegen; Otto Henne am Rhyn, Geschichte des Rittertums, Leipzig 1893, S. 55 f.

verstehen einander nicht mehr; die Sprachräume sind kleiner geworden, und selbst der Herzog beherrscht kein Arabisch mehr. Man begreift, daß nur der Gesandte und Dolmetscher zwölf Sprachen spricht[17]) und warum ein wenig jüngerer Abenteuerroman die Dolmetscher, *latimiers*, überschwenglich preist, die alle Sprachen können[18]). Eine andere Chanson meldet zwar auch von Karl dem Großen, er meistere *tous les latins*; aber als er verkleidet im Palast des Sarazenenkönigs auftritt, spricht er Griechisch, nicht Arabisch[18a]). Gehört das Arabische nicht mehr zu den Sprachen der Erde? In den Erzählungen vom Sagenhelden Huon von Bordeaux um 1220 beherrscht nur noch Huons Begleiter das Sarazenische, nicht mehr der Ritter selbst; aufatmend begrüßt dieser in einem orientalischen Schloß ein Fräulein, das in Frankreich geboren ist und Huons Muttersprache kennt[18b]). Die Vorliebe für die Muttersprache drängt sich neben das Postulat der Vielsprachigkeit.

Übermenschliche, unbegrenzte Sprachkenntnisse zieren nicht mehr die Helden der Sage, nur noch die Heiligen Gottes, aber auch die Kunde davon wird zum Märchen. Graindor von Douai beschreibt uns die Eroberung Jerusalems im ersten Kreuzzug und zeigt uns den Saal, wo Gott die Apostel 99 Sprachen lehrte[18c]). Die herkömmliche Zahl 72 wird übersteigert, vielleicht weil das Volkslied von der Krönung Ludwigs des Frommen 99 Reiche erwähnte, sicher weil die Weisheit der Apostel ins Unfaßliche gerückt werden soll. Im französischen Alltag, selbst dem der Frommen unter den Laien, ging es bescheidener zu. Der südwestfranzösische Trobador Peire von Corbiac (gest. um 1260) kannte zwar die Traditionen, und sein Lehrgedicht unterrichtete die Laien, daß Gott einst den Menschen bei ihrem widergöttlichen Turmbau die Sprachen verwirrt und sie an Pfingsten den Aposteln wieder geschenkt habe[18d]); doch vom betenden Christen fordert heute niemand die Sprachengnade der Apostel. Peire schrieb sein Marienlied getrost in der *lenga romana* nieder, weil jeder Mensch so beten solle, wie er am besten könne; romanisch oder lateinisch, mache keinen Unter-

---

17) Gaufrey, hg. François GUESSARD – Polycarpe CHABAILLE (Les anciens poètes de la France 3), Paris 1859: v. 9299 f. S. 279 (Nevers); v. 3758 S. 114 (Gesandter); dazu GAUTIER (o. S. 714 Anm. 244) S. 147 f.

18) Blancandin et l'orgueilleuse d'amour v. 39 f., hg. Henri Victor MICHELANT, Paris 1867, S. 2; dazu GAUTIER (vorige Anm.) S. 148.

18a) Gui de Bourgogne v. 1373, hg. François GUESSARD – Henri Victor MICHELANT (Les anciens poètes de la France 1), Paris 1858, S. 42; dazu KOLL, Langue 86.

18b) Huon de Bordeaux, hg. François GUESSARD – Charles Loizeau DE GRANDMAISON (Les anciens poètes de la France 5), Paris 1860: v. 6044 f. S. 181 (Begleiter); v. 4813 ff. S. 144 (Fräulein). Dazu KOLL, Langue 98.

18c) La conquête de Jérusalem v. 875 f., hg. Célestin HIPPEAU (Collection des poètes français du moyen âge 6), Paris 1868, S. 38; dazu KOLL, Langue 110.

18d) Le Trésor, hg. Carl SACHS, Brandenburg 1859: v. 219 ff. S. 17 (Babel); v. 459 ff. S. 24 (Pfingsten). Dazu KOLL, Langue 170.

schied[18e]). Die Bürger würden bald auch draußen vor der Kirche die Sprachenkenntnis weniger hoch schätzen als die Geistlichen und die Ritter. Schon war sie nicht mehr durchaus ein Ruhmestitel; nach dem Vorbild des „Ysengrimus" traute der „Roman de Renart" nur dem hinterlistigen Fuchs die Beherrschung mehrerer Idiome zu[18f]). Immerhin, im Umkreis Europas fanden sich die Franzosen besser zurecht als Peire Cardenal, zumal ihre Sprache fast überall verstanden wurde. Noch konnten sie das Verständliche mit dem Allgemeinen verwechseln, ohne die Einengung des Horizonts zu bemerken, noch konnten sie ihre gegenwärtige Ordnung auch in der Weltgeschichte gespiegelt finden, ohne auf die Kluft zwischen Adam und den französischen Trojanern, zwischen Karl dem Großen und den Sarazenen, zwischen Latein und Französisch zu achten.

Bei den Engländern überlagerten sich die Strömungen anders. In den Jahren König Johanns Ohneland verstummte die patriotische Begeisterung der Kleriker; der Jammer des Irdischen faßte sie an, sobald sie über die Küsten der Insel hinaussahen. Der Domkanoniker Simund von Freine (vor 1147– nach 1216) malte in seiner französischen Bearbeitung von Boethius' Trost der Philosophie die Meditationen Alfreds des Großen düster aus: Der Ruhm hat keinen Raum, weil die Sprachen zu verschieden sind. Ein Volk spricht griechisch, eines hebräisch, eines lombardisch, eines *franceis u latin*. Mag hier auch das Französische noch der abendländischen Bildungssprache gleichgesetzt sein, man versteht sich sogar in der nächsten Nachbarschaft Westeuropas nicht mehr: Die Spanier begreifen die Bretonen nicht, Schotten und Dänen reden anders als die Engländer. Zu alledem sind sämtliche Idiome dem ständigen geschichtlichen Wandel unterworfen; es gibt auf Erden nichts Umfassendes und Beständiges[18g]). Die Schuld daran trägt die nachwirkende Geschichte; sie bietet dem Bedrängten kein Asyl. Auch die alten Zeiten waren schon voller Mühe und sinnloser Plage. Ein englisches Psalterium aus dieser Periode zeigt den Turmbau von Babel im Bilde. An einem einfachen Bergfried mühen sich die Maurer mit hektischem Eifer; nur ein abgewandter Arbeiter hebt warnend den Finger, als sähe er das Unheil[19]). Die Geborgenheit in der Gegenwart wurde durch Kirchenbann und Interdikt gleichfalls gestört. So be-

---

[18e]) Domna, dels angels regina, hg. Karl BARTSCH – Eduard KOSCHWITZ, Chrestomathie provençale (Xe–XVe siècles), 6. Aufl., Marburg 1904, S. 231; dazu KOLL, Langue 168.

[18f]) Le roman de Renart V, 296, hg. Ernest MARTIN, Bd. 1, Straßburg-Paris 1882, S. 168; dazu nicht ganz treffend KOLL, Langue 103.

[18g]) Le roman de philosophie v. 945 ff., hg. John Ernst MATZKE (SATF), Paris 1909, S. 35; dazu KOLL, Langue 102.

[19]) Abbildung bei BRANDT, Arbeit Bd. 1, Tafel II bei S. 240, nach Handschrift München, Staatsbibliothek, Cod. lat. 835.

sprach der auch exegetisch tätige Zisterzienser Radulphus Niger um 1206 nur die Heilsgeschichte und schrieb nur über Heber, der bei der Sprachverwirrung das Idiom seiner Väter behalten durfte; weder über die Völkerteilung noch gar über die Herkunft der Engländer verlor er dabei ein Wort[20]). Im Kern war die geistige Welt heil; der Grammatiker und Regularkanoniker Alexander Neckham (1157–1217), der Hebräisch konnte, versicherte, die *vox* sei nicht nur Luft, sondern schon im Gedanken vorhanden, also mit dem inneren *verbum* eins. Aber die Willkür der Menschen durchkreuzt alle systematische Ordnung; sie wollen immer zu hoch hinaus und müssen stürzen wie der Babelturm:

Ardua designat fastum Babilonica turris,
Firmiter ima sedent, alta repente ruunt.

Nur das Kleine, Demütige hat in diesem Wirbel Bestand[21]).

Wer dem englischen Königshaus näher stand, trug noch immer den traditionellen Optimismus zur Schau. Weltläufig gebarte sich der angebliche Enkel König Heinrichs II., Gervasius von Tilbury, der für den Welfenkaiser Otto IV. schrieb, aber in Reims, Bologna, Palermo und Essex gleichermaßen zu Hause war. Leibniz nannte seine 1214 abgeschlossenen „Otia imperialia" einen Sack voll lächerlicher Ammenfabeln; immerhin wußte er damit seine Ansichten recht wirkungsvoll auszustaffieren. Wer hatte zuvor im Abendland die orientalischen Formeln gehört, daß Gott, *ut tradunt Ebraei*, 72 Namen und der Gottesname 72 Buchstaben habe, daß es 72 Sorten von Edelsteinen gebe und dergleichen mehr? Die 72 Sprachen fügten sich in diesen Rahmen ein; die Übersetzer der „Septuaginta" waren in Wahrheit 72 Männer, sechs aus jedem Stamm Israels; man hat ihre Zahl nur gewohnheitsmäßig auf 70 abgerundet. Auch von den 72 Völkern wußte Gervasius; das eine Mal zählte er sie nach Augustin und Isidor zusammen; andernorts korrigierte er, ähnlich wie Robert von Auxerre, die Bibel und die Tradition, in diesem Fall Petrus Comestor: Die Krone der 30 Nachkommen erhielt nicht Cham, der Ahnherr des babylonisch-assyrischen Weltreichs, noch auch Japhet, der Vorfahr der Römer, sondern der fromme Sem, der wie bei Comestor zwei Imperien, dem medisch-persischen und dem makedonisch-griechischen, als Patron vorangesetzt wurde. Cham wurde auf 27 Nachfahren reduziert, Japhet behielt seine fünfzehn.

Gervasius huldigte nun aber nicht dem platten Symbolismus; er ließ diese harmonische Ordnung Gottes in der Frühzeit stehen und meinte, die meisten Namen der Völkertafel, ausgenommen etwa Griechen und Spanier, seien untergegangen; er versuchte keine einzige Modernisierung über Josephus

[20]) The Chronicles of Ralph Niger, hg. Robert Anstruther (Publications of the Caxton Society 13), London 1851, S. 3.

[21]) De naturis rerum I,20, RBSS Bd. 34, S. 65 f. (vox); De laudibus divinae sapientiae V, 961 f. S. 463 (Babel).

hinaus, war also konservativer als Nikolaus von Amiens. Auch die Zahl der nach der *natura climatum* verschiedenen *gentes* hat inzwischen die 72 überschritten, in Deutschland allein gibt es deren 54, die Zahl des Orosius, im ganzen vielleicht die 1000 des Jüngeren Arnobius, dessen eigenwillige Noachiden-Zählung indes nicht wiedergegeben wurde. Die Sprachen vermehrten sich nicht so schnell wie die Völker, wie das Beispiel der romanischen Sprachgemeinschaft, nach Haimo von Auxerre aufgefrischt, erweisen sollte. Hierbei verriet sich Gervasius. Unter den zitierten romanischen Völkern, bei denen sich nun auch Asturier und Basken einfanden, gab er nur einem ein Attribut mit: die *Franci* seien *feroces*. Seit Isidor, dem „Liber historiae Francorum" und dem „Chronicon Albeldense" war das nicht neu; bedeutsam war es trotzdem: Im selben Jahr, als Gervasius schrieb, unterlag Otto IV. mitsamt den Engländern den Franzosen bei Bouvines. Doch abgesehen von den Sprachen und Völkern blühte Gottes Welt nach wie vor; die Verschiedenheiten und ihre Symbolik schmückten die Harmonie des Ganzen[22]). Nur politisch ließen sich solche Entsprechungen nicht mehr ausmünzen. Nach 1216, in den inneren Wirren um Heinrich III. und die Magna Charta, vernimmt man solche zuversichtlichen Töne aus England erst recht nicht mehr.

Problematisch war dieser glatte Glanz symbolistischer Parallelen schon seit der Katastrophe von 1198 und dem staufisch-welfischen Thronstreit den Deutschen geworden, und wenigstens drei ihrer größten Dichter suchten tiefer zu schürfen. Walther von der Vogelweide (ca. 1160 – ca. 1227) hatte viele Lande gesehen und ihr Bestes gerne wahrgenommen; er lobte zwar seine Landsleute und deren Frauen und schrieb seinem Kaiser die ganze Erde zu, doch bei der Kennzeichnung der Sprachen stockte er und schied sorgfältig die *tiuschiu zunge*, zugleich das Volk und die Sprache bezeichnend, von den *fremeden zungen*, auch innerhalb der *kristenheit*, von *allen zungen* und von den *stimmen oder zungen* der Engel. Der Sänger nahm diese Unterscheidungen doch wieder zusammen zum Dienst an dem einen Gott, der alle, *kristen juden unde heiden*, erhält[23]). Walther reflektierte nicht über diese Unterschiede und erklärte sie nicht historisch, aber er sah sie und glitt nicht mehr darüber hinweg wie vor ihm so viele Theologen, Historiker und Dichter. Vor allem in der volkssprachlichen

---

[22]) Otia imperialia, hg. Gottfried Wilhelm Leibniz, Scriptores rerum Brunsvicensium, 3 Bände, Hannover 1707–11, hier Bd. 1, S. 970 (Gottesnamen), 1000 (Bibelübersetzer), 957 f. (Völker nach Augustin und Isidor), 908 f. (Völker und Weltreiche nach Comestor); MGH SS Bd. 27, S. 373 (natura climatum), 371 (54 Länder); Leibniz Bd. 1, S. 958 (Arnobius, Haimo).

[23]) Die Gedichte Walthers von der Vogelweide, hg. Carl von Kraus, 11. Aufl., Berlin 1950: 56, 30 f. S. 80 (lande vil gesehen; Lob der Deutschen); 12,6 ff. S. 14 (Hêr keiser . . . ir habt die erde); 9,8 S. 10 (tiuschiu zunge); 12,18 ff. S. 15 (fremde Zungen); 85,26 S. 120 (alle zungen); 7,28 f. S. 8 (Engelszungen); 22,16 S. 28 (Christen, Juden, Heiden).

Dichtung – wir erinnern uns des Nibelungenliedes – hatte man bisher in einer internationalen Märchenwelt gelebt. Keine Sprachengnade überbrückte die Differenzen; konnte es die Begabung des gebildeten Ritters noch?

Schärfer als Walther sah Gottfried von Straßburg zwischen 1205 und 1210, wie irreal die Märchenwelt ritterlicher Dichtung war, die keine Sprachschwierigkeiten zu kennen vorgab. Der Realist, den man den ersten bürgerlichen Dichter genannt hat, zertrat das Gespinst, ohne das christliche Wunder an seine Stelle zu setzen. Tristans Vater schickt den Sohn schon in jungen Jahren *durch vremede sprache in vremediu lant*, durch eigenen Fleiß lernt Tristan *so manege sprache*, Bretonisch, Französisch, Lateinisch, Norwegisch, Irisch, Deutsch, Schottisch, Dänisch; und Tristan ist kein Polyglotte um der Konvention willen wie die Mirabel der Chanson de geste, sondern aus Leidenschaft:

... wan ich gerne hæte erkant
unkunde liute und vremediu lant.

Tristan kann wie der Herzog von Nevers in der Chanson keine exotischen Sprachen, nur europäische, aber es sind die – übrigens erstaunlich genau voneinander unterschiedenen – romanisch-keltisch-nordischen Idiome von Tristans Sagenkreis, nicht etwa alle abendländischen. Die Neugier des Wissenwollens, der bürgerliche Fleiß und die Einsicht in die Realität einer sprachlich geschiedenen Welt widersprachen nicht nur den älteren Dichtungen, auch der zeitgenössischen Theologie: Die Welt ist vielgestaltig und dennoch keine Harmonie; man kennt nur Fragmente von ihr[24]).

Aber kann die Welt nicht wenigstens durch Willen und Vorstellung gesammelt werden? Das scheint eine der Fragen zu sein, auf die um 1200 bis 1210 der „Parzival“ Wolframs von Eschenbach (ca. 1170– ca. 1220) antwortete, nicht durch Geschichtsdenken, eher umgekehrt durch Planierung aller zwischen Ursprung und Gegenwart stehenden Hindernisse. Adam ist – diesmal ohne die selbstgefällige Galanterie Christians von Troyes – der Bezugspunkt; *sît Adâmes zît* ist dies und jenes nicht mehr geschehen, heute geschieht es wieder. Und Adam war der Meister der Sprache.

Unser vater Adâm
die kunst er von gote nam,
er gap allen dingen namn,
beidiu wilden unde zamn:
er rekant ouch ieslîches art.

Damals war offenbar die Sprache der Welt nur eine; welche, wurde nicht ge-

---

[24]) Tristan und Isold, hg. Friedrich RANKE, Berlin-Frankfurt/Main 1949: v. 2022 f. S. 26; v. 2236 S. 28; v. 2282 f. S. 29; v. 3690–3703 S. 47 (Sprachenkenntnisse); v. 3115 f. S. 39 (Neugier). Dazu Maria BINDSCHEDLER, Der Bildungsgedanke im Mittelalter, in: DVLG 29 (1955) 20–36, hier S. 27 f.

sagt. Doch schon unter Kain und Abel begann der Streit zwischen den Menschen, *alsô wert er immer sît*, und Babel bildete keine Epoche mehr. Der Turm von Babel war nur merkwürdig als *burc* mit der *groesten wîte nâch heiden worte strîte*. Bedeutungsvoller war das Auftreten des gewaltigen Herrschers Ninus; Noah und Nimrod kommen im „Parzival" nicht vor. Die Gliederung der drei Kontinente wurde nicht biblisch verbrämt; soweit sich auch die epische Geographie spannte, von Portugal bis Norwegen und von Irland bis Indien, biblische Namen wurden nicht zitiert. Auch Genealogien fehlten; obgleich fast zwei Drittel aller im „Parzival" genannten Helden miteinander versippt sind, kennen sie höchstens ihre Urgroßväter mit Namen. Zeiten und Namen besagen nicht viel; unter Parzivals Gegnern reitet als König Arabiens *Zarbastêr*, also Zarathustra.

Doch diese Welt ohne historische Tiefe, für die Adam erst gestern starb, ist mannigfach gegliedert; der Edle zeichnet sich dadurch aus, daß er diese Vielfalt überblickt und überbrückt. Es ist ein Zeichen der Barbarei, wenn der schwarze Ritter Feirefiz mit 25 Heeren anrückt, der *neheinez sandern rede vernam*, ganz ähnlich wie bei den Persern Walters von Châtillon. Und die Gralsbotin Kundrie erntet höchstes Lob;

alle sprâche si wol sprach,
latîn, heidensch, franzoys.
si was der witze kurtoys.

Die Herkunft des Wortes *kurtoys* verrät, in welcher Sprache die polyglotten Ritter des Epos denken. Wolfram reimte es auch sonst gerne auf *franzoys*; höfisch ist französisch. *En franzoys* begrüßt man sich; auch die Frauen, selbst adlige Heidinnen und der edle Feirefiz beherrschen Französisch; angesehen ist, *swer hie wälhisch sprâche kan* – bei Hartmann von Aue war es noch die dienende Magd gewesen. Das französische Ritterideal hat sich durchgesetzt[25]).

Aber gerade daß man nicht ausschließlich einem Idiom huldigt, macht den höfischen Helden aus; und dazu genügen nicht, wie in den französischen Chansons und bei Gottfried von Straßburg, die abendländischen Sprachen. Der Titelheld des „Willehalm", den Wolfram etwa 1215–18 dichtete, kann sich auch *Caldeis und heidensch* verständigen, wie das die französische Chanson von demselben Wilhelm von Orange auch vermeldet. Nur läßt sich Wolfram nicht auf einen halb positivistischen, halb sagenhaften Katalog von Willehalms Sprachenkenntnissen ein, er greift tiefer und rechtfertigt die ritterliche Sprachen-

---

[25]) Wolfram von Eschenbach, hg. Karl LACHMANN, 5. Ausg., Neudruck Hamburg 1947: Parzival 123, 17 S. 68; 773, 28 S. 363 (seit Adams Zeit); 518, 1 ff. S. 247 (Adam als Namengeber); 464,16 ff. S. 224 (Kain und Abel); 399, 18 ff. S. 194 (Babel); 102, 11 S. 58 (Ninus); 496,1 ff. S. 237 (drei Erdteile); 770,19 S. 362 (Zaroaster); 736,28 ff. S. 347 (25 Heere); 312, 20 ff. S. 154 (Kundrie; dazu Friedrich HEER, Die Tragödie des Heiligen Reiches, Stuttgart 1952, S. 358); 76,10 S. 46; 786,3 S. 369 (en franzoys); 55,19 S. 36 (Frauen); 329,13 S. 161 (Heidinnen); 744,27 f. S. 350 (Feirefiz); 85,18 S. 51 (wälhisch).

toleranz theologisch. *Wir wârn doch alle heidnisch ê.* Soll das heißen: von dem Nichtchristen Noah stammen wir alle, oder: ungetaufte Kinder waren wir alle? Doch wohl das zweite; die Geschichte hat für Wolfram wenig Beweiskraft. Die Sprache selber, in *dôn unde wort* vom Heiligen Geist gestärkt, ist wie eh und je Gottes Schöpfung, kein historisches Phänomen. Gerade darum erfordert die Gemeinsamkeit alles Menschlichen die Brüderlichkeit. Wolfram warnte vor der Sünde, im Heidenkrieg die Ungläubigen wie das Vieh zu erschlagen;

ez ist gar gotes handgetât,
zwuo und sibenzec sprâche, die er hât.

Auch die Vielsprachigkeit ist also Gottes eigenes, täglich neues Werk und nicht Sündenschuld von Babel her; wie im Annolied besteht die Zahl der 72 Sprachen noch immer fort. Wolframs Toleranz wurde eher bestärkt als gemindert durch die Erinnerung an eine Tradition, die wir bei den Mohammedanern und bei den Erzählungen vom Priesterkönig Johannes vorfanden, daß nämlich von den 72 Sprachen *niht zwelve* christlich seien. Die Sprachmission, aber auch der Sprachenkampf, wie er an den Rändern des Kontinents seit dem 12. Jahrhundert aufflackerte, wurde strikte verworfen:

sît zwuo und sibenzec sprâche sint,
er dunket mich der witze ein kint,
swer niht der zungen lât ir lant,
dâ von die sprâche sint bekant.

Was Gott getrennt hat, soll der Mensch nicht verbinden; noch einmal wird der mittelalterliche Gedanke vom gleichen Recht aller Zungen verteidigt, bevor ihn die Nationalisierung der Volkssprachen zunichte macht. Wolfram weiß von der Kraft jeder Sprache; eine jegliche hat ihre besondere Art und Ausdrucksfähigkeit, auch die Volkssprache; und Gyburgs Schmerz über ihren Vater ist nach der Schlacht von Alischanz wirklich unsagbar groß, denn sie kann ihn nicht mit 72 Sprachen, *der man al der diete giht*, ausdrücken[26]).

Wolfram kannte den Symbolwert der Zahl; trotzdem ist zweifelhaft, ob er wirklich, wie man meint, die Zahl 72 der Komposition des „Parzival" mit zugrundelegte[27]). Aber er hat den tiefsten Gehalt dieser Zahl und der Vorstellung von 72 Sprachen zum Klingen gebracht, indem er vom Ursprung zwar allzu-

---

[26]) Willehalm 192, 8 f. und 22 f., LACHMANN (o. Anm. 25) S. 510 (Willehalms Sprachenkenntnis); 307,3 und 25 S. 565 (alle heidnisch); 2,16 S. 424 (dôn unde wort); 450, 19 f. S. 633 (handgetât. Die Konjektur von SAN-MARTE, Parcival-Studien, Bd. 2, Halle 1861, S. 56 f. und WEIGAND, Languages 243, nach *sprâche* einen Punkt zu setzen, leuchtet mir nicht ein); 73,7 ff. S. 456 (12 und 72 Sprachen); 101,22 S. 469 (Gyburgs Klage). Dazu Friedrich RANKE, Gott, Welt und Humanität in der deutschen Dichtung des Mittelalters, Tübingen 1952, S. 63 ff.; verzerrend Hans NAUMANN, Der Staufische Ritter (Meyers kleine Handbücher 3), Leipzig 1936, S. 92 ff.

[27]) Hans EGGERS, Strukturprobleme mittelalterlicher Epik, dargestellt am Parzival Wolframs von Eschenbach, in: Euphorion 47 (1953) 260–270, hier S. 265 ff. (Hinweis von

rasch zur Entfaltung fortschritt, aber über der Mannigfaltigkeit die innere Einheit des Irdischen nicht vergaß. Die Welt war also auch für Wolfram eine große Ordnung Gottes, aber sie zu zerstören oder zu bewahren, oblag dem Menschen, seinem Willen und seiner Frömmigkeit; ja der Ritter zwischen Welt und Gott allein stellte diese Ordnung her. Der Ritter wie der Bürger betrachteten Sprachen und Völker als Rohstoff; wie weit der Mensch ihn allein oder mit Hilfe Gottes formen könne, darüber gingen die Ansichten auseinander. Jedenfalls war das Ziel nicht schon objektiv vorhanden; keinem der Dichter gab die Vergangenheit eine Weisung dafür. Sie dichteten in der Krise; waren die Deutschen ihre sich überstürzende Geschichte leid geworden? Sie wollten sich gerade jetzt nicht auf ihr Volk, nicht auf die Sprache, in der sie schrieben, beschränken; aber ihr Weltamt war erkauft mit der Loslösung aus dem heimischen Wurzelboden.

Wenn es so den deutschen Dichtern erging, konnte der mönchische Spiritualismus, auch wenn er praktisch-moralisch wirken wollte, Geschichte, Sprachen und Völker erst recht nicht positiver beurteilen. Der rheinische Zisterzienser Caesarius von Heisterbach (ca. 1180–ca. 1240) beschrieb 1219/23, wie Gottes Wunder immer wieder die rechte Weltordnung sichtbar machen, ja oft erst schaffen; aber kaum je betrafen diese Wunder die Sprachen- und Völkerwelt, überhaupt geschichtliche Zustände. Gott hat die Sprache des Menschen in der Hand, er schuf sie und ihre Organe; er kann sie denunzierenden Juden wegnehmen, Maria sie einem verstockten Priester entziehen. Aber Gott spricht nur im Innern des Menschen, durch *interna aspiratio* – fast so hatte Honorius von Autun gesagt –, nicht mit tausend Zungen. Selbst Christus – und das hätte Honorius nie zugegeben – mußte in seinem Erdenleben *per naturam* das Sprechen lernen; an Pfingsten erhielten die Apostel Liebe und Wissen *(scientia)*, nicht Sprachen. Zu den Wundern, die Gott gewähren kann, zählen auch die *genera linguarum* von 1 Kor. 12,10; aber unter den in 72 Kapiteln vorgeführten Wundern befindet sich kein einziges echtes Sprachenwunder. Ein Diakon, der kein Latein kann, ein *idiota*, erhielt die Gnade, das lateinische Evangelium in der Messe zu verkünden, aber er lernte dadurch kein Latein; *aliis siquidem temporibus nullius est litteraturae*. Die Sprache bleibt ganz im menschlichen Bereich; sie versagt, wenn sie himmlische Erscheinungen und höllische Qualen schildern soll. Ein Abt vergißt infolge eines banalen Aderlasses, wenn auch nach Gottes Willen, alles Latein, das er verstand; dem Fleiß traute Caesarius weit weniger zu als Gottfried von Straßburg[28]).

Dr. Karl Heinz Borck-Münster); dagegen Peter Wapnewski, Wolframs Parzival, Studien zur Religiosität und Form (Germanische Bibliothek III), Heidelberg 1955, S. 115 ff.

[28]) Dialogus miraculorum, hg. Joseph Strange, 2 Bände, Köln 1851: IV, 22 Bd. 1, S. 194 (Sprachorgane); II, 23 S. 93 (denunzierende Juden); VII,5 Bd. 2, S. 7 (ver-

Die Idiome sind geschieden, darüber hilft nichts und niemand hinweg. Caesarius ist erfreut, wenn ein Zisterzienser, der geistlichen Gnade voll, sowohl Französisch wie Deutsch meistert, aber man muß die Grenzen respektieren. In Flandern spricht man nun einmal anders als im Rheinland, und wenn der Bischof von Cambrai kein Deutsch versteht, soll man ihn nicht auf den Kölner Erzstuhl setzen; das Wunder des heiligen Servatius wird sich an ihm nicht wiederholen. Ein Mädchen bekehrt sich wunderbar zum Klosterleben, aber zuvor steht sie im Heiligen Land hilflos und verlassen dem fremden Idiom gegenüber. Daß das äußere Wunder ausbleibt, ist geradezu die Voraussetzung für das innere. Es verdient zwar alle Achtung, wenn Saladins Sarazenen Französisch verstehen und sich menschlich verhalten, aber Sprachenkenntnis schützt nicht vor Sünde und Verdammnis. Ein deutscher Ritter, der in Frankreich die Landessprache erlernte, ist darum noch kein Heiliger; ein heiligmäßiger Franzose kann kaum Deutsch. Selbst ein einfältiger Priester, der im Lateinischen schwach ist, genießt höchsten Respekt; auch das Latein ist nicht heiliger als andere Sprachen. Zwar singen die Engel bisweilen auf lateinisch, aber auch die Teufel verstehen alle Sprachen, Deutsch und Latein; wenn sie das lateinische Vaterunser mit Barbarismen beten, dann nicht aus Unkenntnis, sondern zum Hohn; sie tönen lateinisch aus ungebildeten Frauen. Auf Erden herrscht Wirrwarr, mitunter angestiftet vom Satan, dem Haupt aller Konfusion; selbst im mönchischen Chorgesang schürt er die *vocum dissonantiae*. Nur im Himmel klingen *varietas* und *concentus* zusammen zur *concors diversitas*[29]).

Die Völkerwelt leidet an der gleichen unheilbaren Krankheit. Europa zwar bis Schottland und England ist eine Einheit; die Schwaben und die furiosen Bayern wandern bis Toledo. Aber draußen ist Finsternis. Die Hunnen stammen von Teufeln und wie bei Jordanes von gotischen Hexen; bis Asien kommen nur die Schwalben. Von den Mongolen kennt man die Herkunft nicht; Griechen und Sarazenen sind perfide. Der König von Syrien symbolisiert den Satan, Ägypten die Welt und die Sünde; der Teufel schlüpft gern in die Haut des schwarzen Äthiopiers und verfolgt seine Opfer bis Indien. Engel wachen über den einzelnen, nicht über die Völker; Michael ist nach Dan. 10,13 Fürst

---

stockter Priester); I,18 Bd. 1, S. 25 (im Innern); VIII,8 Bd. 2, S. 87 (per naturam); VIII, 36 S. 110 (Pfingsten); X,1 S. 218 (genera linguarum); X,3 S. 220 (Diakon; dazu Kirn [o. S. 696 Anm. 199] S. 203 f.); VII,20 S. 26 (himmlische Erscheinungen); XII,19 und 31 S. 329, 341 (höllische Qualen); X, 4 S. 220 (Aderlaß).

[29]) Dialogus I,16, Strange (o. Anm. 28) Bd. 1, S. 23 (Französisch und Deutsch); IV,10 S. 182 (Flandern, Rheinland); VII, 40 Bd. 2, S. 59 (Cambrai, Köln); I, 40 Bd. 1, S. 48 (im Heiligen Land); IV, 15 S. 186 ff. (Saladin); V, 42 S. 326 f. (Ritter in Frankreich); IV, 62 S. 228 f. (heiligmäßiger Franzose); VI, 29 S. 381 (einfältiger Priester); XI, 7 Bd. 2, S. 275 (Engel); III, 2 Bd. 1, S. 112 (Teufel); III, 6 S. 117 (Vaterunser); V, 13 S. 292 (aus ungebildeten Frauen); V, 5 S. 283 (Chorgesang); XI, 2 f. Bd. 2, S. 268 ff. (im Himmel).

der Kinder Israel, aber der Frommen, nicht der Juden. Caesarius liebte die erbauliche Zahlensymbolik, aber sie verkettete ihm nicht Welt und Jenseits. Maria hat eine große, keine bestimmte Zahl von Namen; die zwölf Apostel sollen in den vier Weltteilen die Dreifaltigkeit lehren, sie sind die zwölf Quellen in der Wüste (Ex. 15,27). Doch die zugehörigen 70 Palmbäume, die Ältesten, Bibelübersetzer, Jünger Christi oder gar die 72 Sprachen und Völker sucht man vergebens; die Welt ist wüst[30]). Der Kontrast zwischen Ritter und Mönch, zwischen Wolfram und Caesarius ist eklatant, und doch zweifeln sie beide am Weltbild des Symbolismus. Nicht in den Dingen, erst im Mühen des Menschen zeigt sich der Sinn des Daseins.

Nur naivere, weniger sensible Geister fanden in der Zahlenharmonie weiterhin die kosmische, dem Menschenwillen entzogene Weltordnung. Obersächsische Predigten des frühen 13. Jahrhunderts verwiesen beteuernd auf Pfingsten und die 72 Sprachen; Gott zertrennte sie in Babel, aber an Pfingsten lehrte der Heilige Geist die Apostel in kurzer Zeit alle 72, *die in der werlde sin*[31]). Nicht alle mochten so weit gehen; eine badische Predigt der Zeit verstand das Pfingstwunder nur sehr vorsichtig als „Begeisterung" der Apostel[32]). Die deutschen Palästinapilger sahen vollends deutlich, daß das Pfingstwunder in der Christenheit nicht vorgehalten hatte. Der spätere Paderborner und Utrechter Bischof Wilbrand von Oldenburg (gest. 1234) berichtete von seiner Pilgerfahrt 1211, daß die Syrer arabisch und griechisch statt lateinisch reden und daß die Armenier die Messe in ihrer Muttersprache *(materna lingua)* lesen[33]). Er versuchte nicht, die Sprachen der Welt zusammenzuzählen.

Fast überall begegneten die Deutschen nun mit spürbarer Skepsis dem Symbolismus, dem sie wenige Jahrzehnte zuvor noch vertraut hatten. Die rationale Weltordnung schien ihnen nicht mehr leicht durchschaubar; sie hoben mehr den Willen als die Fakten, mehr die Aufgabe als die Geschichte hervor und entfernten sich doch immer weiter von der kleinräumigen Wirklich-

---

[30]) Dialogus XII, 37, Strange (o. Anm. 28) Bd. 2, S. 347 (Schottland); XII, 47 S. 354 (England); V, 4 Bd. 1, S. 279 f. (Toledo; dazu Kirn, Nationalgefühl 71); III, 12 S. 124 (Hunnen); X, 59 Bd. 2, S. 257 (Schwalben); X, 47 S. 250 f. (Mongolen, Griechen, Sarazenen); VIII, 44 S. 116 (Syrien); IV, 1 Bd. 1, S. 171; IX, 67 Bd. 2, S. 217 (Ägypten); V, 5 Bd. 1, S. 284; V, 7 S. 287; XI, 43 Bd. 2, S. 302 (Äthiopier); VIII, 59 S. 132 (Indien); VIII, 41 S. 113 (Schutzengel); VIII, 45 S. 117 (Michael); VII, 1 S. 2 (Marias Namen); VIII, 55 S. 128 (Apostel).

[31]) De sancto Spiritu, hg. Hermann Leyser, Deutsche Predigten des XIII. und XIV. Jahrhunderts (BDNL 11,2), Quedlinburg-Leipzig 1838, S. 88; ähnlich die Pfingstpredigt bei Franz Karl Grieshaber, Vaterländisches aus den Gebieten der Literatur, der Kunst und des Lebens, Rastatt 1842, S. 277 f.

[32]) Franz Karl Grieshaber, Deutsche Predigten des XIII. Jahrhunderts, Abteilung I, Stuttgart 1844, S. 35.

[33]) Peregrinatio, hg. Johann Carl Mauritz Laurent, Peregrinationes medii aevi quatuor, Leipzig 1864: I, 1, 8 S. 163 (Syrer); I, 17,7 S. 174 (Armenier).

keit ihres Volkes und seiner Dialekte und Schicksale. Während man in Deutschland noch grübelte, wie die Welt mit Gottes Hilfe dennoch einzurichten sei, war der radikale Ausbruch aus dem einfachen Schema, das Gott nicht als den ganz anderen absonderte, schon vollzogen – in Italien, und zwar nicht im Kirchenstaat.

*

Der Heilige des Jahrhunderts, Franz von Assisi (1181/2–1226), huldigte zwar 1224 in seinem Sonnengesang, dem frühesten Gedicht in italienischer Sprache, der Welt und ihren Elementen, aber sie künden allein von Gott, besser als die armselige menschliche Sprache: *nullu homo ene dignu te mentovare*. Kein Mensch ist würdig, Gott zu loben, keiner imstande, ihn würdig zu preisen, solange der Mensch im Bann der Sünde steht[34]). Mag die Erde herrlich schön und geordnet sein in *populos, gentes, tribus et linguas*[35]), der Mensch darf sich dieser Ordnung nicht rühmen, sie ist nicht die seine; er könnte sie nicht bewältigen, selbst wenn das Unmögliche geschähe, *si tantum esses subtilis et sapiens, quod omnem scientiam haberes et scires interpretari omnia genera linguarum*. Auch die Gnadengabe von 1 Kor. 12,10 nutzt wenig; ein Teufel weiß von solchen Dingen mehr als jeglicher Mensch. Franz verstand etwas Französisch und Latein; aber weltliches Wissen, auch den Pentateuch und den Gang der Heilsgeschichte wollte er nicht erforschen, nur die Bibel in ihrem ewig aktuellen Geiste buchstäblich, ohne gelehrte Exegese, verstehen. Uns ziemt allein die Demut[36]). Der Gegensatz zu Gottfrieds Tristan, zu Wolframs Parzival, zu Innocenzens *divisio* ist offenkundig: Gottes Welt ist wunderbar schön, aber wir Menschen verstehen sie erst, wenn wir einsehen, daß sie rational nicht einsichtig ist; Gott ist größer als Vernunft, Sprache, Geschichte und Symbolik.

Der bedeutendste Genosse des Poverello, der Portugiese Antonius von Padua (1195–1231), verstand seinen Meister. Obgleich er ein versierter augustinischer Theologe und Exeget war, stellte er Askese und Predigt über alle theoretische Erkenntnis von Vergangenheit und Gegenwart. In seinem Genesiskommentar, dessen Authentizität allerdings fraglich ist, fehlt der Topos von 72 Sprachen und Völkern, auch die Interpretation der Völkertafel. Nichts

[34]) Canticum fratris Solis, hg. Heinrich BOEHMER – Friedrich WIEGAND, Analekten zur Geschichte des Franciscus von Assisi (Sammlung ausgewählter kirchen- und dogmengeschichtlicher Quellenschriften NF 4), 2. Aufl., Tübingen 1930, S. 44; dazu Erhard-Wolfram PLATZECK OFM, Das Sonnenlied des heiligen Franziskus von Assisi, München (1956), S. 26 f.

[35]) Regula I, 23, in: Opuscula sancti patris Francisci Assisiensis, hg. Patres collegii S. Bonaventurae (Bibliotheca Franciscana ascetica medii aevi 1), 3. Aufl., Quaracchi 1949, S. 60.

[36]) Verba admonitionis c. 5, Opuscula (o. Anm. 35) S. 8 f. (Sprachen); c. 7 S. 10 (Exegese). Zu F.s Geschichtsdenken HELBLING, Saeculum 41 ff.

Gutes kann an Babel sein, denn wir erleben den Turmbau täglich neu; die *superbia, qua unusquisque vult alteri praeesse*, ist ebenso um uns wie das Feld Sinear, der *campus mundani gaudii*. Die Sprachverwirrung betrifft noch heute die ehrgeizigen Egoisten, da der eine von Wucherzinsen, der andere von der Unterdrückung des Nachbarn, der dritte von falschen Verträgen redet und keiner den andern versteht; *dicant et narrent hi, qui vadunt ad curias, ubi causae proponuntur*[37]). Die Prozeßleidenschaft, im Gewirr der italienischen Städte besonders spürbar, kennzeichnete das Sündenbabel der Gegenwart; an der einst irgendwann geschehenen Sprachenteilung lag dem Heiligen nichts, auch wenn er aus Portugal nach Italien gekommen war und in Marokko hatte predigen wollen. Die Apostel hatten an Pfingsten den Fluch von Babels Hochmut aufgehoben; doch wieder verrauchten die Fakten und sogar die missionarischen Konsequenzen; Antonius ließ 1226 bei Predigten in Frankreich offen, ob die Apostel in allen Sprachen redeten oder in ihrer hebräischen Sprache von allen verstanden wurden. In Wahrheit seien diese verschiedenen Zungen des Pfingsttages die christlichen Tugenden, Demut, Armut, Geduld und Gehorsam, die den Stolz überwinden[38]). Diese urbildliche, „mystische" Auslegung war seit Philons Zeiten im Schwang, aber wenn sie allein, ohne Ergänzung durch die von Franz so betonte Literalexegese, vorgetragen wurde, wandte sie sich gegen die Geschichte und die Welt. Die Vielfalt der Sprachen und Völker wurde dadurch stillschweigend, aber eindeutig auf die teuflische Nachtseite des Daseins verwiesen. Die Exegeten des 13. Jahrhunderts wußten, daß jede Bibelstelle viele mögliche Auslegungen hat, und im Zeitalter der enzyklopädischen Sammelwerke stellten sie meist mehrere dieser Deutungen nebeneinander; aber sie fanden anders als Gregor der Große darin keinen Hinweis auf Psalm 44,10, sondern waren davon überzeugt, daß eine dieser Erklärungen – meist nun die wörtliche – die treffendste sei[39]). Um so schwerer wiegt es, wenn ein Exeget nur eine moralische Auslegung gibt oder wenn er die wörtliche erwähnt, aber einer anderen den Vorzug gibt. Und dies geschah mit den Bibelsätzen, die die Sprachen und Völker betreffen, nun immer häufiger.

Vom spanischen Stifter des Dominikanerordens, dem heiligen Dominikus (ca. 1170–1221), haben wir kaum schriftliche Hinterlassenschaften und kennen

---

[37]) Expositio mystica in Genesim 11, hg. Johannes DE LA HAYE OFM, Sancti Francisci Assisiensis necnon sancti Antonii Paduani opera omnia, Regensburg 1739, S. 373. Zur zweifelhaften Echtheit Raphael M. HUBER OFMConv, St. Anthony of Padua, Doctor of the Church Universal, Milwaukee 1948, S. 85, 89; STEGMÜLLER, Repertorium Bd. 1, S. 119 ff. Nr. 1381 ff.

[38]) Sermones in die Pentecostes, DE LA HAYE (o. Anm. 37) S. 215–219. Die Ausgabe der Sermones von Antonio Maria LOCATELLI, Padua 1895 war nicht erreichbar. Zur Datierung HUBER (o. Anm. 37) S. 46 f., 85 f.

[39]) SPICQ, Exégèse 279 ff., 283.

seine Ansichten über Sprachen und Völker nicht; aber auch er warf früh seine Gelehrsamkeit über Bord. Daß man ihm ebenso wie dem heiligen Antonius alsbald wunderbare Sprachengaben zuschrieb, beweist, daß er die natürlichen nicht pflegte. Pfingsten mochte das Urbild für die Tätigkeit des neuen Predigerordens sein; es war kein vergangenes, nachwirkendes Ereignis und schon gar kein Beispiel der Vielsprachigkeit.

Indes drängten die Dominikaner in den zeitgenössischen Wissenschaftsbetrieb hinein, um sich im Studium Waffen für ihre Predigt gegen Ketzer und Ungläubige zu schmieden. Der größte unter den frühen Dominikaner-Gelehrten, der spätere Kardinal Hugo von St. Cher (ca. 1190–1263), hat nicht nur in seinem Sentenzenkommentar die scholastische Methode der logischen Distinktionen neu gefestigt, sondern in seinem monumentalen Bibelkommentar von 1230/35 auch die späteren enzyklopädischen Summen seiner Ordensbrüder für das Gebiet der Exegese vorweggenommen. Aber die Systematisierung des biblischen Stoffes war nun nicht mehr wie im 12. Jahrhundert vom einfachen Rationalismus beseelt, sondern von den seelsorgerischen Impulsen der Bettelorden. So hat auch Hugo wie Antonius von Padua, nur viel bewußter, die Geschehnisse des Alten Testaments nicht philologisch, sondern moralisch ausgelegt. Die in Gen. 11,1 bezeugte Einheit der Ursprache bezieht sich nicht zuerst auf das Hebräische: *terra, id est ecclesia, erat unius labii, id est unius fidei.* Alanus von Lille hatte recht; Ketzerbekämpfung und Heidenmission stellen die Einheit der Kirche und des Glaubens her, und alles, was sich ihr widersetzt, ist Babel, heute wie immer, gleichgültig, was da vor einigen tausend Jahren im Orient wirklich geschah. Der Turmbau ist vor allem die *superbia mundi*, die Sprachenvielfalt bedeutet eigentlich den Wirrwarr begehrlicher Wünsche im irdischen Leben. Wenn man aber die Geschichte wörtlich nehmen will, dann hat Gott an seiner Schöpfung nichts geändert als die *dicendi modos et formas*; Alkuins Meinung kam gerade recht, um zu zeigen, wie wenig an der geschehenden Geschichte liegt; die moralische Auslegung drückt auf die wörtliche.

Wen wundert es noch, daß Hugo, der alles gelesen hat, im Genesiskommentar die 72 Sprachen beschwieg? Die 72 Nachkommen Noahs ließ er in der herkömmlich augustinisch-isidorischen Zählung gelten, aber nicht aus Pietät, sondern weil er sie in den 72 Jüngern Christi wiederfand. Die Völkertafel Hugos enthielt von modernen Völkern nur die Spanier als Nachfahren der *Iberes*; wie Nikolaus von Amiens ließ er nur die Massageten unter Magogs Kinder zu; schon bei Javan vollzog er den oft und oft gemachten Schritt von den Joniern zu den Griechen nicht mehr mit, und auch die Kittim wurden, anders als bei Nikolaus von Amiens, nur auf *Cithis* gedeutet, nicht auf Makedonien und Rom. Den gelehrten Plunder warf Hugo nicht ganz achtlos beiseite, aber er benutzte ihn nicht[40]). Doch bei Deut. 32,8 stellte sich die kritische Frage unausweichlich; viele gelehrte und fromme Geister hatten sich mit ihr abgequält. Hugo meinte etwas salopp, man müsse die Zahl der Völker, die sich nach der Zahl der Kinder Israel richte, wohl auf 70 ansetzen – warum eigentlich, ist nicht gesagt. Dagegen lasse sich einwenden, daß es 72 *genera linguarum* und 72 Jünger gebe und daß Jakob nach Gen. 46,27 in Ägypten 75 Kinder hatte. Anderswo wandte sich Hugo aus textkritischen Gründen gegen die letztere Angabe, die in der LXX und in Act. 7, 14 bezeugt war, und setzte mit der hebräischen und lateinischen Version 70 Jakobiden; auf die gleiche Weise, mit demselben Argument hätte man auch hier verfahren können. Es ist anzunehmen, daß Hugo die Völkerzahl 70 mit gutem Grund angab; vielleicht hat er die Völkertafel in Gen. 10 noch einmal nachgezählt und kam so zu demselben Ergebnis. Aber seine Gründe behielt er für sich und gab statt ihrer eine kurze, vernichtende Auskunft: *Solutio: Scriptura sacra non curat de minutiis*[41]). Der liebe Gott steckte also gar nicht im Detail; das entzog aller Andacht vor den Kleinigkeiten, auch aller Zahlensymbolik den Boden. Hugo ließ es gleichmütig geschehen. In seinem Kommentar zum Neuen Testament schrieb er einmal ebenso unbewegt von 70 Sprachen und verteidigte die Lesart wiederum nicht, sondern vermerkte, daß jede Sprache in sehr viele *populi* und noch mehr *nationes* zerfalle; die Zahl, ob 70 oder 72, ist also ohne großen Erkenntnis- und Ordnungswert. Aber nicht nur der Zusammenhang zwischen Sprache und Volk wurde gelöst, Hugo stellte mit Vorbedacht die Völker und die Sprachen abseits der göttlichen Schöpfungsharmonie[42]). Bedas Argumente, das zusätzlich durch Joh. 11,9 gestützte Gleichnis vom 72stündigen Umlauf der Sonne, die 70 Ältesten von Num. 11,16 und die 72 Völker und Sprachen wurden von Hugo nicht ganz verschmäht, wenn er damit die textkritisch bevorzugte Lesart von 72 Jüngern bei Lukas 10,1 stützen konnte[43]), und bei der Erläuterung des Pfingstwunders begegnen uns die 72 Jünger wieder mit den 72 Sprachen aus der „Glossa ordinaria" zusammen. Aber hier machte Hugo recht deutlich, wie gleichgültig ihm alle diese Fragen waren. Die beiden Alternativen, ob die Apostel an Pfingsten in allen Sprachen oder in der hebräischen predigten und ob jeder von ihnen sämtliche Idiome oder nur je eines zugeteilt

---

[40]) In Genesim 10–11, in: Opera omnia in universum Vetus et Novum Testamentum, 8 Bände, Köln 1621, hier Bd. 1, f. 14v–16r. Die Ausgabe Venedig 1703 war nicht zugänglich. Zu H. SPICQ, Exégèse 167 ff., 292 f. (Exegese); John FISHER SJ, Hugh of St Cher and the Development of Mediaeval Theology, in: Speculum 31 (1956) 57–69 (allgemein).

[41]) In Deuteronomium 32,8, Opera (o. Anm. 40) Bd. 1, f. 173v (Deut.); In Genesim 46, 27 f. 67r (Jakobskinder).

[42]) In Apocalypsim 5, 9, Opera (o. Anm. 40) Bd. 7, f. 384r.

[43]) In Lucam 10, 1, Opera (o. Anm. 40) Bd. 6, f. 193v.

erhielt, wurden wie bei Antonius von Padua mit einfachem *vel* nebeneinandergestellt, und zwar nicht mit der Ratlosigkeit eines enzyklopädischen Kompilators; wichtig war nur, daß die Kirche von nun an allen Völkern predigen konnte[44]).

Man glaube nicht, daß Hugo aus Unfähigkeit oder aus grundsätzlicher Verachtung der Sprachenwelt oder überhaupt des Details so schrieb. Derselbe Mann erwarb sich wenig später um die philologisch genaue Reinigung des lateinischen Bibeltextes anhand der hebräischen, griechischen und altlateinischen Versionen hohe Verdienste, die ihn einem Origenes zur Seite stellen. Aber für Hugo wie für Origenes war die Philologia sacra kein Selbstzweck; Hugo war durchdrungen von den neuen Idealen der Bettelorden und hat darum mit vollem Bedacht die Sprachen- und Völkervielfalt abgedrängt und die sie betreffenden Bibelstellen sublimiert. Das christliche Leben hier und jetzt ist wichtiger als die Heilsgeschichte.

Nicht viel anders verfuhr der englische Dominikaner Wilhelm von Alton (gest. ca. 1265), der Nachfolger des heiligen Thomas von Aquin auf dem Pariser Ordenslehrstuhl; denn er ist wahrscheinlich der Verfasser des gelegentlich dem englischen Franziskaner Wilhelm von Middleton (Melitona) zugeschriebenen ungedruckten Genesiskommentars. Er ist in den hier einschlägigen Partien fast ganz von Hugo von St. Cher unabhängig, trockener und etwas realitätenfreudiger als dieser, aber von der gleichen Grundhaltung durchtränkt. Die Völkertafel wurde nach Hieronymus und der Glosse wiedergegeben, ohne die Zusätze Isidors; Gomer sind die Galater, allenfalls die *Gallogreci*, nur sehr zögernd werden die *Galli* dreingegeben; bei Magog kommen zu den Skythen wieder nur die Massageten hinzu; Javan sind immerhin die Griechen, Tubal die Spanier. Die 72 Generationen Noahs teilte Wilhelm nach Isidor auf, ohne Augustins Ratio zu bemühen. Aber die Daten sind bloß deswegen so konventionell, weil sie sofort wieder vom *spiritualis intellectus* durchlöchert werden: Japhet bedeutet Überfluß an Reichtümern, Gomer die Erhebung in ein Amt, Magog die Lehre, auf die ein Würdenträger sich stützt, Javan ist eine verführte Taube, Tubal ein Fang des Teufels; der ägyptische Misraim verkörpert schlechtweg die Sünde, die die Seele verdunkelt; Sem ist der Gott Gehorsame, Heber der Siegreiche usw. Und hier stimmt keine Entsprechung mehr, denn warum sollten die Franzosen in ein Amt erhoben, die Griechen verführt und die Spanier während der Reconquista eine Beute Satans geworden sein? Die biblischen Helden selbst verflüchtigten sich zu Allegorien.

Immerhin regte die biblische Völkertafel den Exegeten zu einigen Definitionen an, die er nicht auf den Bibeltext anwandte und die wohl nur zeigen sollten, daß die Wirklichkeit viel komplizierter ist, als es dem wörtlichen Ver-

---

[44]) In Acta Apostolorum 2, 2 ff., Opera (o. Anm. 40) Bd. 7, f. 280v–281r; dazu Adler, Pfingstfest 8.

ständnis der Völkertafel scheinen mochte. Für uns sind sie kostbare Zeugnisse einer theoretischen Besinnung, die wir in Sachen der Sprachen und Völker nicht allzuoft antrafen. Man müsse unterscheiden zwischen *lingue, secundum differentiam ydiomatis*; *generationes, secundum differentiam originis*; *terre, secundum differentiam habitationis*; *gentes, secundum differentiam morum et conversationis*. Das konnte einem Engländer in Paris wohl aufgehen, daß die Sprache noch nichts über die Geburt, der Wohnort nichts über die Sitten und Gebräuche aussagte; wir werden aus der Großstadt Paris noch mehr Gedanken dieser Art von Ausländern hören. Aber wodurch definieren sich dann eigentlich die Gemeinschaften der Menschen? *Et ponuntur tres differentie: populi, hominum viventium sub lege*; *naciones, sine lege*; *gentes, sub iure naturali*; *vel: populi, viventium sub lege*; *naciones et gentes, sine lege*. Denn die *nacio* heiße so nach der *nativitas originis*, die *gens* nach der *propagatio generationis*. Die Unterscheidung zwischen Herkunft und Fortpflanzung ist spitzfindig; Isidor hatte beide Wörter noch synonym gebraucht: *gens ... a gignendo, sicut natio a nascendo*, und für Wilhelms erste Definition war ja *origo* und *generatio* auch gekoppelt gewesen. Aber Wilhelms Absicht ist deutlich: Wie Isidor will er von den „natürlichen" Gemeinschaften die rechtlichen sondern und gibt nur letzteren die Bezeichnung *populus*. Ein Volk ist nicht, was gemeinsame Herkunft (und, so wird man ergänzen dürfen, gemeinsame Wohnung, Sprache und Sitten) hat, sondern was ein Volk sein will und sich ein gemeinsames Gesetz auferlegt. Nicht die Geschichte und nicht Gottes Wille, sondern Einsicht und Absicht der Menschen konstituieren Völker; alles andere sind primitive Horden. Der Mönch mag sich geordnete Gemeinschaften nach dem Muster eines Ordens mit fester Regel vorgestellt haben; er hat, scheint mir, trotzdem von der Entstehung der abendländischen Nationen mehr begriffen als alle Rassetheoretiker.

Der Wortlaut der Bibel, die in Gen. 10,20 und 32 alle von Wilhelm getrennten Begriffe auf einmal bringt, läßt sich mit diesen Beobachtungen nicht illustrieren; vielleicht ist deshalb Wilhelms weitere Erläuterung von Gen. 11,1–9 so schwunglos. Im Vorbeigehen zitierte er Augustins „De civitate Dei" als Kronzeugen für die hebräische Ursprache und die 72 Sprachen; daß Nimrod Riese genannt würde, schob Wilhelm mit Recht der LXX in die Schuhe. Der Turmbau sei aus Angst vor einer zweiten Sintflut und aus gotteslästerlichem Stolz errichtet worden; die Söhne Chams und Japhets *et quidam de filiis Sem* bauten ihn. Letzteres sollte wohl erklären, warum Heber und die Juden, aber nicht alle Semiten die Ursprache behalten durften. Vielleicht waren die Noachiden aus Armenien, von Noahs Arche aus, in das schönere Sinear hinabgestiegen; so hatte schon Andreas von St. Victor interpretiert. Wilhelm erklärte den Vorgang der Sprachverwirrung wie Hugo von St. Cher in der Weise Alkuins. Aber wieder triumphierte über die wörtliche, historische Deutung des Vorgangs die zeitlose, ganz gegenwärtige Allegorie: Die Völker kamen aus dem Osten, das heißt, sie kamen von Christus, dem wahren Orient, ab. Der Herr des Turmbaus ist ein *hominum oppressor* wie bei Gratian, aber Wilhelm hat es nicht auf die Kaiser und Könige allein abgesehen; Nimrod verbirgt sich auch in jedem *prelatus malus*, der das arme Volk beraubt, in jedem ungerechten Kirchenfürsten. Der Bettelmönch faßt die parteiischen Vorwürfe der Päpstlichen und Kaiserlichen des Investiturstreits souverän zusammen: Wer Nimrod ist, hängt nicht am Amt des Kaisers oder Papstes, sondern allein an der ungerechten Gesinnung des Würdenträgers. Jeder Herr, der nicht demütig ist, baut den Turm der bösen Werke in Sinear, der *latitudo voluptatis*. Und um die Ausbreitung des Ruhmes, die *ambitio nominis*, *hoc est vane laudis* zu verhindern, zerstreut Gott heute wie damals die Bösen über die Erde. Philons Methode bekam neues Leben; die höhere Wahrheit überstieg die buchstäbliche Auslegung, die Pädagogik des Predigers übertönte die Methodik des Philologen, und der Leser sah sich nicht vor eine heilige Geschichte, sondern vor die Gewissensfrage nach seinem guten Willen gestellt[45]).

So zogen die Patres hinaus, um zu predigen und die Gewissen aufzurütteln, zu den Byzantinern, in den Vorderen Orient, nach Afrika, begeistert und ohne Sprachkenntnisse. Und es schien, als bequemten sich auch die verworrensten Zustände tatsächlich dem eisernen Willen. Mit Feuereifer lernten die Dominikaner Griechisch, um für Unionsverhandlungen und Kontroversen mit Vertretern der orthodoxen Kirche gerüstet zu sein[46]). Das Generalkapitel der Dominikaner empfahl 1236, die Brüder sollten in allen Konventen die Sprache des etwa benachbarten Volkes oder Stammes erlernen. 1237 meldete der Dominikaner-Provinzial in Palästina und Syrien dem Papst Gregor IX., man habe den orientalischen Jakobiten-Patriarchen, der über 70 Provinzen herrsche, – ein anderer Priesterkönig Johannes – zum wahren Glauben bekehrt und hoffe auf weitere Erfolge. Deshalb hätten sich die Brüder auf das Sprachenlernen geworfen; einige seien bereits nach Armenien gesandt worden, um die dortigen Dialekte zu lernen; man habe Sprachenschulen errichtet, vor allem für die gebräuchlichste Sprache, das Arabische. „Gottes Segen ist nicht ausgeblieben, denn unsere Brüder reden und predigen bereits in neuen Sprachen", wie Mark. 16,17 es verhieß[47]). Der unter Gregor IX. besonders einflußreiche

[45]) In Genesim 10–11, Handschrift Paris, Bibliothèque Nationale, Cod. lat. 15558, f. 39rb–41vb (Photokopie benutzt; für freundliche Hilfe danke ich Miss Beryl Smalley-Oxford und Mlle Marie-Thérèse d'Alverny-Paris). Zuschreibung nach Spicq, Exégèse 321. *Gens* und *natio* bei Isidor, Etymologiae IX, 2, 1; IX, 4, 4 f.

[46]) Berthold Altaner, Die Kenntnis des Griechischen in den Missionsorden während des 13. und 14. Jahrhunderts, in: ZKG 53 (1934) 436–493, hier S. 449 ff.

[47]) Matthäus Paris, Chronica maiora a. 1237, RBSS Bd. 57, 3 S. 397 f.; dazu Berthold Altaner, Sprachstudien und Sprachkenntnisse im Dienste der Mission des 13.

Kanonist aus dem Orden, der Spanier Raimund von Peñaforte (ca. 1175–1275), begann bald auch in Spanien und Tunis solche Sprachenschulen einzurichten. Aber noch waren die Sprachen nur Missionsmittel, über deren heilsgeschichtliche Notwendigkeit und Daseinsberechtigung niemand Traktate schrieb. Dem Bild vom polyglotten Ritter trat kein Ideal des vielsprachigen Mönchs zur Seite; die Bettelorden wollten die Welt nicht verstehen, sondern bekehren; auch die Sprachen waren nur Werkzeuge.

Papst Gregor IX. (ca. 1160–1241), der Förderer der neuen Bettelorden, sandte seine Missionare zu Mohammedanern und Mongolen; doch auch er sah die Sprache nicht wie Papst Johann VIII. als Geschenk Gottes, sondern wie Hilarius von Poitiers als ein Verständigungsmittel, das von der Praxis des jeweiligen Falles her beurteilt werden muß. In Gregors durch Raimund von Peñaforte zusammengestelltem „Liber Extra" findet sich der Satz: *Intelligentia dictorum ex causis est assumenda dicendi, quia non sermoni res, sed rei est sermo subiectus*, ganz so, als ob der Zusammenhang zwischen Wort und Sache nicht von Gott und Adam und vom Turm zu Babel her erwogen werden müßte, sondern konstant und wertfrei wäre. Gregors Nachfolger, Innocenz IV., zitierte konsequent diesen Satz, als er 1248 den Kroaten die slavische Kirchensprache zugestehen mußte[48]). Die Verschiedenheit der Sprachen und Völker empfand schon Gregor IX., ähnlich wie Innocenz III., als natürlich und gottgewollt; er schrieb am 21. Oktober 1239 an König Ludwig IX. von Frankreich: „Gottes Sohn ... hat zum Zeichen der göttlichen Macht verschiedene Königreiche entsprechend den Unterteilungen *(divisiones)* der Sprachen und Volksstämme errichtet". Was der Kanonist Alanus Anglicus nur von ferne hatte mitklingen lassen, verband der Papst offiziell miteinander: Die politische Vielfalt der Welt durfte sich auf die sprachliche und völkische berufen. Wenn so die Gleichheit aller gegen den Anspruch des deutschen Kaisers verfochten wurde, war damit nicht ausgeschlossen, daß Gregor IX. in diesem Brief den Franzosen nahezu die Rolle des Gottesvolkes zuschob[49]). Von neuem wie unter Innocenz III. wurde die derzeitige Staatenordnung kirchlich sanktioniert. Aber hier wie bei den Bettelmönchen war die Einheit nur von der Praxis und Absicht, nicht von der Theorie und Einsicht her fundiert, und dabei blieben Geschichte und Eigen-

---

und 14. Jahrhunderts, in: Zeitschrift für Missionswissenschaft und Religionswissenschaft 21 (1931) 113–136, hier S. 117 f.

[48]) Liber Extra V, 40, 6, FRIEDBERG (o. S. 644 Anm. 80) Bd. 2, S. 913. Zur Vorlage Hilarius s. o. S. 378 Anm. 40. Zu Innocenz IV. KOROLEVSKIJ, Liturgie 129; SCHAEDER (o. S. 306 Anm. 48), 2. Aufl., Darmstadt 1957, S. 144 f.

[49]) Bulle vom 21. 10. 1239, hg. Jean-Louis-Alphonse HUILLARD-BRÉHOLLES, Historia diplomatica Friderici secundi, 6 Bände, Paris 1852–61, hier Bd. 5, 1, S. 457; bei August POTTHAST, Regesta Pontificum Romanorum, Bd. 1, Berlin 1874, S. 914 Nr. 10798.

art der Sprachen und Völker irrelevant. Ihr Bezug zum christlichen Glauben wurde von den berufensten Hütern dieses Glaubens bedroht, sobald dieser Zusammenhang mit der Heilsgeschichte sich lockerte.

Gehörten denn nicht wirklich die Sprachen und Völker in andere Zusammenhänge als die der christlichen Heilsgeschichte? Die Weltfreude der Laien mußte so fragen, insbesondere dort, wo sie zwischen vielen Völkern und Sprachen lebten und von der Praxis gezwungen wurden, die übergreifende Einheit zu suchen, um über den Unterschieden nicht das Bild des Menschen und der Weltordnung zu verlieren. Gregors IX. großer Gegner, Kaiser Friedrich II. (1192/3–1250), war in Süditalien der Erbe der Normannen geworden, aber er begnügte sich nicht mit ihrer lässigen Duldung zwischen Sarazenen, Italienern, Griechen und Deutschen. Er verstand angeblich neun Sprachen, darunter bestimmt Griechisch, Latein, Französisch und Arabisch, wahrscheinlich auch Hebräisch[50]). Mit der Handhabung dieser Idiome war jedoch seine Neugier, anders als die Tristans, nicht befriedigt. Es mußte doch eine einzige, natürliche Sprache des Menschen geben? Gewiß, die Tradition bot das Hebräische dafür an; aber Friedrich wollte wissen, was daran war. „Er wollte ergründen, ob die Kinder die hebräische Sprache als die älteste oder Griechisch oder Lateinisch oder Arabisch sprechen würden oder aber die Sprache der Eltern, die sie geboren hatten“, und wiederholte das Experiment des Psammetich[51]). Die Kinder starben zu früh, um die Frage zu beantworten, aber Friedrichs Problemstellung enthüllt schon zwei grundstürzende Einsichten des Kaisers: Einmal traten neben die drei „heiligen Sprachen“ der Überlieferung nun andere Weltsprachen, zuvörderst das Arabische, das von den Mohammedanern seit dem 10. Jahrhundert als Ursprache betrachtet wurde und gleichfalls die Sprache eines heiligen Buches war. Die Probe sollte aber nicht nur ein Wahrheitsbeweis für die älteste Religion werden, denn Friedrich zog neben den gelehrten Buchsprachen ernstlich auch die Muttersprache als natürliche Sprache in Betracht, und das hieß, daß Sprache keine göttliche Offenbarung, sondern eine lehrbare menschliche Errungenschaft sein könnte. Dann war auch der Primat der toten Sprachen gebrochen. Nicht umsonst hat man zuerst an Friedrichs Hofe in sizilianischer Sprache gedichtet; die Nationalsprache begann sich auch in Italien zum Worte zu melden.

War die Welt der Sprachen nicht doch größer, als die Theologen, Kanonisten und Historiker meinten, mußte man zu ihrer Erklärung sogleich den Turm von Babel zitieren? Kam doch nach Friedrichs Ansicht auch die Scheidung der

---

[50]) Ernst KANTOROWICZ, Kaiser Friedrich der Zweite, Berlin 1928, S. 317; Ergänzungsband, Berlin 1931, S. 143.

[51]) Salimbene de Adam, Chronica a. 1250, MGH SS Bd. 32, S. 350; Übersetzung nach KANTOROWICZ (o. Anm. 50) Textband S. 325 f.

Völker und die Einsetzung der Fürsten nicht von Nimrods Stolz, sondern von Adams Erbsünde[52]). Die Ursachen menschlicher Verschiedenheiten lagen also nicht in der Geschichte, sondern in der Natur des Menschen. Was nutzte den Römern ihre trojanische Vergangenheit, wenn sie das große Erbe vertan hatten? Und welches Verdienst zierte den Papst Gregor IX., wenn er in betrunkenem Zustand sich in den dritten Himmel versetzt fühlte und Hebräisch, Griechisch und Lateinisch zu lallen begann? Hirngespinste sind das alles; keine Sprache ist heilig, kein Volk ist adlig ohne die Weihe durch die Tat[53]).

Die großen Widersacher, Bettelorden, Papst und Kaiser, sind sich darin einig, daß die Geschichte kein verpflichtendes Erbe ist. Der Wille bewegt die Welt und schafft ihr Ordnung; die Vielfalt der Sprachen und Völker kann daran nicht hindern, kann aber auch keine Fingerzeige für den Bauplan der Welt geben. So dachte man allenthalben, nur in Deutschland und Spanien nicht.

Die Deutschen blieben, während ihr Kaiser in Italien focht, sich selbst und ihren Landesfürsten überlassen. Manche verschlossen sich trotzig in ihren zeitlichen und räumlichen Umkreis, wie eng er auch war. Der bayerische Ritter Neidhart von Reuenthal, nach Österreich geflohen, mochte vor 1245 nicht weiter als bis zu *künc Karels zîten* zurückblicken und scherte sich nicht darum, daß die verächtlichen *Walhen*, die Romanen, nicht auf seinen Sang achteten; er dichtete nur für die *diutschiu zunge*. Die Weite Wolframs und Walthers war dahin. Zwar kannte Neidhart, ähnlich wie Walther, die deutschen Lande zwischen Elbe, Rhein und Po; aber Ungarn, Bulgarien und Rumänien waren ihm nur als Objekte kaiserlichen Handelns bemerkenswert, und seine Feinde wünschte er ans Ende der Welt, nämlich zu den *Kriechen*[54]). Bei den Griechen, in Konstantinopel, gibt es zwar einzelne „Franken", aber sie fühlen sich dort fremd und unverstanden, denn dort kann man nicht Deutsch. So berichtet der Stricker, ein fränkischer Dichter, der wie Neidhart in der ersten Jahrhunderthälfte in Österreich lebte. Sein listiger Pfaffe Âmîs weiß nichts mehr davon, daß Jerusalem die Erdmitte sei, er hält seinen eigenen Kirchturm dafür. Immerhin

---

[52]) Konstitutionen von Melfi, Prooemium, hg. HUILLARD-BRÉHOLLES (o. Anm. 49) Bd. 4, 1, S. 3 f.; dazu Wolfram von den STEINEN, Das Kaisertum Friedrichs des Zweiten nach den Anschauungen seiner Staatsbriefe, Berlin-Leipzig 1922, S. 18 ff.

[53]) Aufruf an die Römer vom August 1236, HUILLARD-BRÉHOLLES (o. Anm. 49) Bd. 4, 2, S. 901 (Trojaner); Flugschrift „Collegerunt pontifices" vom Sommer 1240, HUILLARD-BRÉHOLLES Bd. 5, 1, S. 311 (Gregor IX.); dazu Hans Martin SCHALLER, Die Antwort Gregors IX. auf Petrus de Vinea I, 1 „Collegerunt pontifices", in: DA 11 (1954/5) 140–165, hier S. 143 ff.

[54]) Die Lieder Neidharts, hg. Edmund WIESSNER (Altdeutsche Textbibliothek 44), Tübingen 1955: Sommerlied 25 S. 45 (Karls Zeiten); 11 S. 24 (Walhen, deutsche Zunge); Winterlied 32 S. 122 (deutsche Lande); 36 S. 132 (Ungarn usw.); 23 S. 94 (Griechen).

gaukelt der Pfaffe dem König von Frankreich ein Gemälde der Welt- und Heilsgeschichte vor, und darauf sieht man, wie Âmîs volltönend angibt,

swaz ze Bâbilonje ist geschehen,
unz ez diu gotes râche
geschiet mit manger sprâche.

Doch das ganze Gemälde ist eine Täuschung; ist es das vorgeblich Dargestellte auch? Nichts bleibt von der hohen Menschenwürde, wenn der Pfaffe sich brüsten darf, er habe seinen Esel das ABC und zuerst das A sprechen und lesen gelehrt. Im 12. Jahrhundert hatte man dafür Gott und Natur gepriesen; nun war es nur Betrug[55]). Die Wirklichkeit war viel beschränkter und verworrener, als die hochtrabenden Theorien des vergangenen Säkulums gelehrt hatten; man mußte sich ducken, um nicht aufzufallen.

Aber da die Gegenwart nicht befriedigte und vom Glanz des fernen Kaisers etwas auch auf die Deutschen fiel, mochten sich nicht alle bescheiden und richteten aus ihrer dürren Umwelt den Blick erst recht auf das Ganze der zeitlosen Welt. Das geschah mitunter noch auf die alte symbolistische Weise; vor allem den Dichtern kam der volle Klang der Harmonien nicht leicht aus dem Sinn. Sie machten sich die Zahl der Sprachen und Völker für viele Anwendungen geschmeidig. Sie galt als Rundzahl, sonst hätte man die Anzahl von Kreuzzugsgaleeren nicht auf 40, 100 und 72 geschätzt[56]). Auch stand sie noch immer im Wechselverhältnis zur 70; so ließ um 1220 der alemannische Hartmann-Schüler Konrad Fleck dem Admiral von Babylon 70 Königreiche untertan sein, und 70 Kemenaten hatte auch Blancheflurs Turm[57]). Die 72 Unterkönige aus dem „König Rother" blieben beliebt; in dem vielleicht ostfränkischen oder bayrischen „König Ortnit" wurde um 1225 der Titelheld von 72 Ministerialen bedient; sein späterer Schwiegervater ließ 72 Bewerbern die Köpfe abschlagen[58]). Im „Wolfdietrich B", der vielleicht vom gleichen Verfasser wie der „Ortnit" herrührt, begegnen uns 72 Teile eines unsichtbar machenden Wappenrocks für Wolfdietrich; doch Wolfdietrich ringt auch mit 72 Teufeln, er findet in einem Zauberberg 72 Riesen und sieht in einem Traumland eine wunderbare Linde mit 72 Ästen[59]). Hier überall kennzeichnet die Zahl nicht

---

55) Der Pfaffe Âmîs, hg. Hans LAMBEL, Erzählungen und Schwänke (Deutsche Classiker des Mittelalters 12), Leipzig 1872: v. 1635 ff. S. 73 f. (Konstantinopel); v. 133 ff. S. 23 (Erdmitte); v. 665 ff. S. 42 (Gemälde); v. 295 ff. S. 29 (Esel).

56) Annales Herbipolenses a. 1202, MGH SS Bd. 16, S. 10.

57) Flore und Blanscheflur, hg. Emil SOMMER (BDNL 12), Quedlinburg-Leipzig 1846: v. 3104 f. S. 103 (70 Unterkönige); v. 4183 S. 139 (70 Kemenaten).

58) Ortnit und die Wolfdietriche, hg. Arthur AMELUNG – Oskar JÄNICKE (Deutsches Heldenbuch 3–4), 2 Bände, Berlin 1871–73, hier Bd. 1, S. 3, 5, 7, 28, 34.

59) Wolfdietrich 349, 3, AMELUNG-JÄNICKE (o. Anm. 58) Bd. 1, S. 219 (Wappenrock); 651, 4 S. 263 (Teufel); 721, 3 S. 273 (Riesen); 556, 1 S. 250 (Linde). Die 72 Meilen, die noch Ludwig UHLAND in 349, 4 gelesen hatte, sind 22 Meilen und ge-

mehr zuerst das Umfassende in gegliederten Ordnungen der Wirklichkeit, sondern das Fremde, Exotische und Wunderbare, ja Wunderliche. Die Gegenwart war nicht das Kernproblem, man wich ihr in Wunschräume aus, in denen allein noch der alte Symbolismus Heimrecht haben konnte.

Doch auch die reale Vergangenheit konnte nun ein solches Wunschland werden, selbst für die Dichter. Die vielleicht rheinpfälzische Versnovelle „Moriz von Craûn" begann nach 1210 ihre pikante Minnehandlung mit einer wahrhaftigen Geschichte des Rittertums, angelehnt an den „Cligés" Christians von Troyes. Bei den Griechen, die Troja eroberten, begann das Rittertum; über Alexander den Großen und Caesar kam es zu Karl dem Großen, zu Roland und nach Frankreich, in das Land, wo Herr Moriz, der ritterliche Held der Novelle, eben erst, kein Menschenalter vor Abfassung des Gedichtes, starb. Noch stärker als einst im Annolied wird hier die Biographie, ja nur die biographische Episode in den Kreis der Weltgeschichte gestellt[60]). Man sagt den Deutschen bis ins 20. Jahrhundert nach, sie pflegten für begrenzte Themen weit auszuholen und die ganze Weltgeschichte zu alarmieren; im Investiturstreit, als es um eine Ortsbestimmung der Gegenwart ging, war das notwendig, jetzt aber kreißten die Berge wegen einer Maus.

Berechtigter war es, wenn die kaisertreuen Mönche von St. Pantaleon in Köln so wie einst Lampert von Hersfeld ihrer Chronik um 1220 einen weltgeschichtlichen Anfang vorspannten, den sie aus Comestor und anderen entnahmen. Wer die Geschichte des zeitgenössischen Reiches so intensiv darstellte, der durfte wohl mit Pseudo-Philos Noachidenführern, mit dem Götzendiener Nimrod und dem Weltherrscher Ninus, dem Sieger über Zarathustra, einsetzen und sich der historischen Kontinuität auch im Bilde vergewissern: Den Porträts der Weltherrscher gab man Nimrods und Ninus' Konterfei bei, und ein bebilderter Stammbaum zeigte die Genealogie der deutschen Könige und Kaiser seit Liudolf von Sachsen[61]). In der Krise des Reiches wunderte sich 1229 der schwäbische und staufertreue Prämonstratenser-Propst Burchard von Ursberg (ca. 1177–1230) nicht ohne Grund darüber, daß Moses für die ersten beiden Aetates der Welt keine Nachrichten über Könige und Reiche gab, und wollte diesem Mangel abhelfen; Frutolf und Comestor boten ihm den universalhistorischen Stoff. Weltliche Gewalt und religiöser Geist sollten sich

hören in den Wolfdietrich D 135, 4, Amelung-Jänicke Bd. 2, S. 123. Zur Verfasserfrage Boor, Literatur Bd. 2, S. 206 ff.

[60]) Moriz von Craûn v. 6 ff., hg. Ulrich Pretzel (Altdeutsche Textbibliothek 45), Tübingen 1956, S. 2 ff.; dazu Boor, Literatur Bd. 2, S. 145 ff., dessen früher Datierung (um 1180/90) ich nicht folge.

[61]) Chronica regia Coloniensis, MGH SSRG Bd. 18, S. 1. Der Kaiser- und Königsstammbaum ist abgebildet bei Karl Hampe, Das Hochmittelalter, Geschichte des Abendlandes von 900 bis 1250, 4. Aufl., Münster-Köln 1953, bei S. 400.

vereinen; so nahm auch Burchard aus Comestor die Angaben über Pseudo-Philos Noachidenführer, den Hamiten Nimrod, den Semiten *Jetram* und den Japhetiten *Soffon*, und leitete von ihnen die Reiche der Assyrer, der Sikyonier und der Römer her. Wie bei Comestor blieben die Assyrer Hamiten und die Römer Japhetiten, aber die Imperien waren gerechter als bei Comestor auf die Noachiden verteilt, Sem hatte keinen Vorrang. Die staufischen Kaiser stammten nicht direkt von Japhetiten und Römern, sondern von Trojanern und Franken; ein Monument ihres Königs *Clodius*, Chlodwig, des Ahnherrn der Staufer, meinte Burchard bei Waiblingen in Schwaben noch zu finden. Aber er war gerecht und gestand auch den Welfen Herkunft von den Völkern zu, die unter Kaiser Valentinian aus Skythien kamen; das meint wohl die Franken, die nach dem „Liber historiae Francorum" zur Zeit Valentinians wegen ihres Alanensieges an den mäotischen Sümpfen ihren Namen erhalten hätten. Somit wären auch die Welfen Trojaner. Und auch einem stauferfeindlichen Markgrafen Italiens rühmte Burchard freundlich seine Tüchtigkeit und seine Kenntnis „aller Sprachen" nach[62]). Sichtlich besann man sich in Deutschland auf das Weltamt des unparteiischen Historikers in seiner Zeit.

Abseits und eigenwillig entwarf seit 1230 der Niederdeutsche Eike von Repgowe (gest. nach 1237) seine Sächsische Weltchronik, die erste Weltgeschichte in deutscher Prosa. Auch sie fühlte sich dem Ganzen, nicht nur dem eigenen Stamm und seinem Dialekt, verantwortlich und hielt gerade deshalb hartnäckig an dem Hergebrachten, also an Frutolf, fest, an der hebräischen Ursprache und Gottes Eingreifen in die Sprachgeschichte, an den 27 semitischen, 30 hamitischen und 15 japhetitischen Stämmen der Erde. Nur konnte es, das fiel dem Niedersachsen auf, nicht mit 72 Sprachen sein Bewenden haben, wenn das Hebräische vor Babel schon vorhanden war und danach noch immer gesprochen wurde. *Darumme wandelde got ire sprake an en unde seventech tungen. Heber ... unde sin geslechte, dat dat tve unde seventegiste geslechte was, die behalden ir alden sprake*, die *muoder aller sprake*. So konnte nur schreiben, wer von Augustins mühsamer Rechnung nichts wußte, aber von sich aus auf den gleichen Gedanken wie Augustin kam, daß man die Hebräer, die beim Turmbau nicht mitgewirkt haben, gesondert zählen müsse. Eike suchte in der fernen Vergangenheit eine verständliche Wirklichkeit aufzudecken, selbst auf die Gefahr hin, dabei die Symbolzahl zu zerstören. Der patriarchalisch denkende Sachse sah die Struktur seiner Umwelt in Babel vorgezeichnet; er meinte, die *slechte* hätten sich vor dem Turmbau schon gebildet und auch danach weiterbestanden. Was Andreas von St. Victor aus exegetischen Gründen annahm, glaubte Eike, weil er in Verbänden, nicht in Personen dachte. So beruhte also die Kontinuität der

---

62) Chronicon, MGH SSRG Bd. 16, S. 1 ff. (Moses, Noachiden), 5 (Clodius, Trojaner), 8 (Welfen), 64 (Markgraf).

biblischen Geschichte auf diesen Sippschaften, und Babel bedeutete keinen Bruch; auch Assur und die Assyrer wurden wie bei Burchard einfach zur Sippschaft Nimrods, die Römer zu den Enkeln der Trojaner. Doch Eike war viel zu redlich, als daß er die so belebte Vergangenheit in den Dienst einer lokalpatriotischen Tradition gestellt hätte. Seine Sachsengenealogie führte bis zu Alexander dem Großen und den Makedonen zurück, nicht anders als schon bei Widukind von Korvei; nur ließ Eike weitherzig auch die Schwaben an dieser Ahnentafel teilhaben[63]).

Gleiches Recht für alle. Eikes Rechtsbuch, der Sachsenspiegel von 1220, liebte die weltweite Symbolzahl 72 und wiederholte die sächsische Stammessage, nicht, um Fremde zu benachteiligen. Denn Eike bestritt energisch der seit Honorius von Autun und dem deutschen Lucidarius allgemeinen Ansicht von der Leibeigenschaft der Hamiten die Berechtigung: Da Cham Afrika erhalten habe, sei auch er wie seine Brüder selbständig und niemandem untertan, genau wie *Jafeth, unse vordere*. Nicht die rechtliche Determination, sondern umgekehrt die Freiheit des rechtlichen Menschen war aus der biblischen Geschichte zu entnehmen, dieselbe Freiheit, die Eikes Rechtsbuch auch den Wenden und ihrer sorbischen Sprache zubilligte: Man müsse mit einem angeklagten Wenden verhandeln „in der Sprache, die ihm angeboren ist, wenn er kein Deutsch kann und das beweist"[64]). Die Sprache ist angeboren; sie ist Besitz nicht des einzelnen, sondern seiner Rechts- und Abstammungsgemeinschaft, seines Stammes und Geschlechtes – von Babel her. Babel blieb sehr fern, aber nicht weniger wirklich, nicht als Faktor, aber als Grundlage der Gegenwart, die auch im Recht das gute Alte achtet und der nichts Kleinliches und Kleinräumiges anhaften darf. Der Deutsche hatte es leichter als die italienischen Kanonisten, sich unbefangen auf den Standpunkt der universalen Rechtsidee und der Universalhistorie zu erheben, denn seine Umwelt stellte ihm keine drängenden Forderungen.

In Spanien hingegen, wo die Reconquista ihrem Höhepunkt zustrebte, forderte gerade die Gegenwart eine neue, historisch begründete Universalität. Die lässige Toleranz früherer Äußerungen, noch des „Cid", verstand sich seit der Crónica Nájarense und vollends seit Dominikus nicht mehr von selbst oder

---

[63]) Sächsische Weltchronik c. 4 ff., MGH Deutsche Chroniken Bd. 2, S. 69 f. (Babel usw.); c. 13 f. S. 78 f. (Römer, Sachsen; dazu GRAU, Herkunft 39 f.); c. 19 S. 83 (Schwaben).

[64]) Sachsenspiegel, Landrecht I, 6, 2, hg. Karl August ECKHARDT (Germanenrechte NF, Land- und Lehnrechtsbücher 1), Göttingen 1955, S. 78 (Zahl 72; die entsprechende Partie des Deutschenspiegels, MGH Fontes iuris germanici antiqui NS Bd. 3, S. 86 ff. enthält die Zahl nicht mehr); III, 44,2 S. 230 f. (Herkunft der Sachsen; dazu GRAU, Herkunft 39 f.); III, 42, 3 S. 224 f. (Noachiden; dazu FISCHER, Oriens 18); III, 71, 1 S. 256 (Wenden; dazu MASCHKE, Nationalbewußtsein 18 f.).

war zur eingelernten Geste geworden; auch war eine laue Koexistenz längst nicht mehr möglich. Man mußte dem Islam, der von Córdoba bis Bagdad in vielen rivalisierenden Staaten, aber in einem Glauben verwurzelt war, wirksam begegnen, und man konnte es nur durch die Berufung auf die gesamte Heilsgeschichte, ohne lokalpatriotische Tabus und Eitelkeiten. Das versuchte 1236, als Ferdinand III. den Mauren Córdoba nahm, der von Ferdinands Mutter protegierte spätere Bischof Lukas von Tuy (gest. 1249). Doch er war kein Kirchenlicht und begriff von seinem Jahrhundert wenig. Er stellte den gigantischen Götzendiener Nimrod und den Turmbau der Menschen, die eine neue Sintflut fürchteten, brav neben die gottgewollten 72 Sprachen und Völker, als ob's ein Märchen aus Tausendundeiner Nacht wäre. Nur an einer Stelle ging er über sein großes, unerreichtes Vorbild Isidor hinaus und schrieb das dritte, das griechische Weltreich nicht wie Comestor und Gervasius den Semiten zu, sondern bezeichnete es als Mischung zwischen Semiten und Japhetiten; Lukas muß auf das schwächliche Lateinische Kaisertum in Byzanz nicht wenig stolz gewesen sein, wenn er es unter die Weltreiche einreihte[65]).

Viel klüger und wacher war sein Vorgesetzter, der Primas von Spanien, Erzbischof Roderich Jimenez de Rada von Toledo (ca. 1180–1247). Der später maßgebende Ratgeber Ferdinands III. fiel bereits 1215 beim Laterankonzil durch seine eminente linguistische Begabung auf: Sieben europäische Sprachen habe er geredet, seit den Tagen der Apostel habe man dergleichen nicht vernommen, meldeten die Akten; anderswo hören wir, daß er neben Französisch, Italienisch, Englisch, Deutsch auch Hebräisch, Griechisch, Lateinisch und Arabisch sprach[66]). Und das Sprachenlernen stumpfte ihn nicht ab, im Gegenteil. Sein König gab ihm den Auftrag, eine spanische Geschichte zu schreiben, die erste Gesamtgeschichte Spaniens, und er verfaßte sie 1243; aber insgeheim war es, weit mehr als das kümmerliche Produkt des Amtsbruders Lukas, eine Weltgeschichte. Sie begann mit der Völkerteilung der Noachiden. Roderich schrieb nicht von der Konfusion, sondern wie Innocenz III. von der *divisio* der Sprachen. Es herrschte Ordnung, aber keine symbolistische; Roderich nannte keine feste Sprachenzahl, es seien *diversi* gewesen. Diese Sprachen schufen sich in Babel erst ihre Körper, die Völker; *prout unius linguae professio exigebat, diversos populos effecere.* Am Anfang stand also wie bei Isidor durchaus die Sprache, nicht die Abstammungsgemeinschaft wie bei Eike.

---

[65]) Chronicon mundi, hg. Andreas Schott SJ u. a., Hispaniae illustratae seu rerum urbiumque Hispaniae, Lusitaniae, Aethiopiae et Indiae scriptores varii, 4 Bände, Frankfurt/Main 1603–08, hier Bd. 4, S. 7 f.; dazu Sánchez-Alonso, Historia Bd. 1, S. 129 ff.; Dubler, Geschichtschreibung 19 f.

[66]) Russell, Mezzofanti 16 bringt die eine, Dubler, Geschichtschreibung 20 die andere Angabe.

Unter den so entstandenen Völkern befanden sich, als Riphats Nachkommen, Veneter und Ligurer, und schon das war eine Neuerung. Zu Magogs Skythenenkeln zählten Goten, Wandalen, Sueven, Alanen und Hunnen, also die den Spaniern bekannten Stämme der Völkerwanderungszeit; zumindest den Hunnen hatte man bisher im Abendland ihr Plätzchen in der Völkertafel nicht gegönnt. Daß Tubal der Ältervater aller Spanier sei, kehrte Roderich gebührend hervor, doch machte er auch den Deutschen ein Kompliment. Priamus sei nach Trojas Brand über Venedig bis nach Deutschland gereist, das den Namen *Germania* von Antenor, dem *germanus* des Trojanerkönigs trage. Gewiß gab es neben der französischen längst eine deutsche Trojanersage, aber warum gefiel diese dem Spanier besser als jene? Als er schrieb, war aus der Verbindung seines Herrn und Auftraggebers, Ferdinands III., mit der staufischen Beatrix bereits Alfons hervorgegangen, der einst als „der Weise" Kastilien und das Reich verwalten sollte; er brauchte eine edle Ahnentafel, in der Bibel und Antike, Frömmigkeit und Macht, Tubal und Antenor sich paarten.

Doch Roderich war kein engstirniger Hofhistoriograph; er sah zwar die Völkerwelt mit den Augen eines Spaniers, aber vor den Völkern waren die Sprachen entstanden, und hier gab es keine Parteien. Roderich war recht in seinem Element, als er eine europäische Sprachenliste aufstellte, die erste ihrer Art. Sie geht ganz von der Gegenwart aus und läßt das Hebräische nicht einfließen. Sollte die Tafel der 72 Weltsprachen aus dem spanischen frühen 11. Jahrhundert Roderich angeregt haben? Er verfuhr trotzdem ganz anders als sie, nicht tolerant, sondern exakt. Er zählte, anscheinend rein empirisch, zwischen Irland und den Kumanen 13 europäische Sprachen, obwohl er 15 Völker (die Zahl der Japhetiten) nannte; denn Deutschland, England und Flandern hätten ein und dieselbe Sprache, übrigens eine andere als der skandinavische Norden. Der westgermanische Sprachzweig war bisher nicht einmal den Beteiligten, etwa Goscelin, geschweige den Romanen als gesonderte Einheit aufgefallen; allein für diese Entdeckung hätte Roderich einen Ehrenplatz in der Geschichte der Sprachwissenschaft verdient, die ihn bis zur Stunde nicht einmal mit Namen kennt. Er tat noch mehr und erwähnte in der Liste auch nicht Italienisch und Französisch; sogar seine Muttersprache, die damals in Spanien zur Gesetzes- und Geschäftssprache zu werden begann, fehlte wie die anderen Idiome, die er selbst beherrschte. Es blieb allein das Latein, ihrer aller Mutter; auch die Gemeinschaft der romanischen Sprachen war ihm geläufig. In sie scheint er auch das Baskische eingeordnet zu haben, das er kannte, aber in der Aufstellung nicht eigens nannte. Endlich vergaß er in der Reihe auch Osteuropa nicht: Bulgaren, Kumanen, Slaven und von ihnen gesondert Böhmen, Polen und Ungarn fanden ihre Stelle ebenso wie die keltische Gruppe der Iren und Schotten und die Griechen. Die Liste hat ihre Mängel, vor allem im slavischen Abschnitt, aber sie ist der erste Versuch, die europäischen Sprachen vernünftig zu klassifizieren; der nächste wurde erst dreieinhalb Jahrhunderte später von dem Jüngeren Scaliger unternommen[67]).

Die Blickweite des Prälaten kam nicht von ungefähr. Er hatte mit den Rabbinern Toledos disputiert; noch war Sevilla in den Händen der Mohammedaner. Roderich, der in Paris studiert hatte, sah zu, wie in seiner Bischofsstadt die berühmte Übersetzerschule Aristoteles und Averroes aus dem Arabischen ins Lateinische übertrug. Kurz nach Roderichs Tode, als Ferdinand III. Sevilla eingenommen hatte, begann in Toledo auch das orientalistische Studium der Dominikaner. Toledo also schenkte gerade eben der Hochscholastik die Schätze der Griechen und Araber und erweiterte den Umkreis europäischer Sprachenkenntnis plötzlich wieder über das ganze, seit dem 7. Jahrhundert verlorene südliche und östliche Mittelmeer. Die Sieger der Reconquista lernten von den Besiegten und umfaßten mit großer Gebärde ihre ganze zeitgenössische Umwelt und die gesamte Geschichte; in diesem Höhepunkt spanischen Lebens klangen Tradition und Gegenwart zusammen.

Mönchischer Spiritualismus und Mission, päpstliches Kirchenrecht und Völkerordnung, kaiserliche Allgegenwart, deutsches Geschichtsverständnis und spanische Universalität lassen sich schwer vereinigen; aber alle diese Tendenzen wollen das Weltganze umgreifen, und fast alle leben in dem Hochgefühl einer sich ausbreitenden Kultur, die es mit Asien und Afrika getrost aufnimmt, in dem Glauben, daß die geistige und materielle Welt dem Zugriff des handelnden Menschen oder der Fortführung anspruchsvoller Traditionen zur Verfügung stehe. Die Völker Europas schienen ihr Schicksal selbst in der Hand zu haben.

*

Das war ein Trugschluß; 1240 kamen die Mongolen. Als Innocenz IV. in Lyon 1245 Friedrich II. absetzte, nannte ihn die päpstliche Partei einen „Babylonier“ aus dem „Schlangengezücht der Staufer“ und verglich ihn mit dem Jäger Nimrod, als stünde das Arsenal der Weltgeschichte dem Papst noch ganz zu Gebote[68]). Da erschien auf dem Konzil ein „ruthenischer“, also russischer Erzbischof Peter, wie um dem verketzerten Kaiser und den Deutschen recht zu geben. Die Konzilsväter verwunderten sich sehr über ihn: *Prout*

---

[67]) Chronica Hispaniae ab origine prima, SCHOTT, Hispania Bd. 2, S. 28 f. Zu dem Werk SÁNCHEZ-ALONSO, Historia Bd. 1, S. 134 ff.; DUBLER, Geschichtschreibung 20 f. Wer die von Roderich in der Sprachenliste noch genannten *Blaci* sind, weiß ich nicht; vielleicht die Kroaten um Biaci-Bihač?

[68]) Erich MASCHKE, Das Geschlecht der Staufer, München 1943, S. 10 ff. (Babylonier); Flugschrift Rainers von Viterbo, HUILLARD-BRÉHOLLES (o. Anm. 49) Bd. 6, 1, S. 281 (Nimrod).

quidam asserebant de concilio venientes, neque Latinam neque Grecam neque Hebraicam novit linguam. Augustins Diktum von den drei Weltsprachen stimmte also nicht einmal für die christliche Welt; und daß man sich in einem expandierenden Universum befand, machten die Erzählungen des orthodoxen Würdenträgers über die Mongolen sichtbar. Diese „Tartaren" stammten von den durch Gideon verjagten Madianitern her, die man aus Jud. 6–8 kenne. Der Russe (dessen Nationalität man nicht anzuzweifeln braucht) wußte aus seiner Nestorchronik, daß die Steppenvölker Madianiter oder Ismaeliten waren[69]).

Beide Deutungen wurden in Rußland auch den ungarischen Dominikanern mitgeteilt, die zwischen 1231 und 1237 vier Missionsreisen nach dem Osten unternahmen. Sie hatten von dem neu auftauchenden Volk gehört und *in gestis Ungarorum*, also wohl beim „Notarius Belae", gelesen, daß die Ungarn selbst auch aus dem Osten gekommen seien. Nun wollten sie das verwandte Volk bekehren. Der Dominikaner Richard, der zu Hause die Reiseberichte sammelte, frohlockte im Frühjahr 1236 bereits, daß die Missionare an der Wolga ungarisch sprechende Stämme gefunden hätten, die sich *per relationes antiquorum* zu ihrer ungarischen Sippschaft bekannten. Aber das waren die Baschkiren, noch nicht die *Tartari*. Einen mongolischen Gesandten traf man, der „Ungarisch", also das nordtürkische Baschkirisch, ferner Russisch, Kumanisch, Deutsch, Arabisch und Mongolisch sprach[70]). Die Genugtuung, ein vermeintlich stamm- und sprachverwandtes mächtiges Volk entdeckt zu haben, verging Ende 1237 dem Pater Julian auf seiner letzten Missionsreise. Die Baschkiren, *a quibus nostri Ungari originem habuerunt*, waren inzwischen von den Mongolen unterworfen worden, und diese versicherten, sie wollten das Abendland bis Rom und darüber hinaus erobern. Hier war nichts zu missionieren; der Groß-Chan Ügedei forderte umgekehrt den Ungarnkönig zur Unterwerfung auf, in einem Brief *litteris paganis*, in arabischer Schrift, aber in mongolischer Sprache. Die Mongolen meinten wohl, wenn man die Buchstaben entziffern könne, müsse auch der Inhalt verständlich sein; Julian fand denn auch viele, die den Brief lesen konnten, aber nur nach langem Suchen einen Kumanen, der ihn verstand. Mit der Verwandtschaft zwischen Ungarn und Mongolen war es also nichts. So nahm der enttäuschte ungarische Pater gern die russischen Erläuterungen an: Die Tartaren sind *in veritate filii Ysmahel* oder aber die von Gideon

---

[69]) Annales Burtonenses a. 1245, MGH SS Bd. 27, S. 475; dazu Heinrich Dörrie, Drei Texte zur Geschichte der Ungarn und Mongolen, in: Nachrichten der Akad. d. Wiss. in Göttingen aus dem Jahre 1956, Philol.-Hist. Kl., Göttingen 1956, S. 125–202, hier S. 182 ff., 187 f. Zur Nestorchronik s. o. S. 319.

[70]) De facto Ungarie magne, hg. Dörrie (o. Anm. 69): I, 1 ff. S. 151 f.; IV, 7 S. 157 (Verwandtschaft, Sprache); IV, 10 S. 158 (mongolischer Bote). Dazu Dörrie S. 131 ff., 143 ff.

vertriebenen Madianiter[71]). Sie wären also vielleicht wie die Sarazenen Söhne Abrahams von einer Nebenfrau, jedenfalls keine Japhetiten wie die Ungarn und die übrigen Abendländer – als ob man sie damit schon abgewehrt hätte.

Im Abendland griff man erleichtert das Stichwort auf und nannte die Mongolen schlicht nach den von Pseudo-Methodius und Comestor geschilderten Völkern *Ismahelitae*[72]). Manche erläuterten, daß es sich um Kinder der Agar handle, also um *Agareni*[73]); und dann konnte man alle Ungläubigen gleich zusammenfassen: *Sarraceni dicti Tartari*[74]). Ein anderer Weg der Deutung führte zu den zehn verlorenen Stämmen Israels, die das Goldene Kalb anbeteten; auch das vom Hebräischen grundverschiedene Mongolisch galt nicht als Gegenargument: Gott habe den Verruchten die Sprache verwirrt[75]). Aus den Verdammten wurden leicht die von Alexander dem Großen in den Kaspischen Bergen eingeschlossenen Stämme[76]) und die Gog und Magog selber. Ein ungarischer Bischof munkelte sogar, diese Gog und Magog benutzten hebräische Schriftzeichen[77]), und in Deutschland vermerkte man schaudernd, daß sich die Juden auf die Ankunft der Mongolen maßlos freuten. Die Verschwörung der Heiden und Juden gegen die Christen schien vollständig. Nur hie und da klang ein besonnener Ton dazwischen, etwa wenn man in den Mongolen die Nachfahren der *magi*, der in Köln ruhenden heiligen drei Könige vermutete, vielleicht des Wortklangs *magi-Magog* wegen[78]). Unter den neutraleren Beobachtern, die daran glaubten, war auch ein aus seiner Heimat verbannter Engländer, der in mongolischer Gefangenschaft die mongolische und andere Sprachen lernte[79]). Aber fast alle Autoren glaubten genau zu wissen, was von den Mongolen zu halten sei; nur ein aufrichtiger Annalist sprach achselzuckend von der *ignota*

---

[71]) Tractatus de Tartaris, hg. Albin Franz Gombos, Catalogus fontium historiae Hungaricae, Bd. 2, Budapest 1937, S. 1363 ff.; hg. Dörrie (o. Anm. 69): I, 34 S. 172 (Baschkiren); IV, 6 ff. S. 178 f. (Ügedeis Brief); I, 1 S. 167 (Ismaeliten); VI, 2 f. S. 181 (Madianiter). Dazu Dörrie S. 134 ff., 197 f. ohne genügende Kenntnis der pseudobiblischen Herkunftssagen.

[72]) Annales Teokesburienses a. 1240, MGH SS Bd. 27, S. 468; Annales Scheftlarienses maiores a. 1240, MGH SS Bd. 17, S. 341; Brief Heinrich Raspes von 1242, bei Matthäus Paris, Chronica maiora a. 1242, RBSS Bd. 57,6 S. 78.

[73]) Annales sancti Medardi Suessionenses a. 1240, MGH SS Bd. 26, S. 522.

[74]) Annales Scheftlarienses minores a. 1241, MGH SS Bd. 17, S. 344.

[75]) Matthäus Paris, Chronica maiora a. 1240, RBSS Bd. 57,4 S. 77 f.

[76]) Continuatio IV Gestorum Treverorum c.7, MGH SS Bd. 24, S. 403 f.; Richer von Senones, Gesta Senoniensis ecclesiae c. 20, MGH SS Bd. 25, S. 310; Giovanni Villani, Chroniche V, 29, hg. Antonio Racheli, Triest 1857, S. 71. Dazu Anderson, Gog 14.

[77]) Brief eines ungarischen Bischofs an den Bischof von Paris vom 10. 4. 1242, bei Matthäus Paris, Chronica maiora a. 1242, RBSS Bd. 57, 6 S. 75. Andere Zeugnisse über Gog und Magog bei Graf (o. S. 705 Anm. 221) Bd. 2, Turin 1883, S. 550 ff.

[78]) Annales Marbacenses a. 1222, MGH SSRG Bd. 9, S. 89 f. (Juden, magi).

[79]) Brief des Ivo von Narbonne an den Bischof von Bordeaux, bei Matthäus Paris, Chronica maiora a. 1243, RBSS Bd. 57, 4 S. 274, 276.

gens Tartarorum[80]). Auch die schlichte geographische Herleitung der Mongolen von den *Sarmathae* blieb eine späte Ausnahme[81]). Man hat also die Mongolen (ganz anders als frühere Steppenvölker, Hunnen, Avaren und Ungarn) sofort in der Bibel wiederentdeckt, freilich nicht in der Völkertafel der Genesis, sondern in weniger noblen Seitenzweigen des semitischen Hauses Abraham. Die Lehre von den „israelitischen Tartaren" hielt sich zäh; erst im 17. Jahrhundert hat man ihr das Lebenslicht ausgeblasen.

Die christliche Enzyklopädie wurde durch den Mongoleneinfall zunächst nicht gesprengt, sondern nur um ein Kapitel erweitert; von der Sprache der Mongolen redete außerhalb Rußlands kaum jemand. Doch wenn man auch an die Mohammedaner dachte, vor einer Herleitung der Mongolen von Hunnen, Avaren und Ungarn scheute man sich; man mußte schon nach der fernsten bekannten Ferne greifen, um die wilden Horden einzuordnen. Und man war mit allem Nachdruck darauf verwiesen worden, daß nicht nur Wille und Vorstellung, sondern auch Sprachen und Völker, überhaupt die vielfältigen geschichtlichen Faktoren das Bild der Gegenwart bestimmten. Diese Einsicht hielt sich im Westen noch in akademischer und arroganter Distanz von den Fakten; jedoch nahmen von Anfang an die nächstbetroffenen slavischen Völker den Mongolensturm nicht mit der gleichen wissenssicheren Gelassenheit hin.

Die Ungarn schwiegen; ihr Dasein war durch den Überfall völlig aus den gewohnten Geleisen geworfen. Da war die Erläuterung des Paters Julian ein schwacher Trost. Erst später sollte sich zeigen, daß der Mongolensturm die ungarische Zuwendung zu Europa rapide beschleunigte. Bei den weniger gebrandschatzten Polen regten sich Ansätze zu neuem Selbstverständnis schon früh. Sie hatten bis dahin wenig von den biblischen Genealogien gehalten; noch nach 1206 machte der Krakauer Bischof Vinzenz Kadlubek (ca. 1160–1223) keine Miene, die Polen in der Völkertafel nachzuweisen, sondern knüpfte ihre Geschichte an die germanischen Wandalen an, von deren Aufenthalt in Schlesien er gewußt haben wird. Ihren Namen konstruierte er allerdings umgekehrt nach der Polenkönigin *Wanda* und vielleicht nach den Wenden. Wandas Vater *Graccus*, der erste König Polens, habe Krakau (Vinzenzens Bischofssitz) gegründet. Die Polen, Herrscher über Geten und Parther, kämpften schon gegen die Gallier, Alexander den Großen und Caesar; sie waren mit den „Dakern" verwandt. Gewiß eine originelle Art, die Zugehörigkeit Polens zu Europa und seiner Geschichte zu dokumentieren; antike Namen taten dazu den besten Dienst. Viele polnische Chronisten nahmen sich daran ein Bei-

---

80) Continuatio Garstensis a. 1241, MGH SS Bd. 9, S. 597.
81) Matthäus Palmerius (gest. 1475), Liber de temporibus a. 1242, RISS NE Bd. 26,1 S. 103.

spiel[82]). Der germanisch-antiken Herkunftssage die biblische hinzuzufügen, fühlte man sich erst nach dem Mongolensturm bemüßigt, weil man sich nach einem festeren Halt in der abendländischen Christianitas umsehen mußte.

Ein Zusatz zu Kadlubek entdeckte die willkommene Bestätigung in der Fränkischen Völkertafel: Der Vater der Polen und Wandalen hieß nun *Wandalus* und war Sohn des *Negno* (Inguo) und Enkel des Alanus; auch dessen trojanische Ahnenreihe bis zu Javan, „den die Polen Iwan nennen", und bis zu Japhet wurde wohlgefällig mit übernommen[83]). Die in ihrem ersten Teil um 1253 vollendete Chronik, die wahrscheinlich der Kustos Baszko des Posener Bischofs Boguphal II. verfaßte, brachte neue Genealogien hinzu. Die *Pannonii*, die ihren Namen von ihrem „Herrn", *Pan*, hätten, stünden am Ursprung der slavischen Völker; sie stammten von *Janus nepos Japhet* her. (Denselben erkoren sich 1155 die Römer.) Ihr erster Herrscher war der Unterdrücker Nimrod, der die Knechtschaft auf Erden einführte. Er soll der Sohn eines *Slavo* sein, und dieser sei der Ahn aller Slaven geworden, wie man noch heute an der Verwandtschaft der Sprachen erkennen könne. *Sunt autem Slavorum multimoda genera linguarum se mutuo intelligentia.* Pans Kinder aber hießen *Lech*, *Rus* und *Czech* und wurden die Stammväter der lechitischen Polen, der Russen und der Tschechen. Wie Slavo und Nimrod mit Pan und dessen Kindern verwandt sind, wird nicht vorgeführt; sicher ist nur, daß sie alle Japhetiten sind. Das wird durch eine Alternativlösung noch unterstrichen: Die beiden Japhetitenenkel und Brüder *Janus* und *Russz* hätten die Slaven und die Deutschen gezeugt; noch die Namengeber beider Völker, *Ducz* und *Slavus*, seien Brüder gewesen. Ihren Vater lernt man nicht kennen. Aber alle diese reichlich verworrenen und unzusammenhängenden Ahnenreihen schoben sich ineinander und setzten sich vor *Graccus* und *Wanda*; ihr Gipfel war stets Japhet, der Vater Europas. Der linguistisch und genealogisch begründete Panslavismus, der die Ungarn *(Pannonii)* an führende Stelle setzte und zu Slaven, nebenbei auch zu Wandalen machte, vergaß die anderen Nachbarn nicht, die Russen Alexander Nevskijs und die Deutschen, deren Siedler und Stadtrechte sich überall festsetzten[84]). Auf diese Weise erhielt man die umfangreichste biblisch-genealogische Koalition, die jemals in Ostmitteleuropa ausgedacht worden ist, und es hält schwer, nicht den

---

[82]) Chronica Polonorum I, 7, MPH Bd. 2, S. 257 f. (Wanda); I, 3 ff. S. 254 ff. (Graccus, Gallier). Zu V.s Urgeschichte Heinrich Zeissberg, Die polnische Geschichtschreibung des Mittelalters (Preisschriften, hg. Fürstlich Jablonowski'sche Gesellschaft zu Leipzig 17), Leipzig 1873, S. 60 ff.; Alfred von Gutschmid, Kritik der polnischen Urgeschichte des Vincentius Kadlubek, in: Kleine Schriften, Bd. 5, Leipzig 1894, S. 447–494, hier S. 451 ff.

[83]) „Miersua", Chronicon c. 1, MPH Bd. 2, S. 163; dazu David, Sources 72 ff.

[84]) Chronicon Poloniae, MPH Bd. 2, S. 468 ff. Zur Verfasserfrage David, Sources 76 ff.; zum deutschen Einfluß Rudolf Kötzschke – Wolfgang Ebert, Geschichte der ostdeutschen Kolonisation, Leipzig 1937, S. 101 ff.

Mongolensturm als Veranlassung für übervölkisches Empfinden und Sehnsucht nach größerem Zusammenschluß namhaft zu machen. Hier hielt man also die Augen für Sprachverwandtschaften und Völkergemeinschaften offen; die Geschichte wurde hoch geachtet, freilich vor allem, weil sie der Selbstbestätigung der zutiefst bedrohten Völker diente.

Während der slavische Osten sich mühsam gegen die Mongolen behauptete, während die Kreuzfahrerstaaten im Vorderen Orient den Türken zum Opfer fielen, war Deutschland mit dem Schrecken davongekommen. Hier hatte man die Historie schon vor dem Mongoleneinfall großgeschrieben, und nun wurden sogar die Bettelmönche, vor allem die Franziskaner, auf die historischen Fakten aufmerksam und begannen die scheinbar längst abgeschlossene Weltkunde neu zu sichten und zu durchdenken.

Der vielleicht wirklich englische Franziskaner Bartholomäus Anglicus, der nach exegetischer Tätigkeit in Paris seit 1231 in Eikes Nähe in Magdeburg lehrte, unternahm um 1240 einen Anlauf zu einer Geographia sacra. In seiner naturwissenschaftlichen Realenzyklopädie, einem Handbuch für Bibelerklärung und Predigt, stand, daß Noah die Welt in die drei Erdteile Europa, Asien, Afrika geteilt und diese je einem seiner Söhne überlassen habe. Das war keine Neuentdeckung; aber es war neu, daß sich ein Franziskaner um die Geographie des Vorderen Orients, um Babylon, wo die Sprachverwirrung stattfand, überhaupt um die Welt der Natur kümmerte und ihre innere Ordnung suchte. Damit, daß die asiatischen Mongolen Semiten sind, konnte es sein Bewenden haben; aber bei den Japhetiten sah Bartholomäus genauer zu. Er verglich die Sprachen der Schotten und Iren, der Angelsachsen und Sachsen; er horchte auf die verschiedenen Idiome Belgiens und teilte ein böhmisches Wort mit; er wußte, daß Russen, Böhmen und Slaven in der Sprache übereinstimmten und daß zur slavischen Sprachfamilie auch die Polen, Wenden, Dalmatiner und Kärntner gehörten; er hielt fest, daß man in Ungarn mehrere Sprachen redet, und meinte, der Zunge nach gehöre Holland zu Deutschland. Die keltischen, westgermanischen und slavischen Sprachräume gliederten sich dem Engländer an der Elbe übersichtlich auf. Nicht nur den gegenwärtigen Zuständen widmete er sein Interesse. Die Sachsen stammten angeblich von den Griechen ab und seien zu Schiff ins Land gezogen – das war die soeben von Eike erneuerte sächsische Stammessage; die Goten kämen aus Skythien und seien Nachkommen Magogs, identisch mit den Geten und verwandt mit den „Dakern", also den Dänen – das waren anglonormannische Erinnerungen. Bartholomäus bildete keine germanische Ökumene; er zog weiträumige Verbindungslinien quer durch die Zeiten und ließ in der Geographie keinen toten Winkel[85]).

---

[85]) De proprietatibus rerum XV, 1, Straßburg 1534, unpaginiert (Noah); Anton Emanuel SCHÖNBACH, Des Bartholomäus Anglicus Beschreibung Deutschlands ge-

Bartholomäus' norddeutscher Ordensbruder Alexander bezog bald, 1241, auch die Weltgeschichte enzyklopädisch in die Exegese ein, nicht ohne Eikes Weltchronik zu benutzen. Dieser Apokalypsenkommentar hatte die universale Ausbreitung der Kirche zum Thema und fand ihre einzelnen Phasen in der Geheimen Offenbarung verschleiert vorausgesagt. Da konnte der Minorit Haimos Satz, daß aus jeder der 72 Sprachen einige Menschen auserwählt seien, gut verwerten; das anschließende Haimo-Zitat von der Sprachgemeinschaft der romanischen Völker hat der Niederdeutsche freilich bis zur Unkenntlichkeit zusammengestrichen. An den Einzelheiten der Sprachgeschichte lag ihm nicht; aus der Erwähnung des Hebräischen, Griechischen und Lateinischen in Apoc. 9,11 zog er keine Folgerungen auf die Heiligkeit dieser Sprachen. Nur der in Symbolzahlen verborgene Gesamtzusammenhang interessierte den Mönch: David hatte 72mal 4 Sänger – Hippolyts Ansicht, von Filastrius vermittelt, wurde wiederbelebt –; die 72 Jünger Christi umfaßten mit ihren beiden vollkommenen, also durch die Zahl 1000 symbolisierten Händen die Schar der 144000 Auserwählten, und sogar ein Talent hat bei Alexander 72 Pfund, nicht mehr und nicht weniger wie bei Haimo. Aber war die schöne Harmonie nicht eben jetzt in den Fundamenten erschüttert? Der Autor verneinte: Nach Dan. 2, 44 wird das Reich der Kirche keinem anderen Volk überantwortet werden, also auch nicht den Sarazenen, Parthern, Medern und Persern – und auch nicht den *Thatari*, den Mongolen; nur die Zeit des Antichrist werde betrüblich, aber auch kurz sein. Und die Genossen des Antichrist, die Gog und Magog, von Alexander dem Großen am Kaspischen Meer eingeschlossen, kamen sie nicht gerade an? Wieder wehrte Alexander ab, ähnlich wie seinerzeit Remigius von Auxerre angesichts der Ungarngefahr: Aus jenen Ländern kamen schon viele Völker, die *Gothi sive Gethae* etwa, die Baktrianer, Parther und Daker. Und nach Ez. 38,2 ff. mußte man auch an Perser, Äthiopier und Libyer, ja sogar an die Franzosen Gomers, die Spanier Tubals und die Kappadokier Mosochs denken. Also nicht ein Volk, sondern viele aus allen vier Weltteilen werden dem Antichrist beistehen; die Mongolen allein sind noch keine akute Gefahr für die Kirche Gottes [86]). Dem Franziskaner kam es weniger auf antiquarische Details als auf den Gesamteindruck an; aber plötzlich hatte in seinem Werk die Geschichte selbst aktuelle Bedeutung, sie klärte, beruhigte und forderte. Vor

---

gen 1240, in: MIÖG 27 (1906) 54–90, hier Auszüge aus Buch XV: c. 152 S. 62 f. (Schotten, Iren); c. 13 S. 69 (Angelsachsen, Sachsen); c. 26 S. 70 (Belgien); c. 30 S. 70 f. (Böhmisch); c. 131 S. 76 (Russen usw.); c. 140 S. 77 (Polen usw.); c. 110 S. 74 (Holland); c. 139 S. 76 (Sachsen-Herkunft); c. 71 S. 72 (Goten).

[86]) Expositio in Apocalypsim 5, 9, MGH Quellen zur Geistesgeschichte des Mittelalters Bd. 1, S. 83 (Haimo); 9, 11 S. 145 f. (drei Sprachen); 4, 8 S. 66 (Davids Sänger); 14,1 S. 293; 21, 17 S. 478; 21, 21 S. 487 (72 Jünger); 16, 21 S. 362 (Pfund); 20, 4 S. 433 (Thatari usw.); 20, 7 S. 451 f. (Gog, Magog).

dem Mongolensturm hatte kein Franziskaner, auch im geschichtsbewußten Deutschland nicht, die Historie so zu nutzen verstanden.

Der in Alexanders Nachbarschaft wohnende Albert von Stade (gest. nach 1264), zuerst Benediktinerabt, dann Franziskanerprior, schrieb als Minorit nach 1240 seine Weltchronik, die auch den Apokalypsenkommentar des Ordensbruders und Landsmanns zitierte und für alle geistlichen, auch häretischen Strömungen der Zeit Platz fand; und dennoch wandte sie sich liebevoll den bescheidenen Einzelheiten vergangener Historie zu und lieferte nebenbei die erste geographisch genaue Beschreibung Deutschlands. Aus Frutolf wiederholte Albert die Lehre von 72 Sprachen der Welt; aber er zog keine demokratischen Konsequenzen daraus. Er stand noch so „benediktinisch" in den aristokratischen Ordnungen der alten Reichskirche, daß er die ständische Scheidung der Noachiden von Honorius annahm, obgleich Eike sie soeben als unrechtlich verurteilt hatte. Die Freien stammen von Sem, die Ritter von Japhet und die Knechte von Cham. Ob Albert zu den Hamiten in seinem Franziskaner-Konvent ein brüderliches Verhältnis fand? Zu den Hamiten zählte auch der 30 Ellen lange Riese Nimrod, der Stammvater der Assyrer und der Götzendiener; der Anfang der Weltmonarchien war böse. Aber Albert war der weltlichen Macht nicht gram, wenn sie auf Adel hielt. Zwar verfolgte er den Stammbaum der Karolinger nur bis zu Arnulf von Metz, nicht bis zu Trojanern und Noachiden zurück; aber die Herkunft seines eigenen Stammes interessierte ihn brennend. Woher die Sachsen kamen, konnte er allerdings nicht entscheiden: ob von den Dänen und Normannen, ob von den Angeln Britanniens, ob vom Heere Alexanders des Großen, vornehm waren sie allemal. Und die deutsche Reichskirche war ehrwürdig und umfassend; begeisterter als Saxo Grammaticus berichtete Albert vom Erzbischof Christian von Mainz, der ein Deutscher war und doch Lateinisch, Italienisch, Französisch, Griechisch, „Apulisch", „Lombardisch" und Brabantisch wie seine Muttersprache beherrscht habe[87]). Die räumliche, zeitliche und gesellschaftliche Struktur der Welt schien dem Prior Gottes Werk zu sein und darum aller Aufmerksamkeit wert; konservative Institutionen und alte Traditionen gesellten sich ihm ohne Bruch zur franziskanischen Forderung. Nicht alle seine Mitbrüder dachten so altfränkisch; aber die Schriften der sächsischen Franziskaner schlossen doch alle einen neuen Bund zwischen Weltordnung und Heilsgeschichte.

Während sie in ihren stillen Zellen das Gleichgewicht der Kräfte wieder herstellen wollten, wurde es erst recht zerrüttet durch die Berichte ihrer Ordensbrüder, die als Gesandte und Missionare nach Innerasien ritten. Sie drangen

---

[87]) Annales Stadenses, MGH SS Bd. 16, S. 284 (Babel, Stände), 308 (Karolinger), 311 (Sachsen-Herkunft), 374 (Christian).

weiter vor als die ungarischen Dominikaner, und sie hatten keine Hoffnung, dabei auf Verwandte zu stoßen. Innocenz IV. zwar rechnete seit dem Lyoner Konzil auf mongolisches Entgegenkommen; sein erster Bote war 1245–47 der Schüler des heiligen Franz und ehemalige Leiter der sächsischen Franziskaner-Provinz, Pater Johann von Piano di Carpine (ca. 1182–1252). Er mußte erproben, ob das Gedankengebäude seiner sächsischen Brüder der Wirklichkeit standhielt, und er bekam die Misere der abendländischen Isolierung bitter zu spüren. Die Verständigung mit den Mongolen war schwierig; russische Dolmetscher versagten. Johannes mußte eingestehen, daß im Abendland kaum jemand Russisch, Persisch oder Mongolisch verstand oder lesen konnte; „es gebe zwar Sarazenen in unserem Lande, aber sie wohnten weit vom Papst entfernt". Die Mongolen übersetzten schließlich selbst das Schreiben ihres Chans an den Papst ins Lateinische und umgekehrt die lateinischen Briefe ins Russische, Persische und Mongolische. Sie konnten es; an ihrem Hofe lebten Russen und Ungarn, die Lateinisch und sogar Französisch sprachen. Der weltweite Austausch und die wildgewachsene Toleranz im Mongolenreich verfehlten ihren Eindruck nicht; staunend notierten die Gesandten die Fülle der Sprachen und Völker in Turkestan, in der Mongolei und in China. Carpine selber vermochte den Namen des Iltis nicht auf lateinisch, wohl aber auf deutsch, polnisch und russisch wiederzugeben. Das gelehrte Latein versagte vor den einfachsten Realitäten. Aber leicht drängten sich die gelehrten Fabeln des Plinius wieder zwischen die Reisenotizen: Ochsenfüßler am Indischen Ozean reden zwei Worte in menschlicher Sprache und bellen beim dritten wie Hunde. Und die Genealogie war schnell fertig: Der Groß-Chan Kujuk war *Gog Cham*, sein Bruder Mangu hieß eben *Magog*; auch der Name der Mongolen hing damit zusammen, und Carpines diskreter Hinweis auf Ez. 38 war eigentlich schon nicht mehr nötig. Um so besser, wenn man mit Hilfe des mongolischen Titels „Chan" diese neuen Gog und Magog zu den Hamiten schlagen durfte. Ob dem Pater dabei ganz wohl war? Die erhoffte Allianz gegen die Sarazenen brachte er nicht mit nach Hause, ganz zu schweigen von der Massentaufe der Mongolen[88]). Durfte man sie dann leichten Herzens in die hergebrachten apokalyptischen Schemata pressen?

---

[88]) Geschichte der Mongolen und Reisebericht 1245–1247, übers. u. erläutert von Friedrich Risch (Veröffentlichungen des Forschungsinstituts für vergleichende Religionsgeschichte an der Universität Leipzig II, 11), Leipzig 1930: IX, 3 S. 223; IX, 18 S. 261 (russische Dolmetscher); IX, 14 S. 254 f. (Kenntnisse im Abendland); IX, 4 S. 227 (Kenntnisse der Mongolen); IX, 14 S. 253 (Russen, Ungarn); IX, 6 S. 233 f. (Turkestan); V, 1 S. 108 (Mongolei); V, 2 S. 120 (China); VII, 1 S. 185 (Iltis); V, 8 S. 153 (Ochsenfüßler); IX, 10 f. S. 242, 245 (Kujuk usw.). Zu der Reise Hennig, Terrae incognitae Bd. 3, S. 32 ff.; zur Mongolenmission Simon Delacroix u. a., Histoire universelle des missions catholiques, Bd. 1, Paris 1956, S. 178 ff.

Mit weniger Vorurteilen und mehr Kenntnissen machte sich 1253 der nächste, der flämische Franziskaner Wilhelm von Rubruk (ca. 1210 – ca. 1270) auf den Weg, gesandt vom Papst und vom französischen König. Als Gastgeschenke des Abendlandes nahm er nicht nur die lateinische Bibel und die Sentenzen des Petrus Lombardus, sondern lebensklug auch einige Flaschen Muskateller mit; er kaufte sich in Konstantinopel einen Dolmetscher, der sein Amt freilich schlecht versah, und sorgte vorsichtshalber in Akkon für eine Übertragung seiner Sendschreiben ins Arabische und Syrische. Außerdem hielt er selbst Augen und Ohren offen; neben Flämisch, Französisch und Lateinisch verstand er bald Arabisch und auch etwas Mongolisch. Auch er war noch überrascht vom Sprachengewimmel am Hofe des Groß-Chans. Dort traf er außer den offiziellen Hofdolmetschern einen Goldschmied aus Paris, dessen ungarische Frau „sehr gut Französisch und Kumanisch spricht"; ein Kumane begrüßte die Gesandten sogar lauthals lateinisch: *Salvete, Domini!* Wilhelm ließ sich gerne anstecken; er teilte einige mongolische Wörter „in ihrer Sprache" mit und konstatierte wie Bartholomäus Anglicus die Sprachverwandtschaft zwischen Russen, Polen, Böhmen und den „Wandalen", also den Wenden, die mit den Mongolen zusammenlebten; er achtete auf Persisch-Kenntnisse in Innerasien und hielt fest, daß man am Balkasch-See früher einen besonderen Dialekt sprach, auch daß im Uighurischen die Wurzel der türkischen und kumanischen Sprache liege. Immerhin bemerkte Wilhelm also die Zusammengehörigkeit der uralaltaischen Sprachen. Er hielt die Baschkiren noch immer für Vorfahren der Hunnen und Ungarn, mit denen sie die Sprache teilten, und will auch in Südrußland noch deutsch redende Goten angetroffen haben; aber er leugnete nicht, daß ansonsten in Asien keine Spur der europäischen Sprachen zu finden war. Im Gegenteil, den Kontrast zur abendländischen Welt und ihrer sprachlichen Enge kennzeichnet nichts besser als Wilhelms Erzählung, er habe in Armenien einen katalanischen Dominikaner gesprochen, der etwas „Tartarisch", also Mongolisch, konnte; er war begleitet von einem deutschen Laienbruder, dessen Sprache er nicht verstand. Hier waren die Kleriker mit ihrem Latein am Ende. Wilhelm aber brachte von seiner Reise nicht zusammenhanglose, halbwahre Notizen mit nach Hause, sondern die Einsicht, daß hinterm Berg auch Leute und keine Monstra wohnen, und etwas von der Weisheit des Groß-Chans Mangu: „So wie Gott der Hand verschiedene Finger gab, so gab er den Menschen verschiedene Wege" [89]).

[89]) Der Bericht des Franziskaners W. v. R. über seine Reise in das Innere Asiens in den Jahren 1253/1255, übers. Hermann Herbst, Leipzig 1925, S. 7, 32, 40, 84 f. (Wilhelms Dolmetscher), 39 (Akkon), 25 f. (mongolische Hofdolmetscher), 115 (Goldschmied), 53 (Kumane), 48 (mongolische Wörter), 55 (Russen, Polen usw.), 60 (Persisch), 61 (Balkasch-See), 67 (Uighurisch), 55 (Baschkiren), 7 (Goten), 166 f. (Dominikaner), 138 (Mangu). Zu der Reise Hennig, Terrae incognitae Bd. 3, S. 52 ff.

Hatte es dann noch Sinn, in den Konventen fremde Sprachen zu lernen? Der anfängliche Eifer erlahmte rasch. Der französische Ordensgeneral der Dominikaner Humbert de Romanis (1194–1277) klagte 1255 über den Verfall der Sprachstudien und regte sie neu an. Gehorsam lernte man überall in den Klöstern Arabisch, Hebräisch und „barbarische" Sprachen, und Humbert stellte befriedigt fest, daß Gott den Predigern Christi die *genera linguarum omnium* verliehen habe, damit sie alle Völker zur Christenlehre bekehren könnten. Was Gottes Wunder an Pfingsten geschenkt habe, müsse heute das Studium versuchen, auch um die schismatischen Griechen endlich zu überzeugen[90]). Die Missionare waren mit Recht auf die pfingstliche Überwindung des babylonischen Sprachengewirrs stolz; aber sie konnten die Augen nicht vor dem Mißverhältnis zwischen Mühe und Ergebnis verschließen. Indem sie die Mannigfaltigkeit bekämpften, regten sie von neuem die Frage an, ob es wirklich, wie der Groß-Chan meinte, Gott war, der sich in der Vielfalt der Sprachen verbarg.

Es ist, als wollten die Flamen dieser Zeit wie die ganze Breite so auch die Tiefe der Sprache persönlich ermessen. Als Wilhelm nach Asien ritt, dichtete vielleicht in Antwerpen die flämische Begine Hadewijch ihre ekstatischen Strophen, die mit dem Ungenügen der Sprache, zunächst ihres Niederländisch, rangen; rasch stand sie an der Grenze der menschlichen Aussage überhaupt. „Für alles, was es auf Erden gibt, kann man Worte und Deutsch *(redene ende dietsch)* genug finden"; aber für das himmlische Erleben reicht nichts aus, „das ist, als ob es kein Deutsch dafür gäbe"; manches kann Hadewijch nicht mehr in Worte fassen. Nur einmal, an Pfingsten, empfing sie den Heiligen Geist und fühlte „die Liebe in allen, die da waren und so viele es auch waren. Auch verstand ich alle die Sprachen, die man auf 72 Arten *(manieren)* redet". Jedoch „die Mannigfaltigkeit all dieser Ereignisse ist in mir verschollen und verstummt". Allein die Ekstase vollbringt noch die Einung der Welt. Auch die Symbolzahl ist brüchig geworden. Eine Begnadete hatte „74 schöne Offenbarungen"; die Zahl der Auserwählten, die Hadewijch genau angibt, ist ohne symbolischen Bezug. Die volle Zahl der Tugend ist die Tausend; Tugenden sind es auch, die nach Psalm 44,10 das Kleid der Kirche schmücken. Das Vielfältige und Mannigfaltige findet seine Einheit in Gott allein, nicht in den Ordnungen dieser Erde. Die wahren Namen der Dinge und ihr Wesen sind nur den Engeln bekannt; sie besitzen Unterscheidungskraft, der Mensch nicht. Der Mensch hört Gottes Stimme, denn Gott gießt ja auch seinen Namen immer wieder über

---

[90]) De eruditione praedicatorum I, 2, in: Maxima Bibliotheca veterum patrum et antiquorum scriptorum ecclesiasticorum, Bd. 25, Lyon 1677, S. 427; dazu ALTANER, Sprachstudien 115 f., 119; ROTH, Predigttheorie 59.

die Menschen aus. Aber niemand kann ihn aussprechen[91]). Die Sprache wird zum Stammeln, und auch die ausgefahrenen Geleise des gelehrten Latein führen nicht weiter; man kann das Erlebte, Unsagbare ebenso gut und ebenso schlecht auf niederländisch verkünden. Die volkssprachliche Mystik begann den festen Rahmen lateinischer Sprachanschauungen zu sprengen, den die Reiseberichte schon lockerten.

Hadewijchs deutsche Geistesverwandte, die Begine Mechthild von Magdeburg (ca. 1212–1283), ruft uns in den norddeutschen Raum zurück. Auch ihr erschloß sich nach 1250 eine Welt jenseits der faßbaren Formeln und Zahlen. Mit Christus sind zwar an Ostern Siebzig auferstanden, aber die Zahl der im Fegefeuer Festgehaltenen aus allen Ländern geht über Menschenverstand; ein Mensch kann ihrer 70000 losbitten. Die „Vielheit der Welt" trennt von Gott; er ist in Wahrheit Stimme und Klang aller Worte, doch wer versteht sie? „Seine wahre Stimme" spricht starke Worte; in sich selbst singt die Dreifaltigkeit „mit ganzer Stimme" (Hildegard hatte bereits die Trinität im Gleichnis der Sprache geschaut); Gott spricht auch mit der Seele. Aber „seine Worte konnte ich nicht verstehen und hören, denn ich gleiche noch einem irdischen Toren"; der Erdenwurm faßt nichts von der himmlischen „Hofsprache, die man in dieser Küche nicht versteht". Und das ist nicht eine gelehrte irdische Sprache, der die Ungebildete nicht folgen könnte. Zwar ist auch die Menschenrede, gelehrt wie ungelehrt, „geschaffen zum Nutzen und geziert mit der Treue", sie kann und soll die Menschen verbinden und die Reinen „grüßen mit allen Zungen"; aber allzu oft ist sie sündig, und selbst die reine ist schwach. „Nun gebricht mir mein Deutsch, Latein kann ich nicht"; anders als bei Hadewijch könnte bei Mechthild das Latein der Kleriker den Weg zu Gott noch eine Stufe höher begleiten. Aber dann ist auch das zu Ende. Das Weinen des sprachlosen Kindes spricht deutlicher als alles Reden vom wahren Grund; die Stärke des Verlangens schnürt dem Menschen die Kehle zu[92]). Die diesseitige Ordnung wird nicht zerstört, aber ausgehöhlt.

---

[91]) Die Werke der Hadewych, übers. Joseph Otto PLASSMANN (Kulturen der Erde, Textwerke 5), Hagen-Darmstadt 1923: Brief 17 S. 35 f. (Deutsch; Originaltext hg. Joseph van MIERLO SJ, Hadewijch, Brieven, Bd. 1, Antwerpen 1947, S. 144 f.); Vision 2 S. 79 (Pfingsten; Originaltext hg. Joseph van MIERLO SJ, Hadewych, Visioenen, Bd. 1, Louvain 1924, S. 38 f.); Vision 13 S. 107 (74 Offenbarungen), 101 (Zahl der Auserwählten); Vision 9 S. 90 (Zahl 1000); Vision 12 S. 96 (Ps. 44), 95 (Mannigfaltigkeit, Einheit; ähnlich Brief 28 S. 57); Vision 1 S. 73 (Namen der Dinge); Vision 6 S. 85 (Gottes Stimme); Brief 22 S. 48 f. (Ausgießung der Namen); Vision 11 S. 92 (nicht auszusprechen).

[92]) Das fließende Licht der Gottheit, übers. Margot SCHMIDT (Menschen der Kirche in Zeugnis und Urkunde NF 3), Einsiedeln-Zürich-Köln 1955: V, 9 S. 227 (Auferstandene); III, 15 S. 152 f. (Fegefeuer); II, 19 S. 100 (Vielheit der Welt); III, 2 S. 131 (Stimme und Klang der Worte); IV, 6 S. 183 (wahre Stimme); II, 3 S. 87 (starke Worte); V, 26 S. 254 (Dreifaltigkeit); VI, 23 S. 303 f. (Gott und die Seele);

Wer diese Ordnung weiter pflegt und sich nicht in die Grenzsituation wagt, entgeht zwar der gelehrten und der mystischen Erschütterung des Hergebrachten, aber er verfehlt die Realität. Die meist süddeutschen Laien, die auf mittelhochdeutsch Gedichte und Geschichte schrieben, hatten eine ausgefeilte Sprache zur Verfügung, die sich jedem Gedanken eng anschmiegte, und ihre Verse reihten sich fugenlos zu Ketten; die Welt, die sie besangen, war glatt und heil, aber es war eine Scheinwelt. Nur Wernher der Gartenære stemmte sich um die Jahrhundertmitte diesen ritterlichen Luftschlössern entgegen, so wie kurz vorher der Stricker den gelehrten. Der junge Meier Helmbrecht, der vom Bauern zum Ritter aufsteigen will, lernt vielerlei Sprachen, um das Ideal des polyglotten Herren zu erreichen; auf dem heimischen Hof angekommen, begrüßt er die Magd niederdeutsch, seine Schwester lateinisch, den Vater französisch, die Mutter böhmisch. Die Familie hält ihn für einen Sachsen, Welschen, Tschechen oder gar für einen Pfarrer; erst als er schlicht deutsch spricht, erkennt man den Sohn des Hauses[93]). Wernher predigte die Bescheidung mit dem Eigenen, gewiß kein hohes Ideal, aber eine Haltung, die sich ehrlich verwirklichen ließ. Dem Adel galt sie wohl als bäurisch; er entfernte sich, ohne politische Aufgabe, gern in universale Traumräume.

Der ritterliche Rudolf von Ems (gest. ca. 1254) schrieb um 1250, von König Konrad IV. angeregt, eine breitangelegte volkssprachliche Weltchronik, die nach 36000 Versen in der jüdischen Königsgeschichte abbrach. Er nahm seinen Stoff, wo er ihn fand, ohne die kritischen Skrupel Eikes von Repgowe. Die 72 Sprachen hatte Rudolf schon zuvor in dem halb historischen Roman „Alexander" nach Comestors Vorbild angebracht, dort in Begleitung des obskuren Noachiden und Astronomen *Jônitus*, der zum Herrn des Orients und zum Bauherrn von Babel avanciert war. Vier Weltreiche zählte Rudolf; ihr erster Monarch war der Hamit Nimrod. Die Gog und Magog, Semiten aus Ismaels Samen, würden Gottes Rache verfallen; Mohammedaner und wohl auch Mongolen wurden verdammt[94]). In der Weltchronik wiederholten sich die Angaben aus Pseudo-Methodius und nun auch aus Pseudo-Philo; Comestor war wiederum die Quelle. Die Völkertafel wurde ohne Kommentar wieder-

---

VII, 59 S. 392 (irdischer Tor); I, 2 S. 55 (Hofsprache); I, 46 S. 83 (Nutzen, Treue); VI, 34 S. 314 (mit allen Zungen); IV, 18 S. 198 (sündige Zunge); II, 3 S. 89 (Deutsch, Latein); V, 23 S. 242 (Kind); III, 23 S. 165 (Verstummen). Dazu Friedrich-Wilhelm WENTZLAFF-EGGEBERT, Deutsche Mystik zwischen Mittelalter und Neuzeit, Einheit und Wandlung ihrer Erscheinungsformen, 2. Aufl., Tübingen 1947, S. 48 ff.

[93]) Meier Helmbrecht v. 717 ff., hg. Friedrich PANZER (Altdeutsche Textbibliothek 11), 5. Aufl., Halle 1941, S. 25 ff.

[94]) Alexander v. 17089 ff., hg. Victor JUNK (BLV 274), Leipzig 1929, S. 590 ff.; dazu Adolf ELSPERGER, Das Weltbild Rudolfs von Ems in seiner Alexanderdichtung (Erlanger Arbeiten zur deutschen Literatur 11), Erlangen 1939, S. 17; CARY, Alexander 66 f., 186 f., 205 f.

gegeben, der Turmbau auf die übliche Weise geschildert. Da tauchten die 72 Sprachen nochmals auf und ließen sich nach Augustin und Isidor in 27, 30 und 15 unterteilen *nah rehter zal*; das war vielleicht eine bewußte Spitze gegen Eikes Gewissenhaftigkeit. Rudolf war mit der Symbolzahl zufrieden und fand die Zahl der Sprachen und Völker sogar vergleichbar mit den 72 Ecken des babylonischen Turmes, von denen er als erster wußte. Bei diesem Turm baute nur der brave Phaleg nicht mit und behielt die hebräische Sprache,

wan du was du erste
von Gote und ouh du herste.

Die übrigen *geslehte* erhielten jedes ein besonderes Idiom – wie bei Eike richtet sich die Sprache nach der Sippe, nicht umgekehrt – und zerstreuten sich über die Erde, die Noah zuvor säuberlich gedrittelt und seinen drei Söhnen kontinentweise vermacht hatte.

Anstatt nun aber mit der konventionellen Völkergeschichte fortzufahren, tat es Rudolf dem Bartholomäus Anglicus gleich und suchte die Wirklichkeit weniger in geschichtlichen Bewegungen als in geographischen Zuständen zu fassen. In großzügigem Überblick sichtete er die drei Erdteile, vom irdischen Paradies und Indien bis nach Irland und Marokko[95]). Für diesen neuen *Διαμερισμός* konnte die Bibel nur in Nebenfragen Dienste leisten; das meiste bot Honorius von Autun; doch suchte Rudolf durch manche plastische oder exotische Anekdote diese Lande greifbar vor Augen zu stellen. Im ganzen bot er eine Enzyklopädie, bestechend durch gehäuftes Wissen und klare Gliederung, mit ihren 76 Handschriften weit verbreitet und von großer Nachwirkung; alsbald erschienen Fortsetzungen[96]). Nur Historiographie war diese Weltchronik eigentlich nicht mehr; sie nahm die Heilsgeschichte unter vielem anderen in ein möglichst vielseitiges Kompendium volkstümlicher, halb fabelhafter Traditionen auf, die seit fast einem Jahrhundert von der Wissenschaft schon abgestoßen worden waren. Eine aktuelle, akute Frage stand hinter dieser Dichtung nicht; sie unterhielt und belehrte gelangweilte Ritter.

Wie kurz der Weg von der typologischen und symbolistischen Exegese zum dichterischen Vergleich ist, lehrten schon Rudolfs 72 Ecken am Babel-

---

[95]) Weltchronik, hg. Gustav EHRISMANN (Deutsche Texte des Mittelalters 20), Berlin 1915: v. 1008 ff. S. 14 ff. (Völkertafel); v. 1282 ff. S. 18 f. (Sprachen, Turm-Ecken); v. 1332 f. S. 19 (hebräische Ursprache); v. 1353 ff. S. 19 ff. (geographische Liste).

[96]) Otto DOBERENTZ, Die Erd- und Völkerkunde in der Weltchronik des Rudolf von Hohen-Ems, in: Zeitschrift für deutsche Philologie 12 (1881) 257–301, 387–454; 13 (1882) 29–57, 165–223, hier S. 207 ff. (Honorius); Hermann MENHARDT, Zur Weltchronik-Literatur, in: PBB 61 (1937) 402–462 (Nachwirkung); Dirk Jacobus Cornelis ZEEMAN, Die erste Fortsetzung zu Rudolf von Ems' Weltchronik, in: Verzamelde Opstellen, geschreven door oud-leerlingen van Professor Dr. J. H. Scholte, Amsterdam 1948, S. 89–105, hier S. 90 ff. (Fortsetzung).

turm. Die übrigen mittelhochdeutschen Dichter der Zeit fuhren fort, das Erstaunliche und Fremdartige mit Zahlensymbolik zu umkleiden, ohne zu fragen, was daran Zeichen, was Wirklichkeit war. Im „König Laurin" borgten sich zwischen 1250 und 1300 südostdeutsche Bearbeiter den 72teiligen Panzer aus dem „Wolfdietrich B"[97]). Um 1270 führte der Fortsetzer des Wolframschen „Parzival", Albrecht von Scharfenberg, im „Jüngeren Titurel" wieder die sattsam bekannten 72 Unterkönige des babylonischen Sultans an und beschrieb recht langatmig den Gralstempel mit seinen 72 Chören. Man glaubt einen „zum vollen Vieleck ergänzten, ins Phantastische übertriebenen Chor einer gotischen Kathedrale" zu erkennen; schwerlich gab die Lehre von 72 Weltvölkern Albrecht die Anregung. Denn die Zahl 72 diente lediglich dazu, ein gegliedertes, märchenhaftes Ganzes anschaulich zu machen, nicht mehr den Symbolgehalt der Wirklichkeit zu erschließen. Mehr als prunkvolle, sagenhafte Repräsentation sollen auch Albrechts Ahnentafeln nicht vermitteln: der babylonische Baruch Ackerin stammt von *Asswerus*, Ahasver, ab, nicht von Nimrod; dem Helden und Gralskönig Titurel, dem Muster eines wahren Ritters, muß nach dem Vorgang des „Moriz von Craûn" Herkunft aus dem unvergleichlichen Troja und aus der von Aeneas gegründeten Stadt Rom nachgesagt werden[98]). Ahnentafeln und Symbolzahlen wurden wirklich zu Topoi, zu Gemeinplätzen, die ohne grundsätzliche Hintergedanken spielerisch verwendet, vertauscht und abgewandelt wurden.

Das gilt sogar von den theologischen Anwendungen der Zahl 72. In Österreich las man um 1240 wie einst bei Gervasius von den *mêr den sibenzec namen* Gottes, ohne sich viel dabei zu denken[99]). In der abseits vom Weltgeschehen lebenden Provence kannte man um 1220/50, nach dem Albigenserkrieg, ein Gebet mit 72 Gottesnamen *en ebreu et en latin et en grezesc*, das noch in der Neuzeit wieder auftauchte, ein frömmelnder Abgesang der provenzalischen Vielsprachigkeit, vielleicht noch ein Rest jüdischer Einwirkung, aber vor allem formelhaft wie eine Gebetsmühle[100]). Die von den Juden errechnete exegetische Grundlage der Vorstellung war längst verlorengegangen.

---

[97]) Laurin und der Kleine Rosengarten, hg. Georg HOLZ, Halle 1897: Laurin A v. 205 ff. S. 7; Laurin D v. 459 ff. S. 109. Zur Verfasserfrage STAMMLER, Verfasserlexikon Bd. 2, Sp. 842.

[98]) Jüngerer Titurel, hg. Werner WOLF (Deutsche Texte des Mittelalters 45), Bd. 1, Berlin 1955: Str. 855 S. 222 (Unterkönige); Str. 341 S. 86 (Chöre; dazu das Zitat aus Hans SEDLMAYR, Die Entstehung der Kathedrale, Zürich 1950, S. 86; Anregung durch 72 Weltvölker vermutet WEIGAND, Languages 243 f.); Str. 2829 f., hg. Carl August HAHN (BDNL 24), Quedlinburg-Leipzig 1842, S. 280 f. (Ackerin); Str. 92 ff., hg. WOLF S. 23 f. (Titurel).

[99]) Anton Emanuel SCHÖNBACH, Sanct Christophorus, in: ZDA 26 (1882) 20–84, hier v. 354 S. 31.

[100]) Le roman de Flamenca v. 2286 ff., hg. Paul MEYER, Paris-Béziers 1865, S. 69; zur Nachwirkung hier S. 316 f.

Man trifft solche Wucherungen des Zahlensymbolismus fast nur noch in deutschsprachigen Quellen; nur dort blieb der Glaube an den geheimen Zusammenhalt von Zahl und Kosmos lebendig, wo infolge politischer Stagnation die Gedanken frei in Wunschräume entschweben konnten. Die von den Mongolen herausgeforderte Neubesinnung erfaßte nur die Slaven, halb die Norddeutschen, am tiefsten die Flamen; schon im Westen und Süden des deutschen Sprachbereichs wurden die Anregungen sublimiert oder stilisiert. Nordwesteuropa und die Romania wandten sich ihren eigenen Problemen zu, und nur die Bettelmönche verbanden geistig noch den Kontinent.

*

In England konzentrierte sich alles Interesse auf das Ringen der einheimischen Adligen gegen König Heinrich III. und seine französischen Günstlinge. Die Bettelorden gediehen, sie standen in der Gunst des devoten Herrschers; aber sie suchten nicht die Weltordnung zu verstehen oder gar zu verwirklichen. Nach 1232, so erzählt ein englischer Franziskaner, habe der Ordensgeneral Elias von Cortona nach dem Vorbild der Herrenjünger 72 *ministri* im Orden haben wollen und deshalb u. a. die englische Franziskaner-Provinz zweigeteilt; der Bericht klingt gar nicht begeistert[101]). In England herrschte auch unter den Bettelmönchen nicht der hochfliegende Schwung universaler Gesten, sondern der Geist kühler Beobachtung, den wir von Wilhelm von Alton und Bartholomäus Anglicus her kennen. Er spiegelt sich auch in der theologischen „Summa" des Franziskaners Alexander von Hales (ca. 1170–1245). Der in Paris lehrende Engländer nahm den Namen Gottes nicht zum Anlaß für tiefsinnige Etymologien oder gar für Zahlenspiele, sondern erklärte trocken, in den verschiedenen Sprachen seien die *proprietates sermonum* verschieden; der Gottesname (ebenso auch der Substanzbegriff und anderes) habe im Hebräischen, Griechischen und Lateinischen nicht nur einen verschiedenen Klang, sondern auch einen je eigenen Gehalt; *Deus* sei nicht genau dasselbe wie *Elohim*[102]). In nüchterner Fachsprache ist hier eine Spätere bewegende Erkenntnis bereits formuliert: Die Sprache eines Volkes wird von dessen Eigenart und Gedanken so geformt, daß jedes Idiom unvergleichlich, einmalig und letztlich unübersetzbar ist. Wieder wie bei den Asienreisenden und den Mystikern stieß das Jahrhundert an die Schranken seiner Ausdrucksfähigkeit.

---

[101]) Fratris Thomae vulgo dicti de Eccleston Tractatus de adventu fratrum minorum in Angliam, Collatio IX, hg. Andrew George Little, 2. Aufl., Manchester 1951, S. 41.

[102]) Summa theologica I, 357, hg. Patres collegii S. Bonaventurae, Bd. 1, Quaracchi 1924, S. 534; dazu Schlenker (o. S. 425 Anm. 52) S. 353 ff.

Nicht alle gruben so tief; man verstand sich darauf, weiter mit den alten Traditionen zu leben, ohne sich von ihnen betäuben zu lassen. Die 1266 vollendete Kathedrale von Salisbury weist an einem Eckstein ein Bas-Relief mit dem Turmbau von Babel auf, als wäre das die angemessene Verzierung einer Bischofskirche[103]). In der Stille des Benediktinerklosters von St. Albans unweit von London sichteten derweilen die Mönchshistoriker ohne allen Purismus den Bestand der Überlieferung. Der erste, Roger von Wendover (gest. 1236), war nicht gerade wählerisch, doch ist nicht sicher, ob er die von ihm 1235 vollendete Weltchronik auch selbst begann. Hier lieferte Petrus Comestor den Stoff; auch der Noachide *Jonithus*, angeblich aus *Methodius, divine legis scriptor* zitiert, kam aus dieser Quelle und brachte die Weltreichslehre mit; an Stelle der Perser kamen nun die *Parthi* zu imperialen Ehren, aber das hatte nicht viel auf sich. Über Nimrod wußten die Mönche von St. Albans wieder Comestors Mär: Er habe versucht, die Semiten, denen er angehörte, gegen Cham und Japhet aufzuwiegeln, doch die Frommen hörten ihn nicht an. Die Hamiten folgten ihm, und nun wählten sich auch die anderen beiden Gruppen ihre Führer, *Jecthan* und *Suphene* wie bei Pseudo-Philo. Damals lebte Noah noch; als er starb, begannen sich die drei Fürsten zu fürchten und bauten „auf den Rat Nimrods" ihren Turm. Es folgte die *linguarum confusio seu divisio* – als ob Verwirrung und Teilung dasselbe wären. Die älteste Sprache, Hebräisch, blieb nur bei Heber, die anderen zerfielen in 72 Idiome, 27 semitische, 30 hamitische, 15 japhetitische, und besiedelten jeder Zweig seinen Erdteil. Die ausführliche Schilderung der Kontinente schloß sich an – wie beliebt überall geographische Bestandsaufnahmen wurden! –; hier verließ Comestor die Mönche, und sie wurden modern, aber nicht übertrieben kritisch: Alemannien, Schwaben, Deutschland, Sachsen sind ungelenk nebeneinandergesetzt, Österreich, Brabant und sogar Köln zu eigenen Ländern erhoben. Hatte man eben noch Arnobius mit seinen 1000 Ländern zitiert, so brachte man nun gerade noch 68 europäische Länder zusammen. Das stimmte weder zu Arnobius noch zu Comestor noch zur Völkertafel, aber es mochte der Wirklichkeit näherkommen als sie alle[104]). Die Benediktiner warfen als gute Engländer das Überlieferte nicht achtlos über Bord, selbst wenn es seinen Sinn eingebüßt hatte; Baustein, vielleicht sogar Eckstein konnte es immer noch werden.

Auch der größte Mönch von St. Albans, Matthäus Paris (ca. 1200–1259), entzog sich dem von seinen Confratres gesammelten Material nicht. Der wache und aufgeschlossene Hofmann übernahm anstandslos Comestors Ansicht, daß das Hebräische die älteste Sprache sei, daß es 72 Völker, und zwar nach Augu-

---

[103]) Réau, Iconographie Bd. 2, 1, S. 122. Eine Abbildung ist mir nicht bekannt.

[104]) Flores historiarum, Handschrift Oxford, Bodleian Library, Cod. Douce 207, f. 2ra–va (Mikrofilm benutzt). Zur Entstehung Thompson-Holm, History Bd. 1, S. 277.

stin und Isidor unterteilt, gebe; auch daß jeder der drei Noachiden einen Erdteil erhalten habe, sagte Matthäus wie Roger, hier gegen Comestors Ansicht; doch verknüpfte Matthäus den Assyrer und Götzendiener Ninus nicht mit Nimrod, der überhaupt unerwähnt blieb. Die 72 Sprachen ließ Matthäus auch weg; Arnobius schien ihm wohl gleichfalls zu verstaubt. Er brachte Linie in die Faktensammlung und kultivierte in den älteren Partien mehr die Kirchen- als die Welthistorie, später dann die vaterländische Geschichte, fast als wäre Englands Historie die Fortsetzung der Erlebnisse des Gottesvolkes. Das Gelenk zwischen Kirche und Vaterland war wichtig; gleich dreimal referierte Matthäus die westsächsische Königsgenealogie, die von Heinrich II. zurück bis zu *Woden* geht, dem barbarischen *Mercurius*, nach dem die Engländer den Donnerstag benennen; sogar Wodans Frau *Frea*, die barbarische *Venus*, die dem Freitag den Namen gab, wurde nicht vergessen. Näher am Ursprung stand *Seaf*, der aus Skandinavien kam und dessen Name *lingua Gallica* erläutert wurde, als wäre er nicht dem „Beowulf"-Lied entnommen; dann kamen die germanischen Helden bis zurück zu *Bedwi*, dem Sohne Sems. Das germanische und normannische England gründete also wirklich im semitischen Gottesvolk. Dennoch ließ sich Matthäus auch die „barbarische", antike Anknüpfung nicht entgehen und reklamierte die trojanische Brutus-Sage und die griechische Sprache für die britische Urgeschichte; vielleicht war das für Heinrichs III. französische Ambitionen dienlich. *Goemagog* war der böse Widersacher; die Engländer waren ja keine Germanen, sondern Semiten. Auch da kamen sie in unerwünschte Komplikationen, doch die Genealogie half weiter. Den Mohammedanern wurde auf die seit Isidor beliebte Weise die minderwertige Art der Sarazenen klargemacht: sie kamen von der unfreien Magd Agar; und es war auch keine Schmeichelei, wenn die Mongolen unter die zehn von Moses abgefallenen jüdischen Stämme gerechnet und beinahe mit Goemagog zusammen verdammt wurden. So war man nach allen Seiten gesichert; jetzt endlich strömten die im vorigen Jahrhundert so heiß umstrittenen Stoffe zusammen. Der semitische Vorrang kam zum trojanischen, und auch die germanische Komponente war von Nutzen: Weil die englische Sprache und Nation mit der deutschen verwandt sei, darum hätten die Deutschen den Bruder Heinrichs III., Richard von Cornwall, zu ihrem König gewählt[105]). Nüchternheit

---

[105]) Chronica maiora, RBSS Bd. 57,1 S. 5 f. (Babel usw.); a. 758 S. 343; a. 871 S. 403 f.; a. 1155, RBSS Bd. 57, 2 S. 209 f. (westsächsische Genealogie; dazu HACKENBERG, Stammtafeln 72 ff.); RBSS Bd. 57, 1 S. 16 ff. (Brutus-Sage; dazu LANDSBERG, Weltchroniken 100 ff.); a. 1236, RBSS Bd. 57, 3 S. 344 f. (Mohammedaner); a. 1240, RBSS Bd. 57, 4 S. 77 (Mongolen); a. 1257, RBSS Bd. 57, 5 S. 603 (deutsch-englische Verwandtschaft; dazu ZATSCHEK, Volksbewußtsein 37). Über M. Richard VAUGHAN, Matthew Paris (Cambridge Studies in Medieval Life and Thought NS 6), Cambridge 1958, hier S. 1 ff., 125 ff.

und Selbstgefühl wählten aus der Enzyklopädie universalhistorischen Wissens behutsam und unaufdringlich das Brauchbare aus; die Historie diente dem Selbstverständnis der Gegenwart, die freilich nur das Eigene warm hegte. Die universalen Traditionen mußten in dieser Atmosphäre allmählich verdorren.

Wie wenig sie verwurzelt waren, zeigte der Benediktiner Thomas Sprottus (gest. 1274) in Canterbury, als er die Zahl der Völker nach Alkuin, die der Sprachen nach Arnobius errechnen wollte und die seltsamsten Ergebnisse erhielt: Die Summe von 27 Semiten, 30 Hamiten und 15 Japhetiten waren nun 80 Völker; die gleichen Semiten hatten 28, die Hamiten immer noch 30, aber die Japhetiten plötzlich 25 Sprachen, womit man also bei 83 Sprachen landete und wohl oder übel fast jedem europäischen Volk zwei Sprachen zuschreiben mußte[106]). Das stand im Widerspruch zu aller abendländischen Tradition und Wirklichkeit, traf aber wohl die Zustände im zweisprachigen England. Dennoch stand die Gegenwart der Insel dem Turm von Babel sehr fern; man begann unter Eduard I., dem ersten normannischen König mit angelsächsischem Namen, neben dem Französischen auch das Angelsächsische wieder zu pflegen und beider Verschmelzung zum Englischen vorzubereiten. Wie die Sprachen, so glichen sich die Traditionen einander an. In der einstigen Residenzstadt Alfreds des Großen, in Winchester, führten um 1277 die Mönche des Benediktinerklosters das Ahnenregister der Könige in der gewohnten Weise hinauf zu Wodan, *Finnus* und *Getius*, aber unversehens bog die Liste ab und anstatt bei Sem und Noah gipfelte sie bei Brutus[107]). Wenn überhaupt Geschichte, dann eigene, antike und germanische im trauten Verein. Da schon die Mönche des heiligen Benedikt die biblischen Ahnentafeln in heidnische zurückverwandelten, war die Wirkung der überkommenen Traditionen in England bald am Ende.

Den Reiz des Neuen hatte die Bibel sich länger erhalten in dem abgelegenen Island; doch regte sich in der Periode isländischen Bürgerkriegs auch hier der Widerspruch der Selbstbewußten. Das Landnámabók, dessen Anfänge ins 12. Jahrhundert zurückreichen, begann noch im frühen 13. Jahrhundert die Geschlechterreihe der vornehmsten Familien im ausgehenden 8. Jahrhundert, mit der Besiedlung Islands, ohne die Vorgeschichte aufzurühren[108]). Aber schon Ari hatte die Türken als Vorfahren genannt, die aus dem fernen Thrakien gekommen seien. Jetzt, um 1200, griff das Buch „Heimslýsing“ diese Genealogie auf und machte den japhetitischen Thraker Tiras zum Herrscher der Tür-

---

106) Chronica, hg. Thomas HEARNE, Oxford 1719, S. 6 ff.

107) Annales monasterii de Wintonia a. 828, RBSS Bd. 36, 2 S. 8; dazu MATTER, Gründungssagen 529.

108) Landnámabók I, 2 ff., hg. Finnur JÓNSSON, Kopenhagen 1900, S. 3 ff.; übers. Walter BAETKE, Thule, Bd. 23, Jena 1928, S. 61 ff.

ken und Ahnherrn der Isländer; er war ja auch Magogs Sohn (in der Bibel ist er sein Bruder), den schon Isidor als Gotenvater bezeichnet hatte[109]). So holte man etwas verspätet nach, was andere Völker seit dem 12. Jahrhundert taten, auch hier, ohne nach den biblischen Brüdern des übrigen Europa Ausschau zu halten.

Gegen die Ausweitung ins Biblische erhob der Sammler der Edden, Snorri Sturluson (1179–1241), einer der Parteiführer im Bürgerkrieg, schweigsam Einspruch. Er beschränkte sich auf den Kreis um die Nordsee. Um 1218–20 fand er es der Betonung wert, daß in Schweden „Völker mancherlei Art mit vielerlei Sprachen" wohnten; über Großschweden schweifte sein Blick nur selten hinaus. Allerdings waren nach seiner Meinung die Asen-Götter aus Asien gekommene Könige, fremd, aber nicht göttlich; Asgard war Troja, die Ynglinge waren unter Odin aus Tyrkland nach Schweden und Norwegen gezogen. Jedoch bedurfte dieser Euhemerismus nicht der biblischen Ahnenreihe, er wählte mit sicherem Instinkt die pseudo-antikische[110]). Daß sich Türken und Trojaner auch an Japhets Stamm angliedern ließen, muß Snorri gewußt haben; er wollte es nicht. Erst die Edda-Einleitung, die wohl nicht von Snorri stammt und in mehreren Schichten entstand, zeichnete die biblische Vorgeschichte sehr skizzenhaft nach. Da las man von der Völker- und Kontinententeilung der Noachiden und auch vom Turmbau, dessen Bauherr nun sogar Zoroaster-Bel geworden war. Daß der überall sonst als Gegner des Ninus geltende Zarathustra mit Nimrod verwechselt und mit dem Vater des Ninus gleichgesetzt wurde, zeigt die Lässigkeit des Chronisten. Der schlug auch keine Brücke von der Bibel hinüber zu Troja-Tyrkland, dem Land der Asen in der Weltmitte, dessen König Priamus, Odins Vorfahr, aus dem Geschlechte Saturns entsproßte. Das war ein Teil des Trojanerstammbaums von Nemnius; ihn wie Nemnius zur biblischen Völkertafel zu verlängern, hatte der Autor keine Lust, denn dann wären Odin und die Seinen samt den Isländern zu Hamiten geworden. Aber auch daß Saturn auf Kreta 72 Städte hatte bauen lassen, regte zu keiner Querverbindung an[111]). Immerhin fand man nun auch an biblischen Sagas Geschmack.

Die isolierende, ungenealogische Erzählweise der Edden schlug überall

---

[109]) HEUSLER, Urgeschichte 13 f., 42 ff.; zu den Quellen VRIES, Literatur Bd. 2, S. 323 f.

[110]) Ynglingasaga c. 5 und 11, hg. Finnur JÓNSSON, Heimskringla, Nóregs konunga sogur af Snorri Sturluson, Bd. 1, Kopenhagen 1893, S. 14, 25 f.; übers. Felix NIEDNER, Thule, Bd. 14, Jena 1922, S. 27 ff. Dazu HEUSLER, Urgeschichte 48 ff.

[111]) Formáli, hg. Jón SIGURDSSON u. a., Edda Snorra Sturlusonar, Bd. 1, Kopenhagen 1848: c. 2 ff. S. 6 ff. (Noachiden); c. 7 S. 17 (Kreta). Dazu HEUSLER, Urgeschichte 20 ff., 60 ff.; Siegfried BEYSCHLAG, Die Betörung Gylfis, in: ZDA 85 (1954/5) 163–181, hier S. 164, 169 f.

durch. Der nachmalige isländische Bischof Brander Jónsson (ca. 1210–1264), der auch die „Alexandreis“ Walters von Châtillon ins Isländische übertrug, machte sich um die Jahrhundertmitte an eine Geschichte des alten Judentums; sie stützte sich auf das erste Makkabäerbuch, Josephus und Petrus Comestor, begann aber ohne Umweg bei dem geliebten Alexander dem Großen und vergewisserte sich nicht der genealogischen und sprachlichen Zusammenhänge[112]). Endlich wirkte, noch im 13. Jahrhundert, das Beispiel der britischen Inseln; man holte sich die angelsächsischen Ahnentafeln herüber, die so viele vertraute Heroen enthielten, Wodan und Odin, *Scef*, den Dänenheros, Priamus und Saturn. Da die Isländer aber Tyrkland und Tiras nicht preisgeben wollten, schlugen sie die semitische Spitze weg und ließen ihre Genealogie mit Japhet beginnen[113]). So wurde Saturn zum christlichen Abendländer. Die umliegende Welt und ihre Geschichte blieben auch hier unbeachtet.

Anders schon in Norwegen, das unter König Hakon dem Alten seine Fühler bis Island und Grönland und zu den Hebriden ausstreckte. Um 1260 schrieb ein dem Hofe nahestehender Geistlicher, vielleicht der Erzbischof Einar von Nidaros (gest. 1263), den „Königsspiegel“, zwar in norwegischer, dem Isländischen nächstverwandter Sprache, aber ganz und gar nicht exklusiv. Der Autor sieht hinüber bis nach Irland und kennt dessen Idiom; selbstverständlich sind ihm Island und Grönland vertraut, aber nicht nur die Nordsee ist sein Reich. „Wenn du also vollkommen in deinen Kenntnissen werden willst, da lerne du alle Sprachen und vor allem Latein und Französisch, denn diese Sprachen sind am weitesten verbreitet; doch sollst du deshalb deine eigene Sprache nicht vernachlässigen“. Nicht die alten, nicht die heiligen, sondern die verbreiteten Sprachen muß man lernen und sich nicht mit dem heimischen Dialekt begnügen; Nationalstolz, bürgerliche Nüchternheit, das Ideal des polyglotten Herrschers und kirchlicher Universalismus gehen eine einzigartige Verbindung miteinander ein. Nicht minder staunenswert ist die Auffassung der Geschichte, besonders des Alten Testaments. Der König muß Historie studieren und Exegese betreiben, um sein Amt als richtender Stellvertreter Gottes recht zu führen. Kein Wort von einer biblischen Genealogie der norwegischen Könige, nicht einmal vom Urkönig Nor; die Geschichte ist urbildliches Beispiel. Das Christliche fügt sich ohne Widerstreben in das Germanisch-Bäuerliche und weitet es. Die Vergangenheit gibt ewige Weisungen; die Tradition determiniert nicht, der Mensch selbst ist verantwortlich. Und Gott ver-

---

[112]) Gydinga Saga, hg. Gudmund THORLAKSSON, Kopenhagen 1881, S. 1 ff.; dazu Paul LEHMANN, Skandinaviens Anteil an der lateinischen Literatur und Wissenschaft des Mittelalters II (Sitzungsberichte der Bayer. Akad. d. Wiss., Philos.-Hist. Kl., Jg. 1937, Nr. 7), München 1937, S. 40; VRIES, Literatur Bd. 2, S. 462 ff.; CARY, Alexander 66.

[113]) HACKENBERG, Stammtafeln 17–21.

pflichtet ihn, seine Talente zu nutzen, denn „keinem körperlichen Geschöpf war Sprache verliehen als dem Menschen". Gott gibt die Sprache, aber der Mensch lernt sie, und wenn er es tut, braucht der Turm von Babel nicht mehr erwähnt werden[114]). Die historischen Fakten verwandeln sich zur Norm für den Heutigen und helfen ihm, seine Umwelt nach den erprobten Mustern und doch souverän zu ordnen. Mit solcher königlichen Freiheit kann man sich allerdings nur dort der Historie bedienen, wo sie noch kein Gehäuse von Überlieferungen und Zuständen um die Spätgeborenen gebaut hat.

*

In Frankreich fühlte man sich nicht weniger frei, dieweil man ungestört in seinem Gehäuse saß. Wozu hier die Bibel als Maßstab für den Alltag, wenn die zergliedernde Vernunft ihn viel rationeller einrichten konnte? Wozu hier alle Sprachen lernen, wenn Latein und Französisch genügten? Auch die Ausländer bemühten sich um diese Idiome, nicht nur in Norwegen; der königliche Richter Philipp von Beaumanoir (ca. 1250–96) erzählte von einem Schottenkönig, daß er in seiner Jugend *le Romans et Latin* erlernte[114a]). War nicht Französisch die Weltsprache? Wozu hier Universalhistorie, wenn seit 1254 Ludwig IX. von Frankreich der ungekrönte Kaiser des Abendlandes war? Mongolen und Mohammedaner waren weit.

König Ludwig (1214–1270) dachte freilich anders; sein Biograph und Freund Jean von Joinville bezeugt es uns. Im Heiligen Land, der zweiten Heimat des Königs, erfuhr er schnell, wie wenig das Französische galt. Einige seiner Begleiter konnten ein paar Brocken Arabisch; wenn ein ritterlicher Sarazene in seiner Sprache die französischen Barone zu einer Tjost herausforderte, verstanden sie ihn. Aber so französisch war das Rittertum nicht, wie Christian von Troyes und seine deutschen Nachahmer gemeint hatten. Das Christentum war ebensowenig lateinisch. Nur einige wenige Dominikaner waren des Arabischen mächtig; sonst war man auf *latimiers*, auf Dolmetscher angewiesen, auch im Verkehr mit den christlichen Armeniern. Die Sarazenen hingegen schickten Gesandte, die Französisch sprachen, und der König und sein Biograph nahmen das nicht als Zeichen für die Weltgeltung ihrer Muttersprache; sie ließen dem Feind seine Überlegenheit. Joinville gab sogar eine kleine Ehrenrettung der Mongolen, zu denen König Ludwig zwei Dominikaner mit arabischen Kennt-

114) Der Königsspiegel, Konungsskuggsjá, übers. Rudolf MEISSNER, Halle 1944: c. 14 S. 70 ff. (irische Sprache); c. 10 ff. S. 56 ff. (Nordseeraum); c. 3 S. 37 (Latein und Französisch); c. 47 S. 175 (Sprache verliehen). Dazu BERGES, Fürstenspiegel 159 ff., besonders S. 176.

114a) La Manekine v. 3200 ff., hg. Hermann SUCHIER, Oeuvres poétiques de Ph. de B. (SATF), Bd. 1, Paris 1884, S. 101; dazu KOLL, Langue 98.

nissen geschickt habe: Die „Tartaren" hielten sich ganz und gar nicht für das Volk der Gog und Magog; hinter den Grenzbergen der Mongolei hausten diese und kämen erst am Ende der Zeiten mit dem Antichrist zusammen hervor. Joinville widersprach dieser mongolischen Deutung nicht[115]).

Aber war soviel Gerechtigkeit und Rücksicht, war überhaupt Achtung vor der Vielfalt nicht bloß Schwäche wie die Vielfalt selbst? König Ludwigs ungleicher Bruder Karl von Anjou (1220–1285), der Vorkämpfer für französische Hegemonie, pries 1266 vor der Schlacht von Benevent Frankreichs Kraft. Es sei der *orbis malleus* und seine Franzosen stammten von den ruhmbedeckten Franken, während die Deutschen und die Ghibellinen heute wie seit jeher ohnmächtig seien, *ex diversis nationibus et legibus congregati; ... quanto magis inter se sententiis et nationibus differunt, tanto debiliores*[116]). Wie anders hatte Fulcher von Chartres über das bunt zusammengewürfelte Heer des ersten Kreuzzugs geurteilt! Wie anders wurde König Ludwig seinen Feinden gerecht! Karl aber ließ sich nach gewonnener Schlacht und Herrschaft um 1270 sein Recht juristisch beglaubigen. Der Neapolitaner Marino von Caramanico sollte historisch nachweisen, daß es von Anfang an auf Erden Könige und keinen Kaiser gegeben habe, daß also die deutschen Ansprüche unbegründet seien. Der beflissene Gelehrte ließ sich rechtzeitig die trojanischen Aspirationen der Franzosen einfallen und brachte als Schwurzeugen den Trojaner Aeneas herbei, den Vorsteher des ältesten aller alten Gemeinwesen *(vetustissima hominum antiqua res publica)*: auch er war *princeps* und erkannte keinen Kaiser über sich an[117]). Nun war Babel zweifellos älter als Troja; aber die Bibel mußte beiseite gelassen werden, denn dann wäre man unfehlbar bei dem ersten Weltmonarchen Nimrod gelandet.

Genau dies waren die Hintergedanken der weniger devoten Italiener. Sie liebten Karl nicht, und da sie ihren Gratian kannten, nannten sie Karl einen *hominum oppressor*, der sich nur einen Namen machen wollte und alle anderen unterdrückte; er gehörte zu den Jägern vor dem Herrn, war also ein neuer Nimrod[118]). Sein Babel ließ nicht allzu lange auf sich warten. In der Siziliani-

---

[115]) Histoire de Saint Louis par Jean Sire de Joinville, hg. Natalis DE WAILLY, Paris 1868: c. 70 S. 125 (Begleiter); c. 106 S. 196 (Tjost); c. 87 S. 158; c. 90 S. 163 (Dominikaner); c. 66 S. 118; c. 71 S. 127 f.; c. 89 S. 162; c. 110 S. 202 (Dolmetscher); c. 77 S. 140 (sarazenische Gesandte); c. 29 S. 48 (Gesandte zu den Mongolen); c. 93 S. 169 (Gog und Magog).

[116]) Primatus, Chronica III, 11, MGH SS Bd. 26, S. 651; dazu ZATSCHEK, Volksbewußtsein 18 f.

[117]) Liber constitutionum regni Siciliae, Prooemium, hg. Francesco CALASSO, I Glossatori e la teoria della sovranità, Studio di diritto comune pubblico, 2. Aufl., Mailand 1951, S. 183; dazu REIBSTEIN, Völkerrecht Bd. 1, S. 150 ff.

[118]) Salimbene de Adam, Chronica a. 1285 und 1287, MGH SS Bd. 32, S. 599 f., 651; dazu ZATSCHEK, Volksbewußtsein 8 f.

schen Vesper wurden Karl und seine Franzosen 1282 grausam belehrt, daß nationale Exklusivität sich auch gegen sie wenden und daß die Verschiedenheit der Sprachen nicht nur anderen nachteilig, sondern ihnen selbst tödlich werden konnte. Die Erzählung, daß 1282 jeder umgebracht wurde, der das italienische *Ciceri* nicht richtig aussprechen konnte und sich so als Franzose auswies, ist schlecht und spät, erst seit dem 17. Jahrhundert, bezeugt[119]). Sie ist auch etwas zu genau dem *Schibboleth* von Jud. 12,6 nachgebildet, dessen ersten Konsonanten die Leute von Ephraim nur als *S* aussprechen konnten; sie wurden daran erkannt und getötet wie die Franzosen, die *Tsch* als *Ts* artikulierten. Das wird also ein nachträglicher Topos sein. Aber daß die Sprache in jenen Tagen als Kainsmal galt, wird man glauben können. Denn wenig später, 1302, mußten auch in Brügge alle Franzosen sterben, die den flämischen Akzent in dem Losungsruf *Schilt ende vrient* nicht trafen[120]). Der ausschließliche Anspruch der Nationalsprache, der bald alle universalen Sprachtraditionen überspielen sollte, machte sich zum ersten Mal unverhüllt geltend; die modernen Zeiten des Sprachenkampfes begannen. Mit dem Sprachenfrieden, der seit den Straßburger Eiden im Abendland geherrscht hatte und eben noch im norwegischen „Königsspiegel" eindrucksvoll beschworen wurde, war es vorbei. Zwar war die Forderung, führende Männer müßten mehrsprachig sein, um im Rechtsverkehr allen gerecht werden zu können, stets nur gelegentlich erfüllt worden[121]); aber bisher hatte man sich doch immer geschämt, wenn man sich innerhalb des christlichen Abendlandes nicht verständlich machen konnte. Nun aber schob man alle gelehrten und alle ritterlichen Fiktionen robust beiseite, und es wird kein Zufall sein, daß Palermo und Brügge im ehemaligen Einflußbereich der Normannen liegen. Sie hatten zuerst mit Sprachenpolitik begonnen; nun wurden die Franzosen deren erste Opfer, als sie ihre Sprachgrenze überschritten.

Sie hatten sich schon vor der Sizilianischen Vesper der gleichen Unduldsamkeit schuldig gemacht. Nach 1241 begann ein französischer Anonymus in Italien sein Gedicht über den Antichrist mit ungewöhnlichem Starrsinn:

... le lengue de France
Est tels, qi en primer l'aprent
Ja ni pora mais autrement

---

[119]) Otto Cartellieri, Peter von Aragon und die sizilianische Vesper (Heidelberger Abhandlungen zur mittleren und neueren Geschichte 7), Heidelberg 1904, S. 222 f. Dennoch erzählt Steven Runciman, The Sicilian Vesper, A History of the Mediterranean World in the Later Thirteenth Century, Cambridge 1958, S. 215 die Anekdote so, als wäre sie authentisch.

[120]) Werner Reese, Die Niederlande und das Deutsche Reich, Bd. 1, Berlin 1941, S. 387 f.; Eugen Lemberg, Geschichte des Nationalismus in Europa, Stuttgart 1950, S. 71.

[121]) Reibstein, Völkerrecht Bd. 1, S. 102 urteilt zu optimistisch.

Parler ne altre lengue aprendre.
Por ce ne me doit nus reprendre
Qi m'oie parler en francois,
Qe j'apris (a) parler anchois.

Der Franzose hätte gewiß den Italienern zugemutet, daß sie neben ihrer Muttersprache noch Französisch lernten; aber wer zuerst Französisch gelernt hat, der kann sich nicht etwa nur in fremden Sprachen schlecht ausdrücken – das ist eine alte Weisheit –, er kann sie nicht einmal mehr lernen[122]). Das heißt, er will sie nicht lernen, und niemand soll ihn dafür tadeln dürfen ...

Solcher unritterliche Egoismus war nicht nur lebensgefährlich, er war unklug, denn jedes andere Volk Europas konnte dieselbe Forderung erheben. Und wenig besagte der Anspruch des französischen Königshauses, von Karl dem Großen, den Franken und den Trojanern abzustammen, wenn mittlerweile auch die Italiener, Spanier, Engländer, Isländer, Dänen, Deutschen, Polen in ihren Adern trojanisches Blut entdeckten. Auch diese harmlose Suche nach alten Ahnen wurde bedrohlich, wenn die gegenseitige Duldung wegfiel. So fanden bald nach 1268 unter dem tatkräftigen Herzog Johann I. die Historiker von Brabant, daß von Priamus und *Pharamundus* die Brabanter kamen; die Spitze der Ahnentafel richtete sich offen gegen die Kapetinger[123]). Der Weg nach Brügge war nicht weit.

Die Politisierung der Traditionen mißfiel den Frommen und den Gelehrten unter den Franzosen. Wozu der Stolz auf die Beschränktheit und auf ein paar historische Fakten, wenn die Welt der Sprachen und der Geschichte noch immer nicht übersichtlich geordnet vorlag und nur aus einem Wust von widerspruchsvollen Notizen bestand? Sollte man nicht zuerst einmal das Vorliegende sammeln, anstatt sich einzelnes herauszugreifen? Die Ansätze bei Nikolaus von Amiens und anderen mußten weitergeführt werden. Der Zisterzienser Alberich von Trois-Fontaines (gest. 1259) schrieb nach Robert von Auxerre noch einmal eine richtiggehende Weltchronik, schon in enzyklopädischer Manier; er suchte rationale Ordnung in den Ablauf zu bringen. So erschien ihm noch einmal wie dem Papst Innocenz III. und anders als der Vorlage, der „Historia scholastica" Comestors, die Sprachenteilung als eine ordentliche *divisio*. Neben die augustinischen, von Comestor vermittelten Generationszahlen der Noachiden stellte er die abweichenden des Arnobius; man sollte nicht glauben, Comestor hätte die historische Forschung ein für allemal beendet; es war noch

[122]) Version anonyme v. 6 ff., hg. WALBERG (o. Anm. 14) S. 3. Dazu ebenda S. XXXIII ff.

[123]) Genealogia ducum Brabantiae heredum Franciae c. 1, MGH SS Bd. 25, S. 387; Chronica de origine ducum Brabantiae c. 53, ebenda S. 413. Dazu GRAU, Herkunft 30; REESE (o. Anm. 120) S. 322 ff.; FOLZ (o. S. 574 Anm. 82) S. 377 f., 538 f.; GOEZ, Translatio 134 f.

viel zu tun. Auch Comestors Genealogie der vier Weltreiche fand nicht Alberichs Beifall. Dem Cham schrieb er nicht nur die Assyrer, sondern auch die Kanaanäer und die Ägypter zu und machte wie Honorius von Autun den Assyrerkönig Ninus zum Sohne des Hamiten Nimrod; Ninus' Gegner Zoroaster wurde wieder wie bei Comestor und beim Anonymus von Laon als Cham ausgegeben. Bruderzwist im Hause Cham also; auch diese ferne dunkle Welt ist reicher, als man glaubt. Sem erhielt außer Sikyoniern, Medern, Persern und Griechen nun noch die Juden, die ihm so oft vorenthalten worden waren; sie standen dem Gottesvolk immerhin nahe. Von Japhet stamme das erste aller Großreiche, das skythische, her, und den Skythen verwandt seien *Troiani*, *Romani et Franci* und viele andere. Die Vierzahl der Weltreiche wurde, wie schon bei Richard von St. Victor, in diesem „Geschichts-Lexikon" aufgegeben, und nun erschienen auch die Franzosen mit in der Reihe, als Nachfahren der Trojaner und Römer; aber sie dominierten nicht. Auch die Engländer besaßen in Brutus einen Gründer aus König Davids Zeiten; nicht die Briten, aber die Angelsachsen hatten zudem eine imposante Ahnentafel. Alberich übernahm sie respektvoll aus Wilhelm von Malmesbury; aus dessen Noachiden *Strephius*, der in der Arche geboren worden sei, machte Alberich *Steresius*, der nach der Sintflut zur Welt gekommen sei. Der Spätling war suspekt, aber war nicht auch Jonithus ein Kind aus der Arche? Bedächtig stellte der Chronist die Frage, ob Steresius und Jonithus identisch seien. *Ignoramus*, aber es könnte doch sein. Manches andere Problem wurde durch ein *aliter* verwischt, so etwa, ob Isidor oder Arnobius recht hatte, ob Japhet also 15 oder 23 Sprachen sein eigen nannte. Auch daß Alberich die 72 allein für die Könige und Provinzen des Priesterkönigs Johannes schon aufbrauchte und daß davon nur 10 christlich seien, irritierte ihn nicht[124]). So viel lehrte Alberichs Chronik, daß die Vergangenheit vielschichtig war, viele offene Probleme und keine Handhabe für politische Ambitionen bot. Und diese Lehre war vielleicht im Sinne Ludwigs IX., der Recht und Herkommen wahrte und seine Ordnungsmacht auch neuen Gedanken klug und behutsam aufprägte, ohne das Gewachsene zu vereinfachen[125]).

Doch im Umkreis des Königs blickte man weiter. Die Historie sollte nicht eine Rumpelkammer der unbegrenzten Möglichkeiten sein, sondern Geschichte als System, Spiegel des Allgemeinen und Immergleichen und somit Norm für den politisch Handelnden. Sie gehörte wie für den norwegischen Königs-

---

[124]) Chronica, MGH SS Bd. 23, S. 675 (Sprachen, Völker, Reiche); a. 1165 S. 849 (Priesterkönig); dazu LANDSBERG, Weltchroniken 95 f.

[125]) Ludwig BUISSON, König Ludwig IX., der Heilige, und das Recht, Studie zur Gestaltung der Lebensordnung Frankreichs im hohen Mittelalter, Freiburg i. Br. 1954, S. 229 ff.

spiegler zur politischen Ethik. Unter diesem Aspekt kompilierte der dominikanische Lehrer der Königskinder, Vinzenz von Beauvais (ca. 1190–1264), die bis zu Diderots Encyclopédie gewaltigste Summa menschlichen Wissens und Wähnens, unterstützt durch die Zettelkästen seiner Pariser Ordensbrüder und die Anteilnahme des Königs. In der um 1250 abgeschlossenen theologischen Abteilung, dem „Speculum doctrinale", hielt sich Vinzenz ziemlich streng an das große alte Vorbild, die Enzyklopädie Isidors von Sevilla. Hier erschien die hebräische Ursprache der *societas humana*, die *superbia* des Turmbaus, die Sprachenteilung, die Serie der drei heiligen Sprachen, die die gutturale, palatale und dentale Aussprache repräsentieren. Aus Augustin – mit Isidors Vermittlung – wurden die Generationszahlen der 15 Japhetiten, 31 Hamiten und 27 Semiten eingeschoben, also 73 *gentes ... totidemque linguae*; es fehlte nur Augustins erlösender Zusatz *vel potius LXXII*. Offenbar war Vinzenz so wenig wie sein Ordensbruder Hugo von St. Cher auf die Zahl 72 erpicht. Der Dominikaner wollte vielleicht nach Art der „Sic et Non"-Methode Abälards durch genaues Abschreiben auf die Widersprüche in den verschiedenen Quellen aufmerksam machen; aber in diesem Fall rief Vinzenz durch die verstümmelte Abschrift aus Augustin die Divergenz erst selbst hervor[126]). Vor allem kam es nicht zuerst auf die Fakten an, sondern auf ihre Lehre: Eintracht gedeiht nur in Demut.

In dem „Speculum historiale" von etwa 1254 standen nun freilich, getreu nach Comestor, also auf dieselbe Augustin-Stelle, nur auf die Vermittlung von Isidors Chronik gestützt, bloß 30 Hamiten und damit insgesamt 72 *generationes totidemque linguarum gentes*, zu denen Christus seine 72 Jünger schickte. Hier glättet sich also alles, und die Zahl der Familien, Völker und Sprachen glänzt verheißungsvoll und gottgefällig. Es ist möglich, daß der Kompilator den Überblick über die riesige Stoffmasse verlor; doch sieht die Forschung immer deutlicher, wie gründlich durchdacht diese Kompilation gewollte Zusammenhänge herzustellen wußte. Freilich lassen sich hie und da Schichten der Quellenbenutzung unterscheiden. In jedem Fall ist es aufschlußreich, daß im historischen Abschnitt der Enzyklopädie manches anders lautete als im dogmatischen, obgleich auch im ersteren die spirituellen Geschehnisse, nicht die profanen dominierten. So wurde jetzt der Turmbau von Babel nicht mehr mit der *superbia* erklärt, sondern mit der Angst vor einer neuen Sintflut, nur nebenbei noch mit Herrschsucht. Sollte der Historiker mit Robert von Auxerre den Turmbau milder bewerten als der Theologe? Die Sprachen wurden nun nicht

---

[126]) Speculum doctrinale I, 44 (Bibliotheca Mundi 2), Douai 1624, S. 36. Dazu Berthold Louis Ullman, A Project for a New Edition of Vincent of Beauvais, in: Speculum 8 (1933) 312–326, hier S. 315 (Sic et Non); Berges, Fürstenspiegel 308 ff. (Arbeitsweise).

mehr, wie es zuvor geheißen hatte, in Babel den einzelnen Familien zugeteilt, sondern die Noachiden gliederten sich umgekehrt *secundum linguarum suarum varietates*. Hier wurde also der Bruch, nicht die Kontinuität betont; die Sprachen, nicht die Familien waren der Ausgangspunkt der Differenzierung, und sie waren anscheinend von Gott gegeben – vielleicht darum 72 an der Zahl?

Doch diese abrupten Ereignisse hatten keine rechte Folge. Auf die Völkertafel ging Vinzenz merkwürdig oberflächlich ein; sogar das Glanzstück der Gelehrsamkeit, die Erläuterung der biblischen Völkertafel, fehlte und wurde, wie im 13. Jahrhundert üblich, durch eine Ländergeographie der dreigeteilten Erde ersetzt, die an Phalegs Geschichte anknüpfte. Konnte man aus der Völkertafel nichts lernen, nicht die Vergänglichkeit des Irdischen oder umgekehrt Gottes Hand in der Geschichte? Auch die Ordnung der Sprachen wirkte nicht weiter. Zwar erwähnte Vinzenz, daß beim Pfingstwunder 120 Jünger anwesend waren, aber sie erhielten „verschiedene Sprachen", keine 72, keine 120 und nicht alle. Und die Apostel und ihre Jünger wurden *per singulas ... terrae provincias* verteilt; das setzte doch weder 12 noch 72 noch 120 Erdprovinzen voraus. Die territorialen Gliederungen wurden zwar überall unterstrichen, aber nicht zahlensymbolisch oder theologisch begründet. Soll das heißen, daß Gott nur je und dann blitzartig die Welt gestaltet und danach auf lange Strecken die Menschen sich selbst überläßt? Jedenfalls löste sich alles, was die Vielfalt der Sprachen und Völker betraf, in Einzelmotive auf, die keinen rechten Zusammenhang hatten. Man mag sich fragen, ob das zusammenhängt mit der Eigenart eines Lexikons, mit der dominikanischen Systematik, mit der französischen Rationalität und Spiritualität oder mit der damaligen historischen Situation Frankreichs, mit der territorialen Einigung, die auf sprachliche und völkische Vielfalt wenig Rücksicht nahm. Eines kam wohl zum anderen[127]). Besonderes Gewicht konnte der Sprachen- und Völkervielfalt nicht zumessen, wer wie Vinzenz nur die gleichmäßige Ordnung, nur moralische Beispielfiguren und nicht Exempla historischer Abläufe suchte.

Es scheint, daß nicht alle seine Confratres sich so gewissenhaft und ledern von der zeitgenössischen Politik fernhielten; die Historie mußte doch eine Nutzanwendung für das Leben geben? Wenn die mir nicht zweifelhafte Zuschreibung eines ungedruckten Genesiskommentars zutrifft, entnahm um 1260/70 der spätere Beichtvater Philipps des Schönen, der Pariser Dominika-

[127]) Speculum historiale (Bibliotheca Mundi 4), Douai 1624: I, 61 f. S. 24 (Völker und Sprachen); VII, 66 S. 245; IX, 61 S. 344 (Erdteile). Dazu GOETZ, Italien Bd. 2, S. 78 ff. (gewollte Zusammenhänge); Ludwig LIESER, Vinzenz von Beauvais als Kompilator und Philosoph, Eine Untersuchung seiner Seelenlehre im Speculum Maius (Forschungen zur Geschichte der Philosophie und der Pädagogik 3), Leipzig 1928, S. 91 ff. (Schichten); LANDSBERG, Weltchroniken 96 ff. (spirituelle Geschehnisse). Vgl. GOEZ, Translatio 200 ff.

ner Nikolaus von Gorran (ca. 1210– ca. 1295), dem Kommentar des Andreas von St. Victor Anregungen, die über die Sichtung der Traditionen weit hinausgingen. Auch hier hörte man zunächst wieder wie bei Comestor von der hebräischen Ursprache, von den 72 Generationen Noahs, nach deren Zahl die 72 Sprachen eingerichtet und die 72 Jünger Christi ausgesandt worden seien. Auch hier traten Pseudo-Philos Noachidenführer Nimrod, *Sechan* und *Suffenet* auf; auch hier wurden die Massageten und die Goten zu Kindern Magogs. Die einzige Modernisierung – freilich von jahrhundertelanger Nachwirkung – war, daß die Hauptstadt von Mosochs Kappadokien „bis heute" *Mosca* hieß. Gemeint war wohl wie bei Josephus und seither so oft das kappadokische Caesarea, das vor der augusteischen Umbenennung *Mazaca* geheißen hatte; aber nach Gorran wurde das russische Moskau darunter verstanden. Nikolaus übernahm von Andreas von St. Victor die Meinung, daß in der Völkertafel nicht alle Noachidenkinder, sondern nur die Völkerstifter aufgeführt seien.

So vertraut uns diese Ansichten schon sind, es läßt uns doch aufmerken, wenn Gorran sich ähnlich wie der Ordensbruder Wilhelm von Alton, den er gut gekannt haben muß, an einer scholastischen Distinktion von „Sprache" und „Volk" versuchte. Sie weicht von Wilhelms Ansicht radikal ab: *Tria tangit hic* (in Gen. 10,5)*: linguam, que est unius provincie*; *familiam, que est unius patris*; *nationem, que unius gentis*. Das hieß, daß die Sprache keine unabhängige Größe ist, aber nicht von der Genealogie, sondern von der Geographie bestimmt wird, und es hieß ferner, daß die Nation nicht wie die Familie eine Abstammungsgemeinschaft ist, sondern ein selbständiges Gebilde eigener Art. Gorran wandte diese Konsequenz nicht auf die biblische Geschichte an, beließ es bei der Kongruenz der 72 *generationes* mit den 72 *lingue*, wies auch nicht 72 *provincie* der Erde nach und äußerte sich nicht über den Ursprung der Nationen. Aber die Autonomie der Nation und das Territorialitätsprinzip der Sprache paßten trefflich auf die zeitgenössischen Tendenzen der französischen Krone. Und parallel zu der auch bei Vinzenz beobachteten Territorialisierung ging bei Gorran eine Politisierung der Turmbaugeschichte.

Der Riese Nimrod, der die Anbetung des Feuers einführte, ließ den Turm errichten, um sich einen Namen zu machen und der widergöttlichen Zusammenrottung eine Aufgabe zu stellen; alle bauten gerne mit – nichts mehr von dem Zwang, den Andreas den Bauleuten zugute gehalten hatte. Daß man „bis zum Himmel" bauen wollte, ist keine Blasphemie, sondern nur – wie bei Kyrill von Alexandria – eine Hyperbel: *secundum apparentiam* soll der Turm himmelhoch erscheinen. „Das ist der erste Turm, den der Hochmut baute". Der erste? Störten den Pater die Bergfriede der ungebärdigen Adligen, die Ludwig IX. zu bändigen suchte? Tatsächlich: „Mit diesem Nimrod begann nach der Sintflut der Adel *(nobilitas)* und die Herrschsucht *(ambitio regnorum)* und Raub und Jagd, die bis jetzt die Tätigkeiten der Adligen sind". Das war eine Abfuhr für die zeitgenössischen Versuche, das Rittertum durch Rückgriff auf die antike Urgeschichte historisch zu legitimieren; nicht aus Troja und von den Griechen kam das Ritterwesen. Hatte das adlig-germanische Frühmittelalter die unfreien Knechte zu Hamiten erklärt, so drehte der romanische Bettelmönch im Zeitalter des erstarkenden bürgerlichen Selbstbewußtseins den Spieß um; die Adligen sind die wahren Hamiten. Ich wage nicht zu behaupten, daß Gorran diesen bis ins 16. Jahrhundert immer wieder ausgeschlachteten Trumpf gegen den Adel als erster ausspielte; seit Gregor VII. und Gratians Decretum lag er immerhin bereit, nur daß er dort und noch bei Salimbene die Könige stach und jetzt die Ober. Kein Zweifel ist aber daran, daß die Dominikaner von Paris – übrigens auch in anderen Schriften – den König gegen die noch immer starken, wenn auch schon gezähmten Barone unterstützen wollten[128]). Bei diesem Kampf wuchsen die Mundarten Frankreichs, auch das Provenzalische, mit dem Dialekt der Isle-de-France zusammen; ihre Territorialisierung wurde durch die Zentralisierung der Krone eingeschränkt.

Aber das alles sind französische Maßstäbe, keine universalen; die alten Formeln wurden nur noch mitgeschleppt. Was sich nicht mit neuem Inhalt erfüllen ließ, konnte in den Enzyklopädien eines sanften, aber sicheren Todes sterben. Eine solche Enzyklopädie in Bildern schuf man dem König zwischen 1245 und 1248 in den mehr als elfhundert Glasmalereien seiner herrlichen Sainte-Chapelle zu Paris. Da sieht man Adam den ihm von Gott zugesandten Tieren ihre Namen geben; Cham wird verflucht. Der Turm zu Babel wird gebaut; Gott fährt hernieder und wirft ihn um. In allem tut sich Gottes Übermacht kund; doch dies ist ferne Vorgeschichte. Die Ahnenreihe Christi, die „Wurzel Jesse", reicht nur bis Jesse, nicht bis Sem und Noah zurück. Erst von Christus an wird die Geschichte lebendig und führt direkt zu König Ludwig, der Christi Dornenkrone feierlich empfängt und, wie man gleichfalls im Bilde bemerkt, für die Reliquien die Sainte-Chapelle bauen läßt[129]). Babel ist nicht

---

[128]) In Genesim 10–11, Handschrift Oxford, Bodleian Library, Cod. Laud misc. 161, f. 25rb–26vb (Mikrofilm benutzt). Dazu Beryl SMALLEY, Some Thirteenth Century Commentaries on the Sapiential Books, in: Dominican Studies 3 (1950) 236–274, hier S. 238 f. (Datierung); BERGES, Fürstenspiegel 192 ff. (dominikanische Polemik gegen den Adel); Walther KIENAST, Untertaneneid und Treuvorbehalt in Frankreich und England, Studien zur vergleichenden Verfassungsgeschichte des Mittelalters, Weimar 1952, S. 40, 87 f. u. ö.; BUISSON (o. Anm. 125) S. 31 ff. (König und Lehnswesen). – Mönchische Kritik am Adel bereits bei Odo von Cluny (878–942), Collationes III, 30, MPL Bd. 133, Sp. 613.

[129]) Jeannette Dyer SPENCER, Les vitraux de la Sainte-Chapelle de Paris, in: Bulletin monumental 91 (1932) 333–407, hier S. 359 (Adam; Fenster I, 8), 361 (Cham, Babel, Gott; Fenster I, 32–34), 377 (Wurzel Jesse; Fenster VI), 397 f. (Dornenkrone usw.; Fenster XV, 29 ff.). Dazu Louis GRODECKI, De 1200 à 1260, in: Marcel AUBERT u. a., Le vitrail français, Paris 1958, S. 149 f.

das Gegenstück zur Kapelle, Ludwig IX. ist nicht Nimrods Widerpart. Turmbau, Sprachenverwirrung und Völkertrennung sollten nicht, auch auf Gorrans Umweg nicht, politisch umgedeutet werden; man sollte sie eher wie Vinzenz von Beauvais moralisch verstehen, als ewige Beispiele des rechten und des falschen Verhaltens vor Gott.

Man hat angenommen, daß die gewaltige „Bible moralisée", eine Bilderbibel mit fünftausend Miniaturen, für König Ludwig IX. angefertigt wurde. Hier sind alle biblischen Geschehnisse abgebildet und erläutert, mitunter typologisch, so daß eine Szene des Alten Testaments auf eine ähnliche des Neuen hinweist, zumeist aber moralisch, als zeitloses Exempel. Da sieht man auch den Turmbau der *gentiles* und *pagani*, die *contra mandatum Domini* bauten und denen die Sprache verwirrt wurde; aber offenbar bezogen die Autoren das Ereignis nicht auf sich selber und die ganze Menschheit, auch nicht auf den Adel. Denn nicht hochmütige Menschen sollen dadurch gebrandmarkt werden, sondern die in Kutten abgebildeten *astronomici et dialectici*, *qui faciunt suas falsas posiciones*. Das war wie bei Bernhard von Clairvaux ein Hieb gegen die Gelehrten, vielleicht gegen Siger von Brabant, gewiß nicht gegen seine Gegner, die Dominikaner. Auf sie spielte eher das Gegenstück an; denn auch Pfingsten bezog sich nicht auf die Sprachen der Menschheit, *per formam linguarum sapientia significatur*. Im Vergleich Babel-Pfingsten manifestiert sich also nur der Gegensatz zwischen Sophistik und Weisheit, nicht die Vielfalt der Welt und die Mission der einen Kirche[130]).

Wenn die alten Geschichten nicht politisch und nicht moralisch nutzbar zu machen waren, wurden sie zum bloßen Wissensstoff; aber wenigstens die Vorkämpfer der Volksbildung hielten sie auch dann noch für wertvoll. Ohne politisch-moralischen Akzent, ähnlich trocken wie Vinzenz von Beauvais behandelte der Florentiner Notar Brunetto Latini (ca. 1220–1294), der sechs Jahre in Frankreich lebte, den Stoff in seiner französisch empfundenen Enzyklopädie; sie ist auch geschrieben in dieser „schönsten und weitestverbreiteten Sprache". Latini beutete zwischen 1260 und 1266 Vinzenz aus und ließ die gesichert scheinenden Teile der Tradition unverändert: die hebräische Ursprache, die drei noachischen Erdteile, die drei heiligen Sprachen, die die gutturale, palatale und dentale Aussprache vertreten. Einige Schnörkel wurden angebracht, aus Comestor der vierte Sohn Noahs, der Astronom *Jonitus*, der diesmal *Eritania* am Euphrat als Erbteil erhielt, ferner der hamitische Riese Nimrod, *li premiers rois* (das hätte kein Franzose zu sagen gewagt), und schließlich ein interessanter Versuch, die Dialektverschiedenheit zwischen Aramäisch und Hebräisch historisch zu verstehen: Der Turmbauer Nimrod habe nach der

---

[130]) La Bible moralisée, conservée à Oxford, Paris et Londres, hg. Alexandre Léon Joseph de Laborde, Bd. 1, Paris 1911, Tafel 11 (Babel); Bd. 3, Paris 1913, Tafel 531 (Pfingsten).

Verwirrung nicht mehr Hebräisch, sondern „Chaldäisch" gesprochen. Von ihm stammen Belus und Ninus; Zoroaster tritt auch auf, aber weder als Gegner des Ninus noch als Double des Cham. Der volle genealogische Konnex beginnt erst mit den Trojanern, mit Priamus, mit dem Gründer Paduas Antenor und mit *Faramont*, dem ersten König der *Germaniens* (auch das hätte kein Franzose zugegeben). Aktuelle Bezüge und Komplimente lagen dem sonst recht diplomatischen Notar ganz fern. Gerade so erwarb sich Brunetto ein großes Verdienst, obwohl ihn Dante ins Inferno setzt: Er gab die Völkertafel ohne jede Erläuterung nach der Bibel wieder und zählte die Liste ohne Rücksicht auf die Tradition selber durch. Wie er das machte, läßt sich nicht deutlich sehen, denn seine 29 Hamiten kamen nur heraus, wenn er einen Namen – den der Philister etwa – wegließ, und 27 Semiten waren es nur, wenn man Kainan hinzurechnete; die 14 Japhetiten stimmten genau. Latini zog nicht einmal die Summe 70, aber er ließ auch die Rede von 72 Sprachen und Völkern fallen, obwohl er sie kennen mußte[131]). Im romanischen Abendland hatte die Formel anscheinend ihre Glaubwürdigkeit eingebüßt, ohne daß jemand sie offen attackierte. Latini schrieb, anders als die lateinischen Enzyklopädien für Geistliche, zum Nutzen der höheren Laienbildung; so blieb manches Theologische weg, einige historische Anekdoten kamen hinzu, aber Aktualität konnte Latini der biblischen Urgeschichte nicht abgewinnen; das Thema der Sprachen und Völker war auch bei den romanischen Laien merkwürdig unbeliebt geworden, obwohl ein rhetorisch und politisch interessierter Italiener in Frankreich einiges darüber hätte sagen können.

Die Schläfrigen unter den Geistlichen exzerpierten derweilen weiter Comestors Noachidenzahlen und Weltreiche; aber selbst die langweilige Weltchronik des Kanonikers Gerhard von Auvergne, um 1272 in Clermont geschrieben, brach die Aufzählung der Japhetiten sofort nach dem ersten, Gomer, mit einem *et cetera* ab und wandte sich zu Heber, bei dem die Ursprache blieb, und zu Sem, *per quem nostra reparationis linea usque ad Christum est deducta*[132]). Weltgeschichte war das längst nicht mehr, nur Kirchengeschichte; und wen außer den Geistlichen ging sie an? Die Bildung der Kleriker und der Laien war nicht mehr dieselbe, einmütig war nur die Ablehnung der Universalgeschichte, die aus dem gemeinsamen Ursprung die vielfältige Gegenwart deduzierte.

Immerhin versuchten die Franzosen unter Ludwig dem Heiligen ernsthaft, auch die Weltgeschichte in ein System zu fassen; aber sie wollten nicht so sehr

---

[131]) Li livres dou tresor de Brunetto Latini, hg. Francis James Carmody, Berkeley-Los Angeles 1948: I, 1, 7 S. 18 (Französisch); III, 1, 3 S. 317 (heilige Sprachen); I, 21–24 S. 34 ff. (Babel); I, 39 S. 46 f. (Trojaner; dazu Gorra, Storia 71 f., 203 ff.). Dazu Goetz, Italien Bd. 2, S. 81 f., 93 ff.; Koll, Langue 71, 109 f., 145.

[132]) Abbreviatio historiae figuralis, Handschrift Biblioteca Apostolica Vaticana, Cod. lat. 3840, unfoliiert (Mikrofilm benutzt).

erfahren, wie es gewesen ist, sondern ein didaktisches Handbuch politischer und moralischer Ethik gewinnen, allenfalls noch die Quellen beinahe erkenntnistheoretisch auf ihre Widersprüche und Aussagemöglichkeiten untersuchen. Die wirklichen Sprachen und Völker samt ihrer Geschichte kamen dabei nicht recht zu Wort, nicht einmal in enzyklopädischen Aufzählungen der zeitgenössischen Stämme und Dialekte, geschweige denn in einem „catalogue raisonné" wie bei Roderich von Toledo. Sie gehörten in andere Systeme, die zur selben Zeit ausgebaut wurden: die Völker in die politische Ethik und Staatstheorie, die Sprachen in die Sprach- und Erkenntnistheorie. Ihre individuellen Züge zu beobachten, lag schon den Franzosen fern, denen Ludwig der Heilige eben einen einheitlichen Staat errichtete; es lag erst recht den Ausländern in Frankreich fern, die sich wie Latini doppelt um Allgemeingültigkeit ihrer Erkenntnisse bemühen mußten.

Die weltgeistlichen Ausländer in Paris wurden denn auch die Schöpfer der hochscholastischen Sprachtheorie. Die Grammatiker wandten sich nach Eberhard von Béthune von der Beschreibung der Sprachen zu ihrer spekulativen Durchdringung, wobei anders als noch bei Petrus Heliae Vielfalt und Geschichte untergingen. Der Engländer Wilhelm von Shyreswood (gest. nach 1267), Professor in Paris, schloß seine wohl noch in der ersten Jahrhunderthälfte verfaßte Einführung in die Logik an Aristoteles und Boethius an und spitzte ihre Definitionen zu. Hatte Boethius gemeint, die Sprache sei stets Willkür und mit den Dingen und der Natur nicht konform, so leitete Wilhelm aus den Thesen von Boethius und Abälard eine Grenzverschiebung (auch gegenüber Richard von St. Victor) ab: Nicht nur Dinge und Bedeutungen sind überall gleich, auch in der menschlichen Sprache selbst gibt es Naturlaute, die nicht *ad placitum* der Menschen entstehen. Es sind zwar nur unartikulierte Laute, Seufzer der Kranken *et similia*, aber immerhin ist nun theoretisch auch in der menschlichen Sprache ein überall Gleiches gefunden, das im Rang über dem Hundegebell steht[133]). Wilhelms Sätze machten bald die Runde. Der in Paris ausgebildete Däne Martinus de Dacia (gest. 1304), wahrscheinlich der spätere Kanzler König Erichs VI. von Dänemark, setzte sie um 1250 bereits voraus[134]). Man mußte die Frage, ob eine allen Menschen gemeinsame Sprache theoretisch möglich sei, nicht unbedingt verneinen; wenigstens eine Grammatik für alle Sprachen und gemeinsame Naturlaute über oder unter ihnen allen glaubte man feststellen zu können.

---

[133]) Martin Grabmann, Die Introductiones in logicam des Wilhelm von Shyreswood († nach 1267) (Sitzungsberichte der Bayer. Akad. d. Wiss., Philos.-Hist. Kl., Jg. 1937, Nr. 10), München 1937, S. 31.

[134]) Heinrich Roos SJ, Die Modi significandi des Martinus de Dacia, Forschungen zur Geschichte der Sprachlogik im Mittelalter (Beiträge zur Geschichte der Philosophie und Theologie des Mittelalters 37, 2), Münster 1952, S. 142.

Der Einwand kam prompt: Ist das Wesen des Menschen und seine Sprache im Natürlichen, Kreatürlichen begründet und nicht vielmehr in der rationalen Distanz von der dumpfen Natur? Der für die Folgezeit einflußreichste Logiker der Zeit, der Portugiese Petrus Hispanus (ca. 1220–1277), ein Pariser Schüler Wilhelms von Shyreswood, unterschied in seinem Logik-Lehrbuch, bevor er als Johann XXI. den Apostolischen Stuhl bestieg, wiederum wie Boethius zwischen den Naturlauten, die bei allen Menschen gleich verstanden werden, und der vom Menschen *ad placitum* erfundenen, dann aber auch je eigenen Sprache. Es gab keine Brücke zwischen beiden, und die Naturlaute waren alles andere als die letzten Reste der adamischen Sprache. Petrus fügte den Exempeln für die Naturlaute – offenbar aus Abälards „Dialectica" – ein weiteres hinzu, aber der berühmte Mediziner nahm neben das überlieferte Seufzen der Kranken nicht etwa das Schreien der Säuglinge mit auf, sondern das Hundegebell; und bei den Wörtern, die nach der Willkür des „ersten Einrichters" etwas bedeuten, lautete das Beispiel, wiederum wie bei Abälard: „wie der Mensch den Menschen bezeichnet". Hier gehörte nun, was Abälard und Wilhelm von Shyreswood noch nicht unverblümt ausgesprochen hatten, die Willkür der Sprache geradezu zur Menschenwürde; ein allen verständlicher Laut wäre unmenschlich. Babel kann nicht die Ursache dafür sein; es geht um das Wesen, nicht um die Geschichte der Sprache. Die Sprachlogik kann der Geschichte leicht entraten; am banalsten zeigt sich das an einem harmlosen Beispielsatz Peters. Jegliches Lebewesen war in der Arche Noah. Nun war aber Caesar auch ein Lebewesen und doch nicht in der Arche. Die Lösung des Dilemmas klärt den scheinbaren Fehler der Aussage mit Hilfe einer logischen Regel; auf den historischen und nächstliegenden Gedanken, daß nur Noahs Zeitgenossen, nicht seine Nachfahren in der Arche waren, kam der Logiker gar nicht[135]).

Niemand dachte an Adam und den Babelturm, und alle Welt hielt die Sprache für eine rationale Erfindung. Aber wie dann? War sie allgemein und darum auch nur formal entworfen worden in einer logistischen Denkoperation des Grammatikers, oder hatte ein Philosoph sie sorgsam abstrahierend aus der Natur der Einzeldinge gezogen? Die zweite Alternative ließ sich mit der Bibel leichter vereinbaren; man kann sich Adam als diesen Philosophen denken; die Tiere wurden ihm vorgestellt, „daß er sähe, wie er sie nennte". Aber auch hier

---

[135]) Summulae logicales I, 3, hg. Innocent Marie Joseph Bocheński OP, Turin 1947, S. 1 f. (Natur, Willkür; etwas abweichend bei Martin Grabmann, Handschriftliche Forschungen und Funde zu den philosophischen Schriften des Petrus Hispanus, des späteren Papstes Johannes XXI. [† 1277] [Sitzungsberichte der Bayer. Akad. d. Wiss., Philos.-Hist. Kl., Jg. 1936, Nr. 9], München 1936, S. 50); ähnlich VI, 1 und 3 S. 57 f. (auch hg. Joseph Patrick Mullally [Publications in Mediaeval Studies 8], Notre Dame 1945, S. 2); XI, 15 ff. S. 107 f. (Caesar und Arche Noah).

kümmerte sich niemand um die Bibel; manche Grammatiker sagten rundweg wie Petrus Heliae, *grammatici* hätten die Sprache erfunden. Dann war die Verschiedenheit der Sprachen nur ein ärgerlicher Abfall ins Konkrete, den die Logistiker wieder gutmachen konnten.

Ein anonymer Traktat „De modis significandi", dessen Handschrift dem bedeutenden Pariser Professor Gottfried von Fontaines (gest. ca. 1309) und dann der Sorbonne gehörte, folgerte umgekehrt, da durch die Sprache die Natur der Dinge ausgedrückt werden müsse, habe nicht ein Grammatiker, sondern ein Philosoph die Sprache zusammengestellt, *proprias naturas rerum diligenter considerans*. Das hatte Rupert von Deutz über Adam auch gesagt. Wie aber dann die Vielfalt der Sprachen erklären? Der Anonymus meinte wieder, die Naturlaute wie Schmerzensschreie und ähnliche seien allen Menschen gemeinsam; die einzelnen Sprachen und die Rede- und Ausdrucksformen seien vom Menschen erfunden *(omnibus ydiomatibus et modis loquendi et significandi ab hominibus inventis)*. Gaben aber diese Sprachen die Natur der Dinge noch wieder? Offensichtlich nicht, sonst wären sie nicht verschieden. Noch weniger konnte in den unartikulierten Naturlauten das Wesen der Dinge enthalten sein. Worin also lag die philosophische Wahrheit der Sprachen? Der Autor fragte: *Utrum omnia ydiomata sint una grammatica*, und antwortete entgegen Petrus Heliae: Ja, alle Sprachen bilden eine Grammatik, weil die Natur der Dinge, ihre Seinsweise und ihre Wahrnehmungsweise bei allen Menschen ähnlich sind. Man muß also annehmen, daß die Natur der Dinge nicht in den Nomina, sondern in den grammatischen Funktionen der Sprache zu Tage tritt. Jean Paul wird viel später sagen: „Jeder gute Grammatiker ist ein partieller Philosoph, und nur ein Philosoph würde die beste Grammatik schreiben"; hier heißt es umgekehrt: Der wahre Philosoph ist der Grammatiker – eine nahezu Hegelsche Verwechslung von Vernunft und Wirklichkeit. Wer also eine Sprache in ihrer Grammatik kennt, durchschaut die Struktur aller Idiome; die verbleibenden Unterschiede, insbesondere die des Wortschatzes, sind nur *per diversa accidentia* zustandegekommen, nämlich durch die *diversitas vocum et diversae figurationes earum*, also im wesentlichen durch phonetische Vorgänge[136]). Mithin gehören Lautung, Wortschatz und Wortinhalt nicht zu den Wesensmerkmalen, zur Substanz der Sprache. Es gibt keine Mehrzahl von Sprachen; im Grunde sprechen alle Menschen der Substanz nach dieselbe Sprache. Mit den Worten eines Zeitgenossen:

---

[136]) De modis significandi, Handschrift Paris, Bibliothèque Nationale, Cod. lat. 16297, teilweise hg. THUROT, Notices 123–125; Auszüge auch bei G. WALLERAND, Les oeuvres de Siger de Courtrai (Les philosophes belges 8), Louvain 1913, S. 43; deutsch bei ARENS, Sprachwissenschaft 39 f. Zum Schicksal der Handschrift GRABMANN, Methode Bd. 2, S. 461.

Qui bien saroit gramaire toute,
Tout langage saroit sans dote[136a]).

Oder modern ausgedrückt: „Que les mots ne fussent pas les mêmes dans les diverses langues, ... c'était là, pour nos vieux maîtres, des accidents sans importance"[137]).

Der in Paris geschulte englische Dominikaner und spätere Kardinal-Erzbischof von Canterbury, Robert Kilwardby (gest. 1279), erklärte vor 1261 in seinem Priscian-Kommentar unumwunden, wie die Geometrie sich nicht um die Schnur oder das Eisen, mit dem sie messe, kümmern könne, sondern nur „die Größe" ermitteln wolle, so beschäftige sich auch die Grammatik nicht mit Latein oder Griechisch (das Robert gerade eben lesen konnte), sondern mit „der Sprache": *abstrahit ab omni lingua speciali*[138]). Der Donat-Kommentar desselben Mannes gab Ratschläge, was man *excogitando sermonem* alles bedenken müsse; ob man auf lateinisch, englisch oder französisch predigte, war dabei unwichtig[139]). Die Gelehrten waren sich darin einig, daß man nicht die zufälligen, geschichtlich veränderlichen Erscheinungsformen, sondern das Wesen der Dinge in der Sprache erkennen müsse und könne; hinter den *modi significandi* stehen die *modi intelligendi*, und sie verweisen auf die ewigen *modi essendi*. Das Sein hat keine Zeit. Hier traf man sich wieder mit der Theologie, denn die ewigen Gesetze waren Gottes Gesetze; aber davor stand eine autonome Sprachwissenschaft, als Grammatik, die den Satzbau untersucht, oder als Sprachlogik, die die Intentionen des Ausdrucks prüft und die adäquate Anwendung des Werkzeugs Sprache schult[140]). In dem Augenblick, wo man sich zur allgemeinen Grammatik zu erheben meinte, begab man sich in die absolute, weil unbewußte Abhängigkeit vom Latein, von jener den Abstraktionen nahen philosophisch-theologischen Fachsprache, die das 13. Jahrhundert neu geprägt hatte[141]). Und im gleichen Augenblick lösten sich die Volkssprachen aus der Vormundschaft des Lateinischen. Die konsequente zeitlose Sprachtheorie wurde erfunden, als sie nicht mehr zutraf.

136a) L'image du monde, interpolierte Fassung, zitiert nach KOLL, Langue 105, der die Stelle falsch versteht.

137) Etienne GILSON, Rede bei der Aufnahme in die Académie Française am 29. 5. 1947, zitiert nach Heinrich Roos SJ, Sprachdenken im Mittelalter, in: Classica et Mediaevalia 9 (1947) 200–215, hier S. 201 f.

138) In Priscianum, hg. THUROT, Notices 127.

139) Samuel Harrison THOMSON, Robert Kilwardby's Commentaries in Priscianum and in Barbarismum Donati, in: The New Scholasticism 12 (1938) 52–65, hier S. 63.

140) Roos (o. Anm. 137) S. 213 (modi); Alfons NEHRING, A Note on Functional Linguistics in the Middle Ages, in: Traditio 9 (1953) 430–434 (Grammatik); Martin GRABMANN, Die Entwicklung der mittelalterlichen Sprachlogik, in: Mittelalterliches Geistesleben, Bd. 1, München 1926, S. 104–146 (Sprachlogik).

141) MOHRMANN, Latein 12 f.

Die theologische Tradition war immerhin noch mächtig genug, um die Sprachtheoretiker zu Einschränkungen zu veranlassen; einige von ihnen ließen eine Mehrzahl von Idiomen zu, freilich nur in schüchternen und meist auf die drei Bibelsprachen begrenzten Ansätzen. So lobte der in Bologna und Paris herangebildete Schweizer Konrad von Mure (ca. 1210–1281) in seiner „Ars prosandi" von 1275 Hebräisch, *omnium linguarum prima*, Griechisch und Lateinisch als die hervorragendsten Sprachen; und die praktische Frage, ob man Briefe *barbaro, id est gallico vel theotonico* oder *ebrayco vel graeco vel latino* schreiben solle, wollte er sogar nach dem Anlaß des Briefes entschieden wissen. Man meint aus der erstaunlichen Zulassung des Deutschen als Schriftsprache herauszuhören, daß Rudolf von Habsburg der Freund und Gönner Konrads war. Aber so lautete nur die Theorie; in der Praxis empfahl Konrad, möglichst immer lateinisch zu schreiben und schied etwaige Briefe von Juden, „Tartaren", Sarazenen und Barbaren an Christen und umgekehrt aus seiner Betrachtung aus. Waren die barbarischen Idiome Französisch und Deutsch nicht christlich? Zwischen der Vielzahl der profanen Sprachen und der Dreizahl der gelehrten Zungen stand als einzige Mittlerin wirklich nur das Latein[142]).

Man konnte in scholastischen Traktaten das Hebräische als besonders alt und naturgemäß rühmen; es sei die Ursprache, bei der babylonischen Sprachverwirrung allein übrig geblieben und die Sprache, die ein ohne Sprachunterricht aufwachsendes Kind von selbst rede – Friedrichs II. Experiment war also überflüssig. Die naheliegende Frage Johanns von Salisbury, warum im Abendland trotzdem kein Hinterwäldler Hebräisch konnte, war zu trivial, um beantwortet zu werden. Aus Cicero wußte man, daß die griechische Sprache ihres reicheren Wortschatzes wegen den Vorzug verdiente vor der lateinischen; diese war also die geringere unter den Schwestern[143]). Trotzdem führte sie das Kommando. Man konnte zwar auch für die Mission das Hebräische, das Griechische und das Arabische nicht entbehren; aber es ist verräterisch, daß die dringlichen Ermahnungen der Ordensgeneräle zum Sprachenstudium so oft wiederholt werden mußten und eher in Spanien als in Paris befolgt wurden[144]). Je akademischer, desto lateinischer und logistischer.

Der Däne Johannes de Dacia scheint die Vorurteile der gelehrten Pariser Theorie immerhin gespürt zu haben. Als Pariser Professor unterschied er 1280

---

142) Summa de arte prosandi, hg. Ludwig ROCKINGER, in: Quellen und Erörterungen zur bayerischen und deutschen Geschichte, Bd. 9, 1, München 1863, S. 403–482: VI, 6 p S. 473 f. (Sprachen); VI, 1 S. 424 (Juden usw.). Dazu Franz J. BENDEL, Konrad von Mure, in: MIÖG 30 (1909) 51–101, hier S. 58 ff., 80 ff.

143) Tractatus quidam de philosophia et partibus eius, Handschrift Paris, Bibliothèque Nationale, Cod. lat. 6570, f. 57r–59r, zitiert nach GRABMANN, Methode Bd. 2, S. 48.

144) ALTANER, Sprachstudien 115 ff.; SCHNEIDER (o. S. 383 Anm. 59) S. 13 ff.

wie alle Kollegen zwischen Naturlauten und willkürlich gesetzter Sprache aber er tat einen entschiedenen Schritt weiter. Seit Priscian pflegte man die *voces* in vier Arten einzuteilen, *articulata*, *inarticulata*, *literata*, *quae scribi potest* und *illiterata*, und zu erläutern, daß die *vox articulata* nicht immer niedergeschrieben werden könne, z. B. mancher Seufzer, daß umgekehrt manche unartikulierten Laute, wie affektive Ausrufe, schriftfähig seien. Johann behielt diese Definitionen bei, aber verwandelte sie; er lehrte, auf Donat gestützt, daß die nach Willkür vom Menschen begründete, bezeichnende Sprache *(vox significativa)* zugleich eine *vox articulata* und *vox litterata* sei. Damit erfaßte er den springenden Punkt: Menschenwürdige Sprache war für alle diese Gelehrten die Schriftsprache, sonst keine. Johann beteuerte nun, noch einmal revolutionär, die Erfindung der bezeichnenden Sprache sei nicht nur auf lateinisch möglich, „sondern in jeder beliebigen Art von Sprache, in der neue und verschiedene Wortbildungen nach der Sprachenverschiedenheit entstehen". Damit kehrte er zu Petrus Heliae zurück und nahm auch die Volkssprachen (wohl nur soweit sie schriftfähig geworden waren) in den Kreis der zu prüfenden Objekte mit auf. Er konnte daher auch der herrschenden Lehre nicht zustimmen, daß alle Sprachen im wesentlichen übereinkämen und stellte sich hinter Alexander von Hales: Dieselbe Sache habe im Hebräischen, Griechischen und Lateinischen verschiedene Benennungen und auch verschiedene Bedeutungen.

Aber auch Johannes konnte nicht über seinen Schatten springen. Die genannten Idiome waren eben doch Literatur- und nicht Muttersprachen. Den bestimmenden Einfluß der Muttersprache auf das Weltbild des Menschen bestritt Johannes rundheraus: Man könne einen, der Französisch spreche, deshalb noch nicht einen Franzosen nennen. *Ab ydiomate, quod quis loquitur, non meretur aliquis dici talis simpliciter*. Entscheidend für die Einstufung sei vielmehr der Geburtsort. Der Däne, der in Paris auch Französisch reden mußte, wollte also an seiner Heimat festhalten, aber nicht an seiner Muttersprache; die Sprache, die man *ab infantia* spricht, hätte doch die Nationalität auch begründen können und begründete sie, wie wir hörten, für jenen anonymen Franzosen in Italien durchaus[145]). Doch Johannes näherte sich hier den scholastischen Definitionen Gorrans; unterhalb des Territorialitätsprinzips und der Schriftsprache sah er nur Verwirrung, auch seine Gelehrsamkeit blieb lateinisch.

---

[145]) Summa gramatica, hg. Alfred OTTO, Johannis Daci opera (Corpus philosophorum Danicorum medii aevi 1), 2 Bände, Kopenhagen 1955, hier Bd. 1, S. 103 ff., 182 (vox litterata), 179 (Sprachenverschiedenheit); Bd. 2, S. 453 (ab ydiomate). Dazu Alfred OTTO, Magister Johannes Dacus und seine Schriften, in: Classica et Mediaevalia 13 (1952) 73–86, hier S. 82 ff. – Die Vierteilung der *voces* bei Priscian (o. S. 188 Anm. 104) I, 1 f. S. 5 gilt noch bei Alkuin, Grammatica, MPL Bd. 101, Sp. 854. Den an Donat (o. S. 187 Anm. 102) I, 1 S. 367 angelehnten Satz *Articulata vox est quae scribi potest* finde ich vor Johannes de Dacia nirgends; Isidor von Sevilla, Etym. I, 15 hat

Die von Ausländern in Paris begründete hochscholastische Sprachtheorie gönnte also den gelehrten unter den nichtlateinischen Sprachen ein bescheidenes Plätzchen, aber für die gesprochenen Mundarten und für den Reiz und unverwechselbaren Klang einer gewachsenen Muttersprache hatte sie kein Verständnis. Und eben während man dies dozierte, verhärteten sich rund um Frankreich die Fronten des nationalen Sprachbewußtseins. Die Gelehrten hörten, halb mit Absicht vielleicht, darüber hinweg. Wie in der Geschichtstheorie blieb die Vielfalt auch in der Sprachtheorie am Rande; im Zentrum stand der überall und immer gleiche, lateinische Mensch.

*

Der französische Rationalismus und Humanismus befruchtete auch das Denken der Bettelmönche überall in Europa. Freilich vertrauten sie nicht wie die Grammatiker und Sprachlogiker, die zumeist Weltkleriker waren, auf den selbstherrlichen Intellekt; sie wollten die Welt nicht beschreiben und analysieren, sondern bessern. Und theologisch gesehen war die Sprache nichts Vollkommenes; daß alle Idiome eins und gleich seien und die Natur der Dinge wiedergäben, war kaum zu glauben, noch weniger, daß der Mensch allein dieses Instrument schaffen und handhaben könne. Sollte denn aber Gott das irdische Chaos wollen und den Menschen seiner blinden Selbstbestimmung überlassen? Wenn die Ordnung der Welt zweifelhaft und schwankend war, gab es noch ein Mittel, sie zu heilen: das Wunder.

Sprachenwunder hatten sich in apostolischer Zeit mehrfach ereignet, das stand fest. Aber zum Heiligenbild der Hagiographie gehörten übernatürliche Sprachenkenntnisse keineswegs; es führte keine charismatische Kette von Pfingsten zur Gegenwart. Auch die Heiligen hatten sich – nach der älteren hagiographischen Literatur – schlecht und recht mit der vielsprachigen Welt abfinden müssen. Noch nach 1230 erzählte in Bayonne die Vita des Erzbischofs Leo von Rouen (856–900) nüchtern, daß der Heilige bei Bayonne nächtlich von einer Rotte baskischer Räuber überfallen worden sei. Sie fragten ihn, wer und woher er sei. Leo, aus der Normandie gebürtig, verstand kein Baskisch, *cum illorum idioma nulli lingagio sit consonum, imo penitus alienum*. (Der Autor der Vita wußte also besser als Roderich von Toledo, daß das Baskische keine indogermanische Sprache ist.) Das Wunder, das nun folgte, bestand nicht darin, daß Leo plötzlich Baskisch reden konnte, sondern schlicht darin, daß die Basken

---

ihn nur in späten Handschriften und schlechten Ausgaben (MPL Bd. 82, Sp. 89) als Zusatz. Anders Walter PORZIG, Die Rezensionen der Etymologiae des Isidorus von Sevilla, in Hermes 72 (1937) 129–170, hier S. 170; PORZIG (o. S. 17 Anm. 3), 2. Aufl., Bern 1957, S. 154.

ihn als einen Fremden ungestört ließen. Gastfreundschaft bei Räubern, ein eindrucksvolles Erlebnis, auch nach über dreihundert Jahren noch berichtenswert, aber kein göttliches Wunder[146]).

Seit der Jahrnundertmitte aber häuften sich die hagiographischen Berichte über Sprachenwunder, die nicht in ferner Vergangenheit, sondern gestern vorgefallen waren. Der nachmalige Bischof von Orvieto, der Dominikaner Konstantin Medici (gest. 1257), berichtete, dem Ordensgründer sei auf einer Reise ein Mönch begegnet, *loquela et lingua penitus alienus*. Plötzlich habe ein jeder die Sprache des anderen zu sprechen und zu verstehen vermocht, und so führten sie erbauliche Gespräche. Noch vor Ende des Jahrhunderts ließ der deutsche Dominikaner Dietrich von Apolda dieses Wunder zweimal geschehen sein und gestand Dominikus wunderbare, vier Tage anhaltende Kenntnisse im Deutschen zu, eine Gnade, die dem Dominikaner in Armenien, der Reisebekanntschaft Wilhelms von Rubruk, nicht zuteil wurde[147]). Der brabantische Dominikaner Thomas von Chantimpré (1201– nach 1263) schrieb von der heiligen Zisterzienserin Liutgard, die Flämin habe sich mit einer Wallonin *(mulier penitus Gallica)* und ein andermal mit Bischof Guiard von Cambrai, der kein Deutsch konnte, wunderbar verständigt; aber das sei nicht verwunderlich, denn sie sei voll des Heiligen Geistes gewesen, der die Jünger mit der *linguarum diversitas* erfüllt habe. Er, Thomas, kenne eine Frau – vermutlich meint er Hadewijch –, die an Pfingsten von der Terz bis zur Vesper die Kenntnis aller Sprachen besessen habe[148]). Denn Gott will Eintracht in der Vielfalt. Ob man auch im Himmel einst mit menschlicher Sprache Gott lobsingen werde, weiß Thomas nicht, aber neulich hätten die Himmlischen in Soissons die lateinische Liturgie gesungen, sogar *iuxta morem Gallicum*[149]).

Die Dominikaner hoben das Latein, daneben aber die Fülle der Sprachen hervor, nicht etwa ihre heimische Mundart. Die Ausnahme ist ein Franzose, der Dominikaner Wilhelm von Chartres, Kaplan König Ludwigs IX. Vor 1276 teilte er in der Lebensbeschreibung seines verstorbenen Herrn mit, an dessen Grab sei 1271 ein Taubstummer geheilt worden, der aus dem hintersten Burgund herbeigeeilt war. Er begann zu sprechen, nicht etwa in seiner Muttersprache *(lingua materna)*, sondern in richtigem Französisch, *recte Gallicana*, „als wäre er in Saint-Denis geboren"[150]). In anderen Ländern waren die Wunder

[146]) Vita Leonis archiepiscopi Rotomagensis II, AASS März Bd. 1, S. 94; dazu Koll, Langue 103 f.

[147]) De sancto Dominico confessore XIV, 247, AASS August Bd. 1, S. 405; Acta ampliora Theodorici de Apolda II, 38 S. 570; XIII, 151 und 154 S. 589.

[148]) Vita sanctae Lutgardis II, 3, 40, AASS Juni Bd. 3, S. 252.

[149]) Bonum universale de apibus, Douai 1627 (neuere Ausgabe nicht zugänglich): I, 21, 1 S. 84 (Eintracht, Vielfalt); II, 40, 7 S. 404 f. (Sprache, Soissons).

[150]) Appendix vitae primae VI, 36, AASS August Bd. 5, S. 566; dazu Kirn, Nationalgefühl 67.

internationaler, und das heißt lateinischer. In mitteldeutschen Dominikanerkreisen sammelte man um 1300 Erzählungen, in denen eine bekehrte Dirne Christus um Vergebung ihrer Sünden bittet; Christus gewährt sie. Doch das Mädchen versteht ihn nicht und sagt – die Erzählung ist lateinisch abgefaßt –: *Domine, non intelligo latinum; rogo te, ut loquaris teutunicum*. Christus spricht weiter lateinisch, und nun versteht das Fräulein. Nach der gleichen Sammlung lehrte die Gottesmutter einen *penitus illiteratus* aus dem Slavenvolk gar nicht erst das Deutsche, das er nicht beherrschte, sondern gleich Latein[151]). Gott und die Heiligen kennen alle Sprachen, auch die des einfachen Volkes; aber sie sprechen lateinisch.

Bei den Franziskanern klammerten sich solche Wunderberichte nicht an die tatsächliche Sprachenkenntnis, sondern an die Predigtwirkung; der gelehrtere und der volkstümlichere Bettelorden teilten fast die Alternativen Sprachwunder und Hörwunder unter sich auf. Dem heiligen Antonius von Padua sagte nämlich sein Biograph nach, bei einer Predigt hätten alle ihn verstanden, Griechen, Lateiner, Franzosen, Deutsche, Slaven und Engländer; ein jeder hörte ihn in der Sprache, in der er geboren war. Diese Erzählung ging durch die folgenden Jahrhunderte[152]). Die Anrufung des Wunders, die seit dem 13. Jahrhundert häufiger wird, zeigt, daß man den natürlich erworbenen Sprachkenntnissen der Geistlichen und der Lateinkenntnis des Laienvolkes nicht allzuviel zumuten konnte; auch hier wie bei den Mystikern wurde das rationale lateinische Weltbild zu eng. Doch es hielt noch zusammen, dank den gewaltigen theologischen Summen der genialen Bettelmönche. Auch sie hatten fast alle in Paris studiert und gelehrt; aber daß auch sie Fremde, zumeist Italiener und Deutsche, waren, hob sie über die französische Theorie hinaus und zwang sie, das Gelernte mit den heimischen Traditionen und Stimmungen zu verbinden, Geschichte und System, aber auch Gottes Wunder und Menschenwürde aufeinander abzustimmen. Fragen wir nach der Haltung der drei größten Bettelmönche der Zeit, so fallen alle Schleier, von denen die Mittelmäßigen umgeben sind, und wir erkennen, daß im Zeitalter der rationalen Systematik und der mystischen Inbrunst nicht nur die symbolistische Formel, sondern überhaupt die herkömm-

---

[151]) Joseph Klapper, Erzählungen des Mittelalters (Wort und Brauch 12), Breslau 1914: Nr. 68 S. 287 (Dirne); Nr. 54 S. 275 (Slave).

[152]) Legenda prima, Additiones II, 23 f., hg. Léon de Kerval, Sancti Antonii de Padua vitae duae (Collection d'études et de documents 5), Paris 1904, S. 122; Legenda „Benignitas", Mirabilia 1 f., ebenda S. 223; Liber miraculorum I, 1, AASS Juni Bd. 2, S. 724; im frühen 14. Jahrhundert bei Hugolino von Monte Giorgio, Floretum sancti Francisci Assisiensis c. 39, hg. Paul Sabatier, Paris 1902, S. 159 f., und in den Fioretti di San Francesco c. 39, hg. Giuseppe De Luca, Prosatori minori del Trecento (LI 12), Bd. 1, Mailand-Neapel 1954, S. 971 f.; noch im 16. Jahrhundert wiederholt bei Johann von Komorowo, Memoriale ordinis fratrum minorum a. 1215, MPH Bd. 5, S. 69. Dazu Huber (o. Anm. 37) S. 54.

liche Sprach- und Geschichtstheologie zum Absterben verurteilt war; kein Wunder konnte sie retten.

Traditionsgebunden, symbolistischen und „mystischen" Erklärungen noch am ehesten geneigt war der italienische Franziskaner-Kardinal Bonaventura (1217/8–1274). Schon darum sah er seit 1248 die Sprache nicht nur rationalistisch, sondern hielt die Verquickung von übergeordneter Sache und folgsamem Wort, von Denken und Sprechen für sehr eng. Die Namen der Dinge sind auf verschiedene Weise entstanden, durch (grammatische) *ars* oder (philosophische) *impositio* oder durch *accommodatio usus*; auch der Sprachgeschichte wird neben der *ratio* ihr Recht eingeräumt. Nicht immer sind die Namen richtig, aber wenn die Sprachen auch verschieden sein mögen, sie kommen doch überein, weil und soweit Sache und Denken zusammengehen; denn das Bezeichnete und die bezeichnende *ratio* sind allenthalben dieselben. Anders als sein Ordensbruder und Lehrer Alexander von Hales meinte Bonaventura, daß das hebräische *Elohim* und das lateinische *Deus* das nämliche bedeuten. Doch wie kommt der Mensch zu dieser Einsicht in das Wesen der Dinge, durch eigene denkerische Leistung oder durch Inspiration und Wunder? Bonaventura schwankte zwischen der aristotelischen Abstraktionstheorie und der augustinischen Illuminationslehre, aber Augustin behielt die Oberhand. Bonaventura nannte Gott den Namengeber[153]). Auch der hebräischen Ursprache schenkte der Augustinist 1273 leicht Glauben, obwohl er selbst eingestand, daß sie wie das Griechische und „Barbarische" ihm ganz unbekannt sei.

Bonaventura schwenkte auch noch nicht gleich von den traditionellen Bahnen ab, als er sich der geschichtlichen Zone näherte. Nimrod tritt uns leibhaftig entgegen als erster Kaiser und Vorläufer des Antichrist, der seinen Turm zum Himmel bauen ließ. Eine andere Rezension desselben Werkes nennt den Riesen und Räuber Nimrod den ersten Städtegründer; Semiramis habe später sein Babylon erweitert. Herrschaft und Stadt durften ihre Anfänge wie üblich bei Nimrod suchen. Nur bei der Erörterung der Sprachenverschiedenheit zögerte der Toskaner, so sehr ihm Neuerungen fernlagen. Zwar gestand er zu, daß die *modi significandi* nach den verschiedenen Sprachen unterschiedlich seien, aber warum und seit wann? Bonaventura glaubte nicht mehr recht an den buchstäblichen, historischen Gehalt der biblischen Erzählungen, sobald der Verdacht bestand, daß Menschenwille die *varietas* des Geschehens hervorge-

[153]) Commentarii in quatuor libros sententiarum Petri Lombardi, hg. Patres collegii a S. Bonaventura, S. Bonaventurae opera omnia, 10 Bände, Quaracchi 1882–1902: I, 22, 2 Bd. 1, S. 392 ff. (Sache und Wort); I, 27, 1, 3 S. 476 u. ö. (Denken und Sprechen); I, 4, 4 S. 102; IV, 3, 1, 2 Bd. 4, S. 74 (ars, impositio, usus); IV, 3, 1, 1 S. 68 (Sprachen und ratio); I, 4, 3 Bd. 1, S. 101 (Elohim, Deus); II, 1, 1,2 Bd. 2, S. 11 (Namenschöpfung). Dazu Rotta, Filosofia 104 f., 214 ff.; Überweg-Geyer, Philosophie 390 f.

rufen habe. Unangetastet blieb die Faktizität der *tres partes generis humani a tribus filiis Noe disseminatae*, weil hier noch Gottes Ordnung, sei es auch nur mittelbar, zu walten schien. Auch die Teilung der Sprachen ließ sich noch sinnvoll auf Bedas Weise in die zweite Aetas einfügen, „weil in der Kindheit die Kinder reden und sprechen lernen“. So hätte die Trennung unserer heutigen Sprachen nichts mit Babel zu tun und wäre allein Gottes Vorsehung zu verdanken?

Hier schlug Bonaventuras Deutung ins Symbolische um. Der Turmbau wurde auf das Rom der augusteischen Zeit bezogen, die Weltreiche Babel und Rom flossen ineinander, bis, vergleichbar dem zweiten Schöpfungstag und der Scheidung der Wasser, das irdische Getümmel geordnet wurde. Die Hebräer behielten die Ursprache; das bedeutete den *populus christianus*, der aus Roms Verwirrung siegreich erstand; nun begann erst die eigentliche Geschichte, die des Gottesvolkes der Frommen[154]). Die biblische Urgeschichte vor Abraham war nun ein Gleichnis des trostlosen Zustandes vor dem Hervortreten der Kirche Gottes. Auch wer in Bonaventuras Zeit etwa durch Forderung nach unbedingter Armut die Ordnungen der Kirche zu stören strebt, ist noch „ein Sohn der babylonischen Verwirrung“[155]). Babel ist keine Periode, sondern ein Zustand; die historischen Fakten, eben noch so gewichtig, sind ausgewischt. Ähnlich erging es den 72 Sprachen und Völkern. Sie blieben nur als literale Entsprechung zu den 72 Jüngern stehen, aber auch dieser Bezug, unsicher gestützt durch die 70 Palmbäume von Ex. 15,27 und die 70 Ältesten von Num. 11,16, war noch zu faktisch; *secundum mysticum intellectum* passen zu den 72 Jüngern besser das Sonnengleichnis Bedas und die Zahlenmystik Brunos von Asti[156]). Die drei Kreuzessprachen sollten zwar als die hervorragendsten der 72 Weltidiome herausgehoben werden und augustinisch Gesetz, Weisheit und Herrschaft verkörpern; aber auch hier stockte Bonaventura, bis er Deut. 19,15 fand: Im Wort von drei Zeugen besteht jegliche Wahrheit[157]). Soll das heißen, daß jeder Teil der dreisprachigen Inschrift an Christi Kreuz selbständiges Zeugnis gab, daß also die hebräische Inschrift eine individuelle, vom grie-

---

[154]) In Hexaëmeron collatio II, 20, Opera (o. Anm. 153) Bd. 5, S. 340 (Hebräisch); XV, 2 S. 398 f. (Nimrod); IV, 19 S. 352 (modi significandi); XV, 13 S. 400 (Kindheit); XVI, 25 S. 407 (Babel und Rom). Die Nimrod-Variante in Collationes in Hexaëmeron III, 2, 3, hg. Ferdinand Delorme OFM (Bibliotheca Franciscana scholastica medii aevi 8), Quaracchi 1934, S. 168; tres partes in Commentarius in evangelium Lucae XIII, 45, Opera Bd. 7, S. 349. Zu B.s Geschichtsdeutung Dempf, Imperium 367 ff.; Josef Ratzinger, Die Geschichtstheologie des hl. Bonaventura, München 1958 (noch nicht zugänglich); Helbling, Saeculum 56 ff.

[155]) Apologia pauperum XI, 4, Opera (o. Anm. 153) Bd. 8, S. 311.

[156]) Commentarius in evangelium Lucae X, 2, Opera (o. Anm. 153) Bd. 7, S. 252 f.

[157]) Commentarius in Joannem XIX, 32, Opera (o. Anm. 153) Bd. 6, S. 496 f.; Commentarius in evangelium Lucae XXIII, 47 Bd. 7, S. 579.

chischen und lateinischen Text unabhängige Aussage enthielt? Dann wären *Elohim* und *Deus* doch nicht dasselbe? Aber so konkret wollte Bonaventura nicht verstanden werden; auch seine erstaunlich beiläufigen Bemerkungen zum Pfingstwunder legten auf die Vielfalt der Sprachen keinen Wert[158]).

Bonaventura betonte, er wolle nicht wie die Juden den buchstäblichen Sinn der Schrift allein behalten, weil die Bibel wie eine Zither sei, auf der die unterste Saite allein keine Harmonie zustandebringen könne; aber diese unterste Saite, die Geschichte und Natur des Menschen und der Weltdinge, ließ er nicht voll mitklingen. So endete er bei der Zurückdrängung der historischen Fakten, ja er lockerte den Zusammenhalt von Weltgeschichte und Heilsgeschehen, der bei den von ihm verehrten Victorinern noch bestanden hatte; es blieb der schematische, von ferne an Joachim von Fiore erinnernde festgelegte Ablauf, in dem die Weltgeschichte dem Leben des Einzelmenschen gleicht. In diesem Unisono ging die Geschichte der kreatürlichen Vielfalt unter[159]).

Der fruchtbarste und vielseitigste Gelehrte des Jahrhunderts, der deutsche Dominikaner Albertus Magnus (ca. 1200–1280), verhalf im Abendland dem Aristotelismus zum vollen Durchbruch; da blieb von der Heilsgeschichte der Sprachen und Völker noch weniger als bei Bonaventura übrig. Albert, der Naturforscher, betrachtete die Sprache als Erfindung der menschlichen Imagination *ad placitum*, die mehr mit dem Denken und dem menschlichen Körperbau als mit den Außendingen, der Welt und Gott zu tun hatte. Weil die Sprache nach Aristoteles eine Sache der Vereinbarung ist, muß man die *institutio signi* kennen, die einmal willkürlich eingesetzte und seither gewohnheitsmäßig festgehaltene Bedeutung, *propter quod de diversis idiomatibus loquentes non se intelligunt*. Die Verschiedenheit der Sprachen folgt also unmittelbar und natürlich aus dem Vereinbarungs-Charakter der Sprache[160]). Albert wiederholte anderswo diese Lehre und fügte mit den Grammatikern hinzu, nur die Dinge, nicht die Vorstellungen und die Laute seien überall gleich; unter den Lauten sind nur die Seufzer und Jubelrufe der Menschen und wie bei Petrus Hispanus die Stimmen der Tiere allerorts gleich verständlich und gleich unvernünftig[161]). Es muß offen bleiben, ob Albert die Kluft zwischen Ding und Wort nicht erst mit Babel beginnen ließ; die Frage nach den Anfängen wurde überall in Alberts

---

[158]) De mysterio glorificationis X, 39, Opera (o. Anm. 153) Bd. 8, S. 82.

[159]) In Hexaëmeron collatio XIX, 7, Opera (o. Anm. 153) Bd. 5, S. 421; dazu Spicq, Exégèse 269 f., 293 (Exegese); Dempf, Imperium 376 (Natur des Menschen); Etienne Gilson, Der Geist der mittelalterlichen Philosophie, Wien 1950, S. 421 (Geschichte und Einzelner).

[160]) De anima II, 3, 22, hg. Auguste Borgnet, Alberti Magni opera omnia, 38 Bände, Paris 1890–98, hier Bd. 5, S. 271 ff. Zu A.s Sprachdenken Rotta, Filosofia 186, 205 ff.; Hieronymus Wilms OP, Albert der Große, München 1930, S. 116.

[161]) Perihermeneias I, 2, 1, Borgnet (o. Anm. 160) Bd. 1, S. 380 ff.

philosophischen Schriften ausgeklammert. Im Anschluß an Aristoteles und ganz in den durch Anselm von Canterbury gebahnten Geleisen untersuchte er das Wesen der Sprache, nicht ihre Geschichte und deren theologischen Sinn.

Alles, was direkt darauf zielte, wurde abgelenkt. Die Sephania-Stelle 3,9 vom *labium electum* besagte nicht, daß in der Endzeit alle Hebräisch sprechen werden, sondern daß sie alle Sprachen beherrschen, „wie es die Apostel taten"[162]. Genau genommen wäre dies die Ansicht Goscelins vom polyglotten Jenseits, wenn Albert dabei überhaupt an irdische Idiome gedacht hätte. Man darf es bezweifeln. Die Sprache der Juden nahm er jedenfalls meist in übertragener Bedeutung: Das Hebräische sei, sagte Albert im Jesaja-Kommentar, der Sprache des Gott Lobenden vergleichbar; es ist nicht mit Gottes und Adams Sprache gleichgesetzt. Umgekehrt bedeutete die „fremde Sprache" von Is. 28,11 nur die Züchtigung des Volkes durch Gott. Das Besondere bezeichnet nicht sich selbst, sondern allgemein das Irdische, „Sprache" bezeichnet das Verhältnis des Menschen zu Gott, kein linguistisches Phänomen. Der babylonische Turmbau ist das Werk der *altitudinem suam contra altitudinem divinam elevare cupientes* und rückt in die Nähe der schlimmsten Sünde, der *superbia* Luzifers; wieder steht nur die Beziehung zwischen Mensch und Gott in Frage. Die Folge des babylonischen Übermuts ist Verwirrung und Zerstreuung durch Gottes Hand, nicht aber Ordnung der Sprachen und Völker, nicht die Einrichtung irdischer Institutionen und natürlicher Erscheinungen[163]. Selbst das Wort *barbarus* im 113. Psalm bezeichnet zwar sehr irdisch und konkret bestialische Rohheit in Sitten, Kleidung, Nahrung und Haartracht, aber nicht die unverständliche Sprache und das unbekannte Volk. Auch die *varietas* des 44. Psalms weist in andere Bezirke, wohl auch auf die Sprache der Apostel an Pfingsten, aber nicht auf die seither fortdauernde Sprachenvielfalt in der Kirche, sondern nach Gregor dem Großen auf die Verschiedenheit der Gebräuche in der Einheit des Glaubens und auf die Vielzahl der frommen Tugenden.

Erst Psalm 18,4 erinnerte den großen Deutschen an die Sprachenwelt: Die Himmel verkünden des Ewigen Ehre und man vernimmt ihre Stimme in jeglicher Zunge, ja noch in den Dialekten. Aber wieso, sie sind doch verwirrt? Einstmals seien die Sprachen geteilt worden, als die bösen Turmbauer zerstreut wurden; es war nötig, die in Unglauben und Laster Verstrickten wieder zum Guten zu wenden; an Pfingsten geschah es. Auf welche Weise, darüber seien sich die Gelehrten nicht einig; aber Albert umging nicht wie der Ordensbruder Hugo von St. Cher mit einem *vel* das Problem, sondern suchte eine

---

[162]) In Sophoniam enarratio III, 9, Borgnet (o. Anm. 160) Bd. 19, S. 483.

[163]) Postilla super Isaiam, hg. Ferdinand Siepmann, in: Alberti Magni opera omnia, Bd. 19, Münster 1952: 19, 18 S. 245 f. (Hebräisch); 28, 11 S. 311 (fremde Sprache); 2, 17 S. 45 (Turmbau).

Synthese der Alternativen. Neben Sprach- und Hörwunder schlug er eine dritte, die Lösung Bedas vor. Die Apostel konnten in allen Sprachen reden, aber auch in einer fremden Sprache predigend verstanden werden, so wie die Glocken den Verschiedenen, die Verschiedenes denken, auch Verschiedenes verkünden. Das Verständigungsmittel, das Wort, wurde dabei unwesentlich; ganz gleich wie es klingen mag, es wandelt sich im Ohr des Hörers nach dessen Bedürfnissen[164]). Mit Humboldt gesprochen: Die Sprache ist kein Werk, sondern eine Kraft, aber nicht des Menschen oder eines Volksgeistes oder der Natur; durch sie, die bewußtlose oder zu ganz anderen Zwecken strebende, wirkt Gottes Vorsehung auf den religiösen Menschen. „Sprache" ist Gottes Anruf an den Menschen. Der gleiche Gedanke spricht aus Alberts Johanneskommentar. Augustin hatte die drei Kreuzessprachen richtig gekennzeichnet, die Hebräer waren hervorragend in der Religion, die Griechen in der Weisheit, die Römer in der Macht. Aber nach Albert diente die Inschrift zum Zeichen dafür, daß das Kreuz alle Religion bestärkt, alle Weisheit erleuchtet und alle Macht unterwirft. Er stellte daneben die historische Erklärung, die drei Sprachen hätten den in Jerusalem anwesenden wichtigsten Nationen gegolten; aber wieder waren die Daten vor allem Vehikel eines tieferen Sinns, der weit über die Fakten hinausragt; denn nicht nur die lateinische Macht, nicht nur die griechische Weisheit, nicht nur die hebräische Religion wird vom Kreuz befruchtet; Christus überwindet alles Besondere und Hervorragende, um jeden Menschen anzusprechen[165]).

Dasselbe galt von der Zahlensymbolik. Sie trat nach 1270 in Alberts Lukaskommentar bei der Behandlung von Luk. 10,1 zutage. Der Dominikaner hielt sich an die Worte des Ordensbruders Hugo von St. Cher, dessen Materialien er im Pariser Konvent einsehen konnte; so kehrte auch hier wie bei Bonaventura die bedanische Zusammenstellung wieder: 72 Jünger Christi – 72 Älteste des Sanhedrin – 72 Völker und Sprachen – 72stündiger Sonnenumlauf in drei Tagen. Wieder wurden wie bei Beda den 12 Stämmen Israel, zu denen die Apostel geschickt waren, die 72 *exterae gentes* und die 72 Priester zweiter Ordnung gegenübergestellt. Im Ernst konnte Albert also nicht glauben, daß es insgesamt nur 72 Völker gab. Aber er fügte wie Bonaventura gleich noch die viel unstimmigere Rechnung Brunos von Asti hinzu, daß die 7 Gaben des Heiligen Geistes zur Erfüllung der 10 Gebote und der 2 Gebote der Liebe auffordern sollten. Wie Bruno sprach Albert von der Versiebenfachung der 12 Apostel; auch bei ihm ergab die mystische Multiplikation der vollkommenen 7 mit den 12 himmlischen Freuden 72. So kommt es zu dem für einen höchst

---

[164]) Commentarii in psalmos 113, 1, BORGNET (o. Anm. 160) Bd. 17, S. 194 (barbarus); 44, 10 Bd. 15, S. 673 (varietas); 18,4 S. 263 (Sprachen).

[165]) In evangelium Johannis 19, 20, BORGNET (o. Anm. 160) Bd. 24, S. 657.

versierten Mathematiker wie Albert scheinbar absurden Satz: *Septies duodecim faciunt septuaginta duo*. In der Mystik ist eben 7mal 12 gleich 72. Die einfachsten Regeln der Arithmetik, der Zahlensprache, werden verletzt; die Zahlensymbolik spiegelt nicht mehr im Einsichtigen das Übersinnliche, sondern negiert das Triviale[166]).

Wieder wie bei Hugo von St. Cher ist nicht Achtlosigkeit die Ursache solchen Verhaltens zu Sprachen und Zahlen. Albert hat noch viel stärker als Hugo und Bonaventura allenthalben den Literalsinn der Bibel hervorgehoben; darin besteht seine Leistung und sein Ruhm als Exeget[167]). Das Vordergründige war vielfach sein Thema; auch seine Sprachlehre und seine naturwissenschaftliche Neigung wurzeln hier. Doch die bei Symbolisten und Rationalisten ungebrochene Emanationsfolge vom Sichtbaren zum Jenseitigen ist bei Albert gestört. Wie auf anderen Gebieten ist dem Kirchenlehrer auch hier der Ausgleich zwischen dem neuplatonischen Erbe und dem Aristotelismus nicht ganz geglückt. Sprachen, Völker, Texte und Zahlen blieben ihm entweder aristotelisch immanent, oder sie wurden augustinisch ins Irreale und Vieldeutige transponiert, wo sie von Gottes Wundern überwältigt, nicht bestätigt wurden. In beiden Stockwerken fanden Vielfalt und Geschichte keinen Unterschlupf, noch weniger als bei Bonaventura. Albertus Magnus hat keine einzige der exakten Aussagen, die das Frühmittelalter über Sprachen- und Völkertheologie gemacht hatte, akzeptiert, sondern ihren Lebensfaden, das Band zwischen Natur und Jenseits, gelockert.

Wo Albert innehielt, ging der „Doctor communis" weiter. Der Süditaliener Thomas von Aquin (1225/6–1274), Bonaventuras Kollege in Paris, Alberts Schüler in Köln, ist von allen der Größte, denn er ist der Freieste. Er suchte und sah zuerst den natürlichen Menschen, und das war „förmlich der überzeitliche Mensch, der keine Geschichte braucht" und der heute wie immer war, ist und sein wird[168]). Thomas sagte klarer und entschiedener als Bonaventura und Albert, die Sprache sei aus menschlicher Willkür geformt, solle aber mit der Natur der Dinge übereinstimmen. Diese Übereinstimmung hat der selbstverantwortliche Mensch durch Abstraktion von den Dingen zu finden; sie wird ihm nicht von Gott geschenkt. Darum sind die Sprachen verschieden, weil der Mensch sie schafft; nur die Seufzer der Kranken und ähnliche Naturlaute sind allen gemeinsam. Aber gerade als getrennte begründet die Sprache Gemeinschaft; der Mensch braucht sie, weil er ein soziales Wesen ist, „und deshalb können Verschiedensprachige nicht gut übereinkommen"[169]). Deshalb

---

[166]) In evangelium Lucae 10, 1, Borgnet (o. Anm. 160) Bd. 23, S. 4 ff.

[167]) Spicq, Exégèse 210 f., 271 f., 296 ff.

[168]) Dempf, Imperium 381.

[169]) Peri hermeneias I, 1–4, in: Sancti Thomae Aquinatis opera omnia, Editio Leonina, 16 Bände, Rom 1882–1948, hier Bd. 1, S. 7 ff. Zu Th.s Sprachdenken Rotta,

sind Dinge und Sprache, Erkennen und Reden zwar aufeinander bezogen, aber nicht dasselbe. *Verbum* ist, unbeschadet Laktanzens Protest, *verberatio aeris*, Erschütterung der Luft, oder aber *verum boans*; die Sprache schreit die Wahrheit in die Welt. Die Etymologie selbst enthüllt, wie zwiespältig Worte sind. Luft und Wahrheit – der weite Abstand wird überbrückt vom inneren Wort, von der Erkenntnis der Dinge; diese *cognitio rerum* füllt die Wörter mit Bedeutung. Jedoch ist das Netz weitmaschig, nicht immer findet die Wahrheit unbeschädigt vom Ding zur Sprache, vom Wort zur Welt.

Eine Ausnahme machte lediglich die Sprache Adams, die für die ganze Menschheit Richtschnur wurde. Da Adam von Gott vollkommen geschaffen und zum Lehrer des Menschengeschlechts bestimmt worden war, muß ihm bei der Benennung der Dinge ihre Natur exakt bekannt gewesen sein, denn *nomina rerum debent esse consona eorum proprietatibus*[170]). Die perfekte Sprache war ein historisches und konkretes Phänomen; Adam sprach Hebräisch, das Thomas nicht konnte. Ohne ein Wort des Tadels wurden die Auswege Hugos von St. Cher und des Lehrers Albert abgeschnitten[171]). Sprache ist eine geschichtliche Erscheinung; die Ursprache, die Sprache überhaupt ist an sich nicht heilig, denn sie ist wie alles Irdische von äußeren Faktoren, beispielsweise vom Klima abhängig (die aristotelische Lehre von der idealen Mittelzone wird wiederbelebt), und sie ist nur ein Verständigungsmittel, das die Menschen untereinander ausmachen, nicht zur Erkenntnis der Dinge, sondern um ihre Vorstellungen *(conceptus) totaliter* auszudrücken[172]). Darum nennt der Mensch den Fremden, mit dem er nicht reden kann, gerne einen Barbaren. Man hat also die Sprache zuerst von der Soziologie, nicht von der Erkenntnistheorie aus zu beurteilen.

Thomas löste auch die historischen Sprachen nicht wie Albertus Magnus in Gleichnisse auf. Die drei Kreuzessprachen waren zu Christi Zeiten hervorragende Weltsprachen *(eminebant)*; durch die Inschrift am Kreuze sollten die *religiosi*, die *sapientes* und die *potentes* angesprochen werden. Augustin wurde dabei zitiert, doch Thomas wollte nicht wie Augustin den drei Hauptsprachen einen fast jenseitigen, zumindest überzeitlichen Rang zusprechen. Wie Adams

---

Filosofia 222 ff.; Franz MANTHEY, Die Sprachphilosophie des hl. Thomas von Aquin und ihre Anwendung auf Probleme der Theologie, Paderborn 1937, S. 86 ff., wo aber durch die Mitverwendung des Pseudo-Thomas-Kommentars zur Genesis Verwirrung gestiftet wurde.

[170]) Quaestiones disputatae de veritate IV, 1, hg. Edouard FRETTÉ – Paul MARÉ, Thomae Aquinatis opera omnia, 34 Bände, Paris 1871–80, hier Bd. 14, S. 402 ff. (verbum); XVIII, 4 Bd. 15, S. 87 ff. (Adam; Zitat auf S. 89).

[171]) In epistolam II ad Corinthios XI, 5, FRETTÉ-MARÉ (o. Anm. 170) Bd. 21, S. 147.

[172]) De rege et regno II, 1 ff., FRETTÉ-MARÉ (o. Anm. 170) Bd. 27, S. 357 ff. (Klima); I, 1 S. 337 (Sprache).

Ursprache sind auch die Kreuzessprachen das angemessene Ausdrucksmittel einer geschichtlichen, also vergänglichen Situation: *eminebant*[173]). Seiner eigenen Geschichtlichkeit bewußt, dachte Thomas „lateinisch“ nur, soweit er „literarisch“ dachte. Darum bündelte er rationales Denken, literarische Bildung und Gleichsprachigkeit: Nur der Mensch hat Vernunft und hat Sprache, und zwar eine *liberalis locutio*, *sub legali idiomate respondens*, die Freiheit und Bindung in der Bildung zusammenfaßt. Wer vernunftlos, gesetzlos, unliterarisch und in einer zuchtlosen Sprache verharrend lebt, ist ein Barbar, denn er erhebt sich nicht zur Höhe des Menschseins[174]). Das Latein verbürgt dieses Niveau; aber nicht als Sprache der Bibel oder der Liturgie, sondern als Träger der Bildung wird es bevorzugt und über den soziologischen Maßstab hinaufgehoben ins Reich der Humanität. Dennoch ist auch das Lateinische nicht zeitlos gültig und nicht allgemein verbindlich. Nur das Gleiche könnte universal gelten, doch die Ungleichheit liegt nun einmal mit aller *multiplicitas et varietas* dem Geschöpflichen zugrunde[175]).

Übergeschichtlich und allgemein verpflichtend ist zum einen das Wesen der Sprache, die, wie die theologische Summa von 1265/71 wiederholt, den *interioris mentis conceptus* wiedergibt; er enthält *passiones* und *intellectus*, Willen, Gefühl und Verstand gleichermaßen. Dieses Innerliche, Gottes Wort Analoge ist zeitlos; es geht den Theologen unmittelbar an. Zum zweiten ist zwar die Einsetzung der Vokabeln willkürlich, aber die Sprechfähigkeit ist *homini naturale*, also von Dauer. Zum dritten muß der Theologe auf die Wirkungen der Sprachenvielfalt Rücksicht nehmen, denn auch sie ist unser ständiges Schicksal; keine historische Sprache ist so umfassend wie die Tatsache, daß sie alle einseitig sind. Deshalb muß man – gegen Bonaventura behielt Alexander von Hales recht – zwischen Wort und Sache genau scheiden; keine Etymologie ersetzt die Definition. Verlockend wäre es zum Beispiel, aus der angeblichen Etymologie *sapida scientia* für *sapientia* das Wesen der Weisheit zu entwickeln. Aber dieses Verfahren ist falsch, denn die Erklärung paßt nur in der lateinischen, nicht in der griechischen Sprache *et forte nec in aliis linguis*. Gerade wenn der Theologe wie Thomas das Irdische genau besieht, empfindet er besser als Albert seinen Eigenwert und seinen Abstand vom Ewigen. Beständig ist an der Sprache das Menschliche, also das Unbeständige, nur potentiell Konstante.

Sorgfältig muß man unterscheiden zwischen der Vielfalt der Sprachen und ihrer Trennung; die eine ist Natur des Menschen, die andere Sündenschuld. Die Isolierung der Idiome voneinander entsprang aus dem Götzendienst; von Isidor und Notker her kennen wir die Assoziation von Sprachverwirrung und

---

[173]) In evangelium Joannis XIX, 4, 2, Fretté-Maré (o. Anm. 170) Bd. 20, S. 335.
[174]) Commentarius in Politica I, 1, Fretté-Maré (o. Anm. 170) Bd. 26, S. 95 f.
[175]) Summa contra gentiles II, 45, Leonina (o. Anm. 169) Bd. 13, S. 372.

Idolatrie. Die Polytheisten verloren unweigerlich die allen Gläubigen gemeinsame Basis der Vorstellungen und damit die umgreifende Einheit der Sprechweisen; genau so löste erst die Sünde die natürliche ständisch-rechtliche Gleichheit der Menschen auf. In Babel geschah also kein Wunder Gottes; die Sprachenteilung ist und war und wird sein die automatische, immanente Folge des Abfalls von Gott; sie dauert genau so lange wie dieser, und sie ist, ganz anders als bei Antonius von Padua, kein bloßes Symbol, sondern nackte Realität. Darum behindert die Vielfalt den Vernünftigen und den Christen kaum mehr, seitdem Christus die Einheit des Glaubens wiederhergestellt hat. Die Apostel sprachen an Pfingsten tatsächlich alle Idiome; das ist *conventius* als die Meinung Bedas und Alberts. Auch Christus selbst war zweifellos aller Sprachen kundig, selbst wenn er sie nicht alle im Munde führte, und noch der Heutige kann, wenn er nur will, ebenfalls alle Sprachen lernen *per studium vel consuetudinem, licet non ita perfecte*[176]). Nicht so vollkommen wie die Apostel; sie lernten indes trotz der Gnade des Heiligen Geistes nicht das gesamte Vokabular aller Sprachen, sondern, wie Thomas über alle bisherigen Erklärer hinaus annahm, nur das, was für ihre Aufgabe der Glaubenslehre notwendig war[177]). Das Wunder wird also, im strikten Gegensatz zu den Hagiographen des Ordens, möglichst eingeschränkt auf den theologischen Bereich; die Vernunft und der Fleiß des gebildeten Menschen werden unterstrichen. Der wahrhaft Gebildete ist freilich Christ. Durch rationale Durchdringung der irdischen Vielfalt hebt er ihre Konfusion auf, ohne ihre Vielschichtigkeit anzutasten. Was allein zählte, war noch in Thomas' letzten Lebensjahren dies: *Quaecumque sint illae linguae seu nationes, possunt erudiri de divina sapientia et virtute*[178]). Die Wahrheit des Glaubens kann sich überall durchsetzen; es liegt nur am Menschen, ob er seine natürlichen Talente im Dienste Gottes entfaltet und sich und die Kirche damit den üblen Folgen der Sprachentrennung entzieht.

Wie es eigentlich gekommen ist, daß die verlorene Kraft und Einheit der Ursprache auch nach der Erscheinung Christi nicht tatsächlich wiederhergestellt wurde, daß die Sprachenvielfalt auch unter den Gläubigen anhält und vielleicht sogar segensreich unter ihnen wirkt, das sind keine Fragen für den Christen; der Philosoph hat sie zur Genüge beantwortet, wenn er mit Aristo-

---

[176]) Summa theologica I, 34, 1, Leonina (o. Anm. 169) Bd. 4, S. 365 (conceptus; dazu Warnach, Erkennen 192 ff.); II, II, 85, 1 Bd. 9, S. 216 (homini naturale); II, II, 45 Bd. 8, S. 341 (sapientia; dazu Warnach, Erkennen 190); II, II, 176, 1 Bd. 10, S. 410 f. (Babel, Christus, Pfingsten); III, 7, 7 Bd. 11, S. 114 (Christi Sprachkenntnisse); II, I, 51, 4 Bd. 6, S. 329 (heutiges Sprachstudium).

[177]) In epistolam I ad Corinthios XIV, 1, Fretté-Maré (o. Anm. 170) Bd. 21, S. 13; dazu Manthey (o. Anm. 169) S. 247 f.; Spicq, Exégèse 305 f.

[178]) In psalmos Davidis expositio XVIII, 2, Fretté-Maré (o. Anm. 170) Bd. 18, S. 328; dazu Manthey (o. Anm. 169) S. 101.

teles die natürliche Mannigfaltigkeit menschlicher Willkür erläutert hat. Darum war auch der Topos von 72 Sprachen und Völkern für Thomas obsolet; er kommt nirgends vor. Um die Völkertafel kümmerte sich Thomas gleichfalls nicht; das waren historische Fakten einer grauen Vergangenheit, aber theologische Quisquilien; und betrafen sie wirklich das überzeitliche Ganze? Die Menschheit ist wohl ein Universum, eine *communitas seu respublica hominum sub Deo*, aber dieser „Staat" ist nicht genealogisch oder politisch-historisch erwachsen und überwölbt alles Menschliche und Geschichtliche[179]). Zwar ist die thomistische Welt „ein geordnetes Ereignis", aber dieses Ereignis, das sich in der Geschichtlichkeit vollzieht, ist stetig, nicht historisch und veränderlich[180]). Thomas beachtete die Historie in der Bibel nicht. Ob der Mann Hiob je gelebt hat oder nur ein Sinnbild ist, von wem und wann dies Buch geschrieben wurde? *Non multum refert*[181]). Der Aquinate schrieb viele Bibelkommentare, aber keinen über die Genesis, über Daniel und über die Apokalypse, über die geschichtstheologisch bedeutsamen Bücher.

Das bedeutet nicht, daß Thomas keinen Sinn für Geschichte gehabt hätte; kein Theologe seiner Zeit hat so prägnant wie er die Sprachen der Welt als historische Gebilde charakterisiert; kaum einer hat klarer begriffen, daß der Mensch in die Geschichtlichkeit gestellt ist. Aber ein anderes ist geschehende, sich stets wandelnde Geschichte, ein anderes die ständige menschliche Situation der Geschichtlichkeit, ein anderes die Ewigkeit Gottes. Auch die Geschichte ist von Gott gelenkt, aber nur von ferne her, nicht in symbolistisch erkennbaren Rhythmen, nicht in wachsenden Ringen, die sich über die Dinge ziehn und die Freiheit des natürlichen Menschen einschnüren. Wie dieser im Wandel immergleiche Mensch sich zu Gott emporschwingt, ist das den Theologen und Philosophen faszinierende Problem. Nicht die Historie ist das Tor zu diesem Aufstieg, sondern die Natur und die Geschichtlichkeit des Menschen; seine Geschichte ist nur der Vorhof. Thomas fand so eine grandios gestufte Synthese, die die Bemühungen seiner Zeitgenossen um Sprache und Geschichte zusammenfaßte und steigerte. Aber er zog auch rücksichtslos die Konsequenz, vor der sich die französischen Geschichts-Lexikographen und Sprachtheoretiker scheuten, die die Hagiographen nicht wahrhaben wollten, die Bonaventura verschleierte und Albertus Magnus nur zaghaft andeutete: Der Mensch ist für seine Sprache und Geschichte selbst verantwortlich; er findet den Weg zu Gott, nicht indem er die Schöpfung hinnimmt und nur aus-

179) Summa theologica II, I, 100, 5, Leonina (o. Anm. 169) Bd. 7, S. 211; dazu Gilson, Philosophie 418 f.

180) Martin Grabmann, Thomas von Aquin, Persönlichkeit und Gedankenwelt, 7. Aufl., München-Kempten 1946, S. 118. Vgl. Helbling, Saeculum 76 ff.

181) Expositio in librum sancti Job, Prologus, Fretté-Maré (o. Anm. 170) Bd. 18, S. 2; dazu Spicq, Exégèse 374.

deutet, sondern nachdem er sich selbst seine Umwelt geschaffen und sie geordnet hat. Der Mensch sollte sich nicht bei den Propyläen ansiedeln; aber wenn er es nun doch tat? Mit Hilfe des Aristoteles erschütterte Thomas die Grundfesten der abendländischen Sprach- und Geschichtstheologie.

Seine dominikanischen Ordensbrüder verstanden ihn nur halb. Der Schüler und Beichtvater des Aquinaten, Tholomeus von Lucca (1236–1326), wandte 1281 die thomistische Theologie doch wieder unmittelbar auf die historisch-politischen Realitäten an, etwa wenn er sagte, die Weltmacht stamme von dem Zauberer Cham-Zoroaster, von Nimrod und deren Nachkommen Belus von Babylon und Ninus von Assyrien; die Macht ist hamitisch, also an sich böse. Der Turmbau bezeichnet diese Überheblichkeit des Herzens; im Mißfallen darüber hat Gott die widergöttliche Einheit zerrissen und die bis dahin einheitliche Sprache getrennt; den Tyrannen schickt er bösen Tod: Cham-Zoroaster starb von Ninus' oder eines Teufels Hand[182]). Da alle weltliche und geistliche Macht auf Erden dem Papsttum zusteht, kann in der universalen Kirche keine solche babylonische Verwirrung herrschen, und Gott greift ständig ein, um sie zu schützen; denn nach Tholomeus stand auch die Kirche in der Geschichte, nicht über ihr, aber um sie zu lenken, nicht um sie zu ertragen. Bei dieser Verkürzung des Thomismus ins Institutionelle geriet die Sprachen- und Völkervielfalt ganz in den Bereich des Bösen. Es blieben nur die drei heiligen Sprachen, die nach der Angabe von Tholomeus' Annalen sich 1231 in einem vom Himmel gesandten Buch fanden; an Stelle der menschlichen Souveränität blieb also das Wunder. Und es blieb Rom, das schon den Trojaner Aeneas angezogen hatte[183]).

Als Kern aller wissenswerten und folgenreichen Historie erschienen dann die Kirche und die Antike, also wiederum das Lateinische; alles Übrige löste sich in unzusammenhängende Notizen und in Wirrsal auf. Wer überhaupt unter den Dominikanern noch Geschichte schrieb wie der in Rom lebende Martin von Troppau (gest. 1278), der begann seine aus den Notizen des Ordensbruders Vinzenz von Beauvais schöpfende Weltchronik mit Christus und fand den roten Faden der universalen Heilsgeschichte nicht mehr. Martin entnahm nur aus der römischen Lokalsage der „Graphia aureae urbis" die Reise Noahs nach Italien, die Gleichsetzung des Gottes Janus mit einem Japhetiten und die Nimrods mit Saturn. So usurpierte das päpstliche Rom die Urgeschichte des kommunalen Rom und schnitt alle fortlaufenden Fäden ab. Aus den Vorlagen holte sich Martin schon den vierten Noachiden Jonithus nicht

[182]) Determinatio compendiosa de iurisdictione imperii c. 17, MGH Fontes iuris germanici antiqui Bd. 1, S. 37 f. Dazu GOEZ, Translatio 215 ff.

[183]) Die Annalen des Tholomeus von Lucca a. 1231, MGH SSRG NS Bd. 8, S. 118 (Himmelsbuch); a. 1067 S. 7 (Aeneas).

herüber, auch der erste Babylonierkönig Ninus wurde weder mit Cham noch mit Nimrod in Beziehung gesetzt; es ging hier ja nicht um die böse Machtgeschichte, sondern um die Kirchengeschichte. Sollte aber auch die Vorgeschichte der Kirche nur weltliche, römische Geschichte sein? Martin verherrlichte Rom; hier trafen Papsttum und Kaisertum zusammen; hier erhoben sich die Päpste über die Kaiser. Man steht hart an der Grenze eines lateinisch-klerikalen Nationalismus; die Zahl der 51 Kardinäle hat keine symbolische, universale Bedeutung[184]). Wenn die Vergangenheit nicht mehr das Fortwirkende und immer Wirksame war, wenn sich nur noch einzelne ihrer Sektoren als sinnvolle Zusammenhänge darstellten, dann durfte man auf die Urgeschichte des Alten Testaments getrost verzichten; im Ursprung lag nicht das Ganze beschlossen.

Die weitläufigen biblischen Kulissen wurden beiseitegeschoben; im fernen Palästina mochten sie noch am Platze sein, nicht mehr im Abendland. Der Dominikaner Burchard von Monte Sion, aus Barby bei Magdeburg gebürtig, erzählte in seiner Beschreibung des Heiligen Landes 1283, Tyrus sei von dem Japhetiten Tiras errichtet; das Grab des Hamiten Kanaan, ein Bauwerk seines Sohnes *Aracheus* und die Stadt *Syn* seines Bruders *Syneus* fand man im Libanon; auch die Gräber dieser und anderer Kanaanskinder ließen sich hier nachweisen. Die Semiten wohnten natürlich erst recht im Vorderen Orient. Die ganze Völkertafel versammelt sich am Heiligen Grabe, es wohnen dort heute noch Menschen „aus jeder Nation, die unter dem Himmel ist" (Act. 2,5), Lateiner, Sarazenen, Syrer, Griechen, Armenier und viele andere Christen. Burchard konnte Arabisch, rühmte sich, den Koran gelesen zu haben, und erwähnte auch, daß die Armenier eine besondere Schrift und Sprache hätten. Aber er behauptete, daß der ganze Orient bis Indien und Äthiopien christlich sei und hier auf einen Mohammedaner dreißig Christen kämen. In die Illusion einer christlichen Musterwelt fügten sich nur die Sprachen nicht ganz ein; daß man zu seiner Zeit noch wie an Pfingsten alle Zungen der Erde in Jerusalem erklingen hörte, konnte Burchard nicht berichten[185]). Acht Jahre später eroberten die Mameluken Akkon; das schon vorher durch innere Rivalitäten und Angriffe von außen geschwächte katholische Reich im Vorderen Orient brach zusammen.

Was sollte dann vollends außerhalb Palästinas die Berufung auf Babel und Pfingsten, auf die Völkertafel und die christliche Ökumene? Um 1276/7 übersetzte ein nordbayrischer Geistlicher ein fünfzig Jahre altes, vielleicht von

---

[184]) Chronicon pontificum et imperatorum, MGH SS Bd. 22, S. 398 ff. (Vorgeschichte), 407 (Kardinäle). Dazu SCHRAMM, Renovatio Bd. 2, S. 73 ff.; LANDSBERG, Weltchroniken 103 ff.; vgl. GOEZ, Translatio 202 ff.

[185]) Descriptio terrae sanctae II, 5, hg. LAURENT, Peregrinationes 25 (Tyrus); II, 20 ff. S. 28 ff. (Kanaan, Kanaanäer); XIII, 1 S. 88 (Act. 2, 5); VII, 17 S. 53 (Arabisch-Kenntnis); XIII, 9 S. 92 (Armenier); XIII, 8 S. 90 (christlicher Orient).

einem Dominikaner verfaßtes „Buch der Rügen" ins Deutsche, fiel sich aber dabei sozusagen selbst in den Rücken. Während die lateinische Fassung von etwa 1220 nichts über den Turm von Babel enthalten hatte, beklagte sich die deutsche Version wohl nicht nur des Reimes wegen über die Geistlichen, die *daz niwe*, nämlich die moralische Besserung des Menschen, vergessen und statt dessen bis zum Überdruß *daz alte*, die Geschichten von der Weltentstehung, aufwärmen,

von Kâîn und von Âbel
und von dem turn ze Bâbel.

Erschien es denn dem Geistlichen nicht als moralische Belehrung, auszudeuten, was im Paradies und in Babel geschehen war, und seinen Lesern klarzumachen, warum er das lateinische Buch mühselig ins Deutsche übertragen mußte? Aber die Historie fügte sich nun nicht mehr in die Predigtmärlein; der Mensch sollte über das Irdische hinausstreben[186]).

Der gelehrtere und bald auch ständisch vornehmere Bettelorden schrieb die Sprachen- und Völkervielfalt ab. Nicht so die Franziskaner. Sie hatten vor allem in Norddeutschland historische Neigungen gepflegt, und noch Bonaventura gewann der Geschichte als System ein begrenztes Interesse ab. Je weiter man aber die wissenssoziologische Stufenleiter heruntersteigt, desto vernehmlicher werden, besonders in Deutschland, die alten vertrauten Töne der Sprach- und Geschichtstheologie; das „Buch der Rügen" wußte wohl, wen es angriff. Man höre nur den Volksprediger Berthold von Regensburg (ca. 1210 –1272) in seinen *sermones rusticani*, wie er selbst etwas abschätzig seine Predigten in der Volkssprache nannte[187]). Da spricht Christus nicht lateinisch; die 72 Sprachen kommen in einer Predigt von 1263 vor, und unter ihnen sind die *aller edelsten* die hebräische wegen ihres Alters, die griechische wegen ihrer Tiefe, die lateinische wegen ihrer Schönheit. Die heiligen Idiome sind zugleich schön; Sinnliches und Übersinnliches greifen ineinander. Der Mensch soll täglich 72 Vaterunser beten; durch diese Vorschrift werden auch die 72 Sprachen nahezu geheiligt. Die Zahlensymbolik gilt hier noch, ganz anders als bei dem dominikanischen Freunde Bertholds, bei Albertus Magnus. Und die alten Geschichten der Genesis können den Zuhörern heute noch nützlich sein: Alle Spötter fahren unter den Fahnen Chams, der seines trunkenen Vaters spottete und dem Teufel ein lieber Nachbar ist; alle Räuber und unrechten Gewalttäter, die arme Leute unterdrücken, haben ihre Heerfahne hängen bei *hern Nemrôt*, mit

[186]) Theodor von KARAJAN, Buch der Rügen, in: ZDA 2 (1842) 6–92, hier S. 16 ff. (lateinische Fassung); deutsche Stellen: v. 151 ff. S. 49 (Altes und Neues); v. 65 f. S. 47 (Babel). Zur Herkunft des Übersetzers Bruno WIESOTZKY, Untersuchungen über das mittelhochdeutsche „Buch der Rügen" (Quellen und Forschungen zur Sprach- und Kulturgeschichte der germanischen Völker 113), Straßburg 1911, S. 30 ff.

[187]) Johann von Winterthur, Chronica a. 1265, MGH SSRG NS Bd. 3, S. 19.

dem sie ewig in der Hölle brennen müssen[188]). Die Historie selbst weist dem Frommen den Weg zu Gott, freilich nicht mehr die große Bewegung der Geschlechter und Völker, sondern der Charakter ihrer Figuren.

Da die Minoriten dem Volksmund nahe waren, hörte man in Kärnten am Jahrhundertende von der Kanzel wieder von den 72 Riesen, *als hôhe als die boum*, die sich in der Urzeit zusammenrotteten, um zu erkunden, *waz ûf dem himel wære*. Eines Nachts, als sie schliefen, träumten sie schlecht, und als sie erwachten, da redete jeder eine neue Sprache. Deshalb erhielten die 12 Apostel auch die Kenntnis der 72 Sprachen[189]). Die Millstätter Genesis war wohl die Quelle dieser symbolkräftigen, einfachen Anekdoten, die quer durch die Zeiten den Hörer ansprachen. Die Zahlensymbolik verknüpfte noch einmal alles Getrennte und trieb sogar eine neue Blüte: Am Oberrhein rührten die Prediger die Nonnen mit der Schilderung Christi am Kreuz, *do sin künigkliches hôbet verwundet waz zwaiger und sibenzig wunden*[190]). Der Ring schließt sich, vom Dornenkranz zum Rosenkranz, von den 72 Riesen zu den 72 Vaterunsern, von der Vergangenheit zur Gegenwart und zur Forderung an die Zukunft.

Vor allem pflegten die Franziskaner die Historie. Um 1292/94 stellte ein schwäbischer Minorit, vielleicht Martin mit Namen, die berühmt gewordenen „Flores temporum" zusammen, die bei Adam, nicht erst bei Christus begannen. Der Autor wollte zwar die Urgeschichte nur *celerius transvolans* abhandeln, berichtete aber trotzdem knapp und gläubig vom Turmbau, von den 72 Noachiden und Sprachen, von der Völkerteilung, von der geographischen und ständischen Teilung der Welt, konservativ und im schwäbischen Land der Reichsritter adelsfreundlich gesonnen. Und all dies in dem einen klassisch kurzen Satz: *De Sem liberi XXVII in Asia, de Cham servi XXX in Africa, de Japhet milites XV in Europa, ... qui post obitum Noae turrim aedificantes divisi sunt in linguas LXXII.* Prägnanter, anschaulicher, aber auch diktatorischer konnte man die so lange umstrittenen Traditionen kaum vertreten; nur vergaß der Franziskaner die rationale Begründung der hier vorgetragenen Meinungen, um die es nicht gut stand[191]). Geschichte wurde so weithin zur interessanten,

---

[188]) Predigt 44, hg. Franz Pfeiffer – Joseph Strobl, B. v. R., Vollständige Ausgabe seiner deutschen Predigten, 2 Bände, Wien 1862–80, hier Bd. 2, S. 76 ff.; ähnlich Predigt 31 Bd. 1, S. 496 (Sprachen); Predigt 18 S. 290 f. (Cham, Nimrod). Dazu Hannes Maeder, Versuch über den Zusammenhang von Sprachgeschichte und Geistesgeschichte (Zürcher Beiträge zur deutschen Sprach- und Stilgeschichte 1), Zürich 1945, S. 56, 67 f.

[189]) Adalbert Jeitteles, Altdeutsche Predigten aus dem Benediktinerstifte St. Paul in Kärnten (Altdeutsche Handschriften aus Österreich 1), Innsbruck 1878, S. 114 f.

[190]) Wilhelm Wackernagel, Altdeutsche Predigten und Gebete aus Handschriften, Basel 1876, S. 95; dazu ebenda S. 384 ff.

[191]) Flores temporum, Prologus, MGH SS Bd. 24, S. 231 (celerius); hg. Johann Georg Eccardus, Corpus historicum medii aevi, Bd. 1, Leipzig 1723, S. 1553 f. (Turmbau usw.). Dazu Landsberg, Weltchroniken 106 ff.

abenteuerlichen Fabel mit moralischer Nutzanwendung; ob es auch wirklich so gewesen ist, durfte man nicht fragen.

Das war aber nicht alles, was die Jünger des heiligen Franz gegen die Gelehrsamkeit der Predigermönche aufzubieten hatten. Ihre bedeutendste, gelehrteste und umstürzendste Äußerung über Sprach- und Geschichtstheologie muß im letzten Viertel des Jahrhunderts entstanden sein; sie steht im Genesiskommentar eines ungenannten Autors, der unter den Werken des heiligen Thomas gedruckt vorliegt. Aber er gehört weder dem Aquinaten noch Albertus Magnus, den man als Urheber hat namhaft machen wollen; auch andere Dominikaner, die man vorgeschlagen hat, kommen wenigstens für die uns interessierenden Teile nicht als Verfasser in Frage[192]). Der Pseudo-Thomas ist kein Thomist. Der hebräische Name und die zugehörige Sache wurden (anders als Albert lehrte) von Gott dem ersten Menschen gleichzeitig offenbart. Adam gab (wie bei Comestor) nicht allen Tieren Namen; die Fische sind später von den Menschen benannt worden. Die Völker sind (wie bei Andreas von St. Victor) schon vor der Sprachverwirrung gebildet und in großer Zahl, wie Pseudo-Philo angab, über die Erde verteilt. In Babel waren also nicht mehr alle Menschen anwesend, vielleicht nur die Anführer, wahrscheinlich nicht alle frommen Semiten. Babel wurde ausgesucht, damit man der Mitte der bewohnten Erde nahe sei und sie beherrschen könne; vielleicht wollte man auch zum Land Adams zurückkehren. Der Turmbau, hier (wie bei Andreas von St. Victor) mit dem Stadtbau verbunden, entwuchs der *superbia*, der Angst und der Herrschsucht des hamitischen *vilis tyrannus* Nimrod; er errichtete inmitten des semitischen Landes, das eigentlich Arphaxad und dessen Chaldäern gehörte, sein Reich, das *orientale imperium*, und den Turm als *capitolium civitatis*. (So konnte nur ein Stadtbürger schreiben, der die italienischen Adels-Türme kannte.)

Die Sprachentrennung, durch die von Gott ermächtigten Engel ausgeführt, war eine *divisio*, nur insofern eine *confusio*, als die Sprache des einen dem anderen *confusa et non intelligibilis* vorkam. Wie dies geschah, ist ein Wunder; jedenfalls veränderten sich alle drei Faktoren der Sprache zugleich, nämlich ihre *vis motiva* und *imaginatio* und *intellectus* des Menschen. (Die Sprache hat also ihre eigene Kraft; der Mensch entwirft sie nicht nur mit dem Verstand, auch mit der Einbildung; und dennoch kann Gott plötzlich alle diese Potenzen ver-

---

[192]) Franz Pelster, in: Scholastik 4 (1929) 126 (Albert; unentschieden Gilles Meersseman OP, Introductio in opera omnia B. Alberti Magni OP, Brügge 1931, S. 98); Spicq, Exégèse 299 (englischer Dominikaner Thomas Jorz, gest. 1310); Palémon Glorieux, Essai sur les commentaires scripturaires de saint Thomas, in: RTAM 17 (1950) 237–266, hier S. 241 (Jorz ist „sans doute" der Autor); Stegmüller, Repertorium Bd. 5, S. 325 Nr. 8025 (Jorz oder Thomas Waleys OP; zu letzterem Beryl Smalley, Thomas Waleys O. P., in: Archivum Fratrum Praedicatorum 24 [1954] 50–107, hier S. 57).

ändern. Kein Grammatiker hätte das zugegeben.) Der Wirrwarr der Sünden und die Selbstbezogenheit der Ketzer ist in der Sprachverwirrung mit symbolisiert, sie ist aber nicht zuerst als moralisches Paradigma zu nehmen, sondern wörtlich als allgemeine, die ganze Menschheit treffende, fortdauernde Strafe Gottes. Seither kann man mit den *sanctis vel doctis universi orbis* nicht mehr verkehren. (Dieses *vel* hätte Augustin nicht geschrieben; sind die Heiligen die Gelehrten?) Nun ist nach Augustin der Mensch mit seinem Hund vertrauter als mit einem Fremden; die einander noch verstehen, tun sich in einer *rationalis conspiratio* zusammen. (Wie sollte ein Thomist so pessimistisch über die soziologische Funktion der getrennten Sprachen meditieren?) Jetzt verbreiten sich auch die Glaubenslehren nur langsam über die Erde. (Sind sie denn noch nicht verbreitet? Thomas hatte kein Hindernis gesehen.) Auch ergibt sich daraus die *difficultas stabilis nexus diversarum nationum in communi*. (Gibt es kein Naturrecht und Völkerrecht? Ist die universale Kirche nicht schon seit Pfingsten begründet?) Die Völkertafel zeigt die Zersplitterung; sie enthält nach Isidor *Galli*, *Scythe et Gotti*, *Greci*, *Hispani* und *Itali* unter den Japhetiten. (Welcher Dominikaner hätte sich um die Völkertafel Europas bemüht?)

Allenthalben treffen wir auf konkrete geschichtliche Anschauung; die Machtpolitik des Monarchen Nimrod, die demographischen Bewegungen der Frühzeit, die allmähliche Fortbildung der Kenntnisse, die Behinderung kirchlicher Einheit durch sprachliche Absonderung, überhaupt Kontrast und Zusammenhang zwischen Macht- und Geistesgeschichte sind mit im Spiel. Plötzlich taucht Joachim von Fiores Translations-Lehre auf: Gottesdienst und Weltreich wanderten, sagt der Autor, vom Paradies nach Jerusalem, wo Adam begraben liegt, sodann, nach der Sintflut, gen Osten; von dort kehrten die Völkerführer nach Babel zurück; dann trat erneut Jerusalem in den Mittelpunkt, der zweite Adam erschien, Christus predigte dort aller Welt. Heute liegt der Schwerpunkt im Westen, bei den Lateinern, aber dereinst, beim Jüngsten Gericht, wird er wieder nach Jerusalem zurückkehren. (Ist denn die römische Kirche nur ein einseitiger Pendelausschlag nach Westen? Ist die lateinische Kirche dem Zustand vor Babel vergleichbar? Bedeutet sie etwa Babel selbst? Ist es der Papst, der heute wie Nimrod *pro uno totius regni mundani capite* herrschen will?) Die Weltgeschichte als gewaltige Wanderung von Macht und Geist, nicht zielstrebig vom Orient zum Okzident, dem Lauf der Sonne folgend, sondern stets unruhig die geistliche Höhe und Mitte Jerusalems umkreisend – ein überwältigendes Bild.

Der ungewöhnliche Anonymus sprengt jeden exegetischen Rahmen. Er ist nämlich auch ein glänzender und exakter Exeget. Die 72 Völker werden aus Augustin übernommen, aber der Autor hat im Text von „De civitate Dei“ nachgeschlagen und Augustins Ratio entdeckt: Phaleg habe keine eigene

Sprache hervorgebracht, darum seien es nicht, wie der Bibeltext zähle, 73, sondern nur 72 Sprachen. Und nun wird zum ersten Mal in der Geschichte Augustin eines Besseren belehrt. Er habe zur Zählung die Septuaginta benutzt und deshalb unter den Semiten einen Kainan (Gen. 10,22 und 24 LXX), den auch Lukas nenne, zuviel gezählt. Man müsse aber der hebräischen Version folgen, die diesen Kainan nicht aufführe; vielleicht sei er nur ein Adoptivkind. Nach der *Hebraica veritas* wäre Augustins Methode falsch, aber sein Ergebnis richtig, *nec sine causa Deus hunc numerum vindicavit*. Die 72 Ältesten des mosaischen Sanhedrin, die 72 Jünger unseres Herrn, das alles sind *numeri universitatis*. Gott will, daß seine Schöpfung sich dem prüfenden Intellekt als geordnet darbiete; auch die Zahlensymbolik ist in Kraft, so wie die Sprache selbst von Adam an dem Wirken des göttlichen Schöpfers offensteht, so wie die Geschichte insgesamt den Höchsten umkreist.

Wer war im ausgehenden 13. Jahrhundert einer derartig klaren symbolisch-typologischen Welt- und Geschichtsdeutung fähig? Er muß im Spannungsfeld zwischen Augustin, den Victorinern, Joachim von Fiore und Bonaventura stehen, ein scharfer Gegner des thomistischen Aristoteles sein, ein Mann überdies, der neben der Allegorie die Grundlage der Exegese, die saubere Textkritik, neben der *providentia prophetica* die *historica diligentia* nicht vergaß[193]). Wer also ist der Autor? Niemand anders als der provenzalische Franziskaner Petrus Johannis Olivi (1248/9–1298), das Haupt der radikalen Spiritualen seines Ordens. Der von ihm geschriebene ungedruckte Genesiskommentar stimmt, was bisher niemand bemerkte, in den hier einschlägigen Teilen Wort für Wort mit dem gedruckten Text des Pseudo-Thomas überein, soweit er nicht ausführlicher und besser als der Druck ist[194]). Die Zusammenhänge müssen noch näher untersucht werden, weil Anfang und Ende beider Kommentare anscheinend nicht übereinstimmen. Es ist leicht möglich, daß sich bei näherem Zusehen komplizierte Abhängigkeiten herausstellen, doch für die Kapitel 10 und 11 der Genesiserklärung ist der Befund eindeutig. Olivi hat in demselben Kommentar auch anderswo den Turmbau von Babel als eine der großen Epochen der Kirchengeschichte angesprochen; er hat in seinen Schriften die Gegenwart als die grundlegende Krise der Klerikerkirche verstanden, sie unter dem Bild von Babel und seinem Pseudopapst gefaßt, seinen scharfen

[193]) In Genesim, Handschrift Biblioteca Apostolica Vaticana, Cod. Ottob. lat. 694, f. 66va–70va (Mikrofilm benutzt). Zu dieser Handschrift Franz Ehrle SJ, Petrus Johannis Olivi, sein Leben und seine Schriften, in: Archiv für Literatur- und Kirchengeschichte des Mittelalters, Bd. 3, Berlin 1887, S. 409–552, hier S. 481 f. Zur Methode des „Pseudo-Thomas" Spicq, Exégèse 197 f.

[194]) Postilla in librum Geneseos c. 2, Fretté-Maré (o. Anm. 170) Bd. 31, S. 24 (Adam); c. 10 f. S. 67–72 (Babel). Ich gebe die lateinischen Zitate nach der Handschrift, nicht nach dem Druck.

historischen Sinn, seine unerbittliche Kritik, seine Anhänglichkeit an Bonaventura und Joachim, seinen Sinn für Zahlensymbolik erwiesen[195]). Kein anderer als Olivi konnte Sprachen und Völker so deuten: Sie sind inmitten offener Entscheidungen und schwerer Fehlschläge von der Hand Gottes geleitet; diese bleibt unsichtbar und ist nur im Symbol den heiligen Weisen erkennbar, welche überall auf der Welt die *ecclesia spiritualis* bilden, nicht in berauschender pfingstlicher Einheit, sondern gefährdet und mißverstanden. Babel ist also wirklich unter uns. Die Sprachen und Völker sind nicht Gottes Meisterwerk, aber sie weben mit, und keiner kennt das Muster, das aus der Vielfalt erwächst.

Welch eine tiefsinnige Ironie, daß diese völlige Umkehrung des thomistischen Weltbildes bis heute unter den Werken des Aquinaten steht! Hier berühren sich in der Tat die äußersten Extreme. Humanistischer Rationalismus und symbolistischer Historismus drängten über die Gegenwart und den Menschen hinaus; die natürlichen und historischen Fakten schlossen sich zusammen und wurden durchsichtig. Auf ihrem Grund entdeckten die Bettelmönche den ewigen Gott, hier im Bund mit der beständigen Natur, dort als Herrn der „Historia perennis". Die Vielfalt der irdischen Dinge, der natürlichen und der geschichtlichen, blieb hochgeachtet; aber die Natur, wie sie ist, und die Geschichte, wie sie geschieht, haben ihr eigenes Reich, und es ist von dieser Welt. Die Mönche aber strebten hinaus über das Irdische und seine Institutionen zum Ewiggültigen. Spätestens seit dem Ende des 11. Jahrhunderts waren Polarität und Vielfalt der Meinungen das Kennzeichen der abendländischen Entwicklung geworden; immer höher hinauf mußten die Synthesen greifen, um die Extreme noch zu überwölben. Wenn nicht Kirche und Völker, wenn nicht der Mensch, wenn nicht die natürliche und geschichtliche Welt die gemeinsamen Nenner sein konnten, waren dann nicht die Möglichkeiten mittelalterlichen Denkens erschöpft? Mußten sich dann nicht die niederen Zonen des Alltags bestärkt und bestätigt fühlen?

Unter der lateinischen Decke hatten sich längst die Völker Europas zu Nationen und Staaten formiert; sie hatten fast alle ihre Ahnentafeln bis ins Alte Testament zurück erweitert und ihre von keinem Kaiser beengten Souveränitäten versteift; sie hatten fast alle in ihren Volkssprachen auch zu schreiben begonnen, die polyglotte Schicht der Ritterschaft aus ihren Staatswesen und ihren Literaturen hinausgedrängt und blickten stolz auf ihre Muttersprachen,

---

[195]) Raoul MANSELLI, La „Lectura super Apocalipsim" die Pietro di Giovanni Olivi, Ricerche sull' escatologismo medioevale (Istituto storico italiano per il medio evo, Studi storici 19–21), Rom 1955, S. 146 f. (Epochen); Ernst BENZ, Die Kategorien des eschatologischen Zeitbewußtseins, Studien zur Geschichtstheologie der Franziskanerspiritualen, in: DVLG 11 (1933) 200–229, hier S. 203, 207, 223 (Gegenwart); DEMPF, Imperium 312 f. (Babel und Papst); ÜBERWEG-GEYER, Philosophie 491 f. (Bonaventura usw.). Vgl. HELBLING, Saeculum 47 ff.

bereit, sie gegen jedermann zu verteidigen. Sie warteten nur darauf, daß die Kirche und das Latein die Bühne des irdischen Getriebes freigäben und das Bündnis zwischen Macht und Geist kündigten; sie warteten nur auf das Stichwort, daß der Mensch für seine Sprache und Geschichte selbst verantwortlich sei, um die Weisung in ihrem, ganz anderen Sinn auszuführen. Mit dem Tag von Anagni ging 1303 die Epoche des Papsttums und des universalistischen, lateinischen Denkens zu Ende.

9. Nationalstaaten und Spätscholastik im 14. Jahrhundert

Zwischen dem Tag von Anagni und dem Ausbruch des Großen Schismas, zwischen der Thronbesteigung Philipps des Schönen und dem Tode Karls V. von Frankreich, zwischen der Wahl Rudolfs von Habsburg und dem Ende Kaiser Karls IV. herrschten im Abendland vielfältige und verwirrend gegenläufige Strömungen. Die Papstkirche sank in ihre trübe Epoche der Babylonischen Gefangenschaft; an ihrer Stelle konnte sich kein Monarch zum Sprecher des Abendlandes aufschwingen. Die autonom gewordenen Staaten sonderten sich vielmehr voneinander und wandten sich gegeneinander in auszehrenden Kriegen[1]). Die lateinische Decke zerriß; zum Vorschein kamen die Muttersprachen, als Amtssprachen der Staaten, als Literatursprachen des Geisteslebens. Nicht nur die Antworten, selbst die Fragen fügten sich in kein System mehr; die universalen Traditionen von Ursprung und Vielfalt, von der Hochscholastik desavouiert, konnten den überall aufbrechenden partikularen Tendenzen nicht Widerpart bieten und die veränderte, zerrissene Welt weder erklären noch gar vereinen. Dennoch stand man allenthalben im Abendland vor den gleichen Aufgaben. Die strukturellen Ähnlichkeiten der vom Königtum und Bürgertum geprägten Staaten fallen erst dem modernen Historiker auf; schon die Zeitgenossen bemerkten, daß aus Sprache und Volk neue Gemeinschaften erwuchsen, die ein neues Weltverständnis erforderten. Dieses Weltbild stufte sich fast überall gleichförmig: Die Mystik griff weit über das natürliche Geschehen hinauf nach den Sternen und überließ die Erde der Profanität; die Spätscholastik pflegte das Bild vom immergleichen natürlichen Menschen und entließ die Geschichte in den Strudel des Veränderlichen; Historiker, Juristen und Dichter mußten die geschichtliche Sphäre der Sprachen und Völker in eigener Verantwortung neu ordnen und sich dabei mehr mit den herkömmlichen Traditionen volkstümlicher Art als mit den gelehrten Theorien auseinandersetzen. Das Niveau sank, aber die Basis verbreiterte sich; vor den

[1]) Friedrich Baethgen, Europa im Spätmittelalter, Grundzüge seiner politischen Entwicklung, Berlin 1951, S. 33 ff.; Heydte, Geburtsstunde 211 ff.; Samuel Harrison Thomson, Pro Saeculo XIV, in: Speculum 28 (1953) 801–807, hier S. 803 ff.

Laien und in ihrer Sprache vollzog sich das Ringen zwischen Tradition und Tendenz. Bei der Auflösung der mittelalterlichen Eintracht zeigt sich noch einmal die Einheit des mittelalterlichen Denkens überall im Abendland, am handgreiflichsten freilich in den unglücklichen Ländern mit großem Erbe und kleinen Aufgaben, in Deutschland und Italien.

Im deutschen Sprachgebiet kam mit dem Auftreten der Habsburger politisch das territoriale Denken zur Herrschaft. Rudolf von Habsburg (1218–91) ließ sich von den weitgesteckten Zielen früherer Kaiser nicht verlocken oder fand zumindest keine Zeit mehr für sie. Unter seiner Regierung soll beschlossen worden sein, Urkunden künftig auf deutsch auszufertigen, weil das Latein die Laien täusche. Rudolf selbst konnte kein Latein und lernte es auch nicht, so wenig wie 1274 seine Gesandten an der römischen Kurie[2]). Das Eigene erhielt den Vorzug vor dem Allgemeinen, die Gegenwart vor der Geschichte. Erst nach 1280 haben vielleicht Schweizer Herolde zaghaft versucht, den empfindlichen Mangel an erlauchten Ahnen des Habsburger Hauses zu beheben. Sie sagten dem Geschlecht Rudolfs recht allgemein italische Herkunft nach[3]). So folgenreich der Gedanke werden sollte, Rudolf selbst scheint sich wenig daraus gemacht und auch seine Verehrung für Karl den Großen nicht genealogisch ausgedeutet zu haben[3a]).

In der politischen Literatur aber begann nun erst grundsätzlich der Streit um die verblaßten universalen Mächte[4]). Theoretisch wurde der universale Reichsgedanke jetzt programmatisch zugespitzt, insbesondere von dem Kölner Kanoniker Alexander von Roes, der Rudolf von Habsburg als den Erneuerer des Imperiums und des Gottesvolkes begrüßte. Bei ihm müßten wir am ehesten ein Sprach- und Geschichtsdenken im alten Stil suchen. Was finden wir? Alexander nahm 1281 die Trojanersage gegen die Franzosen für die Deutschen in Anspruch, wie Wipo, Roderich von Toledo und viele andere zuvor; darüber hinaus leitete er das Deutschtum von einem urtümlichen Riesen *Theutona* ab. Die Etymologie der Namen hatte hier noch ihre alte Kraft, die *Theutonici* hießen nach ihrem Gründer, nicht nach ihrer Sprache. Doch diese nationale Sprache kam nicht zu kurz: Theutonas wohlbeleibte Töchter verbanden sich

---

[2]) Johann von Victring, Liber certarum historiarum II, 4, MGH SSRG Bd. 36, 1 S. 221 f., 269 f. (Urkunden, Rudolfs Kenntnisse); Confirmatio consensus principum, 6. 6. 1274, MGH LL Sectio 4, Bd. 3, S. 47 Nr. 51 (Gesandte). Dazu Oswald Redlich, Rudolf von Habsburg, Das Deutsche Reich nach dem Untergange des alten Kaisertums, Innsbruck 1903, S. 176, 732; Zatschek, Volksbewußtsein 72; Hugelmann, Stämme 502.

[3]) Tholomeus von Lucca, Annales a. 1272, MGH SSRG NS Bd. 8, S. 173; dazu Alphons Lhotsky, Apis Colonna, Fabeln und Theorien über die Abkunft der Habsburger, in: MIÖG 55 (1944) 171–245, hier S. 173 ff.

[3a]) Folz (o. S. 574 Anm. 82) S. 378 ff.

[4]) Finke, Weltimperialismus 23 ff.; Heimpel, Mensch 123 ff.

mit Soldaten aus Priamus' Heere und brachten ihnen das Deutsche bei, das sich dann in Mundarten schied: So artikulieren die Mainfranken derber als die Rheinfranken. Die italienischen Priamiden hingegen sprachen lateinisch. Auf diese Weise wurde das Deutsche zur gleichberechtigten Schwester des Lateinischen, eine ungewohnte Rangsteigerung, gegen die sich Otto von Freising noch gesträubt hatte. Sie wurde durch die Würde der Stadt Trier noch unterstrichen; acht Jahre nach Abrahams Geburt begründete *Trebata*, der Sohn des Ninus, die Stadt. Aber Trebata wurde hier nicht wie in den „Gesta Treverorum" zum Japhetiten gemacht, vollends nicht zu einem Mischling wie in der Ebersheimer Chronik. Auch der Riese Theutona hatte nichts von dem Giganten Nimrod an sich und war eine ehrenwerte Figur[5]). Von ihm wußten bald auch ein Anhang zu den Kolmarer Annalen und später ein Zusatz in einer Sprachenliste; demnach wäre er in Österreich seßhaft geworden und aus der *Türkey* eingewandert, also ein verkappter Trojaner[6]).

Die Antike durfte also an der deutschen Wiege Pate stehen; die Einordnung in den biblischen Rahmen fehlt. Das erste Buch Moses ist bei Alexander kein einziges Mal zitiert, obgleich der Kanoniker „sein ganzes vielfältiges, etwas krauses Wissen von den Völkern und ihrer Geschichte und Eigenart" ausbreitete. An einer Stelle schien er 1285 auf den Turm von Babel anzuspielen; aber die *confusio labiorum* und das anschließende *scisma perhenne* bezogen sich allein auf den Zwist des Papstes mit Kaiser Friedrich II., suchte also auf die seit dem Investiturstreit gewohnte Manier die Päpstlichen und ihr recht ungenau geschildertes Konzil von 1245 als babylonisch zu diffamieren[7]). Daß demselben Schisma von Babel Theutona oder Trebata und die Deutschen entsprangen, davon konnte keine Rede sein. Wie in der Zeit, so im Raum. Über die Abgrenzung der drei Erdteile nachzudenken, war 1288 *maioris curiositatis quam utilitatis*, als wäre die Frage gleichgültig, ob das heutige Europa sich mit Japhets Anteil deckte, also Noahs Stiftung war. So wenig wie die Kontinente verband Alexander die drei Hauptreligionen, Heiden, Juden und Christen, mit den Noachiden, und wenn er drei Hauptsphären der Religion, des Geistes und der Macht unterschied, wies er sie nicht mehr wie Augustin und soeben noch sein

---

[5]) Memoriale c. 31, MGH Staatsschriften des späteren Mittelalters Bd. 1, 1 S. 138 (Rudolf); c. 11 S. 102 (Trojaner; dazu GRAU, Herkunft 35 f.; KIRN, Nationalgefühl 107 f.); c. 16 S. 109 ff. (Theutona, Trebata); c. 18 S. 113 f. (Mainfranken, Rheinfranken).

[6]) Descriptio Theutoniae, MGH SS Bd. 17, S. 238 (Österreich); Handschrift London, British Museum, Cod. Egerton 1900, f. 155v (Türkey).

[7]) Pavo v. 207 ff., MGH Staatsschriften des späteren Mittelalters Bd. 1, 1 S. 187. Dazu Herbert GRUNDMANN, Politische Gedanken mittelalterlicher Westfalen, in: Westfalen 27 (1948) 5–20, hier S. 15 (das Zitat); Hermann HEIMPEL, Über den „Pavo" des Alexander von Roes, in: DA 13 (1957) 171–227, hier S. 189 ff. (Schilderung von Lyon).

im gleichen Köln lebender Zeitgenosse Albertus Magnus den Hebräern, Griechen und Lateinern zu, sondern den Italienern, Franzosen und Deutschen, aber doch auch nicht ganz gleichberechtigt. Zwar blieb die hämische Ständegenealogie des Honorius von Autun beiseite, und die Franzosen als Dritte im Bunde mit Priestertum und Kaisertum wurden nicht zu sklavischen Hamiten degradiert; aber ihrer Sprache stand Alexander nicht ganz unvoreingenommen wie Otto von Freising gegenüber. Daß Karls des Großen Muttersprache *(lingua materna)* das Deutsche, nicht das Französische war, hätte Alexander ausführlich etymologisch begründet, „wenn ich nicht fürchten müßte, daß die Franzosen nur darüber spotten". Bald schon hatte der Wettlauf um Weltgeltung der Muttersprache nicht mehr den Fluch der Lächerlichkeit zu fürchten. Wir werden dem bisher nur gelegentlich gebrauchten gefühlvollen Wort „Muttersprache" von jetzt an immer häufiger begegnen, nicht nur in Deutschland. Alexander bemühte sich wie Ludwig der Heilige noch um Gerechtigkeit; aber umschloß in seinem Denken die *res publica fidei christiane* wirklich „die ganze Welt", auch die ganze geschichtliche Welt[8])? Alexander trat dem französischen Hegemonie-Anspruch und dem italienischen Kurialismus entgegen; steckten ihm nicht die Gegner seine Grenzen? Wenn das am grünen Holz geschah, wer konnte dann noch vom Gottesvolk aus allen Zungen sprechen und die gemeinsame Herkunft der friedlosen Völkerfamilie wirkungsvoll vertreten?

Scheinbar großzügiger war man im Südosten Deutschlands. Das „Chronicon imperatorum et pontificum Bavaricum", das bis 1288 geführt ist, suchte die biblische Urgeschichte in der Gegenwart wiederzufinden. Noahs dreigeteilte Nachkommenschaft könne man noch heute unterscheiden *ex consono ydiomatum vel loquele*. Mochte die daran angeknüpfte Bemerkung von den verschiedenen Artikulationsarten der Völkergruppen auch aus Isidor stammen, der wirklichkeitsnahe Verfasser verglich diese Tradition doch selbständig mit seiner Gegenwart und wandte sie auf seinen Erfahrungsbereich an. Er unterschied zwischen palatalen slavischen Sprachen wie denen der „Ruthenen" (Russen) und Slaven und dentalen westeuropäischen wie denen der Deutschen und Franzosen. Isidor hatte für palatal das Griechische, für dental das Lateinische erklärt; Ost und West schieden sich für den Chronisten ähnlich, wenn auch kleinräumiger. Er machte die mehr gefühlsmäßige Sprachgrenze zugleich zur babylonischen Völkerscheide. Zu den Japhetiten zählten die Engländer, Schot-

---

[8]) Noticia seculi c. 4, MGH Staatsschriften des späteren Mittelalters Bd. 1, 1 S. 150 (Erdteile; Heiden, Juden, Christen); c. 12 S. 159 (Italiener, Franzosen, Deutsche; dazu Herbert GRUNDMANN, Sacerdotium – Regnum – Studium, Zur Wertung der Wissenschaft im 13. Jahrhundert, in: AKG 34 [1952] 5–21); c. 18 S. 165 (Karls Muttersprache; vgl. GOEZ, Translatio 219 ff.); c. 12 S. 159 (res publica; dazu das Zitat bei Hermann HEIMPEL, Deutsches Mittelalter, Leipzig 1941, S. 85). Zur Geschichte des Wortes „Muttersprache" einiges bei WEISGERBER, Muttersprache 54 ff., 73 f.

ten, Skandinavier, Franzosen, Römer und Deutschen, die ihren Namen von zwei Göttern *Theuto* und *Thon* hätten. (Der Gott *Theutates* aus der Ebersheimer Chronik und der Riese *Theutona* des Alexander von Roes reichten sich die Hand.) Die *Graeci*, die Byzantiner, wurden samt Chaldäern, Hebräern, Medern und Persern den Semiten zugeordnet, wie es seit Petrus Comestor üblich geworden war. Von dem übelbeleumdeten Cham aber stammen *Mauritani*, *id est omne genus Slavorum* und die *Mauri* Äthiopiens, also die Verfluchten von Gen. 9,25. Artikulationsart und Rasse deckten sich nicht: Die Hebräer, denen Isidor gutturale Aussprache nachsagte, gehörten in die gleiche semitische Gruppe wie die Griechen, die die palatale Aussprache mit den hamitischen Slaven teilen sollen; mit sich selbst identisch ist nur das dentale Japhetitisch des lateinischen Abendlandes, dem allein die Kongruenz von Sprache und Herkunft gegönnt werden soll. Überall draußen ist Konfusion und wilde Bewegung. Vor der hamitischen Tyrannei seien die Japhetiten aus ihren russischen Sitzen bis nach Irland, Britannien, Island, Friesland und Schweden hin geflohen – eine vage Erinnerung an die Brutus-Sage, auch an die Germanisierung Englands und die Slavisierung Ostmitteleuropas, aber tendenziös verzerrt. Die Slaven werden als Hamiten zu den Mohren in den gleichen Topf geworfen und sollen in der Hölle schmoren.

Den Bayern las der Chronist freilich die Leviten auch. Sie wurden ihrer gutturalen Mundart wegen nicht gleich als Semiten gescholten; aber ihre Aussprache der Diphthonge sei eine arianische Infiltration vom Spätlateinischen über das Gotische und *contra omnium filiorum Japhet consuetudinem*; nach ihrer barbarischen Sprache und Gesittung hätten die *Bavari* auch den Namen – die Altmanns-Vita und ihr vornehmer Armenier *Bawarus* wurden vom Tisch gefegt. Bayerischer und lateinischer Dünkel waren dem Autor gleich zuwider; denn vom Latein hielt er auch nicht viel. Er dachte an die germanischen (etwa nicht arianischen?) Reiche der Völkerwanderungszeit und meinte, im Frühmittelalter sei in ganz Europa Deutsch gesprochen worden, bis Karl der Große, als er Kaiser wurde, alle das *ydioma Romanum* habe lernen lassen; von da an sei das Deutsche in Spanien, Burgund, Frankreich und der Lombardei abgestorben. Die romanische Sprachfamilie war also durch kaiserliches Dekret eingeführt worden, eine späte Replik auf Heiric von Auxerre und die Ebersheimer Chronik. Auch wenn Karl der Große hier nicht wie bei Alexander von Roes zur National-Partei gehörte, der Stolz des deutschen Japhetiten auf Wert und Ehre seiner Muttersprache ist unverkennbar. Es ist ausgeschlossen, daß der Autor, wie man vermutet hat, ein Slave war[9]). Wie Alexander von Roes beschränkte er

---

[9]) Chronicon imperatorum et pontificum Bavaricum, MGH SS Bd. 24, S. 221 ff.; dazu, nicht immer treffend, Georg Waitz, Über kleine Chroniken des dreizehnten Jahrhunderts, in: NA 3 (1878) 47–76, hier S. 60 ff.

sich auf den germanisch-romanischen Bereich, dessen frühmittelalterliche Geschichte und Sprache ihn interessierte; er ahnte, daß in der Tat die Völkerwanderungszeit der Schlüssel zur sprachlichen und völkischen Gliederung Europas ist, aber er sah sie sehr einseitig. Die Abweichung vom christlichen Universalismus wird gerade vor den biblischen Kulissen der Chronik peinlich sichtbar.

Wer sich dennoch bemühte, wirklich universal zu denken, der kam mit der Geschichte in Konflikt, denn sie vollzog sich, wie es schien, seit jeher und nicht erst seit tausend Jahren so, wie man sie jetzt erlebte, in kleinen, überschaubaren Räumen an sprachlich und völkisch gesonderten Gruppen. Und was war dann noch allen Geschehnissen gemeinsam? Der steirische Benediktinerabt Engelbert von Admont (ca. 1250–1311), ein genauer Exeget und Chronologe, entrann auf seine Weise der Relativität des Historischen, näherte sich freilich dadurch dem spätscholastischen Brauch, die Situation oder Forderung der Stunde für die allgemein gültige Norm geschichtlicher Hergänge zu halten. Er stellte beinahe wie die Kanonisten die Sprachverschiedenheit als Voraussetzung für die Staatenbildung dar. *Regna mundi sunt diversa ad invicem secundum diversitatem uniuscuiusque patriae et linguae et morum et legum.* Die Verschiedenheit der *regna* datiert seit der *prima aetas*, nicht erst seit Babel; denn schon in der ersten Weltzeit taten sich die Menschen zusammen *sub conformitate linguae et vitae ac morum.* Nicht nur wie bei Andreas von St. Victor die Völker, sondern (wie vielleicht bei Abälard) auch die Sprachen waren also schon vor dem Turmbau getrennt, ja vor der Sintflut und vor Noah, mit dem die zweite Weltzeit begann. Dann war diese Vielfalt, aber (anders als bei Thomas von Aquin) auch die Trennung keine Sündenstrafe, sondern Naturgesetz und Naturrecht. *Patria*, *mores*, *leges*, *vita* machten die Sprache zur Teilhaberin an den ursprünglichsten Kräften der Gemeinschaft, zur Muttersprache und zur Mutter Sprache. So weit war bisher keine scholastische Definition vorgestoßen.

Gestört wurde die sittlich gute Struktur dieser urtümlichen Verbände nach Engelbert durch die kriegerischen Weltimperatoren; der erste in ihrer Reihe war der Assyrerkönig Ninus, nicht Nimrod. Wohl seitdem sind Sprache, Volk und Reich nicht mehr dasselbe. Zwar besteht eine *gens* noch immer aus Menschen gleicher Sprache, gleicher Herkunft *(patria)*, gleicher Sitten und Gesetze, und die Gleichheit dieser Faktoren schafft erst die *concordia*, das „Volksbewußtsein"; aber mehrere *gentes* bilden nun ein *regnum*, in einem Reich leben also Verschiedensprachige. Damit diese Verschiedenheit nicht Streit zur Folge hat, muß eine höhere Macht für Ordnung unter den Völkern sorgen. Das von Engelbert ersehnte Kaisertum stellt den paradiesischen Zustand wieder her und läßt das vielfältig Getrennte in Frieden leben; es wirkt also im Grunde für die Überwindung des babylonischen Fluches. Aber eben dies wurde, anders als zu Barbarossas Zeiten, nicht ausgesprochen. Wenn die Pflicht des Tages sich zum ethischen Wert und zur apriorischen Notwendigkeit wandelte, war die biblische Historie und Heilsgeschichte nicht mehr vonnöten[10]).

Wer in den Klöstern nicht Traktate schrieb, sondern Seelsorge trieb, hielt sich nun an die Weisung im „Buch der Rügen" und achtete erst recht nicht auf die alten Geschichten. In bayerischen oder österreichischen Benediktinerklöstern stellte man in den letzten Jahrzehnten des 13. Jahrhunderts die wichtigsten Heilstatsachen des Neuen Testaments im Bilde zur „Biblia pauperum" zusammen; je zwei Seitenbilder schildern die alttestamentlichen Präzedenzfälle. Bei dieser typologischen Gegenüberstellung wurden die historischen Ereignisse vor den spirituellen bevorzugt, denn sie ließen sich leichter darstellen; aber beim Thema der Sprachen und Völker verzichtete man auf die Historie. In manchen Exemplaren dieser weitverbreiteten und oft variierten Armenbibel findet sich ein Bild von Pfingsten; man sieht, wie der Heilige Geist auf Maria und die zwölf Apostel herabkommt. Doch nirgends stehen im Hintergrund die Völkerscharen von Act. 2,9 ff., nirgends ist als typologisches Gegenstück der Turm von Babel dargestellt, sondern Moses, der von Gott die Gesetzestafeln empfängt – drunten warten die Juden –, und Elias, dessen Opfer durch himmlisches Feuer verzehrt wird. So soll also das Pfingstwunder von den Laien verstanden werden: Ein neues Gesetz ist uns gegeben, das in feurigen Zungen herabkam. Die Geschichte, die Sprachen und Völker gehören nicht mit ins Bild, nicht mit ins Wunder[11]).

Sie gehörten selbst in die Geographia sacra nur am Rande. Für Chor oder Altar des Benediktinerinnenklosters Ebstorf in der Lüneburger Heide wurde im ausgehenden 13. Jahrhundert die größte und schönste uns erhaltene Weltkarte des Mittelalters entworfen. Sie kreist um die Erdmitte Jerusalem und den dort thronenden auferstandenen Christus; Christus hält auch das Erdenrund

---

[10]) De ortu et fine Romani imperii liber, Basel 1553: c. 15 S. 80 (regna mundi); c. 2 S. 19 (prima aetas); c. 3 S. 26 (Ninus); c. 12 S. 59 (gens, regnum); c. 14 S. 73 f. (concordia); c. 18 S. 106 f. (Kaisertum). Dazu George Bingham FOWLER, Intellectual Interests of Engelbert of Admont (Columbia University Studies in History, Economics and Public Law 530), New York 1947, S. 128 ff. (Exegese), 150 ff. (Geschichtsdenken); Ottokar MENZEL, Bemerkungen zur Staatslehre Engelberts von Admont und ihrer Wirkung, in: Corona quernea, Festgabe, Karl Strecker zum 80. Geburtstage dargebracht (Schriften der MGH 6), Leipzig 1941, S. 390-408, hier S. 396 ff. (Ethik).

[11]) Biblia pauperum, hg, Friedrich LAIB – Franz Josef SCHWARZ, Zürich 1867, Tafel 17 (die 2. Aufl., Freiburg 1892 ist mir unzugänglich); Die Armenbibel des Serai, hg. Adolf DEISSMANN – Hans WEGENER, Berlin-Leipzig 1934, Tafel 33. Dazu Henrik CORNELL, Biblia Pauperum, Stockholm 1925, S. 149 ff. (Entstehungsweise), 291 f. (Pfingstbild); GRUNDMANN, Studien 199 ff. (Typologie). Der Erklärungsversuch von Alfred WECKWERTH, Die Zweckbestimmung der Armenbibel und die Bedeutung ihres Namens, in: ZKG 68 (1957) 225–258 ist problematisch.

zusammen, ihm dienen alle Zeiten und die biblischen und antiken, die historischen und zeitgenössischen Nachrichten auf der Karte. Unweit von der Erdmitte sehen wir zinnenbewehrt und turmgekrönt Babylon, erbaut von *Nemroth gygas*; abseits erhebt sich der Turm von Babel. Das Gebäude verjüngt sich nach oben stufenförmig und gipfelt in einem phantastisch hohen Obergeschoß ohne Fenster. Die Beischrift erläutert, daß der Turm angeblich 4000 Schritt hoch sei. Er ist also ein zeitloses Weltwunder der Architektur, das vielleicht im Orient noch aufrecht steht; doch er ist kein Monument der Sprachen- und Völkergeschichte. In seiner Nähe sieht und liest man weit und breit nichts von seinen Baumeistern und ihrem Schicksal, nur von der Geographie des Zweistromlandes. Wo blieben die Völker? Am Nordrand der Karte, am Kaspischen Meer und im Bereiche der Goten, findet man die von Alexander dem Großen eingeschlossenen Gog und Magog, zu denen auch die nahebei wohnenden unsauberen Türken gehören. Bei den mäotischen Sümpfen im Norden steht einsam Japhet, ritterlich gewandet. Das sind die einzigen Gestalten aus der mosaischen Völkertafel, und sie sind ebensowenig ethnographisch charakterisiert wie die zungenlosen Völker Afrikas, die sich nur durch Gesten verständlich machen können. Auf die Katastrophe von Babel wird dabei nirgends verwiesen. Vom Paradies bis zum Kloster Ebstorf selbst sind die Schauplätze und die Personen christlicher Weltkunde dargestellt; nur von Ursprung und Vielfalt der Sprachen und Völker erhält man keinen Begriff[11a]).

Armenbibel und Weltkarte stellten keine hohen Ansprüche an ihre Betrachter. Aber auch wer sich weniger kursorisch mit der Typologie befaßte, die ganze Heilsgeschichte von Adam an und selbst außerbiblische Geschichte mit einbezog, wußte bei Babel und Pfingsten nicht mehr die dramatischen Wendepunkte der Sprachen- und Völkergeschichte vorzuführen. Im Elsaß stellte das 1324 von einem Dominikaner, vielleicht von Ludolf von Sachsen (gest. 1378) verfertigte große typologische Bilderbuch des „Speculum humanae salvationis" den Turmbau und das Pfingstwunder nun zwar gegenüber. Hier erkennt man Maria mit sechs Aposteln, dort vier Bauarbeiter an dem Turm; über beiden Bildern steht Gott. Die Beschriftung erklärt, daß Gott die Sprachen damals getrennt und sie jetzt alle jedem einzelnen zugeteilt habe und daß er jetzt das Wunder nicht hätte tun können, wenn er zuvor das andere Wunder nicht vollbracht hätte. Wenn aber Babel und Pfingsten nur Anlässe für Gottes komplementäre Wunder waren, hoben sie sich gegenseitig auf; der Betrachter durfte

[11a]) Die Ebstorfer Weltkarte, hg. Ernst Sommerbrodt, Hannover 1891, Tafeln 13 (Babel), 3 (Gog), 5 (Türken), 4 (Japhet). Dazu Walter Rosien, Die Ebstorfer Weltkarte (Schriften des Niedersächsischen Heimatbundes NF 19), Hannover 1952, S. 36 ff., 46 ff. mit Tafeln 13, 15, 19. Rosiens Datierung der Karte S. 34 f. muß mit Sabine Krüger, in: DA 10 (1953/4) 236 abgelehnt werden.

sich im Schutze Gottes sicher fühlen. *Et sicut tunc per linguas confudit edificantes turrim Babel, ita modo per linguas confudit inimicos suos in Israel.* Die beiden Wunder hatten also sogar den gleichen Effekt; wie bei Johannes von Damaskus sollte auch hier das Pfingstwunder nur Schrecken verbreiten. War auch an Pfingsten nur eine neue, vorübergehende *confusio* geschehen und sonst nichts? Wer nicht Gottes Feind ist – und wer hätte das sein wollen –, wird von alledem nicht berührt; im Spiegel menschlichen Seelenheils sieht man die Kollektive der Sprachen und Völker nicht[12]).

Vorübergehende Konfusion – war das nicht die Definition des Irdischen überhaupt? Versuchte nicht auch die spiritualistische Typologie noch eine Ordnung zu konstruieren, wo keine war? Mußte sich die heilsbegierige Seele nicht an allem Vielerlei vorbei den mystischen Weg zu Gott ganz allein suchen? Der Dominikaner Meister Eckehart von Hochheim (ca. 1260–1327) folgte wohl nicht nur der Ordenstradition, wenn er in seinem ersten Genesiskommentar die Kapitel 10 und 11 unterschlug bis auf wenige textkritische Bemerkungen. Nach der LXX sei Nimrod ein Riese – ob er es wirklich war, wurde nicht erörtert. Ob der Name *Hebraei* von Heber oder von Abraham herrühre, sei *incertum*; damit entfiel die Kontroverse über die hebräische oder syrische Sprache der Juden[13]). Den größten deutschen Mystiker gingen solche gelehrten Splitterrichtereien wie die Interpretation der mosaischen Völkertafel nichts an. In einer anderen Fassung des Genesiskommentars ließ sich Eckehart wenigstens über Adams Namengebung aus. Sie entspreche den natürlichen Eigenschaften der Dinge und gebe sie getreulich wieder; Name und Wort seien nicht zufällig gesetzt, sondern *naturali quadam vi et ratione*. Eckehart sagte nicht, ob diese Kraft nur Adam zukam und ob sie ihm von Gott eingeflößt wurde; als Zeugen für seine Ansicht zitierte er auch keineswegs Bonaventura oder Thomas von Aquin, sondern *Agellius*, also den Römer Aulus Gellius mit seiner stoischen Sprachtheorie[14]). Aber er dachte nicht daran, wie die Stoiker die geheime Weltharmonie aufzuspüren; höhere und tiefere Bedeutung maß er dem Irdischen nicht bei. Sein zweiter Genesiskommentar, der die allegorische Auslegung bevorzugt, enthält über Gen. 10–11 gar nichts[15]).

Nun hatte Eckehart seine eigene Auffassung von der Sprache; schon sein

---

[12]) Speculum humanae salvationis, hg. Jules Lutz – Paul Perdrizet, 2 Bände, Mülhausen-Leipzig 1907–09: Bd. 1, S. 70 f. (Text); Bd. 2, Tafel 67 (Bild). Dazu Stammler, Verfasserlexikon Bd. 4, Sp. 237 ff. (Verfasserfrage); Seeliger, Pfingsten 31 f., 42 (Babel und Pfingsten).

[13]) Expositio libri Genesis 10, hg. Konrad Weiss, Meister Eckhart, Die lateinischen Werke, Bd. 1, Stuttgart-Berlin 1938, S. 85 f.

[14]) Opus expositionum, In Genesim, Handschrift Trier, Stadtbibliothek, Cod. 72/1056, f. 25rb, 28vb (Original eingesehen).

[15]) Liber parabolarum Genesis, Handschrift Trier, Stadtbibliothek, Cod. 72/1056, f. 59va; zu diesem Kommentar Spicq, Exégèse 332.

Sprachgebrauch spiegelt sie wider. Er bildete die überkommenen Begriffe um, vergeistigte und abstrahierte, übersteigerte und sprengte sie, um sein einziges Thema, Gott, besser zu fassen[16]). So urteilte er, von Gott spreche am besten, wer am tiefsten von ihm schweige. Gott hat keinen Namen, aber seine Sprache ist vollkommen, denn „indem Er das Wort spricht, spricht Er sich und alle Dinge", und dieser Spruch ist stets nur einer. Gott ist das Wort, aber es bleibt ewig in dem, der es spricht; darum ist in Gott alle Mannigfaltigkeit Eins. Das menschliche Wort ist unzulänglich, wenn es nicht von innen heraus kommt, „innen gesprochen" wird und alle Namen und Formen abstreift. Auch das hervorgebrachte Wort kann große Kraft haben und Wunder wirken, weil und insoweit es seine Macht dem ersten Wort verdankt. Aber keine menschliche Rede kann das ausdrücken, worauf es allein ankommt, nämlich Gottes Wesen. Die Vereinigung mit ihm und dem *Verbum* kann also nicht auf dem Weg über die Sprache gelingen; „Sprache" kann nicht einmal wie bei Albertus Magnus das Ringen des Menschen um Gott und Gottes Anruf an den Menschen im Gleichnis reproduzieren. Doch hätte Eckehart dann nicht erklären müssen, wie es von Adams trefflicher Sprache zu unserem unzulänglichen Gestammel kam? Es war ihm allem Anschein nach gleichgültig; er ließ das Irdische hinter sich. Trotzdem hat er die Geschichtlichkeit des Daseins voll begriffen: „Gäbe es nichts Neues, so würde nichts Altes". „Wollte ein Maler gleich beim ersten Striche alle (weiteren) Striche bedenken, so würde nichts daraus". Aber dieses Geschehen ist keine Historie, es entzieht sich der Wirkung von Zeit und Raum, Zahl und Vielheit, die auf dem Wege zum ewigen Wort hindern; hier versinkt auch die Zahlensymbolik wie bei Mechthild von Magdeburg. Tausend Engel sind nicht mehr als zwei oder einer; „in der Ewigkeit gibt es keine Zahl"[17]). Die Transparenz des Irdischen wird geleugnet; jeder wahre Fortschritt entfernt sich von den Fakten. Auch die *varietas* des 44. Psalms betrifft nur die Tugenden der Seele[18]). Hier hat Babel alles Recht und jeden Sinn verloren.

---

[16]) Joseph Bernhart, Die philosophische Mystik des Mittelalters von ihren antiken Ursprüngen bis zur Renaissance (Geschichte der Philosophie in Einzeldarstellungen III, 14), München 1922, S. 185 (Sprachtheorie); Josef Quint, Die Sprache Meister Eckeharts als Ausdruck seiner mystischen Geisteswelt, in: DVLG 6 (1928) 671–701, besonders S. 687 ff. (Sprachgebrauch).

[17]) Deutsche Predigten und Traktate, übers. Josef Quint, München 1955, S. 94 (Schweigen), 229 f., 247, 331, 353, 385, 408 (Gott ohne Namen), 157, 237 (spricht sich selbst), 357 (ein Spruch), 199 (Gott das Wort), 200 (bleibt in ihm), 59 (Eins), 242 (unzulängliches Wort), 170 (von innen heraus), 357 (innen gesprochen), 163 (ohne Namen und Formen), 235 (Kraft des Wortes), 139 (Neues, Altes), 382 (Maler), 205, 208, 213 (Zeit, Zahl, Vielheit), 338 (Zahlen). Dazu Josef Quint, Mystik und Sprache, Ihr Verhältnis zueinander, insbesondere in der spekulativen Mystik Meister Eckeharts, in: DVLG 27 (1953) 48–76, hier S. 53 ff., 64 ff.; Helbling, Saeculum 64 ff.

[18]) Sermo 47, 1, hg. Ernst Benz – Bruno Decker – Josef Koch, Meister Eckhart, Die lateinischen Werke, Bd. 4, Stuttgart 1956, S. 403 f.

Die deutschen Geistlichen schauten in die verschiedensten Richtungen, auf das eigene Volk und seine Sprache und Geschichte, auf die Struktur der natürlichen Welt, auf die Typologie des universalen Heilsgeschehens, auf das sprach- und geschichtslose Jenseits; aber fast alle blickten sie über die pralle Fülle des hiesigen und jetzigen Lebens hinweg und beachteten die Vielfalt der Sprachen und Völker kaum. Die Zurückhaltung der Geistlichen fand bei den Laien nicht überall ein gehorsames Echo. Die lesekundigen und lesehungrigen Stadtbürger ließen sich nicht mit Spiritualitäten abspeisen; sie suchten spannende und „wahre" Geschichten mit handfesten Pointen und drastischen Vorfällen. Dafür boten sich noch einmal die alten universalen Anschauungen von Sprachen und Völkern an, wie sie die ausklingende höfisch-ritterliche Literatur aufbewahrte. Jansen Enikel (ca. 1230/40– ca. 1290), aus dem Kreis der Wiener Ritterbürger stammend, ist mit seiner Person und seiner Dichtung der Vermittler der ritterlichen Historienmalerei an die stadtstolzen Kaufleute geworden. Als er um 1276, noch ohne die Habsburger zu erwähnen, seine Weltchronik in Reimen schrieb, begriff er Geschichte vorwiegend biblisch-universal, aber er durchmengte sie noch viel mehr als seine franziskanischen und anderen Vorläufer mit kleinbürgerlichen, volkstümlichen Sagen und verwandelte sie so vollends in Märchen und Dichtung. Er erkannte das Hebräische als älteste Sprache an, *wan sie got bî dem êrsten vant*. Was die Scholastiker auch dozierten, Gott selber erfand die Sprache, nicht nur als Sprechfähigkeit, sondern als ein historisches Idiom, und schenkte sie dem Menschen; kein Mensch und auch kein Kaiser hatte Einfluß auf sie. Gottes vollkommene Schöpfung ist mitten unter uns zu sehen, wenn auch in fremdem, exotischem Gewand, heute wie zu Adams Zeit.

Besonders mächtig zog der Turmbau Jansens Phantasie an. Er hielt nicht etwa Nimrod, sondern einen Herrscher namens *Babel* für seinen Initiator und beschrieb reizvoll und frisch, wie bei der Sprachentrennung die einen ungarisch oder russisch zu reden anfingen, die anderen böhmisch, deutsch, griechisch oder *heidenischen* (was wohl eine Übersetzung von *barbarice* sein soll). Die seiner Wiener Erfahrung vertrauten Sprachen trug der Autor nach Babel, als lägen nicht dreitausend Jahre dazwischen. Die Zahlensymbolik gab die Begleitmusik: 72 Maurermeister bauten den Babelturm; neben den Auftraggebern kam auch das brave Handwerk zu Ehren. Ihnen pflanzte Gott *mit sîner ordenung* die 72 Sprachen ins Herz, und diese Idiome haben noch heute *den selben sin*. Keine historische Zäsur veränderte die Sprachen, da sie Gottes Werk waren und sind. Von Eike hörte Jans, daß neben der jüdischen 71 heidnische Sprachen zu zählen seien (dazu gehörte also auch Deutsch); von Wolfram wußte er, daß nur 12 Sprachen wahrhaft christlich werden, während die übrigen 60 ganz unwolframisch a priori *der helle kint* sind, wobei die hebräische nun wohl zu den höllischen zu schlagen ist. Sogar eine Liste dieser Christensprachen fand sich ein. Der Wiener war großherzig genug, die *Riuzen* und *Kriechen*, die *Môren* und die von *Ormenie* in die Christenheit mit aufzunehmen, also den Orthodoxen, Kopten und Armeniern den Himmel zu öffnen; wohl aber fehlte, gewiß nicht ohne Absicht, das nur an anderer Stelle nebenbei erwähnte Latein.

Hier scheint sich in der Fabelwelt der christliche Universalismus erhalten zu haben, aber auf recht eigensinnige und unhistorische Art. Das Einst und das Jetzt unterschieden sich nicht, alles war gleich gegenwärtig rund um Wien herum aufgebaut wie in einem Theaterstück. Von der Völkertafel und der Völkergenealogie machte Jans so wenig Aufhebens wie früher das Nibelungenlied; Herkunft ist nicht gleich Adel. Die ständischen Unterschiede der Menschen beruhen nicht zuerst auf der Geburt, sondern auf Noahs Fluch und Segen: Japhet wurde der erste Ritter, Cham der erste *diener*; quer durch die Völker geht der Riß. Cham ist nicht im fernen Afrika, sondern unter uns, ebenso wie Sem, der mit dem Priesterkönig Melchisedech identisch ist. Die einmal abgestufte Ordnung ist nun freilich unverbrüchlich; was Honorius von Autun zum Nutzen der adligen Reichskirche ersonnen hatte, kam jetzt auch dem bürgerlichen Patriziat zugute. Gottes Ordnung blieb allerdings nicht allenthalben ungestört erhalten. Zwar herrschte Augustus über die 72 Zungen der Welt, zwar sind in der Papstresidenz, im Lateranpalast zu Rom, 72 Zungen vertreten; aber auch das Scheusal Nero hatte wie König Rother 72 Unterkönige und ließ sich in Rom von 72 Ärzten beraten; denn es gibt auch 72 römische Senatoren, und 72 Statuen stehen wie im „Orendel" auf dem Kapitol; der Zauberer Vergil, den schon die „Gesta Romanorum" mit diesen Statuen verbanden, bannte 72 Teufel, die wir aus dem „Wolfdietrich" kennen. Größe und Dämonie Roms drückte sich also in der Zahl 72 gleichfalls aus; Jansen Enikel mochte sie aus der römischen Lokalsage kennen und märchenhaft verwenden. Die Zahl bezeichnete doch auch die Harmonie des Bösen, so wie das göttliche Hebräisch die Sprache der Teufelsdiener werden kann[19]). Die Blickweite und Unbefangenheit des Dichters ist offenkundig; aber während poli-

---

[19]) Weltchronik v. 3245 ff., MGH Deutsche Chroniken Bd. 3, S. 63–67; v. 27357 ff. S. 532–538 (Ursprache, Babel, Sprachenteilung); v. 4841 S. 95 (Latein); v. 3033 ff. S. 58–62 (Stände); v. 21937 S. 420 (Augustus); v. 23429 ff. S. 456 (Lateran); v. 23229 f. S. 452 (Neros Unterkönige); v. 23056 S. 449 (Neros Ärzte); v. 20228 S. 386; v. 20945 und 20985 S. 401 (Senatoren); v. 20953 ff. S. 401 (Statuen); v. 23735 S. 462 (Vergil; dazu Domenico Comparetti, Vergilio nel medio evo, neu hg. Giorgio Pasquali, Bd. 1, Florenz 1946, S. 96 f., 199); Vergil und die Statuen, noch ohne eine Zahl, in Gesta Romanorum Nr. 186, hg. Hermann Oesterley, Berlin 1872, S. 590 f. Zu J. E. Otto Brunner, Das Wiener Bürgertum in Jans Enikels Fürstenbuch, in MIÖG 58 (1950) 550–574; auch in: O. B., Neue Wege der Sozialgeschichte, Vorträge und Aufsätze, Göttingen 1956, S. 116–135, hier S. 116 ff., 132 ff.

tische Publizistik und geistliche Chronistik, Typologie und Mystik die Bibel nicht mehr als Arsenal menschlicher Frühgeschichte brauchten, führte die dichterische Vergegenwärtigung des Alten Testaments in unrealistische Träumereien und zeitlose Wunder. Gut und Böse, Gott und Satan agieren unsichtbar hinter der Bühne, und wenn das Stück auch längst geschrieben ist, der Zuschauer fällt von einer Überraschung in die andere; der Bauplan der Heilsgeschichte bleibt verborgen.

Auch die Geschichtsdichter wußten nicht alle gleich viel über Babel zu erzählen. Das zeitlich nächste Werk, die sogenannte Christherre-Chronik, ist vielleicht noch vor 1288 in Thüringen, möglicherweise am Thüringer Hof von einem Geistlichen gedichtet. Sie berichtete über das zweite, vom Turmbau charakterisierte Weltalter anhand von Comestor und Gottfried von Viterbo das in der lateinischen Gelehrsamkeit des ausgehenden 12. Jahrhunderts Übliche und bescherte dabei wieder einmal den vierten Noah-Sohn *Jonicus*. Die apokryphen Anekdoten wurden dankbar weitererzählt; mehr als bizarre Bilder ergaben sie nicht[20]). Merkwürdig kurz wurde Babel in einem der stoffreichsten Werke dieser Gattung abgetan, in der nach 1300 abgeschlossenen Reimchronik des ritterlichen Ministerialen Ottokar von Steiermark (gest. 1312/18). Sie schöpfte aus Jansen Enikel, verwertete aber nur die Aufteilung der von Gott selbst zu Babel zertrennten 72 Sprachen in 12 christliche und 60 verlorene[21]). Die Überlieferung drohte wieder zur leeren Formel zu werden.

Währenddessen verlernten die deutschen Könige die Fremdsprachen, auch die christlichen. Im Jahre 1307 kam es in Basel zu einem heftigen Konflikt des deutschen Königs Albrecht I. mit dem französischen Bischof Otto von Grandson, da keiner in der Unterredung die Sprache des anderen verstand; der besonnene Dolmetscher vermochte die beiden Hitzköpfe nicht zu beschwichtigen[22]). Albrecht war den Fremden auch früher nicht gnädig gewesen; als österreichischer Herzog hatte er, freilich 1291 mit Ungarn auf Kriegsfuß, geschrieben, die Ungarn stammten von einer Sumpfschlange ab[23]). Dergleichen Schmähungen hatten bisher meist nur die Päpste den Gegnern angetan; für die Feinde war selbst hamitischer Ursprung noch zu vornehm. Konnte Albrecht kein Französisch, so war sein Nachfolger Heinrich VII. der Sprache

[20]) Die Handschrift Gotha, Cod. membr. I 88, war ungedruckt und nach 1945 verschollen; ich zitiere nach den Hinweisen von GICHTEL (u. Anm. 27) S. 9, 59 ff., 84.

[21]) Österreichische Reimchronik v. 49745 ff., MGH Deutsche Chroniken Bd. 5, 1 S. 658.

[22]) Mathias von Neuenburg, Chronica c. 36, MGH SSRG NS Bd. 4, S. 68, 342 f.

[23]) Epistola 265, 5 an den Bischof von Passau (undatiert), hg. Bernhard PEZ OSB, Thesaurus anecdotorum novissimus, Bd. 6, 2, Augsburg 1729, S. 167. Zur politischen Situation Alfred HESSEL, Jahrbücher des Deutschen Reichs unter König Albrecht I. von Habsburg, München 1931, S. 28 f.

und Denkart nach Franzose[24]). Ludwig der Bayer wiederum beherrschte kein Latein; eine bayerische Mönchschronik trauerte ihm noch 1370 nach, das sei das einzige gewesen, was ihm zum guten Herrscher fehlte[25]). Die Kurie hat den Abwesenden im Konsistorium zu Avignon 1343, wie zum Hohne gewissenhaft, dreimal lateinisch und deutsch aufrufen lassen[26]). Seit Otto dem Großen durfte man den deutschen Herrschern nicht viel Sprachenkenntnis zumuten; Friedrichs II. Gegenbeispiel schreckte eher zusätzlich ab. Jetzt wollte der König sich nicht mehr so weit demütigen, Fremden in ihrer statt in seiner Sprache zu antworten. Das Eigenrecht des deutschen Königs wurde von der päpstlichen Kurie bestritten; doch dieser Streit weckte noch einmal vieles Halbvergessene auf, nicht zu neuem Leben, nur zu gespenstischer Wiederkehr.

Um 1320 belebte sich die Anteilnahme der Geschichtsdichter an der Entstehung der Sprachen und Völker, an ihrer Vielfalt und Einheit; die Thronbesteigung Ludwigs des Bayern und sein Kampf um das Reichsrecht standen den Poeten vor Augen. Der erste hier zu nennende Autor stammte aus Ludwigs Residenzstadt; doch kompilierte Heinrich von München vielleicht in Wien seine ungefüge, endlose Weltchronik in hunderttausend Versen, die sich aus Rudolf von Ems, Jansen Enikel und der Christherre-Chronik ihren Stoff besorgte und in zahlreichen Handschriften erhalten ist. Da traf man, wohl um 1320/25, auch die Erzählung vom Turmbau. Wenn man dem Verfasser seine treuherzige Versicherung glauben wollte, *allez daz hie ist geschriben* stehe in der Bibel, dann hätte schon Moses berichtet, daß in Babel die preußische und die polnische Sprache erklangen. In Wahrheit erzählte Jansen Enikel so; von ihm waren auch die 72 Sprachen entlehnt. Heinrich wollte nun aber die 72 Völker mit ihren 72 Sprachen in einem großangelegten, noch über Rudolfs von Ems Geographie hinausgehenden Exkurs schildern, *als si noch hiute sint bekant* und wie sie sich aus dem Hebräischen entfaltet haben. In der Durchführung vergaß Heinrich bald die Bibel und wurde so aktuell, wie er meinte, daß die Bibel wäre. In Asien mit seinen 27 semitischen Geschlechtern bekam Indien allein 44 Länder; hier wohnten nebst manchen Fabelvölkern auch die Gog und Magog; das Land der Hunnen war nördlich des Kaspischen Meeres gleichfalls zu finden. Ein paar biblische Namen tauchten daneben noch auf; aber auch Japhet brauchte sich nicht mit seinen 15 Familien zu begnügen, sondern umfaßte 70 Länder (also fast genau die Zahl Rogers von Wendover), und zwar die zeitgenössischen abendländischen Völker und Stämme von den Schwaben, Bayern, Franken, Thüringern und Sachsen bis nach Norwegen, Irland und

---

[24]) Friedrich Schneider, Kaiser Heinrich VII., Dantes Kaiser, Stuttgart-Berlin 1940, S. 15 f.; s. u. Anm. 96.

[25]) Chronica de ducibus Bavariae a. 1322, MGH SSRG Bd. 19, S. 158.

[26]) Mathias von Neuenburg (o. Anm. 22) c. 69 S. 190.

Spanien, das als erstes europäisches Land von japhetitischen Königen griechischer Herkunft besiedelt worden sei. (Der spanische Pseudo-Isidor, der um 1000 die Griechen aus Spanien hatte einwandern lassen, hätte sich im Grabe umgedreht.) Das Licht kam aus dem Osten; als Nachfahren der Kittim wurden nicht, wie es sich gehörte, die Römer, sondern die alten Griechen eigens gerühmt; auch die Slaven, Ungarn und Russen wurden nicht vergessen. *Pisatê*, also wohl Byzanz, schloß sich freilich, umringt von vielen Fabelnamen, dem hamitischen Afrika an, in dem Chams Sohn Misraim Ägypten gründete. Wanderer zwischen zwei Welten war der Japhetsohn Tiras, der (wie bei Burchard von Monte Sion) das semitische Tyrus erbaute, aber, wie seit Josephus üblich, auch den europäischen Thrakern vorstand[27]). Völker, Stämme, Sprachen, Länder, Noachidenfamilien vermischten sich im Kopf des Müncheners ebenso heillos wie Ältestes und Gegenwärtiges; alles rückte in eine Ebene. Ein kolossales Totalbild der Menschheit entstand; aber Ursprung und Fortschritt, Einheit und Vielfalt, Gesetz und Symptome wurden nicht mehr geschieden. So wurde in der Geschichtsschreibung selbst die Geschichte ad absurdum geführt.

Was dabei herauskam, zeigen die ersten deutschen Historienbibeln, die am Oberrhein entstanden und sich vor allem auf Gottfried von Viterbo und Rudolf von Ems stützten. Sie brachten das Biblische und das Übliche, die 72 Sprachen und *geschlächt*, die 72 Glöckchen am hohenpriesterlichen Gewand und die 72 Ecken des Babelturms, den 10 Klafter langen Riesen Nimrod, der hier einmal an der Seite und einmal an der Stelle des *Jonitus* als Astronom und Prophet fungierte. Japhet bezog mit seinen Nachfahren *das lant Europa, darynne ist nu die cristenheit*; aber nur 12 Sprachen sind christlich, die übrigen gehören den Heiden und *hie und da ein wenig Juden*; auch die Geographie Heinrichs von München wurde weidlich ausgeschlachtet. Vieles geriet durcheinander; einige Varianten zählten 70 Generationen Noahs, andere wollten anscheinend die drei Noahsöhne noch einmal abziehen und behielten nur 69 Sprachen; bisweilen erhielt Cham, den man mit *Kayn* verwechselte, nur 10 Nachkommen, Sem 17 und Japhet 23, dann wieder hatte Sem allein 70 Söhne und Cham 72. Die Namen der Völkertafel wurden nur noch genannt, nicht mehr erläutert. Wer konnte noch wissen, daß *Comea* und *Assonet*, Gomer und Aschkenaz, den Deutschen nahestanden? Auf die Einzelheiten kam es nicht an, oder vielmehr,

[27]) Paul Gichtel, Die Weltchronik Heinrichs von München in der Runkelsteiner Handschrift des Heinz Sentlinger (Schriftenreihe zur bayerischen Landesgeschichte 28), München 1937, S. 23 (Bibel), 193 (Babel), 86 (Geographie), 396 ff. (Datierung). Den Text der Geographie zitiere ich nach Ignaz Vinzenz Zingerle, Eine Geographie aus dem dreizehnten Jahrhundert, in: Sitzungsberichte der Ksl. Akad. d. Wiss., Philos.-Hist. Kl., Bd. 50, Wien 1865, S. 371–448, hier S. 374 ff. In Zingerles Kommentar steht eine sehr wertvolle Materialsammlung für den Topos „72 Sprachen", die ich vielfach benutzte.

die Einzelheiten mußten nur den Eindruck von exakten Fakten machen, um geglaubt zu werden[28]). Konkret und ungenau tischte man dem Publikum alte Märlein und neue Mißverständnisse als Welt- und Heilsgeschichte auf.

Aber das Bedürfnis danach war echt; der Turm von Babel war bei den Laien offenbar populärer als bei der Geistlichkeit. Nach 1338 berichteten in Bayern oder im Ordensland die „Historien der alden Ê" nach Petrus Comestor von der hebräischen, *iudischen* Anfangssprache und den 72 Zungen, die zu Phalegs Zeit in Babel entstanden[29]). Auch in den Kopien der süddeutschen Weltchroniken finden sich immer wieder Miniaturen vom Turmbau zu Babel. Freilich suchte keine einzige den Vorgang der Sprachen- und Völkertrennung zu schildern; stets sah man nur den riesigen Turm, die eifrigen Arbeiter und den finsteren, gigantischen Bauherrn Nimrod. In einer Kopie der Weltchronik Rudolfs von Ems aus Benediktbeuren droht Nimrod, stattlich aus dem Bildrand ragend, hinauf zu dem fernen kleinen Gott, der oben erscheint[30]). Auch die Geschichtsdichter und ihre Leser waren nicht davon überzeugt, hier vor dem Grundproblem von Ursprung und Entfaltung, Einheit und Vielfalt zu stehen; man begnügte sich mit den Symptomen und mit einer Gruselgeschichte. Und hie und da erhebt sich der Verdacht, als wäre der Drang ins Weltweite, ins Gewaltige und Bizarre ein Traum des kleinen Gernegroß.

Ähnlich verhielt sich die nicht unmittelbar auf die Geschichte gerichtete spätmittelhochdeutsche Dichtung. Auch sie suchte die anschauliche Bildhaftigkeit und die Nähe zum Leser, aber sie verlor schon dadurch die überlegene Distanz und Toleranz eines Wolfram und Gottfried und gewann, wo sie universal sein wollte, kaum mehr als ein paar fadenscheinige Formeln, die schon die späthöfischen Dichter verschlissen hatten. Der „größte Nehmer der mittelhochdeutschen Literatur", der bürgerliche Literat Reinfrid von Braunschweig, tat nach 1291 den 72 Ecken des babylonischen Turmes mehr Ehre an als der nur angedeuteten Tatsache, daß von diesem Turm her *alliu zunge hât noch wandellîche sprâche*, in 72 Idiome geteilt[31]). Andere Poeten sahen genauer zu,

---

[28]) Die deutschen Historienbibeln des Mittelalters, hg. Theodor MERZDORF (BLV 100–101), 2 Bände, Tübingen 1870: Bd. 1, S. 132 f. (Sprachen, Völker, Turm-Ecken), 231 (72 Glöckchen); Bd. 2, S. 606–11 (Völkertafel, Jonitus, 12 christliche Sprachen), 613–29 (Geographie).

[29]) Historien der alden Ê, hg. Wilhelm GERHARD (BLV 271), Leipzig 1927: v. 415 ff. S. 12; v. 457 ff. S. 14.

[30]) EHRENSTEIN, Bild 127 Abb. 9 nach der Handschrift München, Staatsbibliothek, Cod. germ. 4; BRANDT, Arbeit Bd. 1, S. 243 ff.; Heinrich JERCHEL, Die Bilder der südwestdeutschen Weltchroniken des 14. Jahrhunderts, in: Zeitschrift für Kunstgeschichte 2 (1933) 381–398, hier S. 381, 384 f., 397; Rolf FRITZ, Babel, in: Reallexikon zur deutschen Kunstgeschichte, hg. Otto SCHMITT, Bd. 1, Stuttgart 1937, Sp. 1315–21.

[31]) Reinfrid von Braunschweig, hg. Karl BARTSCH (BLV 109), Tübingen 1871: v. 27042 ff. und 27058 ff. S. 786 f. Kennzeichnung R.s nach STAMMLER, Verfasserlexikon Bd. 3, Sp. 1046.

aber dann bemerkten sie nur die deutschen Mundarten. Der österreichische Dichter des „Seifried Helbling", wohl ein lateinkundiger Ritter vom Lande, beklagte sich über seine Landsleute, die den Böhmen alles nachmachten; er selber mischte unter seine Verse zwar auch tschechische Ausdrücke, aber nur unanständige. Wo er honorig auftrat, gebärdete er sich deutsch. Er rückte in seine Sinngedichte zwischen 1282 und 1299 zweimal Listen von *ieglîchem lantsit* ein. Beidemale kamen, obwohl neben den deutschen Stämmen auch Polen, Tschechen, Ungarn und Italiener erschienen, 12 Stämme heraus, und man kann sich fragen, ob die Summe nach Wolframs und Jansen Enikels Zahl der christlichen Sprachen, nach den 12 Erdprovinzen Brunos von Asti oder direkt nach den 12 Stämmen Israels gebildet ist; im letzten Fall hätte man hier einen frühen Beleg für die Vermutung, daß die Rede von deutschen „Stämmen" an die 12 Stämme Israels anknüpfte[32]).

Bei dieser Zwölfzahl blieb auch der auf den „Seifried Helbling" zurückgreifende Hugo von Trimberg (ca. 1230– nach 1313), als er um 1300 die deutschen Mundarten aufzählte. Die Sprachen trennten *lant von lande*, und aus dieser Gleichsetzung von Sprache, Stamm und Land entsprang die erste einläßliche Beschreibung der deutschen Dialekte überhaupt. Sehr weit darüber hinaus reichte Hugos Blick nicht; er nannte noch acht europäische Völker und Sprachen und sechs weitere, die niemand kenne, unter ihnen Griechisch, *jüdisch* und *heidenisch*. Der Leser durfte glauben, die Deutschen besäßen die meisten Sprachen auf der Welt. Nur mit Zorn beobachtete Hugo, daß die Deutschen sich so weit erniedrigten, Böhmisch, Welsch und Ungarisch zu reden; das schickte sich nicht, wie im „Meier Helmbrecht". Nachdem Griechisch und Hebräisch unter die unverständlichen Idiome abgeschoben waren, ließ sich im Stile Isidors das gaumige Griechisch, *aller sprâche lêrerîn*, das kehlige Hebräisch, *der sprâche muoter*, und das klare und schöne Latein, *aller sprâche künigîn*, besingen; nach dem Muster Bertholds von Regensburg wurden sie als Sprachen der Heiligen Messe und *rôsen bluomen ... ûf der werlde heide* gelobt, so gelobt, daß man sie nicht zu lernen brauchte. „Hugos Dialektgeographie erweitert sich zu einer über das Abendland hinausgreifenden Sprachgeographie, ohne daß er die alte Zahl der 72 Völker erfüllen könnte". Deshalb erinnert die Welt der Sprachen auch nicht an den Turm von Babel. Nur wenn Hugos Bauern sich über ihr gedrücktes Los beschweren und aufbegehren, alle Menschen seien doch Kinder einer Mutter, dann erzählt ihnen der Bamberger Schulmeister, daß daran nichts zu ändern sei, denn die Leibeigenen stammten nun einmal von Cham, dem

---

[32]) Seifried Helbling, hg. Joseph Seemüller, Halle 1886: 14, 1 ff. S. 1 ff.; 3,209 ff. S. 122 f. Zur Herkunft des Dichters Stammler, Verfasserlexikon Bd. 2, Sp. 372 f. Zu „Stamm" Herbert Grundmann, Stämme und Länder in der deutschen Geschichte, in: Geschichte in Wissenschaft und Unterricht 6 (1955) 591–607, hier S. 601.

nach Gen. 9, 25 Verfluchten, und müßten ihren Brüdern, den semitischen Freien und den japhetitischen Rittern, dienen. Immerhin könnten sie auch Gottes Leibeigene werden, und die Herrschaft der Freien habe mit dem Tod ein Ende[33]). Honorius von Autun hatte über Eike von Repgowe gesiegt; wie die Welt war, so mußte sie auch sein. Es war eine deutsche Welt, auch wenn sie sich mit universalen und biblischen Symbolen zierte; sie standen ihr schlecht.

Die Aufteilung der Stände und der Völker, die 72 Sprachen und alle ererbten Formeln waren nicht mehr lebendiger, erworbener Besitz; sie dienten als Floskel und Wissensgut, bisweilen als Ausrede. Der bürgerliche Spruchdichter Rumsland aus Sachsen rief alle Welt zur Rache auf, als 1286 König Erich V. von Dänemark ermordet worden war, *in zwein unt sibenzik sprachen, juden, heiden, kristen, elle, pfaffen unde leien, lant gebur, al menschen diet*[34]). Das war nur eine hochtönende Phrase; trotz aller Weltverbrüderung sorgte sie doch dafür, daß niemand die tölpischen Bauern unter die vornehmeren Laien rechnete. Im „König Tirol", einem mitteldeutschen Rätselgedicht des ausgehenden 13. Jahrhunderts, wurde von einem theologisierenden Zusatz die Welt mit einer Mühle verglichen; der untere Mühlstein bedeute das Alte Testament, der obere das Neue, die 72 Kammern des Mühlrades seien die 72 Sprachen, unter denen eine, die hebräische, besonders kostbar sei[35]). Da sich um die Konservierung dieser edlen Sprache niemand kümmerte, konnte man dieses Predigtmärlein nach Art der „Joca monachorum" allenfalls als spielerisches Rätsel noch verwenden, nicht als Symbol des Irdischen. So ließ das an den „Wartburgkrieg" eines thüringischen Verfassers angehängte Rätselgedicht „Zabulons Buch" den Zauberer Klingsor die 72 Ströme der Milchstraße ausdeuten; in den Sternen stand die Ordnung Gottes vielleicht geschrieben[36]). Das war schon eine der letzten originellen Erweiterungen des Zahlgebrauchs.

Der in seinen Anfängen auf eine ritterliche Dichtung von etwa 1280 zurückgehende, in der Substanz vielleicht noch ältere „Hürne Seifrid", 1530 gedruckt,

---

[33]) Der Renner, hg. Gustav EHRISMANN (BLV 247, 248, 252), 3 Bände, Tübingen 1908–09: v. 22253 ff. Bd. 3, S. 220 ff. (Sprachen; dazu Gustav EHRISMANN, Hugo von Trimbergs Renner und das mittelalterliche Wissenschaftssystem, in: Aufsätze zur Sprach- und Literaturgeschichte, W. Braune dargebracht, Dortmund 1920, S. 211–236, hier S. 225 ff.; NAUMANN [o. S. 673 Anm. 146] S. 32, hier das Zitat); v. 1315 ff. Bd. 1, S. 55 ff. (Leibeigene).

[34]) Friedrich Heinrich von der HAGEN, Minnesinger, Bd. 3, Leipzig 1838, S. 63 a Nr. 10.

[35]) König Tirol, Winsbeke und Winsbekin, hg. Albert LEITZMANN (Altdeutsche Textbibliothek 9), Halle 1888: Strophe 15 S. 19; Str. 20 S. 20; dazu Harry MAYNC, Die altdeutschen Fragmente von König Tirol und Fridebrant (Sprache und Dichtung 1), Tübingen 1910, S. 32.

[36]) Der Wartburgkrieg Nr. 154, 13, hg. Karl SIMROCK, Stuttgart-Augsburg 1858, S. 191. Dazu Hugo BAUMGARTEN, Der sogenannte Wartburgkrieg, Diss. phil. Göttingen 1931, S. 96 ff.; Tom Albert ROMPELMAN, Der Wartburgkrieg, kritisch herausgegeben, Diss. phil. Amsterdam 1939, S. 70.

prahlte damit, Kriemhild sei unbesiegt, auch für den, der *das halbteyl dirre erdn und zwo und sibentzig zungen*, Christen und Heiden bezwungen habe – als gäbe es auf der ganzen Erde 144 Sprachen[37]). Das umfangreichste deutsche Rätselgedicht, das vielleicht alemannische Traugemundslied, nahm im 14. Jahrhundert aus dem „Oswald" noch einmal die Formel der „Joca monachorum" von den 72 Ländern auf, die ein Pilger kenne; stereotyp wiederholt, sollte sie Traugemunds Weisheit bezeugen, ohne daß man erführe, welches auch nur die wichtigsten der durchwanderten Länder sind[38]). Der scholastisch gebildete, aber frei mit dem Schulgut waltende Meißener Heinrich Frauenlob (ca. 1250–1318) holte sich aus Jansen Enikel die Dreiteilung der Stände nach den Noachiden, jedoch so zugespitzt, daß nur Japhet allein, nicht auch Sem dazu, Noahs Segen erbte. Von Jansen Enikel nahm er auch die 72 Zungen, *der sehzic sint verlorn*. Der Topos beleuchtet Frauenlobs starkes Sündenbewußtsein, aber auch seinen japhetitischen Stolz und vielleicht nicht minder sein Gespür für Formalien[39]). Wenn der wohlhabende, studierte Laie Hermann von Fritzlar (gest. nach 1349) Kompilator oder gar Autor des ihm zugeschriebenen Heiligenlebens ist, dann kannte 1343 auch er wie Jansen Enikel die 72 *apgote* auf dem Kapitol in Rom – noch lebte Ludwig der Bayer, der dort 1328 gekrönt worden war –; die Zahl entspreche der der Weltkönige[40]). Wohin man blickt, sieht man fast nur Reprisen älterer Prägungen; sie traten mit großem Anspruch auf, doch war ihr universaler Symbolgehalt längst dahin, ihr tieferer Sinn wurde nirgends untersucht, ihre Bedeutung nicht durch neue Anwendungen und Auslegungen erweitert und aktualisiert. Man pochte auf das vermeintlich Alte, ohne seine Gründe zu kennen, und scheute sich vor dem Ja zur Gegenwart.

Immerhin versuchte man, den Inhalt der Formel von 72 Sprachen genauer zu bestimmen, vielleicht weil man an ihrer Richtigkeit zweifelte, vielleicht auch nur aus Freude an exotisch klingenden Namen. Der vermutlich deutsche

---

[37]) Das Lied vom Hürnen Seyfrid Str. 54, hg. Wolfgang Golther, 2. Aufl., Halle 1911, S. 20; dazu Weigand, Languages 245. Zur Entstehung des Werkes Baesecke, Vorgeschichte Bd. 1, S. 219, 228 ff.; H.W.J. Kroes, Der sagengeschichtliche Gehalt des Liedes vom Hürnen Sewfrid, in: Germanisch-Romanische Monatsschrift 39 (1958) 193–206.

[38]) Traugemundslied Str. 3 ff., hg. Müllenhoff-Scherer (o. S. 40 Anm. 57) Bd. 1, S. 192 ff.; dazu Baesecke, Vorgeschichte Bd. 1, S. 384 ff.

[39]) Heinrichs von Meißen, des Frauenlobes, Leiche, Sprüche, Streitgedichte und Lieder, hg. Ludwig Ettmüller (BDNL 16), Quedlinburg-Leipzig 1843: Nr. 33 S. 47 f. (Japhet); Nr. 346, 13 f. S. 199 (Sprachen). Dazu Brunhilde Peter, Die theologisch-philosophische Gedankenwelt des Heinrich Frauenlob (Quellen und Abhandlungen zur mittelrheinischen Kirchengeschichte 2), Speyer 1957, S. 57 ff.

[40]) Heiligenleben, Allerheiligen, hg. Franz Pfeiffer, Deutsche Mystiker des 14. Jahrhunderts, Bd. 1, 2. Aufl., Göttingen 1907, S. 230. Gertrud Lichenheim, Studien zum Heiligenleben Hermanns von Fritzlar, Diss. phil. Halle 1916 geht auf diesen Textteil nicht ein.

(schlesische?) Schreiber, der im 13. Jahrhundert in einem böhmischen Buch mit lateinischen Weissagungen und deutschen Tiersegen die Liste der 72 Sprachen zusammenstellte, hatte zudem vielleicht von der tschechischen Urgeschichte gehört, in der sie eine große Rolle spielten; möglicherweise bewog ihn auch die Erfahrung eines Kreuzfahrers oder Pilgers, sich über die Idiome der Welt Rechenschaft zu geben. Er begann mit großer Gebärde, mit den drei heiligen Sprachen; dabei nannte er die sonst meist als römisch bezeichnete Sprache Latein. Es schlossen sich sofort die Weltsprachen des gegenwärtigen Vorderen Orients, Arabisch und Syrisch an, aber auch die großkirchlich gesonnenen Melchiten wurden genannt. Dann freilich beginnt die Aufzählung sprunghaft zu werden; immer wieder kehrt sie in den kleinasiatischen, besonders den armenischen Bereich zurück, aus dem der Autor selbst abseitige Provinzen kennt. Sehr viel kursorischer wird Westeuropa abgetan; es ist, ganz anders als bei Rudolf von Ems und Heinrich von München, nur durch Normannen, Schotten, Britannier, Angelsachsen *(Ingelxaxi)* und Spanier vertreten. Nordeuropa fällt gänzlich aus. Weniger spärlich sind die östlichen und osteuropäischen Völker gesät, wenngleich die Mongolen fehlen; immerhin erscheinen Rußland, Bulgarien und Ungarn. Deutschland *(Alamannia)* und seine Sprache sind nicht vergessen, wohl aber seine nächsten Nachbarn im Osten, die Polen und vor allem die Tschechen; denn schwerlich verbergen sie sich hinter den zahlreichen noch rätselhaften, anscheinend nicht slavischen Namen der Liste, den *Chves*, *Haverra*, *Tasich*. War das ein Hieb gegen Cosmas von Prag? Die Frage läßt sich nicht beantworten, weil die Aufstellung kaum etwas vom Nationalgefühl ihres Verfassers und sehr viel von seinem Fernweh verrät[41]). Wer weiß, wie alle diese Namen ihm zu Ohren kamen, ob er sie in einer korrupten Handschrift auflas, ob er sie von Pilgern hörte, ob er sie im Block aus östlichen, byzantinischen, armenischen oder syrischen Listen entnahm? Gewiß hat er sie so wenig zu deuten gewußt wie wir; aber er war es zufrieden, daß der Kosmos der 72 Sprachen zum größeren Teil im Nebel geheimnisvoller Namen verschwand. Er hat nicht versucht, die europäischen Sprachen seiner Zeit auch nur halbwegs vollständig einzubeziehen; er hat nicht einmal auf die Mundarten seiner Muttersprache geachtet. Hätte sein Lokalpatriotismus ein wenig mitgesprochen, dann fiele uns die Lokalisierung des Verzeichnisses heute leichter. Aber der Schreiber stellte sich in eine Tradition, die von ferne her kam und die das Exotische, halb Unwirkliche noch an sich trug. So mochte sie am besten die schemenhafte, mehr geahnte als gewußte Schöpfungsharmonie erweisen. In seiner vielleicht zwei- oder dreisprachigen Umgebung konnte sie der Anonymus nicht erkennen. Warum gab er keine Liste, die, wie Hugo von

[41]) Edition und Erläuterung unten Anhang IV, S. 943 ff.

Trimberg mit seinem Mundartenverzeichnis, von den Dialekten der eigenen Heimat ausgeht? Etwa weil er nicht den Bezug der Gegenwart zur Bibel, sondern nur die Berechnungsgrundlage für eine trockene Formel suchte und in seiner Welt nicht finden konnte?

Nicht nur die symbolistischen Formeln verfielen, nicht nur die Sprachenlisten verkamen, auch das alte Sprachdenken, von Meister Eckehart aus den Angeln gehoben, wurde in deutscher Sprache verworfen. Der Regensburger Domherr Konrad von Megenberg (1309–74) konnte etwas Griechisch und ein wenig Hebräisch; er sah die Sprache auf die volkstümliche, nicht auf die gelehrte Weise als einen vom Schöpfer in die Welt hineingelegten Sinnzusammenhang, der sich durch etymologische Gleichungen entschlüsseln ließ. Denn der Mensch, der allein unter allen Wesen Vernunft besitzt, ist selbst ein Mikrokosmos. Konrads „Buch der Natur" suchte 1349/50 manche lateinischen und griechischen Namen zu verdeutschen; wie Hieronymus das Hebräische ins Griechische und Boethius das Griechische ins Lateinische, so wolle er das Lateinische ins Deutsche übertragen – fast als wäre Deutsch die vierte heilige und gelehrte Sprache. Dennoch zögerte er, die Menschensprache zu nahe an Gottes Wort heranzurücken. Sprache ist eine erlernbare menschliche Fähigkeit, kein Gnadengeschenk Gottes. Wer nämlich von Geburt an *ungehœrnd*, also taub ist, dessen Zunge kann keine Sprache bilden, weil er sie noch nie gehört hat. Es ist also ein Irrtum, wenn die Juden behaupten: *Züg man ain kint an ainer ainœd, sô künd ez hebraisch.* Wäre das richtig, so müßte ein Tauber oder Stummer von Geburt an Hebräisch können, *und daz ist niht wâr.* Psammetich und Friedrich II. hätten sich ihr Experiment sparen können; die alltägliche Erfahrung lehrt, daß Sprache nicht angeboren ist. Einen Sittich zum Beispiel kann man so dressieren, daß er spricht wie ein Mensch, *als schôn, sæhst dû sein niht, dû wændest, ez wær ain mensch.* Selbst französisch kann er parlieren. Es gibt sogar Zwitterwesen, Kynokephalen, die nicht wie Menschen sprechen, sondern wie Hunde bellen. Nicht die Sprechfähigkeit, die erlernbar ist, macht den Menschen aus, sondern allein der Besitz einer unsterblichen Seele; auch Monstra, die eine Seele haben, sind Menschen und stammen dann alle von Adam ab[42]). Aber wenn es mit der heiligen Natursprache nichts war, wie sollte man dann noch universale Stammbäume entwerfen? Mußte man sich nicht endlich zu seiner Gegenwart bekennen?

---

[42]) Das Buch der Natur, hg. Franz PFEIFFER, Stuttgart 1861: I, Prolog S. 3 f. (Vernunft, Mikrokosmos); III B, 50 S. 206; III B, 55 S. 210; III B, 65 S. 223; IV A, 21 S. 327 (lateinische Namen); III E, 1 S. 262; III E, 3 S. 263; III E, 7 S. 267; III E, 14 S. 272; IV A, 36 S. 338 (griechische Namen); Prooemium 5 f. S. 2 (Hieronymus, Boethius); I, 12 S. 15 (Taubheit, Hebräisch); III B, 63 S. 221 f. (Sittich); VIII S. 490 (Kynokephalen), 486 (Monstra). Zu K.s Sprachkenntnissen und -anschauungen Helmut IBACH, Leben und Schriften des Konrad von Megenberg (Neue deutsche Forschungen 210), Berlin 1938, S. 77, 156 ff.

Je fahriger die weitschweifigen Gebärden wurden, desto besser florierten die geradlinigen Völker- und Herrscherstammbäume; den Nachweis vormittelalterlicher Ahnen betrieb man mit wenig Skrupeln und viel Passion, solange man nicht nach rechts und links zu schauen brauchte; hier wurde die Vergangenheit nur allzu leicht zur Gegenwart. Die um 1315/25 von dem fleißigen Mönch Berchtold aufgezeichneten, fälschlich einem Bernardus Noricus zugeschriebenen Geschichtswerke des Benediktinerklosters Kremsmünster bescheinigten den Bayern, sie seien *post confusionem linguarum* aus Armenien gekommen; später habe sich Herkules' Sohn *Norix* des Landes bemächtigt[43]). Aber das wußte man bereits seit dem Annolied und der „Passio Quirini", und mittlerweile wimmelte es in Europa von japhetitischen Volksgenossen. Doch wie im staufischen 12. Jahrhundert die Schwaben, so hielten sich nun die Bayern zurück, als ihr Herzog Kaiser war; in den Kämpfen um Ludwig den Bayern fand keiner seiner Landsleute die rechte Muße, nach Ahnen zu fischen. Nur die Nachbarstämme ließen sich wie die Geschichtsdichter vom Glanz der Kaiserkrone blenden und in alle Weiten der Historie locken.

Eine aparte Lösung fanden die Thüringer; der Stamm, der nur zwei deutsche Gegenkönige vorzuweisen hatte, suchte sich Weltimperatoren als Vorfahren. Ein Eisenacher Dominikaner sammelte nach 1327 ihre Herkunftssagen und führte die Thüringer samt allen Deutschen nicht etwa auf Japhet, sondern auf den ersten Weltkönig Nimrod persönlich zurück, auf dessen Nachfahren Saturn und Jupiter und auf Jupiters Kinder, den Trojaner Dardanus und Alexander den Großen. Das trojanische Reich wurde dreigeteilt, Aeneas bekam Italien, Antenor Deutschland und Priamus Frankreich, fast wie bei Alexander von Roes. Ist das wirklich „ein genealogisches Gewäsch ohnegleichen"? Nimrod, Jupiter und Dardanus standen spätestens seit der römischen „Graphia" von 1155 und seit Gottfried von Viterbo in einer Deszendenz; alle Trojaner stammten also von Nimrod. Und wenn die Sachsen und Askanier von Alexander dem Großen kamen, der sich selbst als Jupiters Sprößling ausgab, warum sollten nicht auch die Thüringer und Wettiner zur Familie gehören[44])? Verdienstvoll war schon die Berücksichtigung aller Deutschen; meistens sonst ähnelten die Ahnentafeln mehr den Pyramiden, die beim Probanden gipfeln, als den Bäumen, die sich vom Stamme Adams und Noahs in die Weite verzweigen.

---

[43]) Historiae, MGH SS Bd. 25, S. 659; dazu Leidinger (o. S. 671 Anm. 142) S. 3 ff.; Willibrord Neumüller OSB, Bernardus Noricus von Kremsmünster, in: 90. Jahresbericht des Gymnasiums zu Kremsmünster, Wels 1947, S. 1–167, hier S. 108, 119 ff.

[44]) Carl Wenck, Liber chronicorum (Erfordensis), in: Zeitschrift des Vereins für Thüringische Geschichte und Altertumskunde 12 (1885) 185–251, hier S. 221, 224 f. „Gewäsch" nach Heinrich Vildhaut, Handbuch der Quellenkunde zur deutschen Geschichte, Bd. 2, 2. Aufl., Werl 1909, S. 499.

Auch der Kärntner Zisterzienserabt Johann von Victring (gest. 1345), ein glänzender Historiker seiner Zeit, verfuhr recht zielbewußt, als er kurz vor seinem Tode der Geschichte Österreichs und seinem Ideal, der deutschen Weltmonarchie, in einer Einleitung den universalhistorischen Rahmen zimmerte. Er begann sehr breit mit Adam, Noah und seinen vier Söhnen, denn er glaubte dem aus Comestor bekannten Pseudo-Methodius den weissagenden und im Fernen Osten regierenden *Yonitus*; aus Pseudo-Philo, den Petrus Comestor ebenfalls vermittelte, kamen die späteren Noachidenführer Nimrod, *Jethran* und *Suffenes* hinzu; Comestor lieferte weiter die Verteilung der vier Weltreiche, nur daß die Griechen gestrichen wurden. Sie, also die Byzantiner, waren nur Erbschleicher des römischen Imperiums, das dann trotzdem die von den Trojanern stammenden Franken und Deutschen rechtmäßig erbten[45]). Die Genealogie wurde unterwegs mit der Translation vertauscht und dadurch eingleisig, ein fast genialer Trick. Von Japhet stammen alle Europäer aller Zeiten; Kaiser gibt es stets nur einen. Wie die Franken mit Japhet verwandt sind, also wie die Trojaner von den Noachiden abstammen, brauchte Johann darum nicht anzugeben; alle hamitischen Klippen wurden umschifft. Dabei fand Johann in der Vorlage die Erklärung der biblischen Völkertafel, auch die Formel von 72 Sprachen und Völkern; er schrieb sie nicht ab. Er kam nicht mehr dazu, die Linie bis zu den Luxemburgern und Habsburgern durchzuziehen; das war nicht ganz einfach, aber zunächst auch unnötig.

Den Habsburgern hatte man um 1300, etwas konkreter als zuvor, Herkunft von den römischen Colonna und von Caesar, wohl auch von den Trojanern zugedacht; doch waren diese Ansätze kaum beachtet worden. Erst um 1350, als sie im Wetteifer mit den Luxemburgern ihre Territorialmacht stärkten, wies ihnen am Oberrhein der Chronist Mathias von Neuenburg (gest. vor 1370) erneut die Abkunft von den alten Römern, von dem edlen *Romanus* selber, nach. Die schon seit 1280 keimende Genealogie machte bald die Runde; ins Biblische wurde sie auch hier nicht erweitert. Wer dem Volk des Weltimperiums und sogar seiner namengebenden Familie entstammte, war genug geadelt[46]). Unter diesen Umständen konnten sich vor 1358 auch die Grafen von der Mark mit römischen Vorfahren begnügen[47]). Aber war das genug für einen veritablen Kaiser?

Der Luxemburger Karl IV. (1316–1378) ließ sich zwischen 1355 und 1357, bald nach der Kaiserkrönung, als Herrschaftsausweis auf dem Karlstein, dem

---

[45]) Liber certarum historiarum, Praefatio III, MGH SSRG Bd. 36, 2 S. 238 ff.; I, 1 Bd. 1, S. 1. Vgl. Goez, Translatio 211 f.

[46]) Chronica c. 1, MGH SSRG NS Bd. 4, S. 8 f.; dazu Victor Thiel, Die Habsburger Chronik Heinrichs von Klingenberg, in: MIÖG 20 (1899) 567–618, hier S. 570 ff.; Lhotsky, Apis Colonna 183 ff., 203 ff.

[47]) Levold von Northof, Chronica comitum de Marka, MGH SSRG NS Bd. 6, S. 13 ff.; dazu Lhotsky, Apis Colonna 184.

Schatzhaus der Reichskleinodien, seine Ahnengalerie an die Wand malen. Schon das war ungewöhnlich. Man skizzierte zwar seit dem 12. Jahrhundert gerne Stammbäume der Patriarchen, die mit Adam oder Noah begannen, auch wohl Ahnenlinien Jesu, die „Wurzel Jesse", die einsträngig bis zu Abraham oder auch zu Adam rückwärts führte; auch kannte man Nachfahrentafeln von Herrscherhäusern, die ein historisches oder pseudohistorisches Familienhaupt an den Beginn setzten und sich weit verästelten. Aber daß ein Herrscher alle diese Formen zusammennahm und von Noah bis zu sich selbst einen geraden Deszent der Generationen aufstellen ließ, war noch nicht dagewesen[48]). Nun präsentierte sich auf dem ersten der 56 Bilder Noah, aber danach nicht die Abfolge der aus der Bibel bekannten frommen Semiten oder auch der edlen Japhetiten; ihre Namen waren für einen Kaiser nicht ansehnlich genug. Karl besaß den Mut, sich der orientalischen Despoten, der Römergötter und Trojaner wegen einen Hamiten zu nennen. Nach dem thüringischen und dem römischen Vorgang war das nicht mehr unerhört, gewagt war es immer noch. Die Reihe führte über Cham und den Äthiopier Kusch, der allerdings nicht als Neger, sondern als blonder, anmutiger Jüngling figurierte, zu Nimrod, dessen Porträt sogar von Türmen und Trümmern umrahmt war. Als sein Sohn erschien Belus; dessen Kind war Ninus mit dem Rechenbrett, der Erfinder der Astrologie – Zarathustra blieb abseits. Es folgten sofort Saturn mit Herzogshut, Jupiter, Dardanus, die Trojaner, Priamus, als dessen Enkel im Königsornat die Franken, Pharamund, Chlodwig, Karl der Große[49]).

Die Ahnentafel geht im Kern auf Gottfried von Viterbo, auf Nemnius und seine boshafte Briten-Genealogie zurück. Während sich noch die Ungarn gegen die ihnen zugeschobene hamitische, nimrodische Herkunft wehrten, während die deutschen Dichter noch versicherten, die Leibeigenen stammten von Cham, demonstrierte der Kaiser, daß vielmehr die Weltherrscher Hamiten seien. Was man an der Kurie seit Gregor VII. und Gratian verstohlen raunte, was die Bettelmönche seit Nikolaus von Gorran und Berthold von Regensburg schaudernd predigten, das nahm der Kaiser sich zum Ruhmeskranz: der echte Adel war hamitisch. War Karl skrupelloser oder „aufgeklärter" als seine Zeitgenossen? Wir werden bald noch andere Anzeichen dafür finden, daß der verhaßte Nimrod plötzlich an Reputation gewann, daß man die Macht höher schätzte als die Moral; hinzu kamen Nimrods Beziehungen zur imperialen

[48]) Arthur WATSON, The Early Iconography of the Tree of Jesse, Oxford-London 1934, S. 37 ff.; auch Walther GRÄBNER, Genealogie und Politik, Gedanken und Anregungen, Danzig 1910, S. 5 ff., 11 ff.

[49]) Joseph NEUWIRTH, Der Bilderzyklus des Luxemburger Stammbaumes aus Karlstein (Forschungen zur Kunstgeschichte Böhmens 2), Prag 1897, Tafel IV ff.; dazu LHOTSKY, Apis Colonna 209 f., 243; HAUCK, Geblütsheiligkeit 206 ff.

Antike. Eine neue Art von christlich-antikem Synkretismus kündigte sich an; auf die Bibel und das Gottesvolk allein mochte Karl nicht mehr bauen.

Ähnlich unvoreingenommen stand der Kaiser der Sprachenwelt gegenüber. Er schien auch für die Gegenwart den universalen Charakter des Reiches betonen zu wollen. In der Goldenen Bulle bestimmte er 1356 zwar noch, die Kurfürsten sollten ihren Wahleid *vulgariter*, also deutsch leisten, aber schon das Formular dieses Eides wurde lateinisch eingerückt. Überdies mahnte Karl, die künftigen deutschen Kurfürsten sollten als Helfer des Kaisers nicht nur das ihnen von der Natur eingegebene Deutsch, sondern mehrere Sprachen beherrschen, *ut plures intelligant et intelligantur a pluribus*. Diese „merkwürdigste Satzung des ganzen Gesetzbuches" beleuchtet aber doch alles andere als den „Geist der Vielregiererei, das Bestreben, auch das Kleine und Unwesentliche in den Bereich der Gesetzgebung zu ziehen"[50]). Mit dieser Bestimmung wurde eine alte Tradition erneuert, die frühmittelalterliche Vorstellung vom mehrsprachigen Adel, der höfische Traum vom polyglotten Ritter, endlich Engelberts Wunschbild vom Weltkaisertum. Freilich, wer nun an den sprachenkundigen Sanhedrin des Babylonischen Talmud denkt, wird enttäuscht; nicht alle Weltsprachen sollen die Ratgeber des Kaisers verstehen. Karl war realistischer. Nur *Italica ac Slavica* sollen die Kurfürsten lernen, wohl auch noch das Latein *(gramatica)*, aber nicht Französisch, die Sprache, die Karl IV. selbst neben den genannten völlig meisterte, „durch Gottes Gnade", wie er selbst sagt, „restlos vom weltbürgerlichen Denken erfüllt", wie ein moderner Forscher überspitzt meint[51]).

In der Leichenpredigt auf den Kaiser beteuerte der Prager Erzbischof Johann Očko, Karl habe fast alle Sprachen der Christenheit gesprochen, das Böhmische, seine *lingua naturalis*, aber auch Deutsch, Latein, Französisch, „Lombardisch", „Toskanisch" und mehrere andere. Er gleiche darin den Aposteln Christi, die an Pfingsten die Gabe aller Sprache empfingen[52]). Daß Karl durch seine Kanzlei einen großen, wenn auch schwer abzuschätzenden Anteil an der Gestaltung der neuhochdeutschen Schriftsprache hatte, ist dabei noch nicht einmal berücksichtigt. Immerhin hinkte der Vergleich des Prälaten;

---

[50]) Goldene Bulle, hg. Karl ZEUMER, Quellensammlung zur Geschichte der Deutschen Reichsverfassung in Mittelalter und Neuzeit, 2. Aufl., Tübingen 1913: c. 2 S. 197 (Eid); c. 31 S. 213 (Sprachen). Dazu Karl ZEUMER, Die Goldene Bulle Kaiser Karls IV. (Quellen und Studien zur Verfassungsgeschichte des Deutschen Reiches in Mittelalter und Neuzeit II, 1–2), 2 Bände, Weimar 1908, hier Bd. 1, S. 16 f., 108 f. (die beiden Zitate); HUGELMANN, Stämme 478 f.

[51]) Karoli IV vita ab eo ipso conscripta c. 8, hg. Walther BULST (Editiones Heidelbergenses 16), Heidelberg 1950, S. 25 (Gottes Gnade); dazu Josef PFITZNER, Kaiser Karl IV., Potsdam 1938, S. 49 (weltbürgerlich), 17, 23, 99.

[52]) Sermones post mortem Karoli IV imperatoris, FFRB Bd. 3, S. 427.

es hatte sich kein Pfingstwunder ereignet, der Kaiser war nur ein Exempel des Fleißes. Er stand in der Tat an der Wende der Zeiten, noch im alten universalistischen Denken befangen und doch schon zäh, fast bürgerlich nüchtern, das Nötige planend. Es ist dasselbe Zwielicht, das seine Sprachanschauungen und seine Ahnengalerie umgibt.

Nicht nüchtern, nur universal war die Chronik, die in Karls Auftrag sein Hofkaplan schrieb, eine phantastische Bestandsaufnahme der ganzen Welt. Der bis China gereiste Franziskaner Johann von Marignola (gest. nach 1362) gab sie zwischen 1354 und 1362 bieder und großflächig, erst von Kalabrien aus, wo er Bischof geworden war. Während sich in seiner Heimatstadt Florenz die Condottieri befehdeten, sprach er von den *felicia tempora nostra*. Glücklich war aber nur Marignolas Naturell; denn er pries auch die Vergangenheit selig. Als Noah sich auf der Insel Zypern zur Ruhe setzte, da verteilte er gewissenhaft die Welt, die er offenbar gründlich kannte. Sem, der älteste Noachide und darum König und Priester, wurde Herr der halben Erde und erhielt Großasien vom Weißmeer bis Ungarn; die Usbeken, Inder, Äthiopier und Chinesen *(Katay)* wurden eigens erwähnt. Marignola machte also Ernst damit, daß *Asia* mehr ist als der Vordere Orient; er wußte von seiner Reise her, daß den Mongolen viele Länder, Völker und Sprachen unterstanden. Nur wurden jetzt die semitischen Zustände auf den Kopf gestellt, denn Vorderasien, *ubi est terra sancta*, wurde mitsamt Afrika Chams Gebiete einverleibt. Japhet, der Jüngste, bekam Europa, *ubi sumus nos*, von Ungarn bis zum Ende der Welt. Der vierte Noachide, hier wieder wie in der „Graphia“ schlicht römisch *Janus* genannt, durfte nicht fehlen. Marignola erzählte das, als wäre es immer so gewesen und bliebe immer so. Das Paradies, das Johannes im semitischen Asien, nämlich in der Gegend von Ceylon, besucht haben will, beschrieb er freilich genauer als die Erdteile; Geographie lag ihm nicht.

Auch die fruchtbare Ebene von Sinear will er mit eigenen Augen gesehen haben; er bevölkerte sie mit phantastischen Gestalten. Dort regierte der 8 Fuß lange Riese Nimrod, der den Noahsohn *Janus* bat, ihm die Zukunft vorherzusagen. (Das kennen wir aus Comestor; Janus ist Jonithus.) Nimrod verleitete dann durch seine Beredsamkeit die Menge zum Turmbau; es gab damals schon 72 Familien, und zwar, aller Tradition zuwider, neben den üblichen 15 japhetitischen 24 semitische, das heißt indische, und 33 hamitische. In ebenso viele Sprachen zerteilte Gott die Rede, *minus tantummodo una*; welche das war und warum sie verschont blieb, konnte nur wissen, wer seinen Augustin besser kannte als Marignola. Die Sprachen ließ er überhaupt am Rande; vielsagend schwieg er über seine eigenen Sprachkenntnisse. Sonst verschwieg er nichts. Der Turm von Babel wurde vom Donner gerührt und zerrüttet, die Völker schwärmten aus, nur Nimrod und die Seinen blieben. Er und seine Nachfahren, die ägyptischen Sultane, versuchten noch wiederholt Türme zu bauen; das waren wohl die Pyramiden. Marignola wandte sich gegen Gottfried von Viterbo: Nimrod war kein Semit, sondern ein Hamit und Tyrann, der sogar seinen eigenen Großvater Cham erschlug. (Hier wurden also, wie bei Comestor, Zarathustra mit Cham, aber zugleich auch Ninus mit Nimrod stillschweigend vertauscht.) Nimrods Kinder verliefen sich, *Cres* nach Kreta, *Trebeca* nach Trier (auch hier ist Nimrod an die Stelle von Trebetas Vater Ninus getreten); nur Belus blieb in Babel und zeugte Ninus, den ersten Herrscher der Assyrer. Vor ihm floh *Trebeca*, der inzwischen („richtig" nach den „Gesta Treverorum") Ninus' Sohn, also der Großneffe seiner selbst geworden war, *et Theutoniam populavit*. Währenddessen zeugte in Kreta *Cres* (nicht wie auf den Bildern des Karlsteins Ninus) den Saturn, dieser den Jupiter; Saturn floh nach Italien zu Janus, Noahs Sohn (ein andermal Japhets Sohn, aber auch da *pater Ytalie*; der doppelköpfige Janus der „Graphia" verwirrte das Bild). Jupiter wiederum wurde der Vater der Griechen und Trojaner, und von letzteren kamen die „Fürsten Europas, die Italien und Deutschland bevölkert haben". Trebeca war vergessen – oder sollten wie bei Rigord die Völker andere Ahnen haben als ihre Herrscher? Über Aeneas war auch Caesar Trojaner, und von diesem reicht der *decursus imperatorum*, die Kaiserliste, nicht die Genealogie, bis auf Karl IV. Das war nach aller Konfusion noch immer kein Stammbaum, und am Anfang stand der unbequeme Hamit Nimrod.

Marignola begann also von vorne, diesmal bei den Japhetiten. Javan sind die Griechen, „die heute Italiener heißen". Javans biblischer Sohn Elisa heiratete nun wohl eine Tochter des Franzosen Gomer, denn von Javan und Gomer stammen die Kinder Elisas, die *Elysani*; heute heißen sie, so verkündete Marignola unschuldig, *Sclavi*, *mutata litera*, *ut fieri solet*. Einige von seinen Einfällen entnahm er aus der Weltchronik seines noch zu erwähnenden italienischen Ordensbruders Johann von Udine; aber er hatte seine besondere Absicht dabei. Giftig trumpfte er auf, jedenfalls stammten die Slaven und Böhmen nicht von Cham, *ut fingunt quidam*. Sind diese *quidam* die Berater der Maler vom Karlstein? Marignola hatte Verbindung mit Italienern und Franzosen zu bieten; der Kaiser zog statt der europäischen die antike Verwandtschaft, die hamitischen Trojaner vor. Oder wollte Marignola beides zugleich vorschlagen, sollten auch hier Volk und Fürst verschiedene Ahnenregister, die Böhmen ein japhetitisches, ihr König und Kaiser ein hamitisches bekommen? Man darf nicht zu genau fragen; Marignola war zu jeder Assoziation fähig. Von Elam wurden zum Beispiel des Klanges wegen die edlen Alanen hergeleitet und halfen dann mit 72 Fürsten dem Dschinggis Chan die Welt erobern. War die Welt vom Himmel her nicht schön geordnet? Salbungsvoll und ahnungslos zitierte Marignola die Septuagintafassung von Deut. 32,8, Gott habe die Grenzen der

Völker nach der Zahl der Engel festgesetzt, als *illud Psalmistae*[53]). Mit solcher zerfahrenen Gelehrsamkeit, die aus jeder halben Assonanz gleich eine Ahnentafel und einen Gottesbeweis schmiedete, brachte sich die alte Sprachen- und Völkertheologie selbst in Mißkredit.

Karls IV. nächster Historiograph, Pulkawa, schrieb, wie er sollte, eine Geschichte Böhmens; sie gehörte nicht mehr in den deutschen Zusammenhang, den auch Marignolas Werk kaum noch berührte. Es ist trotzdem typisch für die deutschen Interessen der Zeit; sie verflochten Landeskunde und Universalgeschichte so, daß die eigene Genealogie, nicht die Entfaltung der historischen Gebilde sichtbar wurde. Es fehlte dem deutschen Denken damals jene schöpferische Distanz, die aus einer erfüllten Gegenwart den Weg zu unbefangenem Verständnis der Vergangenheit weisen kann. Auch in Deutschland, dem Land der Weltchroniken und der heilsgeschichtlichen Entwürfe, dienten die universalhistorischen Teile der Bibel wohl noch als Requisit, aber nicht mehr als Grundlage des Welt- und Geschichtsverständnisses; ob man auf die partiellen Realitäten des eigenen Volkes und seiner Sprache und Herkunft baute, ob man weit und ziellos in die Ferne schweifte, ob man sich über das irdische Getümmel zu mystischer Ekstase erhob, überall verdrängten die Erfahrungen und Erwartungen des Tages die Auslegung vorgegebener Texte und Zustände, anstatt sie wie bisher zu begleiten. So sah man im unbestechlichen Spiegel der Geschichte nicht die Welt, sondern nur sich selbst, so unzufrieden und unentschieden, wie man war.

*

In Italien war die Sprachen- und Völkertheologie ähnlich gefährdet, vielleicht, weil auch hier die unerfüllte Gegenwart nicht in großem Zug von einem nationalen Willen geordnet wurde. Hier gediehen noch immer die städtischen Patriotismen, während sich allmählich an die Stelle kommunaler Autonomien die größeren Herrschaftsbereiche der Signorien setzten; zugleich blühten Handel und Mission, die bis nach China und zu den Kanarischen Inseln ausgriffen. Zwischen egoistisch eng begrenztem Blickfeld und weltweiter Übersicht fanden sich alle Schattierungen, fromme Stadtbürger, weitgereiste Kaufleute, beunruhigte Bettelmönche, ahnenstolze Lokalhistoriker, Dichter mit seherischem Blick und nüchterne Juristen. Fast alle unterwarfen auch hier die festgefügten Traditionen ihrer Kritik oder ihrem Willen und machten sie

---

[53]) Chronica ab Adam, Prologus, FFRB Bd. 3, S. 492 (glückliche Zeiten); c. 2 S. 506 f. (Erdteilung); c. 1 S. 497 f. (Ceylon); c. 2 S. 510 ff. (Sinear, Nimrod, Sprachen, Ninus), 515 ff. (Saturn, Janus), 519 (Caesar), 522 (Slaven); c. 1 S. 494 (Deut. 32, 8). Zu M.s Chinareise Hennig, Terrae incognitae Bd. 3, S. 239 ff.; zu seiner Geographie Kretschmer, Erdkunde 130 f.; zu seinen geringen Sprachkenntnissen Altaner (o. S. 754 Anm. 46) S. 458 f.

zu verstaubten Relikten oder zu unerfüllten Forderungen. Die Gegenwart stand nicht mehr zur Überlieferung und setzte sie kaum mehr schöpferisch fort.

Nur einzelne Gruppen hielten zu dem Hergebrachten; zumeist waren es einfache Laien. Das Schicksal der Zahl 72 ist auch diesmal symptomatisch. Daß die häretischen Apostoliker des Parmesen Gerardo Segarelli (gest. 1300) einmal nach dem Vorbild der Herrenjünger in einer Gruppe von 72 Menschen durchs Land zogen, war eine ungewohnte Verwirklichung der Symbolik, aber ein Aufruf zur Revolution, kein Ja zur irdischen Ordnung[54]). Wenn der Katharer Bonigrinus von Verona (gest. 1297) aus der Formel von 72 Sprachen auf die Toleranz der 72 Religionen schloß, so rüttelte er gleichfalls mit Hilfe der Traditionen am Bestehenden, zumal seine Rede von 72 Religionen wohl aus dem Islam kam[55]). Andere forderten nicht die Vielfalt des Glaubens, sondern die Einheit der Welt. Um 1285 erwähnte der Notar Albert Milioli aus Reggio die 72 Sprachen; er legte der Sibylle den Satz in den Mund, daß der *Cesar Augustus, nomen sempiternum* (Dantes Kaiser!), alle Welt unterwerfen und alle 72 Sprachen in einer *civitas magna* sammeln werde[56]). Der Traum vom Kaiser, der Babel überwinden und einen Stadtstaat auf Erden gründen wird, war schon zur Barbarossazeit geträumt worden; er war im Gewirr der italienischen Städte und ihrer Parteiungen auch jetzt noch nicht abwegig. Doch erst von der Zukunft, nicht etwa vom Pfingstfest und der alle Sprachen sprechenden universalen Kirche erwartete man das Heil. Die großen Heiligen der Vergangenheit hatten vielleicht alles Irdische souverän überschaut; aber lieber als das symbolische Wunder der 72 Sprachen schrieb man ihnen die rationale Kenntnis der universalen Grammatik zu. Der Historiker Buccio di Ranallo (gest. 1363) aus Aquila sagte in seiner Geschichte der heiligen Katharina:

L'arte de gramatica
Troppo bene sapia,
Sexanta dui lenguaiora.

Wie ein emsiger Scholastiker brauchte die Heilige nur die lateinische Grammatik zu lernen, um aller Sprachen mächtig zu sein. Wo der Fleiß genügte, war die Symbolzahl überflüssig: Katharina konnte 62 Sprachen[56a]). Der Wille verwandelt die Welt.

---

[54]) Salimbene de Adam, Chronica a. 1284, MGH SS Bd. 32, S. 563; dazu Luchesius Spätling OFM, De Apostolicis, Pseudoapostolis, Apostolinis (Pontificium Athenaeum Antonianum, Facultas Theologica, Theses ad Lauream 35), München 1947, S. 132.

[55]) S. o. S. 3 mit Anm. 1. Zu B. jetzt Eugenio Dupré Theseider, L'eresia a Bologna nei tempi di Dante, in: Studi storici in onore di Gioacchino Volpe, Bd. 1, Florenz 1958, S. 383–444, hier S. 410.

[56]) Chronica imperatorum c. 185, MGH SS Bd. 31, S. 660 (Hinweis von Frl. Dr. Margot Bucklisch-Berlin).

[56a]) Storia di Santa Caterina, hg. Ernesto Monaci, Crestomazia italiana dei primi secoli, 2. Aufl., Rom 1955: v. 164 ff. S. 577; v. 268 ff. S. 578; dazu Koll, Langue 175.

Konservative Prälaten suchten solchen Forderungen gegenüber die zeitlosen Fundamente christlichen Glaubens zahlensymbolisch zu stützen. Der aragonesische Dominikaner-Kardinal Nikolaus Rosell (1314–62) schilderte in Avignon, um 1360, während sein kastilischer Amtsbruder Albornoz den Päpsten den römischen Kirchenstaat zurückzugewinnen suchte, die Wunder Roms und auch die kapitolinischen Statuen; er mochte nicht, wie die deutschen Geschichtsdichter, rundheraus sagen, daß es 72 waren, aber *tot statuae erant quot sunt mundi provinciae*; man sollte durch die römische die göttliche Weltordnung hindurchschimmern sehen[57]). Und der Bischof von Equilio, Petrus de Natalibus aus Venedig (gest. nach 1400), betonte 1369/72 in seinem Heiligenkatalog noch einmal, daß die 72 Jünger Christi, deren Namen er einzeln registrierte, *ad instar LXXII linguarum* ausgewählt und ausgesandt worden seien; in der Formulierung scheint sich der Einfluß von Pseudo-Isidor niederzuschlagen[58]). Priestertum und Sprachenwelt waren aufeinander abgestimmt; das Heilige war universale Gegenwart und nicht nur Vergangenheit, Forderung und Sehnsucht.

Die weltweiten Handelsbeziehungen der Venezianer forderten freilich dazu heraus, die heilige Weltordnung praktisch nachzuprüfen. Ein anonymer Geistlicher versuchte es zu Ende des 13. Jahrhunderts und gab einer Handschrift des „Chronicon Venetum (Altinate)" eine Liste der 72 Sprachen bei, nicht ohne zuvor in barbarischem Latein die Einheit der Ursprache, den babylonischen Übermut und die Strafe Gottes beschworen zu haben. Dann zählte er völlig ungeordnet 71 Namen her, deren Zusammenhang die Interessen, freilich nicht die Kenntnisse der Venezianer spiegelt. Von den abendländischen Völkern erwähnt er nur einige am Ärmelkanal und an der Nordsee – Schotten, Britannier, Bretonen, Belgier – und wenige an der Adria – Dalmatiner, vielleicht ungarische Arpaden –; seine Heimat vergißt er. Dafür ist sein Blick ganz nach dem östlichen Mittelmeer gerichtet. Hippolyt gibt ihm die meisten Völkernamen; einige halb byzantinische Formen wie *Romes* und *Helinos* verraten die enge Verbindung zwischen Venedig und Byzanz. Das Innere Asiens, aber auch Afrikas bleibt im Dunkeln; von den Äthiopiern weiß der Schreiber so wenig, daß er sogar ihren Namen als *Hyopes* mißdeutet. Vieles ist unverständlich; wer

---

[57]) De mirabilibus civitatis Romae c. 17, FSTI Bd. 90, S. 192. Dazu Johannes Vincke, Nikolaus Rosell O. P., Kardinal von Aragon, in: Archivum Fratrum Praedicatorum 14 (1944) 116–197, hier S. 160 ff.

[58]) Catalogus sanctorum et gestus eorum VI, 100, hg. Alberto Castellani, Venedig 1613, f. 124v. Datierung nach Albert Poncelet, Le légendier de Pierre Calo, in: Analecta Bollandiana 29 (1910) 5–116, hier S. 34 ff. Noch im 11. Jahrhundert hatte man beim Fest „Divisio Apostolorum" nichts von der Zahl der Apostel und Sprachen gesagt; vgl. Jean Leclercq OSB, Sermon sur la Divisio Apostolorum, attribuable à Gottschalk de Limbourg, in: Sacris erudiri 7 (1955) 219–228.

hatte je von den *Adirrii*, *Berades*, *Siyprachi* und *Srpii* gehört oder wußte die *Iplus*, *Iplices*, *Ostramonteos*, *Homidei* und *Spimaniani* zu lokalisieren? Auf diesem Weg ließ sich also die harmonische Weltordnung nicht erweisen[59]). Lag sie etwa nicht in der irdischen Gegenwart, sondern allein in Gottes Hand?

Wie um die Präsenz des Göttlichen monumental zu erweisen, schenkte sich um 1270/80 das mächtige Venedig, im Streit um Konstantinopel von Griechen und Genuesen hart bedrängt, in der Vorhalle von San Marco neue Mosaiken von Adams Namengebung und vom Babelturm; die große Westkuppel der Kirche wurde schon seit dem ausgehenden 12. Jahrhundert durch eine Darstellung des Pfingstfestes geschmückt. Nirgends sah man grandioser die Heilsgeschichte der Sprachen und Völker im Bild als hier. In der Vorhalle thront Gott auf seinem Sitz; ihm zugewandt steht Adam, die Linke auf dem Haupte eines Löwen, des Wappentieres der Lagunenstadt und des Kirchenpatrons, mit der Rechten zur Herde der anderen Tiere weisend, als bäte er Gott um die Namen. Nichts ist zu spüren von der Gleichberechtigung zwischen Gott und Mensch, wie sie die Alkuin-Bibel und manche Späteren zeigten, erst recht nichts von der selbstherrlichen Souveränität des Menschen, die das Fresko im umbrischen Ferentillo festhielt. So groß wie vom Schwein zum Löwen ist die Stufe von Adam zu Gott; der Höchste selbst hält alle Namen und Geschicke in der Hand. Am Turm von Babel bauen zehn Arbeiter emsig; oben erscheint Christus, von drei Engeln begleitet, zuwartend, wie um die Menschen zu narren. Gleich daneben erhebt sich derselbe Turm in einer späteren Phase. Die Gerüste sind gefallen; vor dem Bau steht, hoch über dem Boden auf purpurnem Fußschemel, Christus der Herr in seiner Majestät, von fünfzehn Engeln umringt. Sie teilen die Völker. Zu den Seiten des Turms ist zum ersten Mal seit den englischen Handschriften des 11. Jahrhunderts die Sprachverwirrung und Völkertrennung selbst abgebildet. Vom Fuße des Turms ziehen mit heftig vorwärts weisenden Gebärden die Völker in zweimal zwei symmetrischen Gruppen von je 10 und 13 Menschen auseinander. Sie sind nicht ethnographisch charakterisiert; sie sollen Schuld, nicht Vielfalt predigen und Christi Herrschermacht in aller Welt verkünden. Und in der Kuppel überwältigt den Betrachter die unsichtbare, hohe Kraft des Heiligen Geistes. Unter den 12 Aposteln versammeln sich zwischen den Kuppelfenstern 32 Vertreter von 16 Völkern, mit verschiedensten Haar- und Kleidertrachten, die Ägypter schwarzhäutig: glückliche Fülle des geistlichen Segens. An ihren Häuptern stehen die Völker- und Ländernamen, genau nach Act. 2,9 ff. *Judea* und *Judei* sind dabei zwei gesonderte Gruppen, weil 16 Felder zwischen den Fenstern mit den 15 Völkern der Apostelgeschichte zu füllen waren; und andere Völker, etwa

---

[59]) Edition und Erläuterung unten Anhang V, S. 945 ff.

die *Graeci*, in deren Sprache der Pfingstbericht geschrieben ist, oder gar die Venezianer selbst, mochte man nicht einschmuggeln.

Diese Bilder sind wohl von der frühchristlichen Kunst angeregt und betont archaisch; daß im Gegensatz zu früheren abendländischen Bildern und zur zeitgenössischen Theologie das Wunder des dreifaltigen Gottes die Sprachgeschichte beherrscht, verweist auf diese Vorlagen. Ihr Archetypus war die alexandrinische Cotton-Bibel; die Feindschaft Venedigs mit Byzanz hat wohl die byzantinische Anregung bewußt ausgeschieden. Manches ist überdies eigenwillig, so der ruhig thronende Christus und die statische Symmetrie der hastigen Völker ohne Ethnographie; auch hat man im Osten niemals so viele Völker-Repräsentanten beim Pfingstwunder gesehen[60]). Darüber hinaus ist aber, was die Ikonographen gerne vergessen, die Archaisierung selbst höchst originell; die Ausdehnung des Bilderzyklus, seine hieratisch hohe Kunst und die Mahnung, die Ordnungen Gottes und der Kirche zu preisen, stehen in seltsamem und doch wohl beabsichtigtem Widerspruch zur Anteilnahme der zeitgenössischen Landsleute. So wird selbst das Altertümliche zur Forderung, nämlich nach Einkehr und Umkehr.

Aber die heilsgeschichtlichen Ereignisse der Vergangenheit sind von neuen Eindrücken überdeckt und nicht bestätigt worden; gerade die Venezianer wußten das. Denn der nachhaltigste neue Eindruck kam von den wagemutigen Kaufleuten und Missionaren, die Asien gesehen hatten; und aus Venedig stammte ihr größter Schrittmacher, der Kaufmann Marco Polo (1254–1324). Er kannte die Welt und ihre Sprachen, und als er 1298/9 seine Erinnerungen diktierte, wollte er *li divisament du monde* schildern; jahrelang konnte er in San Marco erbauliche Gedanken dazu sammeln. Er tat es nicht; er brauchte die Bibel und die Herkunft der Sprachen- und Völkervielfalt, auch die Zahl 72 nicht mehr, wenn er sagen sollte, was er gesehen hatte. Er entrollte ein überwältigendes Panorama der asiatischen Völker und Sprachen, mit dem er eigentlich schon das Zeitalter der Entdeckungen einleitete; man muß dies „kaufmännische ... Rechnen mit dem Gegebenen, auch wenn es mit den Überlieferungen in Widerspruch geriet“, nur neben die gesammelte Strenge von San Marco und neben Marignolas zerstreute Geschwätzigkeit stellen, um

---

[60]) Pietro Toesca – Ferdinando Forlati, Die Mosaiken von San Marco, Mailand-Wien 1957, Tafel bei S. 22 (Adam), S. 5 und Tafel 15 f. (Ausschnitte aus dem Turmbaubild), S. 7 (Pfingstbild); Abbildungen auch bei Ehrenstein, Bild 10 Abb. 24 (Adam), 125 Abb. 4 (Turmbau); Heimann-Schröder, Bibel, Tafel 32 (Turmbau); Seeliger, Pfingsten 20 mit Abb. 20 (Pfingstbild). – Dazu Tikkanen, Genesismosaiken 236, 261 f.; Otto Demus, Die Mosaiken von San Marco in Venedig 1100–1300, Baden bei Wien 1935, S. 18 f., 53 ff., 84 f., 98 (Datierung, Ikonographie); ders., A Renascence of Early Christian Art in Thirteenth Century Venice, in: Friend-Festschrift (o. S. 672 Anm. 145) S. 348–361 (Vorbilder).

den Umbruch zu erkennen. Marco lernte mongolisch sprechen, lesen und schreiben; über dreißigmal erwähnt sein Reisebericht außer dem Mongolischen besondere Sprachen, barbarische Sprachen, unterschiedlich von allen anderen, schwer zu verstehen: in Afghanistan, in Kaschmir, in Kaschgar, in China, in Hinterindien, in Indien, in Belutschistan, auf Sumatra und Sansibar. Die Notizen waren der Lebensbericht eines genialen Augenmenschen, der über die Fülle seiner Eindrücke nicht reflektierte. Um so eindrucksvoller sprachen sie für sich.

Zusätze zu seinem französisch verfaßten Buch spürten alsbald das Gewicht dieser neuen Fakten. So schrieb vor 1314 der Dominikaner Francesco Pipino aus Bologna eine lateinische Übertragung „für die, welche wegen der Verschiedenheit der Sprachen jeder Art oder wegen der Unterschiede der Dialekte die Bedeutung einer anderen Sprache nicht leicht oder gar nicht verstehen“. Welcher Dominikaner hätte sich vorher, wenn er lateinisch schrieb, mit solchen Worten entschuldigt! Vielleicht, daß ihm das Lateinische noch als Brücke über den Urwald der Sprachen erschien; aber was für Asien galt, ließ sich ja auch für Europa nicht leugnen. Ein Glossator erläuterte die südchinesischen Dialektverschiedenheiten am Beispiel der „Genuesen, Mailänder, Florentiner und Apulier, die, obwohl sie alle eine besondere Sprache haben, sich doch gegenseitig verständlich machen können“. In der Fülle der Volkssprachen war also nicht nur Chaos zu finden; man bedurfte der lateinischen Brücke nicht, wenn man sich selbst einen Weg durch das Dickicht schlagen konnte.

War diese hochdifferenzierte Welt wenigstens historisch eine Einheit? Genealogien fanden sich bei Marco Polo selbst nur wenige. In Afghanistan herrschen Könige aus dem Blut Alexanders des Großen und der Tochter des Darius. Weiter im Osten wohnen Nachfahren des Priesterkönigs Johannes in einem Land, das „bei uns“ Gog und Magog heißt; aus Ezechiels apokalyptischen Horden wurden Abkömmlinge des sagenhaften Christenfreundes. Auf Ceylon lag Adams Grab; nicht Jerusalem war die Weltmitte. Am Ararat war die Arche Noah hängengeblieben. Weit nach Asien hinein dehnten sich die Überreste aus biblischen Zeiten; aber was besagten sie über die Geschichte der asiatischen Sprachen und Völker? Und hier hatte auch keiner der Übersetzer und Bearbeiter etwas hinzuzufügen. Das an der Bibel orientierte Welt- und Geschichtsbild stimmte nicht mehr[61]).

---

[61]) The Description of the World, übers. Arthur Christopher MOULE – Paul PELLIOT, Bd. 1, London 1938: Prolog S. 73 (Teilungen der Welt); c. 16 S. 85 f. (Mongolisch-Kenntnis); c. 21 S. 95; c. 46 S. 136; c. 48 S. 139; c. 49 S. 139; c. 50 S. 141; c. 51 S. 143; c. 58 S. 151; c. 59 S. 154; c. 118 S. 276; c. 125 S. 293; c. 126 S. 295; c. 127 S. 296; c. 128 S. 297; c. 129 S. 298; c. 162 S. 366; c. 164 S. 369; c. 165 S. 370; c. 166 S. 371; c. 180 S. 414; c. 182 S. 416; c. 183 S. 417; c. 184 S. 419; c. 185 S. 421; c. 186 S. 422; c. 187 S. 423; c. 188 S. 423; c. 192 S. 431 (gesonderte Sprachen);

Dadurch erhielt auch der städtische Patriotismus einen schweren Schlag. Als 1341 ein paar Florentiner Kaufleute die seit dem Altertum vergessenen Kanarischen Inseln wieder entdeckten, wunderten sie sich über die Einwohner: „Ihre Sprache ist sehr weich, ihre Redeweise lebhaft und überstürzt wie das Italienische". Sollten sich hier doch biblische Brüder wiedergefunden haben? Aber nein, sie reden „so fremdartig, daß sie insgesamt nichts verstehen"[62]). Und in Italien selbst war es kaum anders. Ein Schreiber des 14. Jahrhunderts kopierte noch einmal die Kosmographie des Ravennater Anonymus, aber kopfschüttelnd stellte er fest, daß ihm die hier aufgeführten Städtenamen unbekannt waren. Das komme von der *linguarum diversitas*; wie die Gesichter, so seien die Sprachen der Menschen und Städte verschieden. Darum wolle er nun für die gleiche Gegend eine zweite, moderne Liste der Städte anfügen. Er dachte nicht daran, daß sich die Sprache seit der Zeit des Anonymus historisch gewandelt haben könnte; zu mächtig war der Eindruck der krassen Dialektverschiedenheiten seiner Gegenwart, „denn höchstens durch Zufall findest du in verschiedenen Städten Menschen gleichen Gesichts und gleicher Sprache"[63]). Schwerlich hielt der Schreiber dieses Durcheinander für Gottes Werk.

Die Bettelmönche Italiens standen vor dem gleichen Problem. Sie wollten das Wort Gottes über die ganze Erde verbreiten und erstreckten ihre Mission bis weit nach dem Fernen Osten; aber sie brachten anderes zurück als sie hinaustrugen. Der Dominikaner Ricold von Monte Croce (ca. 1243–1320) aus Florenz reiste bis Bagdad und konnte gut Arabisch, wollte sogar den Koran ins Lateinische übersetzen und war kein Sarazenenschlächter; dankbar rühmte er die mohammedanische *humanitas*, und Babylons Ruinen erinnerten ihn bedenklich genau an die römischen: *videtur quasi altera Roma*. Da war für klerikale Schablonen kein Platz mehr; scharf hörte Ricold auf die „chaldäische" Sprache der Jakobiten und Nestorianer. Er zitierte Mohammeds angeblichen Ausspruch von den 73 Sekten, deren eine gerettet werde; aber der Satz brachte ihn nicht wie den Katharer Bonigrinus auf einen Vergleich mit den 72 Sprachen. Eine immanente Ordnung der Völker- und Sprachenwelt vermochte Ricold nicht zu erkennen, und er zog wie Marco Polo die genealogische Konsequenz. Zwar protestierte er gegen die Ansicht von Indern, die Sintflut sei nicht bis zu ihnen gedrungen; aber daß alle Welt aus Noahs Arche stamme, suchte er nicht mehr, wie Marignola später noch, zu erweisen. Nur die Mongolen reizten ihn nach Carpines Vorbild zu Konjekturen. Sie behaupteten selber, das

---

Prolog S. 59 (Pipino); Zusatz zu c. 157 S. 353 (China und Italien); c. 47 S. 136 (afghanische Könige); c. 74 S. 181 ff. (Priesterkönig); c. 178 S. 407 (Ceylon); c. 22 S. 97 (Ararat). Dazu Hennig, Terrae incognitae Bd. 3, S. 94 ff.; Goetz, Italien Bd. 2, S. 21 ff. (hier S. 22 „kaufmännisches Rechnen").

62) Hennig, Terrae incognitae Bd. 3, S. 249 ff.

63) Cosmographia (o. S. 445 Anm. 35), Zusatz des Schreibers C zu V, 1 S. 85.

Gottesvolk zu sein; vielleicht gehörten sie also zu den zehn verlorenen Stämmen Israels, die Alexander der Große eingeschlossen habe. Sie brüsteten sich ja selbst als Gog und Magog (zu Joinvilles Zeiten taten sie es noch nicht), und ihr Name paßte dazu: *Mogoli, quasi corrupto vocabulo Magogoli*. Überdies sei ihre Sprache der chaldäischen ähnlich (das hatte man im 13. Jahrhundert besser gewußt); auch die Israeliten kamen aus Chaldäa. Wenn die mongolischen Gog und Magog Semiten waren, verloren sie einiges von ihrem Schrecken (das hatte man schon 1241 erkannt). Die Bibel sagte das zwar nicht: Bei Ez. 38,2 ff. standen, wie schon Remigius von Auxerre unterstrichen hatte, die Gog und Magog unter lauter Japhetiten. Gehörte trotzdem, wie bei Marignola später, Großasien den Semiten? Ricold zögerte; bei allen anderen von ihm beschriebenen Völkern fehlte ein biblischer Stammbaum[64]).

Selbst der leichtgläubige und wundersüchtige Franziskaner Oderich von Pordenone (ca. 1286–1331), der China und Tibet gesehen hatte, brauchte die Völkertafel nur zu der Bemerkung, die palästinensische Stadt *Joppe* (Jaffa) sei von Japhet gebaut worden, heute aber verlassen[65]). Wieder wie bei Burchard von Monte Sion erhebt sich der fatale Verdacht, daß man den Vater Europas nur noch in Palästina brauchen konnte. Lediglich an einzelnen Orten der Erde ließen sich noch biblische Spuren aufdecken, eigentlich nur mit Hilfe gewagter Namens-Etymologien; und das setzte voraus, was man gerade zu bezweifeln anfing, daß die Sprachen der Erde seit biblischer Zeit halbwegs konstant geblieben seien und an biblische Zustände anknüpften. Gewiß bleiben die Patres gerne bei der Bibel, die sie den Asiaten predigen wollen; doch die Verhältnisse, sie sind nicht so.

Einsam und unbeachtet versuchte derweilen im mongolischen China der italienische Franziskaner Johann von Montecorvino (gest. 1328) 36 Jahre lang das Christentum zu predigen. Vielen jungen Leuten gab er Unterricht in Griechisch und Latein und erwarb seinerseits „eine vollkommene Kenntnis der bei den Tataren geläufigen Sprache und Schrift"; er übersetzte Evangelium und Psalter ins Mongolische und verfertigte sechs Gemälde zur Erläuterung des Alten und Neuen Testaments, mit Beischriften in persischer, uighurischer und lateinischer Sprache[66]). Ein tapferer und vergeblicher Versuch, das Pfingst-

---

[64]) Liber peregrinationis XV, 8, hg. LAURENT, Peregrinationes 123 (humanitas); XVIII, 8 S. 126 (Babylon); XVII, 32 S. 125 (Jakobiten); XX, 11 S. 127 (Nestorianer); XXXVI, 10 S. 141 (73 Sekten); XIV, 7 S. 122 (Inder); X, 26 S. 117 (Gottesvolk); X, 35 ff. S. 118 (Mongolen-Herkunft). Zu R. s Tendenzen GÜTERBOCK (o. S. 302 Anm. 36) S. 39 ff.

[65]) Liber de terra sancta LXIII, 3, hg. LAURENT, Peregrinationes 156. Dazu HENNIG, Terrae incognitae Bd. 3, S. 194 ff.

[66]) Johann von Winterthur, Chronica a. 1344, MGH SSRG NS Bd. 3, S. 233 ff.; die übrigen Quellen bei HENNIG, Terrae incognitae Bd. 3, S. 133 ff.

wunder im Fernen Osten zu erneuern. Der sein Nachfolger werden sollte, Marignola, kehrte um und schwatzte zu Hause von Janus und den Alanen. Mannhafter betrug sich sein spanischer Ordensbruder Paschalis von Vitoria; er erlernte „mit Gottes Hilfe" Kumanisch und Uighurisch und predigte den Nestorianern, Sarazenen und Mongolen ohne Dolmetscher. Aber 1340 fiel er als Märtyrer[67]). Die Kirche Gottes aus allen Zungen war auf Erden nicht zu verwirklichen; Alanus von Lille hatte zu früh gejubelt.

Dann konnte man aber auch nicht mehr auf die beliebte enzyklopädische Weise in den Bettelorden Weltgeschichten verfassen, wenn es die eine Welt, die dabei vorausgesetzt wurde, gar nicht gab. Nicht alle Universalhistoriker unter den Mönchen stellten sich so taub wie Marignola. Landulf von Colonna, dessen Lebensumstände dunkel sind, schrieb um 1320 allerdings noch ganz die Formeln aus Comestor aus, den Noachiden Jonithus und die vier Weltreiche, die hebräische Ursprache, die drei Noachidenführer aus Pseudo-Philo, deren Sprache Gott verwirrt habe. Aber nicht nur drei Sprachen gab es, auch die 72 Noachiden-Familien, Sprachen und Jünger Christi traten wieder auf; daß Sem Asien erhalten habe, steht da immer noch ohne Modifikation[68]). Landulfs angeblicher Neffe, Johann von Colonna (1298 – ca. 1343), Dominikaner in Rom, bezog 1340 seine Informationen ebenfalls aus veralteter Literatur, aber ein neuer Luftzug weht durch seine Sätze. Mit Augustins Worten stellte er die Sprachenteilung als Grundlage der Völkertrennung dar, aber zuvor erzählte Johannes, an Laktanz angelehnt, daß die 72 Generationen sich auszudehnen begannen, als der Wohnraum knapp wurde und die Lebensmittel nicht mehr reichten; da seien die Jungen, von ihren Eltern geschickt oder freiwillig, in die Ferne gezogen. Biblische Geopolitik war eine ganz neue Sparte; die asiatischen Erfahrungen und die Eindrücke, die Johannes auf seiner Pilgerfahrt ins Heilige Land sammelte, mochten sie anregen. Alle Menschen stammen von einem Vater, aber daß zu Noahs Kindern auch Fabelvölker, etwa die mit einem Auge, gehörten, soll man nicht glauben (Konrad von Megenberg irrte sich). Noch sind die Aussagen zweideutig: Wohnen also in China Noachiden oder Monstra? Man weiß es nicht. Nimrod war noch immer der erste Tyrann, von „unglaublicher Größe", 20 Ellen lang; aber die ungewöhnliche Ausdehnung Babylons heischte Respekt und wurde aus Aristoteles belegt. Der Turmbau war lächerlich; aber Babels *mirabilis constructio* wurde gerühmt. Die Zahl der Völker wäre nach Isidor anfangs 70 gewesen – möglicher-

---

[67]) HENNIG, Terrae incognitae Bd. 3, S. 218 f.

[68]) Breviarium historiarum, Handschrift Biblioteca Apostolica Vaticana, Cod. lat. 7614, f. 31r–v (Mikrofilm benutzt). Dazu Ottokar LORENZ, Deutschlands Geschichtsquellen im Mittelalter seit der Mitte des 13. Jahrhunderts, 3. Aufl., 2 Bände, Berlin 1886–87, hier Bd. 2, S. 336 f.

weise ein Abschreibefehler für 72 –, aber danach wuchsen die Völker schneller als die Sprachen. Hebräisch, Griechisch und Latein sind heilig *(sacrae)*; aber man soll sie auch lernen, wegen der Dunkelheiten der Heiligen Schrift und als Beispiele für die gutturale Artikulation der Semiten, die palatale der Griechen „und Arianer" und die dentale der romanischen Völker. Hebräisch ist die Ursprache, aber Griechisch ist *clarior* und *sonantior*. Latein ist weit verbreitet, aber es hat seine bewegte Geschichte, die aus Isidor exzerpiert wurde. Freilich, die letzte Phase bei Isidor, die *Mixta*, unterschlug der Dominikaner, obwohl er das Latein zum Muster der romanischen Sprachen machte. Ging die Behauptung, das Latein sei seither mit Barbarismen durchsetzt, dem Römer oder dem Mönch wider die Ehre? Jedenfalls erregte die Geschichte der Sprachen, ihre Eigenart und Ausdehnung neues Interesse, das durch die Berichte der missionierenden Ordensbrüder gefördert wurde[69]).

Wie sollte man sich dann zu den alten Traditionen stellen? Überall ist das Bild gleich zwiespältig. Man konnte sie wie Johannes von Colonna in natürliche Fakten verwandeln; man konnte sie auch unterdrücken wie der Dominikaner Jakob von Acqui, der in seiner Weltchronik Turmbau und Sprachverwirrung ausließ, als gehörten sie nicht zur Weltgeschichte[70]). Und man konnte schließlich das Alte neu beleben, wie es 1344 der Franziskaner Johann von Udine (gest. 1363) in einer Weltgeschichte tat, die eigentlich ein Bibelkommentar ist. In der Handschrift findet man eine bebilderte Völkertafel, komprimierter und anschaulicher als die bei Beatus von Liebana; sie zeigt alle Noachiden, ohne große individuelle Eigenheiten, die meisten mit Bart und Hut; sie sind im bartlosen Italien der Zeit Exoten, aber man kann sie sich vorstellen. Modernisiert sind auch die Völkergleichungen. Gomer sind die Franzosen, Tubal die Spanier; der Javanide Tarsis wird für die Italiener in Anspruch genommen, von Elisa stammen die Böhmen, von den Dodanim die Burgunder. Marignola hat das bald übernommen; allerdings war Johannes „moderner" als Marignola, wenn er Aschkenaz zu den *Samagete* setzte. Ob er damit die litauischen Samogitier oder die uralischen Samojeden meinte, weiß ich nicht; Marignola machte beschwichtigend die *Graculi*, die Byzantiner, daraus. Johann war weniger weitgereist, aber er hatte den freieren Blick und setzte sich nicht aufs hohe Roß. Von Japhet kämen die Heiden, *populus gentilis et paganus, qui modo est christianus*. Wenn die europäischen Heiden Christen wurden, warum nicht auch die asiatischen? Missionshoffnung durchzieht Johanns Werk; es wollte allen gerecht

[69]) Mare historiarum, Handschrift Biblioteca Apostolica Vaticana, Cod. lat. 4963, f. 4vb–5va (Mikrofilm benutzt). Dazu Stephen L. FORTE OP, John Colonna O. P., Life and Writings (1298 – c. 1340), in: Archivum Fratrum Praedicatorum 20 (1950) 369–414, hier S. 394 ff.

[70]) Chronicon imaginis mundi, hg. Gustavo AVOGADRO, in: Monumenta Historica Patriae, Scriptores, Bd. 3, Turin 1848, S. 1357 f.

werden. Auch Babel verlor seine Ausnahmestellung, wenn die Handschrift, wie Honorius von Autun und der deutsche Lucidarius im Wort, so nun im Bild den Turmbau zusammen mit den vieltürmigen Städten Ninive und Jerusalem vorführte; man erblickt einen sehr einfachen Turmstumpf, an dem drei Arbeiter mit Leiter, Kran und Werkzeug hantieren, ganz so, als würde eine italienische Stadtmauer gebaut. Hebräisch ist noch die Ursprache, aber die Menschheit zerfällt in 72 Idiome, *ex quibus nonnisi decem et octo habent litteras*. Die Hippolytische Liste der Schriftsprachen spukte noch im Hintergrund. Aufgezählt wurden diese Sprachen nicht; die wichtigste war noch immer Latein [71]). Doch die eiligen Modernisierungen verraten ebenso wie die milde Beurteilung des Turmbaus, daß alle Maßstäbe ins Wanken geraten waren. Die zunehmende Schweigsamkeit der sonst immer redseliger werdenden Literaten kennzeichnet die allgemeine Ratlosigkeit.

Aber es gab für die Bettelmönche doch das Wunder Gottes und seiner Heiligen? Wenn nirgends mehr sonst, dann mußte hier jede Grenze zunichte werden und die bedrückende Enge der Erde sich weiten. Der genuesische Dominikaner Jakob von Varazze (Varagine, ca. 1230–1298) trug schon vor 1288 in seiner „Legenda aurea" Sprachenwunder in Fülle zusammen. Die meisten sind uns schon begegnet. Christophorus erbat sich vom Jesuskind lykische Sprachkenntnisse (im karolingischen Christophorus-Lied erhielt er allgemeiner die Sprachengnade); Ephräm der Syrer erlernte auf das Gebet des großen Basilios hin wunderbarlich das Griechische; der heilige Dominikus konnte sich plötzlich auf einer Reise mit einem heiligmäßigen fremden Mönch verständigen, ein jeder in des anderen Sprache (das wußte man von Konstantin Medici); dem heiligen Franziskus schenkte Gott *miraculose* das Französische (in Wirklichkeit sprach Franz von Jugend an provenzalisch). Spätere Nachträge zur „Legenda aurea" haben den Bestand an Sprachenwundern noch vermehrt und weiter aktualisiert: Der Mailänder Bischof Sabinus, von den Türken der Zunge beraubt, erhält die Zunge der heiligen Katharina und kann nun Griechisch und Latein, als hinge am Körperorgan die geistige Fähigkeit; der heilige Servatius, ein Verwandter Christi aus jüdischer Familie in Armenien, macht sich (wie bei Heinrich von Veldeke) in Tongern ohne Sprachkenntnis verständlich; Vinzenz Ferrier predigt allen Völkern in deren Muttersprache *(lingua materna)*. Die Zusätze unterstreichen die Wiederholungen des Pfingstwunders; Jakob selbst meldete nur wunderbare Kenntnisse in einer bestimmten Sprache. Bei der Erörterung des Pfingstwunders ließ er nur nebenbei fallen, daß die Apostel in den Zungen aller Völker sprachen.

---

[71]) Compilatio librorum historialium totius bibliae, Handschrift Biblioteca Apostolica Vaticana, Cod. Ottob. lat. 479, f. 1–3 (Mikrofilm benutzt). STEGMÜLLER, Repertorium Bd. 3, S. 437 f. Nr. 5025 nennt weitere Handschriften.

Aber als der Apostel Matthäus ins Morgenland kam, erklärte er den verblüfften Eingeborenen, wie die Apostel durch Eingießung des Heiligen Geistes die Kenntnis aller Sprachen empfangen hätten: Wie diejenigen, die aus Hoffahrt einen Turm in den Himmel bauen wollten, nach Verwirrung der Sprachen ablassen mußten, so errichteten nun die Apostel dank ihrer Vielsprachigkeit einen Turm nicht von Steinen, sondern von Tugenden, auf dem alle, welche glaubten, in den Himmel aufsteigen könnten. Die Stelle erinnert an den frühchristlichen „Hirten des Hermas" und an Rupert von Deutz; der Gedanke vom Gottesvolk aus allen Zungen kam hier aus älteren Quellen noch einmal zum Vorschein. Dennoch hielt sich Jakob lieber an die einzelnen Idiome als an ihre Vielzahl, und ihrer Heiligkeit traute er nicht; obwohl er ständig Isidor im Munde führte, fiel das Wort von den drei heiligen Sprachen nicht. Sie hatten keinen theologischen Primat. Allerdings suchte Jakob seine naiven Etymologien mit Vorliebe aus dem Hebräischen, Griechischen und Lateinischen zu rechtfertigen und erwähnte, daß die Messe in diesen drei Sprachen gesungen werde wegen der Inschrift am Kreuz des Erlösers; aber er fuhr fort, man singe die Messe in diesen Zungen, weil jegliche Sprache Gott loben solle, denn eine jede sei mit dieser dreifachen gemeint. Sie stehen also wie bei Augustin nur stellvertretend für alle, nicht um ihrer selbst willen, am Kreuz und im Meßbuch. Die Zahl 72 hat für Jakob ihren Symbolwert eingebüßt; sie erschien nicht bei den Sprachen, nicht bei den Statuen im römischen Pantheon, nur beiläufig bei den Jüngern Christi. Nicht einmal in der Legendenliteratur, die im übrigen das letzte Refugium der alten Anschauungen zu sein scheint, wurde sie mehr geduldet[72]). Das Irdische ist nicht symbolisch transparent; die Wunder ragen aus einer anderen Welt in unsere chaotischen Zustände herein, ohne sie zu ändern; sie wirken nicht generell, nur punktuell und machen keine Geschichte.

Und was ist dann Geschichte? Als Erzbischof von Genua hat Jakob 1297 in der Chronik seiner Metropole den Sinn der Formel von 72 Sprachen so wenig mehr verstanden, daß er ohne weitere Begründung von 82 Sprachen schreiben konnte, so ähnlich wie Thomas Sprottus; hinter der Zahl und hinter der Historie standen keine symbolischen Querverbindungen und Ordnungs-

[72]) Legenda aurea, vulgo Historia Lombardica dicta, hg. Johann Georg Theodor Graesse, 3. Aufl., Breslau 1890: c. 100 S. 432 (Christophorus; s. o. S. 506 Anm. 70); c. 26 S. 121 (Ephräm); c. 113 S. 474 (Dominikus; s. o. S. 803 Anm. 147); c. 149 S. 662 (Franziskus); Nachträge c. 212 S. 914 f. (Sabinus); c. 131 S. 586 und c. 241 S. 954 (Servatius; s. o. S. 676 Anm. 160; dazu Lejeune [o. S. 676 Anm. 159] S. 23 ff.); c. 232 S. 946 (Ferrier); c. 73 S. 333, 335 (Pfingsten); c. 140 S. 623 (Matthäus); c. 14 S. 88 u. ö. (Etymologien); c. 182 S. 846 (Messe); c. 162 S. 718 (Pantheon); c. 45 S. 183, 186; c. 156 S. 692 (72 Jünger). Dazu Heinrich Günter, Psychologie der Legende, Studien zu einer wissenschaftlichen Heiligen-Geschichte, Freiburg i. Br. 1949, S. 100 f., 134 f., 251 f. (Sprachwunder), 17 ff. (Etymologien).

faktoren mehr, sie bedeutete nur noch sich selbst und war irdischer Natur wie die Sprache. Jakob betonte die Herkunft der Sprache *non ... natura, sed ab humana arte*. Hier enthüllt sich der innerste Zusammenhang von Rationalismus und Wunderglauben: erst seitdem Jakob und seine monastischen Zeitgenossen an die vernünftige, irdische Schöpfung der Sprache und an ihre ungeordnete Ausbreitung glaubten, bedurften sie der Sprachenwunder in der „Legenda aurea"; erst nachdem das Kontinuum göttlicher Vorsehung in der Geschichte unsichtbar geworden war, suchte man die wenigen Berührungspunkte mit dem Jenseits zu fixieren. Selbst Pfingsten war schon zu sehr entfernte Vergangenheit; was noch früher lag, spendete erst recht keinen Trost. Das Hebräische mochte die erste und hier – angeblich nach 1 Kor. 13,8 – auch wieder die letzte aller irdischen Zungen sein, die *lingua naturalis* eines jeden Menschen war sie nicht; kleine Kinder sprechen nicht von selbst Hebräisch. Dafür gewann die Idee der Nationalsprache an Boden.

Die Schuld von Babel wurde fast irreal, wenn der Prälat den Riesen Nimrod mehr feierte als verurteilte. Zwar war es nicht recht gewesen, daß Nimrod seine Scharen verleiten wollte, ihr Glück auf die eigene Kraft anstatt auf Gott zu bauen; dafür trennte Gott die Idiome. Aber Nimrod kam nach der babylonischen Katastrophe nach Italien, und seine Söhne gründeten Ravenna, Italiens älteste Stadt. Jakob behauptete, das *in quadam cronica* gefunden zu haben; die beiden möglichen Vorlagen sind uns nicht erhalten. Aber wir können die Entstehungsmotive halbwegs rekonstruieren. Daß Nimrod nach Rom kam, wird der römischen „Graphia" von 1155 entnommen sein, die auch von trojanischen Flüchtlingen in Rom wußte; andererseits hatte Guido von Pisa Ravenna seines trojanischen Ursprungs wegen an die Spitze der italienischen Städte gestellt. Die Kombination beider Motive ist vermutlich jung und mag zusammenhängen mit der Unterstellung Ravennas unter Rom; noch danach, nach 1276, wehrten sich wie einst die Ravennater Erzbischöfe, so nun die Polentani gegen Roms Übermacht[73]). Jedenfalls ist die Mythe ein Konkurrenzunternehmen zu den stadtrömischen Lokalsagen; Spätere haben sie aus diesem Grund gern wiederholt. Jakob erzählte sie, beansprucht von den Stürmen der genuesischen Innenpolitik, als Unbeteiligter; für den Erzbischof bestand kein Konnex zwischen der biblischen Völkertafel, der Urgeschichte Italiens, den Sprachwundern der Heiligenlegende und den derzeitigen Städtekämpfen, bei denen auch Marco Polo in genuesische Gefangenschaft geriet. Dem vergleichenden Blick zeigen freilich die Werke des Genuesen eine ganz andere Tendenz als die des genialen Venezianers, das Trennungsdenken, die Wendung vom Universalen ins Lokale, auch in der Frage der Sprachen und der Völker.

---

[73]) Cronaca di Genova, FSTI Bd. 85, S. 12 ff.

Wenn die irdische Welt ins Unermeßliche wuchs, zog man sich gern hinter die eigenen Mauern zurück.

Seit dem Ende der Staufer waren die Städte Italiens sich selbst und ihren Zwistigkeiten überlassen. Überall strebten Signorien zur Macht; allenthalben begannen dabei laikale Literaten, sich der antiken Vergangenheit und der Sagen zu entsinnen. Zwischen 1272 und 1287, noch unter den Anjous, übertrug der Jurist Guido von Colonna aus Messina die Trojanergeschichte des Benedikt von Sainte-More ins Lateinische; das Buch fand weite Verbreitung und viel Nachahmung[74]). Nun kamen die lang vergessenen Trojaner auch in Oberitalien wieder zu Ehren; sie traten in den Dienst der Stadtpolitik. Unstreitig den besten Start hatten die Paduaner, denn ihnen hatte schon Vergil in der „Aeneis" bescheinigt, daß der Trojaner Antenor ihre Stadt errichtete. Der Grammatik- und Rhetoriklehrer Rolandin von Padua (gest. 1276) wies schon 1262 stolz darauf hin, daß der Stadtpatron Antenor Troja zur gleichen Stunde verlassen habe wie Aeneas, der Stifter Roms; dadurch wurde Padua zum „zweiten Rom"[75]). Bald wußte man genau das Itinerar und die Heldentaten Antenors und der Seinen zu beschreiben[76]). Hier hatte man keinen Nimrod nötig.

Venedig rang mit den Städten seines Hinterlands, auch mit Padua, um die Adria-Herrschaft. Auf welche Art die ungedruckte, französisch geschriebene Chronik des Venezianers Martino da Canale 1275 von Patriarchen und Trojanern handelte, wie die Vorrede sagt, und ob sie wirklich auch das Alte Testament mit Venedigs Frühgeschichte verband, läßt sich nicht ermitteln. Jedenfalls ernannte Martino die Venezianer zu Trojanern, die sich in Ungarn niedergelassen hätten und durch Attila auf die Lagunen getrieben worden seien. Tatsächlich war Venedig im Hunnensturm gegründet worden, aber von den Bewohnern der „Terra ferma", gegen die Venedig jetzt stritt[77]). Ausschweifender war die Phantasie des Chronisten, der das „Chronicon Venetum (Altinate)" abschloß und dabei seine Vaterstadt in alle Sagenhimmel hob. Die vornehmen venezianischen Familien sind Nachkommen der Trojaner, die unter Aeneas (also nicht über Ungarn, sondern übers Meer) nach Italien kamen; eine noble Trojanerin *Verona* gründete die gleichnamige Stadt; auch Padua nebst vielen anderen, *innumerande*, wurde von Venedig aus besiedelt[78]). Nicht lange, und man wußte zu erzählen, daß Aeneas selbst im Golf von Venedig landete, von

---

[74]) Gorra, Storia 101–151.

[75]) Chronica XII, 1, MGH SS Bd. 19, S. 137; dazu Gorra, Storia 83.

[76]) Gorra, Storia 73–79.

[77]) Filippo Luigi Polidori, La cronaca dei Veneziani di Martino da Canale, in: Archivio storico italiano 8 (1845) 229–706, hier S. 255 (Vorrede), 272 ff. (Trojaner; dazu Gorra, Storia 93).

[78]) Chronicon Venetum, vulgo Altinate c. 6, MGH SS Bd. 14, S. 33; dazu Gorra, Storia 92 f.

wo aus Antenor Padua und *Madama Verona* ihre Stadt gründeten [79]). Venedigs Herrschaft über die „Terra ferma" war gerechtfertigt.

Die Este, die immer weiter um sich griffen und in Ferrara sicher saßen, konnten sich das nicht bieten lassen. Um 1280 hatten auch sie ihren trojanischen Ahnherrn; der antike Name der Stadt Este wurde zu Antenors Bruder *Ateste* [80]). Die Mythologie hatte ihn noch nicht gekannt. Doch machten in Ferrara nicht alle Schriftsteller die neue Mode mit, die nicht nach Welt, Antike und Bibel fragte und nur nach Ahnen jagte. Ricobald von Ferrara, ein nüchterner und kritischer Kopf, holte 1312 weiter aus und sprach wieder von 72 Völkern, freilich nicht mehr von 72 Sprachen; Noahs Nachkommen fand er nicht in Italien, sondern in den drei Kontinenten seiner Zeit wieder. Auch der hamitische Riese Nimrod betätigte sich nur als Errichter Babels, nicht als Italiener. Japhets Sohn hieß hier *Zamer*, der Japhetitenführer aus Pseudo-Philo *Suto*; aber keine Genealogie führte von ihm oder von Nimrod aus weiter zu den Trojanern. Welche Städte Aeneas und seine Angehörigen gründeten, interessierte Ricobald nicht; die Welt war seit jeher groß und vielgestaltig; man mußte alles Einzelne genau betrachten. Auf Ricobald wirkte schon Livius ein und er achtete auf die Sitten des zeitgenössischen Volkes; unbefangen sichtete er alles Material, und Lehren für die Sprachgeschichte fand er in seiner eigenen Gegenwart genug. Er berichtet, daß er 1293 zugesehen habe, wie ein Taubstummer nach einem Gebet am Grab des heiligen Antonius von Padua Sprache und Gehör wiedererlangte. Der Genesene verstand das Gesprochene nicht, aber er sagte die Wörter nach, die er hörte [81]). Offenbar konnte das Wunder nur die physiologische Sprechfähigkeit herstellen, die dem Menschen von Gott geschenkt ist; die bedeutungsvolle Sprache hingegen, gar eine bestimmte wie Hebräisch oder Lateinisch, wird nicht durch Wunder geschenkt, sondern im Gespräch mit anderen Menschen erlernt. Jakob von Varazze hatte also recht, es gibt keine heilige und keine Natursprache, so wenig wie es eine bevorzugte Ahnenreihe gibt; was der Mensch ist, muß er sich selbst erwerben.

Doch für andere Historiker in mächtigeren Städten war die einzig wirkliche Gemeinschaft nicht das Volk, erst recht nicht das Gottesvolk, sondern die eigene Stadt; und wenn die Geschichte in der Hand des Menschen lag, warum sollte er nicht auch seine Vergangenheit ein wenig korrigieren dürfen? In Mailand hatten sich soeben die Visconti halbwegs fest etabliert, da begann der ghibellinische Mailänder Notar Johann von Cermenate (gest. nach 1344) nach

---

79) Gorra, Storia 79.

80) Gorra, Storia 88–91.

81) Compilatio chronologica, RISS Bd. 9, Sp. 195 f. (Babel), 198 (Aeneas); Historia imperatorum, Fridericus II Sp. 127 (Sprachwunder). Dazu Bernhard Schmeidler, Italienische Geschichtsschreiber des XII. und XIII. Jahrhunderts, Ein Beitrag zur Kulturgeschichte (Leipziger historische Abhandlungen 11), Leipzig 1909, S. 55 ff., 58 f.

1313 die Geschichte seiner Vaterstadt zielsicher ohne die Trojaner und ohne den anrüchigen Turm von Babel. Er griff sich gleich den biblischen Tubal als Ahnherrn heraus: Er, den Hieronymus und Isidor etwas unschlüssig als Stammvater der „Spanier oder auch der Italiener“ bezeichnet hatten, kam nach Johanns fester Aussage zu Schiff von Babel über die Adria nach Italien. Und wo Jakob von Varazze nur unbestimmt und zaghaft Andeutungen gemacht hatte, packte Johann energisch zu. Tubal selbst gründete zuerst Ravenna; das sah man dem Namen der Stadt noch an, der von Flößen, Wind und Schiffen *(a ratibus, vento et navibus)* hergenommen sei. Und Mailand, *Subria*, war die Schöpfung von Tubals Sohne *Subres*, der die Insubrer ins Leben setzte und von dem die Bibel nichts wußte. Hatte Noah das Hebräische, Saturn das Griechische nach Italien gebracht, so fand sich unter Latinus auch die dritte Hauptsprache hier ein[82]). Man durfte als Mailänder und stolzer Rivale der Genuesen befriedigt feststellen, daß man am Nabel der Erde wohnte.

Der Mailänder Dominikaner Galvaneus Flamma (1283– nach 1344), mit den skrupellosen und nach Ausdehnung lüsternen Visconti eng befreundet, bauschte die Angaben Cermenates zu einer ganzen Weltgeschichte im Dienste Mailands auf. Die „Graphia“ und Comestor stellten die Statisten, Noah und seinen prophetischen Sohn *Janitus* (nun klang *Jonithus* fast wie *Janus*), der dem ehrgeizigen Riesen Nimrod die Abfolge der Weltreiche und den Ruhm des römischen Imperiums vorherverkündete. Schnell rief Nimrod seinen Sohn *Cameses* (die „Graphia“ hatte die Vaterschaft noch nicht gekannt) und schickte ihn zu Schiff nach Italien, damit er eine Stadt gründe und am römischen Glanz Anteil habe. Darum fand Noah, als er nach Italien kam, schon jemanden vor. Bruder Galvaneus war tief betrübt, daß heutigentags nicht alle an Noahs Italienfahrt glauben wollten, weil sie nicht in der Bibel stehe. Man wußte doch, daß Noah die Erde teilte und den 27 semitischen Generationen Asien, den 30 Hamiten Afrika und den 15 Japhetiten Europa zusprach; eine Italienreise Noahs lag also durchaus im Bereich des Möglichen. Und man hatte doch die zahlreichen Stadtgründungen der Japhetiten: Tubal stiftete Ravenna, und Tubals Sohn *Subres* die Stadt *Subria*, das ist Mailand. Er war ein *Hebraeus* (japhetitische Hebräer kannte bisher nur Richard von St. Victor), und die ersten Mailänder sprachen natürlich *judaice*, womit denn gleich bewiesen war, daß die Japhetiten-Invasion vor der Sprachverwirrung einsetzte. Erst lange danach kam der Grieche Janus, Jupiters Sohn, und Saturn, der nun nicht mehr mit Nimrod personengleich sein konnte; Roms Aufstieg begann, aber Mailand war 932 Jahre älter als Rom. Ehrlich entrüstet meinte Galvaneus, viele Historiker lögen aus Liebe zu ihrer Heimatstadt; die Mailänder hätten das nicht nötig.

---

[82]) Historia c. 1, FSTI Bd. 2, S. 5 ff.

War Mailand japhetitisch, so durften alle übrigen Städte der Welt trojanisch sein. Welche grandiose Galerie trojanischer Städtegründer führt uns Galvaneus vor, und er hat sie nicht einmal alle selbst erfunden! *Pisius* stiftete Pisa, *Janus* immerhin Genua (lateinisch *Janua*); die Matrone *Verona* ist uns schon vorgestellt; auch Antenor blieb bei Padua. *Palerius* war Patron von Palermo, *Missinus* von Messina, *Brundius* von Brindisi; *Tarentus*, *Capus* und *Salernus* schlossen sich an. Aber auch Narbonne, Toulouse, Barcelona hatten ihre namengebenden Stifter, und selbst Köln und Mainz wurden mit Trojanern namens *Colonus* und *Magantius* beglückt. Daß Paris eine trojanische Gründung ist, versteht sich; *Gallus* und *Francus*, der Urahn der Karolinger, flohen ebenfalls aus Troja. Nicht alle haben nur eine Stadt begründet; manche wie *Venetus* und *Siculus* leben in ganzen Provinzen fort. Die Tendenz des Galvaneus lugt hinter aller Generosität deutlich hervor: Alle diese Städte sind nach der Zerstörung Trojas entstanden, also lange nach Mailands Gründung[83]). Weniger egoistische Bänkelsänger trällerten auf den Plätzen der Städte: *De' Troian siam tutti disciesi*[84]). Wirklich schien sich Italien zu einer Nation von trojanischen Helden zusammenzufinden.

Nur die geistig regste Stadt Italiens schloß sich ehrgeizig aus. Florenz stand hinter Ravenna, Mailand und Rom nicht gerne zurück, und Trojaner waren ohnehin alle. Nachdem die Florentiner 1125 die ältere, etruskische Rivalin Fiesole eingenommen und zerstört hatten, begannen sie, ihren Altersruhm seit dem frühen 13. Jahrhundert von dieser Stadt auf dem Berg zu nähren und damit alle Trojanerstädte zu überrunden. Eine „Cronica de quibusdam gestis" erklärte 1264 den Namen sprachlich: *Fe sola, quia ipsa fuit sola in Europa*. Die nächste Stadt nach der „Einzigen" war Ancona, *anco una*, „Noch eine". So hätten die Urmenschen italienisch gesprochen und dennoch eine europäische Städte-Statistik führen können? Die Chronik war trotzdem noch recht anspruchslos: Erst in der siebenten Generation nach der Sintflut baute ein gewisser *Alabans* Fiesole. Seine Söhne hießen *Dardanus* und *Italus*; der Ältere ging nach Troja und gründete dort den trojanischen Staat. Spät kamen die Auswanderer wieder und brachten Rom zur Blüte; Hektors Sohn Paris, der erste König von Frankreich, stiftete die französische Hauptstadt. Rom, Paris und all die anderen trojanischen Gründungen waren also Enkelinnen von Fiesole. Nur von fern meldete sich die Bibel, in dem Namen eines perversen Römerkönigs *Arfaxar* und in den 72 Richtern, die Caesar berief; der Statuen

---

83) Manipulus florum c. 3–11, RISS Bd. 11, Sp. 539–546; dazu GORRA, Storia 91 f. Nichts Entsprechendes fand ich in den gedruckten Teilen von G. F.s Chronicon maius, hg. Antonio CERUTI, in: Miscellanea di storia italiana, Bd. 7, Turin 1869, S. 439–784, hier S. 506 ff.

84) GORRA, Storia 100.

auf dem Kapitol – hier heißt es: auf dem Kolosseum – waren so viele, wie die Erde Provinzen hat[85]). Aber das war schon späte, römische Geschichte.

Die Marionetten lagen bereit; um 1270/90 brachte sie Ricordano Malespini, der die „Cronica“ kannte, zum Tanzen. *Nimis* war in Babel erster Weltkönig, ein wundersamer Zwitter aus dem lateinischen „Zuviel“, aus Nimrod und Ninus; seine Ahnen sind nicht genannt. Zu seiner Zeit erstand der große Turm von Babel, an dem die 72 Sprachen und die drei Erdteile sich schieden. Europas erster Herr, genealogisch nicht mit Noah und Babel verbunden, war nach der Sintflut *Atalante*, der auch Jupiter hieß. Die schöne Jägerin Atalante des griechischen Mythos und wohl auch der Himmelsträger Atlas gaben ihre Namen für die Gestalt des Alabans; denn Atalante nahm Wohnung in Fiesole, der ersten Stadt der Welt. Seine und *Electra*s Kinder sind wieder *Italo*, der Italien den Namen gab, und *Dardano*, der erste Ritter der Welt (von Christian von Troyes wußte man ja, daß das Rittertum vor Troja entstand). Dardano war der Urahn der Trojaner und Römer, Florenz aber wurde die Erbin von Fiesole[86]).

Man hatte sich also schon bis zum Turm von Babel zurückgetastet; doch das war noch nicht genug, denn Ravenna, Mailand und Rom brüsteten sich mit japhetitischen Ahnen. Atalante mußte in die mosaische Völkertafel kommen; man würde im Ernst mit der Schöpfung der Welt die Geschichte von Florenz eröffnen. Das tat der weitgereiste Bankier Giovanni Villani (ca. 1276–1348), kurz bevor ihn die Pest hinwegraffte. Er begann, zum Teil auf Malespini gestützt, mit der hebräischen Ursprache, mit dem Tyrannen und Giganten Nimrod, mit dem Turm von Babel, mit den 72 Sprachen und *schiatte*, 27 semitischen, 30 hamitischen und 15 japhetitischen Scharen; sie zogen in die Welt. Soweit hätte selbst Ricobald von Ferrara zugestimmt. Der Übergang von der scheinbaren Universalität zum Preis der Heimatstadt wurde schonend vorbereitet. Vielleicht kam schon Noah *in persona* mit seinem Sohne Janus nach Italien (das war lokalrömische Tradition; aber wir wissen von Galvaneus Flamma, daß sie auf Skepsis stieß. Das konnte Villani nur recht sein.) Wichtiger war der nächste Besucher; er hieß *Atalante* oder auch (wie einige historische Könige von Pergamon) *Attalo* und war ein Enkel des Tiras, welcher Gomers Kind, also vom ältesten Stamme Japhets war. Alabans-Atlas-Atalante hatte sein

---

[85]) Cronica de quibusdam gestis, hg. Alberto DEL MONTE, La storiografia fiorentina dei secoli XII e XIII, in: BIME 62 (1950) 175–282, hier S. 265 ff. (Fiesole), 269 (Paris), 273 f. (Arfaxar, Caesar), 270 (Statuen; dasselbe später bei Nikolaus Rosell, s. o. Anm. 57).

[86]) Istoria fiorentina c. 2 f., RISS Bd. 8, Sp. 882 f.; dazu GORRA, Storia 213. Zu R.s vielumstrittener Datierung und Würdigung Raffaello MORGHEN, Note Malispiniane, in: BIME 40 (1921) 105–126; DERS., Ancora sulla questione Malispiniana, in: BIME 46 (1931) 41–92, hier S. 65 ff.

biblisches Vaterhaus gefunden. Der Schönheitsfehler, daß in der Bibel Tiras Gomers Bruder ist, fiel nicht weiter auf; so hatte man sich Japhets Primogenitur und zugleich die thrakische und trojanische Deszendenz des Tiras gesichert. Wie aber, wenn die Römer auf Nimrod und Jupiter pochten? Nach anderen, so schrieb Villani, wäre *Attalo* Nachfahre des Hamiten Nimrod, des Saturn und Jupiter; das war die Ahnenreihe der römischen „Graphia". Villani wollte aber Rom nicht nachahmen, sondern schlagen: Von diesen Hamiten und einem anderen *Atelante*, dem Himmelsträger, stammte „nur" Attalos Gemahlin *Eletra*. (Daß Elektra Tochter des Atlas sei, war aus Vergils Aeneis bekannt.) Damit war nun in der Tat alles überboten, was man sich irgendwo im Abendland an vornehmen Ahnen ausgedacht hatte. Sehr von oben herab wies Villani auf die späteren Geschehnisse: Attalo und Elektra stationierten sich in Fiesole und schickten *Dardano* nach Troja. Er wurde Stammvater der Römer, die freilich erst in Caesars Zeiten ihrer Stadt die Weltmacht sichern konnten; Priamus (statt Paris) war der Vater der *Gallici*; die verhaßten Venezianer und Paduaner waren Nachkömmlinge des trojanischen Verräters Antenor. Irgendwo abseits vermehrten sich auch die Kinder der semitischen Magd Agar, die Mohammedaner, und die barbarischen Goten und Langobarden. Villani, der den Pentateuch gut kannte und vermutlich schon auf italienisch las, schrieb die Geschichte seiner Vaterstadt nicht nur um ihrer großen und alten Vergangenheit willen, sondern auch, weil sie im Aufsteigen und zur Ausführung großer Taten bereit sei. Aber im Geheimen suchte er das Glück von Florenz an die Historie zu ketten, noch voller Freude über die gegenwärtige Blüte, aber doch schon in verborgener Angst vor der Zukunft[87]). Darum suchte er Halt in pseudobiblischen Ahnenreihen.

Wie wenig die Flucht zur Bibel dem Politiker nützen konnte, bemerkte alsbald ein Illustrator von Villanis Chronik. Er zeigt uns den babylonischen Turm im Breitformat, mit spiralenförmig ansteigenden, zinnengekrönten Galerien, eher einem Berg als einem Turm ähnelnd; die Arbeiter tragen noch ihre Maurerschürzen, haben aber Kellen und Hämmer weggeworfen. Vor ihnen sitzt majestätisch, die Königskrone auf dem Haupt, der riesige Tyrann Nimrod; verzweifelt hebt er die Hände. Denn der Arbeiter, der mit ihm spricht, deutet respektlos auf seinen Mund: er versteht den Herrscher nicht. Doch auch die Genossen vom Bau reden aneinander vorbei. Wozu dient also der hochfliegende

---

[87]) Croniche, hg. Antonio Racheli, Croniche di Giovanni, Matteo e Filippo Villani, Bd. 1, Triest 1857: I, 2–18 S. 7–12 (Urgeschichte); I, 29 S. 33 (Rom). Dazu Jacob Burckhardt, Die Kultur der Renaissance in Italien, hg. Werner Kaegi (J. B.-Gesamtausgabe 5), Berlin-Leipzig 1930, S. 53 (Tendenz); Gorra, Storia 72, 213 f.; Ernst Mehl, Die Weltanschauung des Giovanni Villani, Ein Beitrag zur Geistesgeschichte Italiens im Zeitalter Dantes (Beiträge zur Kulturgeschichte des Mittelalters und der Renaissance 33), Leipzig-Berlin 1927, S. 65 ff., 96 ff., 106 ff.

Entwurf des Tyrannen? Er führt zur Befehlsverweigerung der niederen Schichten und zu sozialen Kämpfen, wie man sie in Florenz eben erlebte. Erfolgreicher war die Beschränkung auf das Florentinische, auf den heimischen Dialekt und die gewachsene Ordnung der Oligarchie: Das nächste Bild präsentiert den König Atalante, mit Nimrods Krone geschmückt, wie er die Stadt Fiesole baut. Die Stadt mit ihren vielen Adelstürmen ist fertig geworden, und Atalante versteht nach wie vor seinen Ratgeber, mit dem er gerade vertrauliche Unterredungen führt[87a]). Freilich, auch Konservativismus und Selbstbeschränkung waren eine gefährliche Medizin. Bald würde die kommunale Freiheit durch die Signorie ersetzt sein; schon vorher hatte Florenz seinen größten Sohn vertrieben, den eigentlichen Schöpfer der künftigen Nationalsprache.

Nicht die Lokalhistoriker, die prächtige Ahnengalerien entwarfen, bauten an Italiens Zukunft, sondern die Dichter und die Juristen, die über die Mauern ihrer Stadt hinausblickten. Weit über die anderen erhob sich Dante Alighieri (1265–1321). Er liebte von Herzen seine Vaterstadt Florenz, die ihn verstieß, noch inniger seine Muttersprache, in der auch die Weiblein reden. Aber darüber stand ihm das größere Italien; seine Vergangenheit war ruhmvoll, denn Trojaner und Lateiner waren gleichen Blutes und zügelten die langobardische Wildheit in Italien[88]); dieses Gleichmaßes und seines Stifters Aeneas wegen rühmte Dante Italien als *Europe regio nobilissima*. Doch auch hier blieb er nicht stehen; Europa, Asien und Afrika sind durch die Trojaner veredelt, denn das Gebirge des Atlas etwa liegt in Afrika. Er ließ allen Völkern, Reichen und Städten gern ihre Besonderheiten: *Necesse est multitudinem esse in humano genere*. Der eine Weltmonarch, von dem er träumte, hinderte die Vielfalt der Länder zwischen Skythen und Garamanten nicht; er sollte sie beschützen[89]). Maß und Mitte bezeichnen die höchste Höhe, wie bei Aristoteles.

Ebenso besonnen und selbständig dachte Dante schon in seinem Jugendwerk über die Sprache. Die Namen erschienen ihm (anknüpfend an eine bei den Glossatoren und Thomas von Aquin übliche Wendung) als *consequentia rerum*, als genaue Entsprechung, aber auch als Folge der Dinge. Konsequenterweise müßten sie dann entgegen der scholastischen Ansicht von Gott oder von

---

87a) Luigi Magnani, La cronaca figurata di Giovanni Villani, Ricerche sulla miniatura fiorentina del Trecento (Codices e Vaticanis selecti 24), Città del Vaticano 1936, Tafel IV.

88) Epistola X, 10, hg. Arnaldo Monti, Le lettere di Dante, Mailand 1921, S. 30 (Weiblein; die Echtheit des Briefes an Cangrande ist unsicher); ep. V, 4 S. 104 (Lateiner, Trojaner, Langobarden).

89) De monarchia, hg. Gustavo Vinay, Florenz 1950: II, 3 S. 124 (Italien), 122 (Europa, Asien, Afrika); I, 3 S. 22 (necesse est); I, 14 S. 88 (Vielfalt). Dazu Kirn, Nationalgefühl 57; Michael Seidlmayer, Dantes Reichs- und Staatsidee, Heidelberg 1952, S. 10 f.

einem allwissenden Urvater gegeben sein[90]). Lag dann nicht auf allen heutigen Sprachen noch der Abglanz jener ersten? Darüber suchte sich Dante in der nach 1305 entstandenen Schrift „De vulgari eloquentia" Rechenschaft zu geben, und wieder ging er vom Ganzen aus, nicht vom Nächstliegenden, von der Geschichte und Entwicklung, nicht vom gegenwärtigen Zustand. Die erste Sprache der Menschheit sei nicht, wie heute jedermann glaube, die jeweilige Muttersprache, auch nicht das Florentinische; wer die ganze Welt zum Vaterland habe, müsse freier urteilen, auch wenn er Florenz für den schönsten Fleck Erde halte. Man müsse vielmehr nach der Sprache suchen, die der Mensch gebraucht, auch wenn er ohne Mutter und Amme aufwächst. Dies ist das Hebräische. Es ist im Ursprung ein *sacratum ydioma*, denn seine *forma locutionis* wurde Adam zugleich mit der Erschaffung der Seele geschenkt, und zwar in allen Einzelheiten, in Wortschatz, Grammatik und Aussprache. Dennoch war die erste Äußerung von Sprache ein *egregius humani generis actus*, und darin liegt kein Widerspruch. Was Gott in den ersten Menschen legte, hat dieser aus freiem Entschluß entfaltet, und seine unabhängige Schöpfung wandte sich sofort zurück, dem ersten Schöpfer zu. Das erste Wort des Menschen, sei es als Frage oder als Antwort, war *El*, das hebräische „Gott". Diese göttliche Sprache war historischem Wandel enthoben und blieb der Menschheit ungeschwächt erhalten bis zum Turmbau von Babel. Nur die frommen Israeliten, die kleine Schar, die sich dem Turmbau widersetzte, durften sie weiter behalten und behüten, damit dereinst Christus bei ihnen die Sprache der Gnade, nicht die der Verwirrung rede; alsbald danach, bei der Zerstreuung der Juden, wurde sie ihnen entzogen. Auch in der Sprachgeschichte noch ist das Hebräische das Teil Gottes; kein Idiom steht ihm darin gleich.

Denn der Gigant Nimrod wollte seinem Schöpfer nicht nur gleichkommen, sondern ihn überwinden und versammelte fast die ganze Menschheit zum Turmbau, um in den Himmel zu steigen. Da vergaßen die Menschen plötzlich *caelitus*, durch ein Wunder, die Ursprache und zerstreuten sich. Die Architekten bekamen einen gemeinsamen Dialekt, die Steinträger einen anderen, die Steinmetzen einen dritten; wieviele Ämter beim Bau, soviele neue Sprachen; je höher das Amt, desto barbarischer das Idiom. Diese Sekundärsprachen unterscheiden sich von der hebräischen Ursprache grundlegend dadurch, daß sie *a nostro beneplacito* gebildet sind, und darum sind sie verschieden und veränderlich; sie geben die Natur der Dinge nicht mehr genau und einheitlich wieder. Nicht Gott hat durch ein Wunder in Babel neue Sprachen, etwa gar aus dem hebräischen Bestand, gebildet (wie man das seit Alkuin so oft gehört

[90]) Vita nuova XIII, 4, hg. Michele Barbi (Edizione nazionale delle opere di Dante 1), Florenz 1932, S. 53; dazu André Pézard, Dante sous la pluie de feu (Enfer, chant XV) (Etudes de philosophie médiévale 40), Paris 1950, S. 101, 355 ff.

hatte), sondern die Menschen blieben sich selbst überlassen; die Differenzen der Idiome erwuchsen *per locorum temporumque distantias*, dank der Einwirkung von Zeit und Raum, auf natürlichem Wege. Vielleicht nahm Dante die Bau-Metapher ganz ernst: Infolge der technischen Spezialisierung des Bauwesens mußten sich Architekten und Maurer, zur Strafe für den Turmbau, ihr Sprachgerüst und ihren Satzbau je eigens konstruieren. Die nachbabylonischen Sprachen sind rein menschliche Erfindungen; zu ihnen gehören offenbar auch Griechisch und Latein; sie sind keine heiligen Sprachen. Man lernt sie von der Mutter oder in der Schule. Dantes Scheidung zwischen übernatürlicher Ursprache und menschlichen Babelsprachen war nicht völlig neu; Remigius von Auxerre und Hildegard von Bingen hatten sie vorher gefunden. Dante kannte vermutlich ihre Schriften nicht, aber die Folgerung lag für einen frommen und zugleich freien Denker nicht allzu ferne.

Doch Dante zog nun auch die weiteren Konsequenzen wie vor ihm keiner. Scholastische Theorie und geographisch-linguistische Empirie berührten sich dabei. Wenn die Sprachen lokal bedingte und ständig veränderliche Größen sind, passen sie in kein Zahlenschema; bei aller Vorliebe für Zahlensymbolik konnte Dante nicht mehr von 72 Sprachen reden, sondern mußte die Idiome nach der Erfahrung gruppieren. Die drei von ihm aufgespürten europäischen Sprachgruppen, die slavisch-germanische, die griechische und die romanische hatten mit den Noachiden nichts zu schaffen; in Italien allein stellte Dante mehr als 14 Hauptsprachen und über tausend lokale Variationen fest. Dante trennte also die Sprachbeobachtung von der Sprachtheologie, nicht nur gefühlsmäßig, wie Roderich von Toledo, Marco Polo und alle die anderen, sondern bewußt und methodisch durch ein historisches Argument, das die Heilsgeschichte der Sprachen mit dem Einschnitt von Babel, spätestens mit Christus abschloß. Damit konnte zugleich die scholastische Sprachtheorie voll in ihre Rechte eingesetzt werden. Denn seit Babel ist die Sprache ein notwendiges Instrument unserer Erkenntnis, so wie das Pferd für den Reiter, wohl auch ebenso widerspenstig und launisch. Kein Tier und kein Engel braucht Sprache, nur der Mensch, und zwar wie bei Thomas von Aquin nicht, um die Wahrheit zu erfassen, sondern um anderen seine Gedanken mitzuteilen. Wie bei den Grammatikern wurden Naturlaute und willkürliche, rationale Worte unterschieden; aber die weitere Teilung in Schriftsprache und illiterate Volkssprache erhielt einen ganz anderen Sinn als in der Scholastik. Die Kinder lauschen die Vulgärsprache den Müttern und Ammen ab; die grammatische Sprache erlernt man in der Schule. (Das war Augustins Unterscheidung.) Die grammatische Sprache ist also sekundär und künstlich, daher weniger adlig. Der bornierte Dünkel der Gelehrten auf ihr Latein wird zunichte; ehrwürdig ist die natürliche Sprache, die *materna locutio*. Daß es dieser Idiome so viele gibt, mag bedauerlich sein; nun begreifen viele Menschen einander in Worten ebensowenig wie ohne Worte. Aber die Entwicklung ist unaufhaltsam und unumkehrbar; sie setzt sich ständig fort, vor allem dort, wo die Grammatik nicht für eine relative Dauer sorgt. Wenn heute die alten Pavesen wieder auferstünden, würden sie die moderne Mundart ihrer Nachkommen in Pavia nicht verstehen[91]). Dante brauchte nicht nach Asien zu reiten, um die irdische Vielfalt immanent zu erfassen, und er durfte kein Logistiker werden, um sie unschematisch zu begreifen.

In dem fast gleichzeitigen „Convivio" wurde wiederum die Geschichtlichkeit und die Einmaligkeit jeder Sprache zu einem der Themen. Der Außenstehende kann etwa Deutsch von Englisch, Italienisch von Provenzalisch kaum unterscheiden, und doch hat jede Sprache ihr eigenes Fluidum. Homer und die Psalmen lassen sich nicht ins Lateinische übersetzen. Rom, das von trojanischem Adel zur Zeit Davids begründet wurde, und seine Tochter Florenz (eine kurze und tödliche Kritik an Malespinis Fiesole-Kult) sind zwar besonders auserwählt; das gibt der lateinischen Sprache einen verehrungswürdigen, aber keinen erhabenen Platz. Das Latein der *arte* ist zwar als Schriftsprache beständiger als die Volkssprache des *uso*, die sich in den letzten fünfzig Jahren so stark veränderte; aber im Rang kommt dem Latein doch die einfache Sprache der Eltern gleich, die sie miteinander verband[92]). Nicht die Stetigkeit, sondern die Lebendigkeit entscheidet; alle Sprachen, auch die florentinische, in der das „Convivio" geschrieben ist, haben, so veränderlich sie sind, ihre unverwechselbare Würde, fast die von Individuen.

In seiner wohl erst nach 1311 begonnenen „Divina Commedia" ging nun Dante noch einen, den kühnsten Schritt weiter. Die Sprache galt hier als Werk der Natur, und das hieß noch immer Gottes, der die Natur und den Menschen erschuf; wenn Dante die Sprache einen *effetto razionabile* nannte, besagte das noch immer nicht, daß der Mensch sie von allem Anfang an selbst erdacht hat. Doch ihre Fortbildung ist nun allerdings allein Sache des Menschen.

---

[91]) De vulgari eloquentia, hg. Aristide MARIGO (Opere di Dante, hg. Michele BARBI, Bd. 6), Florenz 1938: I, 4–9 S. 18 ff.; II, 1 S. 162 ff. Dazu Alfred EWERT, Dante's Theory of Language, in: The Modern Language Review 35 (1940) 355–366, hier S. 358 ff.; PÉZARD (o. Anm. 90) S. 92 ff.; WEISGERBER, Muttersprache 69 ff.; ARENS, Sprachwissenschaft 40 ff.; Hans Wilhelm KLEIN, Latein und Volgare in Italien, Ein Beitrag zur Geschichte der italienischen Nationalsprache (Münchner Romanistische Arbeiten 12), München 1957, S. 23 ff. Zu D.s Geschichtsanschauung Heinrich FINKE, Dante als Historiker, in: HZ 104 (1910) 473–503, hier S. 476; zur Zahlensymbolik CURTIUS, Literatur 371 ff.

[92]) Il Convivio, hg. Giovanni BUSNELLI – Giuseppe VANDELLI (Opere di Dante, hg. Michele BARBI, Bd. 4–5), 2 Bände, Florenz 1934–37: I, 6, 8 Bd. 1, S. 38 (Deutsch usw.); I, 7, 15 S. 46 f. (Homer, Psalmen); IV, 5, 6 Bd. 2, S. 44 (Roms Gründung); I, 3, 4 Bd. 1, S. 20 (Roms Tochter); I, 5, 7 f. S. 32 ff. (Latein, Volkssprache); I, 13, 4 f. S. 82 f. (Eltern).

Opera naturale è ch' uom favella;
ma così o così, natura lascia
poi fare a voi secondo che v' abbella.

Das hätte Thomas ähnlich auch sagen können; wieder war nur die Folgerung neu, aber auf sie kam es an. Ist die Sprache nach ihrer Einsetzung dem Menschen in die Hand gegeben, so müssen auf sie alsbald Raum, Zeit und Willkür eingewirkt haben; Adams Sprache wandelte sich also aus ganz natürlichen Ursachen und ging schließlich unter; denn nichts Dauerhaftes gibt es, wo *lo piacere uman* (das *placitum* der Grammatiker) wirkt. Und das alles geschah lange vor Babel. Adam sagt im Paradies:

La lingua ch' io parlai fu tutta spenta
innanzi che all' ovra inconsummabile
fosse la gente di Nembròt attenta.

Es scheint fast, als ginge Dante nun auch der hebräischen Ursprache zu Leibe, wenn er sagte, daß Adam Gott zuerst nicht mit dem hebräischen Gottesnamen *El*, sondern mit dem Laut *I*, einem Freudenlaut, begrüßte; doch das ist nicht klar gesagt. Unzweideutig war aber Dantes Meinung, daß die sprachliche Differenzierung, die Sprachgeschichte alsbald nach der Entstehung der Sprache, nicht erst in Babel einsetzte; Babel verlor damit für die Sprachgeschichte die epochale Bedeutung. Das ist die unerhörteste These auf dem Gebiet der Sprachtheorie, die seit Gregor von Nyssa und Filastrius aufgestellt wurde, ja es ist deren These. Abälard, Andreas von St. Victor und Engelbert von Admont hatten nur Ansätze zu ihr gemacht, bei Dante ist sie klar und konsequent zu Ende gedacht. Die Sprachenvielfalt braucht nicht mehr künstlich von der Sprachenscheidung gesondert zu werden, beide gehören zusammen und sind keine Sündenschuld, sondern natürliche Notwendigkeit, die das Verhältnis Gottes zu den Menschen nicht beeinträchtigt. Es gab bisher im Abendland keine „Theologie der Muttersprache"; hier ist sie.

Gott und Natur wirken in den getrennten Sprachen einträchtig zusammen; das Natürliche nimmt seinen Lauf *da divino intelletto e da sua arte*. Die Einheit der Sprachen ist kein theologisches Ziel, vielmehr gibt es nur eine „Sprache", *ch' è una in tutti*, die der Herzen und der Frömmigkeit. Man mag wie Dante seine Heimat und ihre Sprache herzlich lieben, das schöne Land, *dove 'l sì sona*; aber als Dante im Purgatorio nach italienischen Landsleuten, nach einer *anima latina* fragt, rügt man ihn: Im Jenseits sind alle die Bürger einer Stadt und haben gleiches Recht. Die Idiome sind wohl auch im Jenseits nicht aufgehoben oder vereinigt; aber Dante versteht die Landsleute aller Zonen, weil alle in Buße, Erwartung oder Jubel miteinander liebevoll verbunden sind. Nur die feigen und neutralen Engel, die sich im Kampfe Michaels gegen Luzifer nicht entscheiden konnten, reden *diverse lingue*, *orribili favelle*, weil sie miteinander nicht einig werden können. Und noch einer ist damit gestraft, daß er unverständliche Worte stammeln muß: *Raphèl maỳ amèch zabì almì*, so kauderwelscht Nimrod,

... per lo cui mal coto
pur un linguaggio nel mondo non s'usa.

Diese Stelle aus dem Inferno verrät, daß Dante noch nicht ganz von seiner früheren Anschauung loskam, nach der die Differenzierung der Sprachen erst in Babel ihren Anfang genommen hätte. Bereits im Purgatorio verschieben sich die Akzente; hier wird Babel mehr zur moralischen als zur linguistischen Katastrophe, und Nimrod erscheint neben den antiken Giganten als Beispiel gestürzten Stolzes; er steht am Fuß des Turms von Babel *quasi smarrito* (Nimrod, nicht die Sprache ist verwirrt) und betrachtet die Scharen, die mit ihm in Sinear allzu hochmütig waren. Zwar wird auch in der Szene mit Adam im Paradiso nicht ausdrücklich erklärt, daß die baldige Veränderung von Adams Sprache zugleich eine Vermehrung der Idiome mit sich brachte, und so könnte man alle drei Stellen wohl auf den einen Nenner bringen, bis zu Nimrod habe eine Sprache geherrscht, die sich aber schon vorher ständig wandelte, vielleicht Dialekte hervortrieb, aber erst durch Nimrods Sünde in selbständige, einander unverständliche Teile zerfiel. Das wäre dann genau die Ansicht des Filastrius, und im Jenseits wäre der Zustand vor Babel wieder erreicht: die Liebe überwindet alle Sprachengrenzen. Dante hat sich darauf nicht eindeutig festgelegt; die spürbaren Schichten seines Nachdenkens zeigen ja gerade, daß er mit dem Problem der Sprache und ihrer Geschichte im Diesseits und Jenseits ständig rang und in wenigen Jahren die Gedanken eines Jahrtausends rekapitulierte.

Wie dem auch sei, Dante hat die theologischen Vorstellungen von der Geschichte der Sprachen zu säkularisieren begonnen. Er gruppierte im Laufe seines Lebens die übernatürlichen Einwirkungen auf die Sprachen immer enger um Ursprung und Ziel der Geschichte; „unterwegs“ wirkte nur der Mensch und die Natur. Pfingsten und andere Sprachenwunder aus historischer Zeit tauchten nicht auf; auf der irdischen Bühne spielte kein „Deus ex machina“ mit. Nun halten allerdings Ursprung und Ende noch das ganze Spiel zusammen und geben auch dem vergänglichsten Dialekt jene Weihe des Lebendigen, die erst recht die neue Nationalsprache Italiens umfängt. Insofern ist Dantes Sprachdenken noch einmal, vielleicht zum letzten Mal, eine genuin mittelalterliche große Synthese, die die Welt nicht ihrem Chaos überläßt und den Fakten auch nicht durch Typologie, Theorie oder Mystik ausweicht. Aber eben die ungewöhnlich hohe Bewertung des natürlichen Ablaufs mag schon an die Renaissance erinnern.

Die Betrachtung der Völker und ihrer Genealogie ist für Dante längst nicht so wichtig wie die der Sprache; vielleicht ist deshalb hier die Säkularisation noch fühlbarer. Nur die Trojaner wurden als Vorfahren der Römer erwähnt; auch im Paradies erzählt man sich die Geschichten *de' Troiani, di Fiesole e di Roma*. Dante machte die florentinische Fiesole-Mode nicht mit; von Fiesole kamen seit alters böse Menschen. Aber noch gründlicher mißachtete er die Jagd nach biblischen Ahnen, die zu seiner Zeit im Schwange war; die biblischen Völkerväter selbst, Sem, Cham und Japhet, sind weder im Himmel noch im Fegefeuer noch in der Hölle anzutreffen[93]). Dante sah anscheinend in der Geschichte der Völker kein heiliges Erbe; zumindest hatte hier kein Volk vor einem anderen einen Vorrang. Die irdischen Gemeinschaften selbst sind keine bergende Heimat; der Mensch ist aufgerufen, sie verantwortlich zu formen.

So ist die Säkularisierung bei Dante zutiefst theologisch begründet, durch den seinem Sprach- und Geschichtsdenken zugrundeliegenden Gedanken, „daß das Einmalig-Endliche, als solches, durch Gottes Willen und vor seinem Urteil ewige Bedeutung hat“[94]). Nicht mehr die ganze Reihe der Fakten insgesamt verweist auf Gottes Schöpfungsplan, sondern in einzelnen Erscheinungen, voran in der Muttersprache, ist das Göttliche verkörpert. Der liebe Gott steckt nicht in jedem Detail, aber in Details. Die Andacht vor hiesigen Phänomenen ist auf neue Weise begründet.

Und Dante war schon der letzte große Italiener seiner Zeit, der das Ewige mit dem Einmaligen, die Theorie mit der Wirklichkeit, die Theologie mit der Geschichte verband. Die zeitgenössischen Dichter und Juristen sahen nur noch die eine der beiden Seiten. Der Dichter und Jurist Albertino Mussato (1261–1329) aus Padua etwa war viel zu sehr mit seinen antiken Beispielfiguren beschäftigt, als daß er damit die Wirklichkeit schlicht hätte analysieren können. Er nahm die Tradition Theoduls noch einmal auf und harmonisierte heidnische und biblische Mythologie, indem er die Dichtkunst, die die Heroen darstellt, für von Gott geschenkt erklärte. Was im Alten Testament klar und einfach erzählt wird, berichtet die heidnische Muse im Rätsel verhüllt. So entspricht der Kampf der Giganten gegen Zeus dem babylonischen Turmbau.

---

[93]) Divina Commedia, hg. Giuseppe VANDELLI, 16. Aufl., Mailand 1955: Paradiso XXVI, 124–138, S. 852 ff. (Adam und die Sprache; dazu ROTTA, Filosofia 197 ff.; PÉZARD [o. Anm. 90] S. 114 f.; Helene HOMEYER, Von der Sprache zu den Sprachen, Olten 1947, S. 328 f.); Inferno XI, 99 f. S. 88 (Gott und Natur); Paradiso XIV, 88 f. S. 735 (Sprache der Herzen); Inferno XXXIII, 80 S. 281 (dove 'l sì sona); Purgatorio XIII, 85 ff. S. 413 (anima latina; dazu Otto HERDING, Dante und das Abendland, in: Studium Generale 6 [1953] 138–144, hier S. 141); Inferno III, 25 S. 21 (neutrale Engel); Inferno XXXI, 46 ff. S. 259 ff. (Nimrods Sprache); Purgatorio XII, 34 ff. S. 402 (Nimrod und Giganten; dazu CURTIUS, Literatur 367 f.); Inferno XXVI, 59 f. S. 215; XXVIII, 7 ff. S. 229 (Trojaner); Paradiso XV, 126 S. 747 (Troja, Fiesole, Rom); Inferno XV, 61 f. S. 119 (böse Menschen).

[94]) Romano GUARDINI, Dante, in: STADELMANN, Geschichtsdenker 77–94, hier S. 90; ähnlich Erich AUERBACH, Literatursprache und Publikum in der lateinischen Spätantike und im Mittelalter, Bern 1958, S. 233 ff.; HELBLING, Saeculum 103 ff.

Quid movisse Jovi quondam fera bella Gigantes
Adstructam caelo quam Babylona fuit?
Confudit linguas Deus hic, qui fulmina iecit,
Qui Deus est nobis, Juppiter ille fuit.

Auch Dante stellte Nimrod neben die Giganten, doch bei ihm sind das historische, getrennte Gestalten verwandter Gesinnung; bei Mussato erzeugt die Dichtung zwei Exempla für einen Topos. Hinter dem Topos steht wohl noch eine Wirklichkeit, aber nicht sie, sondern die Dichtkunst ist heilig; die Bibel ist nicht zuerst Historie, sondern Poesie, und diese wird eine von Gott inspirierte zweite Theologie der ewigen Gegenwart[95]). Der Historiker Mussato bemerkte 1314 sehr wohl, daß der von ihm verehrte Erneuerer des Kaisertums, Heinrich VII., sein Haar nach französischer Mode trug, sich der französischen Sprache *(idioma Gallicum)* bediente und sich auch lateinisch auszudrücken wußte. Aber das erstaunliche Faktum, daß ein deutscher König gewandt Französisch sprach, erinnerte den Betrachter nicht an Babel oder Pfingsten; auch dies war ewige Gegenwart, Feier des unsterblichen Augenblicks[96]).

Nach dem Scheitern Heinrichs VII. war von den Juristen keine universale Begeisterung mehr zu erwarten; sie hielten sich an die gegenwärtigen Fakten der italienischen Stadtrepubliken und zwangen ihnen ihre zeitlos-allgemeine, abstrakte Theorie auf, ohne noch der Heilsgeschichte zu gedenken. Der kühnere Landsmann Mussatos, Marsilius von Padua (ca. 1290–1342/3), gab 1324 im Gegensatz zu Engelbert von Admont nur zu, daß die Teilung der Welt in viele Sprachen *causa celesti* zustande gekommen sei. Von ihrem Anlaß schwieg er, denn er nahm sie nicht als Strafe Gottes. Sie solle, *quasi necessario*, die übermäßige Vermehrung der Menschheit hemmen und erweise, daß dem Menschengeschlecht kleine Republiken angemessener seien als ein Weltmonarch; darum seien die Völker getrennt und unterschiedlich, *et precipue in non communicantibus sermone ac moribus*. An der Zahl der 72 Jünger las er denn auch nicht ihre universale Mission und die Weltgeltung der Kirche ab, sondern, anders als Pseudo-Isidor und Petrus de Natalibus, den hohen, von ihren Trägern oft mißbrauchten Rang der Priesterwürde[97]). Das Geschiedene wurde nicht mehr geistlich zusammengefaßt; es gab nur das Verschiedene. Der Rechtslehrer Bartolus von Sassoferrato (1313–1357) begnügte sich dann im Anschluß an das Corpus iuris und die Kanonisten mit der Feststellung, die Teilung der Erde in

---

[95]) Epistola 4, in: Albertini Mussati Historia Augusta Henrici VII. caesaris et alia quae extant opera, Venedig 1636, Sectio III, S. 49; dazu CURTIUS, Literatur 222.

[96]) Historia Augusta I, 13, RISS Bd. 10, Sp. 339 f.

[97]) Defensor pacis I, 17, 10, MGH Fontes iuris germanici antiqui Bd. 1, S. 118 (Sprachen); II, 27, 1 S. 518; II, 28, 2 S. 530 (72 Jünger). Dazu Johannes HALLER, Zur Lebensgeschichte Marsiglios von Padua, in: Abhandlungen (o. S. 464 Anm. 84) S. 335–368, hier S. 362 ff.; HELBLING, Saeculum 122 ff.

Reiche und, wie es nun zusätzlich hieß, in Sprachen sei *de iure gentium*. Die erste und nächstliegende Gruppierung war für den Italiener die nach Städten, Weilern und Dörfern: da wohnt man wirklich beisammen. Sehr viel nebelhafter waren die Gemeinschaften derer, die nicht zusammen leben, die Provinzen; auch sie wurden noch genau erläutert. Es folgten die Reiche, die sprachlich voneinander gesondert sind; ihre *separatio linguarum* wurde verdeutlicht an den hingeworfenen Stichworten *Italia*, *Alemannia*, *Francia*, *Graecia*; aber damit war es auch genug. Unwillig über derlei Banalitäten brach Bartolus ab: *Regnorum vero divisio, item aliarum partium, per quas fit distinctio linguarum, per se patent*. Da stand es ohne alle Beschönigung: Die Sprachenverschiedenheit versteht sich von selbst[98]). Woher sie kommt, wohin sie zielt, was geht es den Juristen an? Er sieht in ihr nicht einmal juristische Probleme, etwa das Recht des Ungelehrten auf die Muttersprache oder die Rechtsgeltung der Idiome in gemischtsprachigen Territorien. Die Welt ist vielfach unterteilt, und wirksam ist sie nur im eng umgrenzten Raum. Bartolus hatte recht und gab Recht für seine Zeit.

Auch in Italien ist also, wie in Deutschland, die traditionelle Auffassung von Sprachen und Völkern nicht mehr weiterentwickelt, sondern entschlußlos weitergetragen oder vernachlässigt worden. Das von den Asienreisenden mitgebrachte weitschichtige Material wurde kaum gesichtet, verwirrte aber die hergebrachten Schemata, die bei den Bettelmönchen und Prälaten nur noch laue Verteidiger fanden. Die Städter gaben sich der Ahnensuche hin, stets mit superlativischem Anspruch und kaum mehr aus Frömmigkeit; bei intaktem religiösem Geschichtsdenken hätte in diesen Genealogien neben den antikischen Namen nicht gerade Nimrod an exponierter Stelle stehen dürfen. Nur Dante hat im Geist, nicht im Buchstaben der alten Überlieferung eine neue Deutung gegeben, die in der Folgezeit ebensogut christlich wie „heidnisch" verwendbar war, aber noch einmal das Wesen des Menschen zusammen mit der ganzen Weltgeschichte der Sprache erklären wollte. Petrarca und Boccaccio gehören schon der neuen Epoche an, die in Italien früher als anderswo, spätestens um 1350, beginnt. Unbeschwerter als in Deutschland hat man in Italien mit der zerklüfteten Gegenwart zu leben verstanden; wenn sie keine allgemeinen Aufgaben stellte und nicht mit der universalen Heilsgeschichte zusammenhing, durfte man sich, ohne Flucht in sehnsüchtige Träumereien, am göttlichen Augenblick freuen.

*

In den anderen romanischen Ländern herrschte geschäftigeres Treiben; der Alltag stellte größere Aufgaben, und ihre Lösung reihte den Moment gewich-

98) Consilia, quaestiones et tractatus, Lyon 1547, f. 100a–b; dazu HEYDTE, Geburtsstunde 149.

tig in den Ablauf der Geschichte ein. Man strebte neuen Gipfeln zu und sah schon darum gern ins Tal zurück. In Spanien fand die Reconquista 1262 unter Alfons X. von Kastilien ihren gloriosen Abschluß; Cadiz war gewonnen, die Grenze des japhetitischen Europa erreicht. Der Blick zurück sollte das Errungene zusammenfassen und erklären, und das konnte nach Roderich von Toledo nur im Geist souveräner Distanz geschehen. Nicht nur, daß man weiter arabische Werke ins Lateinische übertrug und an der 1254 errichteten Universität Sevilla Arabisch trieb; nicht nur, daß der gelehrte Alfons der Weise das astronomische und juristische Wissen seiner Zeit aus arabischen und abendländischen Quellen zusammentragen ließ und sogar selbst in galicischer Mundart Lieder dichtete; im Kreis der Enzyklopädie durfte die Historie nicht fehlen.

Unter der unmittelbaren Aufsicht des Herrschers begann man um 1270 am kastilischen Hof mit der Geschichte Spaniens, der „Primera Crónica General". Sie wird eröffnet mit der Sintflut, aus der nur Noah, seine drei Söhne und deren Frauen sich retteten. Ihre Nachfahren bauten einen großen Turm, *pora apoderarse de las tierras*, aus Herrschsucht, nicht aus Angst vor neuer Flut. Da sie Gottes nicht achteten, spaltete er ihre Sprache und ihren Willen, sodaß sie nicht mehr beisammenbleiben konnten. Sie teilten sich die Erde; Japhet erhielt Europa und die Lande von Kilikien bis zum jüngst eroberten Cadiz an den Säulen des Herkules, vom Atlantik bis zum östlichsten Mittelmeer. Die anderen Erdteile wurden schnell abgetan, aber ganz Europa wurde beschrieben und den Japhetiten einzeln zugewiesen. Gomer freilich bedeutete nur die Galater und *Gallogreci*, nicht die Franzosen, und das hatte seinen Grund. Denn Gomers Sohn Aschkenaz kam, gänzlich überraschend, nach Kalabrien, Apulien, Latium, Ligurien und in die Emilia; er war also der Vater der Italiener. Vielleicht wirkten hier jüdische Kombinationen vom Stile des Spaniers Jerachmeel ein; aber zugleich spielten Alfons' Hoffnungen auf Italien mit. Sie brachten ihn zu den französischen Anjous in Gegensatz. Darum sagt die Chronik obenhin, das alte *Francia* sei ein Teil von Deutschland (dessen König war ja Alfons auch). Freundlicher wurden die Germanen behandelt; Magog zeugte die Skythen, Goten, Wandalen, Sueven und Alanen, also wie bei Roderich von Toledo die Stämme der Völkerwanderung. Von Javan stammten Griechen und Trojaner, welch letztere sich dann in Venedig und Padua niederließen; später breiteten sie sich (wieder nach Roderich) bis Deutschland aus, das seinen Namen dem Gott Merkur-*Theutos* verdankt. (Wir kennen ihn aus der Ebersheimer Chronik.) Zu den Trojanern zählte auch *Brutho*, der Britannien den Namen gab. Waren die gängigen Trojanersagen (außer der französischen) untergebracht und die Ambitionen der befreundeten Völker Europas befriedigt, so konnte sich alles Licht auf Tubal sammeln, *Thubal, donde vinieron los espannoles*. Erst später traten auch hier antike Heroen auf, Herkules an seinen Säulen, Hamilkar und Hannibal, Dido und Aeneas. Die Spanier sind also älter als die Antike, älter als Italiener und Deutsche, aber sie sind nicht Väter Europas[99]).

Der gleiche beherrschte Stolz, etwas gewandelt, bestimmte zwei Jahre später die gleichfalls von Alfons dem Weisen angeregte, unter seinem Sohn Sancho IV. vollendete „General Estoria". Sie war offiziell eine großangelegte Weltgeschichte und verwertete auch arabische Quellen; Lukas von Tuy und wieder Roderich von Toledo wurden zugrundegelegt. Dabei näherten sich die biblischen Fakten noch mehr der Gegenwart. Zu Beginn redeten alle Menschen eine Sprache; welche, erfährt man nicht. (Die kastilischen Stände waren den spanischen Juden feindlich gesonnen, man durfte sie am Hofe nicht reizen.) Unter Noahs Söhnen erschien wieder der pseudo-methodische *Yonito*, obwohl man für ihn keine Nachkommenschaft benennen konnte. Gomer wurde auch jetzt nicht den Franzosen gegönnt; von Gomer und Magog kamen vielmehr die nordischen Völker, Goten, Wandalen, Alanen, von Javan wieder die Griechen und Trojaner, später die Lateiner, Deutschen und Briten. Aschkenaz kam wiederum als Italiener, diesmal im Verein mit Riphat, auf dessen ligurische Nachkommen schon Roderich hingewiesen hatte. Tubal wurde hier auch *Jobel* genannt, also wie bei Isidor wenigstens dem Namen nach mit dem Erfinder der Musik von Gen. 4, 21 zusammengebracht; er ist der Ahnherr derer, *que agora an nombre Ybecos, que somos los espannoles*. Das stolze „Wir" veranlaßte nun auch eine schärfere Ablehnung der Hamiten. Die Feindschaft zwischen Sem und Japhet einerseits und Cham anderseits sei ganz natürlich, denn sie sei der Gegensatz zwischen *cristianos* und *moros*. Was der „Cid" verknüpft hatte, sollte sich trennen; die Reconquista war inzwischen Kristallisationspunkt des kastilischen, spanischen Nationalgefühls geworden. Sem wird unter den guten Völkern noch mitgenannt, und man liest noch von *LXXII generationes que tienen oy poblado todo el mundo*, aber „heute" besteht zwischen ihnen keine universale Gemeinschaft mehr; die Rede von 72 Sprachen fehlt. An der sprachlichen Europa-Idee Roderichs von Toledo hielt die Chronik noch fest; aber auch hier wurde die biblische Zahl der 15 Japhetiten nicht mehr eingehalten. Der Liste Roderichs wurden Dänisch, Norwegisch, Schwäbisch *(Suava)*, Welsch *(Valia)*, Bretonisch, Baskisch und Navarrisch hinzugefügt, sodaß nun über 20 europäische Sprachen zusammenkamen. Verständig ist die Aussonderung des Baskischen aus der romanischen Sprachfamilie, vertretbar die Unterteilung der nordgermanischen Gruppe, sinnvoll die Ergänzung der keltischen

[99]) Primera Crónica General c. 1 ff., hg. Ramón Menéndez Pidal (Nueva Biblioteca de autores españoles 5), Bd. 1, Madrid 1906, S. 4 ff. Dazu Sánchez-Alonso, Historia Bd. 1, S. 213 ff. Zur Universität Sevilla Altaner, Sprachstudien 124.

Liste. Daß das Schwäbische vom Deutschen *(Alemannia)* geschieden ist, zeigt allerdings, daß der Sohn der Stauferin noch als deutscher König nie in Deutschland war; auch an der slavischen Liste Roderichs wußte er nichts zu bessern. Hier zeigen sich stärker als in der Spanischen Geschichte Reserven und Vorbehalte; rasch erlahmte das allgemeine Interesse[100]).

Die beiden Chroniken sind als erste spanische nicht lateinisch geschrieben und haben denn auch mitgeholfen, die toledanische Kanzleisprache zur kastilischen Schriftsprache zu erheben. Sie wurden die Grundlage der meisten späteren spanischen Geschichtswerke, die mit Tubal begannen und den universalen Rahmen der „General Estoria" beiseite ließen. Daß die etwas später fertiggestellte spanische Weltchronik in manchem bereits provinzieller dachte als die Geschichte Spaniens kurz zuvor, ist bezeichnend. Die folgenden Jahrzehnte innerer Wirren versperrten den Kastiliern den freien Ausblick dann vollends. Nur für einen kurzen Augenblick des Triumphes hatten sie ihre spanische Gegenwart im Einklang mit der Heilsgeschichte der Welt befunden; um so tiefer wirkte die folgende Ernüchterung.

Währenddessen strebte Aragón entschlossener als Kastilien nach Mittelmeerherrschaft. Hier baute man weniger auf alte Überlieferung und befaßte sich weniger mit „Rückeroberung"; gegenwärtige Forderung und Verheißung bewegten die Gemüter. Nicht die Vergangenheit als Tatsache und Tradition, sondern das Urbild als Typus des Künftigen wies den Weg. Für den Katalanen Arnald von Villanova (ca. 1240–1311), der wahrscheinlich jüdischer Herkunft war, deuteten die Fakten des Alten und Neuen Bundes die eschatologische Zukunft, die er im Lichte Joachims von Fiore sah. Eindringlicher als dieser verwies Arnald 1292 auf die Sprachen als Chiffren des Kommenden. Er konnte Hebräisch und wollte die Kenntnis verwerten zur Erhellung des katholischen Glaubens. (Wir erinnern uns an den Anonymus aus der Schule von St. Victor, der zwischen 1148 und 1152 ähnlich redete.) Auch die hebräische Bibel ist Gottes eigenes und besonderes Wort. Nach Gottes Befehl wurde die Heilige Schrift mitgeteilt in den drei *lingue generaliores ceteris*; die Aufschrift an Christi Kreuz sollte eben auf die dreisprachige Bibel hinweisen[101]). Mehr noch, in diesen drei Sprachen ist das Alphabet durch *inspiratio divina* erfunden worden; seine Buchstaben sind geoffenbart. Nur die darauf gründenden Laute *(voces)* sind willkürlich *(ad placitum)* hinzugetan. „Sprache" ist also nur als Buchschrift göttlich, nicht als vernehmliches Wort – ein jüdisch anmutender Rück-

---

[100]) General Estoria, Primera parte, hg. Antonio García de Solalinde, Madrid 1930, S. 36–61. Dazu Sánchez-Alonso, Historia Bd. 1, S. 262 ff.; Dubler, Geschichtschreibung 22 ff.

[101]) Allocutio super significatione nominis thetragrammaton, hg. Heinrich Finke, Aus den Tagen Bonifaz VIII., Funde und Forschungen (Vorreformationsgeschichtliche Forschungen 2), Münster 1902, S. CXXVII f.

zug zum unvokalisierten Bibeltext. Die Buchstaben sind *radix vel semen*, Ursprung und Keim aller Sprache, und sie bezeichnen durch symbolische Geheimbedeutungen die abrollende Zeit und die Zukunft[102]). Soeben war in Kastilien der Sohar geschrieben worden; nun drangen die kabbalistischen Methoden, gegen die Agobard von Lyon noch so heftig protestiert hatte, ins christliche Denken ein und ermutigten zu spekulativer, spiritualistischer Weltdeutung.

Aber stand Gott in der Sprache und ihren Buchstaben, nicht vielmehr weit darüber? Rief nicht erst der Abstand zwischen Gott und Welt den Mißklang der Geschichte, aber auch die mystische Sehnsucht nach Spiritualisierung hervor? Das meinte der andere, größere Katalane der Zeit, Ramón Lull (ca. 1235–1315). Der erste große Schriftsteller in katalanischer Sprache war ein Mystiker von hohen Gnaden; er wußte, daß die Liebe und ein Zeichen mit den Augen, „die meinem Herzen Worte sind", alle Aussagekraft der Wortsprache übersteigen, daß nur die *lenguatge damor* echt ist, daß auch Gott nicht durch seine zahlreichen Namen, sondern allein durch die Liebe zu bezwingen ist. In Gott selbst vereinen sich Verschiedenheit und Einklang, Vielfalt und Einheit nahtlos; aber dem Menschen gelingt das nicht[103]). Ihm hilft nicht die kabbalistische Spekulation, sondern allein die Tat weiter nach oben. Die Geschichte gibt dafür keine Musterbilder. Wenn Lullus die Ritter seiner Zeit für das Ideal des christlichen Ritters begeistern will, erzählt er ihnen nicht die Geschichte des Rittertums, die beim homerischen Troja und seinen schimmernden Helden begann, sondern er berichtet, daß in Zeiten des Irrtums, des Unrechts und der Verwirrung Gott durch einen überzeitlichen Gnadenakt aus je Tausend den Tapfersten und Edelsten aussuchte, damit er sein Ritter sei. Ohne Lateinkenntnis kann der Leser die zugrundeliegende Etymologie *(mille – miles)* nicht erkennen; doch darauf kam es dem katalanischen Traktat nicht an. Gottes Gnadenstrahl kann jederzeit und überall den Edlen treffen; der Ritterorden hat keine spezielle Geschichte und keine vorgegebene Sprache[104]). Die stündliche Bewährung ist wichtiger als alle Vorbilder.

Raimundus Lullus hat um 1284, als Aragón nach sorgfältiger Planung Sizilien bei der Sizilianischen Vesper gewonnen hatte, die Verschiedenheit der

---

[102]) Introductio in librum Joachim de semine scripturarum, hg. Raoul Manselli, La religiosità d'Arnaldo da Villanova, in: BIME 63 (1951) 1–100, hier S. 46.

[103]) Libre de Amic e Amat, hg. Antoni Alcover, Obres de R. L., Bd. 9, Mallorca 1914: Nr. 27 und 29 S. 383 (Zeichen mit den Augen); Nr. 98 S. 393 (Sprache der Liebe); Nr. 90 S. 392 (Gottes Namen, Liebe); Nr. 266 S. 416; Nr. 290 S. 419 f. (Vielfalt, Einheit).

[104]) Libro de la orden de caballería I, 1 ff., übers. Miguel Batllori SJ – Miguel Caldentey TOR, R. L., Obras literarias (Biblioteca de autores cristianos 31), Madrid 1948, S. 109 (Ausgabe des katalanischen Textes zur Zeit nicht zugänglich); dazu Sidney Painter, French Chivalry, Chivalric Ideas and Practices in Mediaeval France, Baltimore 1940, S. 78.

Nationen und Sprachen als Anlaß zu Streit und Glaubenstrennung bitter beklagt. Woher sie rührte, war ihm gleichgültig; er achtete auf ihre Wirkung und ihre Heilung. *Per desvariació de lenguatges sembargava la prycació*; aber nicht nur die Predigt wird gehemmt, auch Kriege und die Abspaltungen der *creences e sectes* werden erleichtert. Um sie zu überwinden, machte Lull durch den Mund eines Kardinals den etwas utopischen Vorschlag, man solle das Latein einfach als Weltsprache einführen; *car latí es lo pus general lenguatge, e en latí ha moltas paraulas daltres lenguatges, e en latí son nostres libres.* Aber Latein war nur im Abendland verbreitet, es enthielt vorwiegend griechische, keine arabischen Etymologien und war nur die Sprache der Vulgata. Vielleicht wandte sich der Antrag zuerst an Byzanz, um dessen Wiedergewinnung Lull bemüht war; mit der einen Sprache werde sich auch die Konfession angleichen, es werde nur eine Sprache, dank der Mission nur ein Glaube und ein Papst auf der Welt herrschen[105]). Auf ähnliche Weise wollte Lulls „Ars generalis" allen Wissenschaften eine oberste, allgemeine Begriffssprache geben, an deren Einheit sich die Vielzahl der Einzelforschungen immer neu orientieren könnte. Aber ob sich die Sprachen und die Dinge ins scholastische, lateinische System fügen wollten und konnten?

Der unermüdliche Missionar, ein ausgezeichneter Kenner des Arabischen, fand bald praktischeren Rat. Er hatte schon 1276 mit Hilfe König Jakobs I. von Aragón auf Mallorca eine Missionsschule für arabischen Sprachunterricht begründet, die indes nach 1292 wieder einging. Nun schlug er seit 1294 wiederholt, zuletzt dem Konzil von Vienne, vor, man möge überall im Abendland Sprachenschulen für die christliche Mission errichten. Während bisher die Missionare fremde Sprachen meist erst an Ort und Stelle lernen mußten und wegen der Anfangsschwierigkeiten weder mit der Sprache noch mit der Mission recht zum Ziele kamen[106]), sollten nach Lulls Plan nun in der Heimat Hebräisch, Griechisch, Arabisch und „Tartarisch" gelehrt werden. Sprachenkundige Missionare hätten den Erfolg schon in der Tasche: *Tales homines autem converterent totum mundum, et hoc domino adiuvante*[107]). Freilich wurde Lull selbst von Mohammedanern gesteinigt; die Weltmission war mit Sprachkenntnissen noch

[105]) Libre de Blanquerna IV, 94, Obres (o. Anm. 103) Bd. 9, S. 363 ff.; dazu Berthold Altaner, Raymundus Lullus und der Sprachenkanon (can. 11) des Konzils von Vienne (1312), in: HJb 53 (1933) 190–219, hier S. 197; Heydte, Geburtsstunde 210.

[106]) Berthold Altaner, Die fremdsprachliche Ausbildung der Dominikanermissionare während des 13. und 14. Jahrhunderts, in: Zeitschrift für Missionswissenschaft und Religionswissenschaft 23 (1933) 233–241, hier S. 241 (bisherige Praxis); Altaner, Sprachstudien 121 ff.; Gregorius, Muttersprache 133 ff.; Graf (o. S. 261 Anm. 13) Bd. 4, S. 171 f.; Fück, Arabische Studien 16 ff. (Sprachenschule Lulls).

[107]) Richard Scholz, Die Publizistik zur Zeit Philipps des Schönen und Bonifaz' VIII. (Kirchenrechtliche Abhandlungen 6–8), Stuttgart 1903, S. 430 f.; Ewald Müller OFM, Das Konzil von Vienne 1311–1312, Seine Quellen und seine Geschichte

nicht gewonnen. Aber es ist Lull zu danken, daß die Rangordnung der Sprachen sich nach der Missionspraxis statt nach theoretischen und traditionellen Anschauungen zu richten begann. Das war eine Konsequenz aus den Erfahrungen der Afrika- und Asien-Missionare, aber zugleich noch einmal ein Erfolg des Gottesvolk-Gedankens.

Er triumphierte scheinbar im 14. Jahrhundert noch einmal in einem anonymen, an einen Isidor-Codex angehängten Verzeichnis der 72 Weltsprachen. An erster Stelle steht die hebräische Sprache, *que prima credenda est*; die spanische nimmt in gewollter Bescheidenheit den vorletzten der 75 Plätze ein. Biblische Namen sind zahlreich; auch kleine vorderasiatische Stämme sind der Sprachenliste Hippolyts entnommen oder sogar, direkt oder indirekt, aus anderen Teilen der Hippolytischen Chronik herbeigeholt. Freilich fehlt die von Lull empfohlene mongolische Sprache; von Innerasien weiß der Autor nichts. Man spürt seine Blickrichtung nach Spaniens Gegenküsten: Araber, Sarazenen, Mauren, Afrikaner; Sardinien, Sizilien, Italien; zahlreiche Namen der griechischen Halbinsel, die seit 1302 von aragonesischen Almogavaren erobert wurde[108]). Nur scheinbar beschwor die zeitgenössische Mittelmeerpolitik die Zeiten des mediterranen Gottesvolkes noch einmal herauf. Die großen Pläne reiften nicht; die folgenden turbulenten Jahrzehnte nahmen den Spaniern die frohe Zuversicht, in mitreißenden epochalen Bewegungen zu stehen; so trennten sich Politiker und Mystiker, und die Historiker der Heilsgeschichte verstummten.

Frankreich dagegen stellte sich immer einhelliger hinter seinen König und dessen ehrgeizige Ziele; die Gegenwart ballte sich zusammen zur Quintessenz der Geschichte. Die Franzosen glaubten, selbst das Gottesvolk zu sein, und kleideten ihre nationalen Ambitionen darum gern in ein universalhistorisches Gewand. Philipp der Schöne (1268–1314), der das Prestige der französischen Sprache weiter hob, veranlaßte 1296/7 ein Rechtsgutachten, das die französischen Ansprüche auf Lyon untermauern sollte. Es behauptete, daß *a iure primevo, id est a iure gentium* im Sinne der Digestenstelle „die Völker unterschieden und die Königreiche gegründet" seien, die Krone Frankreich also älter sei als das Imperium; ähnlich hatte schon Gregor IX. den Franzosen geschrieben, ähnlich Marino von Caramanico die italienische Herrschaft Karls von Anjou verteidigt[109]). Hätte es also bereits im Paradies getrennte Völker gegeben?

(Vorreformationsgeschichtliche Forschungen 12), Münster 1934, S. 155 ff., 638 ff., 694 (hier der Text).

[108]) Edition und Erläuterung unten Anhang VI, S. 947 ff.

[109]) Fritz Kern, Acta Imperii, Angliae et Franciae ab a. 1267 ad a. 1313, Tübingen 1911, S. 200 Nr. 271. Zur imperialen Theorie der französischen Legisten Georges de Lagarde, La naissance de l'esprit laïque au déclin du moyen âge, Bd. 1, 3. Aufl., Louvain-Paris 1956, S. 198 ff.

Stand Nimrods Weltreichsversuch nicht vor der babylonischen Völkerteilung? Rasch verblaßten die Fakten der biblischen Urgeschichte; man schenkte sich die exegetischen Begründungen, die doch schon Andreas von St. Victor und noch Engelbert von Admont (dieser freilich im kaiserlichen Sinn) versuchten. Lyon wurde auch so 1312 französisch.

Mit der Bibel war kein Staat zu machen; lieber berief sich der französische Stolz auf die trojanische Herkunft. Als Philipp 1302 in der Sporenschlacht von Courtrai von den flandrischen Bürgern geschlagen war, ließ er sich nicht entmutigen; ein anonymer Prediger verkündete von der Kanzel nun erst recht die Glorie Frankreichs, nicht anhand der Bibel, sondern in freier Bearbeitung der Erzählungen aus „Fredegar" und dem „Liber historiae Francorum": Der Trojaner Aeneas gründete zwar das römische Reich, aber unsere Vorfahren zogen währenddessen unter Antenor von Troja zu den mäotischen Sümpfen; *Francio* war ihr erster Gründer, Priamus ihr erster König, beide Abkömmlinge von Hektors Vater Priamus von Troja. So sind die französischen Könige, seit Priamus 48 an der Zahl, in der Tat die edelsten Herrscher und *fratres Romani imperii*. Nicht minder ehrfurchtgebietend ist der Name der Franken, sei es, daß er vom edlen *Francio* herrührt, von der *ferocitas* oder von der *libertas*; Freiheit, Wildheit, Adligkeit! Man nannte die Franken nach ihrem Alanensieg so, *acrea lingua*; aus der *Attica lingua* der Vorlagen wurde nun die „auf Höhen verehrte", göttliche Sprache, als hätte Jupiter selber den Franzosen den Namen verliehen[110]). Wer durfte sich noch mit ihnen messen?

Das konnte im weltlichen Bereich nicht einmal der Papst. Während Philipp der Schöne mit Bonifaz VIII. rang, wog im königstreuen Pariser Dominikanerkonvent der Theologieprofessor Johann von Paris (Quidort, ca. 1240–1306) päpstliche und königliche Gewalt gegeneinander ab. Er kam Ende 1302 oder Anfang 1303 zu dem Schluß, das Königtum gehöre zum *ius naturale* und *ius gentium*; für den Thomisten war nur die Folgerung neu, daß die Menschen vor der Zeit der ersten Herrscher Belus und Ninus nicht wie Menschen, sondern wie Tiere gelebt hätten. Die Schöpfung des politischen Menschen wäre also den assyrischen Götzendienern zu verdanken; für diese Ansicht berief sich Johann ausgerechnet auf Orosius, der die profane Unheilsgeschichte hatte schreiben wollen. Von der säkularisierten Heilsgeschichte trennt sich die geistliche scharf, vor allem dadurch, daß sie noch später beginnt. Das *regnum* des Belus und Ninus ist zweitausend Jahre älter als das Priestertum, denn Noah war nicht wirklich Priester (ein offener Affront gegen Innocenz III.), ebenso-

---

110) Sermo cum rex Franciae est processurus ad bellum, hg. Jean LECLERCQ OSB, Un sermon prononcé pendant la guerre de Flandre sous Philippe le Bel, in: RMAL 1 (1945) 165–172, hier S. 169 f. Dazu Ernst Hartwig KANTOROWICZ, The King's Two Bodies, A Study in Mediaeval Political Theology, Princeton 1957, S. 249 ff.

wenig Melchisedech, von dem die Juden (und nicht nur sie) sagen, er sei Sem. Erst Christus stiftete das *sacerdotium*; auch in Frankreich waren die Könige früher als die Christen. Sind die französischen Könige also Nachfahren der heidnischen Imperatoren oder der gallischen Fürsten? Beides und keines von beiden.

Die weltliche Herrschaft muß aufgeteilt sein, schon wegen der *diversitas climatum et linguarum et conditionum hominum*. Es gab auf Erden nie nur einen Kaiser; neben die Assyrer und Babylonier unter Ninus traten die afrikanischen Sikyonier mit ihrem König *Egyaclus* und dessen Sohn *Europs* (was ist aus dem ersten Hellenen *Aigialeus* bei Euseb, was aus der libyschen Königstochter *Europa* bei Isidor inzwischen geworden!), neben die Römer traten die Karthager und Griechen, und alle diese Reiche sind gleich unmittelbar von Gott. Honorius von Autun und die gesamte Translations-Theorie sind widerlegt. Wenn der Papst sich dennoch auf die Konstantinische Schenkung beruft und das römische Reich in Anspruch nimmt, erwidert Johann, wohl die Gallier, aber niemals die *Franci* seien römische Untertanen gewesen; Huguccio irrte sich. Zwölftausend Trojaner kamen mit Antenor nach Pannonien an die mäotischen Sümpfe (Gregor von Tours und der „Liber historiae Francorum", Balkan und Asovsches Meer überlagern sich), und immer waren sie Feinde des Römerreiches; weil Kaiser Valentinian sie nicht bezwingen konnte (nicht weil sie ihm die Alanen besiegten), nannte er sie *francos id est feroces*; sie eroberten Germanien und Gallien bis über die Pyrenäen hinaus[111]). Daß Noah der Weltpatriarch war und die Erde aufteilte, daß die Herrschaft von Nimrod stammte, daß die Völker und Sprachen erst nach dem Frevel von Babel sich schieden, mochte ins Weltbild der Kanonisten und Kurialisten passen; wenn die Geschichte als Hilfswissenschaft bestätigen sollte, daß die Franzosen das Kaisertum in ihrem Königreich naturrechtlich besaßen, dann durfte sie nicht mit der Urzeit beginnen, sondern mit dem Fortschritt; nicht mit der Bibel konnte sie argumentieren, sondern mit der heidnischen Antike.

---

111) Tractatus de potestate regia et papali, hg. Jean LECLERCQ OSB, Jean de Paris et l'ecclésiologie du XIIIe siècle (L'église et l'état au moyen âge 5), Paris 1942: c. 1 S. 176 ff. (Königtum), 178 (wie Tiere, Orosius); c. 19 S. 233 (Noah kein Priester); c. 4 S. 182 f. (regnum-sacerdotium, Melchisedech-Sem, Christus); c. 10 S. 199 (Könige, Christen in Frankreich); c. 3 S. 181 (diversitas); c. 4 S. 182 (Sikyonier); c. 21 S. 246 f. (Karthager, Griechen, Trojaner, Franken). Dazu Helene WIERUSZOWSKI, Vom Imperium zum nationalen Königtum, Vergleichende Studien über die publizistischen Kämpfe Kaiser Friedrichs II. und König Philipps des Schönen mit der Kurie (Beiheft 30 der HZ), München-Berlin 1933, S. 159 ff.; GOEZ, Translatio 221 ff. Der von LECLERCQ S. 24 gezogene Vergleich zwischen Johanns mäßigem und besonnenem Patriotismus und dem hitzigen Imperialismus eines Alexander von Roes erhellt, ebenso wie die umgekehrten Ansichten deutscher Historiker, mehr die Geschichte des 20. als des 13. und 14. Jahrhunderts. Europa bei Isidor, Etymologiae XIV, 4, 1 und vielfach später; dazu FISCHER, Oriens 9, 124.

War für die Ahnenreihe gesorgt, so konnte die Bibel nur noch Musterbilder für die Zukunft bieten. Der Legist Pierre Dubois (ca. 1250/60– ca. 1321) forderte 1306, daß künftig in der Weltkirche wirklich wie unter den Aposteln alle Sprachen erklängen, die Gott geschaffen habe. Wie Lull schlug auch Dubois Sprachenschulen vor, für Lateinisch, Griechisch, Arabisch, „Chaldäisch" und andere Schriftsprachen *(ydiomata litterata)*; besonders die christlichen Herrscher in Palästina benötigten solche Kenntnisse. Nun war Palästina seit 1291 verloren; unwillkürlich denkt der Leser daran, daß die französische Krone es in diesen Jahren weniger auf einen neuen Kreuzzug als auf den reichen Besitz des Templerordens abgesehen hatte. Dubois sprach nicht wie Lull im Namen der universalen Kirche, die auch im mongolischen Asien missionieren mußte, sondern im Namen Frankreichs. Selbst die Griechisch-Sprechenden sind für Dubois *extranei*, *quoad Gallicos barbari*; das Nichtfranzösische ist schon barbarisch. Das Hebräische wurde kaum mehr beachtet; es besaß als *lingua tam litterata quam materna* der Apostel nur noch historischen, für Dubois also gar keinen Wert; nicht einmal die große, an Johannes de Dacia gemahnende Entdeckung, daß eine Schriftsprache zugleich Muttersprache sein kann, wurde vom Hebräischen auf das Französische angewandt[112]). Im gleichen Jahr ließ Dubois' König die Juden aus Frankreich vertreiben. Das Konzil von Vienne bestand dann 1312 doch auf der Lehre des Hebräischen; daneben sollten Griechisch, Arabisch und Syrisch an der Kurien-Universität, in Paris, Oxford, Bologna und Salamanca von je zwei Dozenten gelehrt werden. Aber nur die Kurie selbst machte ernsthafte Anstrengungen, den Beschluß durchzuführen; in Paris begannen erst im 15. Jahrhundert, im Zeichen des Humanismus, die orientalistischen Studien aufzublühen[113]). Dubois hatte zunächst die Zukunft und zur Hälfte den Papst auf seiner Seite.

Kurz nach Dubois' Vorschlägen schrieb der südfranzösische Papst Klemens V. (gest. 1314), der erste Papst in der „Babylonischen Gefangenschaft" zu Avignon, obgleich er Philipp dem Schönen mehr mit hinhaltenden Worten als durch Taten zu Willen war, Gott habe die Reiche dieser Welt eingerichtet *secundum divisionem linguarum et gentium*; unter ihnen allen rage, wie schon die Dekretale Gregors IX. betonte, das *regnum Francie* wie einst das Volk Israel als

---

[112]) De recuperatione terre sancte, hg. Charles-Victor Langlois (Collection de textes), Paris 1891: c. 63 S. 54 (Pfingsten); c. 83 f. S. 68 f.; c. 59–61 S. 47 ff. (Sprachenschulen; dazu Altaner, Sprachstudien 123); c. 117 S. 108 f. (Griechen, Hebräisch). Zu D.s Nationalbewußtsein Hellmut Kämpf, Pierre Dubois und die geistigen Grundlagen des französischen Nationalbewußtseins um 1300 (Beiträge zur Kulturgeschichte des Mittelalters und der Renaissance 54), Leipzig-Berlin 1935, S. 65 ff.; Kirn, Nationalgefühl 89 ff.

[113]) Scholz (o. Anm. 107) S. 431; Müller (o. Anm. 107) S. 637; Altaner, Sprachstudien 121, 123 ff.

auserwähltes Volk hervor. Wurde die Teilung der Welt auf Gottes Wirken und nicht auf Babel zurückgeführt, so kann der Papst dabei nur Deut. 32,8 im Sinn gehabt haben; die neuen Söhne Israels durften dann nach ihrer Zahl die Grenzen korrigieren und erfüllten so Gottes Willen. Was der Papst dazu durch Bischofskreationen von Franzosen an den Grenzen Frankreichs tun konnte, tat er[114]). Und war nicht auch Frankreichs Sprache die der Gotteskinder? Der französische König Neapels, Robert von Anjou (gest. 1343), schmähte im Kampf gegen Kaiser Heinrich VII. die unflätige deutsche Sprache und das in ihrem Bereich aufwachsende barbarische Volk; mochten die Deutschen sich auf verwelkten Lorbeeren ausruhen, die *longa varietas temporum* gab den heutigen Franzosen recht[115]). Währenddessen pries ein englischer Schulmeister das Französische, es sei von Gott zu seinem besonderen Ruhm geschaffen und der Engelsprache gleich, *pour la grant doulceur et biaultee d'icel*[116]).

Wozu also überhaupt noch die alten Traditionen? Die Literaten hielten zu den Politikern; die Historiker entledigten sich rasch des Wustes aus der Vorzeit. Die „Großen Chroniken" aus der Zeit um 1300 verspürten nicht den Drang der Deutschen, Italiener und Spanier, die Weltgeschichte auszubreiten; sie begannen mit Troja, denn *Francio* war Hektors Sohn. Man ließ über Francios Vetter *Turcus* und über *Brutus* nur noch Türken und Engländer am französischen Altertum teilhaben, ohne die Bibel oder die Europa-Idee in Anspruch zu nehmen[117]). Die übrigen Chroniken, auch wenn sie vorgaben, am Anfang der Welt zu beginnen, brachten nur französische, allenfalls westeuropäische Geschichte; niemand sprach von der Herkunft aller Menschen aus der Arche Noah, von 72 Sprachen und Völkern[118]). Als nach 1306 Guillaume Guiart aus Orléans seine Reimchronik Philipp dem Schönen zu Füßen legte, fand man darin zwar, daß die Apostel an Pfingsten verschiedener Sprachen mächtig gewesen seien, um allen Nationen verständlich zu sein. Aber dieses universale

---

[114]) Regestum Clementis V., Nr. 7502, zitiert nach FINKE, Weltimperialismus 52 f. Zu C.s Politik Edmund Ernst STENGEL, Avignon und Rhens, Forschungen zur Geschichte des Kampfes um das Recht am Reich in der ersten Hälfte des 14. Jahrhunderts (Quellen und Studien zur Verfassungsgeschichte des Deutschen Reiches in Mittelalter und Neuzeit VI, 1), Weimar 1930, S. 10 ff. (Zaudern); KERN, Ausdehnungspolitik 257 ff. (Bischofskreationen).

[115]) Petitio regis Roberti altera c. 8 und 10, MGH LL Sectio 4, Bd. 4,2 S. 1372 Nr. 1253; dazu Friedrich BOCK, Reichsidee und Nationalstaaten vom Untergang des alten Reiches bis zur Kündigung des deutsch-englischen Bündnisses im Jahre 1341, München 1943, S. 139 f.; HELBLING, Saeculum 100 ff.

[116]) Ferdinand BRUNOT, Histoire de la langue française des origines à 1900, 12 Bände Paris 1913–48, hier Bd. 1, S. 376; KOLL, Langue 64.

[117]) Les Grandes Chroniques de France, hg. Jules VIARD (Société de l'histoire de France), Bd. 1, Paris 1920, S. 9 ff.

[118]) Jean-Alexandre-C. BUCHON, Collection des chroniques nationales françaises du XIIIe au XVIe siècle, 47 Bände, Paris 1824–29, wurde vergeblich, freilich nur flüchtig durchgesehen.

Wunder wirkte nicht auf die französischen Könige und ihren Chronisten; wichtiger war ihm, daß die derzeitigen Herrscher Frankreichs von *Priant de Troie* und Karl dem Großen abstammten. Ihre europäische Ausdehnungspolitik verfolgte der Dichter mit ganzer Sympathie; daß die Gegner nicht Französisch sprachen, nahm er ihnen übel. Bei Benevent rangen 1266 Völker verschiedener Sprachen miteinander, Franzosen, Deutsche und Sarazenen; bei den Kämpfen um Flandern hörte man auf den Schlachtfeldern die verwundeten Franzosen, Wallonen, Spanier, Flamen und Holländer „in ihren Sprachen" jammern. Es ist, als sollte das Sprachengewirr nur die Begleitmusik zu Krieg und französischem Sieg sein. Durch die Sieger von Courtrai, Flamen und Deutsche, sah Guiart hindurch, als gäbe es sie nicht; sie sind „ich weiß nicht von welcher Sprache", sie sind Barbaren[118a]). Man schrieb Geschichte auf französisch und freute sich noch im Hundertjährigen Krieg ritterlich an dem grausamen, schönen Turnier, das nur im Augenblick, da es stattfand, gefiel.

Bei der Schilderung früherer ritterlicher Begebenheiten fügte man sich hie und da noch den höfischen Gepflogenheiten, so ein Anonymus aus Padua, der zu Ende des 13. oder Anfang des 14. Jahrhunderts die Rolandsage und die Eroberung Spaniens neu erzählte. Da spricht der Sarazenenherrscher Romanisch, und seine Gesandten beherrschen christliche Sprachen; wenn die Sarazenen auch untereinander die „heidnische Sprache" gebrauchen, einer ihrer Heerführer kann sich brüsten, die Idiome Persiens und Afrikas, Griechisch, Armenisch und Syrisch zu kennen. Auch Roland darf nicht zurückstehen, er versteht *maint latin*, Griechisch, Syrisch, Armenisch, auch Persisch; nur in den „Sprachen Spaniens", also wohl im Arabischen, ist er nicht firm und verrät sich als Landfremder. Noch einmal soll die ritterliche Vielsprachigkeit den Fluch von Babel überwinden, *la tor ou des langajes fist Nembrot les divis*[118b]). Doch nun nahm man diesen Turmbau nicht mehr ernst.

Wenn die Dichter ihre ritterlichen Helden noch weiter auf Abenteuer durch die Welt schickten, dann konnte erst recht der Turm von Babel am Horizont auftauchen. Als der Ritter Huon von Bordeaux, eine gefeierte Sagengestalt, nach dem heidnischen Babylon verschlagen wurde, sah er von ferne das Wahrzeichen der Stadt, *la tour Abel*. Man tat, als ob der Turm noch stünde und

---

118a) Branche des royaux lignages, hg. Jean-Alexandre-C. BUCHON, 2 Bände, Paris 1828: v. 5231 ff. Bd. 1, S. 219 (Apostel); Prolog v. 377 ff. S. 20 (Priant); v. 1940 ff. Bd. 2, S. 76 f. (Benevent); v. 9890 ff. S. 381 f. (Verwundete); v. 5015 ff. S. 194 f. (Flamen, Deutsche). Dazu KOLL, Langue 113, 145 f.

118b) L'entrée d'Espagne, hg. Antoine THOMAS (SATF), 2 Bände, Paris 1913: v. 420 Bd. 1, S. 17 (Sarazenenherrscher); v. 437 S. 18 (Gesandte); v. 8882 Bd. 2, S. 34 (heidnische Sprache); v. 11466 f. S. 126 (Heerführer); v. 11522 f. S. 128; v. 12277 S. 155; v. 14394 S. 234; v. 14546 S. 239 (Roland); v. 14145 S. 224 (Turmbau). Dazu KOLL, Langue 98 f., 110 f., 142.

ein Symbol von Abels Unschuld wäre[119]). So vollständig war dem Gedächtnis der Zeitgenossen alles entschwunden, was sie doch bei Comestor und in der „Histoire ancienne" leicht hätten nachschlagen können. *Tour Abel* heißt der Bau auch in dem Ritterroman „Bauduin de Sebourc", bald nach 1317; er steht am Ende der Welt. Eine ritterlich-höfische Dame war einmal in ihm eingeschlossen; er ist so hochgemauert wie keine andere Burg. *Chuis*, also Kusch, erbaute ihn. An einem Tage freilich hat Gott die Sprachen verwandelt, so daß die Maurer einander nicht mehr verstanden. Seitdem sind die Sprachen getrennt, ein jeder spricht *en son latin*, und niemand versteht mehr alle. Wohl hat ein friesischer Herzog noch Sarazenisch gelernt; ein Sarazene gar beherrscht Hebräisch und „dreißig Sprachen", auch das Lateinische, besser als irgendeiner; eine orientalische Königin begrüßt Bauduin *en la langue Fransoise*, denn sie ist in Frankreich aufgewachsen, hat dann allerdings ihren Glauben verleugnet. Das ist bezeichnend für die Aushöhlung der ritterlichen Ideale: Nur die Barbaren und die Renegaten sind sprachenkundig; sie wohnen in der Nähe von Babel[120]). Der Dichter blickte noch in die Runde, aber nur, um plastische Einzelheiten zu gewinnen; was am Ende der Welt einmal geschehen war, beschäftigte nur noch die Romanciers. Auch der Fortsetzer dieses Romans, vielleicht der gleiche hochbegabte Dichter des „Bauduin", meinte in der Erzählung „Bastars de Buillon" wiederum, dieser Turm von Babel oder *tour Abel* sei sehr hoch und dauerhaft gemauert und sehr alt. Adams Nachfahren hätten ihn so hoch geplant, um in den Himmel aufzusteigen. Aber „wenn die Schrift nicht lügt", schickte Gott ihnen eine Verwirrung, und Jesus Christus schied an einem Tage 99 Sprachen[121]). Neunundneunzig, das war in der Chanson de geste des 12. Jahrhunderts die Zahl der Reiche, deren bestes Frankreich ist; es war nach Graindor von Douai auch die Zahl der Sprachen, die die Apostel an Pfingsten erhielten. Ob die französische Sprache, in der die Dichter schrieben, auch dort in Babel entstand? Niemand fragte danach. Frankreich brauchte keine Heils- und Weltgeschichte, um sich seiner Mission zu vergewissern.

---

[119]) Hermann SCHÄFER, Über die Pariser Hss. 1451 und 22555 der Huon de Bordeaux-Sage (Ausgaben und Abhandlungen aus dem Gebiete der romanischen Philologie 90), Marburg 1892, S. 75.

[120]) Li romans de Bauduin de Sebourc (Romans des croisades), 2 Bände, Valenciennes 1841: III, 663 Bd. 1, S. 82 (tour Abel; als tour Babel in III, 272 S. 71); XIV, 947 Bd. 2, S. 28 (Dame); XVII, 88 ff. S. 127 f. (hochgemauert, Chuis, Verwirrung. Doch könnte *Chuis* auch ein Pronomen sein; die Stelle ist undeutlich); VII, 207 Bd. 1, S. 183 (latin); I, 477 S. 14 (Friese); XII, 264 ff. S. 336 (Sarazene); XIV, 729 ff. Bd. 2, S. 22 (Königin). Dazu Hermann BREUER, Über den Verfasser dreier der letzten chansons de geste, in: Zeitschrift für romanische Philologie 43 (1923) 578–586, hier S. 585 f.; KOLL, Langue 75, 77, 114.

[121]) Li Bastars de Buillon, hg. Auguste SCHELER, Brüssel 1877: v. 1384 S. 51 (Turm von Babel); v. 5469 ff. S. 194 (tour Abel, Verwirrung).

Die Päpste wehrten sich, so gut sie konnten. Klemens' Nachfolger Johann XXII. (1249–1334), selbst aus Cahors gebürtig, ließ 1323 den französischen König wissen, er habe sich einen französischen Brief des Monarchen ins Lateinische übersetzen lassen müssen – ein Zeugnis nicht nur für die Dialektgrenzen innerhalb Frankreichs, sondern mehr noch für die päpstliche Sprachenpolitik und Johanns hohes Selbstgefühl[122]). Derselbe Papst schilderte 1318 dem kleinarmenischen König Oscino, wie die ursprüngliche Einheit der Sprache durch die babylonische Verwirrung verloren worden sei; dem Missionar bleibe darum nichts anderes übrig als Sprachen zu lernen, denn nur das Hören und Verstehen erzeuge den Glauben. Mit Menschen ungleicher Sprache könne man nach 1 Kor. 14, 11 nicht auf die Dauer zusammenleben; darum habe Gott den Aposteln die Sprachengabe verliehen. Doch mit den hohen Worten wollte der Papst nicht etwa den in Armenien wirkenden Missionaren das Studium der Landessprache anbefehlen, sondern den König bitten, die dortigen Dominikaner bei der Heranbildung lateinkundiger einheimischer Dolmetscher zu unterstützen[123]). Achtzig Jahre früher hatten die Dominikaner selbst Armenisch gelernt; sie taten es in ihren armenischen Konventen auch jetzt noch und widmeten sich ferner der griechischen und mongolischen Sprache[123a]). Doch der Papst meinte, jetzt sollten die Armenier Latein lernen wie der König von Frankreich. Allerdings ließen sich die Franzosen noch weniger als die Armenier und Ludwig der Bayer vom Papste schulmeistern. Wie aber, wenn die Dominikaner zugleich Franzosen waren? Sie konnten sich nicht auf die Dauer wie Johann von Paris hinter ihren König stellen; sie hatten die Kirche zu schützen.

Wenigstens die großen französischen Dominikaner-Exegeten des 14. Jahrhunderts mußten Farbe bekennen; ihre Stellungnahme ist merkwürdig genug. Der erste unter ihnen, der Dominikaner-Provinzial Jakob von Lausanne (gest. 1321) verschanzte sich zunächst hinter seiner Gelehrsamkeit. In seinem ungedruckten Genesiskommentar gab der Pariser Thomist gerne zu, daß das Hebräische die erste Sprache gewesen sei und nahm sich sogar der Völkertafel an; freilich zählte er aus einem unerfindlichen Grund bei Japhet 16, bei Cham 30 und bei Sem 26 Familien; zu diesen 72 Sippen habe Christus seine 72 Jünger geschickt. Das war ein beachtliches Zugeständnis an den alten Symbolismus;

---

[122]) Noël Valois, Histoire littéraire de la France, Bd. 34, Paris 1914, S. 394; Kirn, Nationalgefühl 65. Zu J.s Selbstgefühl Johannes Haller, Papsttum und Kirchenreform, Vier Kapitel zur Geschichte des ausgehenden Mittelalters, Bd. 1, Berlin 1903, S. 92 ff.

[123]) Altaner, Sprachstudien 115. Zur Reaktion der Armenier Wallach, Gemeinschaftsbewußtsein 49.

[123a]) Raymond-Joseph Loenertz OP, Les missions dominicaines en Orient au quatorzième siècle et la Société des Frères Pérégrinants pour le Christ, in: Archivum Fratrum Praedicatorum 2 (1932) 1–83, hier S. 17, 20, 67, 70.

Jakob machte es lustlos, fast geistesabwesend; wie aus dem Hebräischen die vielen Sprachen, wie aus der einen Familie die zahlreichen Völker wurden, erklärte er nur mit dem dürren Hinweis auf Pseudo-Philos Meldung, das Menschengeschlecht habe sich rapide vermehrt. Plötzlich wurde Jakob hellwach und hochaktuell: *Item nota, quod peior inter istos tres habuit maiorem generationem, scilicet Cham*; *sic hodie in mundo frequenter magis multiplicantur peiores quam meliores.* Darum habe Augustin gesagt, die großen Reiche seien nichts anderes als große Räuberbanden. So wäre die Zahl des Gottesvolkes gar nicht bestimmend für die Grenzen der Erde? So wären die sich Ausdehnenden die Bösen? Wer es noch nicht begriffen haben sollte, gegen wen der Dominikaner hier Front macht, der erfährt es bei der Erörterung von Nimrods Werk. Nimrod ist (das wußte man aus Gratian, Andreas von St. Victor und Nikolaus von Gorran) ein *robustus venator*, *raptor*, *oppressor hominum*; und damit steht er nicht allein. *Ista sunt acta et conditiones nobilium. Unde ... ipse fuit primus rex et ab ipso venit nobilitas gentis.* Die Formeln Gorrans, damals der französischen Krone zu Gefallen geprägt, erhielten hier eine ganz neue Tendenz. Gorran hatte Nimrod nur *princeps* genannt, nicht *rex*, und sich gegen den Adel allein gewandt; seither ist der französische König theoretisch und zunehmend mehr auch in der Praxis Kaiser in seinem Königreich geworden und hat immer mehr Feudalherren in seine Botmäßigkeit gezwungen. Nun greift Jakob den König als den Stifter des Adels an; die trojanische Ahnenreihe ist eher belastend, die Berufung auf das Naturrecht der getrennten Reiche unzulässig. Der Ordensbruder Johann von Paris war zu weit gegangen. Vielleicht läßt sich Jakobs Unmut als Reaktion direkt erklären: Die französischen Annexionspläne hatten es auch auf seine Heimatdiözese Lausanne abgesehen[124]). Wie auch immer, niemand wird glauben, daß der Mönch ein begeisterter Untertan der Kapetinger, ein Freund des herrschenden Adels gewesen wäre. Durch seine Resignation vor der bösen Macht klingt der Spiritualismus durch, der Jakob wohl auch an die harmonische Ordnung der 72 Sprachen nicht mehr glauben ließ.

Die unter den schwächlichen Nachfolgern Philipps des Schönen veränderte Lage spiegelt sich in dem ebenfalls ungedruckten Genesiskommentar des in Toulouse und am päpstlichen Hof in Avignon tätigen Thomisten Dominikus Grenier (Grima, gest. ca. 1347). Auch er sichtete um 1219 zuerst penibel die Traditionen und wiewohl er vorgab, man brauche sich nicht besonders darum zu kümmern, zerbrach er sich doch den Kopf darüber, ob der Name *Nemproth* mit *b* oder *p* oder ohne beides zu schreiben sei; zum Vergleich der drei Bibelversionen, die die Frage leicht entschieden hätte, fühlte Dominikus sich nicht

---

[124]) In Pentateuchum, Handschrift Paris, Bibliothèque Nationale, Cod. lat. 14798, f. 398 rb (Mikrofilm benutzt). Zu J. knapp ÜBERWEG-GEYER, Philosophie 531, 537; SPICQ, Exégèse 346. Zu den Annexionsplänen KERN, Ausdehnungspolitik 84.

berufen. Dennoch stützte er die Ansicht von der hebräischen Ursprache durch die Lehre, daß den drei *lingue sollempniores* bis heute ein Ehrenvorrang zukomme. Er erläuterte auch die Völkertafel streng antiquarisch nach der Bibel, Josephus und der „Glossa ordinaria", ohne eigene Forschungen anzustellen oder sich an seine Gegenwart erinnert zu fühlen. Als ungenau wies er die üblichen Vereinfachungen zurück, daß die Noachiden nicht mehr Söhne als die in Gen. 10 genannten gehabt hätten und daß jeder der drei Noachiden einen Kontinent erhalten habe. Trotzdem übernahm er von Jakob von Lausanne die Rede, daß Cham, der Schlechteste, den größten Teil erhalten und sich „wie das Unkraut" ausgebreitet habe. Doch die aktuellen Anspielungen des Ordensbruders wurden ausgelassen; die übrigbleibende These *Ab ipso* (Nimrod) *venit nobilitas* war harmlos, auch wenn Augustins Satz von den Räuberbanden folgte: Das war nur die seit Gorran übliche Polemik gegen den Adel, hier obendrein sehr vage und ohne jedes gefährliche „wie heute". Der König blieb aus dem Spiel. Grenier erzählte sogar nicht ohne geheime Sympathie von der edelsten und ruhmreichen Stadt Babylon *(nobilissima, gloriosa)*, die in der größten Ebene der Welt lag. Der Turmbau wurde hier auf Befehl des Riesen Nimrod zur Sicherung vor neuer Sintflut und zur Steigerung des Ruhms von allen Menschen einschließlich der widerstrebenden Semiten und der Giganten errichtet. Das Murren der Semiten fand eine überraschende Erklärung: Assur wollte Nimrod nicht gehorchen und trumpfte damit auf, daß er von Noahs Erstgeborenem stamme; Nimrod vertrieb ihn, und er baute Ninive. Damit war die leidige Stelle Gen. 10, 11 einleuchtend erklärt, aber auch dem semitischen Widerstand die Gloriole genommen. Dem Erfinder der *malefica mathematica* und Ordner der sieben freien Künste, *Zoroastes*, war der Dominikaner im Grunde so wenig gram wie dem Turmherrn von Babel. Der Anfechtung durch Erfolg und Macht war schwer zu widerstehen.

Die irdischen Zustände wurden wie durch die Macht so durch genaue Distinktionen geordnet; Dominikus warf sich mit Lust auf die Definitionen der Ordensbrüder Wilhelm von Alton und Nikolaus von Gorran. *Lingue*, *generationes*, *terre*, *gentes* wurden wieder säuberlich zerlegt, ebenso wie *populi*, *naciones* und *gentes*. Nur die Unterscheidung Wilhelms zwischen *nacio* und *gens*, die schon Nikolaus abgeschwächt hatte, wurde von Dominikus ganz aufgegeben; *naciones dicuntur per operationem ad generacionis propagationem*. Nun brach aber Dominikus nicht wie die Ordensbrüder ab, sondern wandte ihre Begriffe auf den Bibeltext an. Aus den 72 *generationes* seien in Babel 72 *gentes* mit 72 *lingue* geworden, zu denen Christus seine 72 Jünger geschickt habe. Das Wort *populus*, das doch auch in Gen. 10, 32 steht, wurde auf die babylonische Trennung nicht übertragen. Mit anderen Worten, die Betroffenen von Babel bildeten keine geordneten staatlichen Gemeinschaften *(nam populi sunt homines viventes sub lege)*, sondern nur aus der Abstammung legitimierte, durch ihre Lebensgewohnheiten verbundene, ungeordnete Haufen, denen Gott nicht nur die Sprache, sondern auch die Gesichtszüge wandelte. Der Staat ist für Dominikus also offenbar nicht in Babel entstanden; auch Nimrod war nicht König. Man brauchte die Anfänge des Staates und der Kirche längst nicht so weit auseinanderzurücken wie Johann von Paris. Denn der erste Monarch war Caesar. Staat und Königtum überwanden die Machtkämpfe Nimrods und Assurs, die Gelüste des Adels in der Zeit Christi und der Römer: Die große Prophezeiung von Gen. 9, 27 erfüllte sich, „als die Römer, die vom Stamme Japhet sind, das Land der Verheißung eroberten", also bei der Einnahme Palästinas und der Zerstörung des Tempels[125]). Wenn nicht alles trügt, stand Grenier der Königsmacht weniger feindselig gegenüber als Jakob von Lausanne, vielleicht weil sie unter den letzten Kapetingern und unter den ersten Valois dem Adel viele Zugeständnisse machen mußte und die Einheit Frankreichs nicht monarchisch vollenden konnte. Es scheint, als hielten es die Bettelmönche mit den Schwachen; aber dieses Spiel mit politischer Bibelexegese war gefährlich. Man mußte danach dem Bibeltext selbst wieder aufhelfen, der doch über den Parteien und dem Augenblick stehen sollte.

Das besorgte in den Anfängen des Hundertjährigen Krieges der Dritte im Bunde der Dominikaner, der in Paris lehrende Normanne Nikolaus von Lyra (1270–1349), der bedeutendste spätmittelalterliche Exeget. Er zog sich ganz in die unparteiische, gelehrte und indifferente Distanz zurück und erforschte die Bibel und ihre Sprache um ihrer selbst willen. Er lernte Hebräisch, das auch er für die erste und einzige Weltsprache vor Babel hielt, und hörte auf die rabbinischen Traditionen, die ihm (wie Arnald von Villanova forderte) den Bibeltext verstehen und seinen Wortsinn genauer als bisher üblich ermitteln halfen. In seiner 1322–1331 fertiggestellten Postille machte er den Juden manches Zugeständnis. In Babel sei nicht jedem einzelnen eine eigene Sprache gegeben worden, sondern jeder *gens*, jedem *populus*. Die Unterscheidungen der Ordensbrüder, zuletzt noch Greniers, waren überspitzt; das Hebräische häuft eben gern Synonyme, und Volk ist von Sprache hier nicht zu unterscheiden. Deut. 32, 8 schien dafür zu zeugen, daß sich *secundum LXX linguas* auch 70 Völker gebildet hätten; wieder gingen Volk und Sprache zusammen. Daß es 70 und nicht 72 Sprachen und Völker gab, war jüdische Tradition. Nikolaus zählte vielleicht in Gen. 10 nach und fand auch in der lateinischen Vulgata nur 70 Namen, aber das schrieb er nicht nieder; bei Gen. 11, 7 nannte er nur unbe-

[125]) In Genesim, Handschrift Paris, Bibliothèque Nationale, Cod. lat. 362, f. 45vb–48ra (Mikrofilm benutzt). Beschreibung der Handschrift in: Bibliothèque Nationale, Catalogue général des manuscrits latins, Bd. 1, Paris 1939, S. 129 f. Zu G. Spicq, Exégèse 344.

stimmt eine *multitudo ydiomatum*. Indem Nikolaus sich aber an die rabbinische Auslegung hielt, brachte er zum ersten Mal die Formel von 72 Sprachen und Völkern in Verruf; bislang hatte man sie verschwiegen oder sich verrechnet, jetzt hatte man eine positive Gegen-Aussage. Sie entsprang nicht wie bei Dante der Beobachtung der diffusen Wirklichkeit oder den Berichten der Asien-Missionare, sondern der von den Juden mit inspirierten genauen und gelehrten Bibelexegese, die sich von den Meinungen und Wünschen des Tages fernhielt. Wieder einmal, wie so oft, schlug die Theorie die Bresche, durch die dann die Erfahrung mit ganz anderen Zielen eindringen konnte. Der Dominikaner achtete auf die Neuigkeiten der Zeit nicht.

Bei der Erklärung der Völkertafel übernahm Nikolaus nichts von den Rabbinern; keine ihrer Modernisierungen wurde gebilligt, denn die Völkertafel sei weithin unverständlich geworden *propter mutationes populorum et nominum ex guerris et subversionibus*. Der Normanne mußte es wissen. Nur die Franzosen ließ er durch das Netz seiner Kritik schlüpfen; neben den Spaniern Tubals und den Griechen Javans ließ er Gomers Galater *et postea Gallici* gelten. Frankreich war nicht nur die älteste Tochter der Kirche, sondern auch der älteste Sproß an Japhets Stamm. Der Lyranus hat nur aus den *Galli* Isidors die *Gallici* gemacht; das ist das einzige Zugeständnis an seine Zeit. Das Pfingstwunder war im Dominikanerorden seit Albert dem Großen kein Problem mehr; es war Sprachen- und Hörwunder zugleich, wurde aber dadurch erst recht dem Erfahrungsbereich des Alltags entrückt[126]). Im ganzen gesehen tat das Dreigestirn der dominikanischen Genesis-Erklärer einiges, um die französische Gegenwart zu bestärken oder von der universalen Vergangenheit abzuheben. Auch hier ergänzten sich die Alternativen: Ob nun der Augenblick als die Erfüllung aller Heilsgeschichte galt oder ob die Weltgeschichte ganz aus dem Kreis der aktuellen Interessen gerückt wurde, in beiden Fällen verlor die Vergangenheit ihren Einfluß auf die autonome Gegenwart; sie hatte ihr zu dienen oder sie diente zu nichts.

Zahlensymbolik und Sprachtradition hatten keine Bleibe mehr; nur in der abgelegenen Provence rezitierte man wie im Anfang des 13. Jahrhunderts vor 1354 noch immer ein Gebet zu den 72 Namen Christi, die alle entweder hebräischen, griechischen oder lateinischen Ursprungs seien[127]). Wer sich dadurch

[126]) Postillae perpetuae in Vetus et Novum Testamentum, In Gen. 10–11; In Deut. 32, 8; in Ex. 15, 27; in Act. 2, 4. Da die Ausgabe Douai 1617 in deutschen Bibliotheken, u. a. in Marburg, München und Göttingen, nicht mehr vorhanden ist, zitiere ich nach einer Inkunabel ohne Ort, Jahr und Paginierung. Zur Pfingst-Auslegung Adler, Pfingstfest 8; zur Datierung der Postille Werner Affeldt, Verzeichnis der Römerbriefkommentare der lateinischen Kirche bis zu Nikolaus von Lyra, in: Traditio 13 (1957) 369–406, hier S. 389 f.

[127]) Paul Meyer, Notice de quelques manuscrits de la collection Libri à Florence, in: Romania 14 (1885) 485–548, hier S. 528. Zum sonstigen Verfall der Zahlensym-

alter geheimnisvoller Kräfte zu versichern glaubte, kam nun in bedenkliche Nähe des magischen Aberglaubens oder apokrypher Legenden. Doch selbst dabei wurde die geheiligte Zahl immer häufiger verfehlt. Das provenzalische Nikodemus-Evangelium wußte im Anfang des 14. Jahrhunderts zwar noch von den 72 Jüngern, behauptete aber, die Apostel könnten alle Schriften und fremden Sprachen, Latein und Griechisch und 78 Sprachen. Der Autor konnte ihrer keine zwei; er hielt die aramäischen Worte Christi am Kreuz für griechisch[127a]). Das Heiligste, einmal unverständlich und atavistisch geworden, mußte vor dem vertrauten Nächstliegenden weichen. Die Gebildeten gewahrten besser, wo die Zukunft lag; mitten in Frankreichs schwerer Zeit um 1360, als der König geschlagen und gefangen war und die Jacquerie der Bauern wütete, klammerte sich der königliche Epistelschreiber Raoul de Presles, einer der ersten französischen Frühhumanisten, an die Trojanerherkunft der Franzosen und beschwor Gallien, die Herrin der Welt[128]). Nur die Überlieferungen durften weiterwirken, die den Ruhm Frankreichs stärkten.

In den lateinischen Schulen der weltgeistlichen Gelehrten spürte man den neuen Wind allerdings nicht so schnell. Hier waren stärkere Widerstände zu überwinden als die einer universalistischen Geschichtsbetrachtung; hier blühte noch immer der lateinische Rationalismus, der zeitlos, nicht aktuell sein wollte. Nicht nur Franzosen vertraten ihn. Thomas von Erfurt war sich zu Ende des 13. oder Anfang des 14. Jahrhunderts seiner Sache noch recht sicher. Es gab in allen Sprachen nur eine Grammatik; „bei aller Verschiedenheit der Lautgebilde in den einzelnen Sprachen besteht die Identität des Sinnbereiches unangetastet in seiner Geltung"; die Sprache ist ein theoretisches, kein genetisch-historisches, erst recht kein politisches Phänomen. Thomas' spätere Kommentatoren wiesen am Hebräischen, Griechischen und Lateinischen, allenfalls zusätzlich noch am „Chaldäischen" die Richtigkeit der Theorie durch ebendiese Theorie nach[129]). Anders als die Naturlaute ist die Sprache universal, nicht in

---

bolik Johan HUIZINGA, Herbst des Mittelalters, Studien über Lebens- und Geistesformen des 14. und 15. Jahrhunderts in Frankreich und in den Niederlanden, 6. Aufl., Stuttgart 1952, S. 221 f.

[127a]) Das Evangelium Nicodemi, hg. Hermann SUCHIER, Denkmäler provenzalischer Literatur und Sprache, Bd. 1, Halle 1883: v. 2183 ff. S. 66 (Jünger); v. 2165 ff. S. 65 (78 Sprachen; dazu KOLL, Langue 171); v. 869 S. 25 (Christi Worte).

[128]) Compendium morale rei publicae, nach der Handschrift zitiert bei BERGES, Fürstenspiegel 267, 271. Robert MICHELS, Der Patriotismus, Prolegomena zu seiner soziologischen Analyse, München-Leipzig 1929, S. 2 setzt R. de P. fälschlich ins 16. Jahrhundert.

[129]) Martin GRABMANN, Thomas von Erfurt und die Sprachlogik des mittelalterlichen Aristotelismus (Sitzungsberichte der Bayer. Akad. d. Wiss., Philos.-Hist. Kl., Jg. 1943, Nr. 2), München 1943, S. 25 ff., 78 (Texte); dazu Martin HEIDEGGER, Die Kategorien- und Bedeutungslehre des Duns Scotus, Tübingen 1916, S. 111 f. (hier das Zitat; der von H. untersuchte Traktat ist der des Thomas von Erfurt.)

ihrer lautlichen Gestalt, sondern wegen ihres logischen Gehalts und der immergleichen Rationalität des Menschen.

Wir kennen diese Thesen längst; sie wurden auch jetzt noch mit Vorliebe von Ausländern in Paris vorgetragen. Der dänische Gesinnungsgenosse Sigers von Brabant, Boetius de Dacia, gestaltete sie zu Ende des 13. Jahrhunderts wieder zu einer Stufenordnung aus: Grundlage und Ursache jeder abgeleiteten Wahrheit *(veritas posterior)* ist das Ding *(res)*; dingbezogen ist die Erkenntnis *(intellectus)*, und erst der letzte und entfernteste Überbau ist die Sprache *(vox, sermo)*. Sie kann – und das ist nun auch eine Art „Lehre von der doppelten Wahrheit" – Dinge bezeichnen, die es gar nicht gibt; sie kann völlig im Unverbindlichen verschweben[130]). Irgendwo in diesen sekundären Systemen wird Boetius auch die Verschiedenheit der Sprachen untergebracht haben; in die geheiligten Hallen der Erkenntnis durfte keine spezielle Sprache, schon gar keine Volkssprache vordringen, auch das Französische nicht. Es ging den Philosophen, wie etwa dem Pariser Professor Siger von Courtrai (gest. 1341), zuerst um die *modi essendi seu proprietates rerum*, danach allenfalls noch um die *modi intelligendi*. Die Sprache war nur ein Anhängsel: *Vocem non considerat grammaticus nisi per accidens*. Diese Philosophen nannten sich noch immer „Grammatiker", aber mit der Beschreibung der Sprache, auch nur mit der Besinnung auf den Wortgehalt von *grammaticus* gaben sie sich nicht ab[131]). Sie glaubten, das wahre Sein ermitteln zu können, ohne sich zuvor über den Zwang klargeworden zu sein, den die Formeln der Sprache auf das Denken und somit auf die Erkenntnis der Dinge ausüben. In den zahlreichen ungedruckten und noch nicht näher untersuchten spätmittelalterlichen Traktaten zur Sprachlogik wird sich vermutlich keine grundsätzlich andere Einstellung finden lassen[132]). Die Parallele zu der ganz anders gearteten Mystik liegt nahe; wenn schon die gesprochene Sprache im ganzen zur Abdankung gezwungen wird, kann man die Realität der Sprachen nicht achten. Man will es nicht, sonst müßte man sich aus der Studierstube hinaus auf die Straßen begeben, wo das Leben sich abspielt.

Es gehörte wohl ein gutes Stück Banalität dazu, die Wirklichkeit der Sprachen als Gelehrter überhaupt wahrzunehmen; aber auch daran fehlte es nicht,

---

[130]) Omnis homo de necessitate est animal, hg. Martin GRABMANN, Die Sophismataliteratur des 12. und 13. Jahrhunderts, mit Textausgabe eines Sophisma des Boetius von Dacien (Beiträge zur Geschichte der Philosophie und Theologie des Mittelalters 36, 1), Münster 1940, S. 78, 90.

[131]) Summa modorum significandi, hg. G. WALLERAND, Les oeuvres de Siger de Courtrai (Les philosophes belges 8), Louvain 1913, S. 93 ff. (modi); Sophisma I S. 130 f. (vox).

[132]) Paul LEHMANN, Mitteilungen aus Handschriften VIII: Zu den sprachlogischen Traktaten des Mittelalters (Sitzungsberichte der Bayer. Akad. d. Wiss., Philos.-Hist. Kl., Jg. 1944, Nr. 2), München 1944, S. 7 ff. gibt eine Liste solcher Traktate.

selbst bei gebürtigen Franzosen. Gegen Ende des 14. Jahrhunderts zeichnete der sonst recht unbedeutende Grammatiker Heinrich von Crissey aus der Saône-Gegend ein neues, in seiner Naivität fast geniales System der Sprachengeschichte. Es begann wieder wie üblich mit der Unterscheidung zwischen natürlich einheitlicher und willkürlich besonderer Sprache. Nun hatte man bisher meist nur die gelehrten Sprachen dabei berücksichtigt; nicht so Heinrich. *Latinorum populorum* – das sind die abendländischen, nicht die romanischen Völker – *quidam laici dicuntur et quidam clerici ... Laici vero dicuntur habere ydiomata vocum impositarum ad placitum, que ydiomata docentur pueri a matribus et a parentibus.* Das klingt, als hätte Heinrich Dante gelesen. Die Volkssprachen, „Muttersprachen", sind willkürlich erfunden, können anscheinend täglich neu entstehen und sind darum auch verschieden; *et ita ydiomata multiplicata sunt apud Latinos, quia aliud est apud Gallos, aliud apud Germanos, aliud apud Lombardos seu Ytalos.* Hier sind, wie bei Alexander von Roes, die drei europäischen Hauptnationen genannt. Ihre Volkssprachen sind etwas abschätzig behandelt; man kann sich ausmalen, daß sie in und seit Babel entstanden. Aber sie sind menschenwürdige Idiome, denn sie wurden und werden *ad placitum* gebildet.

Anders die toten Sprachen. *Clerici vero Latini dicuntur habere ydioma idem apud omnes eos, et istud docentur pueri in scolis a grammaticis.* Die Einheit der lateinischen Bildungssprache beruht, das hat Heinrich – wiederum wie Dante – richtig erkannt, auf dem Schulunterricht und auf dem Zusammenhalt der Bildungsschicht, der „clercs". Aber ist das Lateinische unveränderlich, uralt oder gar die Ursprache? *Satis constat ... voces latinas ultimo fuisse impositas.* Seine Herkunft ist also dieselbe wie die der Volkssprache; es ist erfunden worden, und zwar anscheinend durch ein Komitee, das an die mythische Sprachenkommission der Iren erinnert. *Circa quod est sciendum quod impositores primi latini ydiomatis mediante greco ydiomate voces latinas imponebant.* Das Latein ist demnach nicht allein *secundum placitum*, sondern nach einer Vorlage erfunden worden; es ist eine Traditionssprache. Die Verwandtschaft des Lateinischen mit dem Griechischen erklärt sich anders als die zwischen Französisch und Italienisch. Die Translationstheorie der Bildungssprachen verleiht ihnen ihre Würde, denn die Übertragung geht weiter zurück. *Greci vero imposuerunt suas voces mediante hebreo ydiomate*; selbstverständlich war Moses älter als Homer. Aber auch das Hebräische ist noch nicht die Ursprache. *Hebrei vero voces multas imposuerunt mediantibus vocibus datis a Deo.* Hebräisch ist nur eine „Übersetzung" der dem Adam von Gott gegebenen Worte. In Gottes Gabe ruht also letztlich der Rang der drei Bildungssprachen; aber sie sind darum doch nicht heilig[133]). Nur die wenigen Worte, die die dreifache Translation und Vermischung mit

---

[133]) Principia grammatice, hg. Thurot, Notices 131.

menschlich gebildeten Vokabeln überstanden haben, stammen von Gott; wer würde es wagen, sie im lateinischen Wortschatz ausfindig zu machen? Kein einziges genuin lateinisches und griechisches Wort ist darunter. Alles, was die gelehrten Sprachen vor den Volkssprachen voraushaben, ist also der Zins aus der Tradition und die Gleichförmigkeit literarischer Bildung. Die hebräische Ursprache ist geleugnet, der Turm von Babel umgangen und die Sprachenvielfalt aus natürlichen Ursachen erklärt, wieder wie bei Dantes Sprachtheorie; und man braucht nur den einen Schritt weiterzugehen, den Heinrich nicht tat, dann ist auch das Französische, wenn es in der Schule gelehrt wird, als Tochter des Lateinischen in die goldene Kette mit aufgenommen. Der Weg zum französischen Humanismus steht dann offen; Rationalismus und Nationalismus reichen sich dann brüderlich die Hand. In der schleichenden Krise des Hundertjährigen Krieges fanden freilich die existentielle Erfassung des Augenblicks und die gelehrte Betrachtung des Stetigen noch nicht zueinander; beide zusammen drängten aber Bibel und Historie zurück und wiesen ihnen eine dienende Rolle zu. Wie in den kleinräumigen Verhältnissen Deutschlands und Italiens sah man auch in den glücklicheren Ländern der westlichen Romania die Forderung der Geschichte nur in der Pflicht des Tages; war sie hier auch konkreter und leichter, so war man doch nicht geneigter, sie von der liebevoll verstandenen Vergangenheit mitbestimmen zu lassen.

*

Nordwesteuropa, vom Hundertjährigen Krieg gleich schwer getroffen und seit jeher den historischen Überlieferungen mehr als die Romania zugetan, hatte es schwerer, sich mit seiner Gegenwart abzufinden, und konnte ihr doch nicht entfliehen. Halb dem französischen, halb dem deutschen Geistesleben und beiden Sprachen zugewandt war der alte lotharingische Mittelstreifen zwischen Hennegau und Holland, noch nicht unter der straffen Lenkung der burgundischen Herzöge geeint. Hier wirkten die alten Traditionen stärker nach; sie konnten aber die Isolierung doch nicht hindern. Der flämische Stadtschreiber und Geistliche Jakob van Maerlant (1235– ca. 1300) ließ in seiner nach Petrus Comestor zugeschnittenen Reimbibel 1271 noch Adam den Tieren die Namen geben *na der ebreuscher tonge, die eerst was van alre sprake*; er führte auch die 72 Nachkommen Noahs vor, ihre 72 *gheslachte* in Alkuins und Comestors Aufteilung und ihre *twe ende seventech manieren van tonghen*; er versicherte mehrfach, daß dies die richtige Zahl sei, suchte sie aber nicht zu beweisen oder durch Parallelen zu stützen, obgleich er von den 72 Jüngern Christi wußte. Die Zahl der Seelen in Gen. 46, 27 wurde entgegen allen Texten und Traditionen auf 88 festgesetzt. Alle diese Zahlen hatten keinen Symbolwert mehr. Die Völkerteilung wurde nicht verdammt; von den Japhetiten erschienen jedoch nur Griechen und Römer, von den Semiten nur Perser und Meder, von den Hamiten nur die Nimrod-Nachfahren Belus, Ninus und Assur, also die Weltreiche und ihre Herrscher. An diesen Genealogien hing keine Gegenwartsbedeutung mehr. Wichtiger waren die fabelhaften Wundergeschichten ohne Zeitbezug, der Astronom *Jonithus* und der Riese Nimrod, die Noachidenführer Nimrod, *Jectan* und *Susen*, der Kampf des Ninus gegen seinen Ältervater Cham-Zoroaster, ganz wie bei Comestor. Die Sprachenteilung wurde als Gotteswunder bezeichnet, aber nicht näher gewürdigt; die drei Sprachen an Christi Kreuz sollten die Inschrift nur vielen Fremden verständlich machen und waren keine Symbole einer tieferen Bedeutung[134]). Alle Traditionen wurden in einen Nebelschleier gehüllt, ohne innere Beteiligung dargeboten.

In Maerlants 1283 begonnenem „Historienspiegel", der sich nach Vinzenz von Beauvais richtete, wiederholten sich die Erzählungen Comestors; hier wurde Nimrods Turmbau ausführlicher, die Sprachverwirrung wieder nur knapp erwähnt. Daran schloß sich die herkömmliche Länderbeschreibung; Jakob strich sie aber gleichsam selbst durch mit den Worten: *Nu hebben die lande ander namen*. Wer wie Maerlant den aufstrebenden Grafen von Holland und ihrem Kampf gegen die Barone und die Friesen nahestand, konnte auch als Historiker dem babylonischen Turmbau wenig Interesse abgewinnen. Pfingsten, *der heiliger kerken begin*, lag dem Geistlichen etwas näher; damals sprachen die Apostel *in alre manieren van tongen*; aber Macht- und Kirchengeschichte, Vergangenheit und Gegenwart begegneten sich nicht[135]).

Die anderen Chronisten begannen ihre Erzählung höchstens einmal mit Troja; allenfalls knüpfte man nach 1366 im hennegauischen Valenciennes chronologisch, nicht genealogisch an Adam und das biblische Altertum an[136]). Nur der Benediktiner von St. Bavo in Gent, Johann von Thilrode, verfaßte zwischen 1294 und 1314, vorwiegend aus älteren Sammlungen belehrt, noch einmal eine breite, moralisierende Weltchronik. Darin las man *de principio ydolorum* und von der Entstehung der *regna*; aber über Babel brachte das ungedruckte Werk nur den wundersüchtigen, von Honorius von Autun inspirierten Satz: *Apud Babel turris gygantium exorta legitur, cuius altitudo LXIIII stadiorum fuisse*

---

134) De Rijmbijbel, hg. Jean-Baptiste DAVID, 3 Bände, Brüssel 1858–59: v. 539 ff. Bd. 1, S. 26 (Adam); v. 1353 ff. S. 62 ff. (Völker, Sprachen); v. 23278 Bd. 2, S. 495 (72 Jünger); v. 3219 Bd. 1, S. 144 (Gen. 46, 27); v. 26451 ff. Bd. 2, S. 658 (Kreuzessprachen).

135) Spiegel Historiael, hg. Matthias DE VRIES – Eelco VERWIJS, Bd. 1, Leiden 1863: I, 15 ff. S. 22 ff. (Babel); I, 24, 19 S. 29 (neue Namen); VII, 41 S. 316 f. (Pfingsten).

136) Récits d'un bourgeois de Valenciennes, hg. Kervijn DE LETTENHOVE, Louvain 1877, S. 1 ff. Durchgesehen wurde das Corpus chronicorum Flandriae, hg. Joseph Jean DE SMET, 4 Bände, Brüssel 1837–65.

perhibetur[137]). Daß dieses monströse Weltwunder etwas mit dem Völker- und Sprachenzwist seiner Tage zu tun haben könnte, bedachte der Polyhistor nicht. Man hatte in Holland, Brabant und Flandern wohl keine große nationale Idee an die Stelle der universalen Traditionen zu setzen; dennoch referierte man sie nur mit Unbehagen, soferne man sich nicht in unwegsame Weiten sehnte.

Der ekstatische Augustiner-Chorherr Jan van Ruijsbroeck (1293–1381), Hadewijchs brabantischer Landsmann und Geistesverwandter, erhob sich über die Welt und alle Sprachen, auch wenn er Brabanter Dietsch schrieb. Wir mögen Gott „je nach unserem Augenmaß" viele Namen beilegen, er ist doch einer; über die Namen müssen wir hinausstreben in das ewig Unbenennbare und Einfache, hinaus über die „Mannigfaltigkeit der Kreaturen" und über „Vielfalt und irdische Betriebsamkeit". Unsere Sprache ist schwach und nutzlos; sie kann nicht einmal ausdrücken, was wir erleben, es sei denn dank einer besonderen Gnade Gottes, „soweit Worte da ausreichen". Das Pfingstwunder Hadewijchs war zu vordergründig gewesen; Gottes Stimme ist nicht mehr laut. Alles Himmlische, Gott, Engel, Seele, hat keine Stimme, nur eine wortlose, ein inwendiges Wort, das ewige Schweigen. Gott gibt allem den Namen, aber das ist, beinahe gnostisch und ganz apokalyptisch, „der neue Name, welchen niemand versteht, denn der ihn empfängt". Ein Gespräch, das nur im kleinen Zirkel der Vorbereiteten geführt wird; eine Sprache, die nichts mehr mitteilt, die nichts mehr erklärt, die sich quietistisch von den Dingen und vom Denken löst und die doch der Höhepunkt mittelniederländischer Prosa wurde[138]). Auch hier war kein Refugium für die Traditionen; weil das Denken die Probleme der Gegenwart mied, war es auf die Lehren der Geschichte nicht dringlich angewiesen. Die burgundische Hofkultur konnte bald in diese Lücke treten.

Im England der drei Edwards wurde die nationale Konzentration weiter vorangetrieben, aber von schweren Auseinandersetzungen der Stände beeinträchtigt; auch die Anstrengungen des Hundertjährigen Krieges brachten das

---

[137]) Chronicon, Handschrift Gent, Universitätsbibliothek, Cod. 439, f. 4 (Abschrift von Frl. Dr. Anna-Dorothee von den BRINCKEN-Münster). Zu J. LORENZ, Geschichtsquellen Bd. 2, S. 21.

[138]) Werke, hg. Ruusbroec-Gesellschaft, 4 Bände, 2. Aufl., Köln 1950: Vanden XII Beghinen c. 16 Bd. 4, S. 34 (viele Namen, einer); Van VII trappen c. 7 Bd. 3, S. 266; Gheestelike Brulocht I, 4 Bd. 1, S. 138; III, 4 S. 249 (Unbenennbares); I, 4 S. 142 (Mannigfaltigkeit); II, 2 S. 179 (Betriebsamkeit); Boecsken der verclaringhe, Epilog Bd. 3, S. 296 (schwache Sprache); Gheestelike Brulocht II, 2 Bd. 1, S. 163 f. (soweit Worte ausreichen); Van VII trappen c. 5 Bd. 3, S. 261 (Himmlisches ohne Stimme); Vanden IV becoringhen, Prolog S. 45 (inwendiges Wort); II S. 56 (ewiges Schweigen); Vanden blinckenden steen II, 1 S. 11; II, 3 S. 35 f. (neuer Name, nach Apoc. 19, 12; die gnostische Parallele o. S. 182 f.). Dazu WENTZLAFF-EGGEBERT, Mystik 135 ff.

gelassene Selbstgefühl ins Wanken. Die lateinischen Universalhistoriker hatten das Feld schon geräumt; die Arena gehörte den Denkern, den Dichtern und den Patrioten, die, alle auf ihre Weise konservativ, das Krisenbewußtsein übertönen wollten. An die heißen Eisen ihrer Gegenwart wagten auch sie sich nicht; doch ihre Ansichten, vor allem die der führenden Theologen und Philosophen, tendierten nach einer höheren, dauernden Gegenwart, während die Dichter und Patrioten sich um eine ganz andere, die nachwirkende Gegenwart der Tradition bemühten; auch hier wie sonstwo in Europa blieb die lebendige Mitte zunächst ausgespart, und die Geister strebten auseinander. Im Gegensatz zwischen Theologen und Geschichtsdichtern spiegelte sich in England freilich zugleich schon die Überlagerung und allmähliche Verschmelzung der internationalen, lateinischen und französischen Bildung mit den einheimischen, angelsächsischen Traditionen, die seit Eduard I. das englische Geistesleben und die englische Sprachgeschichte bestimmte.

Wortführer waren zuerst noch die gelehrten Bettelmönche, denen, anders als den Benediktinern von St. Albans, Canterbury und Winchester, nichts an der Historie lag; sie suchten nach allgemeinen Gesetzen, die sich empirisch finden lassen sollten, nicht aus der Tradition. Der Oxforder Franziskaner Roger Bacon (ca. 1214–1294) erklärte 1292 in seiner letzten Schrift die Verschiedenheit der Schotten, Engländer, Franzosen, Spanier, Römer, Griechen, Äthiopier und Araber mit ihren *mores et consuetudines et negotia*, mit physiologischen und klimatischen Bedingungen, nicht mit der babylonischen Völkerteilung. Darum darf sich aber auch niemand wegen seiner Unkenntnisse auf den Turm von Babel berufen; jedermann kann und muß Sprachen lernen. Huguccio log und verstand den Pentateuch-Prolog des heiligen Hieronymus ganz falsch, als er schrieb, lateinische Exemplare seien zuverlässiger als griechische und erst recht als hebräische; das Verhältnis ist umgekehrt. Huguccios Argument diente ja nur der Bequemlichkeit der Professoren, jener neuen *magistri* aus den Bettelorden, die keine Sprachen mehr verstehen, nicht einmal die *linguas sapientiales*, *Graecam et Hebraeam*, *quae necessariae sunt studio*. Die Weisheit, die man durch Fremdsprachen lernen kann, ist aber keineswegs „heilig“ und biblisch-theologisch. Denn zu diesen Wissenssprachen, von denen die ganze Weisheit der Lateiner abhängt, rechnete Bacon auch Arabisch und „Chaldäisch“, die in der Struktur mit dem Hebräischen übereinstimmten, während das Griechische dem Lateinischen nächstverwandt sei *(maxime concordat)*. Auch genealogisch hängen diese Sprachen also zusammen; das erleichtert ihr Studium. Man könne und brauche sie, meinte Bacon, nicht wie seine Muttersprache beherrschen, sondern solle sich mit der Kenntnis der Grammatik begnügen. Aber warum soll man sie dann überhaupt lernen? Sehen wir ganz davon ab, daß Roger seinen Forderungen selbst recht unvollkommen entsprach, hier dozierte ein „Grammatiker" und kein Exeget, erst recht kein Missionar[139]).

Bacon forderte auch für Mission und Exegese Sprachenkenntnisse, aber er suchte nicht den Schlüssel zur Völkerwelt oder zur Bibel; Sprachenkenntnis ist vielmehr *prima porta sapientiae*. Diese Weisheit wird durch Fleiß, nicht durch Gnade erworben. Niemand kann von Natur aus fremde Sprachen sprechen, da sie *ad placitum hominis* entstanden und nach dem Wollen der Menschen verschieden gestaltet sind; aus ihnen quillt also auch nicht Gottes ewige Weisheit. Ihre Urgeschichte ist gänzlich gleichgültig. *Primi auctores linguarum eas invenerunt vel a Deo habuerunt in divisione linguarum, cum constructa est turris Babel.* Der Satz gemahnt an Johann von Salisbury; trotzdem ist er revolutionär. Es mag sein, daß Gott selbst in Babel die Sprachen geschieden hat; es kann auch sein, daß Menschen sie erfanden; ihr Ursprung hat mit ihrer Struktur gar nichts zu tun. Sie sind, so wie sie heute aussehen, allemal willkürlich, und der Mensch müßte sie im Schweiße seines Angesichts lernen, auch wenn die Strafe von Babel nicht wäre. Sie enthalten keine Uroffenbarungen, sie sind Werkzeuge des Geistes; und die Geistesgeschichte selbst ist kein Abstieg vom Ursprung, sondern ein steter Staffellauf.

Zuerst wurde die *philosophia* dem Menschen von Gott in hebräischer Sprache geschenkt, also in der Bibel. Sie ist aber nicht die Grundlage, sondern nur eine Abteilung der Philosophie. Diese wurde nämlich dann in der griechischen Sprache erneuert, nicht etwa durch das Neue Testament, sondern hauptsächlich durch Aristoteles; dann kam sie durch Avicenna und andere ins Arabische, während die lateinische Philosophie nur von schlechten Übersetzungen zehrte. Der Pöbel der Lateiner richtete das Studium der Bibel und der Philosophie zugrunde, weil er nicht mehr Griechisch und Arabisch lernte. „Keine vier Lateiner" beherrschen heute die hebräische, griechische und arabische Grammatik; Kenntnis der Umgangssprache ohne Grammatik nützt nichts. Die großen Vorbilder für dieses wissenschaftliche Sprachenstudium müßten Hieronymus, Boethius und Robert Grosseteste sein; Boethius *scivit linguas omnes*, und Grosseteste *potuit intelligere sanctos et philosophos et sapientes antiquos*. Wieder wie bei Olivi stehen Heilige und Gelehrte in einer Reihe. Es sind die, die sich die Tradition wirklich aneignen und sie verlebendigen; man muß ständig „übersetzen", in seine Gegenwart und seine Sprache, doch man muß auch immer von neuem „übersetzen" an das jenseitige Ufer. Das ist Weisheit.

Aber die gewöhnlichen Übersetzer ermangeln der grammatischen Bildung, sie

[139]) Compendium studii philosophiae c. 4, RBSS Bd. 15,1 S. 422 (Schotten usw.); c. 7 S. 447 (gegen Huguccio; dazu Bischoff, Bildung 27); c. 5 S. 425 (gegen die magistri); c. 6 S. 433 f. (Arabisch usw.). Zu R.s Sprachkenntnissen Stewart Copinger Easton, Roger Bacon and His Search for a Universal Science, Oxford 1952, S. 25 f.

können nicht umdenken in fremde Kategorien und gebrauchen bei ihren Übersetzungen noch ihre *lingua materna*; so sind sie nur sich selbst verständlich und bauen keine Brücken. Die Erweiterung der Kenntnisse ist keine Entfremdung, da auch die fremden Wissenssprachen strukturverwandt und sogar historisch verbunden sind mit dem Lateinischen. Deshalb sollten die Lateiner vor allem die Sprachen lernen, aus denen die ihre *pro majori parte* entstanden ist, nämlich Hebräisch und Griechisch. Darum sind auch die Grammatiken dieser Sprachen vergleichbar, ja vertauschbar. Etwas mehr abseits steht das Arabische, das dem Philosophen und Missionar unentbehrlich ist, das aber der Theologe nicht braucht[140]).

Es bedarf dieser Auffrischung des abendländischen Geistes, nicht weil erst die Vielfalt der Ausdrücke und Meinungen ein plastisches Bild ergäbe, sondern nur weil die modernen Lateiner träge sind und weder durch Übersetzungen noch durch eigene Entdeckungen der Wissenschaft das Fehlende hinzufügen können[141]). Das heißt, die Bildung vermittelt keinen sprachlichen Kosmos, sondern die Enzyklopädie des Wissens und der Weisheit selbst. Die Sprachen sind nur ein propädeutischer Bestandteil dieses Systems; die Lateiner versperren sich den Zugang zu ihm, wenn sie so schmählich wenig Griechisch können, obgleich der größere Teil des Lateinischen aus dem Griechischen gebildet ist, und wenn sie das Hebräische, Arabische und Chaldäische vernachlässigen. Wer das tut, wird provinziell. Deshalb fordert Bacon auch die Pflege der internationalen Einheitssprache des lateinischen Abendlandes; die *clerici et literati* sind eine einzige Bildungsschicht, auch wenn das Lateinische zwischen Apulien und Spanien viele Spielarten kennt. An feinen Unterschieden verrät sich der Italiener, Spanier, Franzose, Deutsche und Engländer, und doch sprechen die gebildeten Kleriker das Latein überall gleich aus. Auf ähnliche Weise hat ja auch das Französische seine Dialekte vom Burgundischen bis zum Normannischen und ist doch eine Sprache. Die Fülle der Idiome soll nicht verachtet werden; wichtiger aber ist, daß man sich über sie hinweg noch versteht. Bacon treibt Sprachvergleichung um der Einheit des Denkens willen; er trennt scharf zwischen Dialekt *(idioma)* und Sprache *(lingua)*. Der Philosoph hat sich über die Vergleichung des Verschiedenen zur Erkenntnis des Immergleichen zu erheben, zur Grammatik, die ihrer Substanz nach in allen Sprachen dieselbe ist, auch wenn sich die Idiome *accidentaliter* unterscheiden[142]).

---

[140]) Opus Tertium c. 10, RBSS Bd. 15, 1 S. 32 ff.; c. 25 S. 88 ff.; c. 28 S. 102. Zur Mission ALTANER, Sprachstudien 116 f.; zur Exegese Erich HECK, Roger Bacon, Ein mittelalterlicher Versuch einer historischen und systematischen Religionswissenschaft (Abhandlungen zur Philosophie, Psychologie und Pädagogik 13), Bonn 1957, S. 51 ff.

[141]) Metaphysica de viciis contractis in studio theologie, hg. Robert STEELE, R. B., Opera hactenus inedita, Bd. 1, London 1905, S. 5.

[142]) The Greek Grammar of R. B. and a Fragment of His Hebrew Grammar, hg. Edmond NOLAN – S. A. HIRSCH, Cambridge 1902: I, 1, 3 S. 8; II, 3, 2 S. 60; II, 5, 4

Doch für Bacon ist, ganz anders als für die Grammatiker in Paris, das System der Sprachlogik nicht die Endlösung. Er erkennt dieses System an, auf dessen unterster Stufe die Naturlaute, Schmerzensschreie und Hundegebell stehen; darüber folgt die vom Menschen willkürlich geschaffene, in ihrer Lautgestalt überall verschiedene artikulierte Sprache. Auch sie ist kein Letztes, weil der Wortinhalt dem Laut nicht von Natur aus zukommt, sondern ihm *ad placitum* aufgeprägt wird, das heißt aber *ab extrinseco*; die Sprache, die dem Eingriff des Menschen stets offensteht, ist kein geschlossenes und kein überzeitliches System. Sie wandelt sich; viele Wörter des Altertums haben heute ihre Bedeutung verloren oder verändert, nicht weil die Sprache eine rastlos fortschreitende geschichtliche Bewegung ist, sondern weil sie stetig der menschlichen Willkür ausgeliefert ist[143]). Aber wie die Grammatik die Struktur der Sprachen bloßlegt, so kann sich der Mensch mit Hilfe der Grammatik und der Sprachenkenntnis auch über den Wandel des Geistes hinausheben in das ewige Reich der Weisheit, in dem Moses, Aristoteles, Avicenna und Grosseteste Zeitgenossen sind.

Bacons Sprachdenken ist umständlich, an Wiederholungen und Widersprüchen reich, weil es immer wieder von der Empirie ausgeht und keinen theoretischen Stufenbau errichten will. Aber eben dadurch wird die Sprachwissenschaft aus der Theologie herausgenommen und zur Naturwissenschaft gestellt; Gott kommt in ihr nur noch als der ferne erste Beweger der Weltmaschine vor. Und mit der Natur ist die überhistorische Vernunft im Bunde, die ihre Schätze allein mit Hilfe des menschlichen Fleißes über die Grenzen der Epochen und Idiome hinweg tradiert und speichert. Sie tut es nicht mit einer lullischen „Ars generalis", sondern mit lebenden, geschichtlichen Sprachen; der Bann der Logistiker ist gebrochen. Freilich ist damit die alte Sprachtheologie erst recht dahin; nicht der Unglaube hat sie verdrängt, im Gegenteil. In der naturwissenschaftlichen Erfahrung selbst erschloß sich eine neue Offenbarungsquelle und, ähnlich wie bei Dante, „die Überzeugung vom eigenen Offenbarungswert alles Natürlichen – dem Schöpfungsgedanken gemäß"[144]).

Die beiden anderen großen englischen Franziskaner teilten diese Einstellung; aber sie befaßten sich nur nebenher mit der Sprache. Auch sie sahen sie nüchtern als eine überzeitliche, jedoch menschliche Eigenart, die als solche zu untersuchen ist; sie gehört zum Menschenbild, fast zur Psychologie. Der kritische

---

S. 106 (Griechisch-Kenntnisse der Lateiner); II, 3, 2 S. 59 (Griechisch und Latein); I, 1, 1 S. 3 (Hebräisch usw.); II, 1, 1 f. S. 26 f. (Latein und Französisch).

143) Compendium studii theologiae, hg. Hastings RASHDALL (British Society of Franciscan Studies 3), Aberdeen 1911: II, 1 f. S. 39–43 (Hundegebell); II, 5 S. 60 (ab extrinseco, Altertum).

144) Heinz HEIMSOETH, Die sechs großen Themen der abendländischen Metaphysik und der Ausgang des Mittelalters, 3. Aufl., Darmstadt o. J., S. 32 f.

Schotte Johannes Duns Scotus (1266–1308) verband wie Bonaventura Einsicht und Ding miteinander, aber nicht, weil er die Namengebung für Gottes Sache gehalten hätte, sondern weil nach seiner Theorie die Natur der Dinge eine sichere Erkenntnis erlaubt. Diese Einsicht ist allein Sache des Menschen, und darum ist die Entsprechung Ding-Name längst keine Identität; wie Aristoteles und Thomas ließ Duns Scotus der Erfindung *ad placitum* Raum. Mit Boethius und allen Grammatikern seiner Zeit meinte er, die Dinge und die Leidenschaften seien bei allen Menschen dieselben, Worte, Laute und Sprachen aber nicht, weil sie nicht aus der Natur genommen seien. Die Erkenntnis steht also höher als die nominalistische Sprache; die *aeque scientes* sind deshalb nicht auch *aeque loquentes*[145]). Wie bei Bacon ist bei Duns Scotus mit Hilfe der Sprache, aber über ihr der Bereich dauernder Erkenntnis zugänglich. Die Sprachverschiedenheit ist also alles andere als die gewichtige Folge eines einmaligen Geschehnisses der Heilsgeschichte; sie ergibt sich zwangsläufig aus der Natur der Sprache, und sie hindert den Menschen nicht, zum Bleibenden vorzudringen. Auch Wilhelm von Ockham (vor 1300–1349) sah auf ganz ähnliche Weise die Sprache als das Abbild der Dinge an, aber so, daß sie *ad placitum instituentis* geschaffen wurde; das irdische Wissen ist nicht allein zureichend[146]). Von der gottgeordneten Mannigfaltigkeit der Zungen, ihrem leidvollen Zwist und ihrer glücklichen Vereinigung blieb hier weniger übrig als bei Bacon. Mit der Geschichte und der Politik, der Ockham doch auch diente, hatte die Sprache nichts zu tun.

Die volkstümlichen Schriften der Zeit sind von den Gelehrten durch eine weite Kluft getrennt, schon durch ihre englische Sprache; und sie hielten noch etwas von Traditionen, wenn es auch abgerissene und mißverstandene waren. Die mittelenglische Genesis erzählte im 13. Jahrhundert wie herkömmlich von Belus' Vater, Ninus' Großvater, dem schuldigen Nimrod, der sich vor neuer Sintflut fürchtete, von den 72 Baumeistern am Turm (Jansen Enikel kannte sie auch), von den 72 *lond-speches* und Völkern. Von Noahs Söhnen stammten natürlich „alle, die in der Welt wohnen"[147]). Der Abstand zwischen Babel und der Gegenwart wurde nicht bemerkt; was damals geschehen war, ist aktuell, was heute vorliegt, kommt aus alten Zeiten. Ähnlich verfuhr das northumbrische Gedicht „Cursor mundi" im frühen 14. Jahrhundert. Die Juden hätten „bis auf diesen Tag" die Sprache Adams; der Turm habe die

---

145) In librum Perihermenias quaestiones, in: Opera omnia, Bd. 1, Paris 1891: I, 2 S. 540 ff.; I, 4 S. 546 f.; Opus secundum Perihermenias c. 1 S. 582 f. Zur Erkenntnistheorie GILSON, Philosophie 269 ff.; zur Sprachtheorie ROTTA, Filosofia 233 ff.

146) De interpretatione c. 1, hg. Philotheus BÖHNER OFM, The Realistic Conceptualism of William Ockham, in: Traditio 4 (1946) 307–335, hier S. 320.

147) The Story of Genesis and Exodus v. 647–676, EETS Bd. 7, S. 19 f.

Eroberung des Himmels bezweckt. Sechzig Werkleute mühten sich für König Nimrod an dem Gebäude, dessen Grundmauern 62 Faden breit waren. Schon wurde den Maurern die Sonnenhitze in der Höhe unerträglich, sie waren den Sternen nah; da strafte Gott sie milde. (Man denkt, wenn man dies liest, an die christlichen Orientalen, die „Georgischen Annalen" und Wardan den Großen; verständnisvoll und gegenwärtig ist auch hier die Schilderung.) 70 Völker entstanden und 62 Sprachen. Dann zogen alle davon, jeder Noachide in seinen Kontinent; Sems Erdteil Asien ist der größte und beste, das Land des Paradieses, freilich auch Babels. Von den Mongolen vernimmt man nichts. Jeder Noahsohn begründete einen der drei Stände, Sem den der Freien, Japhet den der Ritter und Cham die Parias, die *maledight*. (Die Andeutung der Angelsächsischen Genesis, durch Honorius von Autun nach dem Festland getragen, kam wieder zurück und stützte jene Gesellschaftsordnung, gegen die dann 1381 Wat Tylers Bauernaufstand Sturm lief.) Noch den Pfingstbericht verwandelte der geistliche Verfasser in zeitlose Sage; aus den Aposteln wurden Universalgenies. Ebenso wichtig war ihm *Brut*, „der erste Eroberer Englands"[148]). Die Parallele zu Jakob von Varazze legt sich nahe: Auch hier kam es auf die genauen biblischen Fakten und Zahlen nicht mehr an. Man stellte sich der Vergangenheit nicht gegenüber, konnte also auch den Symbolismus der Zahlen nicht begreifen, der die getrennten Zeiten verband; alle Epochen waren gleich präsent.

Dieselben 62 Sprachen finden sich, auf 62 Werkleute verteilt, in der bis 1307 geführten anglonormannischen Chronik des ritterbürtigen Oxforder Dominikaners Nikolaus Trevet (ca. 1258–1328), die er der Prinzessin Marie, einer Tochter Eduards I., widmete. Daneben steht auch die hebräische Ursprache noch aufrecht. Das für einen Dominikaner ungewöhnliche Interesse an der Historie ist wohl durch Trevets Herkunft mitbestimmt; besonders verwunderlich erschien dem Kenner englischer Ritterburgen die Tatsache, daß der große und hohe babylonische Turm nicht aus Stein und Kalk, sondern (nach Gen. 11, 3) aus Ziegeln und Erdpech gemauert war[149]). Aber nur einzelne Bruchstücke der

---

[148]) Cursor mundi or the Cours of the Werlde v. 2087 ff., EETS Bd. 57, S. 128–139 (Babel, Sprachenteilung); v. 18931 ff., EETS Bd. 62, S. 1084 ff. (Pfingsten); v. 7 f., EETS Bd. 57, S. 8 f. (Brutus; dazu MATTER, Gründungssagen 114). Die Kommentare EETS Bd. 99, S. X und EETS Bd. 101, S. 6* wundern sich über die 62 Sprachen nicht.

[149]) Cronicles, Handschrift Cambridge, Trinity College, Cod. O. 4.32, f. 4r–v (Abschrift von Miss Ruth J. DEAN-South Hadley, USA, der ich für freundliche Auskünfte danke). Zu T., auch zur Schreibweise seines Namens, Franz EHRLE SJ, Nikolaus Trivet, Sein Leben, seine Quolibet und Quaestiones ordinariae, in: Abhandlungen zur Geschichte der Philosophie des Mittelalters, Festgabe Clemens Baeumker zum 70. Geburtstag (Beiträge zur Geschichte der Philosophie des Mittelalters, Supplement Bd. 2), Münster 1923, S. 1–63, hier S. 2 ff., 17 f.

hier erzählten fernen Vergangenheit betrafen den Dominikaner, der auch ein nüchterner Exeget und ein auf den Buchstabensinn erpichter Kenner des Hebräischen war; zum inneren Zusammenhang und Gehalt der babylonischen Epoche hatte er kein lebendiges Verhältnis.

Sein ungedruckter Genesiskommentar erlaubte sich in unseren Fragen gar kein eigenes Urteil mehr. Völkertafel und Sprachverwirrung wurden im ganzen nach Augustin, im einzelnen nach Josephus und Hieronymus interpretiert, Modernisierungen und Erläuterungen der „Glossa ordinaria" eingefügt; auch Andreas von St. Victor kam mit seiner buchstabentreuen Exegese ausgiebig zu Wort. Aus Petrus Comestor tauchte Noahs vierter Sohn *Jonithus* auf, Nimrods semitische Herkunft wurde erwogen; aus Beda wurde die Rechnung des Arnobius entnommen, ergänzt durch die 72 Jünger aus der Glosse; sogar Maimonides wurde als *Raby Moses* zweimal zitiert, die Septuaginta, Haimo und Alkuin wurden zu Rate gezogen. Eine außergewöhnlich reichhaltige und vielseitige Zitatensammlung ist daraus entstanden – fehlt leider nur das geistige Band. Nicht einmal der Wille, Widersprüche zwischen den Autoritäten aufzudecken oder auszugleichen, ist erkennbar. Nur in einem selbständigen Absatz denkt Trevet über Augustins Berechnung der 72 Völker nach und stimmt ihr zu: Phaleg sei ja erst zur Zeit der Sprachenteilung geboren worden, könne also kein eigenes Volk gegründet haben. Aber dann fällt ihm das Argument des Pseudo-Thomas ein, daß Augustin den Kainan aus der LXX mitgezählt habe, und Trevet muß an Kainans Stelle den eben verstoßenen Phaleg wieder aufnehmen[150]). Der Bezug zur Gegenwart ebenso wie der Abstand von ihr wird nirgends angedeutet. Was im lateinischen Kommentar ein gelehrtes und eigengesetzliches Spiel ist, wird auch in der volkssprachlichen Chronik kaum lebendiger. Nicht die Vergangenheit im ganzen, als in sich geschlossene, aber unendlich nachwirkende Gestaltung, wird beobachtet, sondern Antiquarisches und zeitlos Aktuelles aphoristisch aneinandergereiht.

Für die Historiker war auch in England das zeitlos Aktuelle zuerst das Eigene; sie griffen sich aus dem Meer der Fakten die Herkunft des englischen Volkes heraus. Der Geistliche Bartholomäus von Cotton an der Kathedrale von Norwich versuchte in seiner volkstümlichen, bis 1298 geführten Chronik Englands noch einmal, den westsächsischen Stammbaum an die Bibel anzuschließen, indem er den Ahnherrn Wodans und der Engländer, *Schef* (den alten Sceaf), wenigstens chronologisch *post tempus Noe* setzte. Darüber hatten freilich Asser und die Chronisten des 12. Jahrhunderts genauere Vorstellungen gehabt;

---

[150]) Super Genesim, Handschrift Valencia, Biblioteca Central de la Universidad, Cod. 391 (alte Signatur 235), f. 128vb–136rb (Photokopie benutzt; R. P. Ludger MEIER OFM-Orihuela besorgte mir freundlicherweise den Film). Zu T.s Exegese SPICQ, Exégèse 334 f.

aber seitdem die Mönche von Winchester der Ahnentafel die biblische Spitze genommen und Brutus den Semiten vorgezogen hatten, war man vorsichtig geworden. Obenan stand auch für Bartholomäus die Herleitung von Brutus und die britische Trojanersage[151]). In der bis 1307 reichenden Chronik des Kanonikers Peter Langtoft aus Yorkshire fand man sie wieder. Langtoft begann mit Adam, aber wie die Linie zu Priamus und Brutus weiterführt, kann wie bei Lawman niemand ahnen. Als Brutus nach England kommt, geraten die Riesen unter *Gogmagog* in *confusioun*; aber ihr Gegner Brutus ist kein frommer Semit, er schwört bei seinem Gott *Mahoun*, und das ist Mohammed[152]). Man war anscheinend gar nicht mehr so stolz darauf, dem israelitischen Gottesvolk anzugehören. Vollends populär wurde die Brutus-Sage durch eine mittelenglische Chronik mit dem Titel „Brut", deren erster Teil bis 1333 reichte. Sie erzählte lebendig und ohne gelehrten Ballast von den Trojanern und von den Riesen unter *Gogmagog*, ohne sich Lawmans Frage nach dem Zusammenhang mit der Bibel noch zu stellen[153]).

Es ist fast, als blätterten nur noch die lateinisch schreibenden Chronisten gelegentlich in der Bibel, aber dann förderten sie bloß farblose Kuriositäten zu Tage. Ein Engländer, von dem man nur den Namen Johannes Historiographus kennt und der nach 1350 schrieb, notierte sich in seiner Weltchronik, daß Adam *lingua Hebraica* den Tieren ihre Namen gab; Turmbau und *linguarum confusio* wurden knapp gestreift, die 72 Sprachen und alle Völkergenealogien gestrichen. Die Bibel wirkte nicht durch die ganze Weltgeschichte nach. Die britische Urgeschichte wurde gläubig nach Galfred von Monmouth erzählt, und sie war die Hauptsache[154]). Natürlich wollte man auch in England von fernen Ländern hören, aber von den gegenwärtigen, nicht von längstvergangenen, höchstens noch von ihrer möglichst aktualisierten Archäologie. Das fand man in Bibeldichtungen und Weltchroniken nicht.

Um so beliebter wurde schnell das Buch, das doch wohl ein Engländer, Johann von Mandeville (gest. 1357), 1356 auf französisch erdichtete; es wurde bald ins Englische, später sogar ins Lateinische übersetzt. Es beschreibt eine aus Comestor, Vinzenz von Beauvais, Carpine, Marco Polo und anderen konstruierte angebliche Weltreise des Autors; nebenbei ist es eine kleine Welt-

---

[151]) Historia Anglicana, RBSS Bd. 16, S. 1 f.

[152]) Chronicle, RBSS Bd. 47,1 S. 2 (Adam), 20 (Gogmagog), 8 (Mahoun).

[153]) The Brut or the Chronicle of England c. 1 ff., EETS Bd. 131, S. 5 ff. (Trojaner); c. 4 S. 11 (Gogmagog). Dazu Matter, Gründungssagen 103 f.

[154]) Chronicon a principio ad annum 1350, hg. Johann Peter de Ludewig, Reliquiae manuscriptorum omnis aevi, Bd. 12, Halle 1741, S. 85. Zur Galfred-Benutzung Laura Keeler, The Historia regum Britanniae and four mediaeval chroniclers, in: Speculum 21 (1946) 24–37, hier S. 25 ff. Das Buch von Laura Keeler, Geoffrey of Monmouth and the Late Latin Chroniclers 1300–1500 (Publications in English 17, 1), Berkeley 1946 ist mir unerreichbar.

geschichte, ganz von aktuellen Fragen her. Babel, dessen Turm Mandeville gesehen haben will, stellte sich ein, ebenso der erste Weltkönig Nimrod, der Riese, und die Sprachverwirrung „durch Gottes Wunder“. Die Vielfalt der Sprachen wurde mit fremden Alphabeten belegt; das hebräische und griechische, auch wohl koptische und syrische Zeichen sind wiederzuerkennen; der Rest ist vielleicht frei erfunden. Mandeville verdrehte die noachische Stiftung der heutigen Erdteile nicht ganz geistlos: Sem habe Afrika erhalten, denn die Sarazenen, die dort wohnten, seien Semiten; Cham aber nahm sich Asien, den größten und besten Anteil, weil Mandeville sich wie Carpine dachte, der Titel des Tartaren-Chans sei nichts anderes als der Name Chams. Das Böse, Verfluchte war auf diese Weise in das unergründliche und unheimliche Asien verwiesen; vom Stamme Chams und des Riesen Nimrod sind die Monstra Asiens gezeugt. Verblüfft und erfreut waren Mandevilles Leser, wenn sie erfuhren, wer von Japhet abstammte: *the peple of Israel and wee though that wee duellen in Europe*. Das will Mandeville von den Syrern und Samaritanern gehört haben, aber im Orient wußte man doch wohl, daß die Israeliten Semiten waren; vor Galvaneus Flamma suchte man sie auch im Abendland nicht bei Japhet[155]). Nicht darauf kam es an. *Israel and wee*, die Losung des englischen 17. Jahrhunderts, von Gildas zum ersten Mal angestimmt, erklang hier mitten im Hundertjährigen Krieg, gerade nach dem Sieg von Poitiers. Die phantasievolle Fälschung half einem dringenden Bedürfnis ab; sie floh nicht in überzeitliche Erkenntnis und nicht in zeitlose Aktualität, sie versammelte die bunte Welt und ihre ganze Geschichte. Und plötzlich sah man die Fäden, die von den Urzeiten zur Gegenwart, von Asien nach England, von Gottesvolk zu Gottesvolk liefen.

Der Aufschwung Englands muß auch einen Mönch aus Malmesbury angeregt haben, der wohl Thomas hieß und um 1367 ein „Eulogium historiarum“ schrieb. Mit Hingabe sammelte er das Entlegene, in der geheimen Hoffnung, den roten Faden in den Fakten selbst zu finden. *Yonicus* und die Noachidenführer aus Pseudo-Philo traten nach Comestors Angaben auf. Nimrods Nachfahre Belus war gemäß der üblichen Ansicht der Vater des Ninus. Doch bislang hatte man geglaubt, daß Ninus den Zauberer Zarathustra erschlagen

---

[155]) Mandeville's Travel, translated from the French of Jean d'Outremeuse c. 18, EETS Bd. 153, S. 101 (Turm); c. 6 S. 25 (Sprachverwirrung); c. 3 S. 13; c. 7 S. 34; c. 13 S. 73; c. 16 S. 92; c. 17 S. 100 (Alphabete); c. 25 S. 145 f. (Erdteilung). Dazu Albert Bovenschen, Untersuchungen über Johann von Mandeville und die Quellen seiner Reisebeschreibung, in: Zeitschrift der Gesellschaft für Erdkunde zu Berlin 23 (1888) 177–306, hier S. 296 (Quellen); Hennig, Terrae incognitae Bd. 3, S. 200 ff.; zuletzt Malcolm Letts, Sir John Mandeville, The Man and His Book, London 1949, S. 14 ff. (Verfasserfrage), 151 ff. (Alphabete). Die Ausgaben des Originaltextes von A. W. Pollard, 1901, und von Jules Bramont, London 1928, konnten nicht beschafft werden.

habe; unser Chronist machte die Gegner zu einer Person und obendrein Ninus-*Zoroastes* zum Freund und Traditor der sieben *artes liberales*. Die Geschichte der Weltreiche und die des Geistes liefen parallel. Auch England durfte sich nicht von den Weltbegebenheiten ausschließen; Europas ganze Vorgeschichte fand sich in der Ahnentafel der Briten ein. Nicht zu den fernen Semiten, zu den abendländischen Japhetiten gehörte die Insel. Japhets Nachfahren, *Johan* und *Jobath* (wir kennen ihn aus Irland), standen zwar nicht in der Bibel, führten aber zu Alanus und zur Fränkischen Völkertafel. War man erst hier, so ging die Reihe stracks weiter über den Sohn des Alanus, *Armeno*, der als erster Italien besiedelte, über Jupiter und seine Gemahlin *Electra*, welche (nach Vergil) die Tochter des Fürsten *Atlas* war. Schon sind wir mitten in den florentinischen Stammbäumen der Malespini und Villani: Jupiters und Elektras Sohn war Dardanus, der Trojaner. Bald erscheint Brutus in Britannien. Zur Auswahl wurde noch Jupiters Herkunft von Janus und Saturn angeboten, aber sonst war die Kette komplett[156]). Nun endlich war Brutus biblisch beglaubigt, nicht wie bei Nemnius über die Hamiten und doch über die Trojaner und Götter der Römer, über die germanischen Völker Europas dazu. Das Eigenbrötlerische durfte in dem vielseitigen Reigen getrost fehlen; unter den zahlreichen Stammtafeln im „Eulogium“ sucht man die westsächsische vergebens. Wohl galt, wie bei Mandeville auch, die englische Gegenwart als die Erfüllung der Weltgeschichte, aber nun spielte, anders als bei den Franzosen, die ganze weitschichtige Vergangenheit der abendländischen Welt mit.

Die Kelten auf den britischen Inseln sahen mit gemischten Gefühlen den Aufstieg Englands. Von Iren und Schotten selbst hören wir nichts; aber die Schotten kämpften seit 1286 um ihre Unabhängigkeit von England. Stämme verschiedener Herkunft und teils gälischer, teils schottischer Sprache taten sich unter dem Geschlecht der Bruce zum Freiheitskampf zusammen, dem 1314 im Sieg von Bannockburn ein Erfolg beschieden war; auch die Iren blickten nach Schottland. Freilich hatte man hier zunächst andere Sorgen als romantisch-mystische Gedankengänge und Aufstellung von uralten Ahnentafeln[157]). Aber die von Eduard I. seit 1284 unterworfenen Waliser sahen mit heimlichem Neid hinüber zu den freieren Stammesbrüdern. Um 1363, als das schottische Parlament eine Union mit England verhinderte, beschwor der walisische Benediktiner Ranulphus Higden (ca. 1280– ca. 1363) aus Chester die keltische Urgeschichte, indem er die Fäden der mittelirischen Genealogien, der Schottischen

---

[156]) Eulogium historiarum I, 17, RBSS Bd. 9, 1 S. 28 ff. (Nimrod, Weltreiche); III, 5 f. S. 300 f. (Japhet, Alanus, Janus, Jupiter); V, 1 ff., RBSS Bd. 9, 2 S. 202 ff. (Armeno, Brutus).

[157]) Friedrich Brie, Schottisches Nationalgefühl im Mittelalter, in: Geistige Arbeit, Zeitung aus der wissenschaftlichen Welt, Berlin 5. 6. 1934, Nr. 11 S. 5 f.

Chronik und des Giraldus Cambrensis verknotete. *Casera neptis Noe* war die erste Bewohnerin Irlands; es folgten der Japhetite *Bartholanus*, die Skythen und der sprachenkundige Gäle *Gaythelos*, Gemahl der Pharaonentochter *Scota*; nach dem babylonischen Turmbau erfand er die gälische Sprache, *quasi ex omnibus linguis*. Im Orient lebten derweilen der Riese Nimrod, Begründer von Babel, und seine babylonischen Nachfahren Belus und Ninus. Zugleich war Nimrod nach der römischen Lokalsage Saturn; auch Noah und sein Sohn Janus erschienen in Italien, wie um das britannische Debut des Trojaners Brutus gebührend vorzubereiten. Seine Ahnentafel war freilich strittig, und neben ihm lief die Weltgeschichte vielgleisig weiter. Der vierte Noachide *Yonicus*, Begründer der Astronomie, kam als Dreingabe, obwohl die Erdteile an seine drei legitimen Brüder schon vergeben waren; die Weltreichsteilung übertrug Ranulphus gleichfalls aus Comestor, sodaß Assur das hamitische, Medo-Perser und Griechen das semitische Teil ausmachten. Den Römern mochte Ranulphus wohl das japhetitische Weltreich nicht allein schenken und schrieb: *Romani et ceteri qui sunt in Europa*, als herrschten im abendländischen Imperium alle Nationen zugleich – ein sehr zeitgemäßer Gedanke. Verwaschen sind die Proportionszahlen der Noachiden, aus Arnobius und Augustin gemixt: Die Semiten haben 406 Länder, aber 27 Sprachen, die Hamiten 394 Länder und 30 Sprachen, die Japhetiten 200 Länder und 15 Sprachen. Es kam dem Mönch nicht in den Sinn, die 1000 Länder und die 72 Sprachen einzeln nachzuweisen, aber sie gehörten mit zur Universalgeschichte. Seither war allerdings viel geschehen; die reine anglische Sprache war durch die normannischen Fremdlinge korrumpiert und in viele Teile zerspalten worden. Aber man durfte das iroschottische Altertum nicht ohne die Briten, die walisische Vergangenheit nicht ohne das Angelsächsische schildern; bei allem Stolz auf das Eigene empfand man es doch als Teil eines größeren Ganzen[158]).

Das spürte um 1385 auch der Übersetzer des Ranulphus, der Kaplan Johann von Trevisa aus Cornwall. Auch er murrte über die Verderbnis der englischen Sprache durch Normannen und Franzosen und versicherte stolz, die *Walsche men and Scottes* hätten sich mit keiner anderen Nation vermischt, und ihre Sprache sei noch wie am ersten Tag, *hir firste longage and speche*. Aber auch er war nicht exklusiv und teilte befriedigt mit, daß jetzt das Englische als Bildungssprache in den Lateinschulen an die Stelle des Französischen trete. Kurz zuvor hatten die Gerichtshöfe Anweisung erhalten, die mündlichen Verhandlungen englisch, in der allen verständlichen Muttersprache, abzuhalten und

---

[158]) Polychronicon I, 33, RBSS Bd. 41, 1 S. 340, 344 (keltische Ahnenreihe); I, 13 S. 94 (Nimrod); II, 9, RBSS Bd. 41,2 S. 274 (Belus, Ninus); I, 24 Bd. 1, S. 208 (Saturn, Janus); II, 27 Bd. 2, S. 442 (Brutus); II, 6 S. 246 ff. (Yonicus, Völkerteilung); II, 7 S. 252 ff. (Arnobius, Augustin); I, 59 S. 156 ff. (Anglisch).

schriftliche Ausfertigungen lateinisch abzufassen, da die französische Sprache „in diesem Königreich vielfach unbekannt ist"[159]).

Hier endlich zeigt sich der Trend des englischen Sprach- und Geschichtsdenkens und der Zusammenhang zwischen den Oxforder Franziskanern und den volksnahen Historikern. Der Turm von Babel wird nicht als Monument der englischen Vielsprachigkeit aufgerichtet; die Zeitgenossen suchen eine für sie passendere Gegenwart, überzeitlich oder zeitlos zunächst, später dann die gesamte Universalgeschichte zusammenfassend, so daß sie im Augenblick gipfelte. Die Vielfalt wurde weiter hochgeachtet, die Tradition nicht verworfen; die Gegenwart hat hier ihre Geschichte gefunden.

*

An der Suche nach der eigenen Gegenwart beteiligten sich die Neuankömmlinge, die Völker des europäischen Nordens und Ostens, nur zögernd. Sie waren es zufrieden, eine mächtige und christliche Vergangenheit vor sich zu sehen, die ihren meist recht bescheidenen Ambitionen Schutz gewährte. Nachdem die Dänen und Isländer einmal die Bibel in ihr Sippendenken mit aufgenommen hatten, blieben sie dabei, zum Ruhme ihres Volkes. Die „Annales Ryenses" aus dem Rauhkloster in Schleswig erzählten 1288, daß die Dänen schon bald nach Babel, in den Tagen von Phalegs Enkel *Sarug* (Seruch) und noch vor Abrahams Zeit ihr Land betraten und aus Gotland kamen. Da war nun nicht mehr von den Herrschern, sondern von den Volksgenossen die Rede: im Jahre 1282 hatte sich König Erich V. dem Adel und dem Parlament unterwerfen müssen. *Gothi ... de Gag filio Japhet orti sunt*; selbst den fatalen Anklang an Gog scheute der Chronist nicht, wenn es um die biblische Herkunft des Volkes ging. Von der Antike wollte er nichts wissen und wies die These Dudos von St. Quentin zurück, nach der die Dänen mit den *Danaitae*, den Griechen, verwandt wären. Sie hatten ihren Namen vielmehr wie bei Saxo von ihrem riesenhaften ersten König *Dan* aus Davids Zeit[160]). Die Germanen schlossen sich ohne antike Vermittlung unmittelbar an die biblische Urgeschichte an; die übrige Welt mochte sehen, wo sie blieb.

Auf Island setzte sich in norwegischer Zeit die Richtung des Buches „Heimslýsing" durch, in dem Buch „Langfedgatal", das spätestens 1313, vielleicht noch von Snorri Sturlusons Neffen Egil Solmundarsson (gest. 1297) geschrie-

---

[159]) Polychronicon I, 59, RBSS Bd. 41, 2 S. 157–161; dazu George Macaulay Trevelyan, Geschichte Englands, 2 Bände, 4. Aufl., München 1949, hier Bd. 1, S. 262 f.

[160]) Annales Ryenses c. 1, MGH SS Bd. 16, S. 392; auch SSRD Bd. 1, S. 149 f. Dazu Heusler, Urgeschichte 7.

ben wurde. In beruhigten, ereignisarmen Zeitläuften gedieh die Enzyklopädie; das Buch sammelte vielerlei biblisches, antikes und germanisches Strandgut auf. Die dänischen Könige stammten von Japhet; doch lief ihr Stammbaum nicht wie in der „Heimslýsing" und in den Schleswiger Annalen über Tiras oder Gomer, sondern über Javan und die Griechen ging es zu Saturn, Jupiter und den Trojanern, denen statt Dardanus *Darius* zugeordnet wurde; den Priamus-Enkel *Tror* durfte man mit dem Gotte *Thor* identifizieren. Auch *Sescef* (Sceaf), *Hathra* und andere Heroen der Angelsachsen wurden eingestuft, und dann war man bei Wodan, *Voden*, „den wir *Oden* nennen". Odin war, wie schon bei Ari, *Tyrkia konungr*, und damit war die Verbindung zum Nordland hergestellt. Die gesamte mythische Weltgeschichte schien sich zu vereinen, um den Nordleuten ihre Ahnen zu geben[161]).

Bedächtiger ging ein nacheddisches isländisches Fragment vor, das wie die „Heimslýsing" erst mit dem japhetitischen Magog und seinem angeblichen Sohn Tiras begann, die Trojaner in der Person des Aeneiden Brutus den Engländern überließ und den Führer der *Tyrkir* einfach Odin nannte. Auch hier wurden fremde Genealogien erwähnt, aber der eigenen nicht inkorporiert, so die englische und der Zusammenhang zwischen Misraim und den Ägyptern, Assur und den Parthern, Elam und den Persern, während Afrika von Cham und, offenbar des Stabreims wegen, von den Chaldäern besiedelt schien[162]). Die Fehler und Lücken dieser Ahnentafeln verdecken doch den guten Willen nicht, auch anderen ihr Plätzchen in den Ruhmeshallen der Geschichte zu lassen. Doch kümmerte man sich nur um die Herkunft der Völker, nicht der Sprachen, obwohl sich seit etwa 1300 das Isländische vom Norwegischen zu trennen begann und sogar seine eigenen Grammatiker fand. Sprachlich blieb man, enger als der norwegische „Königsspiegel" gefordert hatte, in den Nordseekreis gebannt.

Die Vorstellung, es könne 72 Sprachen und Völker geben, konnte nicht heimisch werden; die Symbolik dieser Zahl, wir sahen es, war den Nordgermanen nicht vertraut. In Schweden bestimmte 1370 die heilige Birgitta (1303–73) in der Regel ihres Salvatorordens, er solle aus 60 Nonnen und 12 Diakonen und Laienbrüdern bestehen; die Gesamtzahl sollte auf die 72 Jünger Christi hinweisen. Birgitta selbst, die kaum Lateinisch konnte und ihre Visionen übersetzen lassen mußte, ist weit durch Europa gepilgert, nach Spanien, nach Rom, zuletzt nach Jerusalem; aber sie hat Skandinavien nicht mit in das Gespräch Europas ziehen können; die 72 blieben in der Klausur[163]).

---

[161]) Langfedgatal, SSRD Bd. 1, S. 2 f.; dazu HEUSLER, Urgeschichte 17 ff., 76 ff.; HACKENBERG, Stammtafeln 18.

[162]) Fragmentum vetus Islandicum, SSRD Bd. 2, S. 34–37.

[163]) Birgitten Openbaringe III, 11, Lübeck 1496, f. 91 f. (Mitteilung von Prof. William FOERSTE-Münster); Neuausgabe von Hildegard DINGES, Diss. phil. (Masch.-

Bei den Westslaven war, ähnlich wie bei den Nordgermanen, der spät eingeführte biblische Ahnennachweis noch im Schwang. Auch hier schloß man sich gerne an die ganze Heilsgeschichte der Menschheit an, letztlich auch hier mit der immer deutlicher werdenden Neigung, die eigenen Schäfchen ins Trockene zu bringen. In Litauen freilich brauchte Großfürst Gedimin (1316–41) noch die Hilfe der Nachbarn und war 1323 mit Missionaren zufrieden, die Polnisch, Semgallisch und „Ruthenisch" (Weißrussisch) verstanden, die Amtssprache des Großfürsten; Litauisch forderte er nicht. Aber die Litauer der Zeit waren trotz aller politischen Aktivität noch nicht imstande, sich gegen die sprachliche Überlegenheit des Polnischen energisch zu wehren[164]); an eigene Literatur und Geschichtsschreibung war noch kaum zu denken.

Die Polen legten, als sie sich gegen die Überfremdung durch Böhmen und Deutsche zu wehren hatten, keinen Wert mehr auf die gemeinsame Herkunft der Slaven und ihrer Sprachen, wie es noch Baszko im Zeichen der Mongolengefahr getan hatte. Zwar erinnerte König Ottokar von Böhmen die Polen im Kampf gegen Rudolf von Habsburg 1278 an die Bluts- und Sprachverwandtschaft zwischen Polen und Tschechen[165]); aber bald suchte Wenzel II. von Böhmen, Ottokars Sohn und Rudolfs Schwiegersohn, seine Macht auf Polens Kosten zu erweitern. In der Bedrohung mußten sich die Polen Böhmen und Deutschen gegenüber nach Sprache und Art als eigenständig empfinden. Der Gnesener Erzbischof Jakob Swinka (1283–95) beschwerte sich 1285 an der Kurie über die deutschen Franziskaner, die sich gegen das Polnische sperrten, und verordnete gleichzeitig, die Geistlichen müßten für Predigt und Lehre Polnisch können, *ad conservacionem et promocionem lingwe Polonice*[166]). Babel und Pfingsten konnten im Sprachenstreit wenig nützen; der Völkerstammbaum wurde nicht mehr als Stütze benötigt, auch als dann im 14. Jahrhundert die nationale Einigung Polens zum Ziele führte.

Nur scheinbar gebärdeten sich die Tschechen frömmer. In der Velislav-Bibel des 13./14. Jahrhunderts prangt ein Bild vom Turm zu Babel, wie um die tschechische Urgeschichte bei Cosmas von Prag zu illustrieren. Hier sieht man mit Augen die Sprachenverwirrung: Gott selbst erfaßt mit zweizinkigen

---

Schr.) Münster 1952, S. 201 ff. Zu B.s Wirkung Ingvar ANDERSSON, Schwedische Geschichte, Von den Anfängen bis zur Gegenwart, München 1950, S. 82 ff.

[164]) An die Minoriten in Sachsen, hg. Friedrich Georg von BUNGE, Liv-, Esth- und Curländisches Urkundenbuch, Bd. 2, Reval 1855, S. 55 f. Nr. 810 (Regest); Sp. 143 Nr. 689 (Text). Dazu GRENTRUP, Muttersprache 276 ff.

[165]) Regesta diplomatica necnon epistolaria Bohemiae et Moraviae, hg. Joseph EMLER, Bd. 2, Prag 1882, S. 466 f. Nr. 1106; dazu ZATSCHEK, Volksbewußtsein 23; HUGELMANN, Stämme 466 f.

[166]) Codex diplomaticus majoris Poloniae, Bd. 1, Posen 1877, S. 574 f. Nr. 616 (Franziskaner); S. 510 Nr. 551 (lingwa Polonica). Dazu GRENTRUP, Muttersprache 222 f.; MASCHKE, Nationalbewußtsein 24 ff.

Gabeln die Quadern des Baues, während Engel mit gleichen Gabeln aus den Wolken die Arbeiter packen; den Werkleuten sträuben sich die Haare, ihre Gesichtszüge sind entstellt, wie Pseudo-Philo es beschrieben hatte[167]). Die drastische Darstellung, die ähnlich im 15. Jahrhundert in Rußland wiederkehren sollte, hatte mindestens unbewußt ihre Nebenabsichten; denn der Babelturm blieb gegen die Deutschen das Hauptbollwerk der tschechischen Ursprünge.

Um 1314 führte ein geistlicher Ritter die Tradition des Cosmas weiter in der Chronik des sogenannten Dalimil. Der Verfasser stand wohl unter dem niederschmetternden Eindruck, den die Belehnung der Luxemburger mit Böhmen auf die bewußt tschechischen und antideutschen Gemüter des Landadels machte. Wie Cosmas begann diese erste Chronik in tschechischer Sprache ihre Erzählung mit Babel. Nach dem törichten Turmbau und dem wunderbaren Verlust der einen Ursprache erhielt jeder Einzelmensch eine besondere Sprache, die er allein noch verstand. Anders als Cosmas und wie der Pole Baszko stellte „Dalimil" neben die in Babel erwachsene tschechische Sprache auch gleich den Ahnherrn, der sie empfing. Der Vater der Tschechen hieß nicht mehr *Boemus*, sondern *Čech* und war (das ist nicht gesagt, aber kaum anders denkbar) schon in Babel dabei. Dahinter stand, in der Chronik überall spürbar, die Ablehnung alles Deutschen und die Sorge für die tschechische Muttersprache, die von den Deutschen nicht geachtet wurde[168]).

Diese Sorge lenkte auch die Feder in dem deutschfeindlichen Pamphlet „De Theutunicis bonum dictamen", das ein anonymer Tscheche wohl im zweiten Viertel des 14. Jahrhunderts, noch einmal in lateinischer Sprache, schrieb. Die ritterliche Gestalt und Gesinnung seines Königs, Johanns von Luxemburg, machte ihm keinen Eindruck; der Topos von den 72 Sprachen diente ihm nur dazu, um darzutun, daß seit der wunderbaren Sprachentrennung von Babel keine Sprache vor der anderen ein Vorrecht habe, auch und vor allem nicht die deutsche. Der Autor stülpte die seit der Angelsächsischen Genesis und Honorius von Autun im germanischen Bereich beliebte ständische Gliederung der Noachiden um: Alle Sprachen wurden in Babel je nach ihrem Rang an die Ahnherren freier Völker, an Kaiser und Könige, Markgrafen und Herzöge, Grafen und Freiherren verliehen; nur die deutsche wurde einem Sklaven namens *Theucades* überlassen. (In der Ebersheimer Chronik war *Theutates* noch ein Gott gewesen.) Nicht die Slaven waren Sklaven. Und Sklaven, so eiferte der Choleriker, sollten die Deutschen sein bis auf diesen Tag; denn was anders

---

[167]) Abbildungen bei BRANDT, Arbeit Bd. 1, S. 245 und FRITZ (o. Anm. 30) Sp. 1317.

[168]) Rýmovaná kronika česká I, 1 f., FFRB Bd. 3, S. 5 f. Dazu LORENZ, Geschichtsquellen Bd. 1, S. 290 f. (Anlaß); Josef TEIGE, Die Quellen des sogenannten Dalimil, in: MIÖG 9 (1888) 306–319 (Quellen); MASCHKE, Nationalbewußtsein 36 ff.; ZATSCHEK, Volksbewußtsein 23 ff. (Tendenz).

bedeutet *Almanni* als *totaliter omagiales*, die völlig Knechtischen? Hier dienten Babel und die 72 Sprachen nicht mehr dem Minderheitenschutz, sondern dem Völkerhaß und Sprachenstreit, eine ziemlich einmalige Verkehrung der biblischen Tendenz. Freilich trifft es nicht zu, wenn man das Pamphlet „ein zum Glück einzigartiges Dokument mittelalterlichen Völkerhasses" genannt hat; wir hörten von Päpsten und Königen, auch von Deutschen, bösere Aussprüche. Nur pflegten sie sich dabei nicht auf den Turm von Babel zu berufen[169]).

Freilich verhielten sich die Deutschen in Böhmen meistens viel besonnener. Den anonymen Autor der deutsch-böhmischen Sprachenliste erwähnten wir schon; vor allem der Abt des Klosters Königssaal, Peter von Zittau (1275–1339) gab ein Musterbeispiel der Selbstbeherrschung. Milde sah der Zisterzienser hinweg über die sprachlichen Differenzen, die er genau kannte. Es ist ja bei den Deutschen nicht anders: Der Sachse hat eine schnelle Zunge, der Bayer brüllt wie ein Ochse *(boat ut bos*, ein geistreiches Spiel mit dem bayerischen Diphthong *oa* für *ay)* und versteht den Sachsen nicht, so wenig wie eine Nachteule die Elster; und doch werden beide mit Recht Deutsche genannt. Karls IV. Gemahlin Blanka von Valois beherrschte zwar bedauerlicherweise nur ihre französische Muttersprache; aber um mit den Menschen ihres Landes reden zu können, lernte sie Deutsch und wohl auch etwas Tschechisch. Tschechen und Polen gehören zur einen *Slavica lingwa* und sind darum einander meist freundlich gesonnen – deshalb konnte der in Königssaal begrabene Stifter des Klosters, Wenzel II., auch König von Polen werden –, wenn auch zwischen ihren Idiomen kleine Unterschiede bestehen[170]). Der deutsche Historiker bemühte sich also, über die Verschiedenheiten hinweg das Gemeinsame zu betonen. Die Böhmen versicherten demgegenüber, etwa bei der Errichtung des Prager Erzbistums 1344, daß die böhmische Sprache von der deutschen völlig abweiche, und Karl IV., der beide Sprachen völlig meisterte, billigte diese Unterscheidung[171]).

Allerdings suchte Karl Öl in die Wogen zu gießen und allen, nicht nur den Tschechen, entgegenzukommen. Der erste, der ihre Geschichte in seinem Auftrag schreiben sollte, Marignola, war mehr an einer Weltgeschichte interessiert; aber Karls neuer Beauftragter, der verständige Přibico von Pulkawa (gest. 1380), schrieb, vielleicht erst in den 1370er Jahren, eine wirkliche

---

169) Wilhelm Wostry, Ein deutschfeindliches Pamphlet aus Böhmen aus dem 14. Jahrhundert, in: Mitteilungen des Vereines für Geschichte der Deutschen in Böhmen 53 (1915) 193–238, hier S. 220, 226 f. Dazu Maschke, Nationalbewußtsein 57 f. (hier das Zitat); Zatschek, Volksbewußtsein 27 ff.

170) Chronicon Aulae Regiae I, 9, FFRB Bd. 4, S. 16 (Sachse, Bayer); III, 2 S. 320 (Blanka); I, 67 S. 81 (Tschechen, Polen). Dazu Maschke, Nationalbewußtsein 45 f.; Zatschek, Volksbewußtsein 23, 25 ff.

171) Mathias von Neuenburg, Chronica c. 71, MGH SSRG NS Bd. 4, S. 395.

Tschechengeschichte mit Maß und Takt. Auch er zählte unter die 72 wunderbar in Babel geschaffenen Sprachen das Slavische, das *Čech* nach Böhmen brachte; aber in dieser Form verletzte die Mythe keine fremden Gefühle[172]). Auch hier schien sich schließlich die spezielle Gegenwart mit der allgemeinen Geschichte auszusöhnen. Niemand konnte ahnen, daß es der letzte Versuch friedlicher Gemüter sein sollte.

Die Ungarn waren im Abendland noch immer vielverlästert; Albrecht I. stand nicht allein. Nach der vom Mongolensturm verursachten Erschöpfung packte sie darum erst recht der Ehrgeiz, der schon den „Notarius Belae" beseelt hatte; sie wollten ihr Volk durch biblische Genealogien als europäisch ausweisen. König Ladislaus IV., halb kumanischer Herkunft, war mit Rudolf von Habsburg gegen Ottokar von Böhmen gezogen; sein Notar war wohl jener Simon von Keza, der zwischen 1282 und 1285 eine Chronik schrieb, weit entfernt von allen panslavistischen Neigungen, schon durch die lateinische Sprache des Textes auf den Kontakt mit dem Westen, nicht mit den Slaven, bedacht. Hebräisch war die Ursprache, aber von den 72 Sprachen sagte Simon nichts; sprachlich konnte er die Ungarn und ihr ganz isoliert stehendes finnisch-ugrisches Idiom nicht so einfach wie „Dalimil" in der Bibel unterbringen. Aber 72 Völker gab es. Simon ordnete sie, wie so viele seiner Zeitgenossen, ohne ersichtlichen Grund neu, nach 22 Semiten, 33 Hamiten und 17 Japhetiten. Unter ihnen befanden sich nicht die Magyaren selbst, aber ihre Vorfahren: Die Ungarn sind Europäer vom Stamme Japhet. Man wollte sich sichtlich von den Mongolen distanzieren, die Ungarn verwüstet hatten. Die durch den „Notarius Belae" eingeführte Ableitung von Magog war noch nicht pointiert genug; warum Simon sie umging, ist leicht zu erraten. Zu den verfluchten Gog und Magog, die der Westen in den Mongolen vermutete, mochte man um keinen Preis gezählt werden. Dann lieber noch Nimrod als Ältervater der Ungarn; sein Turmbau war imposant und staunenswert. Nur mußte der Ahnennachweis dieses prominentesten Noachiden retuschiert werden, denn bislang galt er als Sohn des Hamiten Kusch; und die Ungarn hatten nicht wie später Karl IV. und die Italiener den Ehrgeiz, auch noch Trojaner zu sein und mit Saturn und Priamus auch Cham in Kauf zu nehmen. Nun hatte Isidor als ersten Skythenkönig einen *Thana* namhaft gemacht, der dem *Tanais*, dem Don, den Namen gegeben habe; und am Don ließen das Jubiläenbuch und wieder Isidor das japhetitische Europa beginnen. Simon schrieb also schlicht: *Menrot gigans filius Thana ex semine Jafeth oriundus*. Zur Beglaubigung erschienen als Nimrods nachgeborene Kinder die Perser, den Hunnen nächstverwandt, nur sprachlich so gesondert wie *Saxones et Turingi*. Ihre ältesten Brüder waren *Hunor* und

[172]) Chronicon Bohemicum I, 1 f., hg. Johann Burchard MENCKEN, Scriptores rerum Germanicarum, Bd. 3, Leipzig 1730, Sp. 1617.

Mogor, ex quibus Huni sive Hungari sunt exorti. Dieser Mogor war also nicht Japhets Sohn Magog; aus welchem Zweige des Japhet-Hauses Nimrod hervorging, ließ man lieber unbestimmt[173]). So hatte man nicht nur wie der „Notarius Belae" Attila und die Hunnen unter seinen Ahnen, sondern der ungarischen Sprache in den Persern angesehene Verwandte beschafft, und dennoch war man Abendländer.

Der Sachse Heinrich von Mügeln (gest. nach 1371), den Ludwigs des Großen glanzvoller Hof nach Ungarn lockte, wiederholte noch 1359/60 diese Aufstellungen Simons, nicht ohne die fein gesponnene Etymologienkette an einigen Stellen plump zu zerreißen. Nimrods Vater hieß hier *Kana*, als wären die Ungarn Nachfahren des unseligen Kanaan; der Stammvater der *Hewnen* mußte sich den Lesefehler *Himor* gefallen lassen, und aus der hebräischen wurde eine indische Ursprache[174]). Von den 72 Sprachen wollten die Ungarn nicht hören; Heinrich ließ nichts davon verlauten – und doch hat derselbe Heinrich von Mügeln in Gedichtsammlungen, die er vor 1363, vielleicht für Karl IV., schrieb, auch 72 Marienlieder zusammengestellt *in zeichin daz si gelobit sal werden in allen zungen der erden, der zwei und sibenzic sint*[175]). Heinrich wußte wohl, für welches Publikum er Geschichte, und für welches er Gedichte schrieb.

Kurz vor Heinrichs Ungarischer Reimchronik setzten sich ungarische Historiker gegen Simon von Keza heftig zur Wehr. Zu diesen Chroniken, deren allen gemeinsame Urfassung vielleicht um 1333 entstand, gehört etwa die in Ludwigs des Großen Auftrag geschriebene sogenannte Képes-Chronik des Kanonikers Markus von Kált, auch Wiener Bilderchronik genannt, aus dem Jahre 1358. Zuerst wurden die Völkerzahlen zurechtgerückt. Der *magister ystoriarum* (Comestor) weise im 10. Kapitel der Genesis 15 Japhetiten, 30 Hamiten und 27 Semiten nach. Man mußte sich also an die westliche, vornehmlich französische Tradition halten. Martin besorgte das gründlich, als er nun die Japhetiten etwas näher unter die Lupe nahm; der Leser merkt rasch, daß der königliche Auftraggeber des Autors ein Anjou war. Von Gomer, dem Ältesten, stammten Trojaner und „Franken"; *Assenech*, also Gomers erster Sohn

---

[173]) Gesta Hunnorum et Hungarorum c. 4, SSRH Bd. 1, S. 143 f.; dazu Samuel KRAUSS, Nemzeti krónikáink bibliai vonatkozásai, in: Ethnographia 9 (1898) 9–27, 109–118, 197–203, 293–305, 348–354, hier S. 11 ff. (Noachiden-Zählung); LORENZ, Geschichtsquellen Bd. 1, S. 336 f.; MACARTNEY, Historians 89 (Tendenz, Datierung). Thana bei Isidor, Etymologiae XIII, 21, 24.

[174]) Ungerisch Coronica, hg. Martin Georg KOVACHICH, Sammlung kleiner noch ungedruckter Stücke, in welchen gleichzeitige Schriftsteller einzelne Abschnitte der ungarischen Geschichte aufgezeichnet haben, Bd. 1, Ofen 1805, S. 2 f. Datierung nach MACARTNEY, Historians 144.

[175]) Karl Julius SCHRÖER, Die Dichtungen Heinrichs von Mügeln (Mogelîn), nach den Handschriften besprochen, in: Sitzungsberichte der Ksl. Akad. d. Wiss., Philos.-Hist. Kl., Bd. 55, Wien 1867, S. 451–520, hier S. 471.

Aschkenaz, sei der Erbherr der Trojaner geworden. Der Sohn des Priamus, der berühmte Paris, habe die nach ihm benannte französische Hauptstadt begründet; sein Kind sei der Ahnherr der Franken, *Francio*. (Das muß Markus, vielleicht auf Umwegen, aus Rigord entnommen haben.) Aber wo bleiben die Ungarn? Sie sind eben gar nicht, wie Simon gemeint hatte, Nachfahren Nimrods, denn dieser ist und bleibt Hamit. (Daß die Chronik an anderer Stelle Simons Formel vom japhetitischen Ahnherrn Nimrod stehen ließ, macht die Wende nur eindrucksvoller.) *Hungari descenderunt a Magor filio Japhet*. Dieser *Magor* gab den Magyaren den Namen und war der erste Skythenkönig; *Scythia enim regio in Europa situm habet*[176]). Das war eigentlich nur eine Ehrenrettung für den „Notarius Belae“, aber sie hatte ihre politische Seite. Wenn die Franzosen Nachfahren Gomers und die Ungarn Kinder Magogs sind, wird niemand mehr die Magyaren als Gog und Magog verdächtigen können; und wenn sich die ungarischen Magnaten gegen den Anjou sträubten, so waren auch sie im Unrecht. Denn gewiß gehörten die Enkel der beiden ältesten Japhetiten zusammen und an die Spitze der Japhetkinder. Konnte man den Großmachtplänen der ungarischen Anjous besser dienen?

Sie führten die Ungarn über die Grenzen ihres Landes hinaus; die Magyaren lernten, auf ihre Umwelt und deren Geschichte zu achten. Im Lande selbst galt noch immer das Wort Stephans des Heiligen, denn Ungarn war sprachlich nicht eins, schon wegen der Kumanen und ihrer Türksprache, die 1303 in einem lateinisch-kumanischen Wörterbuch aufgezeichnet wurde; das Lateinische blieb bis weit in die Neuzeit die Staatssprache Ungarns. Auch die übrigen slavischen Völker setzten nur ängstlich die Worte ihrer Sprachen aufs Pergament; sie hielten ihre Muttersprache noch nicht für einzigartig und forderten nur, daß man sie neben anderen dulde. Neben den anderen zu stehen, war auch das Ziel ihrer genealogischen Entwürfe. Überall in Nord- und Osteuropa begann man über den eigenen Kreis hinauszusehen und zu vergleichen. Größere Zusammenschlüsse wie die Kalmarische oder die polnisch-litauische oder die böhmisch-ungarische Union sollten daraus entstehen, aber auch bittere Feindschaften. Die Bibel und die Vergangenheit konnten nur die Gleichberechtigung aller lehren, nicht die Richtung in die Zukunft weisen; aber solange Gleichgewicht und Gleichberechtigung noch im nordischen und slavischen Raum herrschten, fanden die Völker in der Bibel ihre eigene Gegenwart.

Wohin wir sahen, bot sich uns der nämliche Anblick; dieses in seinen Aktionen so wirre 14. Jahrhundert war in seinen Reaktionen ziemlich einheitlich.

---

[176]) Képes Kronika c. 3 ff., SSRH Bd. 1, S. 243–252; die ältere Auffassung c. 26 S. 285. Dazu Lorenz, Geschichtsquellen Bd. 1, S. 338 f.; Macartney, Historians 113. Zur dynastischen Politik Asztrik Gabriel, Les rapports dynastiques franco-hongrois au moyen-âge, Budapest 1944, S. 35 ff., 53 ff.

Überall suchte man die nationale Selbstbestätigung, fuhr fort, die eigene Sprache zu schätzen und zu pflegen, auch gegen andere zu verteidigen; das Ideal der Vielsprachigkeit und der lateinischen Einsprachigkeit erlitt empfindliche Einbußen[177]). Die Suche nach alten und vornehmen Ahnen wurde immer unverhüllter zu einem Wettlauf der Nationen; ihre Ahnentafeln vereinigten sich nur selten, in „rückständigen" Ländern, zu einem gemeinsamen Stammbaum der Weltvölker oder auch nur Europas. Man verzichtete auf die universale Begründung der Weltgeschichte als Heilsgeschichte. Deren Traditionen und Motive wurden nicht einfach abgelegt, sondern vor allem in der bürgerlichen Chronistik und Geschichtsdichtung weiter benutzt, aber nun gerne in den Dienst einer neuen, der nationalen Sache gestellt. Die Spätscholastik hatte sich derweilen ganz von der geschichtlichen Betrachtungsweise abgewandt und sah Sprachen und Völker nur als natürliche Gegebenheit, die nicht in den systematisierten Rahmen der Schultheorie fiel. Nur die Sprache an sich war hier zugelassen, ein blutleeres Geschöpf der Abstraktion, und schon schwang sich die Mystik auch über sie noch hinaus. Realitäten und Gedanken strebten auseinander, Extremen zu; die Symbolik der Fakten, Zahlen und Worte, die Etymologie und der Erfahrungsschatz der Traditionen hielten die einstige Mitte nicht mehr zusammen. Nur wenige überragende Geister versuchten noch einmal, die Differenzierung der ehedem ungeschiedenen Kräfte nutzbar zu machen für das Verständnis des Ganzen; Dantes „Theologie der Muttersprache" begriff Nation und Natur vom Ganzen der Schöpfung her. Fast alle Denker Europas aber suchten in dieser gärenden, unentschiedenen Epoche die ihnen gemäße Gegenwart, nicht mehr als Durchgang, sondern als Erfüllung. Wo sie sie fanden, das hing vom Temperament der Nationen, von der Macht und vom Ehrgeiz der Staaten ab; ob es die demnächst oder eben jetzt kulminierende Zeit war, die versunkene, die nachwirkende, die dauernde irdische Zeit oder die zeitlose Gegenwart der Theorie oder der Ekstase, fast überall sammelten sich Wissen und Wünschen in einem solchen Punkt[178]). Es war, als sollten Ursprung und Entfaltung, Einheit und Vielfalt in dieser Gegenwart gipfeln; noch einmal waren dazu auch die alten Traditionen über Sprachen und Völker aufgerufen, weil sie Ursprung und Entfaltung aufeinander bezogen. Es war ihre letzte, gewaltsame Verwendung zu einer Synthese.

Das Todesjahr Karls IV. und der Ausbruch des Großen Schismas scheinen dieser Synthese die zeitliche Grenze gesetzt zu haben. Sie ist unscharf und nur, wenn man „Mittelalter" und „Renaissance" einander pointiert gegenüberstellt,

---

177) Edouard Perroy u.a., Le moyen âge, l'expansion de l'orient et la naissance de la civilisation occidentale (Histoire générale des civilisations 3), Paris 1955, S. 412 f.

178) Heimpel, Mensch 9 ff. gibt eine Unterscheidung der Inhalte von „Gegenwart".

eine allgemeine Epochenscheide[179]). Auf unserem Sektor ist sie allerdings eine Wende. Bis dahin hatte man die alten Ansichten über die Entstehung und Geschichte der Sprachen und Völker respektiert, wenn auch vielfach mißbraucht oder allenfalls verschwiegen. Seit etwa 1350/80 griff man sie an.

*

Zwischen Augustin und Dante scheinen sich die Meinungen über Ursprung und Vielfalt der Sprachen und Völker nicht wesentlich verändert zu haben. Man hörte noch immer von der paradiesischen Prägnanz der ersten Sprache, von der gottgeweihten hebräischen Ursprache, von der babylonischen Zertrennung der Sprachen und Völker, von ihrer geordneten Vielfalt in 72 Gemeinschaften, von ihrer geistlichen Wiedervereinigung an Pfingsten und ihrer leiblichen Aufhebung nach dem Jüngsten Gericht. Die Formeln sind immer die nämlichen; wenn Nikolaus Trevet die Heilsgeschichte der Sprachen und Völker darstellen will, schreibt er Augustin ab. Wichtiger noch, die dahinter stehende Geschichts- und Weltbetrachtung ist tausend Jahre hindurch dieselbe geblieben; sie geht stets aus „von einem Wissen über die von Gott bestimmte Ordnung der Zeiten, das aus der Offenbarung und aus der Tradition stammt und nicht erst in der geschichtlichen Welt aufgefunden, sondern nur in ihr wiedergefunden und nachgewiesen werden muß", und sie bleibt immer „umfangen von der Überzeugung, daß alles Irdische sich einordnet in ein von Anfang bis Ende überschaubares, begrenztes Ganze"; so wird „die natürliche Ordnung überall von einer übernatürlichen gehalten, die für sie Ursprung und Ziel ist"[180]). Diese Konstanz der Grundlagen und der Prägungen, in der sich Form und Inhalt mittelalterlichen Denkens unlöslich durchdringen, verlockt die Forschung leicht zu der Ansicht, die mittelalterliche Welt selbst sei traditionsgebunden, statisch und geschichtslos, ihr Denken formelhaft und überaltert wie ihre Sprache. Haben also jene Sprachwissenschaftler und Philologen doch recht, die im Mittelalter primitive Traditionen oder abgegriffene Topoi sehen?

Mitunter sind die Traditionen träge wie die Sprache selbst, und eben wo Begriffe fehlen, da stellt ein Wort zur rechten Zeit sich ein; das Hergebrachte

---

[179]) Halecki, Europa 137 ff. betont sie für die politische Geschichte; dazu Delio Cantimori, La periodizzazione dell'età del Rinascimento, in: CISS Bd. 4, S. 322 ff.; für die Sozial- und Wirtschaftsgeschichte kommt Friedrich Lütge, Deutsche Sozial- und Wirtschaftsgeschichte, Ein Überblick, Berlin-Göttingen-Heidelberg 1952, S. 79, 144 ff., 193 ff. zur gleichen Zäsur. Die erschreckenden Divergenzen etwa zwischen Heimpel, Mensch 55 ff. und Barraclough, Geschichte 70 ff., um nur zwei Mediävisten zu nennen, machen vorerst nur die Problematik dieser Epochenscheide gewiß.

[180]) Grundmann, Grundzüge 326 (erstes Zitat); Grundmann, Geschichtsschreibung 1336 (zweites Zitat); Gilson, Philosophie 393 (drittes Zitat).

übermächtigt das Werdende. Auch breitete sich das Gedachte und Geschriebene nur langsam durch Schulen und Handschriften aus, und oft wurde das Gespräch der Geister nicht zwischen Zeitgenossen, sondern zwischen Großvätern und Enkeln geführt. Die Dialoge selbst sind vielfach nur scheinbar, durch unsere nachträgliche, vieles Isolierte verknüpfende Darstellung heraufbeschworen; den mittelalterlichen Autoren mögen sie eher wie Monologe geklungen haben. Fast ohne sich zu kreuzen, ziehen sich ganze Reihen durch die Jahrhunderte, hie Freunde des Sinns, der Vernunft und des Geistes, dort Freunde des Buchstabens, der Natur und des Lebens; zeitlose menschliche Verhaltensweisen, ohne Geschichte, wie es scheint. Und endlich, „das Mittelalter war ungemein geduldig. Wie in seinen Wäldern die Baumriesen verdorrten, dann verfaulten und neue Stämme sich dem Sonnenlichte entgegenreckten", so war es auch mit vielen Institutionen und Traditionen; „an die veralteten wurde nicht die Axt gelegt, langsam vergingen sie"[181]).

Aber gerade geprägte Form kann sich lebend entwickeln. Formeln sind dehnbar; wie jedes Wort der Sprache ändern sie nur unmerklich ihre Gestalt, aber in jedem neuen Zusammenhang sofort ihre Tönung. Mag die Sprache und Gestalt der geistigen Welt bei Dante noch die gleiche sein wie bei Augustin, der Gehalt ist von Grund auf verwandelt. Der Weg von der Patristik zur Spätscholastik, vom Römerreich zu den Nationalstaaten war weit, verschlungen und mühsam, und das Denken begleitete getreulich jede neue Wendung in der Geschichte des katholischen Gottesvolkes; wandlungsfähig, stets lebendig wie das Latein, in dem es sich verdichtete. Worte und Gedanken erlebten den Wandel der Zeiten mit, von der weltfernen, aber nicht weltfremden Patristik, nach deren Glauben die Pilgerschar der Civitas Dei vom Ursprung der Geschichte durch die Welt zu beider Ziele wandert, bis zum Sturm der Völkerwanderung, in dem Sprachen und Völker durcheinanderwirbelten und schließlich Religion und Welt sich hier und jetzt verschränkten. Aus der Wirrnis der dunklen Zeiten rettete Beda den Gedanken vom verkörperten Gottesvolk aller Zungen, in dem Eintracht und Vielfalt, Ursprung und Ende sich begegnen. Hier erwuchsen die Ideen, die im Karolingerreich für einen Augenblick verwirklicht und vergegenwärtigt schienen und noch den Späteren vorschwebten. Bald freilich begannen sich die Glieder des Gottesvolkes auseinanderzuleben zu festeren Institutionen, zu den abendländischen Nationen, deren jede ihre Ahnentafel, zur Kirche, die ihre zeitlose lateinische Einheit suchte. Im 12. Jahrhundert machtvoll ausgebreitet, faßte die kirchliche Eintracht das Abendland neu zusammen, doch in rationaler, romanischer Synthese des ewig Menschlichen, während das geschichtliche Denken den germanischen Völkern, den Laien und

---

[181]) SCHULTE (o. S. 656 Anm. 105) S. 242.

ihren Mundarten verblieb; in der überzeitlichen Geschichtlichkeit des Menschen fanden sich die Gegensätze. Den neuen Zwiespalt zwischen Geist und Macht des gegenwärtigen Menschen überbrückte das 13. Jahrhundert unter Führung der Papstkirche noch einmal, indem es die Menschheit und ihre Gedankenwelt auf Gott hinordnete; das irdische Getümmel wurde den Volkssprachen überlassen, deren ritterliche Wortführer eine andere heile Idealwelt bauten. Die bürgerlichen Laien und Kleriker des 14. Jahrhunderts suchten endlich in den Nationen und deren Sprachen ebenso wie in Spätscholastik und Mystik die ihnen gemäße konkrete Gegenwart, in der Ursprung und Entfaltung des Gottesvolkes, Eintracht und Vielfalt des natürlichen Daseins in einem Punkt zusammenträfen; und eben dabei zerbrach das alte Gehäuse der einen Civitas Dei. Weil und solange die Verwirklichung des Gottesvolkes im Ablauf der Zeit und in der Vielgestalt natürlichen Lebens das Hauptthema der mittelalterlich verstandenen Geschichte ist, sind die Meinungen über Ursprung und Vielfalt der Sprachen und Völker mit dieser Geschichte aufs engste verquickt; sie spiegeln sie wider. *Mundus in gutta.*

Legt man diese Vorstellung vom verkörperten Gottesvolk zugrunde, so lösen sich die scheinbaren Paradoxien der mittelalterlichen Welt. Es erklärt sich, daß das Mittelalter im gleichen Maße zur Welt zurückkehrte, in dem es von ihr abstrebte, daß die zeitlose Starre des Denkens durch das tägliche Leben immer wieder durchbrochen wurde, daß „der begriffliche Leitgedanke des Mittelalters, die Erlösung vom Materiellen", sich nirgends rein durchgesetzt hat, daß die „Geistkirche" zur „Rechtskirche" wurde, daß die profane und heilige Geschichte, daß Natur und Geist, daß Geist und Gesellschaft sich vereinigten[182]). Denn die Ideen banden sich an Institutionen, Frömmigkeit wurde Herrschaft, Zeichen wurde Gestalt; „‚Welt' ... ist Verleiblichung des Geistes", und diese „Körperlichkeit, die Handgreiflichkeit des Mittelalters ist auch seine Wörtlichkeit"[183]). Darum treten uns im Mittelalter immer wieder im Nachdenken über Sprachen und Völker die Grundprinzipien des Zeitalters, in der geprägten Formel seine tiefsten Einsichten entgegen, die Synthesen von semi-

---

[182]) Heinrich von Eicken, Geschichte und System der mittelalterlichen Weltanschauung, 4. Aufl., Stuttgart-Berlin 1923, S. 741 (Abstreben, Rückkehr); Fritz Kern, Recht und Verfassung im Mittelalter, Neudruck Tübingen 1952, S. 38 f. (Starre, Leben), 108 (Leitgedanke, Durchsetzung); Seidlmayer (o. S. 657 Anm. 108) S. 79 (Geistkirche, Rechtskirche); Steinen (o. S. 642 Anm. 79) S. 90 (Natur, Geist); Otto Brunner, Abendländisches Geschichtsdenken (Hamburger Universitätsreden 17), Hamburg 1954, S. 20 ff., 31 ff., auch in: O. B., Neue Wege der Sozialgeschichte, Vorträge und Aufsätze, Göttingen 1956, S. 168–193, hier S. 179 ff., 187 ff. (profane und heilige Geschichte, Geist und Gesellschaft).

[183]) Otto Herding, Geschichtsschreibung und Geschichtsdenken im Mittelalter, in: Theologische Quartalschrift 130 (1950) 129–144, hier S. 140 ff. (Ideen und Institutionen); Heimpel, Mensch 50 ff. (hier die Zitate).

tischem Gottesglauben und hellenistischer Menschenfreude, von Gott und Welt, von Sprache, Religion und Geschichte. Die Sprache selbst ist Abbild dieser Einung, die die irdischen Dinge in voller Spannung zum göttlichen Willen beläßt und erträgt; Schaffen und Benennen, Wort und Ding, Erkennen und Sprechen, Abstraktes und Konkretes greifen gestuft ineinander[184]). Die Exegese findet, indem sie das heilige Wort auslegt, im Sichtbaren das Unsichtbare; Wesen und Bedeutung können weit auseinanderstreben, sie gehören doch zusammen, so wie Vergangenheit, Gegenwart und Zukunft. Denn dem mittelalterlichen Menschen ist „die Bibel ein autoritäres Buch, ihre Vorschriften und Beispiele haben unmittelbare Geltung, sind Gegenwart, und diese Umstellung auf die Gegenwart ist dem mittelalterlichen Denken möglich, weil es ... die Vergangenheit mit Vorstellungen und Begriffen der Gegenwart füllt", aber keineswegs „bei seiner völligen Ungeschichtlichkeit unbewußt"[185]). Die Umkehrung gilt ebenso, weil sich im Vergänglichen und Vergangenen das Ewiggültige zu manifestieren schien. Darum wurden Traditionen und Topoi so geachtet, weil noch bis zu Dante hin die Lehre vom Wesen des Menschen und seiner Erkenntnis eng verknüpft war mit der Darstellung und Deutung der Weltgeschichte als Heilsgeschichte; in der Sprache sammelt sich die diesseitige Erfahrung und die jenseitige Erwartung aller Zeiten. So kam es auch zur „etymologischen Denkform"; im Namen ist die Sache, im Gründer das Volk enthalten. Die vielbelächelten Heroen, Francio, Britus, Dan, Nor, Čech, Hunor, Rus, Theuto, Bawarus, Gregus, Italus, Hispanus und wie sie alle heißen, waren nicht einfach kindliche „Erfindungen"; sie fassen nur das vielfach Entfaltete konkret in seinem Ursprung und in einem Zeichen zusammen, das sich vom sprachlichen und geschichtlichen Wandel der Formen dispensiert[186]). Darum blühte die Zahlensymbolik: in der Zahl liegt die Summe, im Zeichen das Gemeinte verborgen. Alles konnte zum Symbol werden; dieses „Vermögen, Unsichtbares in Sichtbares einzukleiden und im Sichtbaren Unsichtbares aufzuspüren", hält das Mittelalter zusammen[187]).

Germanisches Erbe mag „die Einigkeit von Geist und Macht in der Handgreiflichkeit" mitgeschaffen haben; entscheidend war der Glaube, daß Gott Mensch geworden ist und sein Volk auf Erden sammelt. Darum darf der Mensch aus der Geschichte weissagen und der Natur Namen geben. „Was aber ist Weissagung, was ist Namengebung anderes als Lehre, was ist Lehre anderes

---

184) Wolfram von den Steinen, Das mittelalterliche Latein als historisches Phänomen, in: Schweizerische Zeitschrift für Geschichte 7 (1957) 1–27, hier S. 16 ff.

185) Paul Koschaker, Europa und das römische Recht, 2. Aufl., München-Berlin 1953, S. 48. Gegen den auch bei K. aufgenommenen Lehrsatz vom ungeschichtlichen Mittelalter Gilson, Philosophie 415 ff.

186) Grau, Herkunft 24 f.

187) Schramm, Herrschaftszeichen Bd. 3, S. 1085 f.

als die Setzung eines Zeichens, eines Gleichnisses, des faßlichen für das Unfaßliche, des deutbaren für das Undeutbare, des menschlich irdischen für das übermenschlich Überirdische, des kennbaren und nennbaren für das Unkennbare, hinter dem der Unnennbare selber steht? Alles umfassend und einbegreifend: des Zeitlichen für das Ewige. Woraus denn auch das eigentümliche Leben, die niemals ruhende Bewegung dieser Zeichen- und Gleichniswelt hervorgeht, nämlich aus dem immer neuen Anlaß ein Zeichen zu setzen, ein unzureichendes, für das von allen Seiten her unablässig Zureichende: Instanz für Substanz"[188]). Nur daß im Mittelalter die Substanz sich in der Instanz, Gott sich im Augenblick verkörpern und äußern konnte.

Aber dieselbe Intensität, die das Zeichen zur Gestalt machte, ließ die Gestaltungen mit dem Bezeichneten verwechseln, bei einfachen Geistern sogar völlig vermengen. Wegen seiner Handgreiflichkeit ist dieses Denken nicht „rein" zu demonstrieren, seine Höhe ist verdeckt und oft erniedrigt. Es ist nicht wahr, daß im „Sinn größtmöglicher Unabhängigkeit von der Vergangenheit und zugleich der Freimachung von allem Fremdländischen" die mittelalterliche Epoche „eine der modernsten der gesamten Geschichte" gewesen sei[189]). Das religiöse Geschichtsdenken des Mittelalters hat in der Tat die ganze Zeit und den Raum der gesamten Welt in souveräner Freiheit und Distanz zu umfassen versucht; und dennoch trifft es teilweise zu, daß man keine geschichtliche Auffassung gehabt und die Weltgeschichte uninteressant gefunden habe, weil doch letzthin die Kirche alles gewesen sei[190]). Außer dem Mittelpunkt Christus und der Hauptstadt seines Gottesvolkes, Jerusalem, durfte es in Zeit und Raum keine archimedischen Punkte mehr geben; der Weg zum Himmel mußte immer und überall offenstehen. Und doch versank leicht die außerchristliche Welt in der Dämmerung und die Zeit grenzte sich ein; es blieb oft nur noch die Spanne zwischen Christus und dem Ende, genauer noch zwischen der jeweiligen Gegenwart und dem Antichrist bedeutsam. Was draußen lag, Asien und Afrika, was davor lag, Babel und Pfingsten, ist Exegeten und Weltchronisten oft eine ferne Vorstufe geblieben; die dauernde Gegenwart wurde nicht selten mit der jeweiligen gleichgesetzt. Daß auch die begrenzte zeitliche Folge in ihrer Breite unabsehbar ist, blieb selbst den Genealogen meist verborgen; darum gab es keine reinliche Scheidung zwischen Stammbaum und Ahnentafel. Die zahllosen Nachfahren Adams in den Seitenzweigen, die ebenso zahllosen Verwandten des Probanden wurden meistens

[188]) Heimpel, Mensch 52 (Einigkeit); Rudolf Alexander Schröder, Das Wort und die Kunst, in: Heimann-Schröder, Bibel 16 (Weissagung . . . Substanz).

[189]) Gonzague de Reynold, Die christliche Geschichtsperiode, in: Randa, Handbuch 1179 f.

[190]) Gerhard Ebeling, Kirchengeschichte als Geschichte der Auslegung der Heiligen Schrift (Sammlung gemeinverständlicher Vorträge 189), Tübingen 1947, S. 15.

übersehen, als wären die Heutigen lauter eingeborene Söhne des Urvaters. Die abendländische Kultur wollte allgemeingültig sein und die Welt bekehren und führen; aber diese Welt war in Wirklichkeit nur die lateinisch-okzidentale[191]). Man hat mit einigem Recht das christliche Gemeinschaftsgefühl des Mittelalters eine Art Nationalismus genannt, mit einer Art von Erbfeind, den Sarazenen, und sogar mit einer Art von Nationalsprache, dem Latein[192]). Dieses Latein selbst sollte die Sprache des Gottesvolkes sein, die Sprache einer räumlich nicht gebundenen Ideengemeinschaft; doch sie war die „Muttersprache des Abendlandes" oder, besser noch, seine gestrenge „Vatersprache", neben der sich die heranwachsenden Volkssprachen langsam und mühsam erhoben[193]). Das mittelalterliche Latein drückte die tiefsten, allgemeinsten und lebendigsten Gedanken und Stimmungen der Epoche getreulich aus; aber es war eine Fach- und Sondersprache, gelehrt und zeremoniös, nur einem kleinen Kreis zugänglich, keine allem Menschlichen offene, blutvolle Sprache eines gebildeten Publikums; erst ganz allmählich erwuchs ein solches Publikum, und erst mit ihm wurden im Humanismus die Volksdialekte zu lebendigen Literatursprachen[193a]). Selbst sie, erst recht aber die außereuropäischen Idiome wurden immer wieder als barbarisch, die Nachbarvölker und vollends die Fremdvölker häufig als Teufelskinder und Monstra empfunden[194]); und noch die mündig gewordenen Laien in ihren Sprachen und Nationen hegten die gleichen Vorurteile. Die beieinanderliegenden Widersprüche wurden selten bewußt, daß man die Juden verfolgte und ihre Sprache als älteste und heiligste feierte; daß man Babel und seine Verwirrung verdammte und im internen Streit den Gegner als Nimrod verunglimpfte; daß man die Einheit des Ursprungs predigte und sich bei Römern und Trojanern einen Ahnherrn suchte, den kein anderer auch haben sollte; daß man von 72 Sprachen und Völkern redete und diese Ordnung auch nicht entfernt durch Listen nachweisen konnte; kurz, daß man die Traditionen glaubte und trotzdem anders dachte und lebte. Der Betrachter mag im „Widerstreit zwischen der transzendenten Idee des religiösen Glaubens und den Existenzbedingungen des irdischen Lebens ... das Charakterbild der mittelalterlichen Kultur" erkennen[195]); er tut besser, in diesem „Widerstreit" den Preis zu sehen, den man für die Verquickung von Religion und Welt, für die Verwirklichung einer Idee zu zahlen hat.

Die allgemeinste Idee ordnete sich der besonderen Situation ein; die Tradi-

---

[191]) Brunner (o. S. 617 Anm. 2) S. 323.

[192]) Lemberg, Nationalismus 20, 39 ff., 52 f.

[193]) Ludwig Bieler, Das Mittellatein als Sprachproblem, in: Lexis 2 (1949) 98–104, hier S. 104 (Muttersprache); Steinen (o. Anm. 184) S. 3 (Vatersprache).

[193a]) Auerbach (o. Anm. 94) S. 191 ff.

[194]) Plischke, Barbaren 26–44, freilich zu generell.

[195]) Eicken (o. Anm. 182) S. 745.

tion diente der Gegenwart. Man nahm diese Überlieferungen in der Schule an; nur wenige trafen wir, die selbst nachprüfen wollten, die genauer zusahen, die auch genug Abstraktionsvermögen hatten, die Motive der Vergangenheit um ihrer selbst willen zu betrachten, das Fremde und das Heilige als Fremdes zu lieben. Man kannte kaum Abstand ohne Feindschaft. Für die Mehrzahl hatte die Überlieferung kein Eigenleben; während kühlen Denkern in allen Jahrhunderten aus derselben Quelle dasselbe reine Faktum entgegenkommen mag, mischen sich für die glühend Beteiligten die Motive aus Tradition und Umwelt zu einem Glauben, der nichts vom Glasperlenspiel an sich hat, der keine logische Sonderung der Motive und Bereiche erträgt und der dadurch unreflektiert und naiv die Wandlungen des Daseins selbst spiegelt. Es gab keine festen Toposfelder; scheinbar wahllos wurden die Motive getrennt und verknüpft, weil man mit ihnen lebte und von ihnen zehrte[196]). Die Einheit des mittelalterlichen Sprachen- und Völkerdenkens ist nicht philosophisch oder theologisch abstrahierend gewonnen worden; jeder Versuch, auch noch nachträglich ein System daraus zu machen, ist vergeblich. Denn diese Einheit ist identisch mit der inneren Kohärenz von tausend Jahren Geschichte. Nur aus ihr ist das Einzelne zu begreifen; sie war es, die in jedem Munde den immer gleichen Topos zu etwas Einmaligem machte. Der innerste Zusammenklang von Religion und Geschichte mit dem Denken über sie war vielfach gestört, und daran ist schließlich der mittelalterliche Geist zerbrochen; in der lateinischen Wortbildung, in der Grammatik, in der Mystik, in der Bibelauslegung, in der Historie begannen sich Gedanke und Realität, Idee und Institution voneinander zu trennen, wie sie noch heute getrennt sind. Nie zuvor und nie danach sind Geschichte und irdische Vielfalt so konsequent und einfach auf die Einheit der Religion bezogen gewesen wie im abendländischen Mittelalter, mit allen guten und bösen Folgen. Gerade darum ist „Mittelalter" nicht ein bloßer Begriff, eine bequeme geistige Kategorie, sondern eine vergangene realgeistige Wirklichkeit, nicht als eine Folge von Ereignissen, nicht als ein Besitz konkreter Errungenschaften, sondern als eine Reihe von fundamentalen und zum guten Teil unlösbaren Problemen, die man unbekümmert und ohne Rücksicht auf den Preis nach den Sternen greifend anging[197]).

Wenn man an Vorgänger und Nachfahren denkt, erscheint das Mittelalter als Synthese der antiken und orientalischen Sonderungen und als Grundlage der neuzeitlich-europäischen Differenzierung, also als Knotenpunkt, zu dem

---

[196]) Helmut BEUMANN, Topos und Gedankengefüge bei Einhard, in: AKG 33 (1951) 337–350, hier S. 349 f.

[197]) BARRACLOUGH, Geschichte 187, 196 scheint mir gegen BARRACLOUGH, Geschichte 68 zu sprechen; dazu die Rezension von Friedrich BAETHGEN, in: DA 14 (1958) 542–544.

die Wege der Alten Völker hinführen, von dem die Straßen der Neueren Staaten wegstreben. Dieser „mittelalterliche" Standpunkt ist so ungerecht wie jeder andere; diese Fragestellung wie jede andere tut dem Geschehenen Gewalt an; doch wird man zumindest das Mittelalter mit mittelalterlichen Augen besehen müssen, um es zu begreifen. Wir wollen nicht vom „ewigen Mittelalter" reden; wieviel oder wie wenig von der mittelalterlichen Sehweise als allgemeinmenschlich gelten darf, wird sich erst ganz am Ende unserer Untersuchung zeigen. Aber wir wollen nun auch das „Nachmittelalter" von diesem Knotenpunkt aus betrachten und stellen unsere alte Frage auch den neuen Mächten: Wie haltet Ihr's mit dem Zusammenhang von Religion und Geschichte, wenn es um die Erklärung der Sprachenvielfalt und der Völkerherkunft geht? So naiv und frivol, wie sie scheint, ist die Bemerkung nicht, „daß, wenn man so viel mit der Vorgeschichte des Heute befaßt gewesen ist, auch einmal der sich zum Worte melden darf, dem die Nachgeschichte des Vorgestern wichtig ist"[198]). Man ist gewohnt, die Neuzeit als Emanzipation vom Mittelalter zu sehen; das ist sie auch, aber nicht allein. So wird die Antwort auf unsere Frage viel komplizierter und etwas anders ausfallen, als man gemeinhin denkt.

---

[198]) Kern (o. Anm. 182) S. 94 f. (ewiges Mittelalter); Dietrich Gerhard, Regionalismus und ständisches Wesen als ein Grundthema europäischer Geschichte, in: HZ 174 (1952) 307–337, hier S. 334, auch in: Herrschaft und Staat (o. S. 502 Anm. 55) S. 361 (Nachgeschichte des Vorgestern).

ANHANG:

MITTELALTERLICHE SPRACHENLISTEN

Die folgenden sieben Sprachenlisten beleuchten den Weg einer langen Tradition vom dritten bis zum siebzehnten Jahrhundert, vom antiken zum modernen Weltbild an wenigen, mir zufällig bekanntgewordenen Beispielen. Sie zeigen, daß solche Verzeichnisse die bis heute übliche Mißachtung der Historiker und Philologen nicht verdienen; selbst dem Sprachwissenschaftler bereiten sie einige Überraschungen und sind jedenfalls nicht, wie A. F. Pott meinte, „spaßiger Unsinn". Wer sie genauer betrachtet, mag darüber enttäuscht sein, wie spät, lückenhaft und unpräzis sie die jeweilige Wirklichkeit der Sprachen erfassen; selbst die Völkerwanderung, die Invasionen der Steppenvölker und die Erfahrungen der Kreuzzüge und Entdeckungsreisen schlagen sich nur zum Teil in ihnen nieder, oft um Jahrhunderte verspätet; von der Entwicklung der abendländischen Idiome wird kaum Notiz genommen. Die Schreiber klammern sich an eine alte Tradition, doch ist die Bindung an sie fast ebenso locker wie an die Wirklichkeit; sogar die Namen der mosaischen Völkertafel und des Völkerkatalogs in der Apostelgeschichte erhalten nur langsam, unvollständig und verballhornt Zutritt. Die Listen sind höchst „fremdgierig"; noch 1650 nennt eine lateinisch geschriebene das Latein nicht; dafür rätseln, wie die Varianten zeigen, die Schreiber am eifrigsten an den exotischsten Namen herum, fast so, als läge im Unverständlichen das Gesetz, das Tradition und Wirklichkeit verbindet; in der angestrebten, nicht immer eingehaltenen Zahl 72 soll sich alles vereinen. So verraten die trockenen Tabellen viel vom mittelalterlichen Denken.

Zum Teil waren sie nach einigen Handschriften bereits gedruckt; dann sind hier die Varianten neu gefundener Handschriften hinzugefügt. Andere (IV, V, VI) sind bisher nicht ediert worden. Ich wurde auf die Handschriften hingewiesen durch Prof. Bernhard Bischoff-München (II RP, III LRM, IV, VI E) und Doz. Reinhard Elze-Bonn (III H, V). Für II R durfte ich eine Kollation von Don José Lopez de Toro-Madrid, für III H eine Abschrift der Bibliotheksverwaltung Harburg benutzen; den Mikrofilm von V besorgte mir Prof. Hellmut Kretzschmar-Dresden, von IV wiederum Prof. Bernhard Bischoff-München. Ihm und allen anderen danke ich aufrichtig.

Erläuterungen wurden bisher nur für I und III gegeben, für I zuletzt von Adolf Bauer, Die Chronik des Hippolytos im Matritensis Graecus 121 (Texte und Untersuchungen zur Geschichte der altchristlichen Literatur NF XIV, 1),

Leipzig 1905, S. 48 ff.; für III sehr unzureichend von August Friedrich POTT, Anti-Kaulen oder mythische Vorstellungen vom Ursprung der Völker und Sprachen, Lemgo-Detmold 1863, S. 59 ff., der sich über die Liste viel zu sehr mokierte, als daß er seine Kenntnisse an ihr versucht hätte. Auf meine Bitte untersuchte Prof. Hans Heinrich SCHAEDER-Göttingen diese Liste III nochmals, wenn auch nur kurz; er erkannte sofort ihre armenische Herkunft aus der Zeit nach der armenischen Lautverschiebung des 12. Jahrhunderts und identifizierte zahlreiche armenische Namen (briefliche Mitteilungen vom 13. 9. 1955); an einer geplanten genaueren linguistisch-geographischen Untersuchung hat ihn der Tod gehindert. Mit Hilfe dieser Vorarbeiten und der gängigen historisch-geographisch-ethnographischen Lexika bestimmte ich die in den Listen vorkommenden Namen so weit wie möglich; über Vermutungen kam ich oft nicht hinaus. Die meinen Erklärungsversuchen beigegebenen Zitate sollen nicht die Quelle, sondern allenfalls den Umkreis andeuten, aus dem die Namen stammen können. Stellvertretend für die griechische Ethnographie wird Herodot zitiert, für die hellenistische Strabo, für die spätantike Pauly-Wissowas Realenzyklopädie (RE), für die alttestamentliche in der Regel die Genesis, für die neutestamentliche meist die Apostelgeschichte, für die patristische Isidor von Sevilla, für die frühmittelalterliche der Kosmograph von Ravenna. Wiederholen sich in späteren Listen früher erläuterte Namen, so wird auf das erste Vorkommen, bei offenkundigen Entlehnungen einer Liste aus einer anderen auf diese zurückverwiesen. In den Listen selbst steht nur das kursiv Gedruckte.

Die Editionen sollen Ergänzungen und Berichtigungen anregen und nur ein erster Anfang sein. Die Fehler, Lücken und Rätsel mögen für Gelehrtere und Findigere stehenbleiben.

I. Liste Hippolyts von Rom von 234/5

S. o. S. 372 f.

Handschriften und Drucke

G = Griechischer Text der Chronik Hippolyts, Madrid, Biblioteca Nacional, Cod. graec. 4701, gedruckt GCS Bd. 46, S. 30 ff.

L = Liber generationis I, nach den Handschriften gedruckt MGH AA Bd. 9, S. 107. S. o. S. 422.

F = „Fredegar"-Chronik, Paris, Bibliothèque Nationale, Cod. lat. 10910, gedruckt MGH SS rer. Merov. Bd. 2, S. 24. S. o. S. 459 f.

A = Chronicon Alexandrinum (Barbarus Scaligeri), Paris, Bibliothèque Nationale, Cod. lat. 4884, gedruckt MGH AA Bd. 9, S. 107. S. o. S. 297.

N = Nikolaus von Amiens, Chronicon, Biblioteca Apostolica Vaticana, Cod. Regin. lat. 454, f. 5 r (Mikrofilm benutzt). Beschreibung der Handschrift bei Wilmart (o. S. 549 Anm. 14) S. 601 ff. S. o. S. 734.

Überschriften

Τὰ δὲ ἔθνη, ἃ διέσπειρε κύριος ὁ θεὸς ἐπὶ προσώπου πάσης τῆς γῆς ἐν ταῖς ἡμέραις Φαλὲκ καὶ Ἰεκτὰν τῶν δύο ἀδελφῶν κατὰ τὰς ἰδίας γλώσσας αὐτῶν ἐν τῇ πυργοποιίᾳ, ὅτε συνεχύθησαν αἱ γλῶσσαι αὐτῶν, ἐστὶ ταῦτα G; *Gentes autem, quas dispersit dominus deus super faciem omnis terras secundum linguas eorum in diebus Falec et Ectam fratrem eius in turris edificatione, quando confusas sunt linguas, sunt autem haec* A; *Gentes autem quae linguas suas habent, hae* (*haec* F) *sunt* LF; keine Überschrift N.

Text

1. Ἑβραῖοι οἱ καὶ Ἰουδαῖοι G; *Hebrei qui et Iudei* LFAN (*Iudaei* F; *Ebrei* A; *id est* statt *qui et* N): Hebräer (Act. 21, 40).
2. Ἀσσύριοι G; *Assyrii* LA; *Assirii* FN: Assyrer (Gen. 2, 14).
3. Χαλδαῖοι G; *Chaldaei* LF; *Chaldei* A; *Caldei* N: Chaldäer (Gen. 11, 28).
4. Μῆδοι G; *Medi* LFN; *Midi* A; in LF nach Nr. 5: Meder (Herodot I, 72; Act. 2, 9).
5. Πέρσαι G; *Persae* LF; *Persi* A; *Perse* N: Perser (Herodot I, 1; Dan. 5, 28).
6. Ἄραβες πρῶτοι καὶ δεύτεροι G; *Arabes* LFN; *Arabi* A; folgt *primi et secundi* A; folgt *utrique* N: Araber (Herodot III, 109; Act. 2, 11).
7. Μαδιηναῖοι πρῶτοι καὶ δεύτεροι G; *Madian* L; *Madian, Madiani* F; *Madiani* A; *Madian* N; folgt *primi et secundi* A: Madianiter (Gen. 37, 28).
8. Ἀδιαβηνοί G; *Adiabenici* L; *Adiabeneci* F; *Adiabini* AN: Adiabener (Strabo XVI, 1, 19).
9. Ταιηνοί G; *Taleni, Ictaleni, Tateni* L; *Tadenici* F; *Taiani* A; *Tarani* N: Taiener, Araberstamm (Bauer S. 74; RE Bd. 58, Sp. 2025 f.).
10. Σαλαμοσηνοί G; *Alamosenni, Alamossioni* L; *Alamorsyni* F; *Salamossini* A; *Salomossini* N: Ἀλαμοσινοί (Hippolyt, Chronik Nr. 184, GCS Bd. 46, S. 27), Salmalassus in Pontos? Mossyner (so Alexander Riese, Geographi Latini minores, Heilbronn 1878, S. 167)?
11. Σαρακηνοί G; *Saraceni* L; *Sarracleni* F; *Sarracini* A; *Sarasani* N: Sarazenen (RE Bd. 52, Sp. 2389).
12. Μάγοι G; *Magi* LFA; *Magii* N: Magier (Herodot III, 63; Matth. 2, 1 ff.).
13. Κάσπιοι G; *Caspii* LF; *Caspiani* AN: Kaspier (Herodot III, 92).
14. Ἀλβανοί G; *Albani* LFAN: Albaner am Kaukasus (Strabo XI, 4, 5).
15. Ἰνδοὶ πρῶτοι καὶ β' G; *Indi* LFAN; folgt *primi et secundi* A; folgt *utrique* N: Inder (Herodot III, 97).
16. Αἰθίοπες πρῶτοι καὶ δεύτεροι G; *Aethiopes* L; *Etiophis* F; *Ethiopi* A; *Ethiopes* N; folgt *primi et secundi* A; folgt *utrique* N: Äthiopier (Herodot II, 137).

17. Αἰγύπτιοι καὶ Θηβαῖοι G; *Aegyptii* LF; *Egyptii* A; *Egiptii* N; folgt *et Thibei* A: Ägypter (Herodot II, 1; Act. 2, 10).
18. Λίβυες G; *Libies*, *Labies* L; *Labies* F; *Libyi* A; *Libii* N: Libyer (Herodot IV, 158; Act. 2, 10).
19. Χετταῖοι G; *Chettei* L; *Cetthei* F; *Chotthei* A; *Coccei* N: Hethiter (?) (Gen. 10, 15).
20. Χαναναῖοι G; *Cananei* LFN; *Chananei* A: Kanaanäer (Gen. 10, 15; 13, 7).
21. Φερεζαῖοι G; *Ferezei* LFAN: Pherezäer (Gen. 13, 7).
22. Εὐαῖοι G; *Euvei*, *Euei* L; *Euei* FN; *Eugei* A: Eväer (Gen. 10, 17).
23. Ἀμορραῖοι G; *Amorrei* LFAN: Amorrhäer (Gen. 10, 16).
24. Γεργεσαῖοι G; *Gergesei* LA; *Gergessei* F; *Gerrezei* N: Gergesäer (Gen. 10, 16).
25. Ἰεβουσσαῖοι G; *Lebusei*, *Iebusei* L; *Gebraei* F; *Iebusei* AN: Jebusäer (Gen. 10, 16).
26. Ἰδουμαῖοι G; *Idumei* LN; *Idomei* FA: Idumäer (Deut. 23,7).
27. Σαμαρρεῖοι G; *Samaritae* LF; *Samarei* A; *Samarrarei* N: Samaräer (Gen. 10, 18; Act. 15, 3).
28. Φοίνικες G; *Foenices* LF; *Fynici* A; *Fenicii* N: Phönizier (Herodot I, 1; Act. 15, 3).
29. Σύροι G; *Syri* LF; *Euri* AN: Syrer (Act. 15, 23).
30. Κίλικες οἱ καὶ Θαρσεῖς G; *Cilices Tharsenses* L; *Caelices Tarsensis* F; *Cilicii* AN; folgt *qui et Tharsi* A: Kilikier (Herodot I, 72).
31. Καππάδοκες G; *Cappadoces* LF; *Cappadoci* A; *Capadoces* N: Kappadokier (Herodot I, 72; Act. 2, 9).
32. Ἀρμένιοι G; *Armenii* LAN; *Armoenii* F: Armenier (Herodot I, 180).
33. Ἴβηρες G; *Hibeni*, *Iberi* L; *Hibeni* F; *Ibiri* A; *Iberi* N: Iberer (Herodot VII, 165).
34. Βιβρανοί G; *Librani* LF; *Bibrani* A; *Bibranni* N: Birrani?
35. Σκύθαι G; *Scytae* L; *Scitae* F; *Scythi* A; *Scite* N: Skythen (Herodot IV, 1; Col. 3, 11).
36. Κόλχοι G; *Colchi* LA; *Solchi* F; fehlt N: Kolchier (Herodot I, 2).
37. Σαῦνοι G; *Sanni* LFAN: Sanner in Armenien (Σάννοι Strabo XII, 3, 18).
38. Βοσπορανοί G; *Bosphorani* L; *Bosforani* F; *Bosporani* A; *Bifforanni* N: Bosporanier (Strabo XI, 2, 10).
39. Ἀσιανοί G; *Asiani* LFAN: Kleinasiaten (Act. 20, 4).
40. Ἰσαυροί G; *Hisaurienses* L; *Hisauriensis* F; *Issaurii* A; *Ysaurii* N: Isaurier (vgl. Strabo XII, 6, 2).
41. Λυκάονες G; *Lycaones* L; *Lycaonis* F; *Lycaonii* A; *Lichaonii* N: Lykaonier (Strabo XII, 3, 27; Act. 14, 11).

42. Πισίδες G; *Pysidae* LF; *Pissidii* AN: Pisidier (Strabo XII, 3, 27; Act. 14, 24).
43. Γαλάται G; *Galatae* LF; *Galatas* A; *Galathe* N: Galater (Strabo XII, 8, 7; Act. 16, 6).
44. Παφλαγόνες G; *Paflagones* L; *Paflagonis* F; *Pamflagoni* A; *Paraphlagonii* N: Paphlagonier (Herodot I, 6).
45. Φρύγες G; *Fryges* L; *Frigis* F; *Flygii* A; *Frigii* N: Phryger (Herodot I, 72; Act. 16, 6).
46. Ἕλληνες οἱ καὶ Ἀχαῖοι G; *Achai* L; *Achaia* F; *Greci qui et Achei* A; *Achaii scilicet Greci* N: Griechen, Achäer (Herodot I, 145; Act. 19, 21).
47. Θεσσαλοί G; *Tessali* L; *Thessali* FA; *Tehssalii* N: Thessalier (Herodot VIII, 27; Act. 27, 2).
48. Μακεδόνες G; *Machedones* L; *Macedonis* F; *Macedonii* AN: Makedonier (Herodot V, 18; Act. 19, 21; 27, 2).
49. Θρᾶκες G; *Traces* LFN; *Thraci* A: Thraker (Herodot V, 3). Nach GCS Bd. 46, S. 15 stand hier ursprünglich (Δαν)δαρίς.
50. Μυσοί G; *Mysi* L; *Misi* F; *Myssi* A; *Messi* N: Mysier (Herodot I, 36; Act. 16, 7).
51. Βεσσοί G; *Bessi* LFAN: Bessier (Herodot VII, 111).
52. Δάρδανοι G; *Dardani* LFA; *Bardani* N: Dardaner (Herodot V, 117).
53. Σαρμάται G; *Sarmatae* LF; *Sarmati* A; *Sarmathe* N: Sarmaten (Herodot IV, 117).
54. Γερμανοί G; *Germani* LFAN; folgt *qui et Teuthonici* N: Germanen (Strabo VII, 1, 2).
55. Παννόνιοι οἱ καὶ Παίονες G; *Pannoni Peones* L; *Pannonii* FAN; folgt *Peones* F: Pannonier, Päonen (vgl. Strabo IV, 6, 10; VII, Fragmente 38 ff.).
56. Νωρικοί G; *Norici* LFAN: Noriker (Strabo VII, 1, 5).
57. Δελμάται G; *Dalmatae* LF; *Delmatii* A; *Dalmatii* N: Dalmatiner (Strabo VII, 5, 5; 2 Tim. 4, 10).
58. Ῥωμαῖοι οἱ καὶ Λατῖνοι καὶ Κιτιαῖοι G; *Romani qui et Latini* LF; *Romei qui et Cittei* A; *Itthei qui et Romani* N: Römer, Lateiner, Kittim (Gen. 10, 4; Act. 2, 10).
59. Λίγυρες G; *Ligyres* L; *Lygires* F; *Lygurii* A; *Ligures qui nunc Lombardi* N: Ligurer (Λίγυες Herodot VII, 165). Nach Bauer S. 57 und GCS Bd. 46, S. 14 wären ursprünglich die Liburner gemeint.
60. Γάλλοι οἱ καὶ Κελταῖοι G; *Galli qui et Celtae* LFA (*Celtei* A); *Galli* N: Gallier (Strabo IV, 4, 1 ff.). Nach GCS Bd. 46, S. 15 sind hier ursprünglich die Kallaiker (Galläker) gemeint.
61. Ἀκυατινοί G; *Aquitani* LF; *Aquitanii* A; *Aquittanni* N: Aquitanier (Ἀκυιτανοί Strabo IV, 1, 1).

62. Βριτανοί G; *Brittani* LA; *Bruttanni* F; *Britanni* N: Britannier (Βρεττανοί Strabo IV, 5, 3).
63. Σπάνοι οἱ καὶ Τυρρηνοί G; *Hispani qui et Tyrraeni (Terreni, Tirini)* LF; *Spani qui et Tyranni* A; *Hyspani* N: Spanier (vgl. Strabo III, 4, 19).
64. Μαῦροι G; *Mauri* LFAN: Mauren (Strabo XVII, 3, 2).
65. Μακουακοί G; *Baccuates (Bacuaci, Bacauci) et Massennas* LF; *Macuaci* A; *Maciani* N: Baquaten in Westmauretanien (RE Bd. 4, Sp. 2851).
66. Γαίτυλοι G; *Getuli* LFAN: Gätuler (Γαίτουλοι Strabo XVII, 3, 2).
67. Ἄφροι G; *Afri* LFA; *Affri* N; folgt *qui et Barbares (Abares, Barbaris)* LF: Nordafrikaner (RE Bd. 1, Sp. 713 ff.).
68. Μάζικες G; *Mazicei, Macizes, Maziges* L; *Machizei* F; *Mazici* A; *Matici* N: Maziker in Libyen (RE Bd. 29, Sp. 5 f.).
69. Ταράμαντες οἱ ἐξώτεροι G; *Garamantes* L; *Caramantes* F; *Tarantii* A; *Tarancii* N; folgt *qui et Marmaredae (Marmarides)* LF; folgt *qui usque Aethiopiam extendunt* LF; folgt *exteriores* A: Garamanten (Herodot IV, 174), Μαρμαρίδαι (Strabo XVII, 3, 1; auch Hippolyt, Chronik Nr. 132, GCS Bd. 46, S. 20).
70. Σποράδες G; fehlt LF; *Boradii* AN: Sporadische Inseln (Strabo X, 4, 1).
71. Κελτίονες G; fehlt LF; *Celtionii* A; *Telcionii* N: Kelten (Κέλται Strabo IV, 1, 1).
72. Ταράμαντες ἐσώτεροι, οἳ ἕως τῆς Αἰθιοπίας ἐκτείνουσι G; fehlt LF; *Taramantii exteriores* (fehlt N), *qui usque in Ethiopia* (*ad Ethiopes se* N) *extendunt* AN: Garamanten (Strabo XVII, 3, 19).

II. Spanische Liste des 10./11. Jahrhunderts

S. o. S. 554 f.

Handschriften und Drucke

R = Codex von Roda, Madrid, Real Academia de la Historia, Cod. 78, f. 196 v. Beschrieben bei García Villada (o. S. 555 Anm. 27) S. 113 ff. Don José Lopez de Toro-Madrid bestätigte mir die genaue Übereinstimmung dieses Textes mit dem der Handschrift P.

P = Madrid, Biblioteca Nacional, Cod. 8831, f. 165 r-v, 11./12. Jh., aus dem Dominikanerkloster Plasencia, gedruckt bei Gustav Loewe – Wilhelm von Hartel, Bibliotheca Patrum Latinorum Hispaniensis, Bd. 1, Wien 1887, S. 457 (Original eingesehen und mit dem Druck verglichen).

Überschriften

De LXXIIo generationes linguarum, id est R; *De LXXa IIe generationes linguarum id est* P.

Text

1. *Romani*: Lateiner, o. I, 58.
2. *Goti*: Goten (Isidor, Etymologiae IX, 2, 27).
3. *Ebrei*: Hebräer, o. I, 1.
4. *Greci*: Griechen, o. I, 46.
5. *Colosenses*: Kolosser (Col. 1, 2).
6. *Filipenses*: Philipper (Phil. 4, 15).
7. *Gallones*: Gallier?
8. *Scallones*, in P korrigiert aus *Stallones*: Dublette von Nr. 7?
9. *Gallici*: Franzosen (Isidor, Etym. XIII, 16, 2).
10. *Galli*: Gallier, o. I, 60, Dublette von Nr. 9?
11. *Satrapes*: Satrapen (nicht bei Isidor).
12. *Capadoci*: Kappadokier, o. I, 31.
13. *Eusuti*: ?
14. *Eusuci*: Dublette von Nr. 13.
15. *Gepedes*: Gepiden (RE Bd. 13, Sp. 1230 ff.).
16. *Potami*: Mesopotamier? Ποταμία in Paphlagonien (Strabo XII, 3, 41)?
17. *Rapsi*: Rhapsier in Äthiopien (RE Bd. 51, Sp. 237 ff.).
18. *Mauri*: Mauren, o. I, 64.
19. *Magistrati*: Magistrices in den Alpen (RE Bd. 27, Sp. 437)?
20. *Almanes*: Alemannen (Isidor, Etym. IX, 2, 94).
21. *Barbari*: Berber, o. I, 67.
22. *Fili*: Pamphylier? Φυλή in Attika (Strabo IX, 1, 17)?
23. *Garfani*: Gasfener (Γασφηνοί Hippolyt, Chronik Nr. 168, GCS Bd. 46, S. 26), Kaspier (Bauer S. 88)?
24. *Persi*: Perser, o. I, 5.
25. *Ali*: ?
26. *Tirones*: Rekruten (Isidor, Etym. IX, 3, 36).
27. *Perficei*: Pherezäer, o. I, 21?
28. *Geronti*: Geronten? Gironde in Frankreich? Gerontia in der Ägäis (RE Bd. 13, Sp. 1268)?
29. *Ferocei*: Pherezäer, o. I, 21, Dublette zu Nr. 27?
30. *Gebusei*: Jebusäer, o. I, 25.
31. *Tirannei*: Tyrrhener, o. I, 63.
32. *Egiptii*: Ägypter, o. I, 17.
33. *Gergesei*: Gergesäer, o. I, 24.
34. *Effei*: Eväer, o. I, 22.
35. *Ethei*: Hethiter (?), o. I, 19.
36. *Gebosei*: Jebusäer, Dublette zu Nr. 30.

37. *Saxones*: Sachsen (Isidor, Etym. IX, 2, 100).
38. *Vascones*: Basken, Gascogner (Isidor, Etym. IX, 2, 107).
39. *Roccones*: Rokka in Kreta, Phrygien, Pisidien (RE Bd. 51, Sp. 1008)?
40. *Specti*: ?
41. *Franci*: Franken (Isidor, Etym. IX, 2, 101).
42. *Taifali*: Taifalen, Germanenstamm in Transdanuvien (RE Bd. 58, Sp. 2026 f.).
43. *Isclaui*: Slaven (nicht bei Isidor, seit dem 6. Jh. bezeugt; RE Bd. 55, Sp. 697 ff.).
44. *Almoni*: Alemannen, Dublette zu Nr. 20?
45. *Farisei*: Pharisäer, Dublette zu Nr. 29?
46. *Fitones*: Phytonen?
47. *Milites*: Ritter (Isidor, Etym. IX, 3, 32).
48. *Amorrei*: Amorrhäer, o. I, 23.
49. *Cananei*: Kanaanäer, o. I, 20.
50. *Idumei*: Idumäer, o. I, 26.
51. *Filistei*: Philister (Gen. 10, 14).
52. *Sarraceni*: Sarazenen, o. I, 11.
53. *Vandali*: Wandalen (Isidor, Etym. IX, 2, 96).
54. *Spani*: Spanier, o. I, 63.
55. *Pannoni*: Pannonier, o. I, 55.
56. *Arioli*: Wahrsager (Isidor, Etym. VIII, 9, 16).
57. *Affri*: Afrikaner, o. I, 67.
58. *Getuli*: Gätuler, o. I, 66.
59. *Caldei*: Chaldäer, o. I, 3.
60. *Tesalonicenses*: Bewohner von Saloniki (1 Thess. 1,1).
61. *Magi*: Magier, o. I, 12.
62. *Parti*: Parther (Act, 2, 9).
63. *Babilonis*: Babylonier (Dan. 14, 2).
64. *Bogogones*: Burgunder (*Burgundiones* Isidor, Etym. IX, 2, 99)?
65. *Suevos*: Sueven (Isidor, Etym. IX, 2, 98).
66. *Suerres*; in P steht *S* auf Rasur: Syrer, o. I, 29? Schweden?
67. *Torringi*: Thüringer (nicht bei Isidor, als *Toringi* seit dem 4. Jh. bezeugt; RE Bd. 61, Sp. 641).
68. *Assorei* R; *Assorrei* P: Assyrer, o. I, 2?
69. *Auruspices* R; *Aruspices* P: Weissager (Isidor, Etym. VIII, 9, 17).

Nachsatz

Et fiunt (He sunt P) *LXXIIo (LXXa IIe* P) *generationes, ex quibus elegit dominus tres, id est Ebrea, Grega et Latina. Ceteras vero velut canes latrantes* (folgt *sunt* P) RP.

III. Armenische Liste des 12. Jahrhunderts

S. o. S. 281, 679.

Handschriften und Drucke

L = London, British Museum, Cod. Egerton 1900, f. 155r-v, 15. Jh., mittelhochdeutscher Herkunft, vielleicht von dem Nürnberger Jerusalempilger Gabriel Muffel (Photokopie benutzt). Beschrieben in: Catalogue of Additions to the Manuscripts in the British Museum 1854–75, Bd. 2, London 1877, S. 907.

H = Harburg/Schwaben, Fürstlich Oettingen-Wallersteinsche Bibliothek und Kunstsammlung, Ms. II, 1 fol. 38, f. 103 r–v, Ende 15. Jh. (1474 –76), aus Heiligenkreuz, Donauwörth (Abschrift der Bibliotheksverwaltung benutzt).

R = München, Staatsbibliothek, Cod. lat. 14159, f. 187v, Ende 12. Jh., nach dem Stil der Zeichnungen etwa 1170–85, aus St. Emmeram, Regensburg. Beschrieben bei Albert BOECKLER, Die Regensburg-Prüfeninger Buchmalerei des XII. und XIII. Jahrhunderts (Miniaturen aus Handschriften der Bayerischen Staatsbibliothek 8), München 1924, S. 33 ff., 96 f.; hier Tafel XXXIX Abbildung 43 ein Faksimiledruck von f. 187v, den ich benutzte.

B = Bern, Stadt- und Universitätsbibliothek, Cod. 452, f. 171v–172r, 15. Jh., nach 1470, vielleicht aus Bern (Mikrofilm benutzt). Beschrieben bei Hermann HAGEN, Catalogus codicum Bernensium (Bibliotheca Bongarsiana), Bern 1875, S. 395 f.; auch bei Herbert GRUNDMANN, MGH Staatsschriften des späteren Mittelalters Bd. 1, 1 S. 59 f.

Z = Zittau, Stadtbibliothek, Isidor-Codex, Zusatz zu Etym. IX, 1, geschrieben 1527 im Kloster Braunau, gedruckt bei Friedrich LINDEMANN, Corpus grammaticorum Latinorum veterum, Bd. 3, Leipzig 1833, S. 638 (Druck benutzt). Auf diesen Druck gründet sich POTTS Erklärungsversuch (s. Vorbemerkung o. S. 932).

P = Petrus BONGUS, Mysticae numerorum significationis liber, Bergamo 1585, S. 118 f. (in der Neuausgabe Paris 1618, S. 555), nach einer nicht näher bezeichneten, R sehr nahestehenden Handschrift gedruckt: *gressus calami nostri praecedentium imprimamus vestigiis* (erste Auflage benutzt).

M = München, Staatsbibliothek, Cod. lat. 26749, f. 218v, Ende 15. Jh., kein Herkunftsvermerk (Original benutzt). Beschrieben bei Carl HALM – Wilhelm MEYER, Catalogus codicum latinorum Bibliothecae Regiae Monacensis, Bd. 2, 4, München 1881, S. 209.

Überschriften

Das sein dije LXXII sporch und zungen die der almechtig got gabe und verhennget uber die menschen die den hohen turn pauent in Babilonia L; *Hec sunt LXXII genera lingwarum filiorum hominum super terram, prima* H; *Descriptio LXXII linguarum et gentium de tribus filiis Noe, Sem, Cham et Jafeth* R; *Nomina septuaginta duarum ligwarum. De tribus filiis Noe LXX et due gentes procreate sunt et cotidie* (statt totidem) *ligwe, quarum nomina sunt hec, scilicet* B; *De linguis septuaginta duabus* Z; *Septuaginta liguagia mundi* M; keine Überschrift P.

Text

1. *Hebrea* LHRBM; *Hebraea* ZP; in RP nach Nr. 2: Hebräisch, o. I, 1.
2. *Assiria* LHR; *Assyria* BZP; *Asiria* M; folgt *Arabica* R (vgl. Nr. 7, dort in R wiederholt): Assyrisch, o. I, 2.
3. *Chaldea* L; *Caldea* HRBM; *Caldaea* P; *Chaldaea* Z; folgt *Galilaea* P: Chaldäisch, o. I, 3.
4. *Persica* LRBZPM; *Presica* H: Persisch, o. I, 5.
5. *Mariz* LHRBZP; *Maris* M: Medisch (armenisch Mariç, SCHAEDER), o. I, 4.
6. *Ellemazic* LZ; *Ellemazit* H; *Ellemazich* RB; *Ellemazie* P; *Elemazica* M: Elamitisch (armenisch Elymaçiç, SCHAEDER; Act. 2, 9).
7. *Arabica* LHRBZPM: Arabisch, o. I, 6.
8. *Scitica* LHBZM; *Scinca* R; *Scythica* P: Skythisch, o. I, 35.
9. *Peresyca* L; *Peresica* HRBP; *Perefica* Z; *Paresica* M: Persisch, Dublette von Nr. 4?
10. *Caldyc* LH; *Caldic* RM; *Caldich* B; *Chaldic* Z; *Caldie* P: Chaldäisch, Dublette von Nr. 3?
11. *Cevia* L; *Kevia* HRBZP; *Nevia* M: Eväisch, o. I, 22?
12. *Gersestonia* LH; *Gersestania* R; *Garsestania* B; *Gersestavia* Z; *Gersenstania* P; *Bersescania* M: Gergesäisch (POTT), o. I, 24?
13. *Samaria* LHRBZM; *Saumaria* P: Samaräisch, o. I, 27.
14. *Ethiopia* LHRBM; *Aethiopia* ZP: Äthiopisch, o. I, 16.
15. *Alan* LHRBZP; *Aloan* M: Alanisch (Isidor, Etym. IX, 2, 94).
16. *Amazonia* LHRBZPM: Amazonisch (Isidor, Etym. IX, 2, 64).
17. *Zelec* LHM; *Zelech* RP; *Gelech* B; *Thelec* Z: ?
18. *Mascut* LH; *Maschut* R; *Mschut* B; *Mascuth* Z; *Maschuth* P; *Messite* M: Mask'ut' in Armenien (SCHAEDER).
19. *Osc* LRM; *Ost* H; *Och* B; *Oshc* Z; *Osch* P; in RP nach Nr. 20: Oskisch (Isidor, Etym. IX, 2, 88)?
20. *Treh* LH; *Trech* RBP; *Threc* Z; *Tit* M; in P nach Nr. 22: Thrakisch (POTT), o. I, 49?
21. *Iepegia* L; *Lepegia* HZ; *Tepegia* RPM; *Tepegya* B: Iapygisch?

22. *Apahamuth* LHZP; *Apahamut* R; *Aphamuc* B; *Xpahamic* M: ?
23. *Epeperich* LBZ; *Epeperih* H; *Eppeperich* RP; *Peperic* M: ?
24. *Grecia* LHRB; *Graecia* Z; fehlt P; *Brecia* M: Griechenland, o. I, 46.
25. *Viric* LHBZM; *Vuiric* R; *Vuirich* P: Iberer (armenischer Name für sie, Schaeder), o. I, 33.
26. *Armenia* LHRBZP; *Almonia* M: Armenien, o. I, 32.
27. *Alevanc* LHRB; *Allevanc* Z; fehlt P; *Elenac* M: Albaner am Kaukasus (armenisch Alvanc‘, Schaeder), o. I, 14.
28. *Francia* LHBZM; *Herantia* R; *Fracina* P: Franken, o. II, 41.
29. *Brittania* LH; *Britania* BM; *Brittannia* R; *Britannia* ZP: Britannien, o. I, 62.
30. *Aquitania* LHRBZ; *Aquitannia* P; *Equitania* M: Aquitanien, o. I, 61.
31. *Hyspania* LBM; *Hysponia* H; *Hispania* RZP: Spanien, o. I, 63.
32. *Schocia* LH; *Scottia* R; *Scocia* MB; *Scotia* ZP: Schottland (Isidor, Etym. IX, 2, 103).
33. *Becinac* LHRBPM; *Becmac* Z: Petschenegen (seit ca. 830 bezeugt).
34. *Ruscya* L; *Rustia* HB; *Ruscia* RZP; *Rusica* M; in RP nach Nr. 35: Rußland (seit dem 9. Jh. bezeugt).
35. *Bulgaria* LHRBZPM; in P folgt *Polonia*: Bulgarien (seit dem 5. Jh. bezeugt; RE Bd. 5, Sp. 1040 ff.).
36. *Ungaria* LHRBPM; *Hungaria* Z: Ungarn (seit dem 9. Jh. bezeugt).
37. *Ciporia* LHRBZPM: Zypern (Pott)?
38. *India* LHRBZPM; in R nach Nr. 39: Indien, o. I, 15.
39. *Numidia* LHRP; *Nimidia* B; *Numedia* ZM; in M nach Nr. 25: Numidien (Pott; RE Bd. 34, Sp. 1348).
40. *Sclavia* LHZM; *Scavia* R; *Salvia* B; fehlt P: Slavenland, o. II, 43.
41. *Saxonia* LRBZPM; *Saponia* H: Sachsen, o. II, 37.
42. *Artinoni* LHM; *Arcinoni* RBP; *Artmoni* Z: Artani in der Türkei?
43. *Pacracioni* LHR; *Parcacioni* B; *Pacrationi* Z; *Pacationi* P; *Patraquoni* M: Bagratuni, armenisches Geschlecht der Bagratiden (Pott).
44. *Cartherioni* L; *Carterioni* HRZPM; *Carceroni* B; in RP nach Nr. 45: Kartereia vor Smyrna (RE Bd. 20, Sp. 2149)? Karthager?
45. *Ismahelite* LH; *Hismahelite* RM; *Ymahelite* B; *Ysmahelitae* Z; *Ismaelitae* P; in RP nach Nr. 46: Ismaeliten (Gen. 37, 25).
46. *Parthia* LHZPM; *Partia* RB; in RP nach Nr. 47: Parthien, o. II, 62.
47. *Sevorthia* L; *Senorthia* H; *Sevortia* RBP; *Sevorchia* Z; *Senorchia* M: Sevork‘, armenischer Volksstamm (Schaeder).
48. *Galacia* LHB; *Galathia* RZ; *Balathia* P; *Balatia* M; in RP nach Nr. 43: Galatien (Gal. 1, 2).
49. *Wasconia* LZ; *Waschonia* H; *Vuasconia* RPM; *Vasconia* B; in RP nach Nr. 50: Baskenland, o. II, 38.

50. *Bricchia* L; *Briechia* HZ; *Briccia* RB; *Brictia* P; *Coriethia* M; in RP nach Nr. 51: *Bricianii*, Volk der Cottischen Alpen (RE Bd. 5, Sp. 836)?
51. *Pamphilia* LRBZP; *Pampilia* H; *Vanfilia* M; in RP nach Nr. 52: Pamphylien (Act. 2, 10; o. II, 22).
52. *Philippia* LHRZP; fehlt B; *Philipia* M; in RP nach Nr. 44: Philipperland, o. II, 6.
53. *Nurbachia* LHR; *Nurbacia* B; *Hurbachia* Z; *Urbachia* P; *Burbatia* M; in RP nach Nr. 54: ?
54. *Cananea* LRM; *Chananea* H; *Chamania* B; *Chananaea* Z; *Cananaea* P; in RP nach Nr. 55: Kanaanäisch, o. I, 20.
55. *Sydonia* LHRBZ; *Sidonia* P; *Sidonea* M; in RP nach Nr. 56: Sidonisch (Gen. 10, 15).
56. *Sadochia* LHRBPM; *Sadahia* Z; in RP nach Nr. 49: Sadokitisch (2 Reg. 8, 17; Matth. 1, 14)?
57. *Macedonia* LHRZPM; *Marcedonia* B; in RP nach Nr. 58: Makedonien, o. I, 48.
58. *Acritonia* LHZ; *Aractonia* RBP; *Acutonia* M; in RP nach Nr. 59: Acre in der Türkei?
59. *Crettia* LH; *Crectica* R; *Grethia* B; *Chretia* Z; *Cretica* P; *Chrecia* M; in RP nach Nr. 53: Kretisch (Act. 2, 11).
60. *Epiphana* LH; *Epiphania* RBZP; *Epihania* M; in P nach Nr. 65: Hamath am Orontes.
61. *Tharsia* LHZ; *Tarsia* RBPM; in R nach Nr. 65; in P nach Nr. 70: Tarsisch (Gen. 10, 4; o. I, 30).
62. *Pampopilya* L; *Pompopilia* H; *Pomponia* RP; *Ponponia* B; *Ponpopolia* Z; *Panpopalia* M; in P nach Nr. 57: Panopolis in Ägypten? Dublette von Nr. 51?
63. *Abasya* L; *Abasia* HZ; *Abusia* RBPM; in RP nach Nr. 66: Abchasen (Abasgen) am Kaukasus (Pott).
64. *Samsuthia* LHZ; *Samsutia* RP; *Semschia* (?) B; *Samsica* M; in R nach Nr. 62; in P nach Nr. 67: vielleicht armenische Form von Samosata (Schaeder).
65. *Artanuncia* LZ; *Irtammcia* (*I* korr. aus *A*) H; *Aranuntia* RP; *Arranuncia* B; *Artamincia* M: Ardanudž, armenisch Artanoç, in Armenien (RE Bd. 3, Sp. 1305 f.).
66. *Parthania* L; *Partania* HB; *Partavia* RZP; *Parchania* M; in R nach Nr. 70; in P nach Nr. 61: Parthien, armenisch Partʿav (Schaeder; o. II, 62).
67. *Mesopotamia* LHRBP; *Mesopotomia* Z; *Mesopotania* M; in R nach Nr. 61; in P nach Nr. 60: Mesopotamien (Act. 2, 9; vgl. o. II, 16).
68. *Taronia* LHRB; *Tharonia* Z; *Paronia* P; *Charonia* M; in RP nach Nr. 69: Taron, armenischer Gau (Schaeder).

69. *Disponia* LHRBZP; *Dispania* M; in RP nach Nr. 63: Dyspontion in Elis (RE Bd. 10, Sp. 1890)?
70. *Pacrevantia* LHRZP; *Parcevancia* B; *Patronomia* M; in R nach Nr. 67; in P nach Nr. 64: Bagrevand, armenische Provinz (SCHAEDER).
71. *Vaspurgania* LHRP; *Vasburgania* B; *Vaspurgantia* Z; *Vaspurginia* M; in RBP nach Nr. 10: Vaspurakan, armenisch-persische Grenzlandschaft (SCHAEDER).
72. *Nesepia* LHRBZ; *Mesepia* P; *Nesopia* M; in RBP vor Nr. 11: Nisibis?

IV. Deutsch-böhmische Liste des 13. Jahrhunderts

S. o. S. 841 ff.

Handschrift

Prag, Universitätsbibliothek, Cod. VIII. E. 12, f. 2v, 13. Jh. (Mikrofilm benutzt). Beschrieben bei Joseph TRUHLÁŘ, Catalogus codicum manu scriptorum latinorum Regiae Bibliothecae Publicae atque Universitatis Pragensis, Bd. 1, Prag 1905, S. 567 f.

Überschrift

Hec sunt septuaginta duo lingwe, scilicet

Text

1. *Hebraica*: Hebräisch, o. III, 1.
2. *Greca*: Griechisch, o. III, 24.
3. *Latina*: Lateinisch (Isidor, Etym. IX, 1, 3).
4. *Sarracena*: Arabisch, o. I, 11. Vgl. u. Nr. 41.
5. *Surria*: Syrisch (persisch Suristan = Syrien; o. I, 29). Vgl. u. Nr. 69.
6. *Melchitus*: Melchitisch (seit dem 7. Jh. bezeugter Name für orthodoxe Christen Ägyptens und Syriens).
7. *Tibaria*: Tibarenisch (Strabo XI, 14, 1).
8. *Hubarica* (*c* übergeschr.): Nurbachia, o. III, 53?
9. *Percia*: Persien, o. III, 4.
10. *Silich*: Kilikien, o. I, 30? Schlesien?
11. *Avarica*: Avarisch (Isidor, Etym. IX, 2, 66).
12. *Armenia*: Armenien, o. III, 26.
13. *Tueria*: Türkenland? Twer in Rußland?
14. *Ispania*: Spanien, o. III, 31.
15. *.anandia* (Anfangsbuchstabe unleserlich): ?
16. *Amna* (oder *Anma)*: ?
17. *Tumma*: Tummara in Nubien?

18. *Mertina*: Mersina in Arabien, in Kilikien?
19. *India*: Indien, o. III, 38.
20. *Nerin*: ?
21. *Uracia*: Urania?
22. *Vasputarania*: Vaspurakan in Armenien, o. III, 71.
23. *Pacdacia*: Dakien?
24. *Quirice* (oder *Luirice)*: Quiriten (Isidor, Etym. IX, 2, 84)?
25. *Taronia*: Taron in Armenien, o. III, 68.
26. *Mazechir*: Maziker, o. I, 68?
27. *Allania*: Alanien, o. III, 15.
28. *Pergia*: Perga in Pamphylien?
29. *Carnunicia*: Kärnten (vgl. RE Bd. 6, Sp. 1601 ff.)?
30. *Asernis*: Isernia?
31. *Tast*: Tasta, Dax in Frankreich?
32. *Mesis*: Mösien (Isidor, Etym. XIV, 4, 5).
33. *Erasa*: Erez in Armenien?
34. *Azni*: Anzit in Armenien? Azania in der Berberei?
35. *Apasis*: ?
36. *Maras*: Mariz, o. III, 5?
37. *Laus*: ?
38. *Pallua*: Palu in Armenien?
39. *Anauorsa*: Navarzan, Anazarbe in Armenien (Bischoff, brieflich).
40. *Sculerna*: ?
41. *Arabia*: Arabien, o. III, 7.
42. *Zavt*: Zau am Mittelmeer (Kosmograph von Ravenna [o. S. 445 Anm. 35] V, 6 S. 89)?
43. *Cuna*: ?
44. *Vit*: Uti in Armenien?
45. *Irlimen*: ?
46. *Pauluchivia*: ?
47. *Chrom*: ?
48. *Chvrum*: Sprache der Kuren, Kurländisch?
49. *Chves*: ?
50. *Chvrach*: ?
51. *Nactat*: ?
52. *Varach*: Waräger?
53. *Culla*: ?
54. *Vicilis*: ?
55. *Dylgaria*: Bulgarien, o. III, 35.
56. *Ungaria*: Ungarn, o. III, 36.

57. *Picinat*: Petschenegen, o. III, 33.
58. *Pvsia*: Rußland, o. III, 34.
59. *Nortmania*: Normandie (seit dem 10. Jh. bezeugt).
60. *Ingelxaxi*: Angelsachsen (seit dem 8. Jh. bezeugt).
61. *Scocia*: Schottland, o. III, 32.
62. *Britania*: Britannien, o. III, 29.
63. *Alamannia*: Alemannien, Deutschland, o. II, 20.
64. *Haverra*: ?
65. *Bigurro*: Bigorrias, Bigorre in Gascogne (Kosmograph von Ravenna IV, 41 S. 78)? hunnisch-bulgarische *Bittugures* (Jordanes, Getica c. 53, MGH AA Bd. 5, S. 128; MORAVCSIK, Byzantinoturcica Bd. 2, S. 89)?
66. *Bagda*: Bagdad?
67. *Assudurch*: Assyrer, o. III, 2?
68. *Huni*: Hunnen (Isidor, Etym. IX, 2, 66).
69. *Szurria*: Sura am Euphrat? Ssuri in Afghanistan? Dublette zu Nr. 5?
70. *Tasich*: Insel Thasos (Isidor, Etym. XVI, 5, 12)?
71. *Cleta*: ?
72. *Zovhe*: Zauche in Schlesien?

V. Venezianische Liste des 13. Jahrhunderts

S. o. S. 852 f.

Handschrift

Dresden, Sächsische Landesbibliothek, Hs. F 168, f. 118v–119r, 13. Jh., aus dem Besitz des Bernardo Trevisano (Mikrofilm benutzt). Beschrieben bei Franz SCHNORR VON CAROLSFELD, Katalog der Handschriften der Königl. Öffentlichen Bibliothek zu Dresden, Bd. 1, Leipzig 1882, S. 413 f.

Überschrift

Qualiter divise sunt lingue. Tocius mundus unam sermocinationem omnium hominum habuisse cognoscitur. Sed nata est presumpcio omnium hominum talis que eos turrem tante magnitudinis facere hortaretur, ut cacumen eius preveniret (statt perveniret) *ad celum. Hanc presumpcionem deus superbiam molliencium* (= molientium) *hoc ordine presit* (= pressit), *ut nullus ullum posset sibi loquentem advertere. Facti sunt autem plurima linguarum genere* (statt genera) *et divisa est illa conspiratio, que per unam lingue intellegenciam consistebat, bona quidem, ut fieret turris, cuius cacumen preveniret ad celum. Hec sunt singulorum nomina.*

Text

1. *Madinei*: Madianiter, o. I, 7.
2. *Adirrii*: Assyrer, o. I, 2? Dublette von Nr. 14?

3. *Arabes*: Araber, o. I, 6.
4. *Perses*: Perser, o. I, 5.
5. *Titonii*: Titanen (Isidor, Etym. IX, 2, 134 f.)?
6. *Alanespii*: Alanes pii, o. III, 15?
7. *Siyprachi*: Siegbringer?
8. *Caspii*: Kaspier, o. I, 13.
9. *Albani*: Albaner am Kaukasus, o. I, 14.
10. *Hebrei*: Hebräer, o. I, 1.
11. *Indi*: Inder, o. I, 15.
12. *Et hyopes* (!): Äthiopier, o. I, 16.
13. *Sabei*: Sabäer (Gen. 10, 7).
14. *Assyrii*: Assyrer, o. I, 2.
15. *Capadoces*: Kappadokier, o. I, 31.
16. *Srpii* (?): Sepii, u. VI, 16?
17. *Chaldei*: Chaldäer, o. I, 3.
18. *Armeni*: Armenier, o. I, 32.
19. *Hebei*: Eväer, o. I, 22.
20. *Cethei*: Hethiter (?), o. I, 19.
21. *Chananei*: Kanaanäer, o. I, 20.
22. *Ferecei*: Pherezäer, o. I, 21.
23. *Euei*: Eväer, Dublette zu Nr. 19.
24. *Gersei*: Gergesäer, o. I, 24.
25. *Amorei*: Amorrhäer, o. I, 23.
26. *Jebusei*: Jebusäer, o. I, 25.
27. *Samarei*: Samaräer, o. I, 27.
28. *Ezephei*: Jeteba (4 Reg. 21, 19)? Josaphat?
29. *Idumei*: Idumäer, o. I, 26.
30. *Iplus*: ?
31. *Phenices*: Phönizier, o. I, 28.
32. *Mauri*: Mauren, o. I, 64.
33. *Macuaci*: Baquaten, o. I, 65.
34. *Getuli*: Gätuler, o. I, 66.
35. *Ostramonteos*: Östlich der Berge Wohnende?
36. *Homidei*: Ὁμοναδεῖς in Pisidien (Strabo XII, 6, 3)? Homodoti in Skythien (RE Bd. 16, Sp. 2252)? Gottesmänner?
37. *Aspii*: Aspis in Spanien, Tunesien (Strabo VI, 2, 11)? Aspisier in Skythien (RE Bd. 4, Sp. 1736)?
38. *Massiani*: Massiener in Andalusien (RE Bd. 28, Sp. 2153)?
39. *Iplices*: Dublette zu Nr. 30?
40. *Gabanices*: Gabaoniter (Jos. 9, 22)? Gaban in Armenien?

41. *Yssauri*: Isaurier, o. I, 40.
42. *Sauaurri* (?): Σαύαροι in Sarmatien (RE Bd. 53, Sp. 250)?
43. *Colchii*: Kolchier, o. I, 36.
44. *Brecanes*: Bretonen? Vgl. u. Nr. 70.
45. *Thessilei*: Thessalier, o. I, 47.
46. *Perdigones*: Leute eines der Makedonenkönige Perdikkas?
47. *Galathei*: Galater, o. III, 48.
48. *Prochiros*: Prochoros (Act. 6, 5)?
49. *Helinos*: Hellenen, o. I, 46.
50. *Tirsali*: Thessalier, Dublette zu Nr. 45?
51. *Macedones*: Makedonen, o. I, 48.
52. *Danai*: Danaer (vgl. RE Bd. 8, Sp. 2094 ff.).
53. *Masii*: Mysier, o. I, 50? Dublette zu Nr. 38?
54. *Traces*: Thraker, o. I, 49.
55. *Vesii*: Bessier, o. I, 51.
56. *Sarmathe*: Sarmaten, o. I, 53.
57. *Vibrani*: Bibranen, o. I, 34.
58. *Spimaniani*: Spielmänner?
59. *Panonii*: Pannonier, o. I, 55.
60. *Mauronii*: Dublette zu Nr. 32?
61. *Dalmates*: Dalmatiner, o. I, 57.
62. *Jerpades*: Arpaden?
63. *Romes*: Römer, Rhomäer, o. I, 58.
64. *Celici*: Kilikier, o. I, 30.
65. *Atitani*: Titanen, Dublette zu Nr. 5?
66. *Yberi*: Iberer, o. I, 33.
67. *Berades*: Boradii, o. I, 70?
68. *Ispani*: Spanier, o. I, 63.
69. *Scotides*: Schotten, o. III, 32.
70. *Britanos*: Britannier, o. I, 62. Vgl. o. Nr. 44.
71. *Belgaones*: Belgier (Strabo IV, 1, 1; Isidor, Etym. XIV, 4, 26).

VI. Spanische Liste des 14. Jahrhunderts

S. o. S. 883.

Handschriften

E = El Escorial, Biblioteca, Cod. R II 11, f. 246v-247r, 14. Jh., Isidor-Codex, gehörte vielleicht dem Aragonesen Hieronymus Zurita (1512–80), dann der Bibliothek des Grafen von Olivarez (Original benutzt). Beschrieben bei Guillermo Antolín OSA, Catálogo de los códices latinos de la Real Biblioteca del Escorial, Bd. 3, Madrid 1913, S. 471 f.

G = Gießen, Universitätsbibliothek, Hs. 160 fol., f 1r, 15. Jh. (nach 1455), vielleicht flandrischer Herkunft (Original benutzt). Beschrieben bei Johann Valentin Adrian, Catalogus codicum manuscriptorum Bibliothecae Academicae Gissensis, Frankfurt/Main 1840, S. 55.

Überschriften

Quot sunt lingue que sunt facte in diebus filiorum Noe LXXII E; *Nomina linguarum totius orbis* G.

Text

1. *Hebreorum que prima credenda est* E; *Hebrei* G; in E nach Nr. 5: Hebräisch, o. I, 1.
2. *Chaldeorum* E; *Caldei* G; in E vor Nr. 6: Chaldäisch, o. I, 3.
3. *Asiriorum* E; *Assiri* G: Assyrisch, o. I, 2.
4. *Persarum* E; *Perse* G: Persisch, o. I, 5.
5. *Babiloniorum* E; *Babilonii* G: Babylonisch (Hippolyt, Chronik Nr. 50, GCS Bd. 46, S. 10; o. II, 63).
6. *Medorum* E; *Medi* G: Medisch, o. I, 4.
7. *Arabum* E; *Arabes* G: Arabisch, o. I, 6.
8. *Madianitarum* E; *Medianite* G: Madianitisch, o. I, 7.
9. *Sarracenorum* E; *Sarraceni* G: Sarazenisch, o. I, 11.
10. *Magorum* E; *Magi* G: Sprache der Magier, o. I, 12.
11. *Samaritanorum* E; *Samaritani* G: Samaritanisch, vgl. o. I, 27.
12. *Fenicum* E; *Phenices* G: Phönizisch, o. I, 28.
13. *Stiberarum* E; *Ybori* G: Iberisch, o. I, 33.
14. *Berenum* E; *Norenii* G: Βερέκυντες (Strabo X, 3, 12)?
15. *Ceini* (?) E; *Scerntes* (?) G: Κεῖοι (Strabo X, 5, 6)?
16. *Cepum* E; *Sepii* G: Κῆποι am Bosporus (Strabo XI, 2, 10)? Sepe in Persien (Kosmograph von Ravenna II, 5 S. 18)?
17. *Asianorum* E; *Asiani* G: Kleinasiatisch, o. I, 39.
18. *Hisamorum* E; *Psaulsi* G: Isaurisch, o. I, 40?
19. *Lacaonie* E; *Lycaonii* G: Lykaonisch, o. I, 41.
20. *Hellines* E; *Hellynes* G: Hellenen, o. I, 46.
21. *Achei* E; *Achey* G: Achäer, o. I, 46.
22. *Macedonie* E; *Mecedies* G: Makedonisch, o. I, 48.
23. *Drais* E; fehlt G: Thrakien, o. I, 49.
24. *Beresi* E; *Bessi* G: Bessier, o. I, 51.

25. *Sardi* EG: Sarden, Sardes (Apoc. 1, 11)? statt der Sarmaten von I, 53?
26. *Dalmate* E; *Balmate* G: Dalmatiner, o. I, 57.
27. *Romei* EG: Rhomäer, o. I, 58.
28. *Galilei* EG: Galiläer (Act. 2, 7; vgl. o. III, 3).
29. *Celte* EG: Kelten, o. I, 60.
29a. *Alamanie* G; fehlt E: Alemannisch, Deutsch, o. II, 20.
29b. *Voricii* G; fehlt E: ?
30. *Britones* EG: Briten, o. I, 62.
31. *Abri* E; *Almi* G: Afrikaner, o. I, 67? Vgl. u. Nr. 59.
32. *Mauri* E; *Asauri* G: Mauren, o. I, 64; vgl. o. Nr. 18.
33. *Ethiopes* EG: Äthiopier, o. I, 16.
34. *Taramate* E; *Paumati* G: Garamanten, o. I, 69, 72.
35. *Germani* EG: Germanen, o. I, 54.
36. *Indi* EG: Inder, o. I, 15.
37. *Pardi* E; *Parthi* G: Parther (Hippolyt, Chronik Nr. 190, GCS Bd. 46, S. 29; o. II, 62).
38. *Rudii* EG: Rhodier (Hippolyt, Chronik Nr. 67, GCS Bd. 46, S. 12).
39. *Scithes* E; *Site* G: Skythen, o. I, 35.
40. *Egiptii* EG: Ägypter, o. I, 17.
41. *Sabini* E; *Sabatni* G: Sabiner, Sabäer (vgl. Hippolyt, Chronik Nr. 106, GCS Bd. 46, S. 18).
42. *Troludute* E; *Tradulite* G: Troglodyten (Hippolyt, Chronik Nr. 132, GCS Bd. 46, S. 20).
43. *Libies* E; *Libici* G: Libyer, o. I, 18.
44. *Psilite* E; *Psillite* G: Psyller in der Kyrenaika (Ψυλλῖται Hippolyt, Chronik Nr. 132, GCS Bd. 46, S. 20).
45. *Friges* E; *Phriges* G: Phryger, o. I, 45.
46. *Mosanii* E; *Masanii* G: Mossyner in Kleinasien (Bauer S. 74; Hippolyt, Chronik Nr. 132, GCS Bd. 46, S. 21).
47. *Lacum* E; *Litii* G: Lykier (Act. 27, 5; Hippolyt, Chronik Nr. 132, GCS Bd. 46, S. 21).
48. *Bithinii* E; *Bituni* G: Bithynier (Act. 16, 7; Hippolyt, Chronik Nr. 132, GCS Bd. 46, S. 21).
49. *Cilices* E; *Silices* G: Kilikier, o. I, 30.
49a. *Cicilie* G; fehlt E: Sizilisch (Isidor, Etym. XIV, 6, 32). Vgl. u. Nr. 68.
50. *Siri* E; *Cyrii* G: Syrer, o. I, 29.
51. *Armeni* E; *Armenii* G: Armenier, o. I, 32.
52. *Albani* E; *Albronii* G: Albaner, o. I, 14.
53. *Amacones* E; *Arisiones* G: Amazonen (Hippolyt, Chronik Nr. 80, GCS Bd. 46, S. 14; o. III, 16).

54. *Sadini* E; *Slavi* G: Sarden, o. Nr. 25? Sabiner, o. Nr. 41? Slaven, o. II, 43.
55. *Meoni* E; *Meocii* G: Mäonier (Isidor, Etym. XIV, 3, 43; Μαιῶται Hippolyt, Chronik Nr. 80, GCS Bd. 46, S. 14).
56. *Samares* EG: Samarier; Samarra in Armenien (Kosmograph von Ravenna II, 12 S. 23)? Samaräer, o. I, 27?
57. *Leris* E; *Leres* G: Insel Λήρων (Strabo IV, 1, 10)?
58. *Calossi* E; *Colossi* G: Kolosser, o. II, 5.
59. *Abari* E; *Abri* G: Avaren, o. IV, 11. Vgl. o. Nr. 31.
60. *Melosi* E; *Mikolossi* (?) G: Molosser (Isidor, Etym. XIV, 4, 9).
61. *Tyrii* E; *Tyri* G: Tyrier (Act. 21, 3).
62. *Thesali* E; *Tessuli* G: Thessalier, o. I, 47.
63. *Etholi* E; *Etholii* G: Ätolier (Hippolyt, Chronik Nr. 84, GCS Bd. 46, S. 16).
64. *Achatenes* E; *Atharenes* G: Athener? Achäer? Nachfahren des Achates (Vergil, Aeneis I, 174 ff.)?
65. *Hilerei* E; *Aeri* G: Illyrier (Hippolyt, Chronik Nr. 80, GCS Bd. 46, S. 15).
66. *Nasitanii* E; *Nasuoni* G: Nasamonen in Afrika (Νασαμωνίδες Hippolyt, Chronik Nr. 132, GCS Bd. 46, S. 21)?
67. *Itali* E; *Ytali* G: Italer (Hippolyt, Chronik Nr. 84, GCS Bd. 46, S. 16).
68. *Siculi* EG: Sizilier (Hippolyt, Chronik Nr. 70, GCS Bd. 46, S. 12). Vgl. o. Nr. 49a.
69. *Enia vel Eniti* E; fehlt G: Aeneas, Aeneiden?
70. *Capadoces* EG: Kappadokier, o. I, 31.
71. *Commaieni* E; *Comageni* G: Kommagenier (Hippolyt, Chronik Nr. 195, GCS Bd. 46, S. 30).
72. *Psimalite* EG: Ismaeliten? Dublette zu Nr. 44?
73. *Phaniphili* E; *Panphilii* G: Pamphylier (Hippolyt, Chronik Nr. 132, GCS Bd. 46, S. 21; o. III, 51).
74. *Hispani* E; *Yspani* G: Spanier, o. I, 63.
75. *Bactini* E; *Bracti* G: Baktrianer (Hippolyt, Chronik Nr. 177, GCS Bd. 46, S. 27).

75a. *Medorum* G; fehlt E: Medisch, Dublette zu Nr. 6.

75b. *Anglici* G; fehlt E: Engländer.

75c. *Ybernici* G; fehlt E: Iren.

75d. *Teotunici* G; fehlt E: Deutsche.

VII. Liste des Alstedius von 1650

Druck

Johann-Heinrich Alstedius, Thesaurus chronologiae, 4. Aufl., Herborn 1650, S. 265 f.

Überschrift

Linguas LXXII hoc modo enumeramus, juxta seriem alphabeti.

Text

1. *Abyssinica seu Aethiopica, quae etiam dicitur Indorum meridionalium*: Abessinisch, Ge'ez.
2. *Aegyptiaca seu Alexandrina*: Ägyptisch, o. I, 17.
3. *Americana seu Indica occidentalis*: Amerikanisch; Eskimo- und Indianer-Sprachen.
4. *Anglicana seu Britannica hodierna*: Englisch, o. VI, 75b.
5. *Arabica seu Ismaëlitica*: Arabisch, o. I, 6.
6. *Armenica*: Armenisch, o. I, 32.
7. *Babylonica seu Chaldaica*: Babylonisch, o. II, 63; „Chaldäisch", o. I, 3.
8. *Bandanica*: indonesische Sprache von Bandung auf Java? der molukkischen Banda-Inseln?
9. *Belgica*: Belgisch, o. V, 71 (gemeint sind Niederländisch und Friesisch).
10. *Bohemica*: Tschechisch.
11. *Brasiliensis*: Brasilianisch.
12. *Britannica vetus seu Anglo-Saxonica*: Britisch (Kymrisch, Bretonisch), o. I, 62.
13. *Calicutensis*: Sprache von Kalkutta; indoarisches Bengali.
14. *Cantabrica seu Vasconica seu Hispanica vetus*: Altspanisch, Baskisch.
15. *Celtica seu Gallo-Graecorum*: Keltisch, o. I, 60.
16. *Cimbrica*: Kimbrisch (gemeint sind die nordgermanischen Sprachen).
17. *Croatica*: Kroatisch.
18. *Dacica antiqua*: Dakisch. Vgl. o. IV, 23.
19. *Dalmatica*: Dalmatinisch, o. I, 57 (gemeint ist Südslavisch).
20. *Danica*: Dänisch.
21. *Epirotica*: Epirotisch; Dorisch? Albanisch?
22. *Finnonica*: Finnisch.
23. *Gallica*: Französisch, o. I, 60.
24. *Georgiana*: Georgisch (Südkaukasisch).
25. *Germanica*: Deutsch, o. I, 54.
26. *Gothica seu Getica*: Gotisch, o. II, 2.
27. *Graeca*: Griechisch, o. I, 46.
28. *Gvineensis*: Sprache von Guinea; Sudan- und Bantu-Sprachen.
29. *Hebraica sive Judaica*: Hebräisch, o. I, 1.
30. *Hibernica*: Irisch, o. VI, 75c.
31. *Hispanica*: Spanisch und Portugiesisch, o. I, 63.
32. *Hungarica*: Ungarisch, o. III, 36.
33. *Japanica*: Japanisch.

34. *Javica*: Javanisch.
35. *Illyrica*: Illyrisch, o. VI, 65.
36. *Indica orientalis*: Indisch, o. I, 15.
37. *Islandica*: Isländisch.
38. *Italica*: Italienisch, o. VI, 67.
39. *Jucatanensis*: Maya-Sprache in Yucatán (Mexiko).
40. *Laponica*: Lappisch.
41. *Lithvanica*: Litauisch.
42. *Livonica seu Curlandica*: Liv- und Kurländisch, vgl. o. IV, 48; Lettisch?
43. *Madagascarensis*: indonesisches Malagasy auf Madagaskar.
44. *Malaccensis*: Malaiisch.
45. *Malavarica*: Malajalam, Dravida-Sprache der Malabaren.
46. *Maronitica seu Syriaca*: Westsyrische Sprache der Maroniten.
47. *Medorum*: Medisch, o. I, 4.
48. *Mexicana*: Aztekisches Nahuat.
49. *Moluccensis*: Molukken-Malaiisch.
50. *Moscovitica*: Russisch.
51. *Norwegica*: Norwegisch.
52. *Parthica*: Parthisch, o. II, 62.
53. *Patagonica seu Gigantum*: Tehueltsche der patagonischen Indianer.
54. *Peruviana*: Ketschua und Aimara der peruanischen Indianer.
55. *Persica*: Persisch, o. I, 5.
56. *Punica seu Phoenicum sive Africana seu Libyca*: Punisch, Phönizisch, o. I, 28.
57. *Polonica*: Polnisch, o. III, 35.
58. *Rhaetica Alpina*: Rätoromanisch.
59. *Russica seu Ruthenica*: Kleinrussisch, „Ruthenisch" (Ukrainisch), o. III, 34.
60. *Slavonica*: Kirchenslavisch. Vgl. o. II, 43.
61. *Scotica*: Schottisch, o. III, 32.
62. *Scythica*: Skythisch, o. I, 35.
63. *Sinensis seu Chinensis*: Chinesisch.
64. *Sylvestrium Americanorum*: Eskimo- und Indianersprachen.
65. *Svedica*: Schwedisch. Vgl. o. II, 66.
66. *Tartarica*: Mongolisch.
67. *Thracum*: Thrakisch, o. I, 49.
68. *Turcica*: Türkisch. Vgl. o. IV, 13.
69. *Valachica*: Rumänisch.
70. *Vandalica*: Wandalisch, o. II, 53 (gemeint ist Elbslavisch).
71. *Vibisca seu Gallica*: Gallische Sprache der *Bituriges Vivisci* um Bordeaux.
72. *Zocodarensis*: südsemitischer Dialekt auf Sokotra im Indischen Ozean.